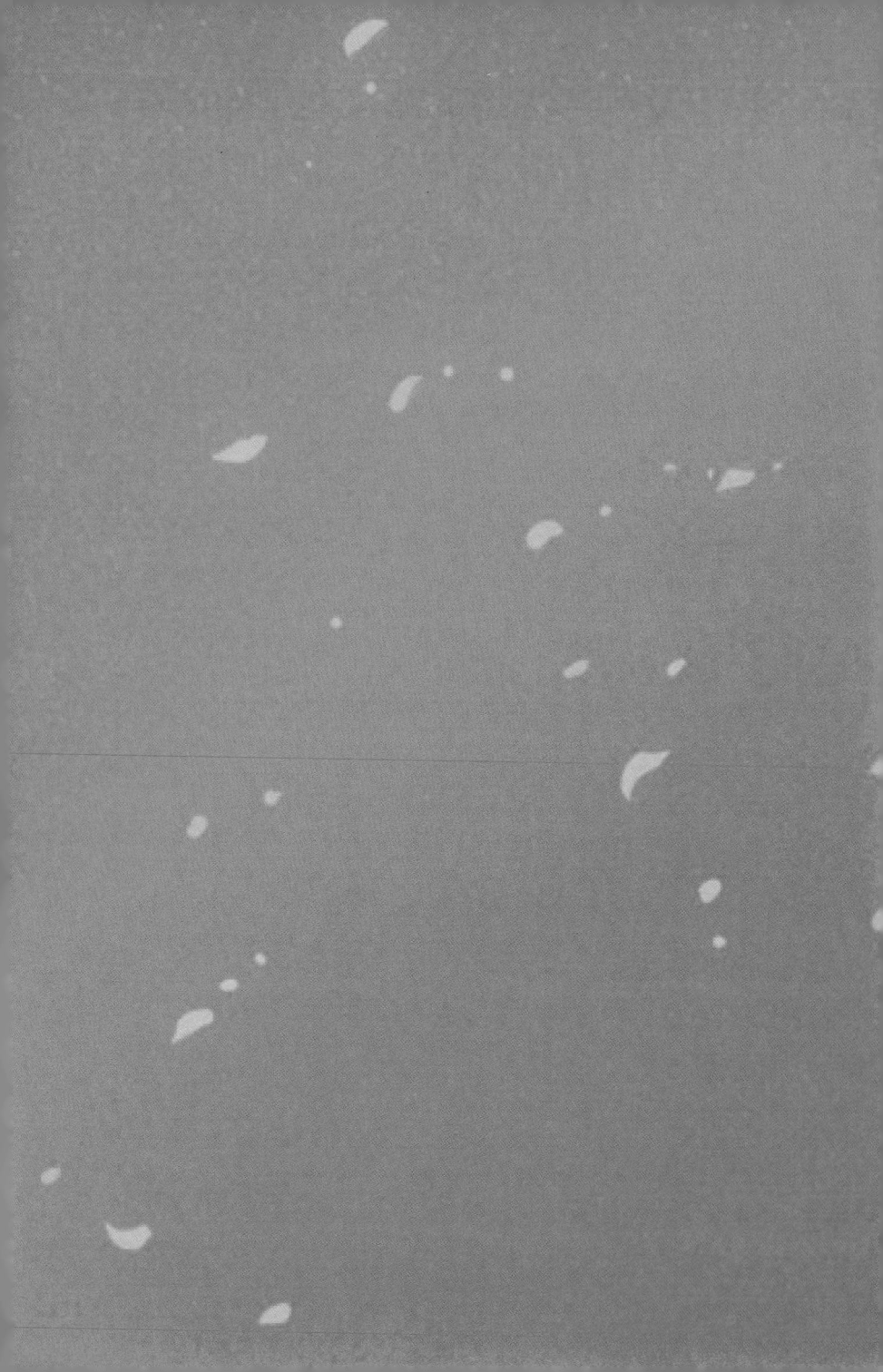

위대한 유혹 2

위대한 유혹 2

이지연 장편소설

[Contents]

Vol.1

신랑이 안 오다니!	7
이 결혼, 꼭 해야 하나?	34
이제부터 여기가 내 자리입니다	87
원해서 하는 겁니다	117
질투하는 건가?	175
숨이 막혀서	203
그러면 같이 잘래요?	241
처음이었어요?	275
이번엔 끝까지 갈 겁니다	347
립스틱, 새로 발라	379
나랑 할래요?	446
밤까지 못 기다릴 것 같아	472
이건 미친 짓이야!	512

Vol. 2

내가 괴롭혀서 싫었어요?	7
혼자 밤에 잠이 와?	65
침대로 가요	101
안아줘요	160
참지 말아요	196
어차피 복수하려고 했잖아	234
난 시작도 안 했어	294
언제든지 돌아와	323
왜 이렇게까지?	360
하나도 빠짐없이	398
약속한 거 잊었어?	430
사랑에 눈먼 죄	462
에필로그	486
외전 01. 성깔도 있단 말이지!	496
외전 02. 꼭 같이 살 필요는 없잖아	512
외전 03. 사랑한다고 고백해	519
작가 후기	534

Chapter 14

내가 괴롭혀서 싫었어요?

"하, 이건 미친 짓이야."
탁한 목소리와 함께 거친 숨소리가 들렸다.
잠시 후, 뜨거운 입술이 그녀의 입술을 삼키듯이 덮어버렸다.
짧지만 진한 키스였다. 입술은 곧 떨어져 나갔고, 율리의 어깨를 감싼 제호는 건물 사이의 골목 후미진 곳으로 자리를 옮겼다. 그곳은 고층 건물의 그림자가 어둡게 드리워져, 행인의 눈길이 미치지 않았다.
벽으로 율리를 밀어붙인 제호는 눈물도 축축해진 율리의 뺨을 양손으로 감싸며 다시 입술을 포갰다. 말도 안 되는 짓이란 걸 알겠는데, 도저히 멈출 수 없었다. 비밀 연애든 말든, 누가 바라보든 말든 더는 물러서고 싶지 않았다. 결국 아슬아슬하게 이어지던 이성의 끈은 끊어졌다.
율리는 쏟아지는 열기를 반항 없이 받아주었다. 말캉한 감촉이 입술 틈새를 두드리자, 스르르 입을 벌려주었다.
이상했다. 격해진 감정 때문이었을까? 그리워하던 순간인데도 송곳에 찔린 것처럼 가슴이 아팠다.

블라우스 안으로 비집고 들어온 손이 매끈한 살결을 어루만졌다. 차가운 느낌에 그녀는 저도 모르게 몸을 비틀었다. 그 작은 몸짓이 열기를 더더욱 뜨겁게 한다는 사실을 모른 채. 부드럽게 쓰다듬던 손길이 대담해지자, 흐릿했던 이성에 경고등이 들어왔다. 으슥한 곳이라고 해도 여긴 엄연히 바깥이었다.
"그만……."
율리는 손길을 피하려 몸을 비틀었다. 손길을 거둔 제호는 대신 더 세게 벽으로 밀어붙이며 깊숙이 입술을 맞물렸다. 혀가 엉키며 미친 듯이 안으로 파고들자, 벌어진 입에선 절로 신음이 터졌다. 숨결까지 모조리 빨아들일 것처럼 율리의 입술을 거칠게 함락했다.
"하, 그, 그만……."
숨이 막힌 그녀가 두 손으로 가슴을 밀어내고서야 입술을 물렸다.
"미안, 장소를 가려야 하는데……."
율리를 으스러지게 끌어안으며 제호가 탁한 목소리로 사과했다. 그는 그녀의 손을 잡고 근처에 주차해둔 차로 빠르게 이동했다. 차에 오르자, 곧바로 시동을 걸고 차를 몰았다. 집에 바래다주겠다든지, 지금 어디로 가는 중이라는지 등등, 필요 없는 말은 생략했다.
차고에 차를 세우고 집 안으로 발을 들이는 순간, 제호는 또다시 입을 맞추었다.
"율리야."
그저 이름만 불렀을 뿐인데, 목구멍이 타들어갈 만큼 달게 느껴졌다.
고작 이름 하나에…… 돌아버린 거지, 내가 너에게.
한순간이라도 관계를 끝내려고 마음먹었던 자신이 어리석게 느껴졌다. 어떻게 놓을 수 있을까. 안고 있는 지금도 이리 애가 타는데.

제호는 율리의 어깨에서 가방을 끌어 내리고는 그대로 소파에 던져 버렸다. 입고 있던 재킷도 벗겨 바닥에 떨어뜨렸다. 고개를 비틀어 더 깊게 입술을 베어 물며 거칠게 블라우스의 단추를 풀었다.

툭툭, 단추가 뜯기는 소리가 흐릿하게 율리의 귓가로 흘러들었다. 살며시 벌려진 입술에서 더운 숨이 느리게 흘러나왔다. 다디단 숨결이 뜨겁게 뒤섞이는 것을 느끼며 율리는 몸을 떨었다.

그에게 묻고 싶은 말은 많았지만 지금은 때가 아니었다. 아니, 상관없었다. 그가 옛 연인에게 돌아갔다고 해도, 아니면 단순히 마음이 변했다고 해도, 이 순간만큼은 신경 쓰고 싶지 않았다. 지금 이 순간만큼은 그는 여기에 있으니까. 그녀를 끌어안고 뜨겁게 숨을 얽으며 그녀를 꼼짝도 하지 못하게 속박하고 있으니까 더는 바랄 게 없었다.

율리는 제호의 키스 세례를 받으며 조금씩 뒤로 물러섰다.

"하, 이쪽……."

그녀가 의도하지 않은 곳으로 갈 때마다 제호는 그녀의 허리를 잡아 침실로 방향을 틀게 했다. 그러다 참을 수 없었는지 목도 중간에서 율리를 훌쩍 안아 올렸다.

침실 문을 열자마자 바로 침대로 직행해 그녀를 푹신한 시트 위에 내려놓았다. 동시에 반쯤 단추가 뜯겨 나간 블라우스를 단번에 벗겨냈다. 이어서 몸을 일으킨 그가 셔츠 단추를 풀기 시작했다.

이미 몇 번이나 서로를 어루만지고 키스했지만, 이번엔 달랐다. 다급함에 바짝바짝 입술이 말라갔다. 한시라도 그녀에게서 떨어지면 숨 쉴 수 없을 것처럼 조바심이 났다.

반쯤 단추를 풀었을 때 인내심이 한계에 다다르고 말았다. 티셔츠처럼 그대로 셔츠를 위로 끌어 올려 벗어버렸다. 그리고 침대에 몸을 눕히며 팔을 뻗어 율리를 품에 끌어안았다.

"너무 오래 기다리게 해서 미안."

율리는 제호의 목덜미에 얼굴을 묻은 채 가만히 고개를 내저었다. 널찍한 등 뒤로 손을 밀어뜨리며 그가 그녀를 안은 것처럼 그녀도 그를 꽉 끌어안았다. 촉촉한 입술이 더운 숨을 내뿜으며 이마와 콧대, 입술을 따라 내려가다 서서히 아래로 향했다.

이미 서로에게 익숙한 몸은 빠른 속도로 불타올랐다. 진득하게 얽히는 숨결 아래서, 눈앞이 하얗게 타들어가는 것만 같았다. 최고조까지 다다른 감각에 이제 어떤 장벽도 두 사람을 가로막을 수 없었다.

강하게 밀려드는 몸짓에 온몸에 소름이 돋았다. 율리가 두 눈을 감으며 허리를 휘자, 그가 나긋이 귓가에 속삭였다.

"눈 떠봐요."

달래는 듯 다정한 목소리에 율리는 천천히 눈을 뜨고 그를 올려다보았다.

"오늘은 끝까지 갈 거예요. 싫으면 지금 말해요. 한번 시작하면 멈출 수 없으니까."

몸을 일으킨 율리는 양손으로 제호의 뺨을 감싸며 부드럽게 속삭였다.

"싫을 리가 없잖아요."

그 말에 그녀를 향한 그의 눈매가 부드럽게 휘었다.

"아플지도 몰라."

허벅지를 옆으로 벌려 자세를 잡으며 그가 말했다.

"아프면 참지 말고 말해요."

상대의 나긋나긋한 목소리에 긴장이 풀리는 순간 생경한 감각이 몸속으로 밀려들었다.

"으윽."

전혀 경험해보지 못한 느낌에 율리는 저도 모르게 얼굴을 찡그리며 입술을 깨물었다.

"아파?"

걱정스러운 듯 묻는 제호를 향해 그녀는 고개를 내저었다. 못 견딜 정도로 고통스러운 것은 아니었다. 하지만 아무렇지 않게 견디기엔 버거운 것도 사실이었다. 티 내지 않으려고 해도 저절로 입술이 파르르 떨렸다.

"또 센 척한다."

그녀가 참고 있다는 것을 아는지 그는 움직이는 대신 맞물린 부위를 살며시 어루만졌다. 그리고 꼭 깨문 율리의 입술을 부드럽게 혀로 핥았다.

"흐응."

서서히 긴장이 풀리며 '하', 그녀 입에서 잠았던 숨이 흘러나왔다. 순간 다시금 강한 자극이 안쪽 깊숙이 밀고 들어왔다. 처음보단 덜 힘들었지만, 허리가 비틀리는 것까진 막을 수 없었다.

"괜찮아. 자, 이제 다 됐어."

그게 무슨 뜻인지 물어보기도 전에 다음 동작으로 이어졌다. 커피에 크림이 녹아들 듯 천천히, 머릿속이 텅 빌 만큼 격렬하게 두 사람은 서로를 품었다.

한 치의 빈틈도 없이 뒤얽혀 절정으로 다가간 순간, 율리는 눈물을 흘리는 자신을 발견했다.

"……아, 제호 씨…… 나, 나………."
 말로 표현할 수 없는 새로운 감각에 숨이 막혔다. 미쳐버릴 것만 같았다. 이전까지의 관계는 그저 장난에 불과했다. 지금이 진짜였다. 이대로 온몸이 산산이 흩어진다고 해도 이상하지 않을 정도였다. 율리의 눈물을 다정히 혀로 핥으면서도 그는 동작을 천천히 하진 않았다. 오히려 더 격렬하고 빠르게 속도를 올렸다.
 "아, 아……아!"
 마침내 견딜 수 없는 한계까지 다가간 율리는 제호를 꽉 끌어안고 달뜬 신음과 함께 눈물을 쏟아냈다.
 "쉬이, 괜찮아."
 다독거리는 다정한 손길에도 눈물은 쉬이 멈추지 않았다. 끊임없이 부풀어 오르던 무언가가 결국 팡 터져버린 느낌이었다. 떨림이 잦아들자 시야가 흐릿해지며 눈꺼풀이 무거워졌다. 정신을 차려야 했지만 쉽지 않았다. 헝클어진 머리카락을 쓰다듬는 손길을 느끼며 힘없이 눈을 감았다. 잠시 후, 캄캄한 그림자가 주위로 내려앉기 시작했다.
 "하."
 두 눈이 감긴 율리의 입에서 여린 한숨이 흘러나왔다.
 제호는 기절하듯 잠들어버린 율리를 가만히 내려다보았다. 처음이라 좀 더 배려했어야 했는데 그러지 못했다. 무언가에 쫓기는 것처럼 급하게 그녀를 안기에만 바빴다. 하지만 그녀는 불평 없이 몰아치는 열기를 꿋꿋이 받아냈다. 참고 견디는 것에 이골이 난 것처럼, 침대에서조차.
 제호는 옆으로 몸을 눕히며 율리를 품으로 끌어당겼다. 다치지 않게 하겠다고 했으면서, 막상 그녀를 울리는 건 자신인 것 같아서 마음이 불편했다.

"미안."

제호는 잠든 그녀의 뺨에 조심스레 입을 맞추었다. 잘못된 결정이란 걸 알지만, 이젠 돌이킬 수 없었다. 무슨 일이 있어도 그녀와 함께 가야 한다. 그녀가 자신을 미워한다고 해도, 쓰레기 취급을 한다고 해도.

"꺼지라고만 하지 마."

제호는 씁쓸한 미소를 떠올리며 율리의 머리를 쓰다듬었다.

잠결에 몇 번쯤 품에서 벗어난 것 같은데, 그때마다 강인한 팔이 그녀를 다시 끌어당겼던 것 같다. 그러나 어느 순간 따뜻한 온기가 사라졌다.

"……응, 알아. ……어."

희미하게 들리는 말을 들으며 율리는 느리게 눈꺼풀을 들썩였다. 손가락도 꼼짝할 기운이 없었지만, 청각은 멀리서 흘러드는 소리에 민감히 반응했다. 반쯤 눈을 뜨니 흐린 시야로 발코니에 기댄 제호의 모습이 들어왔다.

"응, 내일 뵈러 갈 거야. ……회장님도 이쯤 되면 알고 계시지 않을까 싶어. ……아니, 그건 됐어. ……신다희는? ……알아, 화났겠지."

'신다희'란 이름이 귓속에 흘러들었다. 잠결이라서 반응은 느렸지만, 머릿속으로 물음표가 떠올랐다.

신다희라면 신 대리? 서로 아는 사이인 거야?

좀 더 생각에 집중하려고 했지만 수마가 몰려왔고, 결국 율리는 다시 잠에 빠져들었다. 동시에 방금 들었던 대화는 꿈속으로 사라졌다.
[화난 정도가 아니야.]
휴대폰 너머로 우결의 가라앉은 목소리가 흘러나왔다.
[민우한테 찾아간다는 걸 내가 겨우 말렸어.]
"알았어. 신다희한테 지금 만나자고 연락해."
신다희의 최대 목표는 채유리인데, 채유리는 결혼이 깨짐으로써 최대 수혜자가 되어버렸다. 분노하는 신 대리를 우선은 지켜보자는 말로 우결이 설득했지만 역부족인 것 같았다.
우결과 통화를 끝낸 제호는 침실로 돌아가 율리가 깨지 않게 침대 가에 비스듬히 걸터앉았다. 그녀는 잠자는 숲속의 미녀처럼 미동도 하지 않고 깊이 잠들어 있었다. 율리를 깨우려던 제호는 마음을 바꿨다. 아마 그녀가 깨기 전에 돌아올 수 있을 것이다. 제호는 그대로 침대에서 일어나 침실을 빠져나갔다.

꽤 늦은 시각이었지만, 신다희는 흔쾌히 제호의 만남 제의에 응했다. 한강이 내려다보이는 곳에 주차한 제호의 차에 10분 후, 누군가가 유리창을 두드렸다. 제호가 잠금장치를 풀자 문이 열리며 신 대리가 차에 올라탔다.
"빨라서 좋네요. 내일 만나자고 했으면 바로 권 실장에게 달려가려고 했는데."
"그동안 미국에 있었습니다."
"알아요, 우결 씨에게 들었어요."

우결에게는 소리 질러 닦달하던 그녀였지만, 제호 앞에선 미소 짓는 모습을 보였다. 그에겐 먹히지 않는 수법이라는 것을 아니까. 이 남자는 목에 칼이 들어와도 자신이 원치 않는다면 하지 않을 것이다.

"원하는 게 뭡니까?"

한순간도 지체하기 싫다는 듯 제호는 운전대를 손끝으로 톡톡 두드리며 바로 본론으로 들어갔다.

"알면서 왜 묻는 거죠?"

질문이 거슬리는 듯 다희는 인상을 찌푸렸다.

"민우는 그쯤 하면 복수가 된 것 같은데."

"아뇨. 그보다 더 무너져야죠. 게다가 유리는 지금 날아갈 듯 행복해하잖아요."

얼마 전 만난 유리의 안색이 밝아진 것을 보고 미쳐버리는 줄 알았다. 엉망이 된 결혼식이 유리에겐 신바람 나는 축제 같았을 것이다.

"전부터 물어보고 싶었는데 채유리에게까지 꼭 복수해야 합니까? 유리가 신다희 씨의 애인을 의도적으로 빼앗은 것도 아니잖아요. 복수하려면 당신을 배신한 선 애인에게 해야지."

순간 그녀의 표정이 표독스럽게 변했다.

"누구에게 복수하건 그건 내 마음이에요. 우리 거래 조건이 뭐였죠? 내가 그쪽 복수 도와주면 그쪽도 내 복수 도와주기로 한 거 아닌가요? 그런데 왜 도중에 마음을 바꾼 거죠?"

도중에 마음을 바꾼 건 아니었다. 애초에 유리나 율리에게 해를 가하게 내버려둘 생각은 전혀 없었다. 적당히 그녀를 도와주는 선에서 스스로 분이 풀리게 할 작정이었다.

그녀를 이 지경까지 만든 건 채유리가 아닌 권민우였다. 다희는 유리가 민우를 좋아한다는 사실을 알고 일부러 민우를 유혹했다. 하지만 결과는 참혹했다. 민우의 가학적인 성향으로 인해 끊임없는 부상과 중절 수술을 거듭하다 결국엔 임신할 수 없는 몸이 되어버렸다.
"민우 때문에 몸과 마음을 다친 건 유감이라고 생각합니다."
제호는 질문에 답하는 대신 화제를 바꾸었다.
"하지만 제대로 잘 치료받는다면 임신이 완전히 불가능한 것도 아니에요. 민우는 내가 무슨 수를 써서라도 죗값 달게 받게 할 테니까, 신다희 씨는 이쯤에서 그만하고 치료받아요. 앞으로의 치료비와 생활비, 위로금은 내가 책임질 테니까."
"돈으로 해결하시겠다고요?"
"유리에게 복수한다고 해도, 그저 순간일 뿐입니다. 그보단 미래를 계획하는 게 낫지 않을까 하는데."
다희는 침묵을 지킨 채 어두운 한강만 바라보았다. 이윽고 그녀의 입이 열렸다.
"제호 씨가 이러는 거, 채율리 때문인가요? 의도적으로 접근하다가 진심이라도 됐어요?"
"내가 그 질문에 답해야 할 의무는 없는 것 같은데."
날카로운 말투가 튀어나오자, 다희는 제호에게로 고개를 돌렸다. 증오를 담은 그녀의 눈빛이 어둠 속에서 울렁거렸다.

"……으음."
머리를 쓰다듬던 손길에 율리는 눈꺼풀을 열었다. 희미하게 밀려드는 아침 햇살 속에서 제호의 모습이 보였다. 그는 곧 외출할 것처럼 검은 스웨터를 입고 있었다. 율리는 느릿하게 눈을 깜박였다. 초점이 맞아갈수록 어젯밤의 일이 선명하게 되살아났다.
그러니까 어젯밤에…… 아!
율리는 서둘러 이불로 몸을 가리며 위를 올려다보았다.
"어디 가는 거예요?"
"아뇨. 막 돌아오는 길이에요. 나 없을 때 깼었어요?"
고개를 흔들자 그가 밝게 웃었다.
"다행이네요."
어딜 갔었냐고 물으려는데, 그가 고개를 숙여 입술을 포갰다. 한참 후에야 그녀를 놓아주며 그가 나직이 투덜거렸다.
"한밤중에 일어났다가 내가 없다고 울면 어쩌나, 얼마나 걱정되던지."
"울다니, 내가 어린애예요?"
율리는 뽀로통한 얼굴로 되물었다.
"어젯밤 보니까 어린애처럼 질밀 울던데."
순간 얼굴이 확 붉어졌다. 그의 말대로 펑펑 울긴 했었다. 울기만 했나, 비명도 질렀다. 그러고 보니 목이 좀 쉰 것도 같았다. 이게 다 누구 때문인데.
"그만하라고 해도 끝까지 괴롭힌 게 누군데 그래요."
율리가 토라진 얼굴로 흘겨보자 제호는 이불을 끌어 내리며 침대로 올라왔다. 그리고 속삭이듯 물었다.
"그래서, 내가 괴롭혀서 싫었어요?"
율리는 빨개진 얼굴로 입을 다물었다. 그런 걸 직접적으로 물어보면 뭐라고 대답해야 할지 알 수 없었다. 하지만 결국 거짓말은 할 수 없어 천천히 고개를 저었다.

"아뇨."

대답이 마음에 들었는지 제호는 짧게 웃으며 그녀 위로 몸이 겹쳐지게 자세를 바꾸었다. 그리고 한 손으로 상체를 지탱하고 다른 손으로 율리의 허리를 감았다.

"그러면 이번엔 어떻게 괴롭혀줄까?"

스웨터를 벗으며 그가 부드럽게 물었다. 그의 몸에선 바깥의 찬 기운이 느껴졌다. 하지만 눈빛은 그 무엇보다 뜨거웠다. 그는 차가우면서 뜨거웠고, 부드러우면서도 거칠었다. 그 양면성이 율리를 더욱더 불타오르게 했다. 율리는 팔을 벌려 제호를 끌어안았다.

두 사람이 침대를 빠져나온 것은 정오가 훨씬 지나서였다.

샤워를 마친 율리가 주방에 발을 들여놓으니 찬장 문을 열고 먹을 것을 찾는 제호의 모습이 보였다. 그동안 집을 비워두었기에 냉장고 안은 텅 빈 상태였다. 수프 캔과 비스킷, 아일랜드 식탁 위에 놓인 감자 칩 봉지와 초콜릿이 전부였다.

"뭐라도 배달시킬까?"

"아뇨, 그거면 충분해요."

등 뒤로 다가간 율리는 그의 허리를 끌어안았다. 한시라도 그와 떨어지기가 싫었다. 그녀가 코알라처럼 딱 달라붙어 놓아주지 않자 제호는 한숨을 내쉬며 뒤로 몸을 돌렸다.

"자꾸 이러면 밥이고 뭐고 또다시 달려들 거야."

엄하게 경고했는데도 율리가 떨어지려고 하지 않자, 그는 율리를 번쩍 안아 들어 아일랜드 식탁에 앉혔다.

"이거 먹으면서 얌전히 기다려."

감자 칩 봉지를 뜯어 율리의 품에 안기며 그가 말했다. 순간 장난기가 돈 율리는 감자 칩 봉지를 내려놓고 대신 초콜릿을 입에 넣었다. 그러곤 눈을 감으며 신음 같은 감탄사를 크게 흘렸다.

"뭐 하는 거야?"

제호가 의아한 듯 미간을 찌푸렸다.

"혀로 핥으며 느릿하게 녹여 먹고 있어요. 그래야 제대로 맛을 음미할 수 있으니까. 음……."

저번에 그가 한 말을 고대로 따라 하며 율리는 봉지에서 감자 칩을 꺼내 한입에 넣고 바삭 깨물었다.

"초콜릿은 천천히 녹여 먹지만, 감자 칩은 한입에 먹어야 하거든요."

말을 마친 그녀는 입가에 묻은 초콜릿과 칩 부스러기를 보란 듯이 천천히 혀로 쓸었다. 팔짱을 끼고 가만히 지켜보던 제호의 입가에 미소가 떠올랐다.

도발이란 걸 알고 저러는 걸까?

"참 나쁘네, 채율리는."

앞으로 다가온 제호는 아일랜드 식탁에 팔을 짚어 그녀를 가두며 말을 이었다.

"맛있는 거 혼자서만 먹고."

그 말에 율리는 생긋 웃으며 제호의 입 속에 초콜릿을 넣어주었다. 그다음으론 감자 칩을 넣어주었다. 제호는 그녀와 시선을 맞춘 채 감자 칩을 깨물었다. 바삭거리는 소리가 왠지 모르게 짜릿하게 느껴져 율리는 지그시 아랫입술을 깨물었다.

띠리링—.

그녀를 바라보는 제호의 눈빛이 짙어지며 키스하려 고개를 숙이는데, 휴대폰이 울렸다. 특정 알림 벨은 아니었지만 제호는 휴대폰을 꺼내 발신자를 확인했다. 화면에 뜬 번호를 본 제호는 표정을 굳히며 율리에게서 물러났다. 그리고 통화 버튼을 누르고 조금은 가라앉은 목소리로 대답했다.

"네, 회장님."

제호가 회장실로 들어서자 서류를 훑어보던 권 회장이 고개를 들었다.

"갑자기 미국에 다녀왔다고 들었다."

"네, 급한 일이 좀 있어서요."

권 회장은 제호가 앉은 소파 맞은편에 자리를 잡았다. 그는 휴일인데도 회사를 찾는 일이 잦았고, 오늘도 아침부터 회장실을 지켰다.

"그래."

권 회장은 짧게 고개만 끄덕였다. 자신의 큰아들이 사경을 헤맸다는 사실을 까맣게 모르는 걸까? 표정만 봐서는 알 수 없었다. 제호는 슬쩍 권 회장을 떠보았다.

"어머니가 이번 실리콘 밸리에서 열린 자선 파티에 주최자로 참여하셨거든요."

"음."

권 회장은 이번에도 이렇다 할 반응은 보이지 않았다. 하지만 조금 불편해 보였다. 윤 여사는 쓴소리를 마다하지 않는 며느리였기에 두 사람의 관계는 썩 좋은 편은 아니었다. 심하게 표현하자면 적대 관계에 가까웠다.

"자선 파티 때문에 스트레스를 받으셨는데, 이젠 괜찮으십니까?"

"그렇겠지. 네 어미는 아프리카 초원에 놓아도 혼자 살아남을 사람이니까. 천운도 좋고."

'천운'이란 말에 제호의 눈꼬리가 살며시 올라갔다. 하지만 곧 평소의 얼굴로 돌아갔다.

"그래서 민우는 어떻게 하실 겁니까? 자르실 겁니까?"

'그게 무슨 소리냐?'라고 물어볼 줄 알았는데, 권 회장은 입을 다문 채 생각에 잠겼다. 어쩌면 권 회장도 민우의 일을 속속들이 알고 있지 않을까 하는 의혹이 들었다. 잠시 후, 권 회장이 입을 열었다.

"자르고 말고 할 것도 없다. 처음부터 녀석에게 기대한 것은 하나도 없으니까."

그는 피곤한 듯 눈을 감으며 손등으로 미간을 꾹 눌렀다.

"내가 너보고 오늘 보자고 한 이유는 이 말을 하기 위해서다."

잠시 뜸을 들인 권 회장은 이마에서 손을 내리며 천천히 눈을 떴다.

"채 의원 딸은 안 된다."

제호는 아무런 동요 없이 잠자코 권 회장을 바라보았다.

"민우와 결혼식까지 간 아이야. 그 아이를 갖게 되면, 너에 대한 여론이 나빠진다. 사촌 동생의 자리를 빼앗는 것도 모자라 여자까지 취했다는 말이 나올 거야."

"저는 민우의 자리, 하나도 관심 없습니다. 그리고 율리는 소유할 수 있는 물건이 아닙니다."

무슨 뜻이냐는 듯 권 회장이 눈을 가늘게 모으자, 제호는 눈매를 휘며 부드럽게 웃어 보였다.
"마음 놓으세요. 걱정하실 일은 없을 겁니다."
"알아들었다니 다행이구나. 그럼 이만 가봐라."
"네, 회장님."
회장실을 나와 엘리베이터로 향하던 제호는 복도 중간에서 민우와 마주쳤다. 그는 제호를 보자마자 불쾌한 표정을 지었다.
"미국에 있는 줄 알았더니, 언제 돌아왔어?"
"어제 오후."
힐끗, 제호 뒤쪽을 바라본 민우는 그가 회장실에서 나왔다는 것을 눈치챘는지 표정을 일그러뜨렸다.
"할아버지 뵈러 온 거야?"
"응. 넌 얼굴이 왜 그래? 밤이라도 새웠어?"
민우는 붉게 충혈된 눈에 퀭한 얼굴이었다.
제호의 말대로 어젯밤 민우는 밤을 새웠다. 채 의원의 집 앞에서 차를 세우고 꼬박 밤을 보냈다. 집에 돌아오는 율리를 붙잡고 말이라도 건네볼 작정이었다. 그러나 그녀는 끝내 집에 돌아오지 않았다. 율리가 외박했다는 사실이 믿기지 않았다.
율리를 찾으려 혈안이 되어 있는데 갑자기 권 회장에게 할 말이 있으니 회사로 나오라는 연락을 받았다. 씩씩거리며 오는데 미국에 있는 줄 알았던 제호와 마주쳤다. '혹시, 율리가 외박한 이유가 형 때문인가?'라는 의심이 들었지만, 아닐 거라고 애써 부인했다.
"필리핀 일은 잘 처리했어? 결혼식을 미룰 만큼 심각한 일이었다고 들었는데."
민우는 대답 대신 매섭게 제호를 노려보곤 그대로 지나쳐 회장실로 걸어갔다.

"······아."
율리는 굶주린 배를 움켜쥐며 찬장을 열어보았다. 제호는 두 시간 후에 돌아오겠다고 했지만, 도저히 그때까지 기다릴 수 없을 것 같았다. 그렇다고 주인 없는 집에서 혼자 음식을 배달시켜 먹기도 그렇고.
"수프 캔이 어디 있더라?"
잇따라 찬장 문을 열어보던 율리는 찻주전자와 소태 차가 담긴 통을 발견했다. 순간 신 대리가 했던 말이 머릿속에 떠올랐다.
— 참, 제호 씨 집에 있는 차, 너무 쓰지 않아요?
— 소태 차라고 했던가? 아마 그럴 거예요.
율리는 재빨리 찬장 문을 닫아버렸다. 그리고 신 대리의 말을 머릿속에서 밀어내려 노력했다. 행복한 순간에 불순물이 끼어드는 건 싫었다. 그런데도 자꾸만 소리에 소리를 물고 삼생각이 떠올랐다.
— ······신다희는? ······알아, 화났겠지.
정말 어젯밤 그가 그런 말을 했을까? 잠결에 들어서 정확하진 않았다. 꿈이었는지, 진짜였는지도 확실하지 않았다.
그때 옆에 놓아둔 휴대폰이 울렸다. 발신자를 확인하니, 낯선 번호라고 여겨서 받지 않았던 제호의 새 번호였다.
"여보세요?"
[뭐 먹고 싶어요? 들어가는 길이니까, 지금 사 갈게요.]
'아무거나'라고 말하려던 율리는 그게 더 어려운 대답인 것을 깨달

고 대충 메뉴를 골랐다.

"아보카도 들어간 샌드위치면 뭐든 괜찮아요."

[알았어요. 곧 갈게요.]

집 근처였는지, 20분도 안 돼서 샌드위치 백을 손에 쥐고 제호가 돌아왔다. 그녀가 어떤 샌드위치를 좋아할지 몰라 종류별로 사 왔단다. 율리는 그중에서 아보카도 참치 샌드위치를 골랐다. 입맛을 다시며 포장을 푸는 율리에게 제호가 물었다.

"그런데 안 물어봐요?"

샌드위치를 한입 베어 문 율리는 무슨 말이냐는 듯 눈을 굴렸다.

"왜 그렇게 미국에 급히 들어갔는지, 미국에서 뭐 했는지, 왜 그동안 연락하지 않았는지. 물어보고 싶은 거 많을 텐데."

율리는 잠자코 샌드위치를 씹었다. 음식물을 모두 삼키고 앞에 놓인 컵에 우유를 따른 후에야 제호의 물음에 답했다.

"아뇨. 제호 씨가 한국에 있을 때만 만나기로 한 거잖아요. 여기 있을 때만 나한테 집중해주면 돼요."

의외라는 듯 제호가 옆으로 고개를 기울이자, 율리는 우유를 한 모금 마시고 말을 이었다.

"대신 여기선 나만 만나는 걸로 해요. 다른 여자는 안 돼요."

"한국에 있을 때만?"

"네."

율리는 샌드위치를 베어 물며 고개를 끄덕였다.

"이런, 난 소유욕 강한 사람이 좋은데……."

제호는 혼잣말처럼 중얼거리며 로스트비프 샌드위치의 포장을 풀었다.

"난 한국이 아니라 그 어디에서라도, 지구가 아니라 화성에서라도 누가 내 여잘 건드리면 놈의 손을 부러뜨릴 거라서."

"그럴 일은 없을 거예요. 난 대부분 한국에 있을 테고, 남자는 제호 씨 하나만으로도 벅차니까."

"그건 남자가 벅차다는 겁니까, 아니면 내가 벅차다는 겁니까?"

율리는 제호를 마주 보며 천천히 눈을 깜빡거렸다.

사실을 말하자면 그녀의 인생에 누군가 다른 사람이 뛰어든다는 것 자체를 감당하기 힘들었다. 가능했다면 처음부터 철벽을 치고 그를 밀어냈을 것이다. 아쉽게도 시기를 놓쳐버렸으나, 그래도 조금은 거리를 두는 게 안전할 것이다.

"둘 다요."

율리는 반쯤 남은 샌드위치를 내려놓으며 자리에서 일어났다.

"전 이만 가볼게요. 어제 오피스텔 계약했어요. 오늘부터 이사 시작하려고요."

"오피스텔?"

율리는 의아한 표정을 짓는 세호에게 재 의원과 했던 말을 쌀막이 설명했다.

"옮길 짐도 별로 없고. 가구가 포함된 호텔식 오피스텔이어서 우선 옷이랑 소지품만 챙겨 가려고요. 그리고 시간 날 때마다 조금씩 옮기고."

"그러면 나도 이사하는 거 도울게요."

제호도 율리를 따라 일어섰다. 우유를 마신 컵을 싱크대에 넣던 율리는 놀란 얼굴로 뒤를 돌아보았다.

"바쁘지 않아요?"

"주말인데 내가 뭐 해야겠어요?"
뒤에서 율리를 끌어안으며 그가 부드럽게 속삭였다.
"내 여자와 시간을 보내야지."
'내 여자'란 말이 은근히 설레어 율리는 고개를 숙이며 웃고 말았다. 그가 자신의 이런 표정을 볼 수 없다는 사실에 안도하면서.

제호의 도움으로 이사는 생각보다 빨리 끝났다. 안 여사와 유리에겐 이미 말해두었기에 따로 설명할 필요는 없었다. 어젯밤에도 새로 계약한 오피스텔에서 자고 갈 거라고 말해둔 상태였다.
"반찬 떨어지면 언제든지 와서 더 가져가거라."
율리를 위해 마련한 반찬 통을 건네며 안 여사가 말했다.
"그리고 적어도 한 달에 한두 번쯤은 집에 들렀다 가고."
진심으로 하는 말인지 그냥 하는 말인지는 알 수 없었지만, 안 여사는 정말로 서운한 표정을 지어 보였다.
율리가 집에서 나오자 제호가 차에서 내려 안 여사에게 받은 반찬 통을 건네받았다.
"이게 마지막입니까?"
"네."
꿈에 그리던 독립이었는데 막상 하게 되니 기분이 묘했다. 마음에 없는 결혼까지 감수하며 집을 떠나고 싶었는데, 이렇게 쉽게 이뤄지다니 조금은 허탈한 기분이 들었다.
"오늘 여기서 잘 겁니까?"

대충 짐 정리가 끝나갈 때쯤 침실을 들여다보며 제호가 물었다.
"네, 침구 세트도 다 가져왔고."
그녀의 말에 제호는 침대를 툭툭 밀쳐보곤 못마땅한 표정을 지었다. 텍사스 킹사이즈인 그의 침대에 비하면 안에 놓인 싱글 침대는 어린아이 침대처럼 작아 보였다.
"침대 크기가 너무 작은 것 같은데……."
"왜요? 혼자 자기에 딱 맞는 크기 아닌가요."
"이런, 섭섭하네."
물끄러미 침대를 바라보던 그가 실망한 투로 물었다.
"오늘 밤, 혼자 자려고 했어요?"
'당연하죠.'라고 말하려던 율리는 급히 입을 다물었다. 제호의 표정이 쌩, 차디찬 바람이 불 것처럼 싸늘해졌기 때문이다.
이사하는 걸 도와줬는데 너무 매정했나?
"……음, 둘이 자기엔 침대가 너무 좁잖아요. 그러니까……."
율리의 입에서 변명 같은 말이 흘러나왔다. 잠시 뭔가 골똘히 생각하는 듯 같던 제호는 율리의 손을 잡아 이끌었다.
"그러면 우선 침대부터 사러 가죠."
"지금이요?"
율리는 당황스러운 얼굴로 제호를 바라보았다.
"오늘 안으로 받으려면 지금 가야 할 것 같은데."
"우리 둘이서 침대를 사러 가면 이상하지 않을까요?"
비밀 연애라서 밖에서 식사하는 것도 꺼리는 데다 강릉에 갈 땐 변장이라면서 가발까지 쓰고 갔었다. 그런데 떡하니 둘이서 침대를 사러 간다니, 큰일 날 일이었다. 게다가 얼마나 자주 와서 자고 가려고 침대까지 바꾸나, 라는 생각이 들었다.
"침대는 나중에 혼자 나가서 살게요. 오늘은 그냥 가……."
율리는 끝을 맺지 못하고 말꼬리를 흐렸다. '그냥 가요.'란 말이 쉽게 나오지 않아서였다. 막상 그를 보내고 혼자 밤을 보내려고 하니, 가슴 한편이 서늘해졌다. 어느새 그와 함께 있는 것에 익숙해져버린 걸까?
독립한 첫날부터 이러면 안 되는데…….
율리는 아랫입술을 잘근잘근 깨물었다. 그녀의 속마음을 읽은 것처럼 제호는 느긋한 몸짓으로 침대에 걸터앉았다.
"좋아요. 오늘은 시험 삼아 여기서 해보죠. 얼마나 불편한지."
"시험 삼아 하긴 뭘……."
"아, 미안. 말이 헛나갔군요. 시험 삼아 여기서 자보죠."
'정말 집에 안 돌아갈 거예요?'라고 묻는 대신 율리는 제호를 침대에서 밀어냈다. 그리고 묵묵히 침대 시트를 씌웠다. 그와 작은 침대에서 함께 잠들 걸 생각하니 묘하게도 기분이 들떴다. 독립한 첫날, 그와 함께 밤을 보내는 것도 그리 나쁘진 않을 거다.
미쳤어! 나, 지금 무슨 생각하는 거야?
율리는 말도 안 되는 생각을 하는 저 자신에게 화들짝 놀라고 말았다. 몇 달 전과 비교하면 완전 다른 사람처럼 변해버린 것 같았다. 이러다 그에게 푹 빠져버리면 어쩌나, 덜컥 겁이 날 정도였다. 그는 언젠가 미국으로 돌아갈 텐데. 나중에 혼자 어떻게 지내려고, 이제 겨우 시작인데 벌써 이렇게 흔들리다니…….
감정이 혼란스러워 시트를 씌우는 손길이 거칠어졌다. 그 모습을 지켜보던 제호는 그녀의 손에서 조심스럽게 시트를 빼앗았다.
"내가 할게."

시트를 씌우고 이불까지 편 제호는 마지막으로 베개를 내려놓았다. 딱 하나만 있는 베개. 혼자 잠을 청할 때도 집이든 별장이든 항상 두 개의 베개를 올려놓는 제호와는 달랐다. 왠지 둘이 될 미래를 준비하는 그와 혼자 남을 걸 준비하는 그녀의 차이를 보는 것만 같았다.

결국, 그날 밤 두 사람은 싱글 침대에 몸을 뉘였다. 벽과 제호의 사이에 끼어 숨이 막힐 것 같았지만, 율리는 의외로 안정감을 느꼈다. 몸을 제대로 움직일 수 없는 압박감이 나쁘지만은 않았다. 이래서 고양이가 좁은 공간을 좋아하나 보다, 라는 생각도 들었다. 하지만 그녀는 그렇다 처도 발끝이 침대 밖으로 벗어나는 그는 불편할 게 틀림없었다.

"잠자리 불편하지 않아요?"

"전혀."

제호는 아니라고 했지만, 율리는 믿을 수 없었다.

"매트리스도 오래되었는지 딱딱한 것 같아요."

그녀가 느끼기에도 이런데, 최고급 매트리스 위에서만 자는 제호는 더욱더 그럴 것 같았다. 다른 건 몰라도 매트리스는 새로 사야겠다고 속으로 중얼거리는데 머리 위에서 제호의 목소리가 들렸다.

"침낭에서 자는 것과 비교하면 이건 아무것도 아니에요. 자유 시간이 생길 때 종종 하이킹을 떠나거든요. 보통 일주일 일정을 잡는데, 딱딱한 땅 위에 침낭을 펼쳐서 잠을 청해요. 그러면서 몇 날 며칠을 걷기만 하는 거죠."

"하이킹을 좋아하는 줄 몰랐어요."

율리는 고개를 들어 제호를 올려다보았다. 도시적인 느낌이 물씬 풍기는 남자가 배낭을 메고 숲속을 걷는 모습은 잘 상상되지 않았다. 제호는 부드럽게 웃으며 흘러내린 율리의 머리를 쓸어 올려주었다.

"거대한 자연 속에 동화되는 느낌이 좋아서……. 계속 걷다 보면 신선한 영감을 얻기도 하고. 다음번 하이킹 계획은 유타주에 있는 아치스 국립 공원인데, 한국에선 볼 수 없는 레드락이 장관을 이루는 곳이에요."

율리의 입술에 가볍게 키스하며 그가 나직이 속삭였다.

"일몰 때, 암벽 위로 내려앉는 노을이 정말 환상적이야. 나중에 꼭 함께 가자."

제호는 너무나 자연스럽게 '나중에 꼭 함께 가자.'라는 말을 했다. 저번 산토리니 섬도 그렇고, 이번도 그렇고. 그냥 하는 말이겠지만 그럴 때마다 덧없는 희망에 마음이 설레었다. 그리고 한편으론 씁쓸했다. 얼마나 오랫동안 이 관계가 지속될까? 끝이 보이는 불장난일 뿐인데.

"그래요. 나중에 꼭 함께 가요."

그런 일은 일어나지 않을 거라는 것을 알면서도 율리는 담담하게 말했다. 헛된 꿈이지만 지금 이 순간만큼은 달콤하고 행복하니까, 그것으로 만족했다.

예상외로 율리는 제호에게 안긴 채 편안히 잠들 수 있었다. 침대는 좁았지만, 몸과 마음은 너무나도 따뜻했기에…….

그렇게 독립한 첫날 밤이 지나갔다.

"실장님, 어쩐 일이세요?"

신다희는 밤늦게 연락도 없이 불쑥 찾아온 민우를 당황스러운 얼굴로 맞이했다. 율리와의 결혼식을 앞두고 민우는 그녀에게 발길을 끊었었다. 이런 식으로 자연스럽게 관계가 정리됐다고 생각했는데, 왜 온 걸까? 결혼이 깨져서 마음이 바뀐 걸까?

민우는 거칠게 넥타이를 풀어 헤치며 어수선한 실내를 둘러보았다. 짐을 싸는지 집구석 여기저기에 상자와 물건들이 널려 있었다.

"어디 이사라도 가려고?"

"……아, 네."

그녀는 제호의 제안을 받아들이기로 했다. 월요일에 출근하면 사직서를 내고 당분간 해외로 나가 있을 계획이었다. 그렇기에 민우의 방문이 반갑지만은 않았다. 언제까지 이 쓰레기 앞에서 가면을 쓰고 아양을 떨어야 하나, 회의감이 몰려왔다.

"나한테 말도 없이? 에이 쌍, 이젠 너까지 날 우습게 여겨?"

"우습게 여기다니, 그게 무슨 말씀이세요? 저는 요새 실장님이 통 찾지 않으셔서……."

"젠장."

재킷을 벗어 벽으로 던져버린 민우는 거칠게 신다희를 품으로 끌어 낚아챘다. 머리끝까지 화가 났기에 우선 누구에게라도 풀어야 했다.

갑작스레 권 회장에게 호출된 민우는 결혼식 연기가 아닌, 취소라는 말을 들었다.

― 채 의원은 너에게 한 번 더 기회를 주자고 했지만, 내가 반대했다. 그러니 앞으로 율리는 잊어라. 적당한 시기에 태민그룹과 다시 혼담이 오갈 거다.

― 할아버지, 그게 무슨 말씀이세요?

― 제호도 방금 불러서 채 의원 딸과의 혼인은 안 된다고 못 박아두었다. 그러니 앞으론 아무 소리도 나오지 않게 해라.

난데없는 날벼락이었다. 사촌끼리 여자 하나 가지고 싸우는 것 같으니, 권 회장 나름대로 특단의 조처를 내린 것 같았다. 권 회장 눈에도 제호가 율리에게 관심 있다는 사실이 훤히 보였을 것이다.
"젠장, 근데 왜 내가 물러나야 해? 그 새끼만 물러나면 되는 거지. 원래 내 거였잖아!"
"실장님?"
민우는 신다희가 마치 율리라도 되는 듯 그녀의 어깨를 양손으로 움켜쥐었다.
"나한테 말도 없이 이사를 가, 감히?"
무슨 이유에서인지 권 회장은 밤늦게까지 민우를 놓아주지 않았다. 별안간 제주도 별장에 함께 가자며 전용기를 띄웠다. 겨우 서울에 도착하니, 어느새 밤 10시에 가까운 시간이었다. 공항에서 곧바로 채 의원의 집으로 달려갔다. 율리도 이젠 집에 돌아왔겠지 희망하면서. 그러나 그를 기다린 건 또 다른 날벼락이었다.
— 언니, 어제부터 독립했어요.
마침 집 앞에서 마주친 유리가 싸늘한 얼굴로 말해주었다. 어디냐고 물어보았지만 그녀는 끝내 주소를 알려주지 않았다. 율리에게 직접 물어보라고 했지만 수신 차단을 해놓았는지 율리는 전화를 받지 않았다. 돌아버릴 것 같은 마음에 신 대리를 찾아왔는데 그녀 역시 이삿짐을 싸고 있었다.
"도대체 다들 왜 이러는 거야! 왜!"
뭔가 잘못된 것을 느낀 그녀는 민우에게서 벗어나려 몸을 틀었다. 하지만 그녀의 어깨를 잡은 두 손은 꿈쩍도 하지 않았다.
"하아, 씨X. 미치겠네."

민우는 분노로 벌게진 눈으로 죽일 듯이 신다희를 노려보았다.

독립생활은 율리가 상상했던 것과는 조금 달랐다.
다음 날, 제호가 돌아가고, 율리는 현경에게 전화해 오피스텔로 이사했다고 알려주었다. 현경은 그길로 달려왔다. 그녀 뒤에 양손 가득 쇼핑백을 든 김 실장이 보였다.
"집들이 선물이야. 더 필요한 거 있으면 말만 해."
최고급 브랜드 식기와 커튼, 수건 같은 자잘한 물건부터 시작해서, 조금 후에는 냉장고를 가득 채울 음식 재료와 음식까지 배달되었다.
"침대가 너무 작지 않아? 아무래도 불편할 텐데······."
침실 안을 둘러본 현경은 제호와 똑같은 반응을 보였다.
"작긴 뭐가 작아. 그래도 매트리스는 새로 사려고. 좀 딱딱해서."
"내가 사줄게. 그 김에 침대도 바꾸자. 넌 괜찮겠지만, 제호 씨······."
율리가 힐끗 노려보자, 현경은 손으로 입을 막으며 웃음을 터트렸다.
"킥킥, 하여간 침대는 내가 좋은 걸로 사줄게. 이 언니만 믿어."
현경과 김 실장은 저녁까지 머물다 돌아갔다. '오늘은 드디어 혼자 자겠구나.' 하며 뒷정리를 하는데, 제호에게서 전화가 걸려 왔다.
[지금 문 앞이에요. 들어갈게요.]
이사를 돕는 도중 비밀번호를 알게 되었지만, 무턱대고 들어오는 것은 예의가 아니기에 먼저 전화부터 한 모양이었다. 잠시 후, 띠띠띠, 비밀번호를 누르는 소리가 들리고 현관문이 열렸다.

"이 시간에 웬일이에요?"

그를 보게 돼서 기뻤지만, 율리는 짐짓 아닌 척 시선을 피했다.

"웬일이냐니?"

성큼성큼, 침실에 들어간 제호는 재킷을 벗어 옷걸이에 걸었다.

"샤워는 집에서 하고 왔어요."

"네?"

"서운하면 여기서 다시 함께해도 되고."

"아니, 그게 아니라……."

"뭐 하는 중이었어요? 도와줄게요."

그는 마치 제집인 것처럼 행동했다.

자고 갈 거냐고 물어볼 틈도 없이 잘 시간이 되자, 당연하다는 듯 옷을 벗고 이불 속으로 들어갔다.

율리가 제호의 집으로 가지 않는 한, 그는 하루도 빠짐없이 매일 밤 찾아왔다. 대신 율리가 불편하지 않게 아침 일찍 집으로 돌아가곤 했다. 그 때문에 홀로 자는 밤은 없게 되어버렸다. 어느새 제호가 없는 밤은 상상도 하지 못할 지경에 이르고 말았다.

일주일이 그렇게 지나가고 다음 주 수요일, 제호가 창원으로 출장을 떠날 때까지 같은 일상이 반복되었다.

수요일 밤, 결국 걱정한 일이 일어났다. 제호 없이 율리는 통 잠들 수 없게 된 것이다. 무사히 도착했다는 전화를 받고, 밤늦게까지 통화를 했지만 목소리만으로는 부족했다. 제호는 주말까지 창원에 머물다 일요일 오후 늦게야 올라올 예정이었다.

율리는 침대에 홀로 누워 멀뚱멀뚱 천장을 바라보았다. 이제야 팔다리 뻗고 잠잘 수 있게 되었는데, 너무나 불편했다. 텅 빈 것처럼 허전했고, 몸이 추운 것처럼 떨렸다.

이래서 함께 자려고 하지 않았던 건데……

뜨겁게 사랑을 나누는 건 그때뿐이지만, 함께 밤을 보내는 건 오랜 시간을 공유하는 것이기에 후유증이 컸다.

"후우."

몇 번이나 몸을 뒤척이던 율리는 도저히 잠이 오지 않아 침대에서 몸을 일으켰다. 다행히 저번에 현경이 가져다 놓은 위스키가 남아 있었다. 수면제라 생각하고 잔을 가득 채워 쭉 들이켰다. 다음 날도 마찬가지였다. 이러다 알코올 중독이 되는 게 아닐까, 슬그머니 겁이 날 정도였다.

다행히 금요일 밤은 현경이 놀러 와서 자고 갔다. 둘이 자기에는 침대가 너무 좁다고 툴툴거린 현경은 특별 주문한 침대가 다음 주에나 올 거라고 했다.

현경은 가족 모임이 있다며 점심때쯤 돌아갔다. 그녀가 떠나고 얼마 지나지 않아서, 현관문의 초인종이 울렸다.

현경이 다시 돌아온 걸까? 깜빡 잊고 무얼 두고 갔는지도 모르겠다. 율리는 재빨리 인터폰을 눌렀다. 하지만 화면에 보이는 사람은 현경이 아니었다. 예상하지 못한 방문객에 율리는 깜짝 놀라고 말았다.

"들어가도 돼?"

문 앞에 서 있는 방문객은 민우였다. 어떻게 민우가 여길 알았을까? 의아했지만, 율리는 잠자코 문을 열어주었다. 문이 열리자 민우는 급히 안으로 들어왔다.
"미안. 나, 손 좀 먼저 씻을게."

그는 곧장 침실 안에 있는 욕실로 향했다. 손을 씻는다는 것은 핑계고, 혹시라도 있을 제호의 흔적을 찾는 것 같았다. 민우는 세면대에 걸어가 물을 틀고는 욕실 안을 샅샅이 뒤졌다. 다행히 칫솔은 하나였고, 면도기 같은 남성용 제품은 보이지 않았다.

그제야 민우는 안도의 숨을 내쉬고 거실로 나왔다. 율리는 제집처럼 휘젓고 다니는 민우를 곱지 않은 눈으로 흘겨보았다.

"욕실은 여기에도 있거든?"

율리는 고갯짓으로 현관 옆에 있는 욕실을 가리켰다. 하지만 민우는 어깨를 으쓱거릴 뿐 사과하지 않았다. 대신 인상을 찡그리며 주위를 둘러보았다.

"이게 집이야? 너무 좁잖아. 무슨 감방도 아니고."

"그런 이야기를 하려고 여기까지 왔어? 용건이 뭐야?"

어떻게 주소를 알아냈냐고 물어보는 수고는 하지 않았다. 어차피 알려주지 않을 테니까. 하지만 민우의 입에서 스르르 정보가 흘러나왔다.

"뭐겠어? 너 보러 왔지. 일주일 전에 너 독립했다는 말 유리에게 듣고 내가 얼마나 놀란 줄 알아? 오늘 채 의원님과 통화해서 겨우 주소 알아냈어."

그러니까 아버지가 그에게 이곳을 알려주었다는 거다. 결혼을 취소하고 싶으면 마음대로 하라고 했으면서, 민우에게 주소를 알려준 저의가 궁금했다.

"우리 아직, 공식적으로는 끝난 사이 아니야. 함께 식사하는 모습 정도는 보여줘야 해. 안 그러면 이상한 말 돌지도 몰라."
"아버지가 그러시면서 여기 알려준 거야?"
"응."
채 의원의 말이 틀린 것은 아니었다. 최대한 잡음 없이 조용하게 결혼을 취소해야 한다고 했다. 그러니까 아직은 사이좋은 모습을 보여야 하는 게 맞았다.
"나가서 저녁 먹으면서 이야기하자."
한 끼 같이 먹는다고 큰일 나는 것은 아니기에 율리는 순순히 민우를 따라 나갔다. 하지만 집 근처로 갈 것으로 생각했는데, 그는 그녀를 차에 태웠다.
민우가 율리를 데려간 곳은 전망 좋은 최고급 프렌치 레스토랑이었다. 연인들이 프러포즈할 때 애용하는 특별한 룸까지 예약한 상태였다. 그런 곳에서 식사하는 것 자체가 부담스러웠지만, 거절하기도 뭐해서 안내하는 매니저를 잠자코 따랐다. 룸으로 향하던 도중 창가에 앉아 있는 낯익은 뒷모습을 발견했다. 율리는 저도 모르게 걸음을 멈추었다. 뒷모습이었시만 단번에 알아볼 수 있었다. 제호였다.
내일 오후에야 창원에서 올라올 수 있다고 했는데, 왜 여기 있는 거지?
제호의 맞은편에는 사진 속에서 보았던 클레어라는 여자가 앉아 있었다.
율리가 따라오지 않자, 민우가 뒤를 돌아보았다. 그는 제호가 이곳에 있다는 사실을 이미 알고 있는 눈치였다. 저 모습을 보여주러 일부러 그녀를 이곳으로 데려온 걸까?
"가서 아는 척할까?"

"아니, 두 사람 방해하지 마."

율리는 최대한 무표정을 유지하며 그들로부터 등을 돌렸다.

옛 연인을 만나는 건 제호의 자유였다. 서로를 속박하지 않기로 했으니까 내키진 않았지만, 이해해줄 수 있었다. 그런데 거짓말까지 하면서 몰래 만나다니, 그녀를 우습게 여기는 것 같아 기분이 상했다.

율리는 최대한 동요한 티를 내지 않으려 했지만, 저도 모르게 가방을 쥔 손에 힘이 들어갔다.

"우결 오빠, 많이 늦는대?"

"응. 마지막 환자 상태가 좀 심각한가 봐."

예상한 것보다 일이 수월하게 풀린 덕분에 제호는 하루 일찍 서울로 돌아올 수 있었다. 깜짝 놀라게 해줄 생각으로 율리에게는 알리지 않았다. 서울역에 도착해 막 주차해두었던 차에 올라타는데, 우결에게서 급한 전화가 걸려 왔다.

— 제호야, 나 좀 살려주라.

엊그제 클레어가 귀국했단다. 오늘 저녁 식사를 하기로 약속했는데 환자에게 문제가 생겼다며, 자기 대신 클레어와 저녁 식사를 해줄 수 있겠냐고 물었다. 일이 끝나는 대로 바로 달려오겠다고 했다. 클레어와 우결은 제호의 소개로 우결이 미국에서 유학하던 동안 사귀었고, 헤어진 이후에도 연락을 나누며 친분을 유지했다.

"그런데 오빠, 피곤하지 않아? 방금 창원에서 올라오는 길이라면서."

"괜찮아. 일이 잘 해결됐거든. 축하할 겸 우결이와도 한잔하려던 참이었어."

 10년 전, KG그룹 해외 건설 사업 관리를 맡았던 윤 부장이 드디어 입을 열었다. 권제웅 부회장이 얼마 전 심장 마비로 죽을 고비를 넘겼다는 제호의 말을 듣고 마음이 흔들린 것 같았다.
 권 부회장을 자리에서 내려오게 만든 10년 전 사건은 예상한 대로 권 전무의 농간이 맞았다.
 당시 해외 건설 사업부는 콜롬비아에서 대형 쇼핑몰을 완공했는데, 이후에 큰 문제가 생겼다. 건물 구조에는 아무 이상이 없었지만 에어컨이 수시로 멈춰버려 쇼핑몰 운영에 차질을 빚었다. 건축 자재를 건드리면 위험하니까, 대신 에어컨 같은 제품을 싸구려로 대체하고 건축 비용을 빼돌린 탓이었다. 모든 배후에는 권 전무가 있었다.
 쇼핑몰에 입주한 소상공인들은 쇼핑몰을 고소했고, 쇼핑몰은 KG그룹 해외 건설 사업부에 책임을 물었다. 계약서 안에 교묘하게 숨긴 독소 조항 덕분에 KG그룹은 배상의 의무에서 벗어날 수 있었다.
 하지만 권 부회장은 전부는 아닐지라도 일부분은 배상해야 한다는 의견을 냈고, 권 회장은 크게 역성을 냈다. 그리고 상남이 그런 결성을 내리게끔 뒤에서 설득한 며느리에게 가장 큰 적대감을 보였다. 이 때문에 아직도 권 회장은 며느리를 탐탁지 않게 여겼다.
 ─ 그렇겠지. 네 어미는 아프리카 초원에 놓아도 혼자 살아남을 사
  람이니까. 천운도 좋고.
 며칠 전, 권 회장은 첫째 며느리를 묘사하며 '천운'이란 단어를 들먹였다. 왜일까? 제호는 자신이 의심하는 사항이 결국엔 사실로 밝혀질 것 같아 불안했다.
 그때 클레어의 시선이 제호의 어깨 너머로 향했다.

"어? 저 사람, 민우 아냐? 옆에 있는 사람은 여자 친구인가 봐?"

클레어의 말에 제호는 바로 뒤로 고개를 돌렸다. 민우보다 그의 옆에 서 있는 여자에게로 시선이 향했다. 뒷모습이었지만 단번에 알아볼 수 있었다.

율리?

그녀를 바라보는 제호의 눈매가 가늘어졌다.

자리에 앉기가 무섭게 민우는 제호와 클레어를 화제에 올렸다.

"두 사람, 다시 만나기로 했나 봐. 형 만나러 한국까지 들어온 거 보면."

"그런가 보네."

율리는 무표정을 유지하며 물잔을 집다가, 손이 떨리는 것 같아 다시 내려놓았다. 민우의 앞에서 동요하는 모습을 보일 순 없으니까 율리는 진정하기 위해 천천히 숨을 들이마셨다. 하지만 아무리 노력해도 참을 수가 없었다.

해외에선 누구를 만나든지 상관하지 않기로 했다. 하지만 한국에 머물 때만은 그녀에게 집중하기로 했으면서, 어떻게 이럴 수가 있지?

혼란스러운 머릿속으로 민우의 목소리가 흘러들었다.

"와인 시킬래?"

"어? 어, 그래."

민우의 입가에 미소가 걸렸다는 것을 눈치채지 못한 채, 율리는 가볍게 동의했다.

율리의 오피스텔 주소를 알아내는 것과 제호가 클레어를 만난다는 보고를 동시에 받은 건, 어쩌면 율리에게 접근할 수 있는 절호의 기회일지도 몰랐다. 제호를 향한 불신에 불을 지피고 술의 힘을 빌려 자연스레 율리에게 다가갈 작정이었다. 애피타이저와 함께 첫 와인 잔을 순조롭게 비우고 민우는 넌지시 말을 꺼냈다.
"율리야, 너만 괜찮다고 하면, 우리 결혼 취소 안 해도 돼."
"무슨 소리야? 이번엔 회장님이 반대하신다고 들었는데."
"그렇지도 않아. 너만 좋다면 할아버지도 끝까지 반대하시진 않을 거야. 그러니까……."
"민우야."
율리는 차갑게 민우의 말을 끊었다.
"난 그날 결혼식장에 갔고, 넌 오지 않았어."
"이해해준다고 그랬잖아. 분명 통화할 때, 너 뭐라고 했어."
"그럼 필리핀에서 사고 처리한다는 사람에게 어떤 말을 해야 해? 난 나름대로 배려한 거야."
"율리야, 내가 널 얼마나 사랑하는 술 알면서……."
"민우야."
율리는 또다시 그의 말을 끊었다.
"난 여기에 친구로서 온 거야, 약혼녀가 아니라. 너, 계속 이렇게 나오면 부담스러워서 더는 못 만나. 밥도, 술도, 커피도. 현경이와 함께 만난다고 해도 안 돼. 무슨 말인 줄 알겠어?"
민우는 넋이 빠진 얼굴로 율리를 바라보았다. 싸늘하게 노려보는 그녀가 너무 예뻐서 욕이 나올 지경이었다. 사실 이렇게 매몰차게 거절하는 게 율리의 매력이긴 했다.

"율리, 너 정말 차갑구나."
"우리 좋게 와인 마시고 식사 맛있게 하고 헤어지자. 응?"
"알았어."
민우는 순한 골든 리트리버처럼 율리를 향해 고개를 끄덕였다. 그제야 한숨 돌린 율리는 그새 비어버린 잔에 와인을 가득 따랐다.
홀에 앉아 있는 제호와 클레어가 신경 쓰였지만, 훨씬 먼저 왔으니까 지금이면 식사를 마치고 돌아갔을 게 분명했다.
두 사람은 오늘 밤을 함께 보낼까? 제호는 율리가 자신을 봤는지 모를 테니까, 아직도 창원에 있다고 속이면서…….
"하, 완전 저질이야."
저도 모르게 속말이 튀어나와버렸지만, 신경 쓰고 싶지 않았다. 율리는 와인 잔을 들고 벌컥벌컥 들이마셨다. 또다시 잔을 가득 채우자 민우가 걱정스러운 눈으로 바라보았다.
"율리야, 천천히 마셔."
"목이 좀 말라서."
그녀 혼자 와인 한 병 반을 비웠는데도 하나도 취하지 않고 말짱했다. 오히려 정신은 더욱 또렷해졌다. 반대로 민우는 와인 반병에 몸을 제대로 가눌 수 없을 정도로 취해버렸다. 요 며칠 잠을 통 못 자서라고는 했지만, 조금 의외였다.
율리가 민우의 수행 비서에게 전화를 걸자 30분 만에 나타났다. 수행 비서에게 민우를 맡기고 자리에서 일어났다. 수행 비서는 바래다주겠다고 했지만, 정중히 거절했다.
"난 택시 타고 가면 돼요. 그게 더 편해요."
홀로 나가니 제호와 클레어의 모습은 보이지 않았다. "당연히 돌아갔겠지."라고 중얼거리며 밖으로 나갔다. 앱으로 택시를 건물 앞으로 부를 수도 있었지만, 술도 깰 겸 조금 걷기로 했다.

레스토랑 정문으로 가기 위해 계단을 내려가는데, 어디선가 익숙한 목소리가 들렸다.

"난 둘이 나오는 모습 확인하고 갈 테니까, 너는 클레어랑 먼저 가."

"제호야, 그러지 말고 지금 우리랑 가자. 배후가 밝혀질 때까지 자제하라고 했잖아. 네가 의도적으로 접근한 거 들키면 너희 관계는……."

"클레어 기다리겠다. 어서 가봐."

율리가 계단을 다 내려갈 때쯤 대화는 끝이 났다. 막 밖으로 나선 율리는 다시 안으로 들어오려는 제호와 마주쳤다.

순간 제호의 얼굴이 창백하게 변했다.

율리가 우결과의 대화를 어디부터 어디까지 들었는지 알 수 없었다. 그녀와 채 의원이 구체적으로 언급되지는 않았지만, 혹시라도 눈치챈 건 아니겠지?

"제호 씨가 여긴 어쩐 일이에요? 아직 창원에 있어야 하는 거 아니었어요?"

"막 서울로 올라온 길입니다."

"아, 네. 그리고 바로 전 여자 친구를 만난 거네요?"

평소 같으면 넘어갔겠지만, 슬슬 와인이 효력을 나타내기 시작했다. 율리는 싸늘한 표정으로 뒤쪽으로 턱짓했다.

"어서 가보세요. 전 여자 친구…… 아, 아니다. 현재 진행일지도 모를 여자 친구가 기다리겠어요."

율리는 꼿꼿이 허리를 펴고 제호의 곁을 지나쳤다. 하지만 몇 발자국 옮기지 못하고 제호에게 팔을 잡혔다.

"명칭 정확하게 하죠. 지금 'Girlfriend'를 말하는 겁니까? 아니면 '친구인데 여자'인 걸 말한 겁니까?"

"잘 알면서 왜 물어요? 당연히 'Girlfriend'죠. 친구인데 여자인 게 아니라."

당당하게 나오는 제호에게 화가 난 율리는 매섭게 노려보며 말을 보탰다.

"난 속박하지 말고 편하게 지내자고 한 거지, 동시에 여러 사람 만나자고 한 건 아니었어요."

"다른 남자와 룸을 잡고 식사한 사람 입에서 나올 말은 아닌 것 같은데."

"민우와는 용건이 있어서 온 거예요."

"나도 용건이 있어서 온 겁니다."

"네, 그렇군요. 그러면 밤새도록 여자 친구와 화끈하게 용건 보시든가요."

율리는 제호의 팔을 뿌리치고 지나쳤다. 그러나 곧 뒤따라온 제호에게 붙들렸다.

"지금 질투하는 거야?"

제호는 '피식' 웃으며 율리를 건물 벽으로 밀어붙였다. 율리가 벗어나려고 하자 양손으로 벽을 짚어 그녀를 품에 가뒀다.

"해, 질투."

그녀와 시선을 맞추며 그가 나직이 속삭였다.

"질투하는 모습 못 견디게 예쁘니까 질투하라고, 실컷."

"무슨 말이에요?"

제호는 물음에 답해주는 대신 바짝 몸을 밀어붙였다. 달콤한 시트러스 향과 함께 뜨거운 체온이 느껴졌다. 율리는 손으로 가슴을 밀어냈지만, 단단한 몸은 꿈쩍도 하지 않았다.

"하."

차가운 공기를 가르고 나른한 숨결이 율리의 입술 위에 쏟아졌다.

"지금 키스할 거니까, 싫으면 고개 돌려."

갑작스러운 예고에 율리는 고개를 휙 뒤로 젖히며 제호를 노려보았다. 그의 뻔뻔스러운 행동에 화가 치밀었다.

"조금 전까지 다른 여자 만났으면서, 어떻게 그런 말을……."

"그러니까 싫으면 고개 돌리라고. 난 할 거니까."

율리는 죽일 듯이 제호를 노려보았다. 하지만 고개를 돌리진 않았다. 여기서 키스를 거부하면 오히려 자신이 힘없이 물러서는 것만 같았다.

제호는 고개를 숙이는 동시에 율리를 제게 끌어당기며 입술을 맞물렸다. 부드럽게 시작한 키스는 곧 통제를 잃고 격렬해졌다. 깊숙이 파고들기 위해 그가 비스듬히 고개를 기울이며 입술을 벌렸다. 여린 점막으로 뜨거운 열기가 몰려들었고, 짜릿한 자극이 무서운 속도로 몸 중심을 향해 치달았다.

"……그만……."

먼저 물러난 쪽은 율리가 아닌 제호였다. 그는 거칠게 숨을 내쉬며 맞물린 입술을 힘겹게 떼었다.

"하, 미안. 여기서 더 나가면 자제할 수 없어……."

그는 율리의 뺨을 양손으로 감싸고 한숨을 내쉬듯 속삭였다. 하지만 도저히 참을 수 없는 듯 다시 고개를 숙여 입을 맞추었다. 한참 후에야 입술을 떨어뜨리며 그가 중얼거렸다.

"그런데 도대체 얼마나 많이 마신 거야?"

율리에게선 와인 맛이 진하게 느껴졌다. 부드러운 입술에서도, 촉촉한 입 속에서도, 여린 숨결에서도. 그녀 자체가 향긋한 와인이 돼버린 것만 같았다. 필시 평소보다 많이 마신 게 분명했다.

제정신인가? 민우 같은 늑대 앞에서 마음 놓고 술을 마시다니. 혹시라도 그가 율리의 몸에 손을 대었을까 봐 입 안이 바짝 타올랐다.

식사를 다 마쳤음에도 일어나지 않았던 이유에는 우결이 늦게 온 것도 있었지만, 무엇보다 민우와 함께 있는 율리를 두고 먼저 나갈 수 없어서였다. 생각 같아선 룸 안으로 들어가 율리를 끌고 나오고 싶었지만 차마 그럴 순 없었다. 자신보다는 율리가 곤란해지기 때문이었다.

"아무 일 없었어? 녀석이 안 건드렸지?"

"건드리면 내가 가만히 놔뒀을 것 같아요?"

율리는 어이가 없다는 얼굴로 쏘아붙였다. 사실 그녀 자신이 제일 어이가 없었다. 피하기 싫어서 그대로 키스를 받아들였다곤 하지만, 얼마 지나지 않아 그녀가 더 몸이 달아올라 매달린 꼴이 돼버렸다. 그것도 바깥에서……. 아무리 해가 져서 주위가 어둡고 돌담길 구석진 곳이라 보는 눈이 없다고는 하지만, 경솔한 행동이었다.

율리는 양손으로 제호를 힘껏 밀어내고 품에서 벗어났다. 그리고 반대쪽으로 걸음을 옮겼다. 하지만 얼마 가지도 못하고 뒤따라온 제호에게 어깨를 잡혔다. 그는 양팔을 벌려 뒤에서부터 그녀를 끌어안았다. 율리의 목덜미에 얼굴을 묻으며 그가 속삭이듯 중얼거렸다.

"책임져. 네가 마신 와인 때문에 나도 취해버린 것 같으니까. 아니면 내가 너에게 취했는지도 모르고."

"책임지라니, 무슨……."

율리가 기가 막힌다는 듯 말하며 뒤돌아보는 순간, 반대편 돌담길에서 익숙한 얼굴이 쑥 튀어나왔다.

"어머! Jay 오빠, 아직 여기 있었었네?"

제호를 발견한 클레어가 환하게 웃으며 뛰어왔다. 그녀 뒤에서 우결의 모습이 보였다. 처음엔 클레어의 팔을 잡고 말리는 듯 보였지만, 클레어는 단호하게 우결을 뿌리치고 제호에게 달려왔다.

"우결이 오빠, 저녁 먹고 왔대. 우리랑 2차 가자."

신난 얼굴로 말을 꺼내던 클레어는 뒤에 서 있는 율리를 발견하곤 깜짝 놀란 표정을 지었다. 제호에게 가려서 미처 율리를 보지 못한 것 같았다.

"어머, 미안해요. 누구와 함께 있는 줄 몰랐어요."

율리의 얼굴을 찬찬히 훑어보던 클레어는 확인을 요구하는 눈빛으로 제호를 바라보았다. 제호가 가볍게 고개를 끄덕이자, 그제야 환한 미소를 떠올렸다.

"채율리 씨 맞죠? 미안해요. 아까 민우랑 같이 있는 거 보고, 민우 여자 친구인 줄 오해했어요."

클레어는 너무나 자연스럽게 율리에게 팔짱을 끼며 속사포처럼 말을 내뱉었다. 영어 악센트가 섞인 조금은 어눌한 말투 덕분에 얄밉다기보다는 귀엽게 느껴졌다.

"괜찮으면 우리랑 같이 술 마셔요. Jay 오빠랑은 아무 때나 데이트할 수 있잖아요. Right?"

율리는 클레어의 친근한 태도가 쉽게 이해되지 않았다.

뭐지? 헤어진 연인끼리 이렇게 쿨해도 되는 거야?

가만히 두 사람을 지켜보던 제호는 우결이 다가오자 율리에게 정식으로 두 사람을 소개해주었다.
"이쪽은 어릴 때부터 동생처럼 알고 지낸 클레어 문. 이쪽은 얼마 전까지 신세 졌던 절친 한우결입니다. 재스민의 집사이기도 하고."
제호의 소개가 끝나자, 클레어는 재빨리 율리와의 팔짱을 풀고 두 손으로 우결의 허리를 끌어안았다.
"그리고 우리는 사랑하는 사이예요."
그 말에 제호가 크게 미간을 찌푸렸다.
"뭐야? 우결이 한국 들어오면서 너희 둘, 헤어진 거 아니었어?"
"Oh, no. 내가 한국에 있거나, 우결이 오빠가 미국 있는 동안은 연인으로 지내기로 했어."
예상하지 못한 분위기에 율리는 곤혹스러운 표정을 지었다. 그녀가 알기로 클레어는 제호의 전 여자 친구였다. 그러면 절친과 전 여자 친구가 연인이란 건가? 그러면서도 아무렇지 않게 제호를 불러내서 만나는 거고? 아무리 미국 정서라지만, 도저히 이해할 수 없었다.
율리는 거절하려던 마음을 바꾸고 클레어의 제안을 받아들였다. 아무래도 조금 더 그녀와 대화를 나눌 필요가 있을 것 같았다.
클레어는 우결의 차에 올라탔고, 제호는 제 차로 율리를 데려갔다.
"술 마시지 않았어요? 보니까 와인 병 있던데."
"따르기만 했지, 한 모금도 마시지 않았어요. 운전해야 하니까."
율리가 의심하는 눈으로 바라보자, 그는 그녀를 향해 웃어 보였다.
"음, 와인 마신 여친과 키스한 것도 음주가 되나요?"
놀리는 말투에 율리는 아무 말 없이 창밖으로 고개를 돌려버렸다. 제호는 그런 율리를 가만히 바라보다 시동 버튼을 꾹 누른 후, 차를 출발시켰다.

네 사람은 근처의 분위기 좋은 라운지 바로 자리를 옮겼다. 우결과 제호는 운전해야 한다며 무알코올 음료를 마셨고, 율리와 클레어만 술잔을 기울였다. 이미 레스토랑에서 와인을 많이 마신 율리는 되도록 조금 마시려고 노력했다. 그러다 보니 클레어 혼자 연신 술을 들이켜게 되었다. 조금 술에 취한 듯 클레어의 말은 갈수록 길어졌다.
 "율리 씨, 내가 Jay 오빠 엑스인 줄 알았어요? Oh, no! He is just like a brother. I've never ever think of him as a man.(친오빠 같은 사이예요. 한 번도 남자라고 생각해본 적 없다고요.)"
 흥분한 클레어는 영어로 빠르게 설명했다.
 "내가 우리 우결 오빠한테 반한 이유가 Jay 오빠와는 다르게 so sweet 해서예요. 정확하게 한 번은 비 오는 날, 내가 우산을 안 가져와서 흠뻑 젖었거든요. 머리카락이 막 흘러내리고 그랬는데…… Jay 오빠는 마른 수건 툭 던져주고 말더라고요. 우결 오빠는 다정하게 흘러내린 머리를 쓸어 올려주면서 춥지 않냐고 걱정해줬는데."
 "그게 뭐 그리 대단하다고……."
 잠자코 듣고만 있던 우결이 쑥스러운 듯 얼굴을 붉히자, 클레어는 그의 어깨에 기대며 사랑스러운 눈으로 올려다보았다.
 "볼 때마다 예쁘다고 해주고, 머리 쓰다듬어주고. Jay 오빠는 절대로 빈말이라도 예쁘단 말 안 해줬거든요. 내가 자기 여자 친구도 아닌데 왜 그런 말을 하냐고. 나중에 남친에게서나 그런 말 들으라고. 흥."
 율리는 클레어의 말에 동의할 수 없었다. 아무 관계 아니었을 때도 먼저 다가와서 흘러내린 머리카락을 쓸어 올려주던 제호였으니까.

하지만 제호를 바라보며 어째서냐고 물어볼 순 없었다. 오히려 그의 시선을 피하며 칵테일 잔을 입으로 가져갔다. 괜스레 그녀의 뺨도 발갛게 달아올랐다. 율리는 그저 술을 마셨기 때문이라고 속으로 속삭였다.

"야, 이 새끼야. 아무리 그래도 그렇지, 나랑 같이 이리로 오게 해야지, 거기서 그냥 보내면 어떡해! 어?"

술에서 깬 민우는 수행 비서에게 고래고래 소리를 질렀다.

어떻게 마련한 기회인데 제대로 써보지도 못하고 통째로 날려버렸다. 분명 율리의 잔에 약을 탔는데, 왜 자신이 쓰러졌는지 도통 모르겠다. 술에 취한 것처럼 자연스럽게 정신을 잃는 약이었다. 무색무취라서 쉽게 알아챌 수도 없었다. 언제 잔이 바뀐 거지? 아무리 머리를 굴려도 이유를 모르겠다.

"아, 씨X."

민우는 두 손으로 머리를 감싸 쥐며 다시 침대에 몸을 뉘었다. 율리를 얌전히 보내버린 건 정말 애석한 일이지만, 그래도 클레어와 함께 있는 제호의 모습을 보여줬으니까 반은 성공한 셈이었다.

혼자 씩씩거리면 집에 갔겠지? 지금이라도 오피스텔로 찾아볼까?

하지만 약효가 아직 남았는지 깨질 듯이 머리가 아파서 도저히 몸을 움직일 수 없었다. 내일 오후까지는 이럴 상태일 것이다.

"제길…… 씨……X."

잠꼬대처럼 욕설을 내뱉던 민우는 다시 잠 속으로 빠져들었다.

어색한 자리가 될 거라고 생각했는데, 계속해서 조잘거리는 클레어 덕분에 꽤 편안한 분위기였다. 말이 많은 클레어와 반대로 우결은 거의 말을 하지 않았다. 원래 무뚝뚝한 성격인가? 아까 레스토랑 밖에서 제호와 대화한 걸 떠올리면, 잘은 모르겠지만 작은 다툼이 있었던 것도 같았다. 그래서일까? 가끔은 불편한 듯 표정을 굳혔다.

두 남자가 주차장에 차를 가지러 간 사이, 율리는 넌지시 클레어에게 물었다.

"서로 떨어져 있는 거, 힘들지 않아요?"

"Of course! 당연히 힘들죠. 하지만 내가 우결 오빠를 놓아줄 수가 없어요. 오빠도 그렇고. 아주 헤어지는 것보다는 이게 덜 힘들어서."

내내 밝기만 하던 클레어의 얼굴이 현실을 깨달았는지 순간 어두워졌다. 하지만 다시 활짝 웃으며 율리를 바라보았다.

"그래도 지금은 행복하니까 괜찮아요. 저, 이번엔 한 달 이상 있다가 길 거거든요. 그동안 우결 오빠랑 질릴 때까지 실컷 함께 있으려고요."

우결의 차가 먼저 건물 앞에 도착하자, 클레어는 또 보자는 인사와 함께 율리를 끌어안았다. 차에서 내려 클레어를 위해 조수석 문을 열고 닫아준 우결은 율리를 향해 가볍게 고개를 끄덕이는 걸로 인사를 대신했다.

우결의 차가 떠나고, 곧 제호의 차가 나타났다. 율리는 제호가 우결처럼 차에서 내려 조수석 문을 열어주기 전에 재빨리 차에 올라탔다. 제호는 그런 율리가 재밌는 듯 '픽' 입꼬리를 비틀었다. 하지만 아무 말도 하지 않고 차를 출발시켰다.

"오늘은 내 집으로 가요. 싫다고 하면 납치할 겁니다."
"좋아요. 제호 씨 집으로 가요."
"그리고 오해한 벌로 밤새도록 괴롭힐 거예요."
잠시 침묵을 지키던 율리는 담담한 어조로 물었다.
"내가 사과해도요?"
"말로만은 안 되지, 안 그래요?"
눈매를 휘며 그가 부드럽게 말했다.
그날 밤, 제호는 정말로 그녀를 괴롭히듯 끝까지 몰아붙였다.
술에 취했기 때문일까? 아니면 감정에 취했기 때문일까? 가볍게 스치는 손길만으로도 율리는 온몸에 소름이 끼쳤다. 처음부터 숨이 막혔고, 끝이 가까워질수록 눈앞이 하얗게 타들어갔다.
"오늘은 좀 다른 것 같은데?"
그도 변화를 눈치챘는지 땀에 젖은 율리의 머리카락을 어루만지며 걱정스러운 목소리로 물었다.
어떻게 해야 하지?
율리는 입을 다문 채 제호의 가슴에 얼굴을 묻었다. 가만히 있어도 호흡이 가빠지고 몸이 부들부들 떨렸다. 원하지 않는 말이 자꾸만 튀어나오려고 해 어금니를 꽉 깨물어야만 했다.
이리 쉽게 무너지다니…….
바보 같은 자신이 어처구니없고 한심해서 화가 날 지경이었다.
"율리야?"
이름을 불러주는 다정한 목소리에 참고 참았던 감정이 터져버렸다. 마음만은 넘어가지 않으려고 그렇게나 몸부림쳤는데, 거리를 유지하려고 그렇게나 노력했는데, 모두 부질없는 헛수고였다.

그를 사랑하게 돼버렸다. 아니, 이미 그를 사랑하고 있었다.

사랑에 빠졌다는 사실을 자각하는 순간, 몸과 마음은 최고조에 다다르고 결국 율리는 비명을 지르며 눈물을 터뜨리고야 말았다.

나는 이제 어떡하면 좋을까.

율리가 울음을 터뜨리자 제호는 놀란 표정을 지으며 그녀를 품에 안고 다독거렸다.

"미안해, 내가 너무 심하게 괴롭혔어."

그래서가 아닌데…….

하지만 율리는 오해를 푸는 대신 제호의 등 뒤로 팔을 감싸 그를 꽉 끌어안았다.

어떻게 해야만 감정을 들키지 않을까?

사랑을 깨달은 것만으로도 숨을 쉴 수 없을 만큼 힘든데 앞으로 어떻게 해야 할지 머리가 혼란스러웠다.

"이젠 괜찮아."

등을 쓸어내리는 다정한 손길에 다시금 율리의 눈에서 눈물이 왈칵 쏟아졌다.

그래, 내 잘못이 아니야. 당신이 나쁜 거야. 이렇게 상냥하게 대해주니까 그런 거잖아.

몸만 보호하고 마음은 어쩔 거냐는 경고를 허투루 들어선 안 되었다. 단련이 되어서 괜찮다는 헛소리나 하고……. 조심해야 했는데. 가볍게 여긴 불장난이 결국 몸과 마음에 깊은 화상을 남기고 말 것이다. 하지만 그걸 알면서도 제호를 밀어낼 수 없었다.

제호의 품에서 소리 죽여 흐느끼던 율리는 그대로 잠이 들었다.

그녀가 잠든 걸 확인한 제호는 조심스레 몸을 일으켰다. 침대에서 내려온 그는 욕실로 들어갔다 따뜻한 물에 적신 수건을 가지고 돌아왔다. 율리가 잠에서 깨어나지 않게 조심하며 눈물로 범벅된 얼굴을 수건으로 닦아주었다. 율리는 낮게 신음을 흘리며 몸을 뒤척거렸지만, 다행히 잠이 깨진 않았다.

눈물을 닦아준 제호는 다시 눕는 대신 침대 가에 걸터앉아 말없이 율리를 내려다보았다.

오늘 밤, 그녀는 확실히 무언가 달랐다. 무슨 일일까? 와인 때문만은 아닌 것 같은데. 살짝 손만 가져가도 파르르 몸을 떨며 미간을 일그러뜨렸다. 좀 더 정확하게 표현하자면 주체할 수 없는 감정에 흔들리는 모습이랄까? 다행히 오해는 풀렸지만, 클레어를 여자 친구로 오해해서 일까? 아니면 우결과 나눈 대화에서 뭔가를 눈치챈 걸까?

"후우."

제호는 한 손으로 이마를 짚으며 길게 숨을 내쉬었다.

언제 터질지 모르는 시한폭탄을 안고 살얼음판 위를 걷는 기분이었다. 세상에 비밀이란 없고, 조금만 삐끗하게 된다면 왜 자신이 그녀에게 접근했는지 탄로 날 수 있었다. 진실을 알게 되었을 때 율리가 받을 상처를 생각하면 큰 바위에 짓눌리는 듯 가슴이 답답했다. 하지만 꼬여버린 상황을 어떻게 풀어나갈지 알 수 없었다. 먼저 털어놓기라도 해야 하나, 아니면 죽을 때까지 비밀로 묻어야 하나.

잘못된 시작은 언젠가 그의 발목을 아프게 잡을 것이다. 그걸 알면서도 그는 그녀를 놓아줄 수 없었다.

넌 끝까지 내 곁에 있어야 해. 사실을 알게 되든 아니든, 상관없이.

지그시 입술을 깨문 제호는 손끝으로 율리의 뺨을 조심스레 어루만졌다.

"으, 으."

율리는 양손으로 머리를 감싸며 침대 위에서 몸을 웅크렸다. 와인과 칵테일을 섞어 마셔서인지 다음 날 눈을 뜨자, 지독한 숙취가 몰려왔다. 하지만 어디 머리뿐인가? 벌이라면서 새벽까지 괴롭혀진 탓에 온몸이 두들겨 맞은 것처럼 욱신거렸다.

그리고 멍하니 눈을 깜박이던 율리의 손이 저절로 왼쪽 가슴으로 향했다. 사랑한다는 사실을 깨닫고부턴 특히 심장 부분이 뻐근했다. 텅 빈 침대에 홀로 누워 있는 지금에도 말이다.

제호는 먼저 일어났는지 보이지 않았다. 율리는 그가 누웠던 자리로 손을 뻗었다. 시트가 차갑게 식어 있는 것으로 보아, 오래전에 일어난 모양이었다.

계속 누워 있다간 두통만 더 심해질 것이기에 율리는 힘겹게 몸을 일으켰다. 거의 기어가는 수준으로 이불 속을 빠져나와 욕실로 향했다. 욕조에 더운물을 반쯤 채운 후 거품 입욕제를 물속에 떨어뜨리고, 만들어낸 향긋한 거품 안으로 들어갔다.

"아."

따뜻한 물이 몸에 닿자 절로 앓는 소리가 나왔다. 굳었던 근육이 서서히 풀리기 시작하자 율리는 세운 무릎을 두 팔로 감싸며 그 위에 고개를 숙였다.

얼마큼 시간이 지났을까?

"이제 좀 괜찮아?"

나직한 목소리에 고개를 드니, 언제 왔는지 제호가 욕조 앞에 서 있었다. 당황한 율리는 두 손으로 얼굴을 가리고 거품 안으로 쑥 들어가 버렸다. 그러다 곧 거품에 가려서 아무것도 보이지 않는다는 사실을 깨달았다. 다시 물 밖으로 나온 그녀는 양손으로 얼굴의 물기를 닦아 내고 젖은 머리카락을 뒤로 쓸어 넘겼다.

"머리는 아직 좀 아파요."

"머리만?"

율리는 대답 대신 가만히 고개를 끄덕였다.

"혼자 샤워할 수 있겠어요? 내가 도와줄까?"

"고맙지만, 마음만 받고 사양할게요."

"알았어요. 그럼 샤워하고 나와요."

끝까지 도와주겠다고 하면 어쩌나 걱정했는데, 제호는 순순히 물러났다. 그가 욕실을 나가자 율리는 무거운 몸을 일으켜 샤워 부스로 들어갔다.

샤워를 마치고 밖으로 나가자, 요리하느라 바쁜 제호의 모습이 보였다. 아일랜드 식탁 위에는 여러 가지 음식 재료가 흩어져 있었다. 의외였다. 그는 지금껏 필요한 재료만 꺼내서 뒤처리가 거의 필요 없을 만큼 깔끔하게 요리했기 때문이다.

"이게 다 뭐예요?"

율리는 여기저기 널려 있는 채소와 양념 통을 둘러보았다.

"아."

요리에 집중하는 통에 율리가 다가온 것도 몰랐던 것 같았다. 그가 조금은 놀란 얼굴로 뒤를 돌아보았다. 율리는 옆으로 고개를 빼고 보글보글 끓고 있는 정체불명의 음식을 내려다보았다.

"해장에 콩나물이랑 북어가 좋다고 해서 함께 끓이는 중인데."

"콩나물북엇국 끓여본 적 있어요?"
"아뇨. 오늘 처음 해보는 겁니다."
제호는 양식과 달리 한식은 간단한 국이라도 요리하기 힘들다며 투덜거렸다. 그래도 북어를 제대로 손질하고 콩나물도 깨끗하게 씻어 비린내가 나지 않게 용케 끓였다.
국을 한입 맛본 율리는 저도 모르게 눈매를 휘며 웃었다.
"정말 오늘 처음 해본 거 맞아요? 맛있어요."
"그래, 다행이네."
얼큰하게 먹고 싶으면 따로 고춧가루를 넣으라는 듯 그가 고춧가루 통을 앞으로 내밀었다. 율리는 키득거리며 한 숟가락 크게 고춧가루를 국에 첨가했다.
잠시 후 식사가 시작되고, 제호는 맛있게 국그릇을 비우는 율리를 흐뭇한 눈으로 바라보았다.
"아버지는 술을 아예 못 드셔. 한 입만 마셔도 거의 기절하는 수준으로 취하셔서. 어머니도 샴페인 한 잔 정도만 드시고. 그러다 보니까 집에서 해장국 끓일 일이 거의 없었네."
부모님 영향일까? 제호도 보면 어쩌다 한 잔 마실까 말까이고, 대부분 무알코올 음료를 마셨던 것 같다.
"그러니까 기가 막힌 거지. 술을 입에도 못 대시던 분이⋯⋯."
혼잣말처럼 중얼거리던 제호의 얼굴에 어두운 그림자가 내려앉았다. 율리가 걱정스러운 눈길로 바라보자, 제호는 상냥하게 웃으며 고개를 내저었다.
"아무것도 아니에요. 신경 쓰지 말아요. 국 더 먹을래요?"
제호는 율리의 빈 국그릇을 들고 가스레인지 앞으로 걸어갔다. 율리는 국을 뜨는 제호의 뒷모습을 바라보다, 넌지시 말을 꺼냈다.
"그거 다 먹으면 나, 집에 갈게요. 오늘은 몸이 불편해서 혼자 있고 싶어요."
"그러면 누가 옆에서 보살펴줘야 하는 거 아닙니까?"
율리 앞으로 국그릇을 내려놓으며 그가 물었다.
"아픈 것까진 아니니까요. 이럴 땐 혼자 있는 게 편해요."
"알았어요. 다 먹으면 집에 바래다줄게요."
오피스텔 앞까지 바래다준 제호는 만약에 필요하면 언제라도 전화하라고 신신당부했다. 율리는 기계적으로 고개만 끄덕였다.
그를 보내고 텅 빈 집 안에 들어선 율리는 한동안 제자리에 서 있었다.
혼자 남았다고 생각되자 괜스레 서글퍼졌다. 마음 같아선 그의 옆에 계속 머물고 싶었다. 하지만 지금이라도 안일해진 마음을 다잡아야 했다. 몸도 안 좋은 상태에서 그에게 보살핌을 받다 보면, 결국엔 돌이킬 수 없게 무너지고 말 테니까.
"아."
순간 그녀를 벌주려는 듯 강한 두통이 밀려왔다. 가만히 서 있는데도 머리가 울려서 눈물이 핑 돌 정도로 아팠다. 하지만 그런 고통이 오히려 고마웠다. 딴생각할 수 없게 하니까 말이다. 율리는 양손으로 머리를 감싸며 침실로 향했다.

얼마나 오랫동안 잤을까? 눈을 뜨니 주위는 이미 어둑어둑해져 있었다. 다행히 두통은 말끔하게 가신 듯했다.

율리는 천천히 침대에서 몸을 일으켜 침실을 나섰다. 간접 조명이 자동으로 켜진 덕분에 불을 켤 필요는 없었다.

율리는 그대로 주방으로 걸어가 냉장고 문을 열었다. 생수병을 꺼내고 냉장고 문을 닫는데 묘한 이질감이 느껴졌다. 냉장고 안의 물건 위치가 조금씩 바뀌어 있었다.

율리는 눈을 가늘게 뜨며 주위를 둘러보았다. 냉장고 안뿐만 아니라, 주방도 마찬가지였다. 마치 누군가 이리저리 만져본 듯한 느낌이었다. 그럴 리가 없는데…….

생수병을 열고 한입 들이마시며 뒤를 돌아보는데, 어둠 속에서 거실 소파에 앉아 있는 침입자를 발견했다.

"꺄악!"

율리는 비명을 지르며 생수병을 손에서 떨어뜨렸다. 동시에 침입자가 소파에서 벌떡 일어났다.

"나야. 놀라지 마."

그 사이에 주저앉는 율리의 어깨를 민우가 다급히 움켜쥐어 다시 끌어 올렸다. 정신을 차린 율리는 두 손으로 민우를 밀쳐내며 크게 소리질렀다.

"너, 미쳤어? 여기서 지금 뭐 하는 거야?"

"율리야, 진정하고 내 말 좀 들어봐."

민우는 억울한 표정을 지으며 빠르게 말을 이었다.

"아무리 전화해도 안 받아서 걱정돼서 와봤다고. 어제 그렇게 헤어지고, 내가 얼마나 미안하고 걱정했는지 알아?"

"여긴 어떻게 들어온 거야."

"문이 열려 있었어. 난 혹시 강도라도 든 줄 알고 식겁했단 말이야. 여기저기 살펴봤지만 아무 이상 없는 것 같아서, 너 깨어날 때까지 기다리고 있었어."

문이 열려 있었다고?

율리는 멍한 표정으로 마른 입술을 축였다.

정신이 없어서 제대로 문을 잠그지 않았던 걸까?

문을 열고 들어온 것까지만 기억나고, 문이 닫히는 걸 확인한 기억은 없었다.

"율리야, 괜찮아?"

민우가 걱정스러운 목소리로 물었다. 율리에게서 아무런 대답이 돌아오지 않자 그는 다시금 말을 이었다.

"아무리 보안 시스템이 좋다고 해도 조심해야지. 여자 혼자 지내면 범죄의 대상이 된다고. 만약에 어떤 놈이 나쁜 마음을 먹고 몰래 들어오기라도 했으면 어쩔 뻔했어."

말은 그렇게 하면서도 나쁜 마음을 먹은 건 민우 자신이었다. 잠든 율리를 내려다보며 음흉한 충동이 떠올랐다. 하지만 어제처럼 자연스럽게 함께 취해서라면 몰라도, 지금 그랬다간 범죄가 되고 만다. 신중해야 했다. 채 의원에게 약점을 잡힌 이상, 섣불리 율리를 건드려선 안 된다.

"……흐음."

율리는 숨을 들이마시며 혼란스러운 표정을 지었다. 얼굴빛이 아주 창백해 보였다.

아까 보니 죽은 듯이 잠만 자던데, 약의 효과가 뒤늦게 나타난 걸까?

어제 민우는 마지막 와인병을 따면서 새 잔에 몰래 약을 탔다. 율리가 의심할까 봐, 일부러 맛보는 척 한 모금 마시고 율리에게 잔을 건네주었었다. 그런데 잔을 완전히 비운 율리는 멀쩡하고 한 모금 마신 그 혼자만 나가떨어진 거다.

오후가 돼서야 정신을 차리고 약에 관해 알아보니, 가끔 효과가 없는 사람도 있단다. 다음 날 숙취와 같은 두통으로 고생하는 게 다라는데, 수면제에 내성이 생긴 경우라고 했다. 율리가 평소에 수면제를 자주 복용했던가? 혼자 머리를 굴리던 민우는 율리와 시선이 마주치자, 부드러운 미소를 떠올렸다.

"숙취 심해? 우리 해장국이나 먹으러 갈까?"

민우는 다정한 남사친 코스프레에 들어갔다. 하지만 율리는 싸늘한 표정으로 단호히 거절했다.

"말만이라도 고마워. 난 다시 누울 거니까 넌 집에 가봐, 이제."

"율리야."

민우는 현관문을 가리키는 율리 앞으로 다가오며 애원하듯 말했다.

"기회를 줘, 제발. 아주 좋은 남편이 될 수 있다는 걸 보여줄게."

"민우야."

"하지만 너 몸 안 좋으니까, 오늘은 그냥 갈게."

율리를 바라보는 민우의 얼굴이 버림받은 강아지처럼 서글퍼 보였다. 그러나 율리는 턱짓으로 현관문을 가리킬 뿐이었다. 그가 풀이 죽은 얼굴로 나가자, 율리는 곧바로 현관문을 잠갔다. 도어체인까지 확실히 잠근 후에야 안도의 숨을 내쉬며 문에 몸을 기대었다.

"하, 바보."

허탈한 웃음이 율리의 입에서 흘러나왔다. 찰나였지만, 제호였길 바랐던 자신이 못 견디게 한심스러워서. 지금 이 순간에도 그가 미치도록 보고 싶어서. 율리는 그런 저 자신이 너무나도 싫었다.

그래도 제호에게 무슨 일이 있었는지 알려야 하는 게 아닐까?

침실로 돌아간 율리는 그에게 전화하려고 휴대폰을 들었다. 하지만 끝내 통화 버튼을 누를 수 없었다. 그 어느 때보다 그가 필요했지만, 그래서 더더욱 연락할 수 없었다.

율리는 떨리는 손으로 휴대폰을 움켜쥔 채로 제호의 번호를 뚫어져라 바라만 보다가 다시 내려놓았다.

다음 날, 율리는 평소보다 일찍 회사로 출근했다. 텔레파시가 통했는지, 제호도 이른 시각에 사무실로 들어섰다. 비밀 연애라서 회사에서 티를 낼 순 없지만 아직 아무도 출근하지 않은 터라 제호는 곧장 자리에 앉아 있는 율리에게 다가왔다.

"어제 집에서 잘 쉬었어요?"

율리의 머리카락을 부드럽게 쓸어 올리며 그가 물었다.

"몸은 좀 어때?"

율리는 잠자코 그가 머리를 만지게 내버려두었다. 사실 고개를 돌려 외면할 생각이었는데 마음만일 뿐, 몸이 따라주지 않았다. 이런 손길 하나에도 쉽게 무너지는 자신에게 짜증이 났지만 어쩔 수 없었다.

제호는 허리를 숙여 의자에 앉아 있던 율리를 자연스럽게 끌어안았다. 미치겠다. 가볍게 껴안았을 뿐인데도 율리는 심장이 덜컥 내려앉는 것만 같았다. 어젯밤 밤새도록 그를 그리워해서 그런가 보다. 수면제의 도움이 없었다면 뜬눈으로 밤을 새웠을 것이다. 그러니까 지금 말해야 한다.

"부탁인데……."

율리는 두 눈을 감으며 어렵게 말을 꺼냈다.

"당분간 자제해줄 수 있어요?"

그 말에 제호는 안았던 팔을 풀고 뒤로 물러나 그녀와 시선을 마주쳤다. 무슨 뜻이냐는 듯 미간을 살며시 찌푸리며.

"어젯밤, 혼자 자는 데 참 편하더라고요. 제호 씨 출장 가 있는 동안에도 푹 잘 수 있었고."

제호의 표정이 미묘하게 변했지만, 율리는 상관하지 않고 계속해서 말을 이었다.

"요새 많이 피곤해서, 몸이 나아질 때까진 혼자 편하게 잤으면 해요. 그리고 민우도 이젠 내가 독립한 거 알기 때문에 조심해야 해요. 아버지가 오피스텔 주소를 알려줬대요. 아직은 공식적으로 결혼이 깨진 게 아니라서, 결혼 취소를 알릴 때까진 민우와 서로 좋은 관계 유지하라고 하셨어요."

그는 아무 말도 하지 않고 가만히 율리를 바라만 보았다. 뚫어지게 바라보는 눈길이 부담된 율리가 고개를 돌려버리자, 그가 나지막하게 속삭였다.

"내 눈을 보고 말해. 율리야, 정말 그러길 원해?"

율리는 작게 한숨을 내쉬고는 다시 고개를 돌려 그를 마주 보았다.

"네."

짤막하지만 단호한 표정으로 대답했다.

"좋아. 당분간은 매일 밤 찾아가는 거 자제할게. 대신 주말엔 나와 지내야 해. 내 집에서."

"그래요. 그럴게요."

율리는 일주일에서 이틀 정도는 견딜 수 있다고 생각했다. 주중 동안 마음 단속을 잘하면 될 테니까.

그녀가 순순히 동의하자, 제호는 한 손으로 율리의 뺨을 감싸며 부드럽게 미소 지었다. 그리고 몸을 일으켜 본인의 자리로 돌아갔다. 사무적인 표정으로 돌아간 그는 책상 위에 가방을 내려놓은 뒤 컴퓨터를 켜고 작업할 때만 착용하는 안경을 썼다.

잠시 후, 사무실 문이 열리며 선영이 안으로 들어왔다.

"좋은 아침입니다."

그녀 뒤를 따라서 다른 직원들도 출근하기 시작했다. 동료들과 아침 인사를 나누다 우연히 제호와도 시선이 마주쳤다. 그는 무표정한 얼굴로 율리와 짧게 시선을 얽히고는 바로 도면으로 시선을 돌렸다. 아카디아 몰에서 재회하던 날 보았던 얼음처럼 싸늘한 표정이었다.

왜일까? 문득 율리는 '어쩌면 저 표정이 그의 진짜 모습은 아닐까?'라는 생각을 했다. '그랬다면 쉬이 사랑에 빠지진 않았을 텐데…….'라는 쓸모없는 상상을 하며 율리는 쓰게 웃었다.

Chapter 15

혼자 밤에 잠이 와?

평소보다 길고 지루한 한 주가 그럭저럭 지나가고 있었다. 제호 없이 홀로 잠드는 밤이 힘들긴 했지만, 마음을 단단히 잡은 덕분에 그런대로 견딜 만했다.

비밀 연애였기에 사무실 안에선 아무런 티도 낼 수 없었고, 그러다 보니 같은 공간에 있어도 서로 접촉할 기회는 드물었다. 가끔 엘리베이터 안에서 마주칠 때, 서로를 바라보며 미소 짓는 정도랄까. CCTV가 달린 낯에 엘리베이터 안이라고 해도 조심해야만 했나.

제호는 율리보다 더 담담하게 상황을 받아들이는 것 같았다. 사무실 안에선 언제나 차가운 표정을 유지했으며, 무덤덤한 태도로 그녀를 대했으니까. 다행이란 생각이 들면서도 조금 서운한 감정이 들기도 했다. 동시에 이율배반적인 저 자신이 더더욱 싫어졌다.

목요일 아침, 집을 나서는데 옆집 문이 활짝 열린 채 이삿짐을 나르고 있었다. 며칠 전에 이사를 나가더니, 그새 새로운 입주자가 나타난 모양이었다. 이삿짐센터 직원들만 바쁘게 짐을 날랐고, 새 이웃의 모습은 보이지 않았다.

율리는 별생각 없이 옆집을 지나쳐 엘리베이터에 올라탔다.

지하 주차장에 도착해서 막 내려서는데, 누군가가 갑자기 그녀 앞을 가로막았다. 깜짝 놀라 고개를 드니 제호가 그녀를 보며 밝게 웃고 있었다.

"여긴 무슨 일이에요?"

"오늘 현장에 바로 출근하게 됐어요. 그리고 아마도 거기서 퇴근할 것 같습니다."

'그래서요?'라는 눈으로 바라보는 율리를 제호가 팔을 벌려 품으로 끌어당겼다.

"이렇게 오지 않으면 오늘 못 보는 거라서, 도저히 견딜 수가 없었거든. 배터리 떨어지기 전에 충전하러 왔어."

율리의 머리는 이러면 안 된다고, 그를 밀어내야 한다고 경고했지만, 몸은 제멋대로 그의 허리를 꽉 끌어안았다.

"……그런데 무료로 충전하려고요?"

"물론 아니죠."

제호는 씩 웃으며 율리의 손을 잡고 자신의 차로 이끌었다. 그는 그녀를 뒷좌석에 앉게 한 후, 준비해온 초콜릿 크루아상과 함께 커피 테이크아웃 컵을 내밀었다.

"우선 이걸로 하고, 주말에 제대로 갚을게요."

율리가 의아한 표정을 짓자, 제호는 냅킨을 펼쳐 율리의 무릎 위에 올려주며 말했다.

"오늘도 아침 안 먹고 출근한 것 같아서."

"요새 아침 안 먹는 거, 어떻게 알았어요?"

"아침 먹고 온 날은 점심을 늦게 먹는 편인데, 아침 안 먹고 온 날은

12시 되자마자 튀어 오르듯 자리에서 일어나니까. 요 며칠, 선영 씨와 정각에 점심 먹으러 나갔잖아요."

전혀 신경 쓰지 않는다고 생각했는데 그녀의 작은 행동 하나하나 빠짐없이 지켜보고 있었나 보다. 별거 아닌 일이겠지만, 율리는 세세한 보살핌에 잠시 할 말을 잃고 말았다. 가족에게서도 받아보지 못한 따뜻함이었다.

그는 정말로 몸뿐만이 아니라 마음도 유혹하고 있나 보다. 이리도 다정하게 챙겨주는데 어떻게 사랑하지 않고 배길 수 있을까. 가슴이 찌르르 울린 탓에 율리는 지그시 입술을 깨물어야만 했다. 그녀가 음식을 손에만 쥐고 먹을 생각을 하지 않자, 제호가 직접 먹기 편하게 포장을 벗겨주었다.

"자, 따뜻할 때 먹어요. 방금 오븐에서 나온 거니까."

"고마워요."

그의 말대로 갓 오븐에서 나왔는지 한입 베어 물자, 바삭한 크루아상 안에서 달콤한 초콜릿이 흘러나왔다. 율리는 입가에 묻은 초콜릿을 혀로 훑으며 제호를 바라보았다.

"그런데…… 왜 한 번도 우리랑 점심 안 먹었어요? 함께 먹을 수도 있잖아요."

"물론 나야 함께 먹고 싶었죠. 하지만 혹시라도 버릇이 나올까 봐 피했어요."

"버릇이요?"

율리는 다시금 크루아상을 베어 물며 물었다. 이번에도 초콜릿이 흘러내리며 입가에 묻었다. 하지만 혀로 닦아내기도 전에 그가 먼저 고개 숙여 입술로 초콜릿을 빨아 먹었다. 깜짝 놀란 듯 율리가 움찔거리자, 제호는 한 손으로 약하게 그녀의 턱을 그러쥐었다.
"계속 이러고 싶을 테니까. 오물오물하면서 먹는 모습이 얼마나 예쁜지 알아? 거울로 보여주고 싶을 정돈데."
"아."
당황한 율리는 저도 모르게 입을 벌렸다. 제호는 눈매를 휘며 다시 한번 고개를 숙여 짧게 입술을 포갰다.
"이런 모습도 참을 수 없게 만들고. 그런데 어떻게 함께 밥을 먹습니까? 안 그래요, 채율리 씨? 억지로 참다가 급체하긴 싫습니다."
일부러 깍듯하게 하는 존댓말이 은근히 야했고, 바라보는 짙은 눈빛과 살며시 위로 말려 올라가는 입술 등등, 눈앞에 있는 남자가 견딜 수 없이 자극적으로 느껴졌다. 먼저 키스하고 싶은 충동을 내리누르며 율리는 재빨리 화제를 돌렸다.
"급체하면 내가 손 따줄 수 있는데……."
"손을 따요?"
"네. 급체엔 바늘로 손끝을 따서 피 나게 하면 효과 있어요."
제호는 급히 화제를 돌리는 율리를 보며 '피식', 입매를 비틀었다. 하지만 순순히 그녀의 장단에 맞춰주었다.
"흠, 채율리를 만나려면 피 흘리는 희생쯤은 각오해야 한다는 뜻으로 들리네."
억지는 아니었다. 그러고 보면 제호는 벌써 여러 번 그녀를 위해 피를 흘렸다.
"그것도 나쁘진 않네. 너를 소유하는 대가를 그렇게라도 치러야 하는 거라면."
그는 율리의 손에서 테이크아웃 컵을 받아서 좌석 컵걸이에 끼우며 속삭이듯 말했다. 그러더니 한 손으로 그녀의 뒤통수를 감싸며 이번엔 오랫동안 입술을 포갰다.

율리는 제호를 밀어내지 않았다. 며칠이나 참았는데, 잠깐의 일탈쯤은 괜찮을 거라고 자신을 설득했다. 주말까진 아직 이틀이나 더 남았다. 그녀도 그와 마찬가지로 충전이 필요했다. 제호가 없는 일상은 너무나도 삭막하니까.

율리는 달콤하면서도 시원한 시트러스 향을 음미하며 스르르 두 눈을 감았다. 그녀를 감싸는 따뜻한 온기가 소름 돋게 좋아서 눈물이 날 것 같았다.

아침에 말한 대로 그는 현장에서 곧장 퇴근했다. 이미 알고 있었지만, 그래도 율리는 왠지 모르게 가슴 한쪽이 텅 빈 것처럼 서늘했다. 퇴근 준비하며 컴퓨터를 끄는데 현경에게서 전화가 걸려 왔다.

「율리야, 오늘 같이 저녁 먹을 수 있니?」

예전엔 '곧 퇴근이지? 같이 저녁 먹자.'라고 말하던 현경이었으나, 율리가 제호와 비밀 연애를 시작하고 난 후로는 '먹을 수 있니?'라는 질문으로 바뀌었다. 현경의 배려에 율리는 입가에 미소를 떠올렸다.

"당연하지. 어디서 볼까?"

30분 후, 두 사람은 회사 근처 레스토랑에서 만났다. 자리에 앉자마자 현경은 속이 탄다는 듯 벌컥벌컥 찬물을 들이켜더니 속사포처럼 사연을 털어놓았다.

"나, 한동안 못 볼 거야. 내일 엄마랑 유럽 여행 가게 됐어. 영국 갔다가 프랑스, 스위스, 이태리 등등 거칠 거래. 원래는 아빠랑 엄마랑 가기로 했는데, 아빠가 이번에 또 회사에 급한 일이 생겼다고 펑크 내셨거든."

청아그룹 주 회장은 여가가 생길 때마다 아내와 함께 해외여행을 떠나곤 했다.

"말도 마라. 엄마가 얼마나 화를 내던지. 이럴 거면 이혼하자는 말도 나왔다니까. 내가 놀라서 대신 가준다고 한 덕분에 그쯤에서 멈춘 거지, 안 그랬음 가정 법원까지 갈 뻔했어. '세기의 이혼'이라고 기사 뜰 뻔했다니까."

말은 그렇게 하지만 주 회장 내외는 부부 금슬이 좋기로 유명했다. 어쩌면 그래서 율리는 더더욱 현경에게 가족 이야기를 털어놓지 못하는지도 모르겠다. 부럽고 창피해서. 너무나 대조되는 부모님의 관계라서……

"그나저나 넌 어때? 요즘 제호 씨랑 좁은 침대서 꽉 끌어안고 자니까 좋아?"

율리는 대답 대신 짓궂게 놀리는 현경을 살짝 흘겨보았다. 침대 배달이 늦어지는 게 아무래도 현경이 일부러 늦추고 있는 것 같았다.

"그럭저럭 잘 지내. 요샌 바빠서 주말에만 데이트하지만."

"뭐? 아니, 어떻게 주말에만 데이트해? 너, 혼자 밤에 잠이 와?"

"잠 안 오면 어쩔 건데?"

현경은 이해할 수 없다는 듯 인상을 찡그렸지만, 더는 뭐라고 하지 않았다.

식사를 끝내고 레스토랑을 나오니 밤 9시가 넘어가고 있었다. 식사하는 동안 휴대폰을 잠시 꺼두었는데, 제호에게서 문자가 와 있었다.

일이 있어서 오늘 밤은 통화 못 할 것 같으니 잘 자라는 내용이었다. 목소리를 듣지 못하는 건 아쉬웠으나, 아침의 짧은 데이트를 떠올리며 마음을 달랬다.

오피스텔 지하 주차장에 차를 세우고 막 차 문을 잠그는데, 익숙한 목소리가 옆에서 들렸다.

"지금 집에 들어오는 건가."

소리가 난 쪽으로 고개를 돌린 율리는 깜짝 놀라고 말았다. 채 의원이 보좌관도 없이 홀로 그녀 앞에 서 있었다.

"아버지가 여긴 어쩐 일이세요?"

"우연히 근처를 지나가게 돼서, 어떻게 사는지 보려고 들렀다."

우연히 근처를 지나가게 돼서 들렀다고? 채 의원에게는 전혀 어울리지 않는 말이었다. 하루에 1초도 허투루 낭비하지 않는 사람이 채형식 의원이었다. 아침부터 밤까지 계획에 따라 움직이는 그가 율리가 어떻게 사는지 보러 왔다니. 필시 다른 이유가 있어서일 것이다.

"현경이랑 저녁 먹고 오는 길이에요. 올라오실래요?"

율리의 제의에 채 의원은 가만히 고개를 내저었다.

"아니다. 생각해보니 아무리 딸이라고 해도 불쑥 찾아오는 건 예의가 아닌 것 같다. 어디 근처에서 차나 한잔하자."

죽은 아내가 사실 다른 남자를 마음에 두고 있었다는 사실을 율리에게 폭로한 후, 채 의원이나 율리나 서로에게 겨누던 칼날이 무뎌진 것을 느꼈다. 채 의원은 끝까지 비밀로 하지 못했다는 자책으로, 율리는 전부는 아니지만, 조금이나마 채 의원을 이해할 수 있게 되었기 때문이다.

부녀는 정말 오랜만에 차 한 잔을 앞에 놓고 서로 마주 보며 앉았다.

"혼자 지낼 만하고?"

"네."

"필요한 거 있으면 언제든지 집에 들러라."

"그럴게요."

칼날이 무뎌졌다고 해도, 오랫동안 단절되었던 대화가 쉽게 이어질 리 없었다. 서로 침묵을 유지하며 묵묵히 찻잔을 입으로만 가져갔다. 한참 후, 채 의원이 다시 말을 꺼냈다.

"3년 전, 한창 선거로 들썩일 때 말이다. 내 사무실에 누군가 초소형 카메라를 설치했던 거, 아직도 기억하나 모르겠다."

"물론 기억하죠."

반대편에서 채 의원 선거 전략 동향을 살피려 스피커 안에 초소형 카메라를 달아놨던 사건이었다. 사무실에 있던 스피커와 똑같은 제품으로 맞바꿔졌는데, 일주일 만에 발각되었다.

"너에겐 아무 말을 못 했구나. 그땐 경황이 없어서……. 많이 늦었지만, 지금이라도 해야겠다. 정말 고마웠다. 네 덕분에 큰일을 막을 수 있었어."

이상한 점을 알아낸 것은 율리였다. 스피커 속 전선 배치가 잘못되어 틈이 살짝 벌어진 상태였는데, 어느 순간 완벽하게 맞물려 있었다. 작은 변화였지만 율리는 바로 알아채고 김 보좌관에게 물어봤었다.

— 스피커 언제 수리하셨어요?

이상하게 여긴 김 보좌관이 스피커를 열어 봤고, 안에 부착된 카메라 송신기를 발견할 수 있었다. 그 사건을 계기로 사무실 전체 수색에 들어갔고, 도청 장치를 몇 개 더 찾아냈다.

그 이후로 중요한 회의나 회동하기에 앞서, 탐지기로 주위를 수색하는 과정이 당연한 순서가 되었다.

모두가 율리에게 고맙다고 인사했지만 채 의원은 무덤덤한 얼굴로 바라봤을 뿐, 아무 말도 하지 않았다. 하지만 늦었더라도 고맙다고 말해주는 게 어딘가. 율리는 살며시 고개를 끄덕였다.

"그것 말고도 너에게 고마워해야 할 일이 많았지. 선거 운동 돕는다고 어릴 때부터 나를 따라서 이곳저곳 다니고. 덕분에 유권자에게 좋은 이미지로 호감을 산 것도 사실이다."

왜 갑자기 채 의원 입에서 이런 이야기가 나오는지 몰랐지만, 율리는 잠자코 그의 말을 경청했다.

"너를 보면 죽은 네 엄마가 떠올라서 힘들었다. 커가면 커갈수록 넌 소연을 빼닮아가서…… 그러면 안 된다는 걸 알면서도, 너에게 내 원한을 퍼부었던 것 같다."

"지금 저에게 사과라도 하시는 거예요?"

"그래, 지금이라도 사과하마. 너에겐 아무 잘못이 없었는데……. 내가 어리석었다."

율리는 아무 말도 할 수 없었다. 사과를 받아들이겠다 할 수도 없었고, 받지 않겠다 거절할 수도 없었다. 너무나 갑작스러웠기 때문이다. 그녀가 입을 다물고 바라만 보자, 채 의원은 씁쓸한 미소를 떠올렸다.

"그 태도, 마음에 든다. 상대가 사과한다고 덥석 받아주면 안 되지. 그래, 잊지 마라. 넌 내 딸이다. 어느 순간에도 영리하게 대처해나가고, 어느 순간에도 쉽게 무너지지 않아."

그는 뭔가 더 할 말이 있는 것처럼 입술을 달싹거렸지만, 이내 마음을 바꾼 듯 고개를 저었다.

"시간이 늦었으니 난 그만 가보마."

자리를 뜨려던 채 의원은 잠시 행동을 멈추고 말을 보탰다.
"혹시라도 필요한 게 있으면 김 보좌관에게 연락해라. 네게서 전화 오면 바로 받으라고 지시해두었으니까."
"네, 아버지."
율리는 제자리에 서서 채 의원을 바라보았다.
아버지는 지금 내게 화해의 손짓을 보내는 걸까? 그렇다 해도 10년 동안 어그러졌던 부녀 사이가 말 한마디에 예전처럼 돌아갈 순 없을 것이다. 단지 증오로 쌓아 올린 감정의 벽 높이를 조금 낮출 뿐······.
채 의원의 모습이 완전히 사라지고서야 율리는 집으로 가기 위해 등을 돌렸다.

다음 날에도 제호는 곧장 현장으로 출근하느라 사무실에 나타나지 않았다. 율리는 텅 빈 옆자리를 바라보며 작게 한숨을 내쉬었다. 그와 거리를 두어야 하면서도, 이틀 연속 사무실에서 보지 못한다는 사실에 풀이 죽고 말았다. 그러다 내일은 주말이니까 그와 함께 시간을 보낼 수 있다고 생각하니 미소가 떠올랐다.
채율리, 너, 정말 대책 없구나.
율리는 수시로 마음이 바뀌는 자신이 한심하기만 했다.
잡념을 떨치고 작업에 열중하는데 점심시간이 지나고 얼마 후, 거래처에 들릴 일이 생겼다. 방문해야 하는 거래처와 제호가 있는 현장은 불과 몇 블록 떨어진 거리였다.
지나가는 길이라고 하면서 슬쩍 가볼까? 아니면 그냥 멀리서 얼굴만 보면 되지 않을까?

참새가 방앗간을 그냥 지나갈 수 없듯이, 그녀도 제호가 있는 현장을 그냥 지나칠 수 없었다. 정신을 차리고 보니 어느새 현장 한복판에 있었다. 그런데 제호의 모습은 어디에서도 보이지 않았다.

"어? 채율리 씨, 여긴 무슨 일이에요?"

그녀를 알아본 현장 감독이 활짝 웃으며 다가왔다.

"미리부터 봐두려는 거예요? 건물 공사 끝나면 바로 인테리어 공사 들어가야 하니까?"

"네. 아, 저 그런데 권제호 씨는 어디 계세요?"

"오늘 여기 오기로 하셨어요? 아직 안 오셨는데……."

전혀 예상하지 못한 대답에 율리는 커다란 눈을 천천히 깜빡거렸다.

"다음 주부터 오시기로 한 거 아닙니까?"

"아, 그러네요. 제가 일정을 착각했네요. 혹시 괜찮으시다면 잠깐 둘러볼 수 있을까요?"

"물론이죠. 절 따라오십시오."

재빨리 화제를 놀린 율리는 안내해주는 현장 감독을 따랐다.

간단히 현장을 둘러보고 차에 돌아온 율리는 시동 거는 걸 잊은 채 멍하니 앞을 바라보았다. 현장 감독이 한 말을 유추해보면 제호는 어제도 현장에 들리지 않았던 것 같다.

무슨 일이지?

제호에게 문자를 보내려던 율리는 잠시 머뭇거렸다. 어쩌면 이곳이 아닌 다른 현장인데 착각한 것일 수도 있었고, 그를 보러 현장에 들렀단 사실을 알리기 껄끄러웠기 때문이다. 다시 휴대폰을 가방 속에 넣은 율리는 시동을 걸고 차를 출발시켰다. 내일 만나면 넌지시 물어보자고 속으로 중얼거리며……

"퇴원 절차 모두 끝냈습니다. 제가 임시 거처로 모셔다드리죠."

창가에 기대어 밖을 내다보는 신다희에게 제호가 다가오며 말했다. 그녀는 아직도 환자복 차림이었다. 간호사가 가져다준 평상복은 고이 접힌 채로 침대 위에 놓여 있었다.

"선글라스 구해다 주세요. 그전엔 밖으로 안 나갈 거예요."

제호에게로 고개를 돌리며 신다희가 말했다. 반대쪽으로 보이는 뺨 위에는 검붉은 멍이 들어 있었다. 처음보다는 색이 연해졌고 부기도 빠졌지만, 여전히 눈에 띄었다.

"알았어요. 선글라스 가져다줄 테니까, 옷 갈아입고 있어요."

"그런데요, 내가 이 말을 했던가요?"

막 병실을 나서려는 제호의 발을 신다희의 다음 말이 잡아끌었다.

"그날, 권민우가 날 이 지경으로 만들면서 입으로는 계속 '율리'를 외쳤다는 거요."

제호가 얼굴을 일그러뜨리며 돌아보자, 신다희는 싸늘한 웃음을 터뜨렸다.

"끝에 가선 내 목을 조르면서 '율리야, 사랑해.' 하더라고요. 하, 미친 놈."

신다희에게 연락을 받은 것은 수요일 밤이었다. 그녀는 아무런 설명도 없이 병원 위치를 알려주며 자신을 만나러 오라고 했다.

얼마 후, 제호는 민우의 폭력으로 인해 처참한 상태로 병원에 입원한 그녀를 마주했다. 입원한 지는 얼마 되었는데, 도저히 남에게 보여줄 수 있는 몰골이 아니라서 그때까지 참았다고 했다. 민우를 폭행범으로 신고하겠냐는 말에 그녀를 고개를 저었다.

― 그랬다가 나중에 쥐도 새도 모르게 살해당하라고요? 됐어요. 그 사람이 날 찾지 못하게 숨겨만 주세요. 아니다, 제호 씨 제안 받아들일게요. 외국으로 보내줘요.

최대한 빨리 한국을 떠나길 원했고, 제호는 물심양면으로 신다희를 돕기로 했다.

"율리 씨에게 못 하는 거, 나한테 다 푼 거죠. 변태 자식."

민우에게 당하던 순간이 기억났는지 신다희는 양팔로 몸을 감싸며 부들부들 떨기 시작했다. 제호를 바라보는 핏기 어린 눈에서 눈물이 흘러내렸다.

"몰래 이사 가려고 했다면서 죽일 듯이 화를 냈어요. 율리도 그랬는데 너도 그러냐고. 모두 자기를 우습게 여기냐고 하면서······."

제호는 제자리에 선 채 신다희를 가만히 지켜만 보았다. 물적인 면에선 도움을 줄 수 있지만, 심적인 면으론 완벽하게 선을 긋는 태도였다. 물론 신다희 역시 제호에게서 입에 발린 위로를 받는 것 따윈 필요 없었다. 그래도 와서 등을 다독거려준다거나, 눈물이라도 닦게 티슈를 건네준다거나 하는 행동을 할 법도 한데, 그는 무표정으로 바라보고만 있었다. 제 여자를 민우에게서 구하겠다고 다 된 밥에 재를 뿌린 주제에 말이다.

민우나 제호나, 권씨 남자들이라면 다 재수 없다고 생각하며 신다희는 이만 나가보라는 듯 손을 흔들었다.

병실을 나선 제호는 곧장 엘리베이터로 향했다. 병원 건물 지하층은 쇼핑몰과 연결되었기에 아무거나 적당한 것으로 구할 생각이었다. 멍든 부분을 가리려면 넉넉하게 큰 사이즈로 사야 할 것이었다.

"미친놈."

엘리베이터를 기다리며 제호는 혼잣말처럼 욕설을 내뱉었다. 힘없는 여자에게 주먹이나 휘두르는 민우가 경멸스러워서 참을 수 없었다. 어릴 때는 힘없는 동물을 대상으로 폭력을 행사하던 버릇이, 커서는 여자로 대상이 바뀐 게 분명했다.

민우의 뒷조사 중 알아낸 정보에 의하면 신다희보다 더 참혹한 사건도 있었는데, 나 여사가 직접 나서서 수습했을 정도로 심각했다. 그랬던 민우가 지난 1년 동안 아무 문제 일으키지 않고 얌전했는데, 그 시기는 율리와 혼담이 오가기 시작하던 시기와 일치했다.

─ 율리 씨에게 못 하는 거, 나한테 다 푼 거죠. 변태 자식.

제호는 신다희가 했던 말을 떠올리며 인상을 찌푸렸다.

채 의원 손에 쥐어진 약점 때문에라도 민우가 율리를 건드릴 일은 없겠지만, 그래도 조심해야 한다. 신다희의 목을 조르며 '율리야, 사랑해.'라고 말했다고 생각하니 온몸에 소름이 돋았다.

어릴 적 민우가 강아지를 괴롭히면서 희열을 느꼈을 때, 그때 바로 치료했어야 했다. 지금이라도 바로잡아야 하는데…….

엘리베이터를 기다리는 제호의 얼굴에 어두운 그림자가 내려앉았다.

퇴근 후, 오피스텔로 들어온 율리는 뭔가 이상한 기분에 눈을 가늘게 떴다. 천천히 걸음을 옮기며 유심히 집 안을 둘러보았다. 분명 집을 나섰을 때와 뭔가 조금 달라진 것 같았다.

그녀가 예민해서만은 아니었다. 싱크대 가장자리 위에 놓인 컵이 조금 안쪽으로 들어와 있다든가, 분명 꼭 닫고 나간 옷장 서랍이 1cm쯤 나와 있는 등이었다. 별거 아닐 수도 있지만 어젯밤 채 의원과 나누었던 대화 때문에도 그렇고, 율리는 가볍게 넘길 수 없었다.

혹시나 하는 마음이었지만, 다음 날 율리는 현관문 매트 아래에 크래커를 촘촘히 깔고 장을 보러 나가는 척 장바구니를 들고 아침 일찍 집을 나섰다.

한 시간 후, 집에 돌아온 율리는 현관문 매트를 살짝 들춰 보고 얼굴을 굳혔다. 매트 아래에 깔고 간 크래커가 남자 구두 발자국과 비슷한 형태로 부서져 있었다. 누군가 그녀가 없는 동안 집 안에 들어온 흔적이었다.

도대체 누가?

너무 놀라서 그대로 자리에 주저앉을 것 같았지만, 율리는 깊게 숨을 들이마시며 떨리는 마음을 진정시켰다.

천천히 주위를 둘러보며 집 안으로 들어섰다.

다행히 침입자는 이미 나가고 없는 듯했다. 만약 집 안에 숨어서 덮칠 계획이었으면 벌써 그러고도 남았을 것이다. 침입자는 그녀가 없을 때만 몰래 들어와 집을 훑어보는 것 같았다.

―혹시라도 필요한 게 있으면 김 보좌관에게 연락해라. 네게서 전화 오면 바로 받으라고 지시해두었으니까.

우연일지 모르겠지만, 율리는 채 의원이 한 말을 떠올리며 김 보좌관에게 전화를 걸었다.

그녀가 집에 없다는 걸 확실하게 알고 들어온다는 것은, 이미 집 안에 도청 장치나 카메라가 설치되어 있단 뜻일지도 모른다.

율리는 거실로 걸어가 TV를 틀어 쇼 프로그램에 채널을 고정한 후 볼륨을 높였다. 이어서 싱크대로 걸어가 물을 틀었다. 이러면 만약에 도청 장치가 되어 있다고 해도 소음으로 인해 대화 내용을 잘 알아들을 수 없을 테니까.

[네, 김 보좌관입니다.]

신호 몇 번 만에 김 보좌관이 전화를 받았다. 율리는 떨리는 목소리로 말을 꺼냈다.

"안녕하세요. 저 율리인데요, 긴히 부탁드릴 일이 있어서 전화했어요."

[네, 말씀하십시오.]

"스캐너 가지고 지금 제가 있는 오피스텔로 와주실 수 있을까요?"

스캐너는 도청 장치나 초소형 카메라를 찾아내는 탐지기를 뜻했다.

[30분 내로 가겠습니다.]

그는 정확하게 30분 후, 오피스텔 로비에 도착했다.

채 의원의 오른팔답게 김 보좌관은 아무 질문도 하지 않고 마치 배달 음식을 내려놓듯 자연스럽게 스캐너를 식탁 위에 올려놓았다. 스캐너는 반경 10m 안을 자동으로 훑어서 도청 장치나 카메라 송신기를 찾아내는 기능이 있었다. 김 보좌관은 능숙한 솜씨로 스캐너를 노트북에 연결하고 실내를 스캔하기 시작했다.

"의원님께서 다음 주 모임에 참석해주십사 요청하셨습니다."

입으로는 다른 말을 하면서, 그는 손으로 노트북 화면을 가리켰다. 화면에 붉은 점들이 떠오르기 시작했다.

"다른 정당 의원과도 함께하는 모임이라서 의원님께서 특별히 더 신경을 쓰고 계십니다. 오후 3시에 당사 사무실에서 뵙자고 하셨습니다."

3개를 찾아냈다는 뜻이었다. 식탁 밑에 도청 장치가 하나, 침실 문 위에 또 하나, 거실 조명 등 안에 카메라 송신기가 달려 있었다.

율리의 안색이 어둡게 변하자, 김 보좌관은 조금은 걱정스러운 얼굴로 목소리 톤을 낮추었다.

"어떻게 하시겠습니까? 제가 그날 모시러 올까요? 의원님께는 따로 말씀드리겠습니다."

필요하면 도움을 주겠으며, 채 의원에게도 바로 보고하겠다는 뜻이었다. 그제야 율리는 왜 그날 채 의원이 자신을 찾아왔는지 알 것도 같았다. 어떤 이유에서인지 그는 이미 이런 일이 일어날 것을 예상한 게 분명했다.

― 3년 전, 한창 선거로 들썩일 때 말이다. 내 사무실에 누군가 초소형 카메라를 설치했던 거, 아직도 기억하나 모르겠다.

갑자기 3년 전 이야기를 꺼낸 것도 율리에게 경각심을 불러일으키려는 의도였을 것이다.

― 닌 내 딸이다. 어느 순간에도 영리하게 내처해나가고, 어느 순산에도 쉽게 무너지지 않아.

율리는 잠시 생각에 잠겼다. 지금 채 의원의 대처는 그가 반대파를 처리할 때와 비슷했다. 일부러 빈틈을 보여 적이 먼저 공격하게 함으로써 오히려 적을 유인해내는 방법이었다.

"혹시 아버지는 이미 예상하시고……?"

율리의 말이 끝나기도 전에 김 보좌관은 고개를 끄덕였다.

"네, 그렇습니다. 저희가 알아낸 정보에 의하면 비슷한 일이 1년 전에도 있었습니다."

역시, 그랬구나.

율리는 가만히 고개를 끄덕였다. 하지만 그렇다고 그날 채 의원이 한 사과가 아예 진정성이 없는 것은 아닐 것이다. 다만 방문의 주목적이 아닐 뿐이겠지.

"우선은 돌아가세요. 자세한 사항은 제가 문자로 보낼게요."

"알겠습니다. 문자 기다리겠습니다."

김 보좌관이 돌아간 뒤 율리는 평소처럼 아무렇지 않게 커피를 내리고, 거실 소파에 앉았다. 일부러 모습이 잘 보이게 숨겨진 카메라를 향해 몸을 틀었다. 누가 이런 짓을 했는지 쉽게 짐작할 수 있었다. 그날 민우는 문이 열려 있었다고 했지만, 아닐 가능성이 컸다. 제대로 닫지 않아도 스스로 닫히는 기능이 있어서 신발이 문틈에 걸린 경우가 아니라면 닫히지 않았을 리가 없었다.

민우는 지금도 날 지켜보고 있는 걸까?

상상하는 것만으로도 심장이 뛰고 식은땀이 흘렀다. 그렇다고 겁에 질려 떨고만 있을 순 없었다. 율리는 커피 잔을 입으로 가져가며 복잡한 생각을 정리했다.

제호가 내민 사진을 보고도 권 회장의 표정엔 큰 변화가 없었다. 그는 결재 서류를 검토하는 것처럼 한 장 한 장 느린 속도로 사진을 넘겼다.

"그래서 지금 이 아가씨는 어디에 있지?"

"제가 보호하고 있습니다. 경찰에 신고할 마음은 없는 것 같습니다."

"후우."

한숨을 내쉰 권 회장은 손으로 이마를 짚으며 의자 등받이에 등을 기댔다.

"얼마면 완벽하게 입을 막을 수 있을까. 그쪽에서 제시한 금액이라도 있었나?"

"돈이 문제가 아닙니다, 회장님. 앞으로도 이런 일이 계속 일어날 겁니다. 지금까진 작은어머니가 잘 막아오셨지만, 언젠가는 크게 터질 게 분명합니다."

권 회장은 침통한 얼굴로 책상에 놓인 신다희 사진을 내려다보았다. 민우에게 당하고 다음 날 찍은 사진이라서 보기에 흉측할 정도였다. 병원에는 계단에서 굴러떨어졌다고 둘러댔지만, 과연 그대로 믿어주었는지 의문이었다.

"그래서 내가 어떻게 했으면 좋겠냐? 네 의견을 들어보마."

제호는 대답을 미룬 채, 책상 위에 놓인 사진으로 시선을 내렸다.

그는 과연 민우의 악행을 까맣게 몰랐을까? 만약 그게 사실이라면, 그의 삼성 동제릭은 놀라운 수준이라고 할 수밖에 없었다. 하지만 과연 그럴까? 적당히 동정을 담은 눈으로 신다희 사진을 바라봤지만, 권 회장의 표정은 뭔가 어색했다. 권 회장은 모든 것을 알면서도 모르는 척 연기하는 것은 아닐까?

"왜 제 의견을 물어보십니까? 모두 아시고 계셨잖아요. 대책도 이미 세워두셨고."

제호는 권 회장을 똑바로 바라보며 속에 품고 있는 말을 조심스레 꺼내놓았다.

"민우가 이런 짓을 한 게 하루 이틀이 아닌데, 할아버지가 모르고 계셨다는 것은 말이 안 됩니다. 안 그렇습니까?"
"하하하, 녀석."
권 회장은 부정하는 대신 자리에서 일어나며 너털웃음을 터트렸다. 양손으로 제호의 어깨를 감싸며 강한 어조로 말했다.
"내가 이래서 널 믿는 거다. 너는 민우 녀석과는 애초에 그릇부터 달라."
그를 향해 흡족한 미소를 짓는 권 회장과는 달리 제호는 억지로 입꼬리를 올려야만 했다. 지금 상황에서 마음껏 웃을 수 있는 권 회장을 이해할 수 없었기 때문이다.
막 회장실을 걸어 나오는데 율리에게서 문자가 날아왔다.

지금 오피스텔로 와줄 수 있어요? 함께 점심 먹어요.

약속한 대로 율리는 주말엔 그의 집에서 보내기로 했다. 오후 늦게 온다고 하더니, 마음을 바꾼 모양이었다. 제호는 부드럽게 웃으며 바로 답장을 보냈다.

알았어요. 지금 바로 갈게요.

휴대폰을 재킷 주머니에 넣은 제호는 조금이라도 일찍 그녀에게 가기 위해 걸음을 빨리했다.

알았어요. 지금 바로 갈게요.

제호의 답을 확인한 율리는 이번엔 김 보좌관에게 문자를 보냈다.

김 보좌관에게도 바로 답장이 날아왔다. 꼼꼼하게 읽으며 잔에 남은 커피를 모두 마셨다. 답장을 모두 확인한 그녀는 일부러 손에 들고 있던 커피 잔을 바닥에 떨어뜨렸다.

"악."

과장되게 큰 비명을 지르며, 깨진 잔 조각에 다친 것처럼 얼굴을 일그러뜨렸다. 바로 그 순간, 테이블 위에 놓인 휴대폰이 울렸다. 모르는 번호였지만 일단 통화 버튼을 눌렀다.

"여보세요?"

[어, 율리야. 나야.]

휴대폰 너머로 민우의 목소리가 흘러나왔다.

정말 지금 그녀를 지켜보고 있는 걸까? 율리는 깨진 잔 조각을 치우는 척하면서 일부러 손을 베었다. 빨간 피가 하얀 커피 테이블 위로 뚝뚝 떨어졌다. 하지만 율리는 아무 소리도 내지 않았다. 반대로 휴대폰에선 '헉!' 숨넘어갈 것 같은 다급한 소리가 흘러나왔다.

[율리야, 아무 일 없어?]

"아무 일이라니, 뭐가?"

율리는 담담하게 대답하면서도 피 흘리는 모습이 잘 보이도록 카메라 쪽을 향해 손을 내밀었다.

[아, 아니, 뭐, 그냥······.]

"민우야, 미안한데, 나 지금 급히 뭐 좀 해야 하거든. 나중에 걸래?"

[어, 그래, 알았어.]

전화를 끊은 율리는 각 티슈에서 티슈를 뽑아 피 흘리는 손가락을 감싸며 꾹 눌렀다. 베인 부분이 화끈거리며 욱신거리기 시작했다. 율리는 아랫입술을 깨물며 자리에서 일어나 구급상자를 가져왔다. 자꾸만 카메라 쪽으로 눈길이 가려고 해서 아예 등을 돌리고 앉았다.

"아, 아."

베인 부분에 연고를 바르고 반창고를 두르며 앓는 소리를 냈다. 신음이 나올 정도로 아프진 않았으나, 민우를 자극하기 위해서다.

내가 정말 정신이 나갔었지, 저런 미친놈과 결혼하려고 했다니.

율리는 흘러나오는 실소를 억지로 삼키며 가만히 고개를 흔들었다. 그래도 천만다행히 욕실에는 카메라를 설치하지 않았다는 사실에 그나마 안도해야 하는 걸까?

율리는 다친 손가락을 감싸며 오늘 중으로 신속히 일을 마무리하자고 속으로 다짐했다.

상처를 모두 치료하고, 아까 걸려 온 번호로 민우에게 전화를 걸었다.

[어, 율리야.]

신호음 한 번 만에 민우가 전화를 받았다. 율리는 그가 그녀의 표정을 잘 볼 수 있게 카메라를 향해 자세를 바꾸었다.

"아까 그렇게 전화 끊어서 미안해."

[아니야, 아니야. 잊지 않고 먼저 전화해줘서 고마워, 율리야.]

감동이라도 한 듯, 민우의 목소리가 가늘게 떨리고 있었다. 그런 목소리를 듣는 것조차 역겨웠지만 율리는 호흡을 가다듬으며 통화를 이어 나갔다.

"좋은 소리 하려고 전화한 건 아니야. 이젠 제발, 그만 귀찮게 해달라는 부탁을 하려고 전화한 거야."

[율리야, 그게 무슨 말이야.]

"더는 내 옆에서 얼쩡거리지 말아줘. 오늘 아버지한테도 확실하게 이야기할 거야. 어차피 결혼 취소할 건데, 더는 끌 필요 없다고 말씀드리려고. 보궐 선거도 이미 끝났고, 지금이 딱 좋은 시기인 것 같아."

 충격을 받아서인지, 아니면 화를 주체할 수 없어서인지 민우는 잠시 침묵을 지켰다. 그러다 잠시 후, 부들부들 떨리는 목소리로 말했다.

 [너, 내가 이렇게까지 낮추고 나오는데, 계속 매정하게 이럴 거야? 매몰차게 거절하는 게 네 매력이긴 하지만, 이건 좀 도가 좀 지나친 것 같다.]

 미친 새끼.

 율리는 속으로 욕설을 내뱉으며 '피식', 입꼬리를 올렸다.

 지금 여기서 도가 지나친 게 누구인데, 저따위 말을 하는지 모르겠다.

 "민우야, 그럼 내가 어떻게 해야 하는데? 난 너에게 마음이 없어. 네가 아니라 네 사촌 형에게 더 끌린다고."

 [너 지금 뭐라고 했어!]

 드디어 참고 참았던 분노가 터진 것 같았다. 민우는 비명을 지르는 것처럼 큰소리로 쉴 새 없이 말하기 시작했다.

 [야, 채율리, 정신 차려! 제호 형에겐 이미 여자 있어. 저번에도 봤잖아. 아니다, 그 여자 말고도 많아. 다른 여자도 만난다고. 그 새끼, 완전 바람둥이야. 거지새끼 주제에 얼마나 많은 여자와 더럽고 난잡하게 노는 줄 알아? 그 새끼, 소위 말하는 나쁜 남자라고!]

 민우가 흥분하면 흥분할수록 율리의 얼굴은 싸늘하게 식어갔다. 벽에 걸린 시계로 시간을 확인해보았다. 이제 이쯤에서 민우를 폭발하게 해도 될 것 같았다.

 "민우야, 내가 하는 말 들어봐."

율리는 환하게 웃으며 매우 상냥한 목소리로 말했다. 그녀가 다정하게 말투를 바꾸자, 민우는 흥분이 가라앉은 듯 소리 지르는 것을 멈추었다.

"그런데 어쩌지?"

상대가 잠잠해지자, 율리는 나긋나긋한 목소리로 말을 이었다.

"난 나쁜 남자라서 더 끌리는데."

그녀가 말을 끝맺는 순간, 띠띠띠, 도어 록을 누르는 소리가 들렸다. 덜컥, 현관문이 열리고, 율리는 휴대폰을 든 채로 뒤를 향해 고개를 돌렸다.

"계속 전화했는데, 연결이 안 돼서……."

집 안으로 들어서며 제호가 사과했다. 율리는 괜찮다는 듯 고개를 저으며 환하게 웃었다.

"그만 끊자. 손님이 왔거든."

민우와 통화를 끝낸 율리는 제호에게 달려가 와락 품에 안겼다. 격한 환영에 제호는 의아한 표정을 지었다. 전화도 안 하고 막 들어오면 어떡하냐고 한 소리 할 줄 알았으니까.

"이런 환영, 낯설은데. 어제 하루 못 봤다고 이러는 거예요?"

"네, 하루가 1년 같았거든요."

율리는 제호의 목에 팔을 두르며 입술을 포갰다. 그녀가 먼저 키스한 적이 드물었기에 제호는 조금 놀란 듯했다. 하지만 곧 양손으로 얼굴을 감싸며 고개를 기울여 깊숙이 입술을 맞물렸다.

"……율리야."

한참 후에야 입술을 떨어뜨리며 그가 나직이 그녀의 이름을 불렀다.

"침대로 가요."

율리는 수줍게 웃으며 제호의 가슴에 얼굴을 묻었다.

그때였다.

쾅!

어디선가 커다란 굉음이 들렸다.

쾅, 쾅쾅!

연이어 무언가가 부서지는 듯한 소리가 뒤를 따랐다. 마치 바로 옆에서 나는 소리 같았다. 그리고 얼마 지나지 않아, 띠띠띠, 비밀번호 누르는 소리와 함께 현관문이 열렸다.

"뭐 하는 짓이야?"

울부짖는 소리에 제호는 율리를 내려놓고 뒤를 돌아보았다. 민우가 시뻘겋게 핏기 서린 눈으로 주먹을 휘두르며 달려오고 있었다. 하지만 손끝 하나 건드리기도 전에 제호에게 팔을 잡혀 바닥에 눕혀졌다.

"놔, 이거 못 놔! 야, 너희들 뭐 해. 이 새끼 족치지 않고!"

민우는 바닥에 얼굴이 짓눌린 채 현관문을 향해 고래고래 소리를 질렀다. 그러자 현관문이 열리며 낯선 남자 두 명이 들어왔다. 짧은 머리를 한 그들은 검은 양복 차림에 선글라스를 쓰고 있었다. 제호는 민우를 놓아주고, 율리를 자신의 등 뒤에 숨게 했다. 지금 상황에선 민우를 손보는 것보다 율리를 지키는 게 우선이었다.

"당신들 뭡니까?"

제호는 검은 양복 차림 남자들을 노려보았다. 자리에서 일어난 민우는 비열하게 웃으며 재킷 어깨 부분을 손으로 툭툭 털어냈다.

"뭐긴 뭐야? 널 데려갈 저승사자들이지. 감히 내 여잘 건드려? 야, 뭐 해, 어서 저 새끼 족치지 않고."

"네."

검은 양복 차림의 남자들이 빠르게 제호를 향해 다가오기 시작했다. 하지만 몇 걸음 채 옮기기도 전에 현관문이 열리며 김 보좌관과 경호원 무리가 안으로 들어왔다.

"너희들은 또 뭐야?"

전혀 예상하지 못한 상황에 민우의 얼굴이 일그러졌다. 검은 양복 차림의 남자들도 당황한 듯 흠칫 행동을 멈추고 민우를 바라보았다.

"권민우 실장님."

빨개진 얼굴로 소리치는 민우에게 김 보좌관은 다가가 고개를 숙였다.

"저와 함께 가시죠. 채 의원님께서 뵙자고 하십니다."

김 보좌관 뒤로는 다섯 명의 경호원이 있었고 힐끗, 복도 쪽을 내다보니 서너 명이 밖에서 대기하고 있었다. 수적으로 열세인 것이 확인되자, 검은 양복 차림의 남자들은 슬그머니 현관문을 향해 뒷걸음을 치기 시작했다.

"야! 너희들은 또 어디 가는 거야? 야!"

민우가 자신들을 부르자, 남자들은 더 빠른 걸음으로 오피스텔을 빠져나갔다. 민우만이 홀로 남게 되자 김 보좌관은 경호원에게 턱짓으로 신호했다. 경호원들은 양쪽에서 민우의 겨드랑이에 팔을 끼고 꼼짝 못하게 붙들었다.

"이것들이 미쳤나? 이거 못 놔? 야!"

민우는 힘껏 반항했지만, 단단히 잡힌 팔을 풀기엔 역부족이었다. 김 보좌관은 율리와 제호를 향해 고개를 숙이고는 경호원들과 함께 민우를 데리고 오피스텔을 빠져나갔다.

"이 새끼들, 다 죽었어. 너희들 지금 괜한 사람 납치하는 거야!"

문이 닫힌 이후에도 계속해서 민우가 외치는 소리가 들렸다. 모든 게 잠잠해지고야, 제호의 등에 얼굴을 묻고 있던 율리는 조심스레 주위를 둘러보았다. 짧은 순간임에도 집 안은 난장판이 되어 있었다. 특히 바닥에 선명하게 찍힌 발자국이 눈살을 찌푸리게 했다.

"미안해요, 먼저 말하지 않아서……."

바닥을 닦을 걸레를 가지러 다용도실로 향하며 율리가 말을 꺼냈다.

"확실한 게 아니라서 그랬어요. 제호 씨 오면서 괜히 걱정할까 봐."

하지만 몇 걸음 떼지도 못하고 제호에게 팔을 잡히며 그대로 품에 끌어당겨졌다.

"나중에 해. 지금은 그냥 가만히 있어."

몰랐는데, 긴장이 풀려서인지 율리의 몸은 사시나무처럼 바르르 떨리고 있었다. 그런 그녀의 모습이 제호의 눈엔 아슬아슬하게 보였을 것이다. 율리는 크게 숨을 들이마셨다.

"민우가 이럴 거라는 건 어떻게 안 거야?"

"……확실한 건 아니었어요. 하지만 아버지가 뭔가 알아내셨나 봐요."

떨리는 목소리로 율리가 속삭이듯 말했다. 제호는 끌어안은 채 율리를 소파로 데려갔다. 그녀를 소파에 앉히고 주방으로 걸어가 핫초코를 준비해 다시 돌아왔다.

"이것 좀 마시면서 진정해."

율리의 손에 머그잔을 쥐여주며 제호가 말했다. 율리는 천천히 핫초코를 마시고는 다음 말을 이었다.

"1년 전에도 비슷한 일이 있었다고 하셨어요."

율리는 처음 민우가 오피스텔에 찾아온 이야기부터 시작해, 어제 누군가 집에 들어온 느낌을 받았다는 것, 그래서 김 보좌관에게 도움을 요청한 일까지 자세하게 설명했다.

"사실 아버지가 얼마 전에 찾아오셔서, 뭔가 눈치를 주셨거든요."

제호는 조폭과 얽힌 정보만 넘겨주었지만, 채 의원은 그걸 토대로 민우에 관해 더 캐들어갔다. 여자 문제는 나 여사가 말끔히 덮었다지만, 채 의원이 마음만 먹는다면 쉽게 알아낼 수 있었을 것이다.

지금까지 민우는 데이트 폭력 외에도 원하는 여자를 납치해 감금에 가까운 짓을 하거나 도청 장치, 몰래카메라를 설치하는 등의 스토커 짓을 되풀이하곤 했다. 율리만 예외였다. 감히 정치 거물인 채형식 국회의원 집에 도청 장치를 설치할 순 없었을 테니까. 그러다 율리가 독립했다는 사실을 알게 되자, 곧바로 행동에 옮겼다.

"민우가 옆집으로 이사 온 건 어떻게 알았어?"

"그건 몰랐어요. 다만 도청 장치의 수신 거리가 짧아서 같은 건물일 거라고만 추측했어요."

"그래서 일부러 '침실로 가요.'라고 도발한 거야? 민우가 눈이 뒤집혀서 달려올 줄 알고?"

율리는 힘없이 웃으며 고개를 끄덕였다.

"도발한 건 맞는데, 옆집에서 달려올 거라곤 생각도 못 했어요. 다시 전화할 거라고만 예상했죠. 그동안 보좌관님이 어디로 수신되는지 추적할 계획이었어요."

"후, 역시 채율리야."

제호는 부드럽게 미소 지으며 율리의 머리를 쓰다듬었다.

"하지만 다음부턴 꼭 나에게 먼저 이야기해줘. 걱정하더라도 알고 있는 게 나아."

그렇게 말하면서도 사실 그 역시 그녀에게 말하지 않은 부분이 있었다. 권 회장을 만나고 나오는 길에 채 의원에게서 전화가 걸려 왔다. 율리에게 지금 가겠다고 문자를 보낸 직후였다. 채 의원과의 통화 내용은 간단했다.

―권 회장님보다 자네에게 먼저 알려줘야 할 것 같아서.

채 의원은 민우가 지금 어떤 짓을 하는지 짤막하게 설명했고, 제호에게 뒤처리를 맡겼다.

―어떤 결정이라도 자네의 말이라면 권 회장님은 기꺼이 따를 걸세.

제호는 다시 권 회장에게 돌아가 상황을 설명했다. 단 5분 만에 허락을 받아냈지만, 그 5분이 그 어느 때보다 길게 느껴졌다.

김 보좌관이 경호원과 함께 근처에서 대기 중이라곤 했지만, 한시도 마음을 놓을 수 없었다.

그러나 율리가 이 모든 걸 알고 있을 줄은 몰랐다. 제호는 혹시라도 그녀가 알면 겁을 먹을까 봐 아무 말도 하지 않고 달려왔다. 그런데 그녀가 제일 먼저 눈치채고 도움을 청했다니…….

"아무튼 이 정도로 끝나서 정말 다행이야."

제호는 안도의 숨을 내쉬며 율리를 꽉 끌어안았다.

김 보좌관이 민우를 데려간 곳은 서울 한복판에 있는 특급 호텔의 스위트룸이었다. 객실로 들어서자, 거실 소파에 앉아서 차를 마시는 채 의원의 모습이 들어왔다.

"장인어른, 이거 너무하신 거 아닙니까?"

채 의원을 바라보며 민우는 불쾌하다는 듯 얼굴을 붉혔다. 현행범과 다름없이 끌려온 상태였지만, 빠져나갈 구석은 있었다. 아직 그는 아무에게도 폭력을 쓰지 않았다. 심한 욕설만 내뱉었을 뿐이고, 굳이 따지자면 스토킹, 주거 침입 정도라서 유능한 변호사만 고용한다면 집행유예 정도로 그칠 수 있었다.

"전 율리를 지키려고 했을 뿐입니다. 그 미친 새끼가 감히 율리를 건드리려고 해서 잠시 흥분했던 거라고요."

가만히 듣고만 있던 채 의원은 이윽고 찻잔을 내려놓았다.

"도청 장치와 몰래카메라를 설치해놓으면서까지 내 딸을 지키려고 했다는 말인가."

"그건……."

잠시 머뭇거리던 민우는 재빨리 변명을 늘어놓았다.

"마음이 놓이지 않아서 그랬습니다. 요즘이 어떤 세상입니까? 만약에 누군가가 나쁜 마음이라도 먹고 율리를 해코지라도 하면 어떻게 합니까. 그래서……."

"그래, 자네 말도 일리는 있네."

채 의원은 손목시계를 들여다보더니 소파에서 몸을 일으켰다.

"난 약속이 있어서 이만 가야겠네. 나머지 이야기는 권 회장님과 마무리 짓게나."

"네?"

채 의원이 객실을 나가고, 곧바로 권 회장이 안으로 들어왔다. 권 회장을 본 민우는 하얗게 질린 얼굴로 그 자리에 무릎을 꿇었다.

"할아버지. 저, 정말 억울합니다. 저, 아무 짓도 안 했어요."

불호령이 떨어질 거라고 예상했는데, 의외로 권 회장은 민우의 어깨를 감싸며 자리에서 일어서게 했다.

"안다. 걱정하지 마라. 팔이 안으로 굽지, 밖으로 굽겠느냐."

그 말에 민우의 얼굴이 단번에 환해졌다. 분명 채 의원에게 모든 이야기를 들었을 텐데도 화를 내긴커녕 상냥하게 달래듯 이야기하고 있었다. 권 회장은 인자한 미소를 머금은 채 말을 이었다.

"민우야, KG그룹의 차기 회장이 되려면 보는 시야도 넓혀야지. 안 그러냐? 해외 지사를 돌며 3년만 바깥 흐름을 익히고 와라. 요즘 같은 세계화 시대에 우물 안 개구리가 되어선 안 되니까."

"할아버지! 아니, 회장님, 그 말씀은……."

그렇다면 말만 해외 발령이지, 좌천이나 다름없는 소리였다. 하지만 민우는 아무 말도 할 수 없었다. 상대는 권 회장이었다.

어떡하지?

민우는 열심히 머리를 굴렸다.

잠시만 피해 있을까? 못 가겠다고 버티다가 괜히 권 회장의 눈 밖에 날 필요는 없었다. 말로는 3년이라고 하지만, 틈을 엿보다가 몇 달 후에라도 그냥 돌아와버리면 그만이었다.

"알겠습니다, 회장님."

뒷날을 기약하며 민우는 우선 머리를 굽히기로 했다.

"간단하게 짐 챙겨서 나와요. 당분간 우리 집에서 지내는 걸로 하고."

제호의 말에 율리는 고개를 끄덕이고는 짐을 챙기러 침실로 들어갔다. 도청 장치와 몰래카메라가 설치됐던 오피스텔에선 하루도 머물고 싶지 않았다. 그렇지만 본가로 들어가긴 싫었고, 마침 현경은 유럽 여행을 떠난 직후였다. 호텔에 머무를 수도 있겠지만, 대놓고 제호의 제안을 거절하긴 그랬다.

옷장에서 슈트 케이스를 꺼내는데 휴대폰이 울리기 시작했다. 채 의원으로부터 걸려 온 전화였다.

[김 보좌관에게 이야기 들었다.]

"네, 아버지."

[뒤탈 없이 잘 처리했으니까, 걱정하지 말아라. 이만 끊는다.]

"저, 아버지."

전화를 끊으려는 채 의원을 율리가 재빨리 막았다.

"일부러 민우에게 오피스텔 주소 알려주신 거예요? 이렇게 나올 거 예상하시고?"

채 의원은 아무 말도 하지 않았다. 하지만 침묵이 곧 대답이었다. 그녀의 예상이 맞았다. 채 의원은 민우를 치워버리려고 그녀를 이용했다. 맹수를 사냥하기 위해 토끼를 미끼로 쓰듯이. 채 의원 덕분에 위기를 벗어났다고 해도 왠지 모르게 서운한 것도 사실이었다.

"제가 조금이라도 잘못될지 모른다는 생각은 안 해보셨나요?"

만약에 그녀가 재빨리 눈치채지 못했다면, 며칠이고 몇 달이고 민우가 지켜본다는 것도 모른 채 그대로 위험에 노출될 수도 있었다.

[넌 내 딸이다. 호락호락 당할 리 없어.]

그 말을 어떻게 받아들여야 할지, 율리는 혼란스러웠다.

"만약 유리였다면요?"

[유리였다면…….]

대답을 기대한 건 아니었는데, 잠시 머뭇거리던 채 의원은 계속해서 말을 이었다.

[아마 달랐겠지. 그 애는 너처럼 영리하지 않으니까. 아직 철없는 어린애일 뿐이다.]

그 말을 끝으로 그는 약속이 있다면서 일방적으로 전화를 끊었다. 율리는 전화가 끊긴 휴대폰을 물끄러미 내려다보았다.

"율리야, 무슨 일이야. 괜찮아?"

아무리 기다려도 율리가 나오지 않자, 걱정된 듯 제호가 침실로 들어왔다. 그는 멍한 얼굴로 침대에 앉은 율리를 보고 앞으로 다가왔다.

"……제호 씨……."

그녀가 천천히 고개를 들며 그를 올려다보았다.

"나, 안아줄래요?"

물기를 머금은 목소리가 가늘게 떨리고 있었다. 제호는 무슨 일이냐고 묻는 대신 율리를 품에 꼭 끌어안았다. 따뜻한 체온이 몸을 감싸자, 혼란스럽던 감정이 조금은 진정되는 것 같았다. 그렇다고 해도 날카로운 현실에 난도질당한 고동이 흔적도 없이 사라지는 건 아니었다.

아직도 아버지와 나누었던 대화가 귓가에 맴돌았다.

─ 만약 유리였다면요?

─ 유리였다면…… 아마 달랐겠지.

채 의원은 율리에겐 엄격했으나, 유리에겐 한없이 자상했다.

어릴 때부터 유별나게 유리를 아꼈다. 처음엔 막내라서 그런 것이라고 이해했다. 율리보다 더 어릴 때 엄마를 잃은 유리가 안쓰럽다고도 생각했다. 하지만 유리의 생모가 돌아가신 어머니가 아닌 재혼한 새엄마라는 사실을 알고부터는 그럴 수 없었다. 배신감에 율리는 한동안 유리를 피해 다녀야만 했다. 한참이 지나고서야 유리를 다시 동생으로 받아들일 수 있었지만, 아직도 가끔은 거리감을 느낄 때가 있다. 바로 지금 같은 순간에 말이다.

─그 애는 너처럼 영리하지 않으니까. 아직 철없는 어린애일 뿐이다.

채 의원은 유리를 '아직 철없는 어린애'라고 표현했다. 그만큼 눈길이 가니까, 하나하나 살뜰하게 챙겨주고 싶다는 뜻일 것이다.

하지만 율리는 어떤가? 그녀에게 철없던 시절이 존재하긴 했었나? 어머니가 돌아가시고, 중학생이란 어린 나이에 선거 운동에 동원되면서 채 의원은 그녀에게 어른 같은 생각과 행동을 요구했었다.

유리가 친구들과 떡볶이를 먹으며 수다 떨 시간에 그녀는 선거 사무실에 앉아 보좌관이 건네주는 연설문을 읽어야만 했다.

그때는 당연히 그래야만 하는 줄 알았다. 엄마 없는 집에 있는 것보단, 그렇게라도 아빠 옆에 있을 수 있어서 다행이란 생각도 했었다. 채 의원과 안 보좌관의 불륜을 알기 전까진.

"후."

율리는 길게 숨을 내쉬며 제호의 가슴에 얼굴을 묻었다.

사랑해주는 것까진 바라지도 않았다. 힘들 때만이라도 잠시 아버지에게 기대어선 안 되는 걸까? 그저 약간의 위로만이라도 충분한데. 괜찮으냐고, 놀라지 않았느냐고, 다치지 않아서 다행이라고. 그냥 평범한 아버지처럼 말해줄 순 없는 걸까?

율리가 아무 말 없이 침묵만 지키자, 제호는 그녀 옆에 앉으며 등을 쓰다듬어주었다. 방금 일어난 일로 그녀가 아직도 충격받은 상태라고 여긴 것 같았다. 율리의 뺨에 다정하게 입을 맞추며 마사지하듯 목덜미를 어루만졌다.

"긴장 풀어. 이제 다 끝났어."

"……응, 알아요."

율리는 조그맣게 중얼거리며 제호의 허리에 팔을 둘렀다.

서운해하진 말자. 그래도 지금 이 순간, 그녀 옆엔 그가 있으니까. 누군가 자신을 걱정해주고 지켜준다는 사실에 가슴이 벅차올랐다. 그리고 그 누군가를 자신이 사랑하고 있다는 사실에 긴 안도의 숨이 흘러나왔다.

"후우."

누군가를 사랑하게 된다는 것이 그리 나쁜 건 아닐지도 모른다는 생각이 들기 시작했다.

언젠가 상처 받을 게 두렵긴 하지만, 상처 받더라도 따뜻한 위로를 받을 수도 있다는 걸 깨달았다.

그가 그녀를 사랑하든 사랑하지 않든, 그건 중요하지 않았다. 그녀가 그를 사랑한다는 사실이 중요했다.

구태여 사랑이란 감정을 피할 필요까진 없지 않을까?

혹시나, 하는 희망의 싹이 꿈틀거리며 가슴 속에서 돋아나려고 했다.

율리는 몸을 뒤로 물리며 제호를 물끄러미 바라보았다. 그녀가 말없이 바라보기만 하자, 제호의 입매가 부드럽게 풀어졌다. 그는 '왜?'라고 묻는 대신 상냥한 손길로 머리를 쓰다듬어주었다.

"고마워요."

눈빛에 진심을 담아 그녀가 말했다.

아직 그에게 사랑한다고 말할 용기는 없었다. 하지만 고맙다고는 말할 수 있었다.

"옆에 있어줘서, 정말 고마워요."

'나, 용기를 내볼게요. 당신을 사랑할 용기.'

율리는 입 밖으로 내보내진 못한 말을 속으로 속삭이며 그를 향해 웃어 보였다.

Chapter 16

침대로 가요

집에 도착하자, 제호는 커피를 마시자며 제일 먼저 주방으로 향했다. 율리는 에스프레소 머신을 작동하는 제호를 바라보며 아일랜드 식탁에 기대어 섰다.

"아버지가 민우 일은 뒤탈 없이 처리하셨다고 했는데……. 확실히 어떻게 처리하셨는지 못 물어봤어요."

"아마 몇 년 밖에서 지내게 해외 지사로 발령을 보낼 겁니다."

"현행범으로 감방에 보내는 게 아니라요?"

"모든 게 미수로 끝나서 현행범으로 넣는다고 해도 집행 유예로 끝날 가능성이 커요. 그보다는 해외로 보내놓고 녀석이 벌여놓은 일들을 처리하는 동시에, 그룹 내에 있는 측근들을 하나씩 제거하는 게 더 효과적이죠."

예상한 대로 권 회장은 민우를 해외로 보낼 작업을 이미 끝내놓은 상태였다. 제호가 알아낸 것뿐만 아니라 또 다른 비리와 횡령, 폭행 등도 알고 있는 눈치였다. 물론 권 전무의 비리와 실책도 포함해서.

권 회장은 앞에선 모르는 척하면서도 뒤에선 모든 걸 꿰뚫고 있었다. 여기서 의문점은 모든 걸 알면서도 왜 한 번도 제동을 걸지 않았 냐는 것이다. 제호의 아버지 권 부회장이 자리에서 물러난 후, 권우식 전무는 본격적으로 비리를 시작했다.

권 회장은 그 모든 걸 알면서도 지금까지 한 번도 문제 삼지 않았다. 한 걸음 물러난 채 관망만 하고 있었다. 그러다 오늘에 이르러서야, 제호의 말 한마디에 곧바로 해외 발령을 단행했다. 그렇다는 건……

생각에 잠긴 제호의 얼굴에 어두운 그림자가 드리웠다.

퍼즐 조각이 하나씩 제자리를 찾을 때마다 원하지 않는 결말과 가까워지고 있었다. 제발 아니기를 바랐던 진실이 모습을 드러냈을 때, 과연 어떻게 해야 할까?

그때 등 뒤에 부드러운 감촉이 느껴졌다. 율리가 뒤에서부터 그를 끌어안았다. 순간 거짓말처럼 그를 내리눌렀던 압박감이 연기처럼 사라졌다. 단지 그녀가 안아주었다는 이유 하나만으로.

제호가 천천히 뒤돌자, 그녀의 말간 눈동자가 시야에 들어왔다.

"……나, 또 여기서 신세를 지게 됐네요."

신세를 진다는 말에 튀어나오려는 웃음을 억지로 참았다.

끌고 와서라도 옆에 두고 싶은 걸 꾹 참고 있는데 신세라니.

하지만 제호는 속마음을 숨긴 채, 건조한 말투로 말했다.

"재워주는 값 다 받아낼 거니까 신세를 진다고 할 순 없겠죠."

"어떻게 받아낼 건데요?"

율리의 두 눈이 궁금한 듯 반짝거렸다.

"정말 몰라서 묻는 겁니까? 아니면 알면서도 모른 척하는 겁니까?"

그의 말에 율리의 눈매가 반달처럼 둥글게 휘었다.

"그러면 수산 시장 앱에서 당일 택배 주문할까요? 저번처럼 새우튀김이랑 해물파전 할게요."

"하."

결국, 제호의 입에서 참았던 웃음이 터져 나왔다. 알고 있으면서 모르는 척 연기하는 그녀가 귀엽고 사랑스러워서 가만히 있을 수 없었다. 이대로 침실로 가고 싶은 걸 꾹 참으며 그녀를 번쩍 안아 아일랜드 식탁 위에 올려놓았다.

"오늘은 제발 아무것도 하지 말고, 그냥 있기만 해요. 내가 다 할 테니까."

민우를 자극하려고 일부러 상처를 낸 율리의 손을 제호는 양손으로 감쌌다. 반창고 가장자리가 빨갛게 물들어 있었다. 다시는 다치지 않게 하겠다고 하면서도 매번 이런 식으로 그녀를 다치게 한다. 이 모든 게 자신의 잘못인 것만 같아, 제호는 마음이 아팠다.

"이런 손으로 무슨 요리를 하겠다고."

"나, 이제 괜찮은데……"

"내가 안 괜찮아요. 알겠어요? 여기에 꼼짝 말고 있어."

커피가 다 되었다는 알림이 들리자, 제호는 율리의 머리를 다정하게 쓰다듬고는 커피를 가지러 등을 돌렸다.

율리는 잔에 커피를 따르는 제호를 바라보았다. 오늘따라 너른 어깨가 더 넓어 보였다. 움직일 때마다 팽팽히 당겨지는 셔츠 아래로 매끈한 근육이 형태를 드러냈다. 바라보는 것만으로도 그의 등에 얼굴을 기댔을 때의 감각이 떠올랐다.

피하지 말고, 용기 있게 나아가보자고 마음먹어서일까? 예전엔 잔잔하기만 했던 감정이 깊은 곳에서부터 꿈틀거렸다. 율리는 아일랜드 식탁에서 폴짝 뛰어내리곤 다시 제호에게로 걸어갔다.

"제호 씨."

살며시 속삭이며 그의 손이 커피 잔을 도로 내려놓게 했다. 그리고 양팔을 벌려 그의 허리를 껴안으며 시선을 맞추기 위해 고개를 뒤로 젖혔다. 의아해하는 제호의 시선이 그녀의 얼굴에 닿았다.

"침대로 가요."

그녀의 말에 제호는 눈을 가늘게 모았다. 피곤해서 눕고 싶다는 뜻인지, 아니면 사랑을 나누고 싶다는 뜻인지 구분할 수가 없었다. 그녀가 적극적으로 나온 적은 드물었기에…….

그에게서 즉각 반응이 돌아오지 않자, 율리는 발끝을 세우며 그의 목에 팔을 둘렀다.

"아까는 불청객이 들어와서 도중에 그만뒀잖아요. 이젠 방해할 사람도 없고."

그녀가 콕 집어서 말했음에도 제호는 가만히 그녀를 바라만 보았다. 양팔을 아래로 내린 채 그녀를 안아주지도 않았다. 결국, 율리는 속에 있는 말을 모두 꺼낼 수밖에 없었다.

"아까 한 말, 그냥 한 거 아니에요. 어제 하루 못 봤는데 1년 동안 못 본 것처럼 보고 싶었다고요. 제호 오빠는 나 안 보고 싶었어요?"

'제호 오빠'라고 부르자, 순간 그의 턱에 힘이 들어갔다. 율리는 눈매를 반달 모양으로 곱게 휘며 양손으로 제호의 뺨을 감쌌다. 그리고 살며시 입술을 포갰다.

지금까진 사랑을 피했지만, 이제부턴 모든 걸 오롯이 받아들이고 싶었다. 용기를 내서 부딪치고 싶었다. 몸도, 마음도, 그 모든 것을.

"제길."

그녀가 수줍게 입술을 맞물리며 깊숙이 다가오자, 제호의 입에서 짧게 욕설이 흘러나왔다. 더는 참을 수 없다는 듯 팔을 올려 그녀를 와락 끌어안았다.

"모두 네 탓이야. 난 분명히 오늘만큼은 자제하려고 했어."

제호는 허리와 무릎 아래에 손을 넣어 율리를 번쩍 안아 올렸다. 그리고 침실로 성큼성큼 걸음을 옮겼다. 침실로 향하는 동작에 여유란 존재하지 않았다. 침대 위에서도 마찬가지였다. 그녀를 침대에 내려놓은 순간, 거칠게 입술을 겹쳤다. 억눌렀던 마음이 걷잡을 수 없이 폭발하고 있었다.

"이젠 오지 않으셔도 될 것 같아요. 상태가 많이 호전됐습니다."

의사의 말에 신다희는 벗었던 선글라스를 다시 얼굴에 꼈다. 흐릿해졌지만, 아직 눈 주위에 멍이 남아 있어 가릴 필요가 있었다.

"정말 운이 좋았습니다. 조금만 더 옆으로 비껴갔다면 실명했을 수도 있었어요."

"글쎄요, 정말 운이 좋았다면 계단에서 구르지도 않았겠죠."

그녀의 반박에 사람 좋은 의사는 당황한 표정을 지어 보였다. 신다희는 자리에서 일어나 의사를 향해 정중히 고개를 숙였다.

"그동안 감사했습니다."

진단실을 빠져나온 그녀의 입가에 비릿한 미소가 걸렸다.

운이 좋다니, 그보단 지지리도 운 나쁜 쪽에 가까운데…….

운이 좋았다면 오랫동안 사귄 남자 친구를 채유리에게 빼앗기지도 않았을 것이고, 권민우라는 쓰레기와 얽히는 일도 없었을 것이다.

신다희는 민우가 찾아왔던 날을 떠올리며 아랫입술을 깨물었다. 술에 취해서인지, 민우는 아예 그녀를 율리라고 생각하는 것 같았다. 그녀를 끌어안고 밤새도록 율리의 이름을 불러댔다.
─ 율리야, 사랑해. 제발 떠나지 마. 율리야, X발! 가지 말라고!
"쓰레기 자식."
다희는 도저히 참지 못하고 욕을 내뱉었다.
미친놈! 채율리 앞에선 찍소리도 못하면서 내겐 주먹을 휘둘렀지. 채율리에게 풀지 못한 울분을 내게 모두 쏟아부었어.
선글라스로 가렸지만, 아직도 얼굴엔 선명한 멍이 남아 있었다. 어디 얼굴뿐인가, 온몸 구석구석에 그날의 폭행 흔적이 남아 있었다. 어찌 보면 몸보다 마음이 더 고통스러웠다.
같은 여자인데 누구는 철저하게 보호받고, 누구는 무방비 상태로 위험에 노출되고……. 절대로 공평하지 않았다.
채유리나 채율리나, 자매 둘이 합심해서 자신을 시궁창에 내몬 것 같아 화가 났다.
자신이 당한 고통을 둘 중 하나라도 그대로 당해봐야 한다. 이제는 남자 친구를 빼앗아간 채유리보다 민우에게 흠뻑 두들겨 맞게 한 채율리가 더 꼴 보기 싫었다.
이런 기분으로는 지구상 어느 곳에 가다라도 도저히 새 삶을 시작할 수 없을 것 같았다.
누구 하나는 눈물을 흘려야지. 그래야 세상이 공평한 거야.
병원을 빠져나온 신다희는 잠시 걸음을 멈추며 하늘을 노려보았다. 울분이 쌓인 그녀의 속마음처럼 붉은색 노을이 파란 하늘을 활활 불태우고 있었다.

곤히 잠든 율리를 내려다보던 제호는 조심스럽게 침실을 빠져나왔다. 거실 유리창을 통해 보이는 바깥세상은 어느새 노을에 붉게 물들어 가고 있었다.
 띠리링— 띠리링—.
 그때 손에 쥔 휴대폰이 울리기 시작했다.
 "네, 접니다."
 제호는 통화 버튼을 누르고 가라앉은 목소리로 전화를 받았다. 발신자가 누구인지는 굳이 확인할 필요 없었다. 불길한 예감이 손짓을 보내고 있었다.
 [지금 볼 수 있겠나? 집 근처에 와 있네. 우리, 할 말이 남아 있을 것 같은데…….]
 "알겠습니다. 지금 나가죠."
 제호는 전화를 끊고 침실을 향해 고개를 돌렸다. 말도 없이 외출하는 게 마음에 걸렸지만, 그녀가 깨기 전에 돌아올 수 있을 것이다. 차 키를 챙긴 그는 빠른 걸음으로 차고로 걸어갔다.
 노을의 붉은색이 옅어진 거리에는 서서히 어둠이 내리고 있었다.
 제호가 약속 장소에 도착해 차를 세우자, 먼저 도착한 차의 운전석 문이 열리며 김 보좌관이 모습을 드러냈다. 그는 제호를 향해 고개를 숙이고는 뒷좌석의 문을 열어주었다. 제호가 차에 오르자, 김 보좌관은 차 문을 닫아주고 한 걸음 물러섰다.
 "율리는 지금 뭐 하고 있나?"
 제호가 차에 오르자, 창밖을 내다보던 채 의원이 고개를 돌렸다.

"자고 있습니다."

"그래, 오늘 꽤 놀랐을 테니……."

씁쓸한 미소를 떠올린 채 의원은 안경을 벗으며 손가락으로 미간을 꾹 눌렀다. 피곤해서인지 조금은 잠긴 듯한 목소리가 그의 입에서 흘러나왔다.

"본론으로 들어가기 전에, 우선 한 가지만 물어보겠네. 자네 아버지, 그러니까 제웅이 말일세. 상태가 많이 안 좋은 건가?"

단도직입적인 질문에 제호의 눈가에 작은 경련이 일었다. 채 의원은 눈을 감으며 한 손으로 이마를 짚었다.

"검사 시절에 조폭 조직의 거물을 쫓느라 신변의 위협을 받은 적이 있었지. 그때 내가 자네 아버지에게 그랬네. 내게서 생일 축하한다는 전화가 오지 않으면 무슨 일이 생긴 줄 알라고. 그 이후부터 자네 아버지와 나는 무슨 일이 있어도 서로의 생일엔 꼭 통화를 했지."

잠시 말을 멈춘 채 의원은 감았던 눈을 뜨며 다시 안경을 얼굴에 썼다. 그리고 제호에게로 고개를 돌려 그의 얼굴을 빤히 바라보았다.

"그런데 올해 생일에는 전화하지 않았단 말이지. 내가 전화해도 받지 않고. 처음엔 그저 바빠서라고 생각했었네. 하지만 자네가 권민우 실장의 뒤를 캐고 있다는 사실을 알게 되면서, 뭔가 일이 생겼다고 추측했네."

제호를 바라보는 채 의원의 표정이 어두워졌다.

"전화도 받지 못할 정도로 상태가 나쁜 건가?"

채 의원이 알아낸 정보는 권제웅 부회장이 음주 운전을 하다 교통사고를 당했다는 것뿐이었다. 그 이후의 상태에 관해선 정확하게 아는 이가 없었다. 권 전무와 민우가 아는 선도 딱 거기까지였다.

"혼수상태이십니다."
"……후, 짐작은 했지만……."
채 의원의 입에서 긴 한숨이 흘러나왔다. 제호는 짤막이 권 부회장에게 일어난 사고에 관해 설명했다. 채 의원은 굳은 표정으로 잠자코 귀를 기울였다.
"……아시겠지만, 아버지는 술을 전혀 입에 대지 못하십니다. 그것도 대낮에. 절대로 음주 운전일 수가 없죠. 당시 아버지는 '아카디아 몰'에 관해 조사 중이셨습니다."
"알아, 나에게도 부지 선정과 건축 허가 과정에 관해 캐묻더군."
권 부회장은 채 의원과의 통화 내용을 전부 녹음해서 파일로 만들었고, 테디베어 디스크에 저장했다. 통화 도중 채 의원은 이쯤에서 그만하라고 권 부회장을 설득했고, 급기야는 다칠 거라는 경고를 하기에 이르렀다.
"자네 아버지 일은 나도 유감일세. 하지만 인제 그만 여기서 멈추게. 계속 파헤치면 후유증이 꽤 클 거야."
채 의원은 또 같은 경고를 제호에 건넸다.
"그 말은 즉, 의원님도 아버지의 교통사고에 배후가 있다고 생각하시는 거군요."
"배후를 밝힌다고 자네 아버지가 병상에서 일어나는 건 아니지 않은가."
"그렇다고 제가 여기서 그만둬야 합니까?"
물음에 대답하는 대신, 채 의원은 살짝 말머리를 돌렸다.
"그래서 율리에게 접근한 건가? 권 실장이 배후인 줄 알고, 복수하려고?"

드디어 예상했던 말이 채 의원의 입에서 흘러나왔다. 민우와 박 사장의 관계가 담긴 서류 파일을 건넬 때, 이미 각오한 일이었다. 채 의원을 끌어들이는 것은 판도라의 상자를 여는 것과 같았다. 모든 수를 꿰뚫어보는 채 의원이 그를 무심히 지나칠 리 없고, 결국 제호의 속셈을 알아낼 테니까. 제호가 침묵을 지키자, 채 의원은 고개를 내저으며 좌석에 등을 기댔다.

"자네에게 뭐라고 하려는 건 아닐세. 쉽게 넘어간 내 딸이 어리석은 거지."

"시작은 불순했지만, 지금은 아닙니다. 율리를 향한 감정, 진심입니다."

"알아. 그러니 결혼을 막으려고 정보를 내게 넘겼겠지."

감정이 담기지 않은 건조한 시선이 제호의 얼굴에 닿았다. 표정만 보아선 채 의원이 지금 무슨 생각을 하고 있는지 전혀 알 수 없었다.

"너무 걱정하지 말게. 내가 율리에게 말하는 일은 없을 거야. 모든 건 자네에게 달렸어. 진실을 털어놓든, 복수가 끝나면 자연스럽게 율리 앞에서 사라지든. 그건 자네가 선택하게."

"진실을 밝히지 않으면, 율리와의 미래는 없을 거란 말씀이군요."

"그렇다네."

채 의원 얼굴엔 아무런 표정도 없었지만, 제호를 바라보는 눈빛은 얼음처럼 서늘했다.

"내가 전에도 말했지. 율리와 사귀기, 쉽지 않을 거라고. 그런데 자네가 의도적으로 접근했다는 사실까지 알게 되면 과연 어떻게 나올까? 누가 뭐래도 율리는 내 딸이야. 깨물어서 아프지 않은 손가락은 없네. 난 내 딸이 아파하는 건 보고 싶지 않아."

비웃기라도 하듯 채 의원은 입매를 살며시 비틀었다.
"다만 율리가 모든 걸 알면서도 자넬 받아준다면, 나도 더는 반대하지 않겠네. 물론 자넬 받아줄 리 없겠지만."
안경 너머로 서늘한 눈빛이 반짝거렸다.
채 의원은 모든 것을 알면서도 노련한 정치가답게 전면으로 나서지 않았다. 처음엔 그가 배후일까, 의심했었다. 하지만 하나씩 드러나는 진실의 퍼즐 조각을 맞추다 드러난 그의 정체는 방관자에 가까웠다. 채 의원은 자신에게 해가 되지 않는 한, 한 걸음도 움직이지 않을 것이다.
그런 채 의원이 율리의 일로 직접 제호를 찾아왔다. 자신이 딸을 울리는 것은 괜찮지만, 다른 이가 자신의 딸을 울리는 것은 참을 수 없나 보다.
제호는 입을 다물고 채 의원을 빤히 바라보았다. 채 의원이 던진 경고 안에 조금이나마 율리를 향한 아버지로서의 사랑이 포함되었기를 바라며…….
"잘 알겠습니다. 제게 선택권을 주셔서 감사합니다."
제호 역시 감정이 느껴지지 않는 차분한 목소리로 답했다. 어둠이 내린 차 안에서 두 남자는 꽤 오랫동안 서로를 바라만 보았다. 먼저 눈길을 돌린 건 채 의원이었다. 그는 불편한 듯 넥타이 매듭을 느슨하게 풀었다.
"저는 이만 가보겠습니다."
제호는 깍듯이 고개를 숙인 후, 문을 열고 차에서 내렸다. 제호의 뒷모습을 지켜보던 채 의원은 김 보좌관이 운전석에 오르자, 곧바로 차를 출발하라고 지시했다.

채 의원의 차가 사라지고 나서야, 제호는 시동을 걸고 차를 출발했다. 황망한 가슴이 먼지가 날리듯 퍽퍽했지만, 율리가 있는 집으로 향한다는 사실이 조금이나마 위안을 주었다. 아직까진 그거 하나면 충분하다. 채율리, 그녀는 아직 자신의 곁에 있다. 미래는 나중에 걱정해도 될 것이었다.

"……으음……."

눈을 뜨니, 어느새 주위엔 어둠이 내려 있었다. 율리는 무거운 눈을 깜빡거리며 천천히 몸을 일으켰다.

먼저 깨서 침실을 나갔는지 제호의 모습은 보이지 않았다. 그를 찾으러 복도로 나가자, 캄캄한 어둠이 그녀를 기다리고 있었다. 평소에는 동작 센서로 인해 자동으로 조명이 켜지는데, 오늘은 무슨 일인지 칠흑 같은 어둠이 주위를 감싸고 있었다. 스위치를 찾으러 벽을 더듬는데, 순간 뒤에서 부스럭 소리가 들렸다.

"……아!"

뒤를 돌아본 율리의 눈이 놀람으로 커다래졌다. 촛불 조명이 켜지는 것을 시작으로 눈처럼 자잘한 전구 조명이 켜지자, 마치 동화 속에 들어온 것처럼 몽환적인 분위기로 변했다. 율리는 어리둥절한 얼굴로 주위를 둘러보았다. 그런 그녀 앞으로 어디에선가 나타난 제호가 웃으며 다가왔다.

"우리 둘이 지금껏 로맨틱하게 식사한 적 없었잖아."

그는 율리의 두 손을 잡아 식당으로 이끌었다.

"꼭 고급 레스토랑에 갈 필요는 없지만 집에서라도 제대로 된 만찬을 즐기고 싶어서 특별히 준비했는데, 전혀 예상하지 못한 일이 터지는 바람에……. 이런 기분으로 로맨틱한 식사를 즐길 수 있을까 싶어, 다음으로 미루려고 했다가 생각을 바꿨어. 어쩌면 오늘 같은 날에 더 필요할지도 모르니까."

율리는 감동한 얼굴로 온갖 색감으로 채워진 화려한 식탁을 바라보았다. 아까는 캄캄한 시야 탓에 맛있는 냄새가 풍기고 있다는 사실조차 알아차리지 못했었다.

"이거 다 제호 씨가 한 거예요?"

"미안하지만, 샐러드 빼곤 내가 한 게 아니고. 미슐랭 스타 셰프에게 특별 주문한 걸 오븐에 넣기만 했어."

"그게 어디예요."

프렌치 레스토랑을 통째로 옮겨온 것 같은 식탁을 바라보며 율리는 다시금 감동한 표정을 지었다. 그런데 곧 제호가 준비한 상차림과 어울리지 않게 자신은 티셔츠와 청바지 차림이란 걸 깨달았다.

"잠시만요. 저, 옷 갈아입고 올게요."

옷만 갈아입나, 화장도 해야지. 아, 머리도 손질해야 하나?

급하게 침실로 들어온 율리는 서둘러 슈트 케이스를 열었다. 아까는 그대로 침대에 직행하는 바람에 옷을 정리할 시간도 없었다. 죄다 회사에서 입을 만한 단조로운 블라우스와 셔츠, 바지뿐이었다.

이럴 줄 알았으면 괜찮은 옷도 가지고 오는 건데…….

그때 그물망 안에 돌돌 말린 상태로 들어 있는 실버 원피스가 눈에 들어왔다. 저번에 챙겼다가 깜빡 잊고 꺼내지 않았나 보다. 다행히 구겨지지 않는 원단이어서 툭툭 털어서 옷을 펴니, 금세 제 모양을 되찾왔다. 현경이가 고른 거라서 선 넘게 야한 스타일이긴 했지만, 지금 그녀에겐 선택권이 없었다. 율리는 재빨리 원피스로 갈아입고 머리카락을 빗었다. 완벽하게 화장할 시간까진 없을 것 같아 립스틱과 아이섀도만 발랐다.

거울로 확인하니, 그래도 아까 티셔츠와 청바지를 입었던 모습보다는 나아 보았다. 너무나 짧은 치마 길이가 신경 쓰이긴 했지만 한편으론 매끈한 다리를 보여주고 싶다는 마음도 있었다. 다른 누구도 아닌 오직 그에게만…….

준비를 마치고 나오니, 그가 막 오븐에서 꺼낸 요리를 접시에 담고 있었다. 옷을 갈아입은 율리를 발견한 제호의 얼굴에 미소가 떠올랐다.

"식사도 하기 전에 다시 침대로 가자고 유혹하는 거야?"

"왜요? 너무 야해요?"

율리는 얼굴을 붉히며 양손으로 치마를 움켜쥐어 아래로 끌어내렸다. 제호는 수줍어하는 율리의 허리에 팔을 두르며 고개 숙여 입술을 맞물렸다.

"아니, 너무 예뻐."

짧지만 짙은 키스를 끝낸 후, 그가 율리의 입술 위에서 부드럽게 속삭였다.

"어머님이 살아 계셨다면 고맙다고 말씀드렸을 거야. 이렇게 예쁘게 낳아주시고 키워주셔서 정말 감사하다고."

전혀 예상하지 못한 말에 율리는 조금 놀란 듯한 표정이었다. 제호는 가볍게 그녀의 머리카락을 쓸어 올려주며 말을 이었다.

"진심이야. 나중에 꼭 찾아뵙고 인사하게 해줘."

돌아가신 어머니를 이런 식으로라도 챙겨주는 제호의 말에 율리는 눈물이 핑 돌고 말았다. 빨개진 눈을 감추려 고개를 돌리려 하자, 제호는 한 손으로 율리의 턱을 가만히 그러쥐며 시선을 맞추었다.
"이제부턴 날 보면서 울어. 내가 없는 곳에선, 내가 보지 않을 땐 절대 울지 마."
"……그런 게 어딨어요?"
"있어, 여기."
그의 손끝이 부드럽게 붉어진 눈가를 쓰다듬었다. 율리는 쉽게 눈물을 글썽거리는 자신이 못마땅했다. 그렇게 만든 제호도 마찬가지였다. 그녀가 아랫입술을 내밀자, 제호는 팔을 벌려 그녀를 품에 끌어안았다.
"내가 보는 앞에서 울어야, 이렇게 안아줄 수 있잖아."
그녀의 정수리에 턱을 괴며 그가 나직이 속삭였다.
"율리야, 만약에 말이야, 만약에…… 내가 네게 큰 잘못을 하게 된다면, 한 번만 용서해줄래?"
"겨우 한 번만요? 난 두 번도 용시해줄 수 있는데……."
"아니, 한 번이면 충분해."
사실은 한 번이라도 네게 그런 잘못을 저지르면 안 되는 거였어.
제호는 씁쓸하게 웃으며 율리를 안은 팔에 힘을 주었다.
과거를 되돌리기엔 너무 늦어버렸다. 이미 컵은 엎어졌고, 물은 쏟아졌다. 안타깝게도 이젠 그가 할 수 있는 일은 없었다. 때가 되면 모든 걸 밝히고 그녀의 결정을 기다리는 것밖에는…….
하지만 그 과정에서 가장 크게 다칠 사람은 자신이 아니라 그녀일 것이다. 그렇기에 제호는 더더욱 마음이 무거웠다. 말로는 지켜주겠다고 하면서 사실은 그녀에게 가장 큰 상처를 주고 있으니까.

왠지 모르게 분위기가 가라앉은 것 같아 율리는 품에서 벗어나며 제호를 올려다보았다. 슬퍼 보이는 눈빛이 그녀를 바라보고 있었다.

"왜 그런 표정이에요?"

율리가 걱정스러운 얼굴로 묻자, 제호는 고개를 저으며 살며시 미소 지었다.

"너무 감동해서. 한 번도 아니고 두 번이나 용서해준다니까."

"그럼, 제호 씨는 안 그럴 거예요?"

"나는……"

제호는 순간 말문이 막혔다. 그녀가 생각하는 잘못의 무게와 그가 저지른 잘못의 무게가 비교할 수 없을 정도로 차이가 난다는 것을 깨달았기에…….

그녀는 상상도 하지 못할 것이다. 사실이 밝혀졌을 때, 그녀가 어떤 표정을 지을지 상상하는 것만으로도 가슴이 아프게 조여들었다.

"율리야."

제호는 다시금 그녀를 품으로 끌어당기며 정수리에 턱을 괴었다. 그녀에게 해주고 싶은 말이 너무나 많은데, 그럴 수 없는 현실에 숨이 막혔다. 하지만 이 모든 건 그의 탓이었다. 그러니까 누굴 원망할 수도 없는 일이다.

"물론 얼마든지 용서해야지."

"훗, 제호 씨도 그럴 거면서……"

제호의 속마음을 알 리 없는 율리는 가볍게 웃으며 그의 가슴에 얼굴을 묻었다. 끔찍할 뻔했던 하루를 아름답게 바꿔준 제호가 고마웠고, 항상 옆에 있어줘서 다행이란 생각이 들었다.

"……나중에 엄마가 계신 납골당에 함께 가요."

"그래."

제호는 나직이 속삭이며 율리의 머리를 다정하게 쓰다듬었다. 가라앉은 목소리였지만, 율리는 달콤한 분위기에 취해 미처 깨닫지 못했다.

제호가 고개를 숙이며 입술을 겹치자, 그의 목에 팔을 둘렀다.

너무나 행복해서 가슴이 울렁거렸다.

"그날, 제가 많이 취했었죠? 죄송해요, 선배님."

저번 대학 동창 모임에서 자신을 끝까지 돌봐준 다희에게 유리는 저녁을 대접하겠다며 약속을 잡았다.

"죄송하긴, 그럴 수도 있지."

다희는 별일 아니라는 듯 환하게 웃었다. 유리는 다희의 잔에 와인을 따라주며 조심스럽게 말문을 열었다.

"사실, 저를 챙기기보다는 미워하셔야 하잖아요. 재식 선배님 때문에라도……."

"무슨 소리야? 모르는 사람이 들으면 네가 재식이한테 꼬리라도 친 줄 알겠다. 따지고 보면 너도 피해자야. 재식이 혼자 들떠서 너한테 들이댔잖아."

말은 그렇게 하면서도 순간 다희는 속에선 열불이 일었다.

개자식.

그 이름이 거론되는 것만으로 기분이 더러워지는 것을 보면, 아직도 분노가 가라앉지 않은 게 분명했다. 대학 동기였던 문재식과 신다희는 신입생 시절부터 사귄 과 커플이었다. 군대 제대할 때까지 기다려줬는데, 재식은 복학하자마자 과 후배에게 반했다면서 그녀를 차버렸다.

그가 반한 상대는 국회의원 딸인 금수저 채유리였다. 재식 딴에는 꽤 공을 들였던 모양인데 고백과 동시에 끝나버렸다. 유리는 이미 좋아하는 남자가 있다면서 재식을 단호하게 밀어냈다.

솔직히 따지고 보면 재식 앞에 나타났다는 것 빼고는 유리에겐 아무 잘못이 없었다. 하지만 의도가 아니었다고 해도, 유리가 재식의 마음을 훔친 것은 기정사실이었다. 다희와 사귀는 사실을 알면서도 들이대는 재식을 밀어낸 적은 한 번도 없었으니까.

선배로서 순수하게 잘해주는 줄 알았다고 했지만, 그건 변명에 불과했다. 유리는 분명 재식이 어떤 마음으로 접근하는지 눈치챘을 테고, 아마 아슬아슬한 긴장감도 즐겼을 것이다.

할 수만 있다면 당장에라도 유리의 머리끄덩이를 잡아 후려치고 싶었다. 그러나 채형식 의원의 딸인 유리는 그때나 지금이나 쉽게 건드릴 수 없는 금수저였다. 그리고…….

"그런데 선배님, 왜 갑자기 회사 그만두신 거예요?"

"응, 한 회사를 너무 오래 다니는 것 같아서 잠시 해외여행 좀 하면서 재충전하려고."

와인을 한 모금 마신 다희는 심각한 얼굴로 유리에게 질문을 던졌다.

"참, 네 언니랑 권민우 실장님이랑 결혼 연기한 게 아니라 아예 취소된 거라며?"

"그걸 어떻게 아세요?"

"응, 아직 공식적으로는 아닌데, 권 실장님 해외 지사로 발령 나셨어. 그러면 당연히 결혼은 취소인 거지, 뭐. 언니한테 아무 말 못 들었나 봐?"
 충격받은 듯 유리의 표정이 순식간에 굳어졌다. 다희는 웃음을 억지로 내리누르며 의아한 표정을 지었다.
 "적어도 한 3년은 해외 지사에 계실 거라고 하더라고."
 "……아."
 "언니, 위로해드려. 아무리 정략결혼이라고 해도 결혼은 결혼인데, 이런 식으로 결혼이 깨지면 상처 받는 건 신부 쪽이지."
 복수를 시작할 땐 분명 채유리가 목표였는데, 진행하는 과정에서 어느 순간 채율리로 변했다. 오래된 연인을 빼앗아간 유리보다 모든 걸 다 가진 율리가 더 꼴 보기 싫어졌다. 유리는 민우의 사랑을 받지 못해 혼자 가슴앓이라도 하지, 율리는 민우와 제호, 두 남자의 사랑을 한 몸에 받으며 고결한 척 연기했으니까. 두 남자를 저울질하며 어장 관리나 하는 주제에 말이다. 민우가 자신을 율리 대신 욕구를 푸는 도구로 썼다는 사실에도 화가 치솟았다.
 율리에게 자신의 불행을 퍼뜨리고 싶었다. 깊은 상처를 주고 싶었다. 눈물이라도 펑펑 흘리게 하고 싶었다. 하지만 바로 터뜨려선 재미없다. 시한폭탄처럼 생각하지도 못했을 때, 팡 터져야 제맛이다.
 "유리야, 네 생일 때 난 여기 없을 거니까, 미리 선물 주고 갈게."
 다희는 가방에서 보석 상자를 꺼내 유리에게 내밀었다. 상자 안에는 자잘하게 진주가 박힌 브로치가 담겨 있었다.
 "어머, 진짜 예뻐요."
 "마음에 들었다니 다행이네."
 신다희는 유리를 바라보며 부드럽게 미소 지었다.

제호의 집에 머물긴 했지만, 율리는 10분쯤 간격을 두고 따로 출퇴근했다. 회사 안에서는 서로의 관계를 철저하게 숨겨야 한다. 정략결혼이라도 결혼식이 취소된 지 얼마 되지 않았는데 전 약혼자의 사촌 형과 사귄다는 것은 한국 정서로는 이해할 수 없는 일이니까.

율리와 제호는 점심도 따로 먹고, 되도록 사내에선 눈길도 마주치지 않으려고 노력했다. 직장 동료들은 제호가 파혼한 옛 약혼자인 민우와 사촌지간이기에 일부러 율리가 거리를 둔다고 받아들였다.

그러던 중, 일주일쯤 지나 제호에게 제주도 출장 일정이 잡혔다. 세미나 참석을 위해 주말 이틀 동안 제주도에서 머물러야 했다. 금요일 오후에 떠나서 일요일 밤에 올라올 예정이었다. 마음 같아선 율리도 따라가고 싶었지만 혹시라도 방해가 될까 봐 서울에 남기로 했다.

주말 동안 떨어져 지내야 하는 게 아쉬웠는지, 점심을 먹으러 나가는 율리와 선영에게 제호가 다가왔다.

"선영 씨, 점심 함께 먹어도 될까요?"

"물론이죠. 점심 이후에 바로 공항으로 가실 거죠?"

선영의 질문에 제호는 가볍게 고개를 끄덕였다. 제주도로 떠나기 전에 잠시나마 그와 함께 있을 수 있다는 생각에 율리는 남몰래 미소를 떠올렸다. 그러다 선영과 고른 점심 메뉴가 떠올랐다.

"그런데 괜찮겠어요? 우리 '불이나 떡볶이' 먹으러 가는데……."

율리는 걱정스러운 눈으로 제호를 바라보았다.

"불이나 떡볶이요?"

무슨 음식인지 모르겠다는 듯 그가 미간을 좁혔다.

"입에서 불이 나는 것처럼 매워서, 불이나 떡볶이라고 불러요."

매운 걸 못 먹는 사람인데, 그냥 떡볶이도 아니고 불이나 떡볶이는 먹을 수 있으려나?

"아."

잠시 긴장한 듯 제호의 표정이 굳어졌다. 보통 매운 것도 잘 못 먹는데 입에서 불이 나는 것처럼 맵다니. 하지만 제주도로 떠나기 전, 조금이라도 율리와 함께하고 싶다는 욕망이 더 컸다.

"괜찮습니다."

"혹시 줄이 길지도 모르니까, 저 먼저 빨리 걸을게요."

선영이 신이 난 표정을 지으며 앞장서 걷자, 율리는 슬그머니 제호에게 다가갔다.

"정말 괜찮겠어요? 진짜 매워요."

"뭐, 떡볶이 말고 다른 메뉴도 있을 테니까."

"경고하는데, 한 입도 먹지 말아요. 제호 씨에겐 진짜, 진짜 매울 거예요."

율리의 말이 맞았다. 식당 안에 늘어서는 순간, 매운 냄새에 기침이 날 정도였다. 하지만 제호는 기침을 꾹 참으며 율리와 선영을 따라 무인 주문 기계 옆에 섰다.

"모둠 튀김도 드실 거죠?"

선영의 질문에 제호는 빠르게 고개를 끄덕였다. 자꾸만 기침이 나오려고 해서 말하기도 어려울 지경이었다. 제호의 상태를 눈치챈 율리는 걱정스러운 얼굴로 메뉴를 훑어보았다. 평소엔 최고 단계의 매운맛을 선택하지만, 오늘은 제호를 위해 약한 맛으로 주문해야겠다고 마음을 먹었다. 먹지 않더라도 아예 매운 냄새조차 견디지 못할 테니까.

"선영 씨, 오늘은 로제 순한 맛으로 해도 될까요?"

"네? 항상 불이나 매운맛으로 먹었잖아요?"

"어제 술을 좀 많이 마셔서. 너무 맵게 먹으면 속 쓰릴 것 같아서요."

"그래요. 그럼 내가 주문할 테니까, 먼저 테이블에 가 있어요."

식당 안쪽 테이블에 자리를 잡으며 제호는 의아한 표정으로 율리에게 물었다.

"어제 술을 많이 마셨다고? 나도 모르게 언제?"

"……아, 그게……."

율리는 대답을 미루며 겸연쩍게 웃어 보였다. 자신 때문에 매운맛으로 주문하지 않았다는 것을 알게 되면 제호 성격상 미안해할 테니까.

그때 마침, 문자 알림이 울렸다. 아무 생각 없이 화면을 들여다본 율리는 조금은 당황한 얼굴로 자리에서 일어섰다.

"저 잠시만, 집에 전화 좀 하고 올게요."

율리는 식당을 빠져나와 건물 뒤쪽으로 빠르게 걸어갔다. 집에 전화한다는 건 핑계였고, 사실은 제호에게 놀란 모습을 보이고 싶지 않아서였다. 방금 문자를 보낸 발신 번호는 저번 민우의 불륜 사진을 보낸 번호와 같았다.

도대체 누구지?

율리는 난처한 얼굴로 문자를 내려다보았다. 이번에는 사진이 아닌 짤막한 동영상이었다.

민우의 말대로 예전에 헤어진 여자 중의 한 명일까? 결혼이 무산됐다는 사실을 아직 몰라서 이런 짓을 계속하는 걸까?

동영상 재생 아이콘을 들여다보던 율리는 동영상을 틀지 않고, 재킷 주머니에 휴대폰을 넣었다. 저번처럼 역겨운 내용이라면 식사 후에 보는 게 나을 것이다. 제호와 함께 있는 행복한 시간에 재를 뿌리고 싶진 않았다.

율리는 가볍게 심호흡을 하고 다시 식당 안으로 들어갔다. 그새 모둠 튀김과 어묵탕, 참치 마요 밥, 로제 떡볶이 등이 나와 있었다. 율리가 자리에 앉자 선영이 의아한 얼굴로 물었다.

"율리 씨, 집에 무슨 일 있어요?"

"아뇨. 그냥 오늘 퇴근하고 밑반찬 가지러 오라고 하셔서……."

율리는 대충 둘러대며 슬쩍 제호의 눈치를 살폈다. 다행히 그는 그녀의 말을 그대로 믿는 것처럼 보였다. 식사가 끝나자 선영은 편의점에 들렀다가 사무실로 돌아간다며 먼저 자리를 떴다.

덕분에 율리와 제호는 사무실까지 단둘이 걸을 수 있었다. 함께 걸어서일까? 식당에서 회사 건물까지 걸어서 10분 정도의 거리가 오늘따라 너무나 짧게 느껴졌다.

율리는 주차장까지 제호를 배웅했다. 평소엔 타인의 시선을 의식해 함께 주차장에 가는 일은 피하는 편이었지만, 오늘은 달랐다. 조금이라도 더 같이 있고 싶었다.

"제주도, 도착하면 연락해줘요."

운전석에 오른 제호를 향해 율리가 말했다. 그러자 그는 창문을 내리고 위를 올려다보았다.

"회사만 아니었으면 진하게 키스했을 텐데."

"갔다 와서 해주면 되잖아요."

율리가 웃으며 차창을 향해 상체를 숙이자, 제호는 창밖으로 손을 내밀어 율리의 뺨을 감쌌다.

"아니. 그때까지 못 기다리겠어."

순간 따뜻한 숨결이 스치듯 율리의 입술에 닿았다가 떨어져 나갔다. 깜짝 놀란 율리는 서둘러 뒤로 물러서며 주위를 둘러보았다. 다행히 주차장에 두 사람 외에는 없는 것 같았다.

"갔다 와서 아주 진하게 해줄게."

말을 마친 제호는 창문을 올리고 바로 차를 출발시켰다. 멀어지는 차의 뒷모습을 바라보며 율리는 재킷 주머니에 손을 넣어 휴대폰을 꺼냈다.

"후우."

휴대폰을 만지작거리던 그녀의 입에서 한숨이 흘러나왔다.

지난번과 같은 내용이라면 어떡하지? 하지만 궁금해서 마음을 졸이는 것보다 충격을 받더라도 우선은 확인해보는 게 나을 것이다. 율리는 아랫입술을 깨물며 재생 버튼을 눌렀다.

동영상을 들여다보던 율리의 미간이 서서히 좁아졌다.

"이건……."

예상했던 것과는 전혀 다른 내용이었다. 화면에는 진주가 자잘하게 박힌 브로치가 정면으로 나오고 있었다. 화려한 손톱 장식이 달린 손이 등장하더니 뾰족한 핀으로 브로치 옆에 있는 홈을 꾹 눌렀다. 그러자 초소형 외장 메모리 카드가 툭 튀어나왔다.

동영상은 메모리 카드를 클로즈업으로 보여주며 끝을 맺었다. 도대체 무슨 뜻인지 이해가 되지 않아서 몇 번이나 재생 버튼을 눌렀다. 반복 재생으로 한 가지 알아낸 점은, 영상을 보낸 사람이 민우와 껴안고 셀카를 찍었던 여자와 동일 인물일지도 모른다는 것이다.

사진 속 여자의 손톱과 영상에서 메모리 카드를 들고 있는 사람의 손톱 장식이 똑같았다.

그런데 왜 이런 영상을 보낸 걸까? 혹시 다른 영상이나 사진을 보내지 않을까 기다렸지만, 그게 다였다.

"지금 나하고 게임을 하자는 거야?"

혼잣말을 중얼거리며 휴대폰을 주머니에 막 넣으려는데, 전화벨이 울리기 시작했다. 발신자는 안 여사였다.

"네."

[약속 없으면 오늘 저녁에 집에 들렀다 갈래? 저번에 가져간 밑반찬 떨어지지 않았니?]

율리가 선영에게 했던 변명을 듣기라도 한 것처럼 안 여사가 말했다. 채 의원이 말하지 않았기에 안 여사는 아직도 율리가 오피스텔에서 지낸다고 알고 있었다.

"괜찮아요. 아직 많이 남았어요."

[……음, 그것도 그렇고…….]

잠시 머뭇거린 안 여사는 목소리를 가다듬으며 말을 이었다.

[유리가 너한테라면 속을 털어놓을 것 같기도 해서. 내일 선부터 방에 틀어박혀서 나오지 않고 있거든.]

"유리가요?"

안 여사는 얼마 전, 채 의원과 유리가 언성을 높여가면서 크게 다퉜다고 말했다. 그때 안 여사는 외출했다 막 돌아온 길이라서 무슨 이유인지는 알지 못한다고 했다. 두 사람에게 물어봤지만, 모두 입을 다문 채 침묵을 지킨다고 했다.

율리는 자신의 귀를 의심했다. 그녀의 기억으론 채 의원이 유리에게 화를 내는 모습을 본 적이 한 번도 없으니까. 어떤 잘못을 저질러도 유리에게만은 인자한 딸 바보였던 채 의원이다.

도대체 무슨 일인지 알아내려 율리는 퇴근 후 본가로 향했다.

"왔니?"

현관문을 열고 안으로 들어서자, 안 여사가 걱정스러운 얼굴로 율리를 맞이했다.

"유리는요?"

"지금 방에 있어. 그런데 저녁은 먹었니?"

"유리랑 먼저 이야기하고 나중에 먹을게요."

곧바로 2층으로 올라간 율리는 유리의 침실 문을 두드렸다.

"유리야, 나야. 들어가도 돼?"

한참 후에야 덜컥, 소리와 함께 문이 열렸다. 안 여사의 말대로 그동안 통 먹질 않았는지, 유리의 얼굴은 마지막으로 봤을 때와 비교해 홀쭉해져 있었다. 율리가 방 안으로 들어서자, 유리는 침대 가장자리에 걸터앉았다.

"언니, 바쁠 텐데 왜 왔어? 엄마가 뭐라 그래?"

"무슨 일 있었니? 얼굴이 왜 그래?"

"일은 무슨 일……. 후우."

말을 그렇게 하면서도 유리는 풀 죽은 얼굴로 길게 한숨을 내쉬었다. 율리는 침대로 다가가 유리 옆에 앉았다. 유리는 율리에게 팔짱을 끼며 그녀의 어깨에 얼굴을 기대었다.

"……언니."

"응?"

"민우 오빠. 해외 지사로 발령 났다면서?"

"응. 그렇다고 들었어."

"파리 지사로 간다더라. 적어도 3년 동안은 못 들어오고."
"나보다 더 잘 아네?"
"……어쩌다 보니까 그렇게 됐어……."
유리는 혼잣말처럼 중얼거리며 몸을 일으켰다. 그리고 고개를 돌려 율리를 빤히 쳐다보았다.
"하아, 그래도 언니 얼굴 보니까 조금 진정이 좀 된다. 그래, 나 지금 뭐 하는 짓이냐. 억지로 결혼할 뻔했던 언니에 비하면 아무것도 아닌데……."
"무슨 말이야?"
율리의 물음에 유리는 고개를 저으며 '피식' 입꼬리를 올렸다.
"아니야, 언니. 그냥 투정 좀 부려봤어. 생각 정리하니까 배고프네. 엄마한테 밥 차려달라고 할게. 같이 저녁 먹자."
유리는 모호한 말을 남긴 채 방을 나갔다. 동생을 따라 방을 나서려던 율리의 눈에 화장대에 놓인 뭔가가 들어왔다. 율리는 미간을 찌푸리며 화장대로 다가갔다. 동영상에서 보았던 것과 비슷한 형태의 브로치가 화장대 위에 놓여 있었다.
혹시나 하는 마음에 서둘러 휴대폰을 꺼내 동영상을 확인했다. 놀랍게도 똑같은 디자인이었다. 율리는 조심스럽게 자잘한 진주가 박힌 브로치를 집어 들었다.
문자를 보낸 사람이 유리였어? 그러면 그때 그 사진 속의 여자가 유리였다는 거야?
잠시 생각에 잠겼던 율리는 빠르게 고개를 흔들었다.
그건 아닐 것이다. 사진 속에서 얼굴은 가려진 상태였지만, 몸은 확실히 드러나 있었다. 사진 속 여자는 서양인 같은 글래머 몸매로, 유리의 몸과는 전혀 달랐다.

율리는 동영상에서 보았던 것처럼 뾰족한 핀으로 뒷부분에 있는 홈을 꾹 눌러보았다. 그러자 툭 소리와 함께 브로치 옆에서 메모리 카드가 튀어나왔다.

율리는 믿을 수 없다는 얼굴로 손바닥에 놓인 메모리 카드를 내려다보았다.

"이렇게까지 완벽하게 처리해줄 거라곤 기대 못 했는데, 고마워요."

신다희는 악수를 청하듯 제호에게 손을 내밀었다. 하지만 제호는 그녀를 바라만 볼 뿐, 손을 마주 잡진 않았다. 보다 못한 우결이 제호 대신 손을 잡아 가볍게 악수했다.

"시드니 공항에 도착하면 바로 안내인이 올 겁니다. 그곳에 적응할 때까지 그분의 도움을 받으세요."

우결의 설명에 다희는 넘겨받은 서류를 훑어보며 고개를 끄덕였다.

"이것으로 완벽하게 제 입을 막으려는 거네요. 뭐, 좋아요. 돈이 모든 걸 해결하는 건 아니지만, 이 정도면 나도 손해는 아니네요."

"권민우 실장은 우리 선에서 확실히 처리할 겁니다. 앞으론 신다희 씨는 이 일에 신경 쓰지 않아도 됩니다."

"네, 한국을 떠나는 순간, 난 다 잊을 거예요. 신경 쓴다고 해도 어차피 내가 뭘 어떻게 할 수 있는 것도 아니잖아요."

제호의 말에 다희는 어깨를 으쓱해 보이곤 손에 쥔 여권을 흔들었다.

"난 이만 출국 심사하러 가야겠어요. 배웅해줘서 고마워요."

두 남자에게서 등을 돌린 다희는 보안 검색대로 향하며 제호와 차 안에서 만났던 그날 일을 회상했다.

"제호 씨가 이러는 거, 채율리 때문인가요?"

"내가 그 질문에 답해야 할 의무는 없는 것 같은데."

"좋아요. 그럼 위로금은 얼마나 줄 건데요?"

"얼마를 원합니까?"

"팔자 고쳤다는 소리가 나올 만큼 줄 수 있어요?"

"좋아요. 그렇게 하죠."

뭐가 이리도 쉬워? 순간 화가 났다. 그만큼이나 사랑받는다는 사실에, 유리보다 율리에게 더욱더 질투심이 일었다. 그 여자가 뭐 그리 대단해서 민우도 목을 매고, 지금 이 남자도 이렇게까지 나오는지 이해할 수 없었다.

"감동이네요. 그렇게나 채율리를 사랑해요?"

그 질문에 답이라도 하듯 제호의 표정이 딱딱하게 굳어버렸다. 한눈에 봐도 그가 얼마나 율리를 사랑하는지 알 것 같았다.

"아까도 말했지만, 내가 그쪽에게 대답할 의무는 없습니다."

"권민우를 궁지에 몰려고 의도적으로 채율리에게 접근한 거잖아요. 아니에요?"

그 말에 제호는 씁쓸한 얼굴로 입매를 비틀더니 다희에게로 고개를 돌렸다. 싸늘한 눈으로 그녀를 바라보며 제호가 말했다.

"맞아요. 의도적으로 접근했습니다. 그래서 내게 듣고 싶은 말이 뭡니까?"

"채율리가 그 사실을 알게 되면 어떻게 나올까, 두렵지 않으세요?"

침대로 가요 129

제호는 대답하는 대신 창밖으로 시선을 돌렸다. 그리고 잠시 후 차가운 목소리로 대답했다.

"두려울 건 없어요."

"어째서죠?"

"어떤 상황이 오든 다 받아들일 거니까. 그런 각오로 시작한 일입니다."

"채율리가 이 모든 걸 알게 된다면 기분 참 더럽겠어요. 괜히 내가 안쓰러워지네."

말을 마친 다희는 문을 열고 차에서 내렸다. 자신의 차로 간 그녀는 제호의 차가 떠날 때까지 운전석에 가만히 앉아 있었다. 제호의 차가 시야에서 완전히 사라진 후에야 재킷에 달린 브로치를 뗐다.

혹시라도 녹음할까 봐 두 사람은 항상 휴대폰을 보이는 곳에 두고 대화를 나누었다. 그러나 그녀가 스파이 카메라 브로치를 달고 있는지까진 확인하지 않았다.

그는 동영상을 찍고 있다는 것을 전혀 몰랐을 것이다. 화면을 제대로 담기 위해 다희는 일부로 제호를 빤히 바라보며 대화를 나누었다.

회상에서 깨어난 다희는 힐끔 뒤를 돌아보았다. 제호와 우걸이 막 자리를 뜨고 있었다.

권민우는 귀양 가는 것처럼 해외 지사로 발령이 났고, 권제호에게선 팔자 고쳤다는 소리가 나올 만큼의 보상을 받아냈다. 하지만 그렇다고 이대로 물러서기엔 찜찜했다. 누군가는 자신이 울었던 만큼 펑펑 눈물을 흘려야 한다.

언제쯤 동영상을 보려나? 바로 지금일 수도 있고, 영영 동영상을 보지 않을 수도 있다. 유리에게 선물했지만 사용하지 않고 서랍에 처박아놓으면 율리가 브로치를 볼 일은 없을 테니까. 일부러 그런 방법을 택했다. 언제 터질지 모를 시한폭탄을 남겨두는 식의 복수가 더 짜릿하니까.

다희는 비릿한 미소를 떠올리며 보안 검색대 앞으로 걸어갔다.

"오늘 정말 고맙다, 율리야."

저녁 식사를 마치고 돌아가는 율리에게 안 여사는 밑반찬이 든 가방을 건네며 그녀의 손을 꼭 잡았다.

"덕분에 유리가 진정된 것 같아. 한 번도 이런 적이 없어서 걱정했거든."

안 여사의 말이 맞다. 유리는 언제나 착한 딸이었다. 허구한 날 식음을 전폐하며 애를 먹인 건 율리였다. 그때마다 안 여사는 안절부절못했었다. 안 여사가 할 수 있는 일이란, 현경에게 연락해 도움을 청하는 정도였다.

아예 뻔뻔하게 철면피로 못된 새엄마 역할을 했으면 맘 편히 미워할 수라도 있지, 안 여사는 겉으론 좋은 새엄마가 되려고 노력하는 모습을 보여 괜히 율리만 나쁜 사람이 되는 것 같았다.

아직도 돌아가신 어머니의 가슴에 대못을 박은 안 여사를 용서하고 받아들일 마음은 없었다. 하지만 안 여사도 자신만큼이나 힘들었을 거라는 생각이 들었다. 어쩌면 가족 모두가 지옥에 살고 있었던 건지도 모르겠다.

"고마워하실 필요 없어요. 유리는 제 동생이잖아요."

말을 마친 율리는 그대로 등을 돌려 현관문을 나섰다. 한시라도 빨리 메모리 카드 안에 든 내용물을 확인하고 싶었다. 집에 도착한 율리는 노트북에 메모리 카드를 넣었다. 메모리 카드 안에는 동영상 파일 한 개가 담겨 있었다. 율리는 조심스럽게 재생 버튼을 눌렀다.

"하."

동영상이 시작되며 검은 화면이 밝아지는 순간, 율리의 눈이 커다래졌다. 동영상을 가득 채운 것은 제호의 얼굴이었다. 그는 운전석에 앉아 어둠이 깔린 창밖을 바라보고 있었다. 제호가 입은 검은 스웨터를 바라보며 율리는 미간을 찌푸렸다. 저 옷은 두 사람이 처음으로 사랑을 나눈 날 입고 있었던 스웨터였다.

─ 어디 가는 거예요?
─ 아뇨. 막 돌아오는 길이에요. 나 없을 때 깼었어요?

잠에서 깼을 때, 그는 분명 저 옷을 입고 있었다.

옷차림이 같다고 꼭 그날이라고 단정 지을 순 없겠지. 그래도 묘한 기분이 드는 건 어쩔 수 없었다.

그때 영상을 찍고 있는 사람의 목소리가 들렸다. 목소리는 기계음으로 변조되어 있었다.

[채율리를 사랑해요?]

그 질문에 제호의 표정이 불쾌하다는 듯 딱딱하게 굳어졌다. 왠지 불안한 예감에 율리는 양손을 움켜쥐었다.

[아까도 말했지만, 내가 그쪽에게 대답할 의무는 없습니다.]

[권민우를 궁지에 몰려고, 의도적으로 채율리에게 접근한 거잖아요. 아니에요?]

뭐라고?

전혀 예상하지 못한 질문에 율리는 숨을 들이마셨다.

제호는 곧바로 대답하지 않고 잠시 뜸을 들였다. 씁쓸하게 입매를 비트는 것 같더니, 느긋한 표정으로 카메라를 향해 시선을 돌렸다.

[맞아요. 의도적으로 접근했습니다. 그래서 내게 듣고 싶은 말이 뭡니까?]

그는 아무 감정 없는 눈으로 카메라를 정면으로 바라보며 차갑게 말했다.

구역질이 나올 것 같아, 율리는 저도 모르게 두 손으로 입을 틀어막았다. 눈앞이 빙글빙글 돌며 속이 울렁거렸다.

민우 때문에 의도적으로 접근했다고?

분명히 제호의 목소리로 똑똑히 들었건만, 율리는 도무지 믿을 수 없었다. 그럴 리가 없었다. 어쩌면 이건 악몽일 것이다.

노트북에선 계속해서 동영상이 재생되었다.

[채율리가 그 사실을 알게 되면 어떻게 나올까, 두렵지 않아요?]

짧은 침묵이 흐른 후, 제호의 차가운 목소리가 흘러나왔다.

[두려울 건 없어요.]

"……두려울 게 없다고?"

기가 막힌 율리는 낮게 혼잣말을 중얼거렸다.

죄책감이 없다고 해도 적어도 두려워는 해야지.

뒷말이 궁금했지만, 영상은 그것으로 끝이었다.

율리는 힘없이 소파에 등을 기대며 양팔로 제 몸을 껴안았다. 초점 잃은 눈이 멍하니 천장에 고정되었다.

이렇게 넋 놓으면 안 되는데……. 뭔가 생각을 해내야 하는데…….

"……후."

침대로 가요

순간 비관적인 웃음이 흘러나왔다. 생각하는 것 자체가 웃긴 일이다. 지금 여기서 생각한다고 현실이 바뀌는 것도 아닌데, 생각은 무슨 생각.

타들어가는 것처럼 눈시울이 뜨거웠지만, 눈물은 나오지 않았다. 펑펑 울 수만 있다면 그나마 마음이 덜 아플 텐데 그것도 여의치 않았다. 이대로 땅속으로 꺼져버리면 좋겠다.

율리는 처참한 마음을 부여안으며 스르르 두 눈을 감았다. 컴컴한 암흑이 주위를 휘감았다.

세미나 환영 행사와 함께 저녁을 마치니, 어느덧 밤 8시가 되어 있었다. 곧장 세미나장으로 향했던 제호는 뒤늦게 호텔에 체크인하고 율리에게 문자를 보냈다.

> 늦게 연락해서 미안해요.
> 잘 도착했고 세미나 첫날 행사, 방금 마쳤어요.

원래는 비행기에서 내리자마자 연락할 생각이었다. 하지만 근무 중에 방해가 될까 봐 뒤로 미뤘다. 퇴근 시간쯤에 하려고 했으나, 세미나 주최 측 인사들과 대화가 길어지는 바람에 시간을 놓쳤다.

문자를 보내고 한참이 지나도 율리는 문자를 확인하지 않았다. 전화해보았지만 마찬가지였다. 신호음이 몇 번 울리더니, 곧바로 음성 사서함으로 넘어갔다. 음성 메시지를 남기려던 제호는 마음을 바꾸고 전화를 끊었다. 문자를 보냈으니까, 확인하면 답을 보낼 것이다.

하지만 한 시간이 지나도 문자는 확인하지 않은 상태였고, 전화도 연결되지 않았다. 괜스레 걱정되기 시작했다.
　─ 아뇨. 그냥 오늘 퇴근하고 밑반찬 가지러 오라고 하셔서······.
　아까 점심을 먹으면서 율리가 했던 말이 떠올랐다.
　혹시 본가에서 무슨 일이 생긴 건 아닐까?
　이젠 채 의원도 더는 손찌검하지 않겠지만, 마음을 놓을 순 없었다. 결국 더 늦기 전에 채 의원의 집으로 전화를 걸었다.
　[여보세요?]
　신호음 몇 번 후에 휴대폰 스피커로 유리의 목소리가 흘러나왔다.
　"권제호입니다. 혹시 율리 씨, 지금 거기 있습니까?"
　[언니요? 저녁 먹고 아까 돌아갔는데요?]
　"몇 시쯤인지 알려주실 수 있나요?"
　[8시 조금 안 되어서 갔을 거예요. 그런데 무슨 일이시죠?]
　"별일은 아닙니다. 통 연락이 안 돼서······."
　말하고 보니 정말 별일 아니었다. 그래도 율리가 걱정되는 것은 어쩔 수 없었다. 서로 떨어져 있기에 더더욱 조바심이 났다.
　[아까 보니까, 좀 피곤해 보이더라고요. 아마 일찍 잠들었을 거예요.]
　"그럴 수도 있겠네요. 내일 아침에 다시 연락해보죠."
　별 소득 없이 통화를 끝냈지만, 한 가지 확실한 것은 본가에선 아무 일도 없었다는 것이다. 유리가 말한 대로 피곤해서 일찍 잠들었다고 생각하며 불안을 잠재우려 노력했다. 만에 하나라도 안 좋은 일이 생긴 거라면 가족인 율리가 모를 리 없으니까.
　샤워를 마치고 욕실을 나오니, 시간은 어느덧 11시에 가까워지고 있었다. 제호는 휴대폰을 만지작거리며 잠시 고민했다. 마지막으로 한 번만 더 전화해볼까?

그때 침대맡에 놓인 객실용 전화기가 울리기 시작했다. 수화기를 들자, 호텔 직원의 상냥한 목소리가 흘러나왔다.
[고객님, 지금 호텔 로비에 방문객이 와 계시는데 어떻게 할까요?]
"방문객이요?"
이렇게 늦은 시간에 누굴까? 세미나에서 만났던 사람인가?
제호는 저도 모르게 눈살을 찌푸렸다.

"……흐음."
율리는 양손으로 얼굴을 감싸며 낮은 신음을 흘렸다.
너무 충격이 커서일까? 눈물 한 방울조차 나오지 않았다. 그저 숨이 막혀서 미칠 것만 같았다.
소파에 웅크리고 앉아 '끙끙' 앓는 소리만 내던 율리는 결국 자리에서 몸을 일으켰다. 도저히 혼자선 견딜 수 없었다.
현경의 목소리를 듣고 싶었지만, 그녀는 지금 유럽 여행 중이었다. 율리에게 무슨 일이 일어났는지 알게 되면 현경은 모든 걸 제쳐두고 달려올 것이다. 그렇게 할 순 없었다.
몽유병에 걸린 것처럼 율리는 무의식 상태로 이리저리 걸음을 옮겼다. 얼마 후, 정신을 차리고 보니 밤거리를 헤매고 있었다. 겉옷도 없이 가방과 휴대폰만 손에 쥐어져 있었다. 밤바람이 차가웠지만, 얼음처럼 싸늘해진 마음 덕분인지 추위는 느끼지 못했다.
그때 손에 쥔 휴대폰에서 문자 알림이 울렸다.

늦게 연락해서 미안해요.

문자 앞부분이 뜨기 때문에 전체 문자를 확인할 필요는 없었다.
"후."
율리는 차갑게 웃으며 휴대폰을 가방에 집어넣었다.
지금 그는 아무것도 모를 것이다. 아직도 바보처럼 속고 있다고 여기겠지? 제호와 민우, 둘 사이에 묘한 긴장감이 돈다는 것은 예전부터 알고 있었다. 적을 대하듯 상대의 빈틈을 노린다는 것도. 그래도 그렇지, 도대체 무슨 생각으로 자신들의 역겨운 싸움에 끌어들인 걸까?
화가 치밀어서 참을 수 없었다. 제호를 만나서 의도적으로 접근했다는 게 사실인지 똑바로 얼굴을 보면서 물어봐야겠다.
그길로 율리는 택시를 타고 공항으로 향했다. 다행히 제주도행 마지막 밤 비행기의 좌석이 남아 있었다. 제호가 묵는 제주도 호텔에 도착했을 땐 이미 11시에 가까운 시각이었다. 율리는 로비로 들어서며 가방에서 휴대폰을 꺼냈다. 하지만 불행하게도 전원이 꺼져 있었다. 배터리가 얼마 남지 않았었는데, 미처 충전하지 못한 탓이었다.
율리는 프런트 데스크로 다가가 도움을 청했다.
"투숙객과 연락해야 하는데 배터리가 없어서요. 충선 좀 해주실 수 있을까요?"
"투숙객 성함이 어떻게 되시죠? 저희가 연락해드리겠습니다."
"권……."
이름을 말하던 율리는 지그시 아랫입술을 깨물었다. 권제호란 이름을 말하려는 순간 현실을 깨달으며 덜컥 겁이 났다.
막상 물어봤는데, 모든 게 사실이라고 하면 어떡하지?
상상만으로도 눈앞이 아찔했다. 어쩌면 영상에서 보았던 모습 그대로 그는 차가운 눈으로 그녀를 경멸하는 듯 쳐다볼 수도 있다.

'세상에, 정말 까맣게 몰랐던 거예요? 내가 의도적으로 접근한 거?'
그의 비웃음 소리가 바로 옆에서 들리는 것 같았다.
"아뇨, 됐어요. 생각해보니까 너무 늦었네요."
율리는 겸연쩍게 웃어 보이고 재빨리 등을 돌렸다. 제주도에 오고서야 정신을 차린 저 자신이 우스웠지만 어쩔 수 없었다. 생각을 정리하지 않고 계획도 없이 그를 만나는 것은 위험했다. 자칫 잘못하면 사실을 알아내기는커녕 다시 그에게 휘말릴지도 모른다. 상대는 자신의 이익을 위해서라면 무슨 일이든 저지를 수 있는 냉혈한이니까.

서둘러 로비를 가로지르는데 라운지체어에 앉은 남자의 뒷모습이 눈에 들어왔다. 왠지 모르게 낯익은 모습에 율리는 저도 모르게 걸음을 멈추고 고개를 돌렸다.

남자는 제호였다. 그는 율리에게서 등을 돌린 자세로 낯선 여자와 대화를 나누고 있었다. 여자는 연신 머리카락을 쓸어 넘기며 그를 수줍게 바라보고 있었다.

율리는 제자리에 선 채 말없이 두 사람을 지켜보았다. 제호에게 자신은 아무런 존재가 아니라는 것을 깨달아서일까? 클레어와 함께 있는 모습을 봤을 때와는 달리, 아무런 느낌도 없었다.

마주치기 전에 서둘러 이곳을 벗어나야 한다는 생각밖에 없었다. 율리는 다시금 걸음을 옮겼다. 막 회전문 안에 발을 들이려는데 뒤에서 누군가가 어깨를 잡았다. 뒤를 돌아보자 제호가 놀란 얼굴로 그녀를 바라보고 있었다. 어떻게 여기 있느냐는 표정이었다. 힐끗 옆으로 고개를 돌리자, 제호와 대화를 나누던 여자가 험상궂은 눈으로 율리를 노려보고 있었다.

"내가 방해한 것 같네요. 난 그저……."

"무슨 소리예요, 방해라니? 우선 위로 올라가죠."

그녀의 허리를 손으로 감싸며 제호가 말했다. 주위의 시선을 의식한 율리는 벗어나려고 몸을 틀었지만, 쉽게 뿌리칠 순 없었다. 그대로 그의 손에 이끌려 엘리베이터로 향했다.

뒤를 돌아보자 여자는 어느새 가버리고 보이지 않았다.

"누구예요?"

엘리베이터에 올라타고 문이 닫히자, 율리가 먼저 입을 열었다. 사실은 알고 싶지 않았지만, 조금이라도 관심을 딴 곳으로 돌리려 궁금한 척 연기했다.

"나도 잘 몰라요. 오늘 세미나에서 처음 만난 사람이라⋯⋯."

처음엔 그대로 돌려보내려고 했다. 하지만 상대는 갑자기 일이 생겨서 내일 아침 일찍 런던으로 돌아가야 한다며 10분만 시간을 달라고 부탁했다. 아주 중요한 일이라고 해서 마지못해 내려갔더니, 여자는 교태 어린 눈으로 생글생글 웃으며 자신의 연락처를 내밀었다. 지금까지 적극적으로 다가오는 여자가 한둘이 아니었기에 제호는 냉정하게 거절했다. 그때 로비를 가로질러가는 율리의 모습이 눈에 들어왔다.

― 이만 실례하겠습니다. 제 약혼녀가 와서.

제호는 그대로 자리에서 일어나 율리에게 달려갔다. 한동안 연락이 안 되었던 건 제주도로 오는 중이라서였나? 율리의 갑작스러운 등장에 생각하지도 못한 깜짝 선물을 받은 기분이었다.

"잘 모르는 사이인데 이 시간까지 함께 있었어요?"

조금 기분이 상한 표정으로 그녀가 물었다. 하지만 제호의 눈엔 화내는 모습조차 견딜 수 없게 예뻐 보였다.

"지금 그거 질투 맞죠?"

제호가 웃는 얼굴로 되묻자, 율리는 입을 다문 채로 그를 올려다보았다.

차라리 질투하는 거였으면 좋겠다. 오히려 그가 천하의 바람둥이였더라면 어땠을까? 동영상에 다른 여자와 바람피우는 모습이 담겼더라면…… 글쎄, 아마도 지금보다는 덜 충격받았을 것 같다. 조금이나마 그녀를 좋아하는 마음에 그녀에게 들키기 싫어서 그러는 거니까.

하지만 현실은 더 비참했다. 그는 오로지 원하는 것을 얻어내려 그녀에게 접근한 거란다. 그런데 연기라는 것을 알면서도 제호의 다정한 눈길은 율리의 가슴을 설레게 했다.

인제 그만 정신 차려, 채율리.

율리는 입술을 깨물며 고개를 돌려 그의 시선을 피했다.

"오해하지 마. 10분만 시간 내달라고 해서, 잠깐 이야기하던 중이었어."

자세한 설명에도 불구하고 율리가 입을 다물고만 있자, 제호는 부드럽게 그녀의 어깨를 감싸 안았다.

"화났어?"

제호의 물음에 율리는 다시 고개를 돌려 그를 올려다보았다. 잠시 침묵을 지키던 그녀가 천천히 입을 열었다.

"네, 화났어요. 그것도 아주 많이."

제호는 잠시 당황한 듯 미간을 찌푸렸다. 그때 엘리베이터 문이 열렸다. 객실에 도착할 때까지 두 사람은 아무 말도 하지 않았다.

문을 열고 안으로 들어서자, 제호는 율리는 와락 끌어안았다. 커다란 손으로 얼굴을 감싸며 밤바람으로 차가워진 율리에 콧등에 조심스레 입을 맞췄다.

"미안해. 여기까지 왔는데 그런 모습을 보게 해서."
"그것만 미안해요?"
그 말에 제호는 재밌다는 얼굴로 낮게 웃었다. 그는 율리가 어떤 심정으로 왔는지 모르기에 단순히 투정을 부린다고 생각할 것이다.
"내가 어떻게 하면 화가 풀릴 것 같아?"
"뭘 해줄 수 있는데요?"
"다."
그가 빠르게 대답했다.
"네가 원하는 건 뭐든지, 다."
아니, 당신이 할 수 있는 건 하나도 없어.
율리는 싸늘한 마음을 감추며 빤히 제호를 쳐다보았다.
아직 어떻게 해야 할지 마음을 정하지 못한 상태였다. 머릿속이 텅 비어버려 아무 생각도 할 수 없었기에.
이대로 그의 품에서 숨 막혀 죽어버리면 어떨까? 그러면 좀 덜 비참할까?
"안아줄래요? 숨도 쉴 수 없을 정도로 꽉 안아줘요."
그 말에 제호는 양팔로 벌려 으스러질 듯 율리를 꽉 끌어안았다.
"보고 싶어서 견딜 수 없었어요."
율리는 제호의 가슴에 얼굴을 묻으며 속삭이듯 작게 중얼거렸다. 거짓말은 아니었다. 정말로 그를 봐야만 했으니까. 아니면 미쳐버릴 것 같았으니까.
"사랑해."
그때 나직한 목소리가 귓가에 흘러들었다.
"사랑해, 율리야."

사탕처럼 달콤하고 부드러운 목소리였다. 하지만 율리에겐 씁쓸하고 거칠게 느껴질 뿐이었다. 몇 시간 전에 고백을 들었더라면 의심의 여지 없이 있는 그대로 받아들였을 것이다. 그러나 이젠 아니다. 숨겨두었던 잔인한 진실을 알아버렸다.

당신은 날 사랑하는 게 아니야. 그저 내가 필요한 거지.

율리는 하고픈 말을 목구멍으로 삼키며 가만히 눈을 감았다. 지금은 사실을 폭로할 때가 아니었다. 적어도 오늘 밤은 아니다.

상냥한 손길과 부드러운 미소, 뜨거운 열정 등등, 그 모든 게 거짓된 연기였다고 생각하니 가슴이 미어졌다. 하지만 배신감보다 그녀를 더욱더 아프게 하는 건, 그와 헤어져야 한다는 사실이었다. 미래가 없는 관계란 것은 알고 있었지만 그래도 이렇게 허무히 끝낼 순 없었다.

오늘 밤만 모르는 척 눈 감고 온전히 그를 가지고 싶었다. 산산조각이 난 환영이라도 남은 조각을 붙들고 싶었다.

이용하려고 접근한 게 아니라, 진심으로 다가온 것이라고 오늘 하룻밤만 최면을 걸자.

마음을 정한 율리는 고개를 뒤로 젖히며 제호를 올려다보았다.

"돌아오면 진하게 키스해줄 거라고 했죠?"

"응."

제호가 조용히 미소 지으며 고개를 끄덕였다.

"지금 해줘요."

"좋아, 원하는 게 그거라면."

제호는 손등으로 율리의 뺨을 가볍게 문지르며 천천히 고개를 숙였다. 입술이 겹쳐지는 순간, 율리는 달라붙듯 그의 셔츠를 두 손으로 움켜쥐었다. 복잡했던 머릿속을 한순간에 텅 비어버리게 하는 격렬한 키스였다.

몸이 달아오를 때까지 몰아붙인 후에야 그가 입술을 떼었다.

"더 해줘요. 멈추지 말아요."

빨개진 얼굴로 가쁘게 숨을 쉬며 그녀가 나직이 속삭였다.

율리의 요구에 제호는 다시 고개를 숙여 입술을 물었다. 두 사람의 입술은 떨어지고 포개지고를 반복하며 더더욱 깊숙이 맞물렸다. 하지만 키스가 짙어지면 짙어질수록 율리의 마음은 파삭파삭 메말라갔다. 생각하지 않으려고 해도, 자꾸만 제호가 한 말이 귓가를 맴돌았다.

— 맞아요. 의도적으로 접근했습니다.

— 두려울 건 없어요.

너무나 화가 났다. 그리고 허무했다. 이제 겨우 누군가에게 마음을 열 수 있게 되었다고 여겼는데 민우 때문에 접근한 거라면, 성공적으로 민우를 제거한 후에 그는 가차 없이 그녀를 버릴 것이다.

"……아."

상상만으로도 심장이 송곳에 찔린 것처럼 따끔거렸다. 율리는 당장 제호가 사라시기나도 하는 듯 그를 끌어안은 팔에 힘을 주었다. 그녀의 반응이 평소와는 다르다는 것을 느꼈는지, 제호는 입술을 떼고 그녀를 빤히 바라보았다. 하지만 무슨 일이냐고 묻는 대신 헝클어진 율리의 머리를 상냥하게 매만져주었다.

"겉옷도 없이 이러고 온 거야? 춥지 않았어? 온몸이 얼음장 같아."

제호의 다정한 눈빛이 불편한 율리는 지그시 입술을 깨물었다. 그러나 그는 추워서 나온 반응이라고 오해했다. 율리의 등을 손바닥으로 쓸어내리며 욕실로 이끌었다.

"뜨거운 물로 샤워부터 하자. 몸 좀 녹이고."

"아뇨, 그러지 말고 침대로 가요."

율리는 발돋움하며 그의 목에 양팔을 둘렀다.

"그렇게 말고, 안아서 녹여줘요."

처음엔 못 알아들은 듯 그가 미간을 좁혔다. 그러나 율리가 입술을 겹치자, 그대로 그녀를 번쩍 들어 올렸다. 율리는 침대 위에 내려질 때까지도 끌어안은 손을 놓지 않았다.

"머릿속이 하얗게 될 때까지 안아줄 수 있어요?"

"오늘 무슨 일 있었어?"

그녀가 원하는 대로 따르면서도 제호는 적극적으로 다가오는 율리의 모습이 낯설기만 했다. 그가 이마 위로 흘러내린 머리카락을 넘겨주자, 율리는 그의 목덜미에 얼굴을 묻었다.

"아뇨. 그냥…… 제호 씨 없는 텅 빈 침대를 보니까, 마음이 허전해서……."

사실은 진심이 아니라, 목적을 위해 다가왔다는 것을 알게 되어 마음이 허전한 거다.

"나 바보 같죠."

"아니, 전혀."

짧게 부정한 제호는 잘록한 허리에 팔을 감아서 바짝 끌어당겼다. 동시에 율리의 몸 위로 올라가며 입술을 포갰다.

아니, 나 바보 맞아요. 순진하게 속아버렸으니까.

그래도 오늘 밤만은 잠시 모든 걸 잊고 싶었다. 기억 상실에 걸렸다고 생각하자. 구차하게 매달리고 싶으냐고 비웃어도 좋았다. 본능적인 욕구로 채워진 쾌락은 그녀가 그에게 받아낼 수 있는 최상의 보상이었다. 허무하고도 슬픈 위로일 뿐이겠지만 율리는 제호를 힘껏 끌어안으며 스르르 두 눈을 감았다.

"Don't worry. It'll be okay."
 잠결에 어디선가 나직한 목소리가 들렸다. 율리는 무거운 눈꺼풀을 깜박거리며 침대에 누운 채 주위를 둘러보았다. 발코니에서 통화 중인 제호의 뒷모습이 어둠 속에서 희미하게 드러났다.
 "Don't say that. Of course I love you, rain or shine. ……I know. No matter what I always love you."
 목소리만 들어도 상대에게 절절매는 게 느껴졌다. 누굴까? 그의 진짜 연인일까?
 "후."
 율리는 낮게 한숨을 내쉬었다. 누구와 통화하는지 전혀 궁금하지 않았다. 어차피 그는 그녀를 사랑하지 않으니까. 그에게 연인이 있든 없든 무슨 상관일까. 그래도 기분이 나빠지는 건 어쩔 수 없었다. 잠시나마 헛된 꿈을 연장하고 싶었는데, 그는 또다시 잔인하게 깨부수고 있었다. 오늘 하룻밤마저 가만히 놔두질 않네.
 통화가 끝났는지, 발코니 문이 열리는 소리가 들렸다. 율리는 재빨리 등을 돌리며 잠든 척 눈을 감았다.
 침대로 올라오려는지 매트리스가 작게 흔들렸다. 잠시 후, 그가 손을 뻗어 뒤에서부터 그녀를 끌어안았다. 목덜미에 내려앉는 따스한 숨결을 느끼며 율리는 저도 모르게 입매를 비틀었다.
 내가 잠든 순간까지 연기할 필요는 없는데…….

당장에라도 허리에 놓인 손을 뿌리치고 싶었지만, 율리는 입술을 깨물며 꾹 참았다.

잠들지 못할 거라고 생각했는데 등에서 전해오는 따뜻한 체온 때문이었을까? 다시 눈을 떴을 땐 이미 주위가 밝아 있었다. 하지만 포근하게 안아주던 남자는 어디에도 보이지 않았다. 몸을 일으키니 침대 옆 테이블 위에 놓인 메모지가 눈에 들어왔다.

<u>푹 쉬고 있어. 세미나 끝나면 바로 올게.</u>

침대에서 몸을 일으킨 율리는 빠르게 샤워를 마치고 미니바에 배치된 커피 메이커에서 커피를 내렸다. 그리고 제일 먼저 유리에게 전화를 걸었다. 생각을 정리하기 전에 동영상의 출처를 먼저 확인해야 할 듯싶었다.

[어, 언니?]

유리는 주말 아침 일찍 언니에게서 전화가 오자 조금 놀란 듯싶었다.

"오늘은 기분이 어떤가, 궁금해서 전화했어."

[……아, 걱정해줘서 고마워. 난 이제 괜찮아, 언니.]

"왜 그랬었는지 물어봐도 되니?"

[그게…….]

유리는 바로 말하지 못하고 잠시 뜸을 들였다. 그러나 웅얼거리듯 마지못해 대답했다.

[……나중에, 언니. 내가 나중에 다 말해줄게.]

"그래, 알았어."

무슨 일인지는 모르겠지만, 동영상과 관련된 일 같아 보이진 않았다.

몇 번이나 사진과 동영상을 보낸 사람이 유리가 아닐까 의심해봤지만 아무리 생각해봐도 동생은 아니었다. 결국 율리는 넌지시 물어보았다.
"아, 맞다. 화장대 위에 있던 브로치, 어디서 났어? 되게 예쁘더라."
[브로치? 아, 진주 박힌 거? 그거 선물 받은 거야. 선배가 해외 나가느라 생일 못 챙겨줄 것 같다면서 미리 선물했어.]
"선배? 나도 아는 사람이니?"
[응, 언니도 아마 알 거야. 저번에 나, 취했을 때 집에 바래다준 선배거든. 얼마 전까진 KG그룹에서 근무했고.]
"아, 신다희 대리. 그렇구나."
익숙한 이름에 율리는 저도 모르게 미간을 찌푸렸다.
"내가 또 전화할게."
통화를 끝낸 율리는 앞에 놓인 잔을 들어 입으로 가져갔다. 그새 식어버렸는지 씁쓸한 커피 맛이 입 안을 채웠다. 동시에 의혹스러웠던 순간들이 하나둘 머릿속에 떠오르기 시작했다.
― 참, 제호 씨 집에 있는 차, 너무 쓰지 않아요?
― 소대 차라고 했던가? 아마 그럴 기에요.
신다희 대리와 제호는 서로 아는 사이가 맞았다. 신 대리는 일부러 그런 사실을 흘렸을 것이다. 하지만 왜?
― ……신다희는? ……알아, 화났겠지.
둘 사이에 뭔가 언짢았던 일이 있었던 걸까?
― 네가 의도적으로 접근한 거 들키면 너희 관계는…….
레스토랑 앞에서 부딪쳤을 때 제호의 표정이 창백했던 이유는 아마도 그녀가 우결과의 대화를 들었을까 봐 긴장해서였을 것이다. 그땐 클레어만 신경 쓰느라 미처 알아차리지 못했었다.

"하."

율리의 입에서 허탈한 웃음이 흘러나왔다.

나만 모르고 있었던 거네.

권제호란 남자가 의도적으로 채율리에게 접근했다는 사실을 적어도 한우결과 신다희는 알고 있었다. 돌이켜보면 두 사람은 왠지 모르게 안쓰럽다는 눈으로 그녀를 쳐다보았던 것 같다. 그녀를 대하는 우결의 태도에서 뭔가 거리감이 있었던 것도 그래서였다.

순간 울컥, 감정이 치솟았다. 두 사람 눈에 얼마나 멍청하게 보였을까. 거짓된 연기에 놀아나는 모습이 꽤 우스꽝스러웠겠지. 하지만 누굴 탓하랴. 쉽게 마음을 내준 자신 탓이었다.

율리는 언제부터 제호가 어떤 방식으로 접근했는지 기억을 곱씹으며 천천히 커피를 마셨다. 잔이 비었을 때쯤 대충 생각을 정리한 율리는 펜을 집어 들고 제호가 적어놓은 글 아래에 간단한 메모를 남겼다.

급한 일이 생겨서 먼저 올라가요.

잠시 자신이 쓴 메모를 내려다본 율리는 종이 위에 잔을 올려놓고 자리에서 일어났다.

"세미나 끝나고 모두 함께 저녁 먹을 건데, 권제호 씨도 가시죠."
"아뇨. 전 선약이 있어서요."

세미나 주최 인사의 저녁 초대를 정중히 거절한 제호는 점심 휴식을 틈타 율리에게 문자를 보냈다.

> 일어났어요?

　제호는 답장을 기다리며 어젯밤 율리의 모습을 떠올렸다. 그녀는 어딘지 모르게 달랐다. 특히 겉옷도 없이 셔츠 차림으로 달려왔다는 사실이 마음에 걸렸다.
　거제에서도 그녀는 재킷도 없이 홀로 빗속에 서 있었다. 비슷한 일이 일어난 걸까? 저녁 식사 중에 재킷도 챙기지 못하고 밖으로 뛰어나갈 상황이 생겼던 걸까? 하지만 그랬다면 유리는 사실대로 말했을 것이다. 채 의원에게 맞는 율리를 구해내려 제호를 집 안으로 끌어들였던 유리니까. 그렇다면 정말 순전히 보고 싶어서 온 걸까?
　수많은 질문이 제호의 머릿속을 어지럽게 했다.
　한참이 지나도 율리는 문자를 확인하지 않았다. 제호는 손목시계를 들여다보았다. 12시가 훌쩍 넘은 시각이었지만, 새벽까지 시달린 탓에 어쩌면 아직도 자고 있을지도 모르겠다. 마음 같아선 호텔로 달려가고 싶지만, 세미나가 끝날 때까진 참아야 했다. 제호는 휴대폰을 진동 모드로 바꾸고 재킷 주머니 속으로 십어넣었다.

　서울로 돌아가는 비행기 안에서 율리는 도저히 혼자선 해결할 수 없다는 결론을 내렸다. 내키진 않았지만, 아버지의 도움이 필요했다. 불현듯 채 의원이 오피스텔로 찾아와서 했던 말이 머릿속에 떠올랐다.
　―혹시라도 필요한 게 있으면 김 보좌관에게 연락해라. 네게서 전화 오면 바로 받으라고 지시해두었으니까.

민우 때문이라고만 생각했는데 사실은 제호 씨의 일도 포함되었던 걸까? 어쩌면 채 의원은 이미 모든 걸 알고 있을지도 모른다. 민우의 뒷조사를 한 것도 그렇고, 갑자기 그녀를 찾아온 것도 그렇고.

서울에 도착한 율리는 곧바로 채 의원 사무실로 김 보좌관을 찾아갔다.

"뒷조사할 인물이 있어요. 도와주실 수 있나요?"

"물론입니다."

김 보좌관은 이런 일을 예상한 것처럼 가볍게 고개를 끄덕였다.

"이 사진과 동영상을 보낸 번호가 누구의 것인지 알 수 있을까요?"

물론 대포폰일 가능성이 컸다. 그래도 희망의 끈을 놓을 순 없었다. 김 보좌관은 묵묵히 율리가 내민 휴대폰을 받아들었다. 문자를 확인하던 김 보좌관은 눈을 가늘게 뜨더니, 말없이 자리에서 일어나 책상으로 걸어갔다. 마지막 서랍에서 뭔가를 꺼낸 그는 다시 소파로 돌아와 태블릿 PC를 율리에게 내밀었다.

"마침 제가 조사했던 번호군요. 이 보고서를 보시면 알 겁니다. 여기에 모두 있습니다."

보고서를 들여다보던 율리는 믿을 수 없다는 얼굴로 김 보좌관을 바라보았다. 보고서는 민우의 사생활에 관한 내용이 대부분을 차지하고 있었다. 문제가 있다는 건 알았지만, 이렇게까지 심각한 수준일 줄은 몰랐다. 그녀에게 했던 스토커 짓은 새 발의 피에 불과했다. 말로만 듣던 민우의 악행을 직접 눈으로 보게 되자, 말문이 막혔다. 특히 신다희에게 가해진 폭력은 상상을 초월했다. 민우에게 얻어맞아 엉망이 된 신다희의 사진이 태블릿 PC 화면을 가득 채우고 있었다.

"민우가 이랬다는 건가요?"

김 보좌관은 가만히 고개를 끄덕였다.
"권민우 실장은 가학성애자라고 판단됩니다. 피해자는 신다희 말고도 더 있습니다. 그때마다 나 여사가 직접 뒷수습했고요. 다른 피해자와 달리 신다희는 권 실장과 꽤 오래 관계를 지속했습니다."
율리가 가만히 듣고만 있자, 김 보좌관은 계속해서 설명을 이어 나갔다.
"처음엔 신다희가 피학성애자인가 의심했지만, 그건 아닌 것 같습니다. 권 실장에게 복수하려고 한 것을 봐서는."
"복수라고요?"
"네. 신다희는 권 실장의 약점을 몰래 수집하고 있었습니다. 익명으로 신문사에 제보하기도 했고요. 별 성과 없이 흐지부지 끝나긴 했습니다만."
"그렇다면 신다희에 관해 조사하다가 이 번호도 알아내신 건가요?"
"네, 맞습니다."
예상한 대로 문자와 동영상을 보낸 번호의 주인은 신다희 대리였다.
"그렇다면 아버지는 신다희 대리의 정체를 알고 계셨던 거네요."
"네, 제가 보고드렸습니다."
김 보좌관의 설명에도 이해할 수 없는 부분이 있었다. 신다희가 복수하고 싶어서 권제호와 손을 잡았다면, 왜 이런 동영상을 보낸 걸까?
— ……신다희는? ……알아, 화났겠지.
얼핏 들었던 통화 내용으로 짐작해보자면 어떤 일로 말미암아 공조가 틀어진 게 분명했다.
혹시 내게 한 것처럼 신다희에게도 이성적으로 접근했던 건 아닐까?
부둥켜안은 두 사람의 모습이 눈앞에 그려지려고 하자, 율리는 세차게 고개를 흔들었다. 끔찍한 상상을 겨우 밀어내나 싶었는데, 이번엔 어젯밤 제호의 통화 내용이 떠올랐다.

― Of course I love you, rain or shine.

들릴 듯 말 듯 희미했지만, 상대를 향한 사랑이 애절하게 느껴지는 목소리였다. 그때 통화한 상대가 제호 씨의 진짜 연인일 수도 있었다. 신다희와의 공조는 제호에게 진짜 연인이 있다는 사실을 알게 되면서 질투심에 깨진 거고.

아침 드라마에 등장하고도 남을 막장 스토리가 꼬리에 꼬리를 물고 떠올랐다. 동시에 존재도 확실하지 않은 제호의 연인에게 질투심이 밀려왔다. 어젠 큰 충격에 감정이 마비돼 있었지만, 이젠 아니었다. 그의 입에서 나온 한마디 한마디가 가슴을 쥐어짜는 고통으로 다가왔다.

― No matter what I always love you.

자신에겐 그저 '사랑해.'라고 하고선, 그 여자에겐 온갖 미사여구를 곁들이며 달콤하게 속삭였다. 물론 의도적으로 접근한 여자에게 하는 고백이 길든 짧든 무슨 상관일까 싶었다. 그래도 화가 나는 건 어쩔 수 없었다. 질투심에 입 안이 바짝바짝 말랐다.

그 여자는 알고 있을까? 권제호는 목적을 위해서라면 아무와도 침대에 뛰어들 수 있는 남자라는 것을?

"하."

자신이 그 '아무나'라고 생각하자 저절로 허탈한 웃음이 흘러나왔다. 그때 알림 소리와 함께 휴대폰 화면에 문자가 떠올랐다. 제호가 보낸 문자였다.

일어났어요?

율리는 휴대폰을 노려보며 입술을 깨물었다. 마음 같아선 당장 그에게 따져 묻고 싶었다. 하지만 지금은 적당한 시기가 아니었다. 율리는 답을 보내는 대신 휴대폰을 가방에 집어넣었다. 그리고 다시금 김 보좌관에게 질문을 던졌다.

"그러면 아버지는 제호 씨에 관해서도 알고 계시나요?"

"어떤 사항을 말씀하시는 겁니까?"

"지금 보좌관님의 머릿속에 떠오른 바로 그 사항이요."

항상 무표정을 유지하던 김 보좌관의 얼굴이 잠시 흔들렸다. 오랜 시간 채 의원 옆에서 율리를 지켜봐온 까닭에 완벽하게 감정을 배제하긴 어려워 보였다. 김 보좌관의 눈에 잠시 동정하는 빛이 떠올랐다 사라졌다.

"죄송하지만, 무슨 말인지 모르겠습니다."

모르겠다고 대답했지만, 김 보좌관의 말을 백 프로 믿을 순 없었다.

"알겠어요. 제가 따로 아버지께 여쭤볼게요."

그 말을 끝으로 율리는 자리에서 일어났다. 더는 김 보좌관의 시간을 방해하고 싶지 않았다. 사무실을 나서며 그녀는 채 의원이 했던 말을 곰곰이 되짚어 보았다.

― 좋다. 불장난하는 것까지 말리진 않겠다. 해볼 수 있으면 어디 해봐라. 하지만 알아서 조절해.

그땐 단지 제호와 민우, 두 사람이 서로 사촌지간이라서 반대한다고 생각했었다. 하지만 어쩌면 채 의원은 제호가 왜 접근했는지 알고 있었을지도 모른다. 그래서 불장난이라고 돌려 말한 걸까?

― 잊지 마라. 넌 내 딸이다. 어느 순간에도 영리하게 대처해나가고, 어느 순간에도 쉽게 무너지지 않아.

쉽게 무너지지 않는다고?
"하, 하."
너무 기가 막혀서 도리어 웃음이 흘러나왔다. 율리는 산산이 조각 난 가슴을 부여잡으며 복도 벽에 힘없이 등을 기대었다. 속이 울렁거리고 눈앞이 어지러워 한 걸음도 뗄 수가 없었다.
"……당신, 뭐야?"
율리는 천장을 노려보며 내뱉듯 중얼거렸다.
"사람 감정 가지고 장난해?"
너무 잔인하잖아. 당신, 나한테 그러면 안 되는 거잖아.
왜 나한테 그래? 나한테 왜…….
서서히 눈시울이 뜨거워지며 왈칵, 눈물이 쏟아지려 했다. 하지만 한가하게 울고 있을 때가 아니었다. 지금까지 깜빡 속은 것도 억울한데, 제호 때문에 눈물까지 쏟을 순 없었다. 입술을 깨물며 호흡을 가다듬었다. 쉽게 마음을 준 자신의 잘못이기도 했다. 가족에게도 마음을 털어놓지 못하면서 왜 그에게 기댈 생각을 했는지, 참으로 어리석었다.
율리는 기대섰던 벽에서 몸을 일으키며 천천히 발을 내디뎠다.
이제부턴 느리더라도 한 걸음 한 걸음 조심스럽게 나아가야 한다. 누구와 함께 가는 것이 아닌, 그녀 혼자서…….

오늘의 세미나 마지막 일정이 끝날 때까지도 율리에게선 답이 없었다. 문자를 확인조차 하지 않은 상태였다. 호텔로 돌아간 제호는 텅 빈 객실 안에 놓인 메모를 발견했다.

"흠."

제호는 서츠 맨 위 단추를 풀며 침대 가장자리에 걸터앉았다.

메모지에는 그가 오늘 아침 남긴 글자 아래, 급한 일이 생겨서 서울로 올라가야 한다는 내용이 적혀 있었다. 어젯밤에 연락 없이 찾아온 것도 그렇고, 오늘 간단하게 메모만 남기고 돌아간 것도 그렇고, 뭔가 개운치 않은 느낌을 떨칠 수 없었다. 제호는 메모지를 내려놓고 율리에게 전화를 걸었다. 혹시 받지 않으면 어떻게 하나 걱정했는데 다행히도 신호음 몇 번 만에 전화가 연결되었다.

[여보세요?]

휴대폰 저편에서 조금은 가라앉은 듯한 율리의 목소리가 흘러나왔다. 마치 자다가 깨서 전화를 받는 것 같았다.

"자는 거 깨웠어요?"

[……아, 네. 조금 피곤해서 눈 좀 붙이고 있었어요. 제호 씨는 세미나 끝났어요?]

"네. 막 끝났어요."

[저녁은요?]

"아직. 함께 먹으려고 급히 호텔로 돌아오는 길이라서."

[아, 그랬구나…….]

율리는 혼잣말처럼 작게 중얼거릴 뿐, 왜 급하게 서울로 돌아갔었어야 했는지는 말해주지 않았다. 무슨 일이냐고 물어보려던 제호는 생각을 바꾸고 말머리를 돌렸다.

"오늘 많이 피곤했나 보네."

[……네, 좀.]

어딘지 모르게 목소리가 떨리는 것 같아, 제호는 살며시 미간을 찌푸렀다.

"왜 그래? 괜찮아요?"

[……저, 제호 씨 미안한데요. 지금 자다가 일어나서 정신이 없거든요. 조금만 더 자고 내가 다시 걸게요.]

"아니, 오늘은 피곤하니까 푹 자고 내일 통화해요."

[응. 그래요.]

말을 마친 율리는 그대로 전화를 끊었다. 조금 이상한 느낌이 들긴 했지만, 잠자코 그녀의 뜻을 따랐다.

저녁으로 주문한 룸서비스가 막 도착한 무렵, 휴대폰이 울렸다.

"네, 여보세요."

제호는 호텔 직원이 식탁을 차리는 것을 지켜보며 통화 버튼을 눌렀다.

[저녁은 먹었니?]

"지금 먹으려고요."

[이런, 내가 식사를 방해했구나.]

"아니에요, 어머니. 괜찮습니다."

제호는 객실을 나서는 직원에게 팁을 건넨 후, 휴대폰을 식탁 위에 내려놓고 스피커 모드로 바꾸었다.

[어젠 미안했다. 갑자기 한밤중에 전화해서……. 밤잠 설쳐서 오늘 힘들었지?]

"아니에요. 어머니는 오늘 기분 좀 어떠세요?"

[……네 덕분에 많이 좋아졌어. 고맙다.]

"다행이네요."

[그래, 어서 저녁 먹어라. 난 괜찮다고, 걱정하지 말라고 전화한 거니

까.]

"네, 어머니."

전화를 끊은 제호는 식사하는 대신 유리문을 열고 발코니로 나갔다. 눈앞에 노을이 내려앉는 바다가 펼쳐졌다. 말없이 바다를 바라보자니, 어젯밤 윤 여사의 울먹이던 목소리가 귓가에 들리는 것만 같았다.

― I was the one who caused the accident. (내가 사고의 원인이었어.)

미국에서 태어난 윤 여사는 한국말이 능숙한 편이었지만, 흥분했을 땐 영어로만 대화할 수 있었다. 어젯밤 그녀는 브랜든에게 받은 충격적인 보고 탓인지 극도로 흥분한 상태였다. 교통사고의 배후가 누구인지 아직 밝혀지진 않았지만, 원래 표적이 누구였는지는 알아냈다.

― It was me. (나였어.)

권제웅 부회장이 아닌 윤 여사를 교묘하게 노린 사고였다. 남편이 자신 때문에 혼수상태에 빠졌다는 사실을 알게 된 윤 여사는 이성을 잃고 말았다. 그녀가 기댈 수 있는 사람은 하나밖에 없는 아들 제호였다. 제호는 자책하며 눈물을 흘리는 어머니를 위로하려 다정한 말을 속삭였다.

― No matter what I always love you. (무슨 일이 있어도 전 어머니를 사랑할 거예요.)

그 덕분에 윤 여사는 눈물을 멈추고 흥분을 가라앉힐 수 있었다.

사실은 제호 역시도 적잖게 충격을 받았다. 아버지가 아니라 어머니를 노렸다는 사실이 쉽게 믿겨지지 않았다. 혹시나 하는 의문을 가진 것은 사실이지만, 진실로 밝혀질 거라곤 상상하지 못했다.

모든 것은 다시 원점으로 돌아갔다. 만약 계획대로 윤 여사가 사고를 당했다면 누가 이득을 보는지 추리해내야 한다.
이번에도 자신의 예상이 맞아떨어진다면…….
결국, 그런 건가?
"후."
제호는 난간을 움켜쥐며 길게 숨을 내쉬었다.
어느새 붉은 노을이 사라진 바다 위로 검은 어둠이 내리고 있었다.

전화를 끊고 한참이 지나고도, 율리는 휴대폰을 손에서 놓지 못했다. 양손으로 휴대폰을 감싼 채 액정 화면을 뚫어지게 노려보았다. 하지만 차마 제호에게 전화를 걸 순 없었다.
율리는 씁쓸하게 웃으며 오피스텔 안을 둘러보았다. 도청 장치와 몰래카메라는 김 보좌관에 의해 모두 제거된 상태였지만, 그래도 불안한 건 사실이었다. 하지만 이곳 말고는 갈 곳이 없었다. 제호의 집으로는 가고 싶진 않았고, 본가도 마찬가지였다. 참으로 처량한 신세가 아닐 수 없었다.
"……아."
그때 갑자기 참을 수 없는 한기가 밀려왔다. 율리는 얼굴을 찡그리며 손바닥으로 양팔을 비볐다. 그제야 몸이 덜덜 떨리고 있다는 사실을 깨달았다. 어젯밤부터 오늘까지 겉옷도 없이 밖에 돌아다닌 탓이었다. 손등으로 뺨을 눌러보자 열이 나는지 후끈거렸다. 따뜻한 물로 샤워하면 나아질 것도 같았지만, 도저히 그럴 기운이 없었다.

침실로 간 율리는 옷을 입은 채 이불 속으로 들어갔다. 침대에 눕자마자 손가락 하나 까딱할 수 없게 짙은 수마가 몰려왔다. 정신을 잃으며 율리는 진심으로 바랐다.
이대로 영원히 눈뜨지 않았으면 좋겠다고.
이대로 저 땅속 깊숙이 가라앉았으면 좋겠다고.
얼마쯤 지났을까?
"율리야, 채율리!"
어디선가 익숙한 목소리가 들렸다.
"눈 좀 떠봐."
어째서인지 불안하게 떨리는 목소리였다. 눈을 떠보려고 했지만, 무거운 눈꺼풀은 꼼짝도 하지 않았다.
"율리야, 제발……."
애원하는 소리를 들으며 율리는 다시금 암흑 속으로 빠져들었다.

Chapter 17

안아줘요.

한참이 지나고 다시금 웅성거리는 소리가 들렸다. 이번엔 한 사람이 아닌 여러 명의 목소리였다. 가끔은 다급하게 외치는 소리도 섞여 있었다.
······아, 시끄러워.
머리가 울리는 느낌에 율리는 미간을 찌푸리며 고개를 저었다. 그때 선명한 목소리가 귓속에 흘러들었다.
"언니! 언니, 정신 좀 들어?"
이 목소리는······ 유리? 유리가 왜 여기에?
아까와 마찬가지로 천근만근 무거운 눈꺼풀은 쉽게 떠지지 않았다. 몇 번이나 힘을 준 후에야, 밝은 빛이 느릿하게 눈 속에서 번졌다. 힘겹게 눈을 깜빡거리자 흐릿한 시야가 서서히 뚜렷해졌다.
"언니."
제일 먼저 울음을 터뜨릴 것 같은 유리의 얼굴이 보였고, 그 뒤에 안 여사가 서 있었다.
제일 먼저 떠오른 생각은 '두 사람이 왜 여기에 있지?' 하는 거였다.

오피스텔 주소를 알려준 적이 없는데…… 아버지가 알려주셨나?
그러다 자신이 있는 곳이 오피스텔의 침실이 아니란 사실을 깨달았다. 율리는 의아한 눈으로 주위를 둘러보았다.
"여기가 어디야?"
"병원이야. 언니, 이틀 동안이나 깨어나지 못했다고."
"……내가?"
"응. 제호 오빠가 언니 발견해서 병원으로 데려왔어. 조금만 늦었으면 큰일 날 뻔했대."
'제호'라는 이름에 율리는 눈살을 찌푸렸다. 하지만 유리는 통증을 느껴서라고 생각했는지, 급히 간호사를 불렀다. 호출을 받고 병실에 들어온 간호사는 침대 버튼을 눌러 율리를 앉게 한 후 꼼꼼하게 상태를 검사했다.
"맥박도 정상이고, 체온도 많이 내려갔네요. 피 검사 결과가 나오면 담당 의사 선생님이 직접 설명해주실 거예요. 일단 안정이 최우선이니까 병실을 나가시면 안 됩니다."
간호사가 돌아가자, 안 여사는 컵에 물을 따라 율리에게 내밀었다.
"목마르더라도 많이 마시진 말고 입술만 축이렴."
"어떻게 된 거예요?"
안 여사가 건넨 컵을 받으며 율리가 물었다. 하지만 안 여사가 입을 떼기도 전에 유리가 재빨리 끼어들었다.
"열이 대단했나 봐. 하여간 언니, 제호 오빠가 일찍 병원으로 데려오지 않았으면 폐렴으로 진행될 수도 있었대. 나중에 고맙다고 인사해."
유리의 설명에 의하면, 일요일 아침 일찍 제호에게 전화가 왔다고 했다. 율리와 연락이 되지 않는다면서, 혹시 함께 있는 것 아니냐고. 금요일 밤에도 제호에게 그런 전화를 받았던 까닭에 이번엔 유리도 걱정했다고 했다.

계속해서 연락이 닿지 않자, 제호는 일요일 세미나 일정을 모두 취소하고 서울로 올라왔다. 율리가 자신의 집에 없고 본가에도 없자, 오피스텔로 와보았던 모양이다. 그곳에서 그는 열이 펄펄 끓는 상태에서 정신을 차리지 못하는 율리를 발견했다.

― 율리야, 제발······.

그럼 그 목소리는······?

꿈결에 들은 헛소리가 아닌가 보다. 애절한 목소리의 주인공은 제호였다. 그러나 그가 진심으로 걱정해서 그녀를 병원에 데려온 것은 아닐 것이다. 아직은 이용 가치가 있으니까 그랬겠지.

"아버지는요?"

"임시 국회 소집이 있어서 지금 국회 의사당에 계신다. 너 이제 깨어났다고 연락해야겠구나."

채 의원은 왜 율리가 쓰러졌는지 알 것이다. 김 보좌관이 무슨 일이 있었는지 바로 보고했을 테니까. 어쩌면 채 의원은 언짢아하고 있을지도 모를 일이다. 자신의 딸이 하찮은 일에 충격을 받아 허약하게 쓰러졌으니까.

그러네요, 아버지. 별것도 아닌 일로 앓아눕다니······.

율리는 씁쓸하게 웃으며 입매를 비틀었다. 그러자 바짝 마른 탓에 입술 끝이 갈라져 피가 나왔다.

"언니, 괜찮아?"

입술에서 피가 배어 나오자, 유리는 티슈를 가져와 입술을 눌러주었다. 율리는 티슈를 건네받으며 고개를 저었다.

"별거 아냐, 괜찮아."

아니, 유리야. 사실은 괜찮지 않아. 입술의 피 따윈 아무것도 아니야. 심장이 찢어진 것처럼 아파서, 소리도 못 내겠어.

하지만 속에서만 맴돌 뿐, 입 밖으로는 한마디도 내뱉을 수 없었다. 제호와 비밀 연애 중이라는 사실을 유리와 안 여사는 모르고 있을뿐더러, 알고 있다 하더라도 도저히 창피해서 말할 수 없었다.

— 자꾸만 눈길이 가고, 마음이 쓰이게 하는 여자는 있어.

지금 돌이켜보면 무척이나 작위적인 말이었다. 신경을 썼더라면 마음도 없으면서 단지 이용하려고 다가왔다는 사실을 쉽게 알아차렸을 텐데……. 하지만 의심하기는커녕 사춘기 소녀처럼 마냥 들떠 있기만 했었다. 율리는 거짓에 속아 혼자 두근거렸던 자신이 바보 같아 견딜 수 없었다.

순간 채 의원이 했던 말이 떠올랐다.

— 그날은 내 생일이었어. 아침에 나보고 일찍 들어오라고 하더니, 밖에선 녀석을 만나고 있더구나.

아내의 마음이 선 연인으로 가득 찼다는 것을 알게 되었을 때, 채 의원이 느낀 배신감도 이랬을까?

도저히 이해할 수 없을 거라고 여겼던 아버지의 심정을 이젠 알 것도 같아서 미칠 것만 같았다.

"언니."

그때 유리가 깜짝 놀란 얼굴로 율리의 손에서 티슈를 빼앗았다. 저도 모르게 입술을 깨물었는지 갈라진 부위가 더 커지며 피가 흘렀다.

"안 되겠다, 언니. 연고 발라야겠어."

"됐어."

"아니야, 그러다 덧나."

유리는 피 묻은 티슈를 버리고 깨끗한 새 티슈로 터진 율리의 입술을 눌러주었다.

"내가 가져올게."

율리는 연고를 구하러 병실을 나서는 안 여사를 말없이 바라보다 힘없이 눈을 감아버렸다. 지금은 아무것도 보고 싶지 않았다.

입술의 상처는 연고를 바르면 되겠지만, 마음의 상처는 어떻게 해야 하지? 아예 심장을 도려내버리면 통증이 멈추려나?

애석하게도 명확한 답은 세상에 존재하지 않았다.

유리와 안 여사는 피 검사 결과 큰 이상이 없다는 담당 의사의 말을 듣고서야 돌아갔다. 유리는 옆에 남아서 간호하겠다고 졸랐지만, 율리는 혼자 있어야 편하다고 하면서 돌려보냈다.

혼자 남은 율리는 침대에 누워 천장을 바라보았다. 옆에 놓인 휴대폰으로는 눈길도 주지 않았다. 제호로부터 와 있을 문자나 음성 메시지를 확인할 용기가 나지 않았다. 목소리를 듣는 순간, 마음이 흔들릴지도 모른다. 그런 자신에게 염증이 일어났다.

저녁 식사로 나온 죽을 병원 직원이 간이 식탁에 올려놓고 있을 때, 문이 열리며 제호가 병실로 들어섰다. 그는 아무 말도 하지 않고 직원이 식탁을 차리는 것을 지켜만 보았다. 직원이 병실을 나가자 그제야 제호는 침대로 다가와 옆에 놓인 의자에 앉았다.

"유리에게 들었어요. 제호 씨가 날 병원으로 데려왔다고. 고마워요."

제호는 대답 대신 율리의 손에서 숟가락을 뺏어 들었다. 그가 숟가락으로 죽을 떠서 내밀자, 율리는 가만히 고개를 저었다.
"나, 숟가락 들 힘은 있어요."
"알아."
그가 떠서 먹여주는 음식은 먹고 싶지 않았다. 율리는 이를 악물며 죽 그릇으로 시선을 떨구었다. 그러자 제호는 죽을 뜬 숟가락을 율리의 입술 앞으로 가져가며 나직이 말했다.
"미안해."
율리가 의아한 눈으로 바라보자, 그는 재촉하듯 숟가락을 앞으로 내밀었다. 한 입이라도 먹지 않으면 말을 잇지 않겠다는 것처럼 보였다. 할 수 없이 율리는 입을 열어 그가 떠주는 죽을 받아먹었다. 기분이 묘했다. 독약에 몸이 마비되는 느낌이랄까?
반쯤 그릇이 비워지자, 그가 천천히 입을 열었다.
"그날 밤 겉옷도 없이 온 걸 봤을 때, 눈치챘어야 했어. 널 그냥 놔두고 가는 게 아니었는데…… 무슨 일이 있었던 거지?"
"아무 일 없었어요."
그가 거짓말을 하고 있다는 걸 알기 때문일까? 그녀의 입에서도 거짓말이 술술 나왔다.
당신만 연기할 수 있는 게 아니거든. 나도 할 수 있어.
율리는 제호를 빤히 쳐다보며 다음 말을 이었다.
"정말로 제호 씨가 보고 싶어서 갔던 거예요. 견딜 수 없었거든요."
솔직히 새빨간 거짓말은 아니다. 정말로 그를 보려고 간 게 맞았으니까.
그녀의 말을 믿는지 안 믿는지는 알 수 없었지만, 그는 더는 묻지 않고 다른 질문으로 넘어갔다.

"그러면 갑자기 서울로 가야 할 급한 일은 뭐였지?"

"……그건……."

다행히 제호가 오기 전, 할 말을 미리 생각해두었다. 완전히 꾸며낸 내용은 아니었다. 사실에 근거했기에 율리는 거리낌 없이 제호와 시선을 마주할 수 있었다.

"민우 건으로 김 보좌관님을 만나야 했어요. 알고 보니까, 부하 직원을 폭행했더라고요. 신다희 대리라고 하는데 유리의 대학 선배라서 저도 아는 사람이거든요."

신다희라는 이름을 듣고도 제호의 표정엔 아무런 변화도 없었다. 예전이었다면 뛰어난 연기에 깜빡 속았을 것이다. 하지만 이젠 아니다. 무표정을 유지하는 그에게 환멸을 느낄 뿐이었다.

"그래, 놀랐겠네……."

제호는 작게 중얼거린 후, 다시 숟가락으로 죽을 떠 입 앞으로 가져왔다. 율리는 더는 못 먹겠다는 얼굴로 고개를 흔들었다. 그러나 그는 물러나지 않았다.

"그러지 말고, 한 입만 더 먹어."

그녀가 한 입 받아먹고야, 제호는 숟가락을 놓고 간이 식탁을 옆으로 밀어냈다.

"그대로 방치했으면 폐렴으로 발전할 수도 있었어. 알아?"

"네, 들었어요."

담당 의사는 피 검사 결과에선 큰 이상이 없었지만, 제대로 안정을 취하지 않으면 또 언제 쓰러질지 모른다고 잔소리 비슷한 주의를 주었다.

"……그래서 말인데요, 제호 씨."

그를 바라보며 그녀가 천천히 입을 열었다.

"퇴원하면 당분간 집에서 지낼까 해요. 아무래도 그게 더 편할 것 같아요."

아이러니한 일이었다. 하루라도 빨리 집에서 벗어나고 싶어 정략결혼까지 받아들였던 주제에, 이젠 스스로 집으로 돌아가겠다니. 하지만 지금 상황에선 남 같은 가족이 그녀를 속인 사기꾼보다는 나을 것이다. 제호는 별 반대 없이 율리의 뜻을 따랐다.

"그게 더 편하다면, 알았어. 그렇게 해."

"이해해줘서 고마워요."

율리는 보일 듯 말 듯 미소를 지으며 스르르 눈을 감았다.

"힘이 없어서…… 나 눈 좀 감고 있을게요."

졸린 건 아니었지만, 그를 바라보지 않아도 되는 좋은 핑곗거리였다.

율리가 침대 맡에 기대며 두 눈을 감자, 제호는 조용히 일어나 병실의 조명을 은은한 단계로 낮추었다.

다시 의자로 돌아온 제호는 피가 맺힌 율리의 입술을 가만히 바라보았다.

묻고 싶었지만, 차마 물을 수 없었다. 그녀는 분명 별거 아니라고 대답할 테니까. 대신 이불 위에 놓인 율리의 가느다란 손을 조심스레 양손으로 감쌌다. 율리는 처음엔 흠칫 놀라며 손을 빼려고 했다. 하지만 이내 잠자코 그가 하고 싶은 대로 놔두었다.

율리의 다문 입술이 바르르 떨렸지만, 그녀는 한마디도 하지 않았다. 잠시 어색한 침묵이 흘렀다. 제호는 손을 놓는 대신 엄지로 율리의 손등을 부드럽게 어루만졌다.

제호는 제 손에 놓인 하얀 손등을 내려다보며 며칠 전 일을 떠올렸다. 그가 율리를 병원으로 데려온 날, 채 의원으로부터 전화가 걸려 왔다. 임시 국회 소집으로 바쁜 와중에도 율리가 쓰러졌다는 소식에 가만히 있을 순 없었던 모양이다. 통화 내용은 간단했다.

— 율리가 김 보좌관에게 자네에 관해 물었다더군요. '아버지는 제호 씨에 관해서도 알고 계시나요?'라고. 어떤 의도로 그런 질문을 했는지 모르겠지만, 그 애도 뭔가 알아낸 것 같아. 어느 선까지인지는 모르겠지만.

멀쩡하던 자신의 딸이 쓰러진 이유가 제호 때문이라 탓하는 것 같았다.

— 하여간 나는 자네의 부탁대로 아무 말도 하지 않을 걸세.

율리가 먼저 말을 꺼내기 전에 그 스스로 진실을 털어놓으라는 압박이었다.

회상에서 깨어난 제호는 율리의 하얀 손등에서 창백한 얼굴로 시선을 돌렸다. 율리는 두 눈을 감은 채 조그마한 움직임도 없었다. 아마도 그가 병실을 나설 때까지 눈을 뜨지 않을 모양이다.

어떡하지?

제호는 율리에게서 시선을 돌리지 않은 채 속으로 중얼거렸다.

난 널 놓아줄 생각이 없는데…….

그녀가 모든 사실을 알았다고 해도, 변하는 것은 없었다.

며칠 후, 병원에서 퇴원한 율리는 회사에 일주일 병가를 신청했다.

어차피 신혼여행으로 잡았던 휴가가 남아 있어서 업무에 큰 지장은 없었다.
제호는 퇴원하는 날까지 하루도 빠짐없이 병실을 방문했다. 얼굴을 마주하기가 쉽진 않았지만, 아직 어떻게 대처할지 정하지 못했기에 티를 낼 순 없었다. 다행히 병가를 지내는 동안은 본가에서 지낼 거라 일주일쯤 제호를 피할 수 있는 시간을 만들었다.
퇴원하고 이틀은 쭉 침대에 머물렀다. 그동안 연달아 받았던 충격의 후유증이 이제야 나타나는지 손 하나 까딱할 힘도 남아 있지 않았다. 죽은 듯이 자는 동안, 율리는 휴대폰의 전원을 꺼버렸다. 제호에게서 문자가 온다면 보지 않고는 못 견딜 테니까.
사흘이 지나고서야 조금씩 기운이 돌아오기 시작했다. 그래도 대부분은 침대에서 지냈고, 가끔은 테라스에 나가 햇볕을 쬐는 것으로 시간을 할애했다.
오늘도 율리는 테라스 라운지체어에 앉아 골똘히 생각에 잠겼다. 출근하기 전까지 앞으로 어떻게 할 건지 결정해야 했다.
사실 결정이고 뭐고, 눈앞에서 꺼지라고 그에게 욕을 퍼부어버리면 그만이었다. 하지만 그리 쉽게 관계를 끝내고 싶진 않았다.
누구 좋으라고? 지금 상황에서 이렇게 헤어지면 그녀만 손해였다.
민우가 해외 지사로 쫓겨나게 된 것은 채 의원이 움직였기 때문이다. 채 의원이 나서지 않았다면, 아무리 민우가 끔찍한 일을 저질렀다고 해도 권 회장은 눈 한번 깜빡이지 않았을 것이다.
이 사건의 최고 수혜자는 당연히 제호였다.
만약 그가 율리의 마음을 훔치지 않았더라면 정략결혼은 예정대로 진행되었을 테고, 민우는 KG그룹 승계를 더욱 확고하게 했을 테니까.

눈엣가시 같던 민우가 사라졌으니, 이젠 그녀의 이용 가치도 떨어졌을지 모른다. 그렇다면 그는 슬그머니 본색을 드러낼지도 모른다. 좋아하는 척 연기하는 것에 이제 슬슬 질릴 만도 하겠지.

율리는 제호가 자신을 어떤 식으로 밀어낼지 궁금했다. 물론 당장 미국으로 돌아가버리는 방법도 있긴 하지만, 그러기엔 그가 한국에서 마무리 지어야 할 프로젝트가 제법 남아 있었다. 도중에 일을 중단하고 떠난다면 건축가로서의 명성에 금이 갈 것이다.

"지금 테라스에 있다고?"

그때 갑자기 어디선가 떠들썩한 소리가 들렸다. 소리 나는 쪽으로 고개를 돌리자, 현경이 상기된 얼굴로 달려오고 있었다.

"야, 채율리! 너 입원했었다면서? 그런데 어쩜 나한테 연락도 안 했어?"

호들갑스럽게 달려온 현경은 걱정스러운 표정을 지으며 여기저기 율리를 살피기 시작했다. 얼굴만 봐도 크게 아팠던 티가 나자, 현경의 얼굴이 일그러졌다.

"도대체 무슨 일이야? 얘, 얘, 얼굴 좀 봐라. 완전 반쪽이 됐네, 쯧."

현경은 혀를 차는 소리를 내며 양손으로 율리의 뺨을 감쌌다.

"현경아, 네가 왜 여기에 있어? 너 지금쯤 스위스에 있어야 하는 거 아냐?"

"야, 네가 아프다는데 내가 한가하게 여행할 수 있겠냐?"

"그렇다고 이렇게 무턱대고 들어오면 어떡해? 어머니는?"

자신 때문에 현경이 유럽에서 급히 돌아왔다는 사실에 율리는 미안한 마음이 들었다. 이럴까 봐 연락 안 하고 버틴 건데……. 현경은 율리를 놓아주며 별거 아니라는 듯 어깨를 으쓱거렸다.

"걱정하지 마. 엄마도 같이 돌아왔어. 사실 나도 아빠 대신 가준 거지, 가고 싶어서 간 거니? 엄마도 아빠 없이 나랑만 다니니까 영 재미없었나 봐. 내가 먼저 들어간다고 하니까, 얼씨구나 좋다 하면서 같이 짐 싸시더라고. 나랑 여행하는 것보다 아빠랑 집에 있는 게 더 좋대. 흥."

현경은 투덜거리듯 금슬 좋은 부모님 이야기를 늘어놓았다.

"다행이네."

"그나저나 권민우, 드디어 사고 쳤다며?"

현경은 흥분한 얼굴로 험악한 욕을 쏟아부었다.

"스토킹이라니, 미친놈! 그 새끼, 언제 한번 크게 사고 칠 줄 알았어. 파리 지사로 쫓겨나고, 쌤통이다."

"너 그거 어떻게 알아?"

그 일은 채 의원과 권 회장, 제호만 아는 일이었다. 혹시라도 말이 새어나갈까 유리와 안 여사에게도 알리지 않았다. 그런데 유럽에 있던 현경이 훤하게 꿰고 있었다. 아무리 청아그룹 정보팀 실력이 뛰어나다고 하지만, 거기까진 파고들 순 없을 텐데…….

"파리에서 민우랑 우연히 부딪쳤거든. 그 미친놈이 세 잘못도 모르고 나한테 하소연하더라니까. 너 보호하려다가 제호 씨에게 누명을 뒤집어써서 파리 지사로 왔다고."

"민우가 날 보호하려고 했다고 그래?"

"응. 너 혼자 사는 게 걱정돼서 지켜주려고 도청 장치 설치한 거란다. 뻔뻔스러운 얼굴로 나한테 그랬어."

"하, 하."

율리는 기막힌 표정을 지으며 실소를 터뜨렸다. 자신이 저지른 일이 범죄라는 걸 모르는 권민우나 원하는 것을 차지하려 사랑하지도 않는 여자를 유혹한 권제호나, 사촌끼리 도긴개긴이다.

"민우한테 그 얘기 듣고 너 걱정돼서 전화했더니 통화는 안 되지. 그래서 유리에게 전화했더니, 쓰러져서 병원에 있다잖아. 그래서 그길로 달려온 거야."

현경은 팔을 활짝 벌려 율리를 꽉 끌어안았다.

"에고, 우리 불쌍한 아기. 너무 놀라서 탈 났나 보다. 그래, 나 같았어도 식겁했을 거야."

현경은 율리가 쓰러진 이유가 민우 때문이라고 오해한 모양이다. 물론 그 일도 매우 충격적이었다. 하지만 어렵게 마음을 열었던 상대에게 배신당한 것에 비하면 아무것도 아니었다.

율리는 오해를 바로잡는 대신, 현경의 등 뒤로 팔을 감싸 함께 끌어안았다. 아무리 현경이 절친한 친구라고 해도 제호와의 일은 털어놓을 수 없었다.

현경아. 나, 너한테 털어놓지 못한 일들이 너무 많아. 그런데 도저히 할 수가 없어.

순간 왈칵 눈물이 쏟아졌다. 세상에서 유일하게 믿을 수 있는 친구인데도 숨겨야만 하다니, 현경을 속이는 것만 같아서 미안했다.

"야, 너 우는 거야? 왜 그래, 율리야."

"흐윽…… 너 봐서 너무 좋아서……. 현경아, 나…… 네가 없어서 너무 외로웠어……."

"야, 야, 울지 마."

율리가 울음을 터뜨리자, 현경은 당황한 듯 어쩔 줄 몰랐다. 급히 핸드백에서 손수건을 꺼내 눈물로 흠뻑 젖은 율리의 뺨을 닦아주었다.

"내가 없다고 외롭긴 뭐가 외로워. 제호 씨 들으면 섭섭해하겠다."

그러다 누가 들으면 어떡하냐는 표정으로 목소리를 낮추었다.

"두 사람 사이, 아직 집에선 모르지?"

"응."

유리는 두 사람의 관계를 눈치챈 것 같았지만, 크게 신경 쓸 필요는 없었다. 어디서 함부로 말을 퍼뜨릴 성격은 아니니까. 안 여사도 마찬가지였다. 그리고 어차피 친딸도 아닌데 무슨 상관일까 싶었다.

현경이 돌아가고도 율리는 테라스를 남아 말없이 정원을 바라보았다. 어느덧 복잡했던 머리가 정리되어가고 있었다. 우선은 그가 무슨 이유로 그녀에게 접근했는지, 앞으로 무엇을 원하는지부터 확실히 알아야 한다. 그러려면 당분간은 그에게 자신이 모든 것을 알았다는 것을 들키지 말아야 한다. 곁에서 감시하듯 지켜봐야 하니까.

솔직히 아무렇지 않게 그를 대할 자신은 없었다. 그녀도 모르게 손이 먼저 나갈지도 모르고, 욕이 튀어나올지도 모른다. 하지만 복수를 하든, 용서하든, 그와 떨어져서는 결정을 내릴 수 없다. 헤어지기 싫어서 궁리해낸 구차한 변명이라고 해도 할 수 없었다. 쉽지 않을 테지만 지금으로선 그녀가 시도할 수 있는 최고의 방법이다.

율리는 양손을 꽉 움켜쥐며 스르르, 두 눈을 감았다.

휴대폰을 손에 쥐고 만지작거리던 제호는 결국 휴대폰을 내려놓고 소파에서 일어났다. 여러 번 문자를 보냈지만, 율리에게선 아무런 답이 없었다. 집에서 요양하는 중이니 크게 걱정할 필요는 없을 것이다. 담당 의사가 최대한 안정을 취하라고 했으니까, 어쩌면 온종일 자고 있는지도 모르겠다.

창가로 자리를 옮긴 제호는 구름으로 가득한 회색 하늘을 물끄러미 바라보았다. 비라도 쏟아지면 좋으련만, 그저 흐리기만 한 궂은 날씨가 며칠째 이어졌다. 마치 자신의 속마음을 들여다보는 것 같아 제호는 '피식', 입매를 비틀었다.

율리는 과연 어디까지 알고 있을까? '아버지는 제호 씨에 관해서도 알고 계시나요?'라는 질문이 무엇을 뜻하는지는 당사자밖엔 모를 것이다. 신다희를 묻는 과정에서 그런 질문이 나왔다고 했다. 뭔가를 눈치챈 걸까? 그렇다면 어디까지 눈치챘을까? 채 의원 역시 자신의 딸이 어디까지 알아냈는지 모르는 것 같았다.

최악의 가정은 모든 걸 알게 된 그녀가 의도적으로 그를 피하는 것이다. 예전엔 없었던 거리감이 느껴지는 건 사실이었다. 처음엔 그저 아파서 기운이 없는 거라 여겼지만, 다시 돌이켜 보면 율리는 그와 마주 보는 것 자체를 꺼렸었다.

"후."

제호는 손으로 이마를 짚으며 길게 한숨을 내쉬었다. 아무리 머리를 굴려봤자, 지금은 시간 낭비일 뿐이다. 나중에 회사에 출근한 그녀를 만나게 되면 그때 정확히 알 수 있을 것이다.

우선 앞에 놓인 일들을 처리해야 했다. 해외로 나가 민우의 손발이 끊긴 지금 일의 진행 속도를 올려야 했다. 그렇게 하려면 일단 이사회부터 장악해야 하기에, 제호는 시간이 날 때마다 대주주들과 접촉했다. 정기 이사회가 열릴 때까지 힘을 보태줄 아군을 늘려야 했다.

그때 문이 열리며 우결이 안으로 들어왔다.

"쳇, 민우 자식."

그는 무슨 소리를 듣고 왔는지 기가 막힌다는 얼굴로 손에 든 서류 봉투를 흔들어 보였다.

"벌써 파리 지사에서 잡음이 들리더라고. 하, 안에서 새는 바가지, 밖에서도 새는 게 당연하긴 한데, 그래도 이건 너무 심해."

"그래?"

이미 예상한 일이라는 듯 제호의 표정에는 별 변화가 없었다. 그는 우결이 건넨 서류 봉투에서 파리에서 생활하는 민우의 모습이 찍힌 사진을 꺼냈다. 한눈에 봐도 업무와는 거리가 먼 유흥에 빠진 모습이었다.

"하지만 이런 모습은 회장님이나 주주들에 전혀 보고되지 않고 있어. 권 전무가 중간에서 손을 쓰니까."

"알아."

우결의 말에 제호는 가볍게 고개를 끄덕였다.

권 회장에게까지 보고가 되진 않겠지만, 그렇다고 권 회장이 아무것도 모를 리는 없었다. 하지만 제호는 잘못 알려진 상황을 바로잡지 않았다. 아직은 권 회장이 모든 것을 꿰뚫고 있다는 사실을 숨겨야 했다. 권 회장이 어떤 의도로 가만히 있는지부터 알아내야 했기에…….

"그럼, 제일 먼저 권 전무부터 퇴출해야겠어."

뚫어지게 사진을 바라보던 제호가 눈빛을 날카롭게 빛내며 말했다.

판은 어느 정도 짜였으니, 이젠 움직일 차례였다.

임시 국회 소집을 끝낸 채 의원이 집에 돌아온 건, 율리가 출근을 하루 앞둔 날이었다. 채 의원은 일주일 동안 그럭저럭 건강을 회복한 율리를 서재로 불렀다. 그녀가 서재 안으로 들어서자, 채 의원은 읽던 서류를 내려놓고 고개를 들었다.

"몸은 이제 괜찮은 거냐?"

"네. 걱정 끼쳐서 죄송해요."

"아니다. 네가 죄송할 건 없지."

어째서일까, 오늘따라 채 의원의 목소리가 자상하게 느껴졌다. 율리는 왠지 이상한 기분에 살며시 입술을 깨물었다. 항상 적이라고만 느껴졌던 아버지가 조금은 같은 편으로 느껴졌다. 하지만 그렇다고 경계의 벽을 낮출 생각은 없었다. 그러기에는 제호에게 받은 배신감이 너무나 컸다.

"나한테 물어보고 싶은 게 있다고 들었다."

"……아."

율리는 생각에 잠긴 듯 입을 다물었다. 그러다 이내 살며시 웃으며 고개를 저었다.

"별거 아니에요. 신경 쓰지 않으셔도 돼요."

"그래?"

"네, 아버지."

채 의원은 의아한 듯 미간을 찌푸렸지만, 이유를 묻진 않았다. 처음엔 율리도 채 의원에게 제호에 관해 물어보자, 생각했었다. 하지만 곧 직접 알아내기로 마음을 바꾸었다.

"저 내일부터 출근해요. 퇴근하면 집에 들르지 않고 오피스텔로 갈 거예요."

"혼자 지내도 괜찮겠어?"

"그럼요. 괜찮죠."

차갑게 웃어 보인 율리는 그대로 등을 돌려 서재를 걸어 나갔다.

앞으로는 아무도 믿지 않을 거다. 아버지도, 그 누구도.

그러면 적어도 배신당할 일도 없을 테니까, 바보처럼 울 일도 없겠지.

"이젠 좀 괜찮아요?"

율리가 문을 열고 사무실 안으로 들어서자, 모두의 시선이 일제히 문 쪽을 향했다.

"아유, 더 쉬지 그랬어요."

저마다 걱정스러운 얼굴로 율리의 안부를 물었다. 고열로 쓰러져서 입원까지 했다는 소식에 모두 놀란 것 같았다. 입사해서 지금까지 한 번도 병가를 쓰지 않았던 그녀였기에…….

엊그제, 민우의 해외 지사 발령 건이 기사화되었다. 결혼식 연기가 아니라, 결혼 자체가 무산되었다는 공식적인 발표나 다름없었다. 그랬기에 직장 동료들은 율리가 파혼의 충격으로 쓰러졌다고 받아들이는 모양이었다.

"걱정해줘서 고마워요."

율리는 어색하게 웃어 보이며 동료들 자리를 지나쳐 자신의 책상으로 걸어갔다. 걱정하는 동료들과 달리, 옆자리에 있는 제호는 아무 말 없이 그녀가 의자에 앉는 모습을 지켜만 보았다. 율리는 제호를 향해 가볍게 고개를 끄덕여 보이고는 바로 컴퓨터의 전원을 켰.

프로그램을 열고 작업 중인 파일을 불러오는데, 소장실 문이 열리며 김 소장이 밖으로 나왔다. 율리를 발견한 그는 기가 막힌다는 듯 눈동자를 굴렸다.

"하여간 고집은……. 푹 쉬라니까 말 안 듣고 기어코 나왔네."

"일주일이나 쉬었는걸요. 이젠 정말 괜찮아요."

"쉬엄쉬엄해. 율리 씨 없어도 작업에 차질 없게 일정 잘 조율했으니까. 조금이라도 피곤하다 싶으면 바로 퇴근해, 알았어?"

"네, 소장님."

그래도 김 소장은 마음이 놓이지 않는지, 옆자리에 앉은 제호에게 율리를 부탁했다.

"옆에서 보다가 안 되겠다 싶으면, 바로 퇴근시키라고."

말을 마친 소장은 약속에 늦었다며 선영과 함께 급히 사무실을 나섰다. 김 소장의 뒷모습을 바라보던 율리는 슬그머니 주위를 둘러보았다. 아무도 쳐다보지 않는다는 것을 확인한 그녀는 제호에게 고개를 돌렸다. 그와 시선이 마주치자 한쪽 눈을 감았다 뜨며 윙크를 보냈다. 회사 안에선 연애하는 티를 내지 않으려고 조심하던 율리였기에 제호는 의외라는 듯 미간을 찌푸렸다. 자신은 괜찮으니 안심하란 뜻일까?

하지만 의중을 파악할 새도 없이 율리는 재빨리 모니터로 고개를 돌려버렸다. 모니터를 무표정으로 뚫어지게 노려보며 진지하게 작업하는 모습은 예전과 다름없었다. 심하게 앓은 탓에 뺨이 홀쭉해진 것만 빼면…….

그동안 마음고생이 심했던 탓에 체중이 줄었는데, 또다시 고열로 쓰러지면서 눈에 띄게 살이 빠져버렸다. 저러다 뼈만 남게 되는 건 아닐까? 제호는 진심으로 율리의 건강이 걱정되었다. 본가에 머물면서 제대로 몸을 챙겼는지 의문이 들 정도였다.

그동안 꼬박꼬박 챙겨 먹긴 했는지, 왜 마지막으로 병원에서 봤을 때보다 혈색이 나빠 보이는 건지. 묻고 싶은 게 너무나 많았지만, 주위 시선 탓에 물어볼 수 없었다.

율리는 흘러내린 머리카락을 간간이 쓸어 올리며 피곤한 듯 어깨를 주무르기도 했지만, 한시도 모니터에서 시선을 떼지 않았다. 결국 제호는 율리를 훔쳐보는 것을 포기하고 출력기가 설치된 곳으로 걸어갔다.

인쇄되어 나온 평면도를 세세하게 검토하고 있는데 누군가가 그의 어깨를 손끝으로 톡 두드렸다. 고개를 돌리자, 언제 왔는지 율리가 등 뒤에 서 있었다. 의아한 표정을 짓는 제호를 향해 그녀는 손가락으로 벽에 걸린 시계를 가리켰다. 시곗바늘은 막 정오에 다다르고 있었다.

"소장님 안 계시는데, 오늘 점심은 어떻게 할 거에요? 따로 점심 약속 있어요?"

"아뇨."

"그럼 저랑 점심 먹어요."

점심을 같이 먹자고?

제호의 눈꼬리가 살짝 올라갔다. 의외였다. 율리는 주로 선영과 점심을 먹었다. 오늘 선영이 김 소장과 외근을 나간 탓에 혼자 남겨졌다지만, 그럴 땐 다른 동료들과 어울리곤 했다. 직원 전체로 식사한다면 몰라도 함께 먹자며 그녀가 다가온 것은 오늘이 처음이었다.

제호는 대답을 미룬 채 사무실 안을 둘러보았다. 자리에서 일어난 직원들은 한둘씩 사무실을 빠져나가고 있었다. 왠지 모두 서두르는 느낌이었다.

"요 앞에 샌드위치 전문점이 생겼거든요. 오픈 이벤트로 애피타이저랑 음료가 공짜라고 해서, 오늘 점심은 다들 거기로 간대요."

"그런데 왜……?"

함께 가지 않느냐고 묻기도 전에 재빨리 대답이 날아왔다.

"전 오늘은 샌드위치가 아니라 따뜻한 국물 요리가 먹고 싶거든요."

대화하는 사이, 직원 모두는 사무실을 빠져나가버리고 두 사람만 남았다.

"그래요, 그럼. 이것만 정리하고."

제호는 율리에게서 등을 돌리고 흐트러진 평면도를 한데 모았다. 잠시 그 모습을 지켜보던 율리는 살며시 제호의 등에 몸을 기대었다. 이어서 팔을 둘러 뒤에서부터 그를 끌어안았다. 깜짝 놀란 제호가 몸을 움찔거리자, 그녀가 웃음이 밴 목소리로 속삭였다.

"쉬, 괜찮아요. 지금 여기 아무도 없어요."

그가 손에 쥔 평면도를 내려놓고 뒤로 돌자, 율리는 껴안은 팔을 풀지 않은 채로 고개를 들어 그를 바라보았다. 그녀의 입가엔 묘한 미소가 걸려 있었다.

"뭐지? 이 낯선 분위기는."

"왜요? 싫어요?"

"후."

제호는 대답 대신 입매를 비틀었다. 적극적으로 다가오는 태도가 싫진 않았다. 하지만 거리감이 느껴진다 싶다가도 갑자기 훅 치고 들어오는 그녀가 왠지 낯설고 어색했다.

"아까 제호 씨, 보자마자 이러고 싶었어요. 꾹 참느라 얼마나 힘들었다고요."

물씬 그리움이 담긴 목소리였다.

"그런데 왜 내가 보낸 문자는 하나도 확인하지 않았어요?"

"문자 보게 되면 제호 씨가 보고 싶어서 참을 수 없을 테니까요."

제호의 질문에 율리는 껴안은 팔에 조금 더 힘을 주며 그를 빤히 바라보았다.

두 사람은 잠시 서로를 바라만 보았다. 먼저 움직인 쪽은 율리였다. 발꿈치를 들어 올리더니 제호의 입술에 살짝 입을 맞추었다.

"제호 씨, 내가 얼마나 좋아하는지 알아요?"

진심이 아니어서일까? 예전 같으면 절대로 할 수 없었던 낯간지러운 말이 쉽게 흘러나왔다. 거절당한다고 해도 상처 받지 않을 테니까. 그도 그래서 가볍게 농담처럼 툭툭 내던질 수 있었을 것이다.

그랬겠구나. 이런 기분이었겠구나.

오늘 아침, 율리는 집을 나서며 제호가 자신에게 했던 행동을 고대로 따라 해보자고 마음먹었다. 그렇게 하면 조금이라도 그가 어떤 마음으로 자신을 대했는지 알 수 있지 않을까 하는 기대감에서였다.

진심이 없는 말이었지만, 상대는 눈치채지 못한 것 같다. 돌발적인 고백에 제호의 눈빛이 짙어졌다. 사랑한다는 말도 아니고 단지 좋아한다는 말에 저리도 감동한 표정이라니. 율리는 튀어나오려는 실소를 꾹 참으며 또다시 진심이 아닌 말을 내뱉었다.

"안아줘요, 제호 씨."

말이 끝나기가 무섭게 그는 으스러질 듯 그녀를 꽉 끌어안았다. 너무 세게 껴안아서 숨이 막혔지만 율리는 밀어내지 않고, 그저 두 눈만 감았다.

아직 감정을 완벽히 정리하지 못한 탓에 그녀의 몸은 서서히 그의 몸에 반응하기 시작했다. 거짓말이 아니라, 정말로 보는 순간 그에게 안기고 싶었던 게 아닐까?

모든 상황은 180도 달라졌지만 그의 품은 여전히 따뜻했고, 코끝에 감도는 시트러스 향은 견딜 수 없게 달짝지근했다.

"……율리야."

귓가에 나직이 흘러드는 목소리마저 그녀의 가슴을 두근거리게 했다.

정신 바짝 차려.

할 수만 있다면 단단하지 못한 저 자신에게 욕을 퍼붓고 싶었다.

쉽지 않은 싸움이었다. 어쩌면 그와의 싸움이라기보다는 그녀 자신과의 싸움일지도 모르겠다. 그에게 멋대로 끌려가지 않으려면 헛된 감정 따위 말끔히 지워내야 했다. 하지만 도대체 언제쯤 되어야 자유로워질 수 있을까?

잊지 마, 채율리. 모든 건 오로지 너에게 달린 거야.

율리는 자신에게 경고하듯 혼잣말을 속삭이며 아랫입술을 꽉 깨물었다.

"다들 뭐라고 떠드는 줄 알아요?"

노크도 없이 집무실 문이 활짝 열리더니, 나 여사가 안으로 들어왔다. 권 전무는 빨갛게 상기된 아내를 바라보며 골치 아프다는 듯 고개를 흔들었다.

"당신, 이렇게 가만히 손 놓고만 있을 거냐고요?"

"아침 내내 잔소리를 퍼붓고도 성이 차지 않았나? 그래서 지금 회사까지 찾아온 거요?"

잔소리란 말에 나 여사의 얼굴이 험악하게 일그러졌다. 소파에 앉으려던 나 여사는 그대로 책상으로 걸어와 남편의 손에서 서류를 낚아챘다.

"잔소리라고요? 내가 지금 하는 말이 당신 귀에는 잔소리로 들려요?"

빼앗은 서류를 나 여사가 공중에 던져버리자, 권 전무도 더는 참을 수 없는지 벌떡 자리에서 일어났다.

"그러니까 내가 애초에 뭐라 그랬어. 민우 녀석, 상담 한번 받아보게 하자고 했어, 안 했어! 내 새끼지만 솔직히 그 녀석, 정상은 아니라고."

크게 소리 지르는 권 전무의 목에 핏대를 올렸다.

사실이었다. 제 자식이긴 하지만, 가끔 무서울 때가 있었다. 특히 광기에 휩싸여 희번덕거리는 눈을 볼 때면 온몸에 소름이 돋곤 했다.

초등학교 시절, 민우가 저지른 잔혹한 동물 학대 장면을 떠올리면 지금도 구역질이 났다. 괴롭히던 강아지를 제호에게 빼앗긴 이후론 주인 없는 떠돌이 개나 고양이를 구해왔다. 온갖 혹독한 방법으로 고문하고는 싫증이 나면 잔인하게 죽였다. 피투성이가 된 동물 사체를 보며 해맑게 웃는 어린 아들의 모습을 목격한 권 전무는 애가 잘못되어도 단단히 잘못되었다고 생각했었다.

하지만 나 여사의 의견은 달랐다. 동물에게라도 제대로 화를 풀게 해줘야 나중에 폭발하지 않는단다. 주인도 없는 떠돌이 동물인데 무슨 문제가 되냐면서 아들을 싸고돌았다.

나중에 성인이 된 민우가 데이트하던 여성들에게 해를 가해도 나 여사의 반응은 마찬가지였다. 돈 몇 푼 쥐여주면 입 다물 애들만 고르니까 큰 문제 될 게 없단다.

지금도 나 여사는 변한 게 없었다. 민우가 정상이 아니라는 말에 부르르 몸을 떨었다.

"당신, 지금 우리 아들이 정상이 아니라는 거예요?"

"하아."

말싸움해보았자 시간만 낭비다. 숨을 크게 내쉰 권 전무는 손으로 이마를 짚으며 소파에 앉았다.

"그러니까 채 의원 딸은 왜 건드려, 채 의원 딸을!"

"건드리긴 누가 건드렸다고 그래요? 도청한 게 뭐 큰 죄라도 돼요!"

"그거 스토킹이야."

"그래서 뭐? 우리 민우가 율리, 걔 털끝 하나 건드리기라도 했어요? 아니잖아. 그리고 율리랑은 어차피 결혼할 사이였잖아요. 곧 부부가 될 사이였는데 그게 뭐 큰일이야."

"아이고, 나 여사, 이거 큰일 낼 사람이네. 지금이 무슨 쌍팔년도인 줄 알아? 이젠 부부 사이에서도 강간죄가 성립된다고."

"뭐라고요?"

강간죄란 말에 나 여사의 표정이 표독스럽게 변했다. 그녀는 멱살이라도 잡을 기세로 걸어오더니, 허리를 숙여 권 전무와 눈을 맞췄다.

"좋아요. 당신이 이렇게 손 놓고 있으면, 내가 나설 거예요."

"안 돼. 당신은 잠자코 있어."

나 여사가 무슨 일이라도 저지를까 염려된 권 전무는 이마에 주름을 잡았다.

"이번엔 채 의원까지 엮여서 시간이 필요하다고."

"흥."

그 말에 코웃음을 친 나 여사는 팔짱을 끼며 맞은편에 앉았다.
"치워버리면 그만이잖아요."
"뭐?"
"채 의원 주변 파봐요. 털어서 먼지 안 나는 사람은 없으니까."
사실 권 전무에겐 채형식 의원이 눈엣가시 같은 존재이긴 했었다. 권제웅 부회장과 오랜 친분이 있는 채 의원은 은근히 동생인 자신을 무시하는 것 같았으니까. 하대하는 느낌이랄까.
그래, 이 기회에 한 방 먹이는 것도 나쁘진 않을 것이다.
"알았어. 내가 알아서 처리할 테니까 당신은 가만히 있으라고."
소파에서 일어난 권 전무는 책상으로 걸어가 맨 밑 서랍을 열었다. 그리고 발신자가 추적되지 않는 휴대폰을 꺼내 어디론가 전화를 걸기 시작했다. 그런 권 전무를 바라보는 나 여사의 입가에 흐뭇한 미소가 떠올랐다.

"차 가지고 왔어요?"
퇴근 준비를 끝내고 컴퓨터를 끄는 율리에게 제호가 다가와 물었다.
"아뇨, 아버지가 출근하는 길에 태워주셨어요. 아직은 운전하기 그래서……."
"그러면 내가 바래다줄게요. 소장님이 방금 전화해서 율리 씨 챙기라고 신신당부했거든요."
파혼한 상대의 사촌인 제호가 율리를 챙기는 모습이 이상하게 보일 수도 있어, 다른 직원들도 들으라는 듯 제호는 '소장님'에 힘을 주었다.

김 소장이 부탁했다는데 뭐라고 할 사람은 없을 것이다.

"그럼 신세 좀 질게요."

율리는 가볍게 고개를 끄덕이고는 가방을 들고 자리에서 일어났다.

엘리베이터를 타고 주차장으로 내려갈 때까지 두 사람은 아무 말도 하지 않았다.

하지만 지하층에 내리자 분위기가 달라졌다. 세워둔 차로 걸어가는 도중, 갑자기 돌아선 율리는 쓰러지듯 제호의 품으로 안겼다. 그리고 제호가 무슨 일인지 알아차리기도 전에 발돋움하며 입술을 포갰다. 상큼한 감촉과 함께 달콤한 숨결이 훅, 흘러들었다. 당황한 제호가 눈을 크게 뜨자, 율리는 입술을 떼며 생긋 웃어 보였다.

"걱정하지 말아요. 여긴 CCTV 사각지대거든요."

기습 키스를 끝낸 율리는 등을 돌려 제호의 차로 걸어갔다. 그녀와 달리 제호는 제자리에 선 채 꼼짝도 하지 않았다. 그러자 율리는 의아한 얼굴로 뒤를 돌아보았다. 왜 그러느냐고 묻는 듯한 순진한 표정에 제호는 '피식' 웃고 말았다.

단지 기분 탓일까? 지금 그녀가 하는 행동 하나하나는 그가 그녀에게 했던 행동과 비슷했다. 마치 그가 했던 행동을 그대로 따라 하는 느낌이랄까. 이젠 민우가 한국에 없게 됐으니 홀가분한 마음에 나오는 행동일까? 아니면······.

다른 이유를 추측하던 제호의 안색이 순식간에 어두워졌다.

의도적으로 접근한 사실을 알게 된 걸까?

확실히 율리의 태도는 제주도 출장 이후 달라졌다. 당황스러울 정도로 적극적으로 다가오다가 어느 순간, 타인을 대하는 듯 싸늘하게 변했다. 마치 팔랑팔랑 주위를 맴도는 나비 같았다. 손에 잡힐 듯 말 듯 가까이 날아와 잡으려고 손을 뻗으면 저 멀리 도망가버리는 나비.

원한다면 빠르게 손을 뻗어 잡아버리면 그만이다. 하지만 자칫 날개라도 다칠까 조심스러울 수밖에 없었다. 어떤 이유든 그녀가 상처를 받지 않는 쪽으로 해야 한다. 이미 돌이킬 수 없는 잔인한 상처를 남겼으므로.

생각을 정리한 제호는 다시 걸음을 옮기기 시작했다. 차에 다가간 제호는 율리를 위해 차 문을 열어주고, 그녀가 차에 오르자 앞쪽으로 돌아 운전석에 올랐다.

"집으로 갑니까?"

내비게이션을 작동하며 제호가 묻자 율리는 고개를 갸우뚱거렸다.

"집이요? 지금 어느 집을 말하는 거예요?"

어딘지 모르게 삐딱한 말투였지만, 제호는 심각하게 받아들이지 않고 가벼이 넘겼다.

솔직히 그녀가 갈 수 있는 집은 세 곳이니까. 채 의원의 집, 독립한 오피스텔, 제호의 집. 셋 중에서 그녀는 어느 곳을 집으로 여길까?

"본가로 갑니까? 지금 그곳에서 지내고 있으니까."

시동을 걸며 제호가 다시 질문했으나 율리는 말없이 창밖을 바라보았다. 그녀에게서 대답이 없자, 제호는 본가로 가자는 의미로 받아들이고 차를 출발했다.

"그냥 직진해요."

큰길로 나가 좌회전하려고 차선을 바꾸는데, 그녀가 재빨리 제지했다.

"오피스텔로 갈 거예요."

"오피스텔?"

"네. 오늘부터 그곳에서 지내려고요."

"혼자 지내겠다고?"

제호가 못마땅한 듯 미간을 찌푸렸다.

"……왜요? 걱정돼요?"

"무슨 말입니까? 당연히 걱정되지."

그 말에 율리는 '큭' 웃으며 고개를 흔들었다.

"왜 웃어요?"

"좋아서요. 날 걱정해준다고 하니까, 너무 좋아서."

"율리야."

정지 신호에 차를 세운 제호는 율리에게로 고개를 돌렸다. 마음에 들지 않는 듯 제호가 표정을 찌푸리자, 율리는 얼굴에서 웃음기를 거두며 물끄러미 그를 바라보았다.

"당분간 혼자 지내고 싶어서 그래요. 내가 전에도 말했었죠. 몸이 안 좋을 땐 혼자 있는 게 편하다고."

거짓말이 아니라, 지금은 혼자가 편했다. 게다가 아직은 그와 함께 지낼 마음의 준비가 되지 않았다.

사사로운 감정을 완벽히 정리하지 못했기에 오랫동안 그와 함께 있는 건 위험했다. 회사에선 아무렇지 않게 도발할 수 있었다. 언제라도 그의 시선에서 벗어날 공간이 있기 때문이다.

그의 집은 달랐다. 그와 함께 한 공간을 사용하는 것은 기름을 끌어안고 불에 뛰어드는 것과 마찬가지였다. 온몸이 불에 타버릴 것도 모르고 날아드는 부나방이 될 순 없었다.

"좋아요. 그 대신 저녁은 먹고 들어가요."

제호는 그녀 혼자 오피스텔로 돌아가면 제대로 챙겨 먹지 않을 것이라고 걱정하는 것 같았다. 솔직히 말하자면 바로 잠자리에 들 생각이었다. 아무렇지 않다는 듯 연기하는 것만으로도 진이 빠져버렸으니까.

"그래요, 그럼."

율리는 반대하지 않고 순순히 제호의 말을 따랐다. 점심도 함께 먹었는데 저녁 먹는 게 그리 큰일인가 싶었다. 조금만 더 연기하면 그만이다. 잠만 따로 잘 수 있다면 상관없었다.

앞으로 두 사람이 한 침대를 사용하는 일은 없을 것이다. 김 보좌관을 만나기 전까진, 그래도 희박하지만 일말의 희망이 남아 있었다. 어쩌면 누군가가 교묘하게 편집한 영상을 보낸 것일지도 모른다고 생각했다. 민우가 꾸민 일일지도 몰랐다.

하지만 모두 헛된 희망이었다. 권제호와 신다희는 정말로 아는 사이였으며 공조하는 관계였다. 신다희가 왜 자신에게 동영상을 보냈는지 이유는 모르겠지만, 한 가지 확실한 것은 제호가 신다희에게 했던 말이 모두 사실이라는 것이었다.

— 맞아요. 의도적으로 접근했습니다.

두려울 건 없어요.

그뿐만이 아니다. 그에게는 진심으로 사랑하는 연인이 따로 있었다.

— Of course I love you, rain or shine.

그러면서도 그는 그녀를 품에 안았다. 물론 그에게는 한낱 유희에 불과했을 것이다. 그렇다면 그녀라고 그처럼 못할 거란 법은 없었다. 구태의연하게 꼭 상대를 사랑해야만 잠자리를 가질 수 있는 것은 아니니까.

하지만 그건 상대에게 호감이 있을 때나 가능한 일이었다. 의도를 가지고 접근한 것을 알면서도 아무렇지 않게 그와 잠자리를 가질 순 없었다. 다른 행동은 예전처럼 연기할 수 있을지 몰라도 침대 위에선 아니었다. 상상하는 것만으로도 소름이 돋았다.

"뭐 먹고 싶어요?"

"네? 방금 뭐라고 했어요?"

골똘히 생각에 잠긴 바람에 질문을 듣지 못했다. 율리가 되묻자, 제호는 부드럽게 웃으며 커다란 손으로 그녀의 뺨을 어루만졌다.

"아까 점심엔 따뜻한 국물 먹고 싶다고 했잖아. 저녁은 뭐 먹고 싶어?"

"⋯⋯아."

단지 뺨을 감쌌을 뿐인데, 율리는 저도 모르게 멍한 표정을 짓고 말았다. 아무리 몸 따로 마음 따로라고 하지만, 율리는 작은 접촉에도 크게 반응하는 자신이 실망스러웠다. 그리고 자신을 이렇게 만드는 그가 미웠다. 그래서 미운 마음에 결정한 메뉴였다.

"스트레스도 풀 겸, 매운 거 먹고 싶어요. 불이나 떡볶이 먹으러 가요."

제호를 바라보며 율리는 환하게 미소 지었다.

"으음."

참고 참아도 자꾸만 앓는 소리가 새어 나오자, 율리는 입술을 깨물며 양손을 옴켜잡았다. 하지만 창백해진 얼굴빛까지 감출 순 없었다.

"괜찮아?"

오피스텔 주차장에 차를 세운 제호는 시동을 끄고 불안한 눈으로 율리를 쳐다보았다. 율리는 아무렇지 않다는 듯 웃었지만, 입술 끝이 바르르 떨리고 있었다.

"율리야."

"……흐음. 곧 괜찮아질 거예요. 안 먹다가 갑자기 매운 거 먹어서, 속이 놀랐나 봐요."

유치하지만, 제호가 못 먹는 매운 음식으로 정해 조금은 골탕 먹일 계획이었다. 그러나 불똥은 그가 아닌 그녀에게로 튀었다. 그동안 제대로 식사하지 못하고 미음이나 죽으로 대충 때운 탓에 맵고 자극적인 음식은 바로 위에 부담이 되었다.

속이 쓰리다 못해 신물이 올라오자, 율리는 손으로 입을 막으며 재빨리 차 문을 열었다.

"바래다줘서 고마워요."

차에서 내린 율리는 그대로 엘리베이터를 향해 뛰었다. 이마와 등에선 식은땀이 흘렀다. 어서 빨리 침대에 눕고 싶다는 생각밖에 나지 않았다.

엘리베이터 문이 열리고 막 안으로 들어가려는데, 누군가가 팔로 그녀의 허리를 감았다. 고개를 돌리자, 언제 따라왔는지 제호가 어두운 얼굴로 옆에 서 있었다.

"제호 씨."

"그 꼴을 보고도 나보고 그냥 가라고?"

"나 정말 괜찮아요."

"우선 올라가."

제호는 그녀를 안은 채 엘리베이터에 올랐다. 거부하려던 율리는 벽 거울에 비친 자신의 모습을 보고 가만히 입을 다물 수밖에 없었다. 그녀가 보기에도 곧 쓰러질 것처럼 안색이 창백했기 때문이다. 이미 혼자 고열에 시달리던 그녀를 발견한 경험이 있는 터라, 제호는 순순히 물러나지 않을 것이다.

매운 걸 먹는 게 아니었는데…….

하지만 후회하기엔 너무 늦고 말았다.

오피스텔 문을 열고 안으로 들어서자, 한동안 비워둔 탓인지 냉기가 감돌았다. 율리는 저도 모르게 몸을 움츠리며 얼굴을 찡그렸다. 제호는 힘없이 축 처진 율리를 소파에 앉히고는 주방으로 향했다. 찬장에서 꿀을 꺼낸 그는 따뜻한 물에 꿀과 레몬즙을 타서 율리에게 가져다주었다.

"자, 마셔."

"싫어요. 난 꿀물 안 마셔요. 맛 이상하다고요."

율리는 강하게 거부하며 도리질했다. 하지만 제호는 물러서지 않고 그녀의 입에 컵을 가져갔다.

"싫어도 마셔. 속 진정될 거야. 레몬즙 넣어서 괜찮아."

이걸 마셔야 돌아간다고 할 것 같아, 할 수 없이 율리는 받아 마셨다. 제호가 말한 대로 레몬즙이 섞여서 마실 만했다. 더불어 속 쓰림도 한결 나아졌다.

"마셨으니까 됐죠? 이젠 그만 가요."

컵을 비운 율리는 소파 등받이에 등을 기대며 눈을 감았다. 그리고 이젠 그만 가보라는 듯 손을 내저었다. 하지만 제호에게선 황당한 대답이 돌아왔다.

"들어가서 자. 난 소파에서 잘게."

"불편하니까 그냥 가요. 난 정말 괜찮다고요."

그 말에 율리는 짜증이 난 듯 인상을 찌푸렸다.
"알아. 괜찮은 거. 하지만 내가 괜찮지 않아. 불편하게 하지 않을게."
"내가 불편한 게 아니라, 제호 씨가 불편할 거라고요."
"내 걱정하지 말고 어서 들어가서 쉬어."
잠시 고민에 빠졌던 율리는 매몰차게 밀어낼 것까진 없다는 결론을 내렸다. 소파에서 자든지 말든지 문 닫아버리면 그만이니까. 괜히 매운 음식을 먹자며 만용을 부린 그녀의 잘못도 있었다.
"좋아요. 그러면 여기서 자고 가요. 이불 가져다줄게요."
"고마워."
예전 같았으면 '고맙긴요. 내가 더 고맙죠.'라고 말했을 테지만 지금은 아니었다. 율리는 여분의 이불을 꺼내 제호에게 건넸다. 그리곤 잘 자라고 짧게 인사하고 침실로 들어가 문을 닫았다.
더는 연기할 기운이 남아 있지 않았다. 간단히 샤워를 마친 율리는 대충 머리를 말리고 이불 속으로 들어갔다. 제호가 문밖에 있다는 사실에 마음이 답답했지만, 다른 한편으론 안심이 됐다.
아직도 그에게 기대려는 자신이 실망스러웠지만, 몸이 아파서 약해진 것이라고 애써 변명해 보았다.
도통 잠이 오지 않아 한참 동안 몸을 뒤척이고서야 겨우 잠들 수 있었다. 하지만 깊게 잠들진 못한 모양이다. 덜컥, 문고리가 돌아가는 소리에 선뜻 잠에서 깨어났다. 하지만 눈을 뜨진 않았다. 문이 열리고 제호가 침실 안으로 들어오는 기척이 느껴졌다.
율리는 눈을 감은 채 지그시 입술을 깨물었다. 만약에 그가 침대에 올라오려고 한다면 크게 소리를 지를 작정이었다. 어쩌면 지금까지 참고 있었던 울분을 한꺼번에 토해버릴지도 모르겠다. 하지만 아무런 움직임이 느껴지지 않았다. 살며시 눈을 떠보려는데 그의 손길이 이마에 닿았다. 순간 숨이 막혔지만, 율리는 최대한 잠든 척 연기했다.

그는 조심스럽게 율리의 이마와 뺨을 손등으로 쓸어내렸다. 혹시라도 열이 있는지, 어디 불편한 건 아닌지 확인하려는 것 같았다. 그녀가 괜찮다는 것을 재차 확인한 그는 어깨 아래로 흘러내린 이불을 다시 위로 끌어 올리고는 율리의 이마에 살며시 입을 맞추었다.

눈을 감고 있어도 자신을 바라보는 제호의 시선을 느낄 수 있었다.

잠시 무거운 침묵이 흘렀다.

그가 침실을 나가는지 다시금 덜컥, 문고리 돌아가는 소리가 들리고 그 뒤를 조심스레 문 닫히는 소리가 따랐다.

제호가 나가고 한참이 지나고서야 율리는 느릿하게 눈을 뜰 수 있었다.

문을 잠그면 이상하게 여길까 봐 잠그지 않았는데, 잠갔어야 했나? 라는 후회가 들었다. 다행스럽게도 제호는 그녀를 건드리지 않고, 상태만 확인하고 나갔다.

하지만 왜? 어째서? 아프든 말든 무슨 상관인데? 아직도 이용 가치가 남은 거야? 아니면 정말로 걱정돼서?

"하아."

율리의 입에서 긴 한숨이 흘러나왔다.

도대체 그의 행동이 어디까지가 거짓이고 어디까지가 진심인지 모르겠다. 만약에 진심으로 좋아하기 시작한 거라면?

잠시 혼란스럽게 일렁이던 율리의 눈빛이 이내 싸늘하게 식었다.

그렇다고 해도 바뀌는 건 없었다. 빗나간 시작은 어긋난 끝을 만들 뿐이니까.

그가 정말로 자신을 좋아하게 됐다면 그 마음을 흔들어 씻을 수 없는 상처를 안겨줄 생각이다. 다만 한 가지 불안한 것은 상처를 주려다가 도리어 자신이 더 크게 상처 받는 건 아닐까 하는 두려움이었다.

바로 오늘 일처럼…….

굳게 닫힌 문을 바라보는 율리의 얼굴에 서서히 어두운 그림자가 내려앉았다.

Chapter 18

참지 말아요

다음 날.

평소보다 한 시간 일찍 일어난 율리는 곧바로 욕실로 향했다. 원래대로라면 냉장고에서 생수부터 꺼내 마셨을 테지만, 오늘은 생략했다. 주방에 가려면 소파 앞을 지나야 하는데 그를 보는 것으로 하루를 시작하고 싶진 않았다.

샤워를 끝내고 출근 준비를 모두 마치고서야 율리는 침실을 나섰다.

"……아."

그런데 예상과는 달리, 텅 빈 소파가 눈에 들어왔다. 손바닥에 차가운 가죽의 감촉이 느껴지는 것으로 보아 그는 아마도 새벽녘에 돌아간 모양이다. 왠지 모르게 서운한 감정이 들었다.

그냥 가버린 거야? 갈 거면 간다고 말이라도 하고 가지.

그때 띠리리릭, 도어록 열리는 소리가 들리면서 현관문이 열렸다. 뒤를 돌아보자 한 손에 종이 가방을 든 제호가 안으로 들어오고 있었다. 순간 반가운 마음에 활짝 웃으며 그에게 다가갈 뻔했다.

채율리, 너 지금 뭐 하는 거야?

재빨리 이성을 되찾은 율리는 입술을 깨물며 속으로 저 자신에게 경고했다.

너는 연기를 해야 하는 거야. 진심으로 대하는 게 아니고.

겉으론 그를 보며 웃을지 몰라도, 속으론 그의 등장을 반가워해선 안 된다.

"어떻게 된 거예요?"

율리는 울렁거리는 감정을 애써 내리누르며 고저 없는 목소리로 물었다.

"집에 가서 샤워하고, 옷 갈아입고 왔어. 같은 옷 입고 출근할 순 없으니까. 아직 아침 안 먹었지? 속 쓰릴 텐데, 죽이라도 먹고 가."

오면서 죽 전문점에 들른 모양인지, 그가 든 종이 가방에는 죽 전문점 로고가 박혀 있었다. 제호는 죽이 담긴 용기를 식탁에 내려놓곤 율리의 어깨를 감싸 의자 앞으로 이끌었다.

의자를 빼내어 율리를 앉게 하고는 냉장고 문을 열어 생수병을 꺼냈다. 율리는 컵에 물을 따라주는 제호를 물끄러미 바라보았다.

정말로 내가 걱정돼서 이러는 걸까? 아니면 연기일까?

솔직히 모르겠다. 어젯밤 그가 보인 행동 때문에 머릿속이 복잡했다.

"왜 안 먹어요? 전복죽 좋아하잖아요?"

그녀가 수저를 들지 않자 제호가 의아한 얼굴로 물었다. 율리는 대답을 미룬 채 그를 빤히 쳐다보았다. 정말로 걱정하는 것 같은 눈빛과 마주하자 갑작스레 짜증이 밀려왔다. 지금의 이런 상황이, 그렇게 만든 그가, 그중에서도 가장 많이 화가 나는 것은 아직도 마음을 결정하지 못하고 우왕좌왕하는 그녀 자신이었다.

"숟가락을 들 힘이 없어요."

물론 거짓말이다. 아직도 속이 좀 쓰리긴 하지만, 기운이 없는 건 아니니까. 그걸 뻔히 알면서도 그가 어떻게 나올지 시험해보고 싶었다.

제호는 '피식' 웃더니 그녀 옆으로 자리를 옮겨 숟가락으로 죽을 떠 올렸다. 율리는 잠자코 그가 떠주는 죽을 받아먹었다.

그는 그녀가 어리광을 부린다고 생각했는지, 입술에 묻은 죽을 손끝으로 닦아내더니 가볍게 입을 맞추었다. 율리는 밀어내는 대신, 그의 아랫입술을 살짝 깨물며 자극했다. 하지만 키스가 깊어지기 전에 재빨리 뒤로 물러났다.

"소파에서 자기 불편했죠? 오늘은 그러지 마요. 난 괜찮으니까."

"숟가락 들 힘도 없다면서?"

"제호 씨가 옆에 있을 때만 그래요. 자꾸만 기대고 싶어지니까."

"그럼 기대."

제호가 자신의 어깨를 톡톡 두드리자, 율리는 '피식' 웃으며 고개를 내저었다. 한때는 저 넓은 어깨에 기대고 싶었다. 따뜻한 품에 안기고도 싶었다. 하지만 이젠 그럴 수 없었다. 율리는 그가 손에 쥔 숟가락을 가져와 그녀 스스로 죽을 떠 올렸다.

"아직은 혼자 자고 싶어요. 그래야 푹 잘 수 있어요."

"그러면 이번 주 안으로 게스트 룸에서 지낼 수 있게 준비해놓을게. 우리 집으로 가자."

당장 오늘 밤에 가자는 것도 아니고, 준비하느라 며칠 걸린다고 하니까, 한 침대에서 자는 것만 아니라면 딱히 거절할 필요는 없을 것 같았다. 사실 그의 곁에 머물러야 뭐든 알아낼 수 있을 테니까.

잠자리는 당분간 건강이 회복되지 않았다고 하면서 미루면 된다. 담당 의사도 한동안은 절대 무리하지 말라고 신신당부했으니까.

"알았어요. 그러면 이번 주말부터 제호 씨 집에서 지낼게요. 됐죠?"

제호는 가만히 끄덕이더니 숟가락을 쥔 그녀의 손을 꽉 움켜잡았다.

"손이 차가워."

율리는 빼내고 싶은 것을 꾹 참으며 부드럽게 미소를 지었다.

어쩌죠? 손보다는 마음이 더 차가운데…….

차가운 손을 데워주기라도 하듯 제호는 양손으로 율리의 손을 감싸며 어루만졌다.

"한 가지 부탁이 있어. 앞으론 절대로 혼자 아프지 마. 조금만이라도 아픈 것 같으면 바로 나한테 말해."

"알았어요. 앞으론 꼭 그럴게요."

예전의 그녀였다면 괜찮다고 걱정하지 말라고 안심시켰을 테지만, 이젠 아니었다. 그의 장단에 맞춰 기대는 척 연기하는 것도 나쁘진 않을 것이다.

울컥, 눈물이 나려고 하는 건, 아직도 속이 아파서 그런 거다. 그래서 그런 거야.

율리는 제호를 바라보며 죽이 담긴 숟가락을 입에 머금었다.

[우리 아들, 잘 지내는 거지? 엄마가 거기로 갈까?]

나 여사의 절절한 목소리에 민우는 눈살을 찌푸리며 위스키를 입에 털어 넣었다.

"오긴 어디를 와요? 그냥 거기서 나 다시 한국으로 발령받게 해줘야죠."

[그래, 민우야. 조금만 버티렴. 이 엄마가, 흑…… 어떻게 해서든…… 너 다시 불러들일 테니까.]

흐느끼느라 나 여사가 제대로 말을 잇지 못하자, 민우는 짜증 난 얼굴로 위스키 잔을 벽에 집어 던졌다. 가뜩이나 울분이 쌓인 상태인데 하루가 멀다 하고 전화해서 울음을 터뜨리는 나 여사 때문에 더 미칠 지경이었다. 그래도 싫은 티를 낼 수는 없었다. 지금 그가 믿을 사람은 나 여사밖에 없었다. 그녀의 지독한 자식 사랑이 불가능을 가능으로 만들 것이다.

"그런데……."

나 여사의 흐느낌이 잦아들기를 기다린 민우는 묻고 싶었던 질문을 꺼냈다.

"율리는 어떻게 지내요?"

[율리? 너, 지금 그 애 이름이 입에서 나오니?]

언제 울었냐는 듯 순식간에 나 여사의 목소리가 표독스럽게 변했다.

[네가 지금 누구 때문에 이렇게 됐는데…….]

"율리, 잘 지내고 있어요?"

민우는 현경이 갑자기 한국으로 돌아간 사실이 마음에 걸렸다. 이럴 줄 알았으면 나 여사가 반대해도 율리 곁에 감시자를 붙여놓고 오는 거였는데……. 당분간 자중해야 한다는 나 여사의 말을 듣는 게 아니었다.

[널 이렇게 만들고 걔가 잘 있으면 되겠니? 얼마 전에 쓰러져서 병원에 입원했다더라. 지금은 퇴원했고.]

율리가 쓰러졌다는 말에 민우의 얼굴이 일그러졌다.

"왜요? 어디가 아픈데?"
[내가 알게 뭐니? 이제 괜찮다니까 걱정하지 말고.]
"입원까지 했었다는데 어떻게 걱정을 안 해요."
[넌 내가 입원했었던 건 아니? 나도 너 때문에 속 터져서 입원했었어. 그 애 걱정할 시간 있으면 네 엄마 걱정이나 해!]
나 여사는 불쾌한 듯 쏘아붙이더니 일방적으로 전화를 끊어버렸다.
"에이씨……."
통화가 끊긴 화면을 노려보며 욕설을 내뱉는데, 등을 돌리고 누운 여자의 어깨가 꿈틀거렸다. 민우는 그제야 상대의 존재를 깨닫고 옆으로 고개를 돌렸다. 하얗고 가녀린 어깨가 한눈에 들어왔다. 어젯밤, 술집에서 만난 동양계 프랑스 여자였다.
할 수 있는 한국말이라곤 '안녕.', '사랑해.'가 전부였지만, 묘하게 율리와 비슷한 분위기를 풍기는 여자였다. 물론 율리의 미모에는 발끝도 미치지 못했다. 꿩 대신 닭도 안 되는 수준이었지만, 그럭저럭 욕구를 풀기엔 나쁘지 않았다. 하지만 원하는 대로 하기에는 걸리는 게 너무 많았다.
민우는 흠집 하나 없는 매끈한 여자의 등을 노려보며 미간을 찌푸렸다. 불현듯 마구 흠집 내고 싶은 욕구가 치솟았다.
그러나 여긴 한국이 아니고 프랑스였다. 수습해줄 나 여사도 없는데 괜히 일을 벌였다가는 골치 아프게 될 것이 분명했다. 어서 한국으로 돌아가야 쌓인 욕구를 제대로 풀 수 있는데…….
"……으음."
그때 잠에서 깨어나려는지 여자가 그를 향해 몸을 돌렸다. 게슴츠레 눈을 뜨는 여자의 위에 율리의 모습이 흐릿하게 겹쳐지기 시작했다.

감정이 격해진 탓이었을까? 어젯밤과 달리 민우의 눈에 여자는 분위기만 비슷한 게 아니라 율리 그 자체로 보였다.

"율리야."

여자에게 팔을 뻗어 거칠게 품속으로 끌어당긴 민우는 마치 여자가 율리이기라도 한 듯 애절한 고백을 내뱉었다.

"사랑해. 내가 널 미치도록 사랑한다고!"

당황한 여자가 벗어나려고 몸을 비틀었지만, 민우는 더더욱 강하게 끌어안으며 베어 물듯 입술을 포갰다.

넌 죽어서도 내 거야.

여린 신음을 입 속에 삼키며 민우는 그대로 여자의 몸을 타고 올랐다.

채율리, 조금만 기다려. 돌아가면 정신 차리지 못하게 해줄 테니까.

회사로 향하는 동안 제호는 한 손은 운전대를 잡고 다른 한 손은 율리의 손을 꼭 잡은 채 놓아주지 않았다. 정지 신호로 차가 멈출 때마다 간간이 고개를 돌려 가볍게 입도 맞추었다.

주위의 시선을 의식하며 몸을 뒤로 빼던 율리도 결국엔 포기한 듯 순순히 입술을 내주었다. 피하는 것을 눈치채고 일부러 다가오는 것 같아 오히려 반항심이 생겼기 때문이다.

잠자리는 피해도, 키스 정도는 견딜 수 있었다. 아니, 견딜 수 있는 게 아니라 그쯤은 즐겨도 된다고 생각한다. 그렇지 않다면 그녀에게 스킨십은 고문일 테니까.

지하 주차장에 도착한 제호는 차의 시동을 끄고 자신의 안전벨트를 풀었다. 이어서 율리의 안전벨트를 풀어주었다.

율리가 문을 열려고 손잡이에 손을 뻗는데 휙, 율리의 몸이 제호 쪽으로 돌아갔다. 의아한 표정으로 제호를 바라보는 그녀에게 그가 고개를 숙이며 속삭였다.

"참느라고 미치는 줄 알았어."

정지 신호를 받을 때마다 가볍게 키스했건만, 그것만으론 성이 차지 않았는지 그는 율리를 시트 안으로 깊숙이 밀어붙이며 뜨겁게 입술을 포갰다. 어느새 조수석 시트가 뒤로 넘어갔고, 뜨거운 손길이 재킷을 밀치고 블라우스 안까지 다다랐다. 회사 주차장에서 시도하기엔 위험하고도 아찔한 행위였다.

누가 보기라도 하면 어쩌려고. 하지만 율리는 제호를 밀어내지 않았다. 아까와 마찬가지로 오기가 생겼다. 만약 부끄러워서 싫다고 말하면 순순히 물러나, 그녀의 옷매무새를 정리해줄 것이다. 그리고 이렇게 말하겠지.

'미안해요. 나도 모르게 그만……'

사랑스러워서 어쩔 줄 모르겠다는 눈으로 바라보며 흐트러진 머리카락을 어루만져줄 게 뻔했다. 지금까지 줄곧 그래왔으니까. 그녀를 아껴서 그런다고 생각했는데, 그건 그저 상대를 유혹하는 수법이었다. 그렇다면 그녀도 똑같이 하면 그만이었다. 설마 출근길 차 안에서 선을 넘진 않을 테니까.

"참지 말아요."

살며시 입술을 떼어내며 율리는 유혹하듯 속삭였다. 방금 들은 말이 믿기지 않는 듯 제호의 눈에 의혹의 빛이 스쳤다.

"나도 제호 씨만큼 미칠 것만 같거든요."

율리는 나른한 미소를 떠올리며 제호의 등을 손바닥으로 어루만졌다. 부드러운 손길이 미끄러지듯 아래를 향하자, 긴장한 듯 빳빳하게 굳는 근육의 감촉이 손바닥에 느껴졌다. 하지만 그는 몸을 일으키는 대신, 속내를 알 수 없는 눈으로 그녀를 바라보았다. 그녀의 반응에 당황한 것 같기도 했고, 반대로 상황을 즐기는 것 같기도 했다.

"다행이군요. 의견이 맞아서."

제호는 '피식' 웃더니 글러브 박스를 열고 무언가를 꺼냈다. 손에 쥔 직사각형 패키지를 본 율리는 믿을 수 없다는 듯 숨을 들이마셨다.

미쳤어!

연기고 뭐고, 매우 위급한 상황이라는 걸 파악한 율리는 두 손으로 있는 힘껏 제호를 밀어냈다. 동시에 버튼을 눌러 뒤로 넘어간 좌석을 일으켜 세웠다.

"이러다 지각하겠어요."

아무렇지 않은 척하려고 했지만, 목소리가 떨려서 율리는 한 번에 말을 이을 수가 없었다.

"난…… 화, 화장 고쳐야 하니까 먼저 나갈게요."

황급히 차에서 내린 율리는 가방을 꼭 끌어안고 건물 입구를 향해 뛰어갔다. 뒤돌아볼 여유는 어디에도 없었다. 그저 앞만 보고 빠르게 달렸다.

율리가 건물 안으로 들어가고 자동문이 닫히자, 그때까지 바라만 보던 제호의 입가에 쓸쓸한 미소가 걸렸다.

"후."

짧게 한숨을 내쉰 그는 한 손으로 얼굴을 쓸어내리며 힘없이 좌석 등받이에 머리를 기댔다.

아니길 바랐는데…….

고개를 기울이며 느릿하게 눈꺼풀을 깜박이던 제호의 얼굴에 어두운 그림자가 내려앉았다.

역시 모두 알아버린 건가?

어쩌면 한밤중 제주도로 찾아왔던 그때, 이미 눈치챘는지도 모르겠다. 다만 사실을 인정하기 싫어 애써 부정하고 있었을 뿐.

오늘에서야 더는 부정할 수 없다는 것을 깨달았다. 율리는 모두 알아버렸다. 율리는 티를 내지 않으려고 부단히도 노력했지만, 그래서 평소보다 더 적극적으로 나왔지만, 눈 속에 가득한 불신의 빛을 완벽하게 감추진 못했다. 그를 바라보던 그녀의 애정이 듬뿍 담긴 눈빛은 그 어디에도 존재하지 않았다. 그러면서도 그녀의 입에선 꽤 자극적인 말이 흘러나왔다.

― 참지 말아요.

― 나도 제호 씨만큼 미칠 것만 같거든요.

"후."

조금 전 상황을 되짚어보던 제호의 입에서 짧은 실소가 흘러나왔다.

연기를 하려면 제대로 하든가. 바들바들 떠는 주제에 그녀는 유혹하듯 낮게 속삭였다. 도대체 언제까지 버틸 수 있나 시험해보려 글러브 박스에 손을 뻗자, 순식간에 그녀의 얼굴에 공포의 빛이 떠올랐다. 당황하거나 곤혹스러워하는 게 아니라, 그건 분명 겁에 질린 모습이었다.

그녀가 밀쳐내지 않았더라도 끝까지 갈 생각은 전혀 없었다. 미치지 않고서야 아침 출근길에, 그것도 회사 주차장에서……. 하지만 율리는 진심으로 그가 선을 넘을 것이라고 오해했다. 그녀의 그런 반응은 이미 그를 믿지 못한다는 증거였다.

"우습네."

어째서일까? 두려워하던 일이 결국 현실이 되었는데 아무런 감정이 없었다. 목구멍에 음식물이 걸리듯 불편하고 가슴이 조이는 듯 답답하긴 했지만, 심장이 찢어질 것처럼 고통스럽진 않았다. 그저 눈앞이 아찔하면서 감각이 무뎌진 듯 팔다리에 힘이 빠져나갔다.

그녀가 원하는 것은 무엇일까? 그것이 무엇이든 크게 상관할 건 없었다. 원하는 게 있으면 그녀의 손에 쥐여주면 그만이니까.

그래, 어디 한번 나를 가지고 놀아봐. 당신의 연극에 기꺼이 놀아나 줄 테니까.

제호는 좌석 등받이에 기댄 채 살며시 두 눈을 감았다.

어떻게 시간이 지나갔는지 모르겠다. 옆자리에 앉은 제호를 의식하지 않으려고 율리는 모니터에 시선을 고정하고 바쁘게 손을 움직였다. 다행히 병가 동안 미뤄두었던 작업량이 꽤 되었다.

율리는 그를 의도적으로 피하는 게 아니라, 단지 일에 열중하는 거라고 자신에게 속삭였다. 하지만 아무리 작업에 열중하려고 해도, 선을 그을 때마다, 색상을 지정할 때마다 아침의 일이 문득문득 머릿속에 떠올랐다.

미친 게 분명해. 그렇지 않고서야 출근길 차 안에서…….

물러서지 않고 그를 도발한 그녀에게도 책임이 있긴 했지만, 그래도 그렇지.

율리는 빠르게 고개를 흔들며 입술을 깨물었다.

아무래도 방법을 바꿔야겠다. 그는 그녀의 예상보다 훨씬 더 강한 상대였다. 사실 그러니, 마음에도 없는 여자와 잠자리까지 하면서 원하는 것을 손에 넣었겠지.

하지만 가장 난감한 건 그가 보인 반응이 아니었다. 그녀 자신이었다. 차 안에서의 진한 키스가 마른 장작에 불을 지른 셈이 돼버렸다. 자꾸만 황홀하기만 했던 감촉이 떠올라 뜨겁게 몸이 달아올랐다. 자신의 몸이었지만, 도무지 이해되지 않았다. 어떻게 이럴 수 있지? 감정을 가지고 논 상대에게 아직도 육체적으로 끌리다니. 아무리 몸과 마음이 따로 논다고 하지만 어이가 없었다.

인정하긴 싫지만, 어쩌면 아직도 그를 사랑해서인지도 모르겠다. 아직도 헛된 감정을 정리하지 못했다니, 한마디로 제정신이 아닌 거다. 율리는 바보 같은 자신이 혐오스러웠다. 물론 감정이란 게 하루아침에 생기고 하루아침에 사라지는 것은 아니다.

아버지도 이런 마음이셨을까? 옛 연인을 잊지 못하는 아내를 증오하고, 동시에 사랑하고. 아내의 조그만 친절이라도 갈구하며 끝까지 놓아주지 못했던 걸까?

그렇다고 복수하듯 불륜을 저지른 아버지에게 면죄부를 줄 순 없다. 하지만 아버지의 마음을 이해할 수 있을 것 같아서 불편했다. 자꾸만 그런 생각이 들게 만드는 제호가 새삼 원망스러웠다. 율리는 저도 모르게 옆자리에 앉은 제호를 날카롭게 노려보았다. 그런데 이런! 언제부터였을까? 한 손으로 턱을 괸 제호가 아예 그녀 쪽으로 몸을 돌린 자세로 관찰하듯 그녀를 빤히 바라보고 있었다.

"흡."

당황한 율리는 숨을 들이켜며 시선을 돌렸지만, 노려본 사실이 없어지는 것은 아니었다. 그렇다고 억지로 미소를 짓는 것도 우스웠다. 할 수 없이 율리는 벌떡 자리에서 일어나 자료실로 향했다. 자료실이라고 해봤자, 사무실 구석에 임시 벽을 세워 캐비닛과 책장을 일렬로 세워 놓은 공간이었다. 문이 달리지 않아 완벽하게 독립된 공간은 아니었다.

그래도 사무실에서 소장실을 제외하곤 제호의 시선에서 완벽하게 숨을 곳은 여기밖에 없었다. 율리는 구태여 필요하지도 않은 자료를 찾는 척하며 캐비닛 문을 열었다.

그러다 곧 자신이 큰 실수를 저질렀다는 사실을 깨달았다. 맨 위 칸에 놓인 자료 파일을 꺼내려 위로 손을 뻗는데, 갑자기 나타난 커다란 손이 먼저 파일을 잡았다. 은은히 풍기는 시트러스 향을 느끼며 율리의 눈이 크게 벌어졌다.

그가 자료실로 그녀를 따라왔다. 그녀가 자료실로 오라는 신호를 보냈다고 오해한 것 같았다. 그게 아닌데, 그를 피해서 온 건데…….

본의 아니게 스스로 여우굴로 들어간 토끼 신세가 돼버렸다. 살며시 파일을 옆 테이블에 내려놓은 제호는 뒤에서부터 율리를 끌어안고 고개를 숙였다.

"아깐 미안했어요. 아직도 화났어요?"

귓가에 나직한 속삭임이 흘러들자, 오소소 온몸에 소름이 돋았다. 율리는 튀어나오려는 신음을 참으며 질끈 두 눈을 감아버렸다. 이건 격렬한 키스의 후유증이 분명했다.

그녀가 아무 말도 하지 않자, 허리에 놓였던 손이 미끄러지듯 아래로 향하기 시작했다. 아침에 그녀가 그에게 했던 행동을 똑같이 되풀이하고 있었다. 차 안은 밀폐된 공간이기라도 했지, 지금 이곳은 임시 벽이 세워졌을 뿐, 문도 달리지 않은 열린 공간이었다. 점심시간이 끝나고 대부분은 외근을 나간 상태라서, 지금 사무실에는 선영과 한두 명의 직원밖에 없었다. 그들의 자리는 입구 쪽에 가깝고 자료실과는 꽤 떨어져 있었다. 그래도 신경이 쓰이는 것은 어쩔 수 없었다.

하지만 율리는 그의 손을 뿌리치는 대신 이를 악물고 오히려 더 가깝게 몸을 밀착시켰다. 그가 아무리 제정신이 아니라지만, 사무실 안에서 선을 넘지는 않을 테니까. 키스 정도는 받아들일 수 있었다.

"후."

순간 웃음소리와 함께 그녀의 몸이 뒤로 돌려졌다. 환하게 웃는 제호의 모습이 율리의 시야를 가득 채웠다. 이어서 짧지만 아주 깊숙이 서로의 입술이 맞물렸다.

"날 괴롭히려는 의도라면, 지금 잘하고 있는 거 맞아."

아쉬운 듯 입술을 떼어내며 그가 낮게 속삭였다.

"억지로 참느라 숨도 못 쉴 지경이거든."

커다란 손으로 율리의 머리를 어루만지던 그는 다른 방향으로 고개를 비틀고 다시금 입술을 포갰다. 조금 전보다 더욱더 깊숙하고 길게, 소리는 내지 않으면서 그녀가 숨을 헐떡일 때까지 아주 집요하게.

그의 입술이 떨어져 나가고도 율리는 눈을 뜰 수 없었다. 그의 어깨에 매달린 채 조용히 거칠어진 호흡을 골랐다. 해소하지 못하고 쌓여 버린 욕구 때문일까? 언제 들킬지도 모를 아슬아슬한 상황이 평소보다 그녀를 들뜨게 했다. 그가 다시 입술을 포개려 하자, 율리는 재빨리 고개를 돌렸다.

"이제 그만해요. 나 힘들어요."

"힘들어?"

율리가 대답 대신 고개를 끄덕이자, 제호는 팔을 벌려 그녀를 포근히 끌어안았다.

"미안. 아직 몸이 다 나은 것도 아닌데……. 앞으로 자제할게요."

앞으론 자제하겠다는 말에 안도가 되면서도 한편으론 불안했다. 이걸 계기로 쓸모가 없어진 그녀와 헤어지려는 건 아닐까 해서.

"그렇다고 너무 자제하진 말고요."

"후."

그녀의 말이 마음에 들었는지 그가 짧게 웃었다.

"말해봐요. 원하는 게 뭔지."

"……글쎄요, 뭘 원해야 할까?"

율리는 고개를 뒤로 젖혀 제호를 빤히 올려다보았다.

원하는 거라면 내가 아픈 만큼 당신도 아팠으면 좋겠어요.

하지만 입 속에서만 맴돌고, 밖으로 내뱉을 수는 없었다.

그때, 임시 벽 너머에서 선영의 목소리가 들렸다.

"율리 씨, 자료실에 있어요?"

화들짝 놀라며 제호의 품에서 벗어나는 순간 선영이 자료실 안으로 걸어 들어왔다. 율리는 잘못하다 들킨 아이처럼 재빨리 열린 캐비닛 문 뒤로 몸을 숨겼다. 제호가 천천히 선영을 향해 뒤를 돌아보자, 선영은 의아한 얼굴로 고개를 갸우뚱거렸다.

"어? 여기에도 없네?"

율리는 손으로 입을 막고 숨을 죽인 채 선영의 눈에 띄지 않게 바짝 캐비닛 안쪽으로 붙어 섰다. 도저히 아무렇지 않은 얼굴로 선영을 마주 볼 용기가 없었다. 입술은 부어올라 있을 테고, 얼굴도 빨갛게 달아올라 있을 것이다. 머리카락 한 올 흐트러지지 않은 제호와는 달랐다.

"무슨 일입니까?"

제호는 태연한 얼굴로 캐비닛 문 앞에 서서 혹시라도 율리가 보일까 몸으로 가려주었다.

"율리 씨 앞으로 퀵서비스가 왔거든요."

"율리 씨는 요 앞에 커피 사러 갔습니다."

"아, 그러면 제가 대신 사인하고 책상에 올려놓을게요."

선영이 자료실을 나가자, 율리는 숨었던 캐비닛 문 뒤에서 조심스럽게 걸어 나왔다.

"난 뒷문으로 나가서 커피 사서 올게요."

다행히 자료실 바로 옆에 사무실 뒷문이 있어서 들키지 않고 몰래 빠져나갈 수 있었다.

하지만 몇 걸음 채 옮기기 전에 제호에게 어깨를 잡혔다. 율리가 왜 그러냐는 눈으로 바라보자, 그는 묵묵히 블라우스의 앞섶을 모아주고 열려 있는 단추를 잠갔다. 흐트러진 머리카락도 정돈해주었다.

모든 과정이 끝나자, 율리는 다시금 빠르게 걸음을 옮겼다. 하지만 이번에도 몇 걸음 옮기지 못하고 그에게 팔을 잡혔다. 이번엔 짜증 난 눈으로 제호를 흘겨보았다. 그는 토라진 표정의 율리를 바라보며 입술 끝을 끌어 올렸다.

"외상이라도 할 겁니까?"

"아, 맞다."

휴대폰도, 지갑도, 모두 자리에 두고 왔는데…….

"아아로 부탁해요."

제호는 주머니에서 지갑을 꺼내 블랙 카드를 율리의 손에 쥐여줬다. 그러곤 한 손에 파일을 들고 뒤를 따라오라는 신호를 보냈다. 혹시 모르니까 뒷문으로 가는 그녀를 몸으로 가려주려는 것 같았다.

제호의 도움으로 무사히 사무실을 빠져나간 율리는 그가 부탁한 아이스아메리카노 말고도 다른 직원을 위해 넉넉하게 커피와 음료수를 사 왔다. 다행히 그 누구도 자료실에서 무슨 일이 있었는지 모르는 눈치였다. 율리는 안도의 숨을 내쉬며 아이스아메리카노를 쭉 들이켰다.

책상에는 선영이 대신 사인하고 받은 퀵서비스 상자가 놓여 있었다. 채 의원이 보낸 물건이었다.

뭐가 그리도 급해서 퀵서비스로 보냈을까?

참을 수 없는 호기심에 퇴근할 때까지 기다릴 순 없었다. 율리는 빠르게 상자를 열어 보았다. 상자 안에는 책 한 권이 들어 있었다. 아무 생각 없이 책 표지를 들여다보던 율리의 눈이 순간 커다래졌다. 그녀는 책을 내려놓고 바로 채 의원에게 전화를 걸었다. 하지만 받지 않았다. 막 전화를 끊는데 휴대폰이 울렸다. 김 보좌관에게 온 전화였다.

[오늘 저녁에 양당 주요 인사끼리 친목 모임이 있습니다.]

"오늘 저녁이라고요? 전 아무 말도 듣지 못했는데요."

[갑작스럽게 결정된 모임이라서요. 급하게 알려드려서 죄송합니다.]

"아무리 그래도……."

거절의 말을 꺼내려는데 김 보좌관이 먼저 질문을 던졌다.

[퀵서비스는 잘 받아보셨습니까?]

"네. 그것 때문에 연락하려던 참이었어요. 왜 이걸 보낸 거죠?"

[아무래도 그걸 읽어보시고 모임에 참석하는 게 율리 씨에게 도움이 될 것 같아서요.]

율리는 미간을 찌푸리며 책을 집어 들었다. 책 표지는 온화한 미소를 머금은 남자의 사진으로 꾸며져 있었다. 남자는 보기만 해도 따뜻함이 느껴지는 눈빛을 지니고 있었다.

엄마는 이 눈빛 때문에 사랑에 빠졌던 걸까?

율리는 사진 속의 남자를 물끄러미 바라보았다. 그녀 손에 들린 책은 오늘 갓 출간된 정태혁 의원의 자서전이었다.

[참석 여부는 율리 씨 스스로 결정하시면 됩니다. 의원님께서는 명령이 아니라, 부탁이라고 하셨습니다. 오늘의 모임은 정태혁 의원의 자서전 출간 축하를 위한 자리입니다.]

김 보좌관의 말에 귀를 기울이며 율리는 조심스레 책을 펼쳐 보았다. 어쩌면 어머니, 소연에 관한 흔적이 책 어딘가에 담겨 있을지도 모르겠다. 티 나게 표현하진 않았겠지만, 그래도 뭔가 있지 않을까?

[의원님께선 정태혁 의원을 한번 만나보는 것도 나쁘지 않을 거라고 하셨습니다.]

이어지는 김 보좌관의 말에 율리는 가만히 고개를 끄덕였다. 채 의원 말이 맞았다. 한 번쯤은 정 의원을 가까이에서 만나보고 싶었다.

결국, 참석하기로 마음을 바꿨다. 전화를 끊은 율리는 빠르게 책 내용을 읽어 내렸다. 근무 시간이라 제대로 읽을 순 없어 대충 내용을 훑었다. 대부분은 어떻게 학생 운동에 가담하게 되었고, 무슨 연유로 정치에 뛰어들었는지에 관한 내용이었다.

사적인 부분은 가난했던 유년 시절과 지금의 아내를 어떻게 만나게 되었는가에 관한 일화뿐이었다. 그럼에도 불구하고 율리는 어렵지 않게 어머니 소연의 흔적을 찾을 수 있었다.

> 남들에겐 새우튀김이 단순한 음식이겠지만, 나에겐 사랑한 이를 떠올리게 되는 행복한 추억이다.

아버지를 일찍 여의고 홀어머니 밑에서 자란 정태혁 의원은 어려운 환경 탓에 생일 파티는 꿈도 꾸지 못했다고 했다. 쇠고기가 들어간 미역국조차 먹을 수 없었던 그에게 초등학교 6학년이 되던 해, 생일상에 새우튀김이 올라왔단다. 그것도 보통 새우가 아닌 살아 있는 대하로 갓 요리한 바삭바삭한 튀김이. 김치찌개에 돼지고기도 넣지 못할 정도로 가난했기에 어린 정태혁은 깜짝 놀라고 말았다.

그러다 어머니가 새벽 수산 시장에 나가 허드렛일을 하고 받아온 대하라는 걸 알게 되었다. 온종일 가사 도우미 일로 피곤했을 텐데도 어머니는 아들을 위해 새벽에까지 일을 나간 것이다. 정 의원은 어머니의 커다란 사랑을 느끼며 눈물을 흘렸다고 자서전에 적어놓았다.

"후우."

율리는 책을 덮으며 작은 탄식을 흘렸다.

— 살아 있는 새우를 하나하나 손질해서 튀기는 게 쉬운 일인 줄 알아요? 어쩌다 한두 번이라면 몰라도 항상 그랬다니. 그거, 사랑 없인 못 해요.

제호에게 그 말을 듣고 처음엔 부정했던 율리였지만, 그래도 어쩌면 조금이라도 어머니가 아버지를 사랑했던 건 아닐까? 하는 생각을 가지기 시작했었다. 하지만 헛된 희망이었나 보다. '사랑한 이를 떠올리게 되는 행복한 추억'엔 어쩌면 정태혁 의원의 어머니뿐 아니라 옛 연인인 소연 역시 포함되어 있을지도 모르겠다.

아마도 소연은 정태혁을 위해 새우튀김을 만들었을 테고, 결혼 후에도 행복했던 추억을 떠올리려 계속 만들었을 것이다. 남편인 채형식을 사랑해서가 아니라……. 채 의원이 이 부분을 읽으면서 얼마나 씁쓸해했을지 눈에 그려졌다.

아버지나 자신이나 두 사람 모두 보답받을 수 없는 사랑에 빠졌다는 사실에 쓴웃음이 나왔다. 더는 읽고 싶지 않아, 율리는 맨 아래 서랍을 열고 책을 집어넣었다. 그러다 우연히 제호와 시선이 마주쳤다.
율리의 안색이 어두워 보이자 제호는 살며시 미간에 주름을 잡았다. 율리는 아무것도 아니라는 듯 살짝 웃어 보이고는 서둘러 모니터로 시선을 돌렸다.
퇴근 시간이 되자, 어제처럼 바래다줄 모양인지 제호가 다가왔다. 컴퓨터 전원을 끈 율리는 그를 올려다보며 가볍게 고개를 흔들었다.
"오늘은 안 바래다줘도 돼요. 아버지와 모임에 참석해야 하거든요."
"모임이요?"
"네. 양당 주요 인사끼리 친목을 위한 자리를 마련했다고 해서."
그녀의 대답이 마음에 들지 않는다는 듯 제호의 표정이 굳어졌다. 아직 몸이 완전히 회복된 것도 아닌데 벌써 정치 모임에 끌려가다니. 채 의원은 도대체 언제까지 율리를 자신의 도구로 이용하려는 걸까, 짜증이 치솟았다. 하지만 제호는 언짢은 감정을 숨기고 대신 율리의 상태를 물었다.
"모임에 참석하면 피곤할 텐데 괜찮겠어요?"
"피곤해도 밥은 먹어야 하니까요."
율리는 덤덤하게 말하며 가방을 들고 자리에서 일어났다.
"모임 끝나면 오늘은 그냥 본가로 갈 거예요."
에둘러 표현했지만, 오늘 밤은 오피스텔로 찾아오지 말라는 뜻이었다. 제호는 가만히 고개를 끄덕였고, 율리는 사무실을 나섰다. 참으로 간사한 게 사람의 마음이라고, 막상 제호가 순순히 놓아주자 조금 서운한 감정이 들었다.

하, 정말 한심하다. 고작 이런 거에 서운해하다니. 채율리, 너 아직도 정신 못 차리지!

율리는 멍청한 자신을 꾸짖으며 손가락으로 꾹 엘리베이터 버튼을 눌렀다.

회사 건물을 빠져나오니 채 의원을 태운 차가 앞으로 다가왔다. 이미 먼저 와서 율리를 기다린 듯했다. 그녀가 뒷좌석에 오르자, 창밖을 내다보던 채 의원이 율리에게로 고개를 돌렸다. 채 의원은 평소와 다름없이 무덤덤한 표정이었다.

정적을 만나러 가는 기분은 어떤 걸까? 아내의 마음을 차지했던 남자를 보러가는 느낌도 그리 편안하진 않을 것이다. 채 의원과 정 의원은 정치적으로도 사적으로도 서로가 서로를 대립하고 견제하는 정적이자 연적이었다.

"정태혁, 슬슬 대선 후보가 되려고 기지개를 켜는 모양인데…… 후."

혼잣말처럼 말을 꺼낸 채 의원은 무릎에 올려둔 책을 들어 올렸다.

"유권자에게 가까이 다가가려면 이렇게 자서전을 내는 것도 좋은 방법이긴 하지. 그래서, 읽어는 보았니?"

"대충이요. 아버지는요?"

"나도 그냥 훑어본 정도다."

무덤덤한 목소리였지만, 채 의원의 안색은 어딘지 모르게 어두워 보였다. 혹시라도 새우튀김 일화를 읽고서 심기가 불쾌해진 것은 아닐까? 순간 율리의 머릿속에 작은 의혹이 떠올랐다. 채 의원도 새우튀김을 만드는 아내를 보며 아주 조금은 자신을 사랑할지 모른다는 희망을 품었던 것은 아닐까? 하는.

얼마 후, 두 사람을 태운 차는 친목 모임이 있는 고급 한정식 식당에 도착했다. 예전부터 정계 모임 장소로 유명한 그곳은 궁전이 연상될 정도로 드넓은 정원에 빼어난 경치와 화려한 조명을 자랑했다.

예약한 별관으로 들어서자 이미 도착한 의원들과 담소를 나누는 정태혁 의원의 모습이 눈에 들어왔다. 친목을 위한 자리여서인지 대화 내용은 정치보단 주로 사적인 이야기였다.

어릴 때부터 율리를 지켜본 의원들은 반갑게 그녀를 맞이했다. 대부분은 민우와의 파혼 사실에 관해선 입을 다물었다. 단 한 사람, 예전부터 율리를 며느리로 탐내던 박창선 의원만 주책없이 말을 꺼냈다.

"율리야, 요즘엔 파혼 그거, 아무것도 아니란다. 전혀 흠 될 거 없어. 괜히 갔다가 오는 것보단 가기 전에 깨지는 게 훨 낫지. 안 그러냐?"

"그러네요."

진정으로 민우를 사랑했다면 박 의원의 말에 상처를 받았을지 모르겠지만 민우와의 파혼이 고맙기만 한 율리는 살며시 미소 지었다. 박 의원은 계속해서 대화를 이어 나갔다.

"어떠냐? 시간 되면 우리 둘째와 만나보지 않을래? 연하도 상관없다면 우리 막내도 좋고. 두 녀석 모두 날 닮아서 두뇌, 성격, 외모, 어디 하나 흠잡을 데가 없단 말이지. 하하하."

대놓고 거절하지 못하고 율리는 슬그머니 채 의원에게 고개를 돌렸다. 이럴 땐 아버지가 거절하게 내버려두는 것이 가장 현명한 방법이었다.

"박 의원, 그건 나중에 따로 이야기하지. 파혼한 지 얼마 되지도 않앉는데……."

"나도 알지. 혹시라도 그 전에 다른 집안에서 우리 율리를 채갈까 봐 미리 말해두는 거네."

"알았네, 알았으니까……."

채 의원은 앞으로 나서며 율리에게 먼저 테이블에 가서 앉으라고 손짓했다.

"율리야, 우리 막내 다음 달에 한국 들어오는데 잠깐만이라도 얼굴 보지 않을래? 언제 시간 되니?"

박 의원이 계속해서 율리와 약속을 잡으려 하자, 채 의원은 박 의원의 팔을 잡아 정원으로 이끌었다. 두 사람이 밖으로 나가고 율리는 자리를 찾기 위해 테이블 위에 놓인 이름표를 훑어보았다. 놀랍게도 그녀의 자리는 정태혁 의원 바로 옆이었다. 율리가 자리에 앉자, 다른 의원과 대화를 마친 정 의원이 자연스럽게 그녀를 향해 몸을 틀었다.

"안녕하세요. 채형식 의원 따님이시죠?"

"네, 의원님. 안녕하세요."

정 의원과 대화를 나누게 되자, 율리는 저도 모르게 긴장하고 말았다.

"항상 멀리서만 보다가 이렇게 가까이서 율리 양을 보게 되니까 새삼 놀랍군요."

놀랍다는 말에 율리가 의아한 표정을 짓자, 정 의원은 온화하게 웃으며 고개를 끄덕였다.

"돌아가신 어머니를 똑 닮아서 하는 말입니다."

"네, 주위에서 그런 소리 많이 듣습니다."

그때 웨이터가 새우튀김이 담긴 접시를 들고 와, 각각 개인 접시 위에 올려놓기 시작했다. 막 정 의원 접시에 올려놓으려는데 그가 정중히 손을 들어 거절했다.

"전 됐습니다. 갑각류 알레르기가 있어서."

"알레르기요?"

조금은 놀란 표정으로 웨이터가 물었다.

"네. 고등학교 입학하고서 갑자기 알레르기가 생기는 바람에……. 아주 심각한 건 아니고 두드러기가 올라오는 정도지만, 웬만하면 피하려고 하죠. 다른 해산물은 괜찮습니다."

"그러면 의원님, 생선튀김이나 오징어튀김으로 메뉴를 변경할까요?"

"아니, 그럴 필요 없어요. 다른 분들은 괜찮으시니까……."

정 의원과 웨이터의 대화를 들으며 율리는 새우튀김을 한입 베어 물었다. 바삭, 튀김이 부서지며 고소한 맛이 입 안에 퍼졌다. 하지만 복잡한 마음 탓에 아무 맛도 느낄 수 없었다.

고등학교 시절부터 갑각류 알레르기가 생겼다면, 정 의원은 어머니 소연이 만든 새우튀김을 먹어볼 기회가 없었을 것이다.

"후."

골똘히 생각에 잠겼던 율리는 끝내 어처구니없다는 듯 웃고 말았다.

우습다. 이렇게 혼자 추리하는 게 무슨 소용일까? 끝내 진실에는 닿을 리 없는데…….

차라리 정 의원에게 직접 '제 어머니를 얼마큼이나 사랑하셨나요? 아직도 잊지 못하셨나요?'라고 묻는 게 나을 것이다. 만약에 한순간도 잊은 적 없다는 대답이 돌아온다면? 서로 애타게 그리워한 게 사실이라면? 선을 넘지 않았다고 해도, 마음만이었다고 해도, 상대 배우자에겐 큰 상처가 될 것이다.

참지 말아요

"실례합니다."

그때 김 보좌관이 율리에게 다가와, '채 의원님이 갑자기 급한 일이 생겨서 지금 당사로 돌아가셔야 합니다.'라고 전했다. 자리에서 일어나는 율리를 정 의원이 부드럽게 제지했다.

"율리 양까지 갈 필요는 없을 것 같은데…… 식사 마치고 가요."

"네, 채 의원님도 율리 씨는 남아주시기를 바라셨습니다."

아버지가?

율리가 다시 자리에 앉자, 김 보좌관은 가볍게 허리를 굽혀 인사하고는 별관을 빠져나갔다.

"괜찮다면 내가 바래다줄 테니까, 걱정하지 말고."

율리의 잔에 매실주를 따르며 정 의원이 말했다. 율리는 두 손으로 공손히 잔을 받아들며 예의 어린 미소를 지어 보였다. 어쩌면 채 의원은 일부러 그녀에게 이 자리를 마련해준 것인지도 모르겠다.

배려일까? 아니면 또 다른 계략의 시작일까?

율리는 정 의원이 따라 준 매실주를 천천히 한 모금 들이켰다. 첫맛은 새콤달콤하고 뒷맛은 씁쓸한, 마치 지금 그녀가 처한 상황처럼 오묘한 맛이었다.

"왜 이렇게 중요한 사실을 지금 보고하는 거야!"

머리끝까지 화가 치민 권 전무는 손에 들고 있던 서류를 민우의 수하였던 남 비서에게 집어 던졌다. 남 비서는 몸을 움찔했지만, 서류를 피하진 않았다. 스친 종이에 뺨이 베이며 피가 흘렀다. 하지만 남 비서는 피를 닦을 생각조차 하지 못했다.

"죄송합니다. 실장님이 절대로 아무에게도 말하지 말라셔서⋯⋯."

"아무에게도? 야, 내가 '아무나'야? 나는 그 녀석 아비라고, 아비!"

채 의원의 뒤를 캐던 권 전무는 이미 민우가 자신과 비슷하게 뒷조사했다는 사실을 알아냈다. 그뿐인가? 그걸 빌미로 채 의원을 협박해 깨질 뻔한 결혼을 진행했다는 것도 알게 되었다.

"율리가 전치 3주 이상으로 맞았었다고?"

"네. 사진은 구할 수 없었지만, 병원 진단서는 여기 있습니다."

남 비서는 파일 안에서 꺼낸 병원 진단서를 권 전무에게 내밀었다.

"흠."

채 의원과 채율리, 둘 사이에 뭔가 있는 게 분명했다. 그렇지 않고선 친딸을 이런 수준까지 폭행할 수 있을까! 그것도 죽은 아내와 똑 닮은 딸을 말이다.

"채 의원, 지금 어디 있어?"

"오늘 정태혁 의원의 자서전 축하 모임이 있는데, 채율리 씨와 함께 참석했다고 합니다."

"뭐? 자서전 축하 모임? 쳇, 정적끼리 축하는 무슨⋯⋯. 하여간 모임에서 무슨 일 있는지 하나도 빠지지 않게 보고해. 알았어?"

"네."

남 비서는 재빨리 대답하고 급히 집무실을 빠져나갔다.

당사에 급한 일이 있다며 자리를 떠난 채 의원은 무슨 이유에서인지 율리보다 먼저 집에 돌아와 있었다. 정 의원이 집까지 바래다줬다고 말하려고 서재로 향했던 율리는 안에서 흘러나오는 큰소리에 흠칫 걸음을 멈추었다.

"아빠가 민우 오빠 그렇게 한 거, 나 때문이잖아!"

유리의 목소리였다.

"내가 민우 오빠 좋아해서 그래서 멀리 보내버린 거잖아!"

뭐? 유리가 민우를 좋아한다고?

율리는 믿을 수 없다는 얼굴로 제자리에 얼어붙고 말았다.

"쓸데없는 소리 이제 그만해. 조금 있으면 율리 올 텐데, 네 언니도 알게 할 셈이냐?"

"아빠, 그러지 말고……."

도대체 언제부터 유리가 민우를 마음에 두고 있었던 걸까? 얼마 전에 안 여사가 말했던 채 의원과 유리의 언쟁 역시 민우 때문이었나?

"네가 뭐라고 해도 소용없어. 권 실장을 해외로 내보낸 건 내가 아니라 권 회장님이야."

"권 회장님이 그런 결정을 내리게 아빠가 만든 거잖아."

채 의원은 아직 유리에게 민우가 지금까지 어떤 일을 저지르고 다녔는지 말해주지 않은 모양이다. 김 보좌관이 작성한 보고서를 한 번만이라도 읽어보았다면 절대로 저런 반응이 나올 수 없을 테니까. 왜 유리에게 알리지 않은 걸까? 자신이 좋아한 남자의 밑바닥을 보고 실망할 유리가 걱정되어서?

"아빠가 자꾸 이러면 율리 언니에게 다 말할 거야. 나 때문에 아빠가 민우 오빠를……."

도저히 가만히 듣고만 있을 수 없었다. 결국 율리는 노크를 생략한 채 문을 열었다. 채 의원은 바로 눈치를 챘지만, 문 쪽으로부터 등을 지고 있던 유리는 율리의 존재를 전혀 알아차리지 못했다. 그녀는 흥분한 목소리로 말을 이었다.

"언니는 자신 때문에 민우 오빠가 해외 발령 났다고 믿을 텐데······."

"맞아, 유리야. 나 때문이야. 너 때문이 아니라."

율리의 목소리가 등 뒤에서 들리자, 유리는 깜짝 놀란 얼굴로 뒤를 돌아보았다.

"······언니······."

율리는 그대로 유리를 지나친 후, 채 의원이 앉은 책상으로 다가갔다. 채 의원도 유리처럼 당황했을 테지만 표정에는 변화가 없었다. 그저 무덤덤하게 율리를 바라볼 뿐이었다.

"정 의원님이 집 앞까지 바래다주셨어요. 아버지, 괜찮으시다면 제가 유리에게 민우가 지금까지 벌인 일들에 관해 말해주고 싶은데요. 이렇게 숨기기만 하는 것보단 그게 나아요."

"음."

채 의원은 고민히는 것 같더니, 이윽고 천천히 고개를 끄덕였다.

"너 좋을 대로 해라."

채 의원에게 허락받은 율리는 동생을 향해 뒤를 돌았다. 유리는 당혹스러운 눈으로 말없이 율리를 바라보았다. 유리 앞으로 다가간 율리는 동생의 팔을 잡아, 서재 밖으로 이끌었다.

유리의 방으로 자리를 옮긴 율리는 김 보좌관이 메일로 보내줬던 보

참지 말아요

고서를 휴대폰으로 열어 유리에게 보여주었다. 액정 화면에 뜬 피해자의 사진들을 한 장 한 장 넘길 때마다 유리의 얼굴은 서서히 창백해져 갔다.

"말도 안 돼. 이게 다 민우 오빠가 한 짓이라고?"

"그래. 민우가 해외 발령 난 이유는, 내 오피스텔에 도청 장치를 하면서까지 날 스토킹해서야."

율리는 그동안 무슨 일이 있었는지 간략하게 설명해주었다. 처음엔 그럴 리 없다고 의심하던 유리는 결국 풀이 죽은 듯 고개를 숙이며 길게 한숨을 내쉬었다.

"……미안해, 언니."

율리는 화났다기보다는 안쓰럽다는 표정으로 유리를 바라보았다.

"언제부터 민우를 좋아한 거야? 왜 내게 말하지 않았니?"

"언니에게 말할 필요는 없었어. 민우 오빨 차지할 생각은 손톱만큼도 없었으니까. 난 그저 멀리서 지켜만 보고 싶었다고."

그런데 알고 보니 권민우는 그럴 가치가 없는 남자였다. 그가 까칠한 성격의 소유자라는 것은 이미 유리도 알고 있었다. 성정이 바르지 못하다는 것도, 약간 폭력적이라는 것도. 하지만 데이트 상대에게 폭력을 가할 줄은 미처 몰랐다. 이렇게까지 바닥이었다니…….

"네가 민우 좋아하는 거, 아버지는 어떻게 아신 거야? 네가 말씀드렸니?"

"아니, 그냥 우연히……."

"언제?"

"얼마 안 됐어. 민우 오빠, 필리핀에서 돌아오고 나서 바로. 아빠는 언니 정혼 상대라고, 혼자 좋아하는 것조차 안 된다고 했어. 그래도 내가 포기 못 한다고 하니까, 아빠가⋯⋯."

그다음 말은 귓속에 들어오지 않았다. 아까부터 일었던 의혹이 자꾸만 커졌기 때문이다. 어쩌면 채 의원이 민우를 해외로 내보낸 건 율리가 아니라 유리를 위해서였는지도 모르겠다.

그녀를 위험한 상황에 빠지게 하면서까지 왜 민우를 급히 치워버렸나, 종종 의문이 들곤 했었다. 이제야 이해가 된다. 채 의원은 혹시라도 유리가 민우에게 다가갈까 봐 미리 손을 쓴 게 분명했다. 율리를 미끼로 쓰면서까지.

하, 조금씩 마음의 벽이 허물어지고 있었는데⋯⋯.

아버지가 어떤 줄 뻔히 알면서도, 바보처럼 또다시 상처 받고 말았다.

율리의 안색이 급속도로 어두워지자, 유리는 하던 말을 멈추고 조심스레 눈치를 살폈다.

"⋯⋯언니, 화 많이 났어?"

"아니."

율리는 빠르게 고개를 흔들었다.

사실 유리가 그녀에게 미안해할 필요는 없었다. 원해서 불륜으로 태어난 것도 아니고. 만에 하나라도 사실이 들통난다면 유리야말로 평생 '사생아'라는 딱지를 달고 살아야 한다.

"언니, 정말 미안해. 흑."

유리의 눈가가 서서히 붉어지더니 어느새 눈물이 그렁그렁 맺히기 시작했다.

넌 소리 내서 울 수나 있지. 나는⋯⋯.

끝도 없이 무겁게 가라앉는 마음을 애써 부여잡으며 율리는 흐느끼는 동생을 안아주었다. 한 손으론 동생의 등을 토닥거리고, 다른 손으론 흐트러진 머리카락을 쓰다듬어주었다.

힘들 때 편히 기댈 수 있는 상대가 있다는 것은 참으로 감사한 일이다. 오늘따라 율리는 기댈 상대가 있는 유리가 참 부럽다는 생각이 들었다.

나는 누구에게 기대야 할까.

끊이지 않고 계속해서 초인종이 울렸다. 서둘러 샤워를 마친 제호는 대충 가운을 걸치며 거실로 나갔다.

이 밤중에 누구지?

인터폰 화면으로 방문자를 확인한 제호는 미간을 찌푸렸다. 율리가 멍하니 모니터를 바라보고 있었다. 제호는 옷을 갖춰 입을 생각도 못한 채 가운 차림 그대로 밖으로 달려 나갔다. 대문을 여는 동시에 문에 기대고 있던 그녀가 안기듯 그의 품으로 쓰러졌다.

"율리야?"

"미안해요. 그런데 나 좀 어지러워서……."

제호의 품에 얼굴을 묻으며 그녀가 작게 속삭였다. 마치 술에 취한 듯 율리의 몸이 축 늘어졌다. 술 냄새는 풍기지 않았다. 다만 그녀의 몸이 얼음장처럼 차가울 뿐이었다. 그래도 오늘은 겉옷을 챙겨 입었다는 사실에 안도해야 하는 걸까?

"여기서 이러지 말고 들어가."

제호는 대문을 닫는 동시에 율리를 번쩍 안아 올렸다. 현관문과 거실을 지나 곧장 침실로 걸어간 그는 율리를 침대 위에 내려놓고 편히 있을 수 있게 재킷을 벗겼다.

"어떻게 된 거야? 오늘 모임에 간다고 했잖아."

재킷을 벗겨내자, 실크 소재의 블라우스가 모습을 드러냈다. 제호는 블라우스의 단추를 풀며 동시에 율리의 팔을 손바닥으로 문질렀다. 도대체 얼마나 밖에 오래 있었으면 이다지도 몸이 차가울까. 손바닥에 닿는 살갗이 소름 돋을 정도로 싸늘했다.

"모임에 갔다가 집에 갔어요. 유리랑 이야기 좀 하다가…… 오피스텔에서 자는 게 더 편할 것 같아서, 그래서 택시를 탔는데…… 갑자기 답답하더라고요. 그래서 내려서 좀 걸었어요."

"얼마나 걸었는데?"

율리는 대답 대신 물끄러미 제호를 바라만 보았다. 그러다 입가에 살며시 미소가 떠올렸다. 그녀가 무슨 말을 하려는지 알 것 같아, 제호는 눈살을 찌푸렸다.

"너, 설마……?"

여기까지 걸어왔다고?

그녀가 축 늘어진 이유는 술에 취해서가 아니라, 너무 지쳐버려서다. 택시를 타고 얼마나 가다가 내렸는지는 모르겠지만, 걸어왔다면 적어도 두 시간은 훌쩍 넘게 걸리는 거리였다. 제호는 믿을 수 없다는 얼굴로 품에 안긴 율리를 내려다보았다. 그녀는 그의 가슴에 뺨을 기댄 채, 곧 잠들어버릴 것처럼 느릿하게 눈꺼풀을 깜빡거렸다.

"처음엔 그냥 걷기만 했어요. 그런데 걷다 보니까…… 후, 제호 씨랑 약속한 게 생각나더라고요. 그래서 왔어요."

"나와 약속한 거?"

율리는 고개를 끄덕이며 기댄 몸을 일으켰다. 한동안 물끄러미 제호를 바라보다 살며시 손을 들더니 어루만지듯 제호의 뺨을 감쌌다.
"……나보고 절대로 혼자 아프지 말라고 했잖아요. 조금만이라도 아픈 것 같으면 바로 말하라고."
율리는 손가락으로 자신의 가슴을 문지르며 말을 이었다.
"지금 여기가 너무 아프거든요."
"무슨 일 있었어?"
"후, 일이야 많았죠."
율리는 흐리게 웃으며 양팔을 벌려 제호의 목을 끌어안았다.
"그러니까 나 좀 위로해줘요."
유리의 잘못은 아니었지만, 또다시 상처를 입은 것은 사실이다. 도저히 본가에 머물 수 없어 율리는 정당한 핑계를 대며 집을 나섰다. 택시를 타고 오피스텔로 향하던 중, 정말로 숨이 막힐 것처럼 가슴이 답답해 더는 견딜 수 없었다.
무작정 택시에서 내린 율리는 정처 없이 거리를 헤맸다. 모질지 못한 자신에게 짜증이 나기 시작했다. 화를 내는 것까진 아니어도 유리에게 정신 차리라며 싫은 소리 몇 마디쯤은 할 수 있었다. 그러나 그녀는 아무 말 하지 않고 울먹이는 동생을 다독거리며 달래주었다.
그러다 문득 제호의 모습이 떠올랐다. 자신에게 기대라며 넓은 어깨를 톡톡 두드리던 모습이.
거짓 연기라는 걸 뻔히 알면서도 오늘만큼은 넓은 어깨에 기대보고 싶었다. 허상이라도 지금 그녀에겐 기댈 존재가 필요했다. 괜찮다며 다정하게 다독거려주는 상대가 필요했다.
그가 그녀를 이용한 만큼, 그녀도 그를 이용해야겠다는 생각이 들었다. 그가 속으로 어떤 생각을 하든, 그녀가 원하는 대로 해석하면 그만이니까.

제호는 아무 말 하지 않고 가만히 율리를 끌어안았다. 그에게 안긴 율리는 길게 숨을 내쉬며 가늘게 몸을 떨었다. 아직도 추위가 가시지 않은 듯했다.

"아무래도 안 되겠어. 뜨거운 물로 샤워해야지."

그 말에 율리는 도리도리 고개를 흔들며 제호의 품으로 파고들었다.

"피곤해요. 나, 그냥 잘래."

"그러면 샤워하지 말고 욕조에 들어가기만 해."

그건 제안이 아니라 명령이었다. 더운물을 튼 제호는 율리를 옷 입은 채로 욕조 안에 내려놓았다. 몸도 마음도 지친 탓에 꼼짝도 하기 싫은 율리는 그에게 순순히 몸을 맡겼다.

그는 율리와 눈을 마주하며 흠뻑 젖은 블라우스의 단추를 풀어 나갔다. 서로를 바라보는 눈빛이 차츰 짙어져가는 동안 더운물에서 나오는 수증기는 서서히 욕실을 채워 나갔다.

"오늘은 출근하지 말고 쉬지 그래?"

다음 날 아침, 제호는 출근을 고집하는 율리를 곤혹스러운 얼굴로 바라보았다.

"괜찮아요."

"내 말 들어."

제호가 걱정하는 것도 일리는 있었다. 어젯밤 너무 무리한 탓에 율리는 온몸이 두들겨 맞은 것 같은 근육통에 시달렸다. 그렇다고 침대에 누워만 있을 순 없었다.
"계속 움직여줘야 해요. 오히려 가만히 있으면 더 아프다고요."
그래도 제호의 얼굴에서 근심이 사라지지 않자, 율리는 한마디 덧붙였다.
"걱정하지 말아요. 작년까지 매년 마라톤도 했었으니까."
율리는 채 의원 대신 기부 마라톤 행사에 참여하곤 했었다. 뛴다기보다 거의 걷는 수준이긴 했지만, 그래도 도중에 포기하지 않고 완주했다. 그래서 오래 걷기엔 나름대로 자신 있었다. 다만 어젯밤은 운동화가 아니라 구두를 신었고, 아직 완전히 회복한 상태가 아니라서 몸에 무리가 간 것일 뿐.
"집에 가서 옷 갈아입고 출근해야 하니까, 나 먼저 나갈게요."
율리는 제호가 아침 대용으로 건넨 토마토 주스를 단번에 비우고 자리에서 일어났다.
"그런데 혹시……."
현관문으로 걸어가는 율리를 향해 제호가 입을 열었다.
"나에게 하고 싶은 말 없어?"
율리는 무슨 말이냐는 얼굴로 뒤를 돌아보았다. 식탁 의자에서 일어난 제호는 느릿한 걸음으로 율리에게 다가가 손바닥으로 그녀 가슴을 지그시 눌렀다.
"여기가 너무 아팠던 이유 말이야."
분명 많은 일이 있었다고 했다. 하지만 어젯밤 그녀는 끝까지 아무 말도 하지 않았다. 욕조 안에서 그의 손에 온전히 몸을 맡겼을 뿐이다.

대답을 기대하고 물어본 것은 아니었지만, 그렇다고 잠자코 있을 수만은 없었다. 말없이 제호를 바라보던 율리는 희미하게 웃으며 고개를 저었다.

"제호 씨가 보고 싶어서 아팠다고 하면 믿을래요?"

"결국 내가 아프게 한 건가, 그럼?"

거짓말이라는 걸 뻔히 알면서 제호는 그녀를 따라 웃을 수밖에 없었다.

"듣고 보니 그러네요."

율리의 말간 두 눈이 제호를 향해 반짝거렸다.

"제호 씨가 날 아프게 한 거네……."

순간 긴장한 듯 제호의 눈이 가늘어졌다. 어쩌면 억눌렀던 진실을 지금 터뜨리려는 건 아닐까, 긴장하고 말았다.

한동안 제호를 바라만 보던 율리는 입가에 희미한 미소를 머금은 채 가볍게 고개를 흔들었다.

"괜찮아요. 불장난하다 보면 다치기도 하고, 아프기도 하니까요."

"불장난?"

"네, 우리 지금 불장난하는 거잖아요. 서로 구속하지 않기로 한 약속 잊은 건 아니죠? 제호 씨가 미국으로 돌아가면 끝날 관계라는 거."

어젯밤 무슨 일이 있었는지 모르지만, 율리는 또다시 날카로운 혀로 그녀 자신을 베고 있었다. 그러지 말라고, 제발 무슨 일인지 털어놓으라고 말하고 싶었지만, 그녀가 모든 것을 알아버린 이상 이젠 그럴 수 없었다. 제호는 착잡한 마음을 숨기며 건조한 눈빛으로 율리를 바라보았다. 지금은 그녀의 장단에 맞춰줄 필요가 있었다.

"물론 잊지 않았죠. 얼마나 스릴 있게 즐기는 중인데."

"다행이네요. 우리 둘 다 변하지 않아서."
"그래도……."
한 걸음 더 가까이 다가가며 제호는 율리의 가는 허리에 팔을 감아 벽 쪽으로 밀어붙였다. 예상하지 못한 행동이었는지 그녀는 살며시 눈을 찡그렸다. 그러나 밀어낸다거나, 품에서 빠져나가려고 하진 않았다.
"다치지 않았으면 좋겠어요. 아프지도 말고."
제호는 율리의 턱을 그러쥐며 나른한 눈빛으로 그녀를 바라보았다. 그가 고개를 숙이자, 간질이듯 부드러운 숨결이 그녀 입술에 닿았다.
"앞으로는 좀 더 조심할 테니까."
달래듯 부드럽게 속삭인 그는 손끝에 힘을 주어 율리의 입을 벌리고는 그대로 입술을 덮었다.
"하아."
뜨거운 숨을 들이마신 율리는 양손으로 제호의 셔츠 깃을 움켜쥐었다.

"역시."
남 비서가 건넨 사진을 훑어보던 권 전무의 눈빛이 흥미롭다는 듯 번쩍거렸다. 사진 속에는 채 의원 집 앞에 차를 세우고 율리를 내려주는 정태혁 의원의 모습이 담겨 있었다. 율리는 고개를 숙여 인사하고 바로 집 안으로 들어갔지만, 정 의원은 차를 출발시키지 못하고 꽤 오래 집 앞을 서성거리는 모습이 사진에 고스란히 찍혔다.
뭔가 있는 게 분명했다.

고성능 렌즈로 당겨 찍은 덕분에 정 의원의 표정이 마치 눈앞에 있는 것처럼 생생하게 드러났다. 절대로 정적의 딸을 대하는 표정일 수가 없었다. 그건 아주 깊은 사연이 담긴 표정이었다.

"정태혁 의원 쪽도 한번 파봐. 아무래도 그쪽이 채 의원 약점을 가장 잘 알고 있을 테니까."

"네, 알겠습니다."

남 비서가 물러나고, 권 전무는 다시금 사진을 뚫어져라 바라보았다.

이거 일이 재미있게 돌아가는군.

권 전무의 입가에 비릿한 미소가 떠올랐다.

Chapter 19

어차피 복수하려고 했잖아

어느덧 한 주의 마지막 근무일인 금요일이 돌아왔다.
하루 휴가를 낸 제호는 출근하지 않고 집에 남았다. 이번 주말부터 율리가 머물 수 있게 게스트 룸을 준비하기 위해서다. 사람을 써도 되겠지만, 제호는 직접 자신의 손으로 꾸미고 싶었다. 하지만 제대로 일을 시작하기도 전에 갑작스레 우결이 집으로 들이닥쳤다.
"무슨 일이야?"
"급히 할 말이 있어."
우결은 전화 통화할 내용이 아니었다고 설명하며 소파에 앉았다.
"지금 진 선생님, 유럽에서 임무 수행 중이거든. 자세한 내용은 밝힐 순 없고, 대충 유럽에서 한국으로 밀반입하는 마약 공급책을 쫓고 계셔. 하여간 우선 이 사진부터 봐."
제호는 우결이 내미는 태블릿 PC를 무표정으로 들여다보았다. 살인 현장을 찍은 것 같은 잔인한 사진이 화면을 가득 채우고 있었다.
"아직 기사가 나가진 않았어. 여자는 현장에서 살해되었고."
사진 속에는 피투성이의 남녀가 바닥에 쓰러져 있었다. 우결은 손가락으로 여자를 지목했다.

"남자는 지금 혼수상태야. 살인범은 흔적을 지우고 도망간 것 같고. 혼수상태에 빠진 남자는 마약 공급책이야. 살해된 여자는 마약 공급책의 애인이고."

"그래서 그게 왜?"

"나도 처음엔 마약과 관련된 살인 사건인 줄 알았는데……."

급히 서류 봉투를 열며 우결이 말을 이어 나갔다. 봉투 안에는 파리에서 지내는 민우의 모습을 담은 사진들이 들어 있었다. 우결이 고용한 파파라치는 하루도 빠지지 않고 날마다 사진을 찍어 한국으로 전송했다.

"이 여자, 기억나?"

우결은 많은 사진 중에서 한 장을 골라 제호에게 내밀었다. 사진 속 여자는 어두운 골목 안에서 민우와 부둥켜안고 있었다.

"글쎄?"

"얼마 전에 민우가 술집에서 헌팅한 여자인데……."

우결은 잠시 말을 끊고 사진 옆에 태블릿 PC를 내려놓았다.

"살해당한 여자와 동일인이야. 당국 경찰은 지금 민우를 가장 유력한 용의자로 보고 있어."

제호가 미간을 찌푸리자, 우결은 시선을 맞추며 천천히 고개를 끄덕였다.

"너도 사진을 보면서 느꼈겠지만. 이 여자, 얻어맞은 모습이 지금까지 민우에게 당했던 여자들의 모습과 아주 비슷해."

우결의 말이 맞았다. 사진을 내려다보는 제호의 얼굴이 곤혹스럽게 일그러졌다.

민우 녀석이 제정신이 아니라는 것은 알았지만, 살인을 저지를 정도로 미치광이일 줄은 몰랐다.

"사인은?"

"구타에 의한 구토로 기도 폐쇄가 일어나 심정지가 발생했대. 제때 응급 처치를 했으면 살았겠지만, 범인은 그대로 현장을 떠났어."

제호는 믿을 수 없다는 얼굴로 눈앞에 놓인 사진을 노려보았다.

"도대체 이게 다 무슨 소리야?"

소식을 듣고 집으로 달려온 권 전무는 험악한 얼굴로 나 여사에게 다가갔다. 평소라면 큰소리치지 말라고 핀잔할 나 여사가 오늘은 아무 말도 하지 않았다.

젠장!

그런 아내 태도에 권 전무는 속으로 욕설을 내뱉었다. 나 여사가 이럴 정도면 정말로 큰 사태가 일어났다는 뜻이니까. 혹시 누구라도 들을까, 권 전무는 주위를 둘러보았다. 그제야 나 여사는 한숨을 내쉬며 가까이 오라는 손짓을 보냈다.

"다 내보냈어요. 지금 집에는 당신이랑 나밖에 없어요."

그래도 마음이 놓이지 않았는지, 나 여사는 소곤소곤 작은 목소리로 말했다.

"그 자식, 지금 어디 있어?"

"다행히 프랑스에선 벗어났대요. 그래도 유럽은 대부분 범죄인 인도 조약이 돼 있어서 안전하지 않아요."

"범죄라니! 그러면 정말 민우가······."
"조용히 하라고요, 쉬잇!"
집에 아무도 없다면서 나 여사는 누구라도 들을까, 손가락으로 입을 막았다.
"민우 잘못 아니에요. 그 여자애, 분명 마약에 찌든 상태였을 거예요. 그러니까 민우가 좀 때렸다고 바로 심정지가 왔지."
"정신 차려, 당신!"
"이이가 미쳤나? 그럼 그게 우리 민우 잘못이란 말이에요?"
권 전무는 대답 대신 핏발이 선 눈으로 나 여사를 노려보았다.
미친 건 자신이 아니라 뻔뻔스러운 아들과, 그런 아들을 끝까지 감싸는 아내였다.
사람을 죽이다니!
제 아들이 살인자가 되었다는 사실에 소름이 돋았다. 더 기가 막힌 사실은 살인을 저지르고도 민우나 나 여사나 상황을 심각하게 받아들이지 않는다는 거였다.
민우는 사건 후, 곧바로 나 여사에게 전화를 걸어 무슨 일이 있는지 전부 말했단다. 사망한 여자의 집을 빠져나오려는 순간, 여자 애인으로 보이는 남자가 들어오는 바람에 어쩔 수 없이 대리석 조각으로 남자의 머리를 내리쳤다는 이야기까지 포함해서.
머저리 같은 녀석! 누가 통화 내용을 듣기라도 하면 어쩌려고!
"아직 아무도 모르지?"
"아무도 몰라요."
그제야 권 전무는 넥타이를 느슨하게 풀며 소파에 풀썩 주저앉았다. 머리가 깨질 것 같아서 잠시라도 숨을 돌릴 생각이었다. 하지만 나 여사는 조잘조잘 말을 이어 나갔다.

"아직 용의자로 몰린 건 아니에요. 그년이 남자가 한둘이 아니래요. 어쩌면 혼수상태에 빠진 애인이란 놈이 죄를 다 뒤집어쓸 수 있을 것도 같아요. 그래서 말인데……."

"닥쳐!"

순간 나 여사의 눈이 커다래졌다.

"당신, 지금 뭐라고 했어요?"

"닥치라고 했어. 그 아가리 좀 닥치라고!"

전혀 고상하지 않은 말이었지만, 나 여사는 뭐라고 대들 수 없었다.

지금 이 문제를 해결해줄 수 있는 사람은 어쨌든 남편밖에 없으니까. 불쾌했지만, 우선은 참기로 했다.

권 전무는 지친 듯 두 손으로 얼굴을 감싸며 길게 한숨을 내쉬었다. 그때 테이블 위에 놓아둔 휴대폰이 울리기 시작했다. 무시했지만 끊이지 않고 계속 울리자, 권 전무는 낚아채듯 휴대폰을 집어 들고 외쳤다.

"대체 무슨 일인데 그래?"

[전무님, 큰일 났습니다! 윤 부장이, 그러니까…….]

상대의 말을 묵묵히 듣기만 하던 권 전무의 얼굴이 순간 흉악스럽게 일그러졌다.

"야, 다시 말해봐. 그게 지금 누구 손아귀에 들어갔다고?"

엎친 데 덮친 격이라고 예상하지 못한 일이 동시에 터져버렸다.

"율리 씨, 퇴근 안 해요?"

퇴근길에 나서던 직장 동료 한 명이 옆으로 다가오며 물었다. 불타는 금요일이라고 모두 약속이 있는지 사무실은 들뜬 분위기였다. 율리 혼자만 차분히 작업에 열중했다.

"해야죠. 하던 거 마저 끝내고요."

"이번 주말에 특별한 계획 있어요?"

단순히 지나가는 질문이겠지만, 율리는 입술을 깨물며 곤란한 표정을 짓고 말았다. 내일부터 제호의 집에서 지내기로 했으니까. 그의 집에서 하루 이틀 지낸 게 아니었지만, 이번엔 달랐다.

"그럼 월요일에 봐요."

"주말 잘 보내요."

모두가 나가고 혼자만 사무실에 남게 되자, 율리는 제호의 자리로 고개를 돌렸다. 오늘 그는 휴가를 쓰고 회사에 출근하지 않았다. 어차피 내일이면 볼 텐데, 고작 하루 보지 못했다고 그가 보고 싶었다.

훗, 이러면서 무슨 복수를 한다고.

율리는 쓰게 웃으며 다시 작업에 집중했다. 하지만 얼마 가지 못해서 손에 쥔 디지털 펜을 내려놓았다. 마음이 복잡해서 더는 계속할 수 없었다. 그냥 집에 가서 짐이나 챙기는 게 나을 것이다. 내일 몇 시쯤에 그의 집으로 가겠다고 말하진 않았지만, 점심 이후쯤으로 예상하였다. 컴퓨터를 끄고 막 가방을 들려는데, 책상 위에 놓인 휴대폰이 울리기 시작했다.

액정에 뜬 발신자 이름을 확인한 율리는 저도 모르게 눈살을 찌푸렸다. 전혀 예상하지 못한 상대로부터 걸려 온 전화였기 때문이다.

"네, 여보세요."

[그래, 율리야. 그동안 잘 지냈니?]

휴대폰 너머로 권 전무의 목소리가 흘러나왔다. 잘 지냈느냐는 질문에 율리는 선뜻 대답할 수 없었다. 자기 아들이 무슨 짓을 했는지 뻔히 알면서 어떻게 이런 질문을 하는 걸까.

율리에게서 아무런 대답도 돌아오지 않자, 권 전무는 헛기침을 내뱉고는 다시 말을 이었다.

[너만 괜찮다면 좀 보고 싶은데…….]

"무슨 일이세요?"

[전화로 말할 건 아니고. 만나서 얼굴 보고 이야기하고 싶구나.]

솔직히 말하자면, 율리는 권 전무를 만나고 싶은 생각이 전혀 들지 않았다. 민우와 사이가 좋았을 때조차도 그녀는 권 전무를 꺼렸다. 화를 참지 못하는 그는 시도 때도 없이 버럭버럭 소리를 질렀으니까.

"제가 좀 바빠서 어렵겠는데요."

[……음, 바빠도 시간을 내야 할 거다. 아주 중요한 이야기거든.]

"민우에 관한 이야기라면……."

[아니, 민우에 관한 게 아니다. 이건 너와 네 가족에 관한 거다.]

협박하듯 낮게 말하는 권 전무의 목소리가 어딘지 모르게 음산하게 들렸다.

"저와 제 가족에 관한 거라니, 무슨 말이시죠?"

[전화로 할 이야기가 아니니 만나자고 하는 거다.]

잠시 고민하던 결국 율리는 권 전무를 만나기로 했다. 자신의 일이라면 몰라도 가족까지 들먹이는 게 꺼림칙해서였다.

"그렇다면 지금 시간 괜찮은데요."

[알았다. 지금 회사니? 그리로 차를 보내마.]

권 전무와 전화를 끊자마자, 바로 휴대폰이 울렸다. 이번엔 제호에게서 온 전화였다. 내일 언제 올 건지 물어보려고 전화한 걸까? 통화 버튼을 누르자, 제호는 인사를 생략한 채 바로 질문을 던졌다.
[퇴근했어요?]
"아직 회사예요. 이제 퇴근하려고요."
[저녁 같이할래요? 나, 지금 회사 근처인데.]
"안 될 것 같아요. 오늘은 선약이 있어서……."
[현경 씨와 만나기로 했어요?]
"네."

권 전무와 만나기로 했지만, 율리는 제호가 현경과 만나기로 했다고 오해하게 놔두었다. 권 전무를 만난다고 하면 이것저것 물어볼 게 뻔했기 때문이다. 거짓말한 게 마음에 걸렸지만, 그도 지금까지 매번 거짓말을 했는데 이게 뭐 대수냐고 자신에게 변명하면서 전화를 끊었다.

20분 후, 권 전무가 보낸 차가 회사 앞에 도착했다. 운전석에서 내려선 남자가 율리를 위해 차 문을 열어주었다. 아무 생각 없이 차에 타려던 율리는 남자의 얼굴을 보고 살며시 미간을 찌푸렸다.

"……당신은?"

낯이 익다 했더니, 얼마 전까지 민우의 수행 비서였던 남 비서였다. 율리가 자신을 알아보자 남 비서는 겸연쩍게 웃으며 머리를 긁적였다.

"권 실장님이 해외로 발령 나시고, 권 전무님 밑으로 들어가게 됐습니다."

"아, 네."

율리가 차에 오르자, 남 비서는 운전석에 올라 서둘러 차를 출발했다. 차가 큰 도로로 진입하고 얼마 지나지 않아 남 비서는 룸 미러를 통해 율리를 바라보며 말했다.

"미리 알려드리지만, 고속도로 타고 좀 멀리 갈 겁니다."

"얼마나 멀리요?"

"가평에 있는 별장으로 모셔오라고 했습니다. 아주 중요한 이야기라서 절대로 말이 새어 나갈 수 없는 곳으로 정했다고 하셨습니다."

얼마나 중요한 이야기기에……?

나쁜 일이 생길 리야 없겠지만, 그래도 조금은 불길한 예감이 들었다. 율리는 시선을 내리며 손에 쥔 휴대폰을 만지작거렸다.

가평 별장으로 간다고 제호 씨에게 알려야 하는 건 아닐까?

하지만 곧 마음을 바꾼 그녀는 휴대폰을 재킷 주머니 안에 집어넣었다. 매 순간 제호에게 의지하려는 것은 매우 나쁜 버릇이다. 게다가 그녀는 조금 전 제호와의 전화 통화에서 현경과 저녁을 먹을 거라고 거짓말까지 한 상태였다.

그래, 걱정하지 말자.

아무리 권 전무가 다혈질이라지만, 적어도 그는 민우처럼 앞뒤를 분간하지 못하고 덤비는 정신병자는 아니었다. 그리고 그녀의 뒤에 있는 채형식 의원을 봐서라도 섣불리 뭘 하지는 못할 것이다. 원망스러워도 아버지의 존재가 단단한 방패막이 된다는 사실은 부정할 수 없었다.

율리는 몸의 긴장을 풀려 노력하며 좌석 등받이에 등을 기대었다.

막 고속도로로 진입했는지, 차의 속도가 점점 빨라지고 있었다.

율리를 태운 차는 권 전무가 보낸 차였다. 회사 건물 옆, 으슥한 곳에 차를 세웠던 제호는 권 전무의 차가 출발하자 눈치채지 못하게 뒤를 따랐다. 차 문을 열어주던 남자의 얼굴 역시 익숙했다. 기억이 맞는다면 민우의 수하에 있던 남 비서일 것이다. 다행히 율리를 태운 차는 제호가 미행하고 있다는 사실을 눈치채지 못한 것 같았다.

현경과 저녁 약속이 있냐는 물음에 율리가 그렇다고 대답했을 때부터 제호는 거짓말이란 것을 알았다. 한 시간 전까지 현경과 함께 있었기 때문이다. 제호는 현경에게 도움을 받으며 율리를 위한 선물을 쇼핑했었다. 지금껏 그녀에게 꽃다발 하나 제대로 건네지 못했기에.

선물한다고 자신을 용서할 리는 없겠지만, 그래도 더 늦기 전에 그녀에게 선물을 하고 싶었다. 아슬아슬한 두 사람의 관계가 끝나버리기 전에. 당장 오늘 밤에라도 그녀가 모든 것을 알아버렸다고 말해버리면 끝날 관계이니까.

현경은 기뻐하며 적극적으로 제호를 도왔다. 쇼핑을 끝낸 현경은 대학 동창과 저녁 약속이 있다며 급히 자리를 떴다. 오늘은 자신이 빠져 줄 테니 율리와 함께 불타는 금요일 밤을 보내라는 조언과 함께.

오늘 현경이 그를 대하는 태도로 봐선, 율리는 아직 현경에게 아무 것도 말하지 않은 것 같다. 아마도 율리는 끝까지 입을 닫을 것이다. 지금까지도 현경에게 집에 무슨 사연이 있는지 숨기고 있는 것처럼.

이번엔 또 무슨 일을 혼자서만 겪으려고 저러는 건지…….

앞차의 빨간빛을 따라가는 제호의 얼굴에 어두운 그림자가 내려앉았다.

창가에 기댄 권 전무는 위스키를 홀짝거리며 차에서 내리는 율리를 내려다보았다. 그녀가 별장 건물로 가까이 다가올수록 권 전무의 입가엔 서서히 미소가 떠올랐다.

훗, '하늘이 무너져도 솟아날 구멍이 있다'는 말은 딱 지금을 두고 한 말이란 말이지.

어처구니없는 사고를 친 아들 소식에 넋 잃을 새도 없이, 더욱더 위협적인 일이 권 전무를 기다리고 있었다. 10년 전, 해외 건설 사업 관리를 맡았던 윤 부장이 당시의 비리가 담긴 비밀 장부를 제호에게 넘겨주었다는 소식이었다. 그 이야기는 일전에 제호와 만났던 대주주 한 명의 입에서 흘러나왔다.

— 제호가 직접 나한테 그랬다니까. 비밀 장부, 지금 자기 집 서재 금고에 보관해두었다고.

다음 달 초에 열리는 정기 이사회에서 제호는 모두에게 비밀 장부의 존재를 폭로할 계획이라고도 했다. 제호는 자신을 전무 자리에서 끌어내리려 작업 중인 게 분명했다.

"미친 새끼."

권 전무는 욕설을 내뱉으며 벌컥, 위스키를 들이켰다.

모두 태워 버리라고 지시했는데 그걸 지금까지 가지고 있었다니.

비밀 장부의 존재가 알려지면 몰래 지시를 내린 자신보다는 일선 책임자였던 윤 부장이 더 곤란해지기에 마음을 놓고 있었다. 괜히 양심선언 어쩌고저쩌고하다가 징역 가고 싶진 않을 테니까.

업무상 횡령의 공소 시효는 10년이나, 특정 경제 범죄 가중 처벌법을 적용했을 경우, 금액이 50억이 넘어가면 공소 시효는 15년으로 늘어나게 된다. 그런데도 윤 부장이 비밀 장부를 제호에게 건넸다면 뭔가 모종의 굵직한 거래가 있었을 것이다.

그때 차 문이 열리고, 남 비서의 안내를 받으며 율리가 별장 안으로 들어왔다. 권 전무는 화하게 웃으며 창가에서 율리를 향해 돌아섰다.

"먼 곳까지 와주어서 고맙구나. 저녁은 먹었니?"

"아뇨."

"그래, 배고프겠구나. 되도록 빨리 끝내주마. 남 비서, 자넨 밖에 나가 있게. 우리 둘이서 중요한 이야기를 해야 하니까."

"네, 전무님."

남 비서는 허리를 숙여 인사하고 곧바로 밖으로 걸어 나갔다.

단둘만 남는 게 마음에 걸렸지만, 율리는 아무렇지 않은 척 연기하며 권 전무가 권하는 소파에 앉았다. 권 전무는 율리의 맞은편에 앉으며 손에 든 위스키 잔을 단숨에 비웠다.

"미안하다. 내가 맨정신으론 말하기가 좀 어려워서 말이다."

도대체 무슨 이야기를 하려고 저러는 걸까?

율리는 무표정을 유지하며 무릎 위에 놓인 두 손을 꽉 움켜잡았다.

"사실은 말이다, 처음엔 다른 이유로 너를 만나려고 했단다. 뭐, 너도 오면서 짐작은 했겠지만, 민우에 관해서였지. 우리 민우가 너 때문에 해외로 쫓겨나게 됐으니까 말이다."

"그건 민우가 제 오피스텔에 도청……."

율리가 반박에 나서자, 권 전무는 손을 들어 그녀의 말을 제지했다.

"아직 내 말 안 끝났다. 어른이 말씀하시는데 버릇없이 끼어들면 안 되지. 안 그러냐?"

곧 입을 다무는 율리를 바라보며 권 전무는 부드럽게 웃어 보였다.

"그래, 생각한 것보다 말귀를 잘 알아듣는구나. 잘하면 너와 나, 서로에게 아주 큰 도움이 될 것 같은데……."

율리는 그게 무슨 뜻이냐는 듯 미간을 찌푸렸다. 그러나 권 전무는 설명 대신 빈 잔에 위스키를 가득 따랐다.
도대체 뭐 하자는 거지?
단번에 잔을 비운 권 전무는 다시 위스키를 따랐고, 율리는 그런 그를 가만히 지켜보았다.

도착지가 어디일지 쉽게 짐작할 수 있는 곳에 이르러서 제호는 차의 속도를 올려 앞차를 추월했다. 조금 더 가면 고속도로를 빠져나가게 되고, 가평 별장까진 좁은 일차선이 계속된다. 계속 상태를 유지했다간 미행을 들킬 게 뻔했다. 먼저 도착해서 눈에 띄지 않게 숨어 있어야 했다.
지금 율리가 향하는 가평 별장은 KG그룹이 비밀 회동을 위해 마련한 특별한 장소였다. 방해 전파가 사방으로 흐르고 있어 유선 전화기 외엔 어떤 통신 기기도 작동할 수 없고, 곳곳에 감지기가 설치되어 있어 도청이나 녹음, 촬영 등을 전혀 할 수 없었다.
그런 곳으로 권 전무가 율리를 불러냈다는 것은 아주 중요하면서도 절대로 밖으로 새어 나가선 안 되는 이야기를 나눌 거라는 뜻이 된다.
그가 예상한 대로, 율리를 태운 차는 얼마 후 별장에 도착했다. 율리와 남 비서가 별장 안으로 들어가고 곧이어, 남 비서가 밖으로 나왔다. 그는 조심스레 주위를 둘러보고는 차에 올라탔다. 아마도 차 안에서 대기하라는 지시를 받은 모양이었다.
도대체 무슨 말을 하려고.

제호는 불안한 눈으로 별장으로부터 흘러나오는 불빛을 노려보았다.

"이게 뭐죠?"
"글쎄, 네 눈에는 그게 무엇으로 보이냐?"
자신이 건네 서류를 보고 창백하게 질린 율리를 바라보며 권 전무는 잔인한 웃음을 떠올렸다.
"그걸 보면서 '역시 난잡한 피가 어디 갈까?' 싶더구나. 집안 꼴이 그러니, 너도 민우와 결혼을 진행하면서 제호와 양다리를 걸쳤겠지만."
"제호 씨와 저, 민우와의 결혼식이 깨지기 전까진 아무런 사이 아니었어요."
서류를 손에 쥐고 부들부들 떨면서도 율리는 권 전무의 말에 반박했다.
"오히려 민우가 다른 여자와 불륜 관계였죠."
"훗, 잠자리 몇 번 했다고, 불륜은 무슨? 그래도 민우는 상대에게 마음을 주지 않았어. 그저 심심풀이였지. 아, 됐다. 그 이야기는 그만하고……"
권 전무는 귀찮다는 듯 손을 내저으며 소파 등받이에 몸을 기댔다. 어차피 지금 이 자리에서의 갑은 자신이고, 그녀는 을이었으니까.
"너는 그렇다 치고, 네 아비가 불륜한 건 어떻게 변명할 거지? 이렇게 증거가 떡하니 있는데, 응?"
율리는 입을 다문 채, 권 전무를 노려보았다. 그녀 손에 든 서류는 유리와 안 여사의 친자 확인서였기 때문이다. 도대체 어떻게 해서 이 서류가 권 전무 손에 들어간 건지, 그리고 도대체 누가 친자 확인을 했는지 도저히 감을 잡을 수 없었다.

이번엔 반박하지 못하고 율리가 침묵을 지키자, 권 전무는 승리의 미소를 떠올리며 극적이었던 몇 시간 전의 일을 떠올렸다.

사태를 처리하려 급히 회사로 돌아갔지만, 뾰족한 수가 없었다. 윤 부장은 이미 해외로 나간 상태였고, 만약 비밀 장부가 제호의 손에 넘어간 거라면 어찌해볼 도리가 없었다.

그때 남 비서가 흥분한 얼굴로 나타났다. 도무지 믿기지 않는 행운을 물고서. 정태혁 의원 쪽을 파던 중, 작년에 보좌관에서 해고된 남자가 먼저 남 비서에게 접근했다. 율리와 정 의원의 관계를 의심해서 정 의원을 조사했던 건데, 남자는 그것보다 더 큰 물고기를 권 전무에게 잡아다 주었다.

"채유리는 본처 딸이 아니라, 안미숙의 딸입니다. 불륜으로 생겼고."

채 의원을 공격할 최고의 약점이라고 여긴 그는 바로 정 의원에게 보고했지만, 보고하는 순간 내쳐졌다고 했다. 이런 비겁한 방식으로 일하는 사람을 주변에 둘 수 없단 이유라고 했다. 그리고 만약 이 비밀을 발설하면 다시는 이 세계에 발 들이지 못할 거라고 경고를 받았다.

구 보좌관은 돈 때문이 아니라 억하심정에 자신이 알고 있는 정보를 모두 내주었다. 정 의원에게 내쳐진 이후엔, 어차피 이 세계에서 버티지 못할 거라고 하면서.

민우를 한국으로 데려오려 시작한 일이었지만, 권 전무는 이젠 아들보다 자신의 안위가 더 걱정되었다. 이건 자신의 목줄이 걸린 상태였다.

"이 패는 아무래도 다른 곳에 이용해야겠군. 집사람에겐 입도 뻥끗

하지 말게."

"네, 전무님."

"아, 그나저나 제호랑 율리, 둘 지금 함께 지낸다고 했나?"

"정확하진 않지만 아마도 그런 것 같습니다. 서로의 집에 들락날락하는 모습이 여러 번 목격되었습니다."

"결혼이 깨진 지 얼마나 됐다고 벌써…… 쯧쯧. 쳇, 역시 고귀하신 채형식 핏줄이군."

하지만 나쁠 건 없었다. 승리의 여신은 자신을 향해 미소 짓고 있었다.

회상에서 깨어난 권 전무는 율리 쪽으로 상체를 기울이며 나긋나긋한 말투로 말했다.

"아직 채 의원에겐 보여주지 않았어. 네가 어떻게 나오냐에 따라서 달라질 테니까."

"민우를 돌아오게 해달라고 회장님께 간청이라도 하라는 건가요?"

"아까도 말했지만 처음엔 그랬는데, 지금은 마음이 바뀌었어. 내게 더 급한 일이 생겨서 말이지."

더러운 년.

율리를 쳐다보는 권 전무의 눈빛에 경멸의 빛이 울렁였다.

내 아들을 내친 것도 모자라서, 눈엣가시 같은 제호 녀석과 붙어먹다니!

도저히 구역질이 나서 참을 수가 없었다. 하지만 아이러니하게도 그 때문에 채율리는 그에게 구원의 여신이 되어줄 것이다.

"필요한 장부가 하나 있는데 지금 제호 집 서재, 금고 안에 있어. 그걸 내게 가져오면 모든 걸 없던 것으로 해주지."

"뭐라고요?"

율리는 기가 막힌다는 얼굴로 되물었다.

"나보고 스파이 짓을 하라고요?"

"스파이 짓이라기보단 날 도와주는 거라고 하자."

권 전무는 위스키 잔을 입으로 가져가며 뻔뻔하게 웃었다.

"지금 금고 안에 있는 장부, 그거 원래 내 것이었어. 그런데 제호 녀석이 부정한 방법으로 빼갔단 말이지."

"그러면 직접 제호 씨에게 말하세요. 저에게 훔쳐오라고 하지 말고."

"율리야, 뭔가 크게 착각하는 모양이구나. 넌 지금 내게 이래라저래라 할 처지가 아니란다."

그 말에 율리는 친자 확인서를 한 번 더 훑어보더니 다시 권 전무에게로 시선을 돌렸다.

"아뇨. 착각에 빠진 건 제가 아니라 전무님이에요. 우선 본인의 동의 없이 행해진 친자 확인은 불법입니다. 또한 불법으로 시행된 검사 결과가 정확할 리 없고요. 그리고 만에 하나, 친자 확인서가 사실이라고 해도 불륜을 저지른 쪽은 제가 아니라 아버지인데, 왜 절 협박하시는 거죠?"

'협박'이란 말에 권 전무는 험상궂게 표정을 일그러뜨렸다.

하, 되바라진 년, 말하는 본새 보게!

그러나 율리의 말이 아주 틀린 것은 아니었다. 처음엔 권 전무도 불륜 증거로 채 의원을 협박할 생각이었다. 민우가 다시 한국으로 돌아올 수 있도록 권 회장을 설득하게 말이다. 하지만 민우는 이미 돌아오지 못할 강을 건너버렸다. 살인자가 된 아들은 귀국은커녕 한국 근처에도 오지 못하고 평생 해외를 떠돌면서 살아야 할 것이다.

피는 물보다 진하다지만, 권 전무는 망나니 같은 아들을 품어줄 정도로 마음이 넓지 못했다. 어차피 애정 없는 결혼 생활에서 나온 결과물이니, 지금 내쳐버린다 해도 크게 아쉬울 건 없었다. 내치는 김에 지긋지긋한 아내와의 결혼 생활 역시 끝낼 작정이었다.

그렇다면 이 패는 오로지 저만을 위해 사용해야 하는데, 채 의원은 아무런 도움이 안 될 테고 괜히 건드려봤자 좋을 게 없었다. 제호에게 접근할 수 있는 율리만이 그가 원하는 것을 가져다줄 수 있었다.

"협박이라니! 난 네가 가족을 위해 뭔가 할 수 있는 기회를 준 것뿐이야."

"새엄마와 아버지가 떳떳하지 못한 관계였고 유리가 그 관계로 나온 사생아라면, 제가 왜 이런 짓까지 하면서 그들을 보호해야 하죠? 저야말로 그들을 가장 경멸하는 쪽일 텐데요."

"그럴 수도 있겠지."

권 전무는 동의한다는 듯 고개를 끄덕였다. 율리의 말에도 일리는 있었다. 그러나 그녀가 지금껏 철저하게 비밀을 지켰다는 것은, 그 누구보다 동생을 아낀다는 증거일 것이다.

"좋아. 거절하고 싶으면 거절해봐라."

권 전무는 옆에 놓인 유선 전화기를 고갯짓으로 가리키며 말을 이었다.

"네가 거절하는 순간, 난 언론에 불륜 사실을 뿌리라고 지시를 내릴 거다. 네 아비에게 몰래 연락할 생각은 말아라. 아, 미리 말해두겠는데, 이곳은 전파 방해가 있어서 유선 전화밖에 안 된단다."

그 말에 문자를 보내려 휴대폰을 꺼내던 율리가 움찔 동작을 멈췄다. 채찍질이 어느 정도 먹혀들어가자, 권 전무는 이번엔 부드러운 목소리로 율리를 달래보았다.

"한때 내 며느리가 될 뻔했던 너에게 충고 하나 하겠는데. 제호, 내 조카라도 좋은 말은 해줄 수 없는 놈이다. 속이 아주 시커멓거든. 정말로 네게 마음이 있어서 접근한 줄 아니?"

뭐야? 그도 알고 있었어?

놀란 기색을 보이면 안 된다는 것을 알면서도 율리는 저도 모르게 미간을 찌푸리고 말았다. 권 전무는 그것 봐라, 하는 표정을 지으며 '피식' 입매를 끌어 올렸다.

"처음에 너와 정혼하라는 회장님 지시에 녀석이 얼마나 불쾌해했는지 아니? 그랬던 녀석이 너와 연애를 한다고? 하, 지나가던 개가 웃을 판이군. 녀석은 단지 우리 민우를 자극하려고 네게 접근한 거야."

모두의 눈에는 제호의 속셈이 훤히 보였나 보다. 율리는 끝까지 눈치 채지 못했던 자신의 아둔함을 탓하며 지그시 입술을 깨물었다.

"이렇게까지 대립하는 이유가 뭐죠? 차기 경영권을 차지하기 위해서인가요?"

"당연하지. 제호 녀석, KG그룹은 제 것이라고 여기며 자랐을 텐데 그게 민우에게 넘어가게 됐으니 눈 돌았겠지. 세계적인 건축가다 뭐다 해도, KG그룹 회장에 비하면 아무것도 아닐 테니까."

잠자코 권 전무의 말을 듣는 율리의 표정이 서서히 굳어갔다. 아마도 그녀는 유치하고 더러운 재산 싸움이라고 생각하는 것 같았다.

제호가 이렇게까지 나오는 데엔 또 다른 이유가 있다는 걸 알면서도 권 전무는 그 사실에 관해선 입을 닫았다. 형인 권 부회장이 당한 불의의 교통사고는 그도 유감이라고 생각했다. 아마 그 때문에 제호는 귀국을 감행했을 것이다.

민우를 배후라고 의심해서였겠지. 교통사고가 나기 직전, 권 부회장이 만난 인물이 민우였으니까, 어쩌면 그 교통사고도 민우가 저지른 일 아닐까?

권 전무는 슬슬 민우를 의심하기 시작했다. 솔직히 친아들이지만, 녀석은 제정신이 아니었다.

― 제호 녀석, KG그룹은 제 것이라고 여기며 자랐을 텐데 그게 민우에게 넘어가게 됐으니 눈 돌았겠지.

정말 그래서일까? 단지 그 이유로?

율리는 방금 권 전무가 한 말을 곰곰이 되짚어보았다. 그녀가 아는 권제호란 사람과는 거리가 먼 내용이었다. 그러나 그건 어디까지나 그녀가 아는 권제호일 뿐이다.

훗, 어떤 마음으로 접근했는지도 몰랐으면서…….

그녀는 자조적인 웃음을 지으며 고개를 흔들었다. 하지만 그렇다고 해도 곧이곧대로 권 전무의 말을 받아들일 수도 없었다.

"지금 당장 결정할 순 없어요."

"좋나. 생각할 시간을 주마. 그러나 내 아비에겐 알리지 않는 게 좋을 거다. '낮말은 새가 듣고 밤말은 쥐가 듣는다'는 거 명심해라. 민우가 도청하는 법을 누구한테 배웠겠니?"

어쩌면 저리도 뻔뻔스러울 수가…….

율리는 '도청' 운운하는 권 전무를 기가 막힌다는 얼굴로 쳐다보았다. 하지만 그는 전혀 개의치 않는 얼굴로 위스키를 홀짝거렸다.

"결정하면 연락해라. 바꿔치기할 가짜 장부를 건네주마. 아무렴 내가 빠져나갈 틈도 마련하지 않고 이런 일을 부탁하겠니. 우리가 어떤 인연인데. 그래도 너와 나, 시아버지와 며느리가 될 뻔했던 사이 아니었더냐."

불행 중 다행으로 10년 전 윤 부장에게 건넬 때 사둔 여분의 장부가 남아 있었다. 사본도 간직하고 있으니, 전문가를 고용해 가짜 장부를 만든 다음, 금고에 있는 장부와 바꿔치기만 하면 된다.

가짜 장부는 교묘히 숫자를 조작해서 횡령이 아니라, 오히려 손해난 부분을 그가 권 부회장을 위해 몰래 메꿔놓은 것으로 처리할 예정이었다. 그것도 모르고 제호는 바꿔치기한 장부를 들고 정기 이사회에 나갔다가 망신만 당하겠지.

"하하하."

곤혹스럽게 일그러질 제호의 얼굴을 상상하는 것만으로도 권 전무는 나오려는 웃음을 참을 수 없었다.

율리는 느닷없이 웃음을 터뜨리는 권 전무를 곤혹스러운 눈으로 쳐다보았다.

부전자전이라더니 권 전무와 권민우, 정말 그 아버지에 그 아들이었다.

율리가 가평 별장을 나온 것은 도착하고 한 시간쯤 지난 후였다. 진이 빠져서 한 걸음도 내딛기 힘들었지만, 힘겹게 걸음을 재촉했다. 차에 오르자 남 비서가 조심스레 목적지를 물었다.

"어디로 모실까요?"

글쎄, 어디로 가야 할까?

말없이 창밖을 내다보던 율리는 중얼거리듯 입을 열었다.

"……번화한 곳으로 가주세요."

"네?"

"아무 곳이나 괜찮아요. 그냥 사람 많은 곳으로 가주세요."

남 비서는 곤란한 표정을 지었지만, 곧 차를 출발했다. 한참을 달린 후, 차가 멈춘 곳은 광화문 근처였다. 율리를 내려준 남 비서는 허리를 숙여 깍듯이 인사하고는 서둘러 차를 몰고 시야에서 사라졌다.

혼자 남겨진 율리는 천천히 주위를 둘러보았다. 거리는 금요일 밤을 즐기려고 나온 사람들로 발 디딜 틈 없이 북적거렸다.

북적거리는 인파 속으로 뛰어든 그녀는 묵묵히 걷고 또 걸었다. 하지만 쉽게 결론이 나지 않았다.

장부에 어떤 내용이 담겼는지도 모르는데 그걸 바꿔치기하라니.

제호에게 복수하고 싶었지만, 이런 식은 아니었다. 그렇다고 유리가 사생아라는 사실이 세상에 알려지게 가만히 내버려둘 순 없었다.

별장을 나설 때 권 전무가 했던 마지막 말이 머릿속에 떠올랐다.

─자랑은 아니다만…… 지금껏 민우 녀석이 무슨 짓을 하고 다녔는지 너도 잘 알 거다. 그런데 넌 왜 지금까지 아무 일 없이 멀쩡했다고 생각하니? 민우가 널 끔찍하게 사랑해서?

율리가 아무 대답도 하지 못하자, 권 전무는 잔인한 미소를 떠올리며 말을 이어 나갔다.

─아니, 그건 다 네 배경 덕분이야. 이번 스캔들로 채 의원이 무너지면 그는 더이상 널 지켜줄 수 없을 거다. 그러다 민우가 돌아오면 어떻게 될까? 한 번 곰곰이 생각해봐라.

민우가 다시 돌아온다는 상상만으로도 온몸에 소름이 돋았다. 우뚝, 걸음을 멈춘 율리는 떨리는 손으로 휴대폰을 꺼냈다.

어차피 복수하려고 했잖아

후, 어째서…….

통화 버튼을 누르며 그녀는 작게 한숨을 내쉬었다.

왜 힘들 때마다 그를 찾는 걸까?

신호음이 들리고, 곧바로 전화가 연결되었다.

[어디예요?]

율리가 말을 꺼내기도 전에 제호가 먼저 나직이 물었다. 제호의 목소리를 듣는 순간, 감정이 울컥해져 휴대폰을 쥔 손에 힘이 들어갔다.

"너무 늦은 건 알겠는데……."

율리는 떨리는 목소리를 가다듬으며 천천히 말을 꺼냈다.

"아까 했던 저녁 제안…… 아직도 유효해요?"

[물론이죠.]

연기라는 것을 알면서도 상대의 다정한 목소리에 율리는 그대로 주저앉고 싶었다. 어깨에 짊어진 무거운 짐을 모두 다 내려놓고 알아도 모르는 척 속아 넘어가고만 싶다. 하지만 그러기엔 그녀 앞에 펼쳐진 현실은 너무나 복잡했다.

"물론이죠."

거리를 두고 제호가 뒤에서 따라오고 있다는 사실을 율리는 전혀 모르고 있었다. 가평 별장에서 나온 후부터 몰래 뒤를 따랐다. 율리를 집에까지 바래다줄 것이라고 생각했는데, 별안간 차가 멈추더니 율리가 안에서 내렸다. 순간 당황했지만, 다행히 바로 옆에 주차장이 있었다. 재빨리 차를 주차한 그는 율리를 찾으러 주위를 뛰어다녔다. 얼마

지나지 않아 혼자 걷고 있는 율리를 발견하고 지금까지 쭉 그녀를 따라가는 중이었다.
"지금 내가 데리러 갈게요. 위치 알려줘요."
그녀는 자신이 어디에 있는지도 모르는지 주위를 둘러보기 시작했다. 생각에 잠긴 채로 정처 없이 걸은 탓이다.
작은아버지가 도대체 뭐라고 했기에 저리도 넋이 나간 표정인 걸까?
민우가 파리에서 저지른 사건 때문은 아닐 것이다. 아직 범인으로 확정된 것도 아닌데, 괜히 어설프게 말했다가 나중에 곤란할 수도 있었다. 우선은 가만히 지켜봐야만 했다.
[광화문 광장 근처예요. 세종 문화 회관 뒷골목으로 들어가서…….]
이윽고 주위를 둘러보던 율리가 자신이 있는 위치를 알려주었다.
[바로 앞에 '비터 문'이란 커피 전문점이 있어요. 거기서 기다릴게요.]
"알았어요. 지금 바로 갈게요."
곧장 따라 들어갈 순 없어서 10분쯤 밖에서 서성거리다 안으로 들어갔다. 하지만 그것도 꽤 빨리 온 편이라서 율리는 깜짝 놀란 얼굴로 제호를 바라보았다.
"근처에 있었어요?"
제호는 고개를 끄덕이며 그녀 맞은편에 앉았다.
"이 시간까지 저녁 안 먹고 뭐 했어요?"
"그러는 제호 씨는 아직도 저녁 식사 안 하고 뭐 했어요?"
"글쎄…… 어쩌다 보니 그렇게 됐네요."
'피식', 웃은 제호는 누구를 찾는 듯 주위를 둘러보며 물었다.
"현경 씨와 약속 있다고 하더니, 어떻게 된 겁니까?"
"……아, 그게……."

대답을 망설인 율리는 앞에 놓인 머그잔으로 시선을 돌렸다.
"내가 날짜를 착각했어요. 현경이랑 저녁 약속한 건 다음 주거든요. 그래서 다시 제호 씨에게 전화하려 했는데……."
거짓말은 하면 할수록 실력이 느는 것 같았다. 율리는 술술 거짓말을 늘어놓는 자신이 놀라울 뿐이었다. 그런데 권 전무를 만난 것까지 숨겨야 할지, 그냥 털어놓아야 할지 모르겠다. 율리는 어느새 식어버린 커피를 내려다보며 고민에 빠졌다. 잠시 뜸을 들이던 그녀는 이윽고 입을 열었다.
"갑자기 예상하지 못한 곳에서 전화가 걸려 왔어요."
제호는 누구 전화냐고 묻는 대신 율리를 바라만 보았다.
"권우식 전무님이었어요."
머그잔으로부터 고개를 든 율리는 제호를 바라보며 말을 이었다.
"긴히 할 말이 있다고, 만나자고 해서서, 뵙고 오는 길이에요."
조금쯤은 반응을 보일 것이라고 예상한 것과는 반대로 제호의 표정엔 아무런 변화가 없었다. 그는 알았다는 듯 고개만 끄덕이고는 율리의 앞에 놓인 머그잔을 손으로 가리켰다.
"그거 다 마신 겁니까?"
"아, 네."
"그럼 일어나죠."
머그잔을 들고 자리에서 일어난 제호는 반납하는 곳에 잔을 내려놓고 율리에게 돌아왔다.
"배 많이 고프죠. 뭐 먹고 싶어요?"
저녁 먹자고 연락한 주제에 율리는 어떤 음식도 떠올릴 수 없었다. 솔직히 전혀 배고프지 않았다. 이런 기분에 입맛이 있을 리 없잖은가.

대답이 돌아오지 않자, 제호는 그녀의 허리에 팔을 감고 커피 전문점을 나섰다. 어디로 가냐고 묻는 대신 율리는 제호에게 몸을 기대었다. 아이러니하게도 그저 그가 자신 옆에 있다는 사실에 마음이 놓였다.
묵묵히 발걸음을 옮기던 제호가 이윽고 입을 열었다.
"라면 먹을래요?"
"응, 좋아요."
"그러면 우리 집으로 가죠. 내가 끓여줄 테니까."
어째서일까? '우리 집'이란 단어가 오늘따라 무척이나 포근하게 느껴졌다.
"그래요."
율리는 그에게 기댄 채 가만히 고개를 끄덕였다.

"그런데 궁금하지 않아요?"
라면을 끓이려고 냄비에 물을 받는 제호에게 율리가 물었다. 제호는 가스레인지 위에 냄비를 올려놓고 율리를 향해 몸을 돌렸다. 그러나 무슨 말이냐고 묻진 않았다.
"권 전무님과 무슨 일로 만났는지……."
"아, 그거."
제호는 가볍게 고개를 끄덕이며 라면 포장을 뜯었다. 그러나 이번에도 무슨 일로 만났는지 묻지 않았다. 그가 관심 없다는 듯 라면 끓이기에만 집중하자, 그녀가 넌지시 운을 떼웠다.
"민우 일로 만나자고 하셨어요. 저 때문에 해외 발령 난 거니까, 제가 나서면 회장님이 민우를 불러들이지 않을까, 생각하셨나 봐요."

"저런, 곤란했겠네요."

"네, 조금은……."

어색하게 웃어 보인 율리는 냉장고로 걸어가 반찬을 꺼내 식탁에 내려놓았다. 그녀 딴에는 어색한 분위기를 바꿔보려는 것 같았다. 제호는 가스레인지의 불을 끄고 찬장에서 꺼낸 그릇에 라면을 담았다.

율리는 지금 반은 참을, 반은 거짓을 말하고 있었다. 그러나 그녀가 어떤 말을 해도 묵묵히 들어줄 생각이었다. 권 전무가 민우에 관한 이야기를 했다 치더라도, 귀국할 수 있게 도와달라는 말은 아니었을 것이다. 지금 민우는 한국으로 돌아올 상황이 아니니까. 하지만 지금은 그녀의 말에 장단을 맞춰주어야 한다. 그래야 권 전무가 무슨 말을 했는지 알아낼 수 있을 테니까.

"미안해요. 권씨 집안사람들이 얼굴이 좀 두꺼운 편이죠."

율리 앞에 라면 그릇을 내려놓으며 제호가 말했다.

"다음번엔 그냥 모른 척하고, 상대하지 마요. 그런다고 뭐라고 할 사람 없으니까."

"네."

율리는 고개를 끄덕이며 젓가락을 들었다. 하지만 그건 말뿐이었다. 그녀는 조만간 다시 권 전무를 만나야 했다.

― 네가 거절하는 순간, 난 언론에 불륜 사실을 뿌리라고 지시를 내릴 거다.

권 전무의 말이 머릿속에 맴돌았다.

정말 그렇게 할까?

지금껏 현경에게도 채 의원의 불륜 사실을 털어놓지 못한 이유는 창피한 것도 있지만, 그보다는 한 명이라도 출생의 비밀을 알게 하고 싶지 않아서다. 아무리 이해심 넓은 현경이라고 해도 색안경을 끼고 유리를 볼 테니까.

저를 희생할 정도로 동생을 사랑하는 것은 아니었다. 하지만 무슨 일이 있어도 동생을 지켜주라는 어머니의 유언만큼은 지키고 싶었다. 왜 하필 그녀에게 칼자루를 쥐게 한 건지 모르겠다.

젓가락으로 라면을 뒤적이던 율리는 작게 한숨을 내쉬었다.

그냥 눈 딱 감고 장부를 바꿔치기해버릴까? 어차피 복수하려고 했잖아. 하지만 무슨 수로 금고를 열지? 서재 어느 구석에 있는지조차 모르면서…….

골똘히 생각에 잠긴 탓에 어느새 면발이 불어버리고 말았다. 그래도 제호는 아무 말 하지 않고 반 이상 남은 그릇을 싱크대로 가져갔다.

"늦었으니까 오늘 그냥 여기서 자고 가요. 그리고 내일 아침, 같이 오피스텔로 가서 짐 가져오고."

"게스트 룸 준비됐어요?"

"왜? 준비 안 됐으면 안 자고 갈 건가?"

순간 율리는 긴장하고 말았다. 그와 한 침대를 사용하는 건 너무 위험했다. 특히 감정이 들쑥날쑥 혼란스러운 날은 더더욱. 어쩌면 그녀가 먼저 그의 품에 뛰어들지도 모르니까. 뜨겁게 안기며 잠시나마 모든 걸 잊어버리려 하겠지. 하지만 결국엔 정신적 혼돈만 가중되게 할 뿐이다.

"걱정하지 말아요. 게스트 룸 준비됐으니까."

잠시 후 돌아온 대답에 율리는 나지막이 안도의 숨을 내쉬었다. 그녀가 표정을 굳히는 걸 봤으면서도 제호는 모르는 척 냉장고 문을 열며 말했다.

"디저트는 거실에서 먹죠."

"이게 다 뭐에요?"

제호가 거실로 가져온 것은 디저트만이 아니었다. 율리는 앞에 놓인 크고 작은 쇼핑백을 바라보았다.

"선물."

선물이라고? 왜 갑자기?

"특별한 이유는 없고, 그냥 뭔가 해주고 싶었어요. 지금까지 제대로 된 선물을 한 번도 해준 적 없어서."

크고 작은 쇼핑백 안에는 초콜릿 세트부터 시작해 갖가지 선물이 들어 있었다. 그중에서 제일 작은 쇼핑백이 율리의 시선을 끌었다. 쇼핑백 안에는 나무 상자가 담겨 있었다.

"아."

아무 생각 없이 상자를 열어 본 율리의 입에서 작은 탄성이 흘러나왔다. 상자 안에는 꽤 고급스러운 손목시계가 들어 있었다. 큰 보석이 박힌 것도 아니고 심플한 마감 처리지만, 워낙 독특한 디자인이라서 한눈에 알아볼 수 있었다. 상자 안에 든 시계는 웬만한 직장인 연봉을 훌쩍 넘는 가격의 명품이었다.

율리가 놀란 눈으로 바라보자, 제호는 부드럽게 웃으며 그녀의 손목에 시계를 채워주었다.

"마음에 들어요?"

손목시계만 보자면, 물론 마음에 들었다. 완벽하리만큼 멋진 디자인이었다. 하지만 아무 이유 없이 받기에는 너무나 비싼 선물이었다.

"마음엔 들지만…… 이런 건 부담스러워요. 제호 씨도 알겠지만, 난 이렇게 비싼 거 하고 다니면 안 돼요."

"왜? 채형식 의원의 딸이라서?"

율리는 그와 시선을 마주하며 가볍게 고개를 끄덕였다.

어릴 때부터 매사에 조심스러웠다. 특히 시계나 가방 같은 액세서리는 정해진 한도가 있었다. 조금이라도 값비싼 제품을 걸치면 곧바로 제재가 들어왔다.

손목시계를 푼 율리는 도로 나무 상자 안에 넣고 제호에게 건네었다.

"마음만 받을게요."

"좋아요, 그럼 평소엔 하지 말고 나와 있을 때만 착용해요."

"그래도 이렇게 비싼 걸 가지고 있다는 것 자체가 불안해요."

"불안하다고?"

"괜히 아무 곳에 놔두었다가 잃어버릴 수도 있고……."

"금고에 넣어두면 되니까, 그건 걱정하지 마."

'금고'란 말에 율리는 저도 모르게 움찔 몸을 떨었다.

"금고요?"

"이리 와요. 내가 어디 있는지 알려줄 테니까."

제호는 상자를 들고 소파에서 일어섰다. 하지만 율리는 차마 그를 따라갈 수 없었다. 금고가 어디에 있는지 알고 싶지 않았다.

그만 됐다고. 그럴 필요까진 없다고 말해야 할까?

그러나 어떻게 될지 모르니까 미리 알아놓는 것도 나쁘진 않을 것다. 결국 율리는 그를 따라 걸음을 옮겼다. 예상한 대로 제호는 문을 열고 서재 안으로 들어갔다. 금고는 책장 중앙에 자리하고 있었다. 제호가 맨 왼쪽에 꽂힌 책을 빼내자, 뒤에 놓인 판이 스르르 내려가며 금고 문이 모습을 드러냈다.

"비밀번호는 필요 없고, 얼굴만 인식하면 자동으로 열려요."

제호가 반짝이는 붉은빛에 얼굴을 가져가자 불빛이 파랗게 변하며 철컥, 금고 문이 열렸다. 율리는 순간적으로 눈을 감고 말았다. 금고 안을 들여다보고 싶지 않았다. 보는 순간 넘지 말아야 하는 선을 넘어 버릴 것 같았다. 제호는 눈을 감은 율리의 행동이 재밌다는 듯 '피식' 웃으며 그녀를 포근히 끌어안았다.

"괜찮아. 안에 별거 없으니까 눈 떠."

율리는 두근거리는 마음을 진정하며 천천히 눈을 떠보았다.

금고 안에는 계약서로 보이는 서류 파일과 낡아 보이는 장부 한 권이 놓여 있었다. 권 전무가 바꿔치기하라는 장부일까? 하지만 권 전무가 원하는 일은 절대 일어나지 않을 것이다. 제호의 얼굴을 인식해야 금고가 열리는 거라면, 그녀는 결코 장부를 손에 넣을 수 없을 테니까.

"이제 됐어?"

장부 위에 나무 상자를 올려놓은 후, 금고를 닫으며 제호가 물었다.

"네."

절대로 금고를 열 수 없다고 권 전무에게 알린다면 그도 어쩐지 못할 것이다. 제호가 보는 앞에서 장부를 바꿔치기하란 소린데, 그건 그녀가 국정원 요원이라고 해도 불가능한 일이었다.

그때 제호가 그녀 귓가에 입술을 가져가며 부드럽게 속삭였다.

"율리 씨 얼굴로도 열리게 프로그램해두었으니까, 언제든지 나와 같은 방법으로 열면 돼요."

"……네?"

"저번엔 보안 프로그램 업데이트할 때, 해두었어요."

어째서…… 도대체 왜?

그렇지만 차마 물어볼 순 없었다.

율리는 금고 안에 있을 낡은 장부를 뚫어지듯 노려보았다. 뿌리칠 수 없는 유혹이 그녀를 향해 나른한 손짓을 보내고 있었다.

그날 밤, 율리는 게스트 룸에서 밤을 보냈다.

꽤 안락한 침대였음에도 제대로 잠을 청할 수 없었다. 머릿속이 복잡해서, 자다 깨다를 반복하다 보니 어느새 날이 밝고 있었다. 도저히 누워 있을 수만은 없어 벌떡 일어나 욕실로 향했다. 빠르게 샤워하고 게스트 룸을 나선 율리는 제호가 있는 마스터 룸으로 가보았다.

"제호 씨, 일어났어요?"

대답이 돌아오지 않자, 율리는 노크하고 조심스레 문을 열어보았다. 그러자 텅 빈 침대가 눈에 들어왔다. 욕실과 드레스 룸으로 가보았지만, 그는 없었다. 아침 운동을 하러 밖으로 나갔는지 제호의 모습은 집 안 어디에서도 보이지 않았다. 전화하려던 율리는 마음을 바꿔 주방의 아일랜드 식탁 위에 메모를 남겼다.

> 오피스텔에 가서 짐 챙겨올게요.
> 아마 오후쯤에 올 수 있을 거예요.

어젯밤 제호는 함께 오피스텔에 가서 짐을 가져오자고 했지만, 지금은 그녀 혼자만의 시간이 필요했다.

집을 나선 율리는 메모에 적었던 내용과 달리, 그녀의 오피스텔이 아닌 본가로 향했다.

"율리야, 이렇게 아침 일찍 무슨 일이니?"

안 여사는 조금은 놀란 얼굴로 율리를 맞이했다.

"아버지 아직 나가지 않으셨죠? 뵐 수 있을까요?"

"테라스에 계신다. 가 있으렴. 내가 커피 가져다줄게."

율리는 황급히 주방으로 사라지는 안 여사의 뒷모습을 바라보다, 테라스로 걸음을 옮겼다. 테라스에서 신문을 보던 채 의원이 율리가 다가오자 의아한 눈으로 바라보았다. 율리는 아무 말 없이 의자를 끌어와 채 의원의 앞에 자리를 잡고 앉았다.

"이른 시각 아니면 아버지 뵐 수 없을 것 같아서 연락 없이 그냥 왔어요. 괜찮으시죠?"

"무슨 일이냐?"

채 의원은 읽던 신문을 내려놓고 자세를 고쳐 앉았다. 율리는 즉각 입을 여는 대신, 채 의원을 빤히 쳐다보았다. 그는 지금 율리의 손에 칼자루가 쥐여 있다는 사실을 전혀 모를 것이다.

밤새 생각하고 또 생각해보았다. 분명 권 전무가 그녀에게 한 것은 협박이었다. 그러나 조금만 생각을 달리하면 복수할 기회가 되기도 했다. 어떤 결정을 내리든 그녀 딴에는 복수가 된다. 권 전무가 언론에 불륜 스캔들을 퍼뜨리게 내버려두는 것도 일종의 가족을 향한 복수이며, 비밀 장부를 바꿔치기해서 제호가 계획한 일을 틀어지게 하는 것도 복수였다.

불륜을 저질러 어머니 가슴에 못을 박은 아버지, 채형식 의원과 거짓 연기로 접근해 그녀 가슴에 못을 박은 권제호. 두 사람 중에서 누가 더 아프게 했을까? 이상하다. 그렇게 당했으면서 막상 그들을 아프게 하려고 하니까, 오히려 율리의 가슴이 죄이듯 고통스러웠다.
 칼자루를 쥔 쪽은 나인데. 원하는 상대에게 맘껏 휘두르기만 하면 되는 거잖아. 그런데 어째서 마음이 편하지 않은 걸까? 독하지 못해서일까, 바보처럼 안일해서일까.
 "……아버지."
 율리는 채 의원과 시선을 맞추며 나직이 말을 꺼냈다.
 "혹시 제호 씨와 민우, 왜 그토록 서로에게 적대적인지 이유를 아세요?"
 전혀 예상하지 못한 질문에 채 의원의 미간이 좁아졌다.
 "그건 나보다 당사자에게 직접 물어봐야지. 나야 그저 짐작일 뿐이지, 확실한 건 아니니까. 그걸 물어보려고 이른 아침부터 날 보러 온 게냐?"
 "그것 때문인 것도 있고……."
 잠시 침묵을 지키던 율리가 다시금 조심스레 입을 열었다.
 "며칠 곰곰이 생각해봤어요. 아버지가 왜 그토록 민우를 치워버리고 싶어 했는지. 처음엔 저 때문이라고 생각했는데……."
 채 의원은 표정의 변화 없이 묵묵히 율리의 말을 듣기만 했다.
 "아무리 생각해도 제가 아니라 유리 때문이었던 것 같아요. 만약에 유리가 민우를 좋아하지 않았다면, 민우가 오피스텔에 도청 장치를 하든 말든 아버지는 상관 안 하셨을 것 같아요. 그렇죠?"
 "흠."

채 의원은 물음에 답을 해주는 대신, 정원 쪽으로 고개를 돌려버렸다. 하지만 그 행동은 그녀의 예상이 맞다는 무언의 대답일 것이다. 아니라면 곧바로 부정했을 테니까.

역시나 채 의원의 입에선 퉁명스러운 목소리가 흘러나왔다.

"갑자기 그건 왜 묻는 게냐?"

"별 뜻은 없어요. 단지 아버지에게 전 어떤 존재일까 궁금해서요."

"황당하게, 그게 무슨 말이냐? 어떤 존재냐니?"

그때 문이 열리고 쟁반을 든 안 여사가 테라스로 걸어 나왔다. 두 사람 앞에 커피 잔을 내려놓은 그녀는 웃는 얼굴로 율리에게 물었다.

"율리야, 아침 먹고 갈 거지?"

"그래도 될까요?"

"무슨 소리니? 당연하지. 곧 준비하마."

안 여사가 다시 안으로 들어가자, 율리는 그녀가 놓고 간 커피 잔을 양손으로 조심스레 들었다.

"저요, 아주 가끔 이런 생각을 해요. '끝까지 아무것도 몰랐으면 어땠을까?' 하고. 그랬다면 저나 아버지나, 서로에게 덜 상처를 주었을 텐데……."

정확하게 표현하진 않았지만, 채 의원은 율리가 무슨 말을 하는지 알 수 있었다. 끝까지 불륜 사실을 모르고 유리가 사생아란 사실도 모른 채 살았다면 부녀 관계가 이렇게까지 비틀리진 않았을 것이다. 율리가 불륜 사실을 알게 되기 전까진 두 사람은 꽤 사이좋은 부녀였다. 그랬기에 율리는 힘든 선거 운동도 큰 불평 없이 견디어낼 수 있었다.

"글쎄다. 세상에 영원한 비밀이란 없으니…… 아무리 철저히 감춘다고 해도 언젠간 알게 되었을지도 모르지."

채 의원은 착잡한 얼굴로 커피 잔을 입에 가져갔다.

"조금 있으면 당 내부에서 대선 후보에 관한 본격적인 논의에 들어갈 거야. 아무래도 그전에 유리를 밖으로 보내야겠지."

선거가 다가올 때마다 채 의원은 어학연수나 단기 유학 등의 핑계를 대며 유리를 해외로 내보내곤 했다. 이번에는 대선 후보가 걸린 일이니까, 유리의 해외 체재가 조금 더 길어질 듯싶었다. 어쩌면 한두 해가 아닌 수년이 될지도 모른다.

"그거 말고요, 아버지. 선거 문제를 떠나서……."

뭐라고 반박하려던 율리는 채 의원의 차가운 눈빛과 마주치자, 순간 입을 다물었다. 갑자기 이런 대화가 무슨 소용일까 싶었다. 채 의원의 머릿속엔 언제나 가족보다는 선거가 우선일 테니까.

"아니에요. 됐어요."

더욱 기가 막힌 것은 율리, 그녀 자신도 그 어느 것보다 가족이 우선이라고 말할 수 없다는 거였다. 그들이 그녀를 가족으로 받아들이지 않듯이, 그녀도 가족을 애틋하게 대한 적 있었던가?

하, 어쩌나 이렇게 됐을까?

율리는 낮게 한탄하며 한 모금 커피를 들이켰다. 입에 스며드는 커피가 오늘따라 더욱더 씁쓸하게 느껴지는 건 기분 탓일 터였다.

매우 이른 시각임에도 산책로는 주말 운동을 하러 나온 인근 주민들로 북적거렸다. 제호는 후드를 눌러쓰고 묵묵히 달렸다. 10년 전만 해도 아침 운동마다 그의 옆에는 아버지와 할아버지가 있었다. 삼대는 이런저런 대화를 나누며 걷기도 하고 뛰기도 하면서 소소한 가족의 정을 나누곤 했었다. 하지만 이젠 모두 빛바랜 추억일 뿐이며, 그는 지금 혼자였다.

가족이 뿔뿔이 흩어진 것은 누구의 잘못도 아니었다. 하지만 다시 뭉치지 못하는 것은, 아집에 빠진 그 누군가 때문이었다. 아마도 삼대가 다시 한곳을 보며 걷는 일은 없을 것이다. 씁쓸했지만 이제는 겸허히 받아들여야 하는 현실이었다.

"헉, 헉."

산책로 끝, 산 정상까지 다다른 제호는 팔각정 앞에 멈춰 섰다.

"이번에도 안 쉬고 계속 여기까지 뛰어온 거야? 하여간 대단해."

허리를 숙인 채 숨을 고르는 그의 머리 위에서 익숙한 목소리가 들렸다. 후드를 내리며 위를 올려다보자, 우결이 씩 웃으며 손에 들고 있던 물병을 건넸다.

"헉, 헉, 넌 이번에도 버스 타고 왔어?"

제호가 가쁘게 숨을 쉬며 묻자, 우결은 당연한 걸 왜 물어보냐는 듯 활짝 웃었다.

"응. 첫차 타고 왔어."

"후우."

길게 숨을 내쉰 제호는 물병의 마개를 따고 벌컥벌컥 물을 들이켰다. 잠시 후, 반쯤 빈 물병의 마개를 닫으며 짧게 물었다.

"민우는?"

"우선 급히 프랑스 밖으로 피신한 것 같아. 한곳에 오래 머물진 못하고, 계속 이동 중인가 봐."

"당국 경찰은?"

"아직 별다른 움직임은 없어. 유일한 증인이 혼수상태에서 깨어나지 않았고, 더불어 아직까진 체포할 확실한 증거가 없거든."

증거가 있다고 해도 이미 프랑스를 빠져나갔으니, 범죄인 인도 조약을 맺은 나라에 민우가 머물 때만 강제 소환이 가능할 것이다. 하지만 그렇다고 해도 과연 언제까지 도망만 다닐 수 있을까.

"하여간 대단하긴 해. 주위의 입을 얼마나 잘 막았는지, 아직은 아무도 몰라. 민우 녀석, 그냥 휴가받고 출근 안 하는 줄 알더라고."

"그래도 얼마 버티진 못할 거야. 곧 언론에 새어나가겠지."

다시 물을 마시려 제호가 물병을 열다가 뭔가 생각났다는 듯 우결이 손가락을 튕겼다.

"맞다. 그리고 말이지, 비밀 장부 있잖아, 전에 윤 부장님이 알려주신. 권 전무 귀에 그 이야기가 흘러 들어간 것 같아."

"확실해?"

제호의 물음에 우결은 크게 고개를 끄덕였다. 그러다 곧 고개를 내저었다.

"그렇긴 한데 지금 민우가 이 지경인데 그런 기에 신경을 쓸까?"

"내가 아는 작은아버지라면 비밀 장부가 더 신경 쓰일 거야. 그건 자신의 목이 걸린 일이니까."

"이번 정기 이사회, 꽤 재밌겠는걸."

제호는 '피식' 웃으며 물병을 입에 가져갔다.

우결과 헤어지고 집으로 돌아온 제호는 제일 먼저 율리가 있는 게스트 룸으로 향했다. 아직 자고 있을 거라 생각했는데, 벌써 일어났는지 침대가 비어 있었다. 그녀를 찾아 침실을 나온 그의 눈에 주방의 아일랜드 식탁 위에 놓인 메모가 들어왔다.

> 오피스텔에 가서 짐 챙겨올게요.
> 아마 오후쯤에 올 수 있을 거예요.

"어제 분명 함께 오피스텔에 가서 짐을 가져오자고 했는데……."

제호는 혼잣말을 중얼거리며 종이를 만지작거렸다. 오후에 온다고 써놓은 것을 보면 그전에 혼자 따로 볼일이 있다는 뜻일 것이다.

한참 동안 율리가 남긴 메모를 들여다보던 제호는 등을 돌려 서재로 향했다. 곧장 책장으로 걸어가 금고를 열었다. 그리고 나무 상자 아래에 놓인 장부를 꺼내 책상으로 가져갔다. 자리에 앉은 그는 장부에 적힌 숫자를 진지하게 들여다보며 천천히 한 장씩 넘기기 시작했다.

"오이무침 넉넉하게 해놓았거든. 냉장고에 넣어둘 테니까 이따 갈 때 가져가렴."

아침 식사를 끝내고 자리에서 일어나는 율리에게 안 여사가 반찬이 담긴 용기를 보여주었다. 그녀는 오이무침 외에도 이것저것 반찬을 용기에 담았다.

"많이 안 담으셔도 돼요. 오이무침은 유리가 좋아하잖아요."

"유리 걱정은 마. 어느 때고 내가 해주면 되잖니."

주말이라 늦잠을 자는지, 유리는 아래층으로 내려와 함께 아침을 먹지 않았다. 며칠 전, 민우의 일로 이야기한 후로 아직 유리와 대화를 나누지 못했다.

율리는 잠시나마 유리를 볼 생각으로 2층으로 올라갔다. 노크하고 문을 여니, 한창 방 정리에 바쁜 유리의 모습이 보였다.

"뭐 하는 거야?"

"어, 언니. 미리 짐 정리하고 있었어. 조금 있으면 여기 떠야 하잖아."

처음엔 해외에 나간다고 마냥 신나 하던 유리였다. 그러나 언젠가부터 해외로 나가야만 하는 진짜 이유를 알게 되었는지 시무룩한 얼굴로 마지못해 짐을 싸곤 했다. 그렇다고 앞에 대고 불편한 기색을 낸 적은 한 번도 없었다. 율리가 묵묵히 선거 운동에 참여하듯, 유리는 말없이 짐을 싸고 해외로 나갔다.

"미안해, 언니."

유리는 하던 일을 멈추고 옆에 다가온 율리를 슬그머니 끌어안았다.

"됐어. 미안하긴 뭐가 미안해. 네가 나와 민우 사이를 갈라놓은 것도 아닌데……."

"그것 말고."

"응?"

"언니도 내가 지금 무슨 말을 하는지 알잖아."

유리는 껴안았던 팔을 풀고 뒤로 물러나며 율리를 빤히 바라보았다. 순간 말문이 막힌 율리는 아무 말도 할 수 없었다. 여태껏 두 사람은 한 번도 속 터놓고 출생에 관한 이야기를 나눈 적이 없었다.

유리도 안 여사가 친엄마란 사실을 당연히 알고 있다고 생각했지만, 차마 물어볼 용기가 없었다.

"……유리야……."

"미안해, 언니. 만약에 나에게 선택권이 있었다면, 난 절대로 태어나지 않았을 거야."

"너, 언제부터 알았어?"

단순한 질문이었지만, 유리의 얼굴에 어두운 그림자가 내려앉았다. 당시를 떠올리는 것만으로도 고통스러운 듯 보였다.

"엄마 돌아가시기 전에 편지 한 통을 주셨어. 나중에 대학 들어가면 뜯어 보라고 했는데, 장례식 끝나고 집에 오자마자 바로 뜯었어."

이제야 알 것 같다. 그때 유리는 통제가 안 될 정도로 반항적이었다. 어머니가 돌아가셔서 힘든 거라고만 여겼었는데 출생 비밀을 알고 충격을 받아서였다.

"혼자 많이 힘들었을 텐데, 왜 나한테 말하지 않았어?"

"언니, 나도 염치가 있지. 어떻게 그걸 언니한테 말해."

유리는 손등으로 붉어진 눈을 쓱 문지르며 계속해서 말을 이었다.

"어렸지만 나도 알 건 다 알았어. 돌아가신 엄마한테 너무 미안했어. 물론 언니한테도 미안하고."

한 번도 생각하지 못했다. 동생도 나름대로 꽤 힘든 시기를 겪었을 거라는. 자신만 아파했던 게 아니었다. 물론 그 이후에 일어난 일은 유감이지만, 유리도 크게 상황을 바꿀 순 없었을 것이다.

"근데 왜 그걸 이제야 말하는 거야?"

"사실은 언니가 모든 걸 알게 되었을 때, 그래서 아빠와 크게 싸웠을 때, 그때 말하려고 했어. 그런데 용기가 나지 않았어. 그랬다가 언니를 영영 잃게 될까 봐."

어쩌면 동생의 말이 사실일지도 모르겠다. 만약 그때 털어놓았다면 그동안 감쪽같이 숨기고 있었냐며 분노했겠지. 그 당시 율리는 가족과 연을 끊으려고 했으니까.

"그러다 보니까 언니에게 숨기는 게 점점 늘어나더라. 민우 오빠 좋아하면서 티도 못 내고, 언니가 민우 오빠와 정략결혼 한다고 했을 때도 그랬고. 그런데 언니, 이젠 그러기 싫어. 너무 지쳤거든. 뒤로 미루기보다는 앞에서 부딪치는 게 나을 것 같아."

율리가 말없이 듣기만 하자, 유리는 기분 상해서라고 오해했는지 다시금 율리를 슬그머니 끌어안았다.

"언니, 나 너무 미워하지 마."

어릴 때부터 하던 동생의 버릇이었다. 유리는 율리가 화난 것처럼 보일 때마다 옆으로 다가와 그녀를 끌어안았다.

"미워하긴, 내가 왜 널 미워해?"

율리는 난감한 얼굴로 동생의 등을 토닥거렸다.

미워하진 않는다. 어릴 때처럼 동생을 끔찍이 사랑한다고는 할 수 없지만, 적어도 미워하진 않았다. 또한 동생을 다치게 하고 싶진 않았다. 할 수만 있다면 힘이 닿는 한 지켜주고 싶었다.

본가를 나선 율리는 오피스텔로 향했다. 짐을 챙기며 심각하게 고민해보았다.

불륜 사실이 알려지면 누가 가장 크게 피해를 볼까?

솔직히 채 의원에게 가해질 불이익에는 크게 관심 없었다. 아버지는 어떻게 해서든 정치판에서 살아날 방법을 찾을 테니까. 안 여사는 불륜을 저질렀을 때, 이미 모든 것을 각오했을 것이다. 이번 일로 가장 크게 피해를 볼 사람은 동생 유리였다. 유리의 인생은 180도 달라질 것이다.

그렇다면 권제호에겐 어떤 일이 벌어질까? 계획했던 일에 차질이 생기는 정도가 아닐까 싶다. 어차피 민우는 해외로 쫓겨났으니, 후계자 경쟁 싸움에서 조금 뒤로 밀린다고 크게 손해를 보진 않을 것이다.

"하."

복수할 거라면서 본인보단 다른 이들을 먼저 걱정하는 자신에게 실소가 나왔다.

그러니까 항상 당하고 사는 거야. 채율리, 너부터 챙기라고, 너 자신부터! 하지만 과연 어떤 방법이 나부터 챙기는 걸까?

애석하게도 명쾌한 답을 떠올릴 수 없었다.

오후에 가겠다고 했지만, 머릿속이 복잡한 탓에 율리는 밤늦은 시각이 돼서야 제호의 집으로 향했다. 고맙게도 그는 늦게 왔다고 불평하는 대신 말없이 그녀 손에서 슈트 케이스를 넘겨받았다.

"저녁은?"

게스트 룸에 슈트 케이스를 내려놓으며 그가 물었다.

"당연히 먹었죠. 지금이 몇 신데……."

아침 식사 이후로 아무것도 입에 대지 않았지만, 율리는 대충 먹었다고 둘러댔다. 도저히 제호와 마주 앉아서 식사할 기분이 아니었다. 솔직히 그의 눈을 똑바로 바라볼 수도 없었다.

"본가에 들렀다가 왔나 봐요."

"네."

슈트 케이스와 함께 가져온, 반찬 통이 담긴 가방 때문일 것이다. 괜찮다고 했지만, 안 여사는 오이무침 외에도 넉넉히 반찬을 담아 율리의 품에 안겼다.

"그럼 그만 쉬어요."

제호는 율리가 피곤하지 않게 배려하려는지 오래 머물지 않고 곧장 게스트 룸을 나갔다.

문이 닫히자마자, 율리는 힘없이 침대에 주저앉았다. 저도 모르게 제호를 본 순간 긴장하고 말았다. 고민 끝에 내린 결정을 번복할 생각은 없었지만, 아무렇지 않게 상대를 대할 수 있는 건 아니니까.

이제 어떻게 하지?

율리는 침대에 등이 닿게 똑바로 누우며 멍하니 천장을 바라보았다. 결정을 내리면 조금은 마음의 부담을 덜 줄 알았는데 오히려 더 무겁기만 하니 미칠 노릇이었다. 복수는 그녀가 예상했던 시원하고 달콤한 맛이 아닌, 씁쓸하고 소름 끼치는 신맛이었다. 아직 시작도 안 했는데 벌써 이러면 나중에는 대체 어쩌려고.

"후우."

율리는 한숨을 쉬며 스르르 눈을 감았다.

일요일 동안 단둘이 어떻게 시간을 보내나 걱정했는데, 다행스럽게도 급한 일이 생겼다며 제호는 아침 일찍 집을 나섰다. 덕분에 율리는 혼자 시간을 보낼 수 있었다. 그날 밤, 그는 자정이 넘어서야 귀가했다.

다음 날, 일어나보니 아일랜드 식탁 위에 짧은 메모가 남겨져 있었다.

지방에 일이 생겨서 소장님과 함께 출장 떠납니다.
며칠 걸릴지도 몰라요.

자신이 먼저 그를 피했으면서, 그래도 계속해서 어긋나다 보니까 왠지 모르게 가슴이 아릿했다. 앞으로 함께 있을 날이 얼마 남지 않았으니까. 율리는 제호가 남긴 메모를 버리지 않고 고이 접어 가방에 집어넣었다.
권 전무에게서 연락이 온 것은 퇴근하고 막 차에 올랐을 때였다.
[그래서 결정은 했고?]
"네."
율리는 차에 시동을 걸며 건조한 목소리로 대답했다.
"결정했어요."
[내가 실망할 결정은 아니었으면 좋겠군.]
"어디서 뵐까요? 가평까지 가지 말고 가까운 곳에서 뵈었으면 하는데요."
[알았다. 장소, 문자로 보내 마.]
얼마 후, 율리는 권 전무가 문자로 지시한 대로 KG그룹 소유의 호텔 VIP 전용 지하 주차장에 차를 세웠다. 라운지에서 보자고 할 줄 알았는데 권 전무는 자신의 차에 율리를 타게 했다.
"시간 끌지 않고 시원시원해서 좋군."
권 전무는 율리가 어떤 결정을 내렸는지 아는 것처럼 이를 드러내며 웃었다. 그녀 역시 길게 시간을 끌고 싶지 않았다. 율리는 감정 없는 얼굴로 권 전무에게 손을 내밀었다.
"바꿔치기할 장부나 주세요."
"그래. 그럴 줄 알고 가져왔다."
권 전무가 건넨 장부는 금고 안에 놓였던 것과 완벽에 가까울 정도로 똑같았다.
"장부를 아주 자세히 들여다보기 전까진 아무도 모를 거다. 그러니 들킬 염려는 마라."

"언제까지 바꿔치기하면 되나요?"

제호는 정기 이사회에서 비밀 장부를 폭로할 예정이라고 했다. 시기는 다음 달 초였다. 하지만 그때까지 방심할 순 없었다. 만약 제호가 권 회장을 움직인다면 언제라도 임시 이사회를 열 수 있기 때문이었다. 빠르면 빠를수록 좋았다.

"일주일을 주마. 다음 주 월요일까지 바꿔치기해."

"네?"

율리는 황당하다는 듯 눈살을 찌푸렸다.

"너무 촉박해요. 아직 금고가 어디에 있는지도 모르는데……."

장부를 바꿔치기로 마음먹었어도 되도록 최대한 시간을 끌 계획이었다. 하지만 권 전무는 그녀의 반응이 마음에 들지 않은 듯 미간을 찌푸렸다. 그리고 잠시 후, 음흉한 미소를 떠올리며 말했다.

"그거야 제호 녀석에게 물어보면 되지. '베갯머리송사'라는 말도 있는데……."

권 전무는 물건을 평가하듯 율리를 위아래로 훑어보았다. 마치 옷 아래 감춰진 몸을 상상하는 듯한 야비한 눈빛이었다. 제호의 작은아버지가 아니었다면 바로 욕설을 날렸을 것이다.

"제가 지금 게스트 룸에서 지내고 있어서요. 그건 좀 어려울 것 같네요."

율리는 억지로 화를 참으며 싸늘한 목소리로 말했다. 그러나 권 전무에게는 통하지 않았다.

"두 번 말하게 하지 마라. 일주일 이내로 처리해."

말을 끝낸 권 전무는 그만 차에서 내리라는 듯 손을 저었다. 율리는 가짜 장부를 가방에 넣고 서둘러 차에서 내렸다. 그녀가 차에서 내리자, 밖에서 대기하고 있던 남 비서는 곧장 운전석으로 올라 차를 출발했다.

자신의 차로 돌아간 율리는 제호의 집으로 차를 몰았다. 장부를 바꿔치기할 거라면 그가 집에 없을 때 하는 게 가장 안전하니까.

제호의 집에 도착한 율리는 바로 서재로 향했다. 제호가 어떻게 금고를 여는지 지켜보았지만, 막상 하려고 하니 긴장되었다.

만약에 프로그램이 제대로 인식되지 않았다면, 금고 문이 열리는 대신 경고음이 울릴지도 모른다. 그렇다고 걱정할 필요는 없었다. 손목시계를 꺼내려고 했다고 둘러대면 될 테니까.

율리는 떨리는 마음을 진정하고 맨 왼쪽에 있는 책을 책장에서 꺼냈다. 스르르, 뒤에 있는 판이 내려가고 금고가 모습을 드러냈다.

그녀가 얼굴을 가까이 들이밀자 붉은빛이 파랗게 변하며 덜컥, 소리와 함께 금고 문이 열렸다. 금고 안은 제호가 열었을 때와 변함없었다. 계약서로 보이는 서류 파일과 낡아 보이는 장부 한 권, 그리고 그 위에 놓인, 그녀의 손목시계가 담긴 나무 상자.

율리는 우선 조심스럽게 상자를 옆으로 치우고 장부를 집어 들었다. 그리고 권 전무에게서 받아온 가짜 장부를 꺼내 원래 있던 장부와 대조해 보았다. 겉은 눈으론 쉽게 구분할 수 없을 정도로 똑같았다. 장부 안의 내용도 글씨체며 구성이며, 아주 꼼꼼하게 읽어보지 않으면 눈치챌 수 없게 흡사했다. 몇몇 군데에서 숫자가 달랐지만, 회계사가 아닌 그녀로서는 그게 무엇을 의미하는지 알 수 없었다.

율리는 양손에 각각의 장부를 들고 잠시 숨을 골랐다.

과연 지금 내가 하는 일이 옳은 일일까?

하지만 길게 고민할 시간은 없었다. 이미 심사숙고한 이후에 결정을 내렸고, 그렇다면 그 결정에 따라야 한다.

율리는 권 전무에게서 받은 장부를 넣고 그 위에 나무 상자를 올려놓은 다음 금고 문을 닫았다. 권 전무는 비밀 장부를 꺼낸 즉시 가져오라고 했지만, 율리는 최대한 늦게 넘겨줄 생각이었다.

서재를 나서던 율리는 잠시 걸음을 멈추었다. 차마 발이 떨어지지 않았다. 할 수만 있다면 돌아가 원래대로 장부를 돌려놓고 싶었다.

"됐어, 그만 고민해."

시위를 떠난 화살을 쫓는 것보다 어리석은 일은 없을 것이다. 율리는 저 자신을 달래며 서둘러 서재를 빠져나왔다.

창밖의 야경을 감상하던 권 회장은 노크 소리가 나자, 뒷짐을 진 채로 뒤를 돌아보았다. 프레지던트 스위트룸의 육중한 문이 열리며 제호가 안으로 들어섰다.

"일이 있어서 지방에 내려간다더니?"

"그래도 오늘은 회장님 곁을 지켜야 할 것 같아서 급히 올라왔습니다."

그 말에 제호를 바라보는 권 회장의 얼굴에 감동의 빛이 떠올랐다.

"오늘이 무슨 날인지 기억하고 있었느냐?"

오늘은 권 회장에게 매우 특별한 날이었다. 수년 동안 혼수상태였던 아내의 연명 치료 중단을 결정한 날이었다. 산소 호흡기를 떼어낸 아내는 며칠 더 숨을 쉬다 저세상으로 떠났다. 권 회장에게는 아내가 사망한 날보다 연명 치료를 중단한 날이 더 큰 아픔으로 다가왔다.

"역시 제호, 너밖에 없구나."

"솔직히 말씀드리자면, 어제 어머니가 전화로 귀띔해주셨습니다. 할아버지 외롭지 않게 옆에서 챙겨드리라고."

"어미가? 하하, 그랬더냐?"

권 회장은 허탈하게 웃으며 다시 창밖으로 몸을 틀었다. 제호는 아무 말 없이 권 회장 옆으로 다가가 그와 함께 눈앞에 펼쳐진 야경을 바라보았다. 짧은 침묵이 흐르고, 권 회장이 먼저 말을 꺼냈다.

"엊그제, 민우 소식 들었다. 너도 들었을 거라 믿는다."

"네, 회장님."

"쯧쯧쯧. 해외로 보내면 조금이라도 정신을 차릴까 싶었는데……. 후우."

혼잣말을 중얼거리던 권 회장은 길게 한숨을 쉬며 고개를 내저었다. 제호는 잠자코 권 회장의 다음 말을 기다렸다. 권 회장으로부터 원하는 것을 얻어내려면 먼저 묻지 말아야 한다. 그는 본인 마음이 내키지 않으면 절대로 내어주지 않으니까.

"민우가 저 지경인데도 지금 꼭 해야겠느냐?"

"그렇다면 다음 달 정기 이사회가 열릴 때까지 미루고 싶으십니까?"

제호의 질문에 권 회장은 곤혹스러운 듯 미간에 주름을 잡았다. 좀 더 적극적으로 설득하고 싶었지만, 제호는 말을 아꼈다. 너무 밀어붙이면 역효과가 날 수도 있으니까.

원래대로라면 다음 달 초, 정기 이사회에서 권 전무의 비리와 횡령을 폭로해야 한다. 그 시기에 맞춰 모든 준비는 비교적 순조롭게 진행되었다. 하지만 권 전무가 율리를 더러운 싸움에 끌어들이려고 한 순간, 모든 것이 변했다. 율리에게 더 큰 상처를 주기 전에 하루라도 빨리 권 전무의 손과 발을 끊어놓아야 했다.

"제호야, 네가 지금 이러는 이유, 단지 KG그룹을 위해서냐?"

"제가 아니라고 한다면, 이번에도 10년 전처럼 그냥 덮고 가실 겁니까?"

권 회장이 대답 대신 씁쓸한 미소를 떠올리자, 제호는 단호한 목소리로 말을 보탰다.

"더 늦기 전에 결단을 내리시길 바랍니다."

"그래, 좋다. '쇠뿔도 단김에 빼랬다'고. 긴급 임시 이사회를 소집하마."

"감사합니다."

제호는 부드럽게 웃으며 권 회장을 향해 고개를 숙였다.

"할아버지."

'회장님'이 아닌 '할아버지'란 호칭에 권 회장의 눈매가 느슨해졌다.

며칠 걸릴지 모른다고 하더니 김 소장은 도중에 서울로 올라왔지만, 제호는 일주일 동안 지방에 머물렀다. 주초엔 아침과 저녁, 두 차례 전화 통화를 했지만, 주중으로 넘어가면서 처리할 일이 많아서 연락 못 할 거라는 문자만 날아왔다. 주말도 지방에서 보내야 하고, 다음 주 화요일은 되어야 올라올 수 있다고 했다. 율리는 어쩌면 그편이 나을지도 모르겠다고 생각했다.

일요일 오후, 권 전무에게서 전화가 걸려 왔다.

[장부는?]

"내일 오후까지 아닌가요?"

[긴급 이사회가 열리는 바람에 급하게 됐어. 내일 아침 일찍, 사무실로 가져와.]

권 전무는 제 할 말만 끝내고 전화를 끊었다. 결국 율리는 반차를 내고 월요일 아침, KG그룹 본사로 향했다. 지하 주차장에 차를 세우고 내리려는데 휴대폰이 울리기 시작했다. 아무 생각 없이 액정 화면으로 발신자를 확인하던 율리는 의외라는 표정으로 지었다. 채 의원에게서 걸려 온 전화였기 때문이다. 그가 먼저 전화하는 일은 드물었기에 율리는 바로 통화 버튼을 눌렀다.

"네, 아버지."

[출근 준비하느라 바쁘겠지만, 잠깐 통화할 수 있을까?]

"괜찮아요, 말씀하세요."

[저번에 물어봤던 것 말이다, 왜 제호와 민우가 그토록 서로 적대적인지.]

"네."

[곰곰이 생각해봤다. 과연 너에게 이 말을 해줘야 할지, 말아야 할지. 제호에게 직접 들으면 좋을 테지만, 네가 먼저 물어볼 것 같진 않아서 말이다.]

왠지 모를 긴장감에 율리는 가만히 숨을 들이마셨다.

[민우는 왜 그러는지 모르겠지만, 제호는 그럴 만한 이유가 있어.]

잠시 뜸을 들인 채 의원이 다시 말을 이었다.

[권 부회장, 제호의 아버지. 교통사고로 지금 혼수상태다.]

"……네?"

[문제는 누군가 고의로 일으킨 사고 같다는 거다. 제호는 그걸 알아

내려고 한국에 들어온 거고. 사고의 배후 인물로 민우를 의심했지.]
 전혀 상상도 하지 못한 내용이 채 의원의 입에서 흘러나왔다.
 "……아버지, 방금 뭐라고 하셨어요?"
 충격을 받은 율리의 목소리가 한없이 떨렸다. 권 부회장이 혼수상태에 빠졌다는 것도 놀라운데, 누군가 고의로 사고를 일으킨 것 같다니. 게다가 유력한 배후 인물이 민우라고?
 "어째서 그런 일이…… 도대체 언제부터……?"
 [꽤 됐다. 얼마 전까지만 해도 매우 위태로운 상태라고 들었어. 심장마비가 와서 제호가 급히 미국에 들어가봐야 할 정도였으니까.]
 ― 지금 떠날게요. 최대한 빨리 가겠습니다.
 율리는 강릉 별장에서 전화를 받자마자 곤혹스러운 표정을 짓던 제호를 떠올렸다. 너무 심각해 보여서 무슨 일이냐고 물어볼 수조차 없었다. 갑작스레 미국에 간 이유가 그래서였어?
 [처음엔 민우를 제일 의심했지만, 어쩌면 아닐 수도 있다. 그러나 민우와 권 전무가 사건을 파헤치는 데 큰 걸림돌인 건 사실이지. 하여간 그래서 민우를 해외로 보내야만 했어.]
 잠시 말을 끊은 채 의원은 목소리를 다듬고 계속해서 말을 이었다.
 [흐음, 내 말은 꼭 율리 때문에 민우를 해외로 보낸 게 아니라는 뜻이다. 너에게서도, 율리에게서도, 그리고 KG에서도 민우를 떼어놓아야 했어.]
 "……그 뜻은……."
 생각에 잠긴 듯 가라앉은 목소리로 율리가 물었다.
 "다음 목표는 권 전무님이란 거네요?"
 자세한 설명 없이 율리가 바로 속뜻을 알아듣자, 무겁던 채 의원의 목소리가 한결 가벼워졌다.

[그래. 오늘 긴급 이사회에서 권 전무를 내칠 계획이야. 10년 전, 권 부회장을 자리에서 물러나게 한 사건. 그 배후에 권 전무가 있다는 증거를 확보했다고 들었다.]

율리는 어제 걸려 온 권 전무의 전화를 떠올렸다.

― 긴급 이사회가 열리는 바람에 급하게 됐어. 내일 아침 일찍, 사무실로 가져와.

권 전무가 다급하게 장부를 원한 이유였다. 그 낡은 장부는 권 전무의 비리가 담긴 증거임이 분명했다. 순간 율리의 심장이 쿵, 내려앉았다. 권제호는 지금 단순한 후계자 경쟁에 나선 것이 아니었다. 자신의 아버지를 죽음의 문턱 앞까지 가게 한 그 누군가를 찾아내고 복수하기 위함이었다. 그런 줄도 모르고…….

율리는 장부가 든 가방으로 고개를 돌렸다. 오늘 긴급 이사회에서 권 전무를 제거하려면 이 장부가 꼭 있어야 한다. 제호는 지방 출장을 떠난 게 아니라 권 전무를 치기 위한 작전을 세우고 있었을 것이다.

하, 내가 잠시 미쳤었나 봐.

율리는 서둘러 차에 시동을 걸었다. 아무리 제호에게 화가 났다고 해도, 이런 식으로 복수하는 것은 옳지 못했다.

"죄송해요, 아버지."

그녀가 그녀의 가족을 지키려는 것처럼, 그도 그의 가족을 지키려는 거니까.

"저 지금 급해서 끊어야 해요. 나중에 전화할게요."

가짜 장부를 가져가기 전에 진짜를 갖다 놓아야 해.

율리는 제호의 집을 향해 전속력으로 차를 몰았다.

다행스럽게도 차가 막히지 않은 덕분에 예상보다 일찍 도착할 수 있었다. 율리는 가방을 낚아채듯 집어 들고 서재로 달려갔다. 제호가 오기 전에 모든 것을 제자리에 돌려놓아야 했다. 붉은빛이 파란빛으로 변하고 덜컥, 금고 문이 열렸다.

"헉."

안을 들여다본 율리의 눈이 놀람으로 커다래졌다.

금고 안에 있어야 할 가짜 장부는 그새 사라지고 없었다.

"뭐, 다시 돌아갔다고?"

회사 건물 주차장에 차를 세웠다는 연락이 온 지가 언제인데 율리가 오지 않자, 권 전무는 급히 남 비서를 호출했다. 잠시 후, 남 비서는 율리가 다시 차를 돌려 주차장을 빠져나갔다고 보고했다.

"그걸 왜 그냥 둬! 막았어야지!"

"제가 한 번 전화 연결해 보겠습니다."

남 비서는 급히 율리에게 전화를 걸었다. 안 받으면 어쩌나 걱정했는데 몇 번 신호음이 흐른 후에 전화가 연결되었다. 그녀는 왜 전화했는지 안다는 듯 바로 본론에 들어갔다.

[가는 중이에요.]

"뭐? 가는 중이라고! 야! 지금이 몇 시인데 그딴 소릴 하는 거야?"

권 전무는 벌게진 얼굴로 버럭 소리를 질렀다.

[어제 분명 '아침 일찍'이라고 하셨지, 정확하게 시각을 정한 건 아니었는데요. 아직 9시도 채 되지 않았으니까, 아침 일찍 맞는 거죠.]

흥분한 권 전무와는 달리 율리는 착 가라앉은 차분한 목소리로 대답했다.
"뭐?"
[임시 이사회 몇 시에 열리죠?]
"10시다."
[걱정하지 마세요. 그전까진 갈 테니까.]
"가짜 장부로 바꿔치기한 건 확실하지?"
[네. 진짜는 지금 제 가방에 있어요.]
"알았으니까, 빨리 와."
전화를 끊은 권 전무는 자리에서 일어나 집무실 안을 왔다 갔다 서성거렸다. 불안할 이유가 전혀 없는데도 왜 이리 심장이 벌렁거리는지 모르겠다. 이미 장부를 바꿔치기했다면 지금 제호 손에 있는 것은 가짜일 텐데…… 그래도 진짜를 받아서 직접 불태워버리기 전까진 마음이 진정되지 않을 것 같았다.
권 전무는 초조한 표정으로 벽에 걸린 시계를 쳐다보았다. 어느새 시곗바늘은 8시 55분을 가리키고 있었다.

권 전무와 통화를 끝낸 율리는 다시 제호에게 전화를 걸었다. 집을 나설 때부터 전화해보았지만, 휴대폰을 꺼놓았는지 곧바로 음성 사서함으로 넘어갔다. 당연히 문자도 확인하지 않은 상태였다.
"제발 전화 좀 받아요!"
몇 번을 시도했지만, KG그룹 본사 건물에 도착할 때까지도 전화는 연결되지 않았다. 할 수 없이 율리는 지하 주차장에 차를 세우고 로비로 향했다. 율리가 프런트로 다가오자 직원이 부드럽게 웃으며 고개를 숙였다.

"어떻게 도와드릴까요?"

"권우식 전무님을 뵈러 왔는데요. '채율리'라고 전해주세요."

"네, 잠시만 기다리십시오."

비서실에 연락해 방문 약속을 확인한 직원은 율리를 출입 게이트로 이끌었다. 직원의 안내로 게이트를 통과한 율리는 프런트로 돌아가려는 직원을 불러 세웠다.

"저기, 오늘 임시 이사회, 어디서 열린다고 했죠? 제가 듣고도 깜빡해서……."

"11층 회의실입니다."

"그렇군요. 고마워요."

신속하게 엘리베이터에 오른 율리는 권 전무의 집무실이 있는 38층 대신 11층을 눌렀다. 지금 그녀에게 주어진 선택의 폭은 매우 좁았다. 계속해서 전화 연결을 시도하거나, 회의실 앞에서 제호를 기다리는 것이다. 성공 가능성을 생각하면 아무래도 후자 쪽에 무게가 실렸다. 제호가 나타나면 곧바로 진짜 장부를 건넬 생각이었다.

"하아."

율리는 위를 향하는 층 불빛을 바라보며 낮게 한숨을 쉬었다.

장부를 내밀면 그는 과연 어떤 표정을 지을까?

상황이 다급한 탓에 미처 거기까진 생각하지 못했다.

의도적으로 접근한 것을 그녀가 알아버렸다는 사실에 놀랄까? 아니면 그녀가 자신을 배신하고 권 전무와 손잡았다는 사실에 놀랄까.

어느 쪽이든 그와의 관계는 오늘로써 끝을 맺는다는 것엔 변함이 없었다. 이런 식의 끝은 상상해본 적 없었지만, 이것 역시도 그녀에겐 선택권이 없었다.

율리는 씁쓸하게 웃으며 가방 안에서 휴대폰을 꺼냈다. 액정 화면의 숫자가 막 9시 28분으로 바뀌는 것과 동시에 엘리베이터 문이 열렸다.

아직은 이른 시각인지, 회의실 안은 텅 비어 있었다. 주위를 둘러보던 율리는 복도 끝에 있는 비상계단으로 걸음을 옮겼다. 문 유리창을 통해서 회의실 입구를 볼 수 있는 위치였기에, 그곳에 숨어 제호를 기다릴 계획이었다.

얼마쯤 지났을까? 이사회에 참석할 사람들이 한둘씩 모습을 드러내기 시작했다. 그러나 제호의 모습은 어디에서도 보이지 않았다. 그때, 손에 쥔 휴대폰이 요란하게 울리기 시작했다. 권 전무에게서 온 전화였다. 로비에 있다는 연락을 받았는데, 아직도 올라오지 않자 어찌 된 일인지 전화한 모양이었다. 아예 전원을 꺼버릴까 고민하던 율리는 그래도 혹시 제호가 전화할지 모르기에 진동 모드로 바꾸었다.

몇 번이나 끊기고 오기를 반복하던 전화가 드디어 잠잠해질 무렵, 드디어 제호가 모습을 드러냈다. 그는 흰머리가 희끗희끗한, 연세가 지긋해 보이는 남자와 대화를 나누며 천천히 회의실로 향하고 있었다.

아, 다행이다. 늦기 전에 일을 되돌려놓을 수 있어!

율리는 급히 비상문을 열고 복도로 발을 내디뎠다. 그러나 채 몇 걸음도 떼지 못하고 검은 양복 차림의 직원들에게 앞을 가로막혔다.

"회의실에 들어가려는 게 아니에요. 난 단지……."

"전무님이 기다리고 계십니다."

긴급 이사회를 준비하는 직원인 줄 알았는데, 권 전무 측 사람들이었나 보다. 당황한 율리는 재빨리 피하려고 했지만 그대로 그들에게 붙들리고 말았다. 큰 소리로 제호를 부르려는 순간, 그중 한 명이 그녀의 입을 손으로 틀어막았다. 너무나 순식간에 일어난 일이라 그 누구도 복도 끝에서 어떤 소동이 일어났는지 알아챌 겨를이 없었다.

남자들은 권 전무의 집무실이 아닌, 어둡고 으슥한 방으로 율리를 끌고 갔다. 방에 들어가자 창가에 기댄 채 심각한 얼굴로 담배를 피우는 권 전무의 모습이 눈에 들어왔다.

"왔으면 냉큼 올라와야지, 사람 속 타게 할 일 있어!"

권 전무는 매우 화난 얼굴로 소리치며 율리에게 다가왔다.

"아, 됐고. 어서 장부나 내놔."

초조한 얼굴로 손을 내밀던 그는 율리가 장부를 내놓지 않자, 고갯짓으로 남자들에게 지시를 내렸다.

"뒤져봐."

억지로 가방을 빼앗은 남자들은 가방을 뒤집어 내용물을 쏟아냈다. 장부가 바닥에 떨어지자, 권 전무의 눈빛이 번뜩거렸다. 장부를 잽싸게 집어 든 권 전무는 진짜인지 확인하려는 듯 재빨리 훑어보았다.

"휴우."

잠시 후, 권 전무의 입에서 안도의 숨이 흘러나왔다. 그는 야비한 웃음을 띠며 손에 쥐고 있던 라이터를 켜고 장부에 불을 붙였다. 거의 동시에 옆에 준비해둔 철 쓰레기통 속으로 장부를 집어 던졌다.

모두 탈 때까지 지켜보던 권 전무는 재가 된 것을 확인하고서야 율리에게로 몸을 틀었다.

"배은망덕한 년."

잇새로 거친 말을 내뱉은 권 전무는 손에 힘을 실어 율리의 뺨을 후

려쳤다. 너무나 큰 충격에 율리는 비명도 지르지 못하고 자리에 쓰러졌다.

"가엽게 여겨서 기회를 준 것도 모르고, 막판에 일을 그르치려고 해!"

얼마나 세게 맞았는지 입술이 터져 피가 흘렀다. 입도 벌리지 못할 정도로 얼굴이 화끈거렸고, 입에서는 비릿한 피 맛이 느껴졌다. 하지만 그렇다고 가만히 있을 순 없었다. 율리는 벌겋게 부은 뺨을 감싸며 권 전무를 올려다보았다.

"……권 부회장님이 지금 혼수상태인 건 아세요?"

"형이?"

처음엔 그도 놀란 듯 움찔하는 것 같았다. 하지만 곧 그게 뭐 대수냐는 듯 어깨를 으쓱거렸다.

"교통사고 당한 건 알았지만, 그리 심각한 줄은 몰랐네. 아, 그런데 말이지, 형은 이젠 부회장 아니거든. 회사에서 쫓겨난 지가 언젠데, 부회장은 무슨 부회장."

자신의 형이 혼수상태라는데, 어쩌면 저리도…….

권 전무의 반응에 율리는 말문이 막히고 말았다. 그는 율리와 시선을 마주하며 한쪽 무릎을 꿇고 앉았다.

"다 된 밥에 코를 빠트리려고 했지만, 약속은 지키마. 난 공정한 사람이라서 말이지."

말을 마친 그는 친자 확인서를 꺼내 율리 앞에서 갈기갈기 찢었다.

"사본은 없으니 걱정하지 마라. 당분간은 맘 편하게 지낼 수 있을 거야. 아, 왜 당분간이냐고?"

천천히 몸을 일으킨 권 전무는 이를 드러내며 씩 웃었다.

"정보를 건넨 자가 이게 돈이 된다는 사실을 알았거든. 아마 곧 다른 쪽에 넘길 거다. 그게 정확히 언제가 될지는 모르겠지만. 네 아비에게 알리려면 알리려무나. 채 의원의 정보력이라면 누군지 금방 알아낼 수 있을 테니까."

율리는 되받아치고 싶은 말을 억지로 목구멍에 삼켰다. 진짜 장부는 불태워졌고, 그녀는 한시라도 빨리 여길 빠져나가 제호에게 장부가 바뀌었다는 사실을 알려야 한다. 그러려면 고분고분한 태도를 보여야겠지.

"혹시 모르니까, 이사회 끝날 때까지 이건 잠시 우리가 보관하마."

권 전무는 바닥에 떨어진 율리의 휴대폰을 집어 들고는 잔인한 미소와 함께 방을 나섰다.

"이사회 끝날 때까지 여기에 잡아둬."

지시를 내린 권 전무는 이사회가 열리는 회의실로 걸음을 재촉했다. 본의 아니게 이사회에 늦게 되었으나, 마음만은 날아갈 것처럼 가벼웠다. 그러나 회의실 안으로 들어선 순간, 모든 것이 180도 변해버렸다.

"이건 또 뭐야!"

전혀 상상하지 못한 상황에 권 전무의 얼굴이 일그러졌다.

"늦으셨군요. 어서 와서 앉으시죠."

스크린 앞에 선 제호가 권 전무를 향해 뒤돌아서며 환한 미소를 떠올렸다.

"이제부터가 본격적인 시작이니까."

Chapter 20

난 시작도 안 했어

긴급 이사회가 열리기 몇 시간 전.
덜컥, 소리와 함께 금고 문이 열렸다. 제호는 조심스레 나무 상자를 치우고 아래에 놓인 장부를 집어 들었다. 힐끗, 겉면을 훑어본 그는 장부를 열고 맨 뒷장에 있는 숫자를 확인했다.
"후, 역시 예상대로군."
실소를 내뱉은 제호는 금고 문을 닫고 손에 든 장부를 책상 아래 쓰레기통으로 던졌다.
"작은아버지, 어쩌면 이리도 단순하신가요."
미끼를 던질 때만 해도, 권 전무가 이렇게까지 쉽게 넘어올 것이라곤 예상하지 못했다. 제호는 윤 부장으로부터 비밀 장부를 얻었다는 말을 일부러 권 전무 측근 주주들에게 흘렸다. 10년 전 권 부회장이 물러난 진짜 이유가 무엇인지 밝힐 수 있는 중요한 증거라는 말도 보탰다.
그 말은 빠르게 권 전무에게 전달되었고, 그는 야비한 방법으로 장부를 되찾아갔다.

제호는 권 전무가 율리를 이용할 거라곤 미처 생각하지 못했다. 어떤 방법으로 그녀를 같은 편으로 만들었는지는 모르겠지만, 장부를 바꿔치기한 것으로만 본다면 꽤 괜찮은 해결 방법이었다. 그러나 권 전무가 누릴 수 있는 소소한 성공은 딱 거기까지만이었다.
　이사회에 늦은 권 전무는 전혀 예상하지 못한 상황에 얼빠진 표정을 지었다.
　"늦으셨군요. 어서 와서 앉으시죠."
　그런 권 전무를 향해 제호가 밝게 웃어 보였다.
　"이제부터가 본격적인 시작이니까."
　제자리에 굳은 채로 꼼짝도 하지 않던 권 전무는 상석에 앉은 권 회장이 눈살을 찌푸리며 헛기침을 내뱉자, 비틀거리며 자신의 자리로 걸어갔다. 권 전무가 착석하고 제호는 다시 스크린 쪽으로 몸을 돌렸다.
　"도표로 보시면 이해하기 더 쉬울 겁니다."
　제호는 회의실을 메운 이사들을 바라보며 말을 이었다.
　"이번 아카디아 복합 쇼핑몰 사업을 진행하면서 벌인 비리와 횡령, 그리고 배임에 관한 자료입니다."
　아니, 저 새끼가!
　스크린을 가득 메운 도표를 노려보는 권 전무의 눈빛이 이글이글 불타올랐다. 생각지도 못한 부분에서 허를 찔리고 말았다.
　비밀 장부를 손에 넣었다고 한 건 관심을 딴 데로 돌리려는 수작이었나?
　권 전무는 제호가 권 부회장을 물러나게 한 10년 전 사건에 관한 진실을 파헤치려 한다고 생각했다. 불의의 교통사고를 당한 제 아비의 명예 회복을 위한 행동이라고만 여겼는데, 아카디아 몰 사업 진행에 얽힌 비리를 파헤치리라곤…….

물론 어쩌면 그럴 수도 있겠다고 한 번쯤 의심하긴 했었다. 그러나 크게 불안하진 않았다. 아카디아 몰의 비리 대부분은 민우가 벌인 짓이고, 자신은 그저 주위에 떨어진 콩고물이나 주워 먹는 수준이었다.

"먼저 이 숫자를 주목해주십시오. 이건 처음 발주를 받았을 때 제시되었던 금액입니다."

제호의 설명이 길어질수록 회의실을 가득 메운 이사들의 표정이 어둡게 변해갔다. 권 회장이 직접 나서도 덮어줄 수 없는 선까지 비리와 횡령 규모가 점점 불어났다. 민우의 횡령까지도 권 전무가 뒤집어쓰는 판국이었다. 모든 것은 갑작스러운 해외 발령 때문이었다.

이 자식, 갈 땐 가더라도 꼼꼼히 덮고 떠나라고 누누이 경고했건만!

권 전무는 일 처리 하나 제대로 못한 아들을 원망하며 이를 갈았다.

조 단위가 넘는 거대한 사업이다 보니 콩고물 정도라도 전무 자리에서 물러나야 할 만큼 규모가 컸다. 민우가 저지른 것까지 합쳐진다면, 최악의 경우 횡령으로 고소당하여 실형을 살게 될지도 몰랐다.

"자, 거기까지만 해도 충분하니 그 정도만 하지."

묵묵히 듣고만 있던 권 회장이 마이크를 켰다. 권 회장의 발언에 모두의 시선이 상석으로 쏠렸다.

권 전무는 마른침을 꿀꺽 넘기며 불안한 눈으로 권 회장을 바라보았다. 지금 여기서 그를 구해줄 사람은 권 회장밖에 없었다. 비리나 횡령을 한두 해 저지른 것도 아니고, 권 회장은 모든 것을 알면서도 슬쩍 눈을 감아주었었다. 다만 도가 지나치지 않았을 때 한해서였다. 민우가 벌인 짓까지 뒤집어쓰게 된다면 상황은 크게 달라질 것이다.

생각에 잠긴 듯 침묵을 지키던 권 회장이 이윽고 입을 열었다.

"이렇게 증거가 충분한데, 해임을 놓고 찬반 투표를 하는 것 자체가 우습겠지. 권 전무는 오늘부로 물러나고, 회사에 손해 끼친 부분은 되도록 이른 시일 내에 개인 돈으로 메꾸도록 해. 회사 차원에서 고소할지 말지는 다음 달 정기 이사회에서 논하는 것으로 하고. 이의 있는 사람 있나?"

평소였다면 권 전무 측 이사들이 부당한 처사라고 항의했을 것이다. 하지만 오늘은 그 누구도 발언하지 못하고 입을 다물며 서로 눈치만 보았다.

"그렇다면 오늘은 여기서 끝내도록 하세."

곳곳에서 안도의 한숨이 터져 나오고, 회의실 문이 열리는 동시에 자리에서 일어난 이사들이 신속하게 빠져나갔다. 이제 회의실에는 권 회장과 권 전무, 제호만이 남겨졌다.

"아버지!"

권 전무가 빨개진 얼굴로 권 회장에게 달려가 무릎을 꿇었다.

"억울합니다. 제가 한 짓 아닙니다. 이건 모두 민우가 한 짓이라고요. 전 그 정도까지 티가 나게 해먹진 않습니다. 누구보다 아버지가 더 잘 아시잖아요?"

"쯧쯧, 못난 놈."

권 회장은 혀를 차며 실망한 눈으로 권 전무를 내려다보았다.

"자식 놈이 벌인 일인데, 감싸는 시늉은 못할망정."

"아버지, 제발……."

"듣기 싫다."

권 회장은 자리에서 벌떡 일어나 회의실을 걸어 나갔다.

"아버지."

권 회장이 뒤도 한 번 돌아보지 않고 나가버리자, 권 전무는 험악한 얼굴로 제호를 노려보았다.

"너, 이 새끼! 윤 부장한테서 비밀 장부를 얻었다고 떠들고 다니더니, 비겁하게 뒤에선 딴 수작을 부리고 있었어?"

"흥분하지 마시고 진정하시죠, 작은아버지."

"야, 이 새끼야! 내가 지금 흥분 안 하게 생겼어?"

권 전무가 소리를 지르든 말든 제호는 느긋한 몸짓으로 의자 등받이에 등을 기댔다.

"상식적으로 생각해보세요, 작은아버지. 10년 전의 일을 제가 긴급 이사회에 끌고 올까요? 그때 이미 모든 보상을 끝내고 정리된 사건인데."

"그런데 왜 윤 부장한테 비밀 장부를……."

"비밀 장부라니요. 10년 전에 모두 불태우라고 지시 내리셨다면서, 지금까지 존재할 리 없잖습니까?"

"뭐?"

잠시 멍한 표정을 짓던 권 전무의 표정이 서서히 일그러졌다. 아까 율리에게서 빼앗은 장부 역시 진짜가 아니라는 말이었다. 진짜는 이미 10년 전에 불태워 없어졌고, 윤 부장에게 건네받았다는 장부 역시 가짜였다.

"그럼 이제까지 너, 이 새끼. 그년이랑 짜고 날 농락한 거냐?"

"농락이라니요? 제가 뭘 어떻게 했다고 그러십니까?"

"너, 이 새끼!"

자리에서 벌떡 일어난 권 전무는 씩씩거리며 제호에게 걸어갔다. 당장에라도 멱살을 움켜쥘 것처럼 노려보던 권 전무는 생각을 바꾸었는지 '피식', 입매를 비틀었다.

"그래놓고선 막판엔 장부를 빼앗기지 않으려는 척 도망치는 연기를 해? 쳇, 이럴 줄 알았으면 한 대 더 때리는 거였는데 아쉽군. 입술이 터진 걸 보면 내가 꽤 세게 때린 것 같은데. 그래도 율리, 그년이 날 고소하진 못할 거다."

"방금 뭐라고 하셨습니까?"

그때까지만 해도 평온했던 제호의 표정이 크게 흔들렸다.

"누굴 때렸다고?"

권 전무를 노려보는 제호의 눈빛이 한칼에 베어버릴 듯 날카롭게 번뜩거렸다.

언제까지 잠겨만 있을 줄 알았던 문이 열리며, 율리를 끌고 온 남자 중 한 명이 안으로 들어왔다. 그는 허리 숙여 인사하더니 두 손으로 공손히 율리에게 휴대폰을 건넸다.

"방금 이사회가 끝났다는 보고를 받았습니다. 이젠 돌아가셔도 됩니다. 저희 행동에 무례가 있었다면, 진심으로 사과드리겠습니다."

율리는 잠자코 휴대폰을 받아 들었다. 혹시 그동안 제호에게서 전화나 문자가 왔을까 확인했지만, 아무것도 없었다.

"이사회는 어떻게 됐죠?"

"글쎄요, 저희는 끝났다는 보고만 받았지, 그 외엔 모릅니다."

"그렇겠네요."

어두운 방을 걸어 나온 율리는 복도에 비치는 환한 햇살을 보며 잠시 휘청거렸다. 극도의 긴장감이 한순간에 풀려서였다.

어떻게 됐을까?

율리는 벽을 손으로 짚으며 조심스레 엘리베이터를 향해 걸음을 옮겼다. 머릿속이 복잡해 걷는 것조차 힘에 부쳤다.

바꿔치기한 가짜 장부 때문에 제호 씨가 난처한 상황에 빠졌다면 어떻게 하지?

제호를 제외하곤 금고를 열 수 있는 건 그녀뿐이니까, 누구의 짓인지는 자명했다.

"하아."

우뚝, 걸음을 멈춘 율리는 벽에 등을 기대며 길게 한숨을 내쉬었다.

어차피 들킨 거, 복수에 성공했다고 기뻐해야 하나?

얕은 생각에 허투루 결정을 내린 어리석은 자신을 원망해야 하나?

율리는 울리지 않는 잠잠한 휴대폰으로 눈을 돌렸다. 아직도 제호는 그녀의 문자를 읽어보지 않은 상태였다.

이사회가 끝나는 대로 연락할 줄 알았는데…….

어떻게 된 일이냐고, 도대체 왜 그랬느냐고 화를 낼 거라고 생각했는데…….

모든 것을 망쳐서 허탈해하고 있을까? 날 원망하고 있을까?

불같이 화를 내며 달려드는 상대보다 오히려 기나긴 침묵으로 일관하는 상대가 더 불안했다.

지금 전화하면 제호 씨는 전화를 받을까? 목소리라도 들을 수 있을까?

심장이 욱신거리고 손발이 떨려서 율리는 제자리에 선 채 한 발자국도 꼼짝할 수 없었다.

"아니, 이 새끼가 미쳤나?"

제호가 자신의 멱살을 움켜쥐고 자리에서 일으켜 세우자, 권 전무는 얼굴을 붉히며 크게 소릴 질렀다.

아무리 화가 났기로서니, 감히 작은아버지인 내 멱살을 잡다니!

"이거 못 놔! 야!"

"다시 말하세요. 누굴 때렸다고?"

"그래, 내가 채율리, 그년 따귀 좀 때렸다. 맞을 짓을 하는 년, 어른으로서 버르장머리 고쳐주려고 친히 내가…… 악!"

권 전무는 하던 말을 채 끝내지도 못하고 바닥에 처박혔다. 제호가 멱살을 잡고 난폭하게 바닥으로 꿰다 박은 탓이었다.

"아이고."

권 전무는 허리를 짚으며 앞에 버티고 선 조카를 노려보았다. 저절로 '나 죽네' 소리가 나올 정도로 눈에 별이 번쩍거리게 아팠다.

"저런, 작은아버지. 나리에 힘이 빠질 정도로 충격이 크셨나 봅니다."

방금 바닥으로 집어 던진 게 누군데, 제호는 부드럽게 웃으며 권 전무의 어깨를 감싸 바닥에서 일으켜 세웠다. 그리고 다정스러운 손길로 옷에 묻은 먼지를 털어주었다.

"너, 너! 이 새끼!"

"정중하게 부탁합니다. 구역질 나게 더러운 싸움에 율리는 끌어들이지 마시죠."

"뭐? 구역질 나게 더러운 싸움?"

권 전무의 귀에는 '작은아버지는 구역질 나게 더러운 사람이군요.'라고 들렸다.

"하여간 불륜 가정에서 자란 년이나, 시커먼 속을 숨기고 계략을 꾸미는 놈이나 끼리끼리 잘 어울린다. 교활한 년 같으니라고! 제 아비가 전처 죽기 전부터 지금의 아내와 불륜한 걸 언론에 알리겠다고 하니까 꼼짝 못 하는 척하더니, 그게 다 연기였단 말이지."

크게 흥분한 권 전무는 제호가 놀란 듯 미간을 찌푸린다는 사실을 알아차리지 못했다.

"동생이 사생아란 증거로 친자 확인서를 들이대니까, 하얗게 질리며 당황하더라. 쳇, 채 의원 딸이라서 그런가? 남 속이는 연기 하나는 끝내주더구나."

당연히 제호도 이미 알고 있다고 여겼는지 권 전무는 채 의원과 안 여사의 불륜 사실을 입으로 술술 토해냈다.

"내가 이대로 순순히 물러날 거라곤 생각하지 마라. 회장님이 네 편일 것 같아? 지금은 주위 눈 때문에 내치는 시늉을 하시는 거야. 내가 아니면 KG를 누가 이끌 건데? 네게 갈 거라곤 꿈도 꾸지 마라. 네 아비 쫓겨날 때, 너도 함께 우리 권씨 가문에서 지워졌어."

말을 마친 권 전무는 흐트러진 옷매무새를 바로잡고 도망치듯 회의실을 빠져나갔다. 겉으론 당당하게 외쳤지만, 제호가 또 언제 자신의 멱살을 잡을지 두려워서였다.

회의실에 홀로 남은 제호는 예전에 현경이 해준 말을 떠올렸다.

─ 그건 아니에요. 제호 씨, 미국 들어간 지 얼마 안 되고 나서부터였어요. 이유는 저도 몰라요. 그때부터 율리는 집에서 나오려 했고, 그때마다 잡혀가서 얻어맞았어요.

그렇다면 현경에게도 말해주지 못한 이유란 게 아버지와 새엄마가 불륜을 저질렀고, 그 사이에서 사생아인 동생이 태어났다는 건가? 언제나 슬픈 얼굴로 있었던 이유 역시 그래서였고?

……율리야.

제호는 손바닥으로 가슴을 꾹 내리눌렀다.

그런 너에게 난 도대체 무슨 짓을 한 거지?

갑작스레 드러난 고통스러운 현실이 제호를 무겁게 내리눌렀다.

말없이 창밖을 내다보던 그는 이윽고 시선을 돌리며 재킷 주머니에서 휴대폰을 꺼냈다. 전원을 켜자, 부재중 전화 알림이 액정 화면을 가득 채우기 시작했다. 대부분은 율리에게서 온 전화였다.

그녀는 꽤 이른 시각부터 전화를 걸었고, 전화해달라는 음성 메시지를 음성 사서함에 남겨두었다. 문자는 확인하지 않았지만, 대충 비슷한 내용일 것이다.

— 그래놓고선 막판엔 장부를 빼앗기지 않으려는 척 도망치는 연기를 해?

도중에 심경의 변화라도 일으킨 걸까?

솔직히 제호는 그녀가 장부를 빌미로 자신에게 복수하든 하지 않든 상관없었다. 그렇게 해서라도 분풀이가 된다면 그렇게 하라고 내버려둘 참이었다. 이런다고 그가 그녀에게 저지른 일을 용서받진 못할 테지만.

뒤늦게라도 장부를 지키려다 권 전무에게 맞기까지 했다는 사실에 미안하면서도 화가 났다. 그까짓 게 뭐라고 왜 그렇게까지…….

의도치 않았지만, 장부로 인해 또 한 번 그녀를 속인 셈이 되었다. 그리고 또다시 아프게 하고 말았다.

제길!

그런 상황까지 율리를 몰고 간 저 자신에게 화가 치밀었다.

많이 아팠을까?

제호는 마치 율리를 쓰다듬듯 액정 화면에 뜬 문자를 살며시 어루만졌다. 지금 당장 전화를 걸어 율리의 목소리를 듣고 싶었다. 하지만 아직은 그럴 수 없었다. 그녀를 또 한 번 속였다는 미안함과 저 자신을 향한 분노, 그토록 숨기고자 했던 사연을 알게 된 순간 더욱더 무거워진 죄책감 탓에 도저히 평소처럼 통화할 자신이 없었다.

"후."

제호는 한숨을 내쉬며 휴대폰을 도로 재킷 주머니 안에 집어넣었다.

우선은 하던 일부터 마무리 지어야 한다.

다시 냉정한 표정으로 돌아간 제호는 천천히 회의실을 걸어 나갔다.

KG그룹 건물을 빠져나온 율리는 그대로 회사를 향해 차를 몰았다. 그녀가 사무실로 들어서자마자 동료 직원들이 휘둥그레진 눈으로 율리를 바라보았다.

"아니, 율리 씨! 얼굴이 왜 그래요?"

"무슨 일 있었어요?"

"……아."

율리는 겸연쩍게 웃으며 한 손으로 빨개진 뺨을 감쌌다. 화장실에 들러서 얼굴 상태를 확인하는 걸 깜빡 잊고 말았다. 하지만 눈으로 보지 않아도 어떤 상태인지는 짐작할 수 있었다. 아마도 한쪽 뺨은 퉁퉁 부었을 테고, 찢어진 입술에는 피딱지가 생겼을 것이다.

"잠결에 욕실로 갔다가 미끄러지면서 벽에 그만……."
"아유, 아팠겠다. 그래서 병원에 갔다 오는 길이에요?"
"네."
대충 둘러댄 율리는 자리에 앉아, 급히 컴퓨터를 켰다. 되도록 누구와도 시선을 마주치지 않으려 노력하며 작업에 몰두했다. 다행히도 그녀의 자리까지 다가와 꼬치꼬치 묻는 직원은 없었다.
작업하는 중에도 율리는 힐끔힐끔 책상 위에 놓은 휴대폰으로 눈길을 보냈다. 전화해달라고 음성 메시지를 남겼건만, 제호에게선 아무런 연락이 없었다. 문자 역시 확인하지 않고 있었다. 퇴근 시간이 될 때까지도 마찬가지였다. 먼저 전화하려고도 했지만, 도저히 용기가 나지 않았다. 뻔뻔스럽게 어떻게 그러냐고.
그때, 잠잠했던 휴대폰이 울리기 시작했다. 율리는 상대를 확인할 새도 없이 재빨리 통화 버튼을 눌렀다.
"여보세요?"
[율리야!]
휴대폰 너머에서 밝고 쾌활한 현경의 목소리가 흘러나왔다.
[오늘 저녁 같이 먹을래? 시간 돼? 나, 너희 회사 근처거든.]
"응, 그래."
[내가 픽업할게. 건물 앞으로 와.]
아쉽게도 제호에게서 걸려 온 전화는 아니었지만, 율리에겐 현경의 전화 역시 천사의 구원 같았다. 이런 기분으론 도저히 혼자 있을 수 없었으니까.
율리는 서둘러 컴퓨터를 끄고 사무실을 빠져나갔다. 건물 밖으로 나오자, 현경의 차가 앞으로 다가왔다. 율리가 차에 오르자, 현경은 굉장히 신난 얼굴로 율리를 와락 끌어안았다. 그러다 율리의 부은 뺨과 터진 입술을 보고 놀란 표정을 지었다.
"너, 얼굴이 왜 그래?"
화장으로 감춘다고 감췄지만, 예리한 현경의 시선을 피할 순 없었다.
"잠결에 욕실로 갔다가 미끄러지면서 벽에……."
율리는 동료 직원들에게 둘러댔던 대로 말하며, 병원에 갔다 왔으니 걱정하지 말라고 현경을 안심시켰다. 못 믿겠다는 표정을 짓던 현경은 잠시 후, 할 수 없다는 듯 고개를 끄덕거렸다. 이럴 땐 모르는 척해주며 넘어가는 게 율리를 위하는 것이라는 사실을 알기에…….
"그나저나 내가 오늘까지 참느라고 얼마나 힘들었는지 아니?"
현경은 빠르게 화제를 돌렸다.
"응, 뭐가?"
현경은 대답해주는 대신, 빠르게 차를 출발시켰다. 정지 신호에 차를 멈추고서야 율리에게 고개를 돌리며 말을 꺼냈다.
"뭐긴 뭐야? 묻고 싶어서 참느라고 힘들었지. 그래서 어땠어?"
"어땠긴 뭐가 어때?"
"제호 씨가 한 선물 말이야. 네가 좋아하는 디자인이어야 한다면서 엄청 신중하게 고르더라고."
"……아."
잠시 말문이 막힌 율리는 가만히 입만 벌렸다. 현경은 다시 신호등으로 고개를 돌리느라 당황해하는 율리의 모습을 보지 못했다.
"네가 그걸 어떻게 알아?"
"어머, 제호 씨가 아무 말 안 했어? 이런, 나 실수한 건가?"
난처한 듯 눈매를 휜 현경은 제호의 부탁으로 함께 쇼핑한 이야기를 털어놓았다.

"……아, 그랬구나……."

"손목시계, 그거 제호 씨가 직접 고른 거야. 너무 예쁘지 않니? 국내에 딱 두 개만 들어온 거래."

그때 마침, 두 사람의 대화를 엿듣기라도 한 것처럼 제호에게서 전화가 걸려 왔다. 순간 율리는 뻣뻣하게 얼어붙고 말았다. 온종일 기다렸으면서도 막상 전화가 오자, 덜컥 겁이 났다. 무슨 말을 꺼내야 할지 머릿속이 텅 비어버렸다.

"전화 안 받고 뭐 해?"

액정 화면에 뜬 제호의 이름을 본 현경이 의아스러운 표정으로 물었다. 율리는 천천히 숨을 들이마시고는 꾹 통화 버튼을 눌렀다.

"여보세요."

[전화가 늦어서 미안해요.]

평소와 다름없는 다정한 목소리로 제호가 말했다.

[온종일 너무 바빠서 휴대폰을 꺼놓았던 것도 몰랐어요.]

휴대폰 너머로 들리는 그의 목소리는 평온하기 그지없었다. 그렇다고 이사회에서 별일 없었던 거라고 단정할 순 없었다. 율리는 묻고 싶은 말을 목구멍 아래로 꾹꾹 내리누르며 조심스레 입을 열었다.

"정말 아주 바빴나 봐요."

[네, 조금. 사실 나, 지금 서울이에요. 갑자기 KG그룹에서 긴급 이사회가 열리는 바람에.]

'긴급 이사회'란 말에 심장이 뜨끔했지만, 율리는 애써 떨리는 목소리를 가다듬으며 물었다.

"긴급 이사회요? 안 좋은 일이라도 있었어요?"

[음, 누군가에겐 그랬을 수도 있겠네요. 난 아니지만.]

"아……."

율리의 입에서 안도의 숨이 흘러나왔다.

정말 아무 일 없었던 걸까?

[솔직히 나에겐 꽤 통쾌한 결과라서. 내일 밤에 돌아가면 함께 샴페인 터뜨려요.]

"샴페인이요?"

[응, 샴페인.]

그가 기분 좋은 듯 웃기 시작했다. 나직이 흘러나오는 웃음소리에 율리는 심장이 죄어드는 것처럼 아팠다. 그는 웃었지만, 그녀는 울고만 싶었다.

[하여간 좋은 소식이니까 내일 밤, 기대해.]

전화를 끊은 율리는 혼란스러운 표정을 지었다.

장부가 바뀐 걸 알았을 텐데, 어째서……? 지금 비꼬고 있는 걸까?

골똘히 고민하던 율리는 창에 머리를 기대며 가만히 눈을 감았다.

그게 다 무슨 소용일까. 어찌 됐든 내일 밤은 두 사람의 마지막이 될 것이다. 원하든, 원하지 않든.

그와 헤어진다는 상상만으로도 이미 심장이 쪼개진 것처럼 아팠지만, 썩은 살은 더 늦기 전에 잘라내야 하는 것처럼 관계가 더 비틀어지기 전에 끝내야 했다. 그것이 지금 그녀가 내릴 수 있는 가장 현명한 결정이었다.

"후."

그걸 누구보다 잘 알면서도 서글픈 한숨이 율리의 마른 가슴을 가득 채웠다.

다음 날, 율리는 퇴근길에 마트에 들러 훈제 연어와 훈제 햄, 생치즈와 초콜릿, 각종 과일 등 장을 보았다. 정확히 몇 시에 돌아온다고 말하진 않았지만, 내일 밤이라고 했으니까 아마도 저녁을 먹고 온다는 뜻일 것이다. 그래도 뭔가 간단하게나마 그를 위해서 준비하고 싶었다. 오늘이 마지막일 테니까. 주류 전문점에 들러 최상급의 샴페인도 사고, 호텔 베이커리에서 딸기가 듬뿍 올라간 생크림 케이크도 구했다. 식탁을 아름답게 꾸며줄 꽃과 촛불도 다양한 색상으로 준비했다.

"훗."

가지각색의 과일과 생치즈, 훈제 연어, 훈제 햄, 초콜릿 등으로 접시를 채우던 율리는 잠시 동작을 멈추고 쓰게 웃고 말았다. 이렇게 빨리 끝날 줄 알았으면 좀 더 이런 시간을 가지는 거였는데…….

복수니, 뭐니, 하면서 시간만 낭비한 자신이 한심스럽게 느껴졌다. 어차피 그와는 안 되는 거였는데. 처음 시작할 때부터 알고 있었으면서. 지금이라도 알았으니 다행인 걸까?

식탁을 꾸민 율리는 옷을 갈아입으려 게스트 룸으로 향했다. 셔츠와 바지 차림이 아니라 좀 더 예쁘게 꾸미고 싶었는데, 이번에도 그녀는 사무 정장 차림 외엔 챙겨 오지 않았다. 현경과 커플 룩으로 마련했던 실버 원피스뿐이었다. 또 같은 옷을 입고 싶진 않았지만, 드레스는 이것뿐이니 어쩔 수 없었다.

— 너무 예뻐.

— 어머님이 살아 계셨다면 고맙다고 말씀드렸을 거야. 이렇게 예쁘게 낳아주시고 키워주셔서 정말 감사하다고.

불현듯 그가 해주었던 말이 떠올랐다.

― 진심이야. 나중에 꼭 찾아뵙고 인사하게 해줘.

― ……나중에 엄마가 계신 납골당에 함께 가요.

― 그래.

그는 그렇게 말했지만, 어머니를 모신 납골당에 그와 함께 갈 일은 없을 것이다. 어쩌면 처음부터 그는 그곳에 갈 생각이 없었는지도 모르겠다.

원피스로 갈아입은 율리는 이번엔 서재로 향했다. 금고 안에서 나무 상자를 꺼내 손목에 시계를 채웠다. 오늘이 마지막이니까, 선물 받은 손목시계를 찬 모습을 보여주고 싶었다.

다시 식탁으로 돌아온 율리는 얼음을 가득 채운 아이스 버킷에 샴페인 병을 집어넣었다. 준비는 모두 완벽하게 끝났고, 이젠 샴페인으로 축배를 들 일만 남았다.

율리는 힐끗 손목시계로 시간을 확인했다.

함께할 마지막 밤이 어느새 훌쩍 가까워져 있었다.

"얼굴이 왜 그래?"

시간과 정성을 다해 공들였건만, 집에 돌아온 제호의 시선은 식탁이 아닌 그녀의 얼굴로 향했다. 눈에 띄지 않으려 진하게 화장했는데도 첫눈에 알아보았나 보다. 그는 매우 화난 것처럼 미간을 찌푸렸다.

"다쳤어?"

"별거 아니에요. 잠이 덜 깬 채 욕실로 가다 벽에 부딪혀서……."

율리는 아까 직장 동료들에게 했던 변명을 그대로 되풀이했다. 제호는 아무런 말도 하지 않고 빤히 그녀를 바라만 보았다. 그러다 잠시 후, 혼잣말처럼 중얼거렸다.

"아팠겠네."

"조금요."

제호 손을 들어 아주 조심스럽게 부은 뺨을 쓰다듬었다. 이젠 화끈거림은 거의 없어졌지만, 차가운 손의 감촉이 좋아서 율리는 저도 모르게 눈을 감았다.

"그래서 전화했어, 아파서? 약속한 대로 나한테 아프다는 거 알려주려고?"

말은 그렇게 하지만, 그는 그게 아니란 걸 알고 있을 것이다. 하지만 지금은 모르는 척 그가 먼저 말을 꺼내기 전까진 그가 하는 대로 따르고만 싶었다. 마지막이니까.

율리는 가만히 고개를 끄덕이며 차가운 손바닥에 얼굴을 기댔다.

"미안해요. 그것도 모르고 전화 안 받아서."

"괜찮아요."

그녀가 천천히 눈을 뜨고 자신을 바라보자, 제호는 살며시 웃으며 고개를 숙여 입술을 포갰다. 터진 입술을 건드리지 않으려고 조심하는 게 느껴졌다. 결국 율리는 두 손으로 그의 뺨을 감싸며 그녀가 먼저 적극적으로 다가갔다. 마지막일지 모르는데, 이런 담백한 키스로는 절대로 만족할 수 없었다.

한참 후에야 율리는 입술을 떼고 벅찬 호흡을 가다듬었다. 그녀의 숨이 정상으로 돌아오자 이번엔 제호가 먼저 고개를 숙이고 사탕을 삼키듯 그녀의 아랫입술을 빨아들였다.

짜릿한 아픔이 입술을 관통했지만, 그와 함께 더욱더 커다란 환희가 밀려들었다. 지금까지 참았던 감정이 한꺼번에 걷잡을 수 없이 쏟아지고 있었다.

"……하, 제호 씨."

이번에도 율리가 먼저 뒤로 물러나며 가쁜 숨을 들이마셨다. 제호는 그런 그녀를 물끄러미 바라보기만 했다. 뭔가 할 말이 있는 것 같은데 참고 있는 것처럼 보였다. 가짜 장부에 관한 이야기를 하려는 걸까? 두 사람 모두, 인제 그만 거짓 연기를 멈춰야 하겠지.

하지만 제호는 말을 꺼내는 대신 팔을 뻗어 그녀를 자신의 품속으로 끌어당겼다. 안기는 것만으로도 율리는 울컥 쏟아지는 감정에 몸이 파르르 떨렸다. 그에게서 전해지는 따뜻한 체온과 달콤하고 상큼한 시트러스 향이 눈물 핑 돌 만큼 좋았다.

"출장이 너무 길어져서 미안해. 보고 싶어서 미치는 줄 알았어."

그리고 나직하고 부드러운 목소리도…….

"……일은 다 잘 끝났어요?"

"응."

율리는 고개를 뒤로 젖히며 자신을 껴안고 있는 제호와 시선을 맞추었다. 긴급 이사회에 관해서 물어봐야 하는데, 좀처럼 입이 떨어지지 않았다. 그걸 물어보는 순간, 지금의 핑크빛 행복은 산산이 부서질 테니까. 하지만 끝까지 모른 척 외면하고 있을 순 없었다. 자신이 바꿔치기한 장부 때문에 그가 어떤 일을 당했는지 알아야만 했다. 율리는 떨리는 목소리를 가다듬으며 조심스레 입을 열었다.

"어제 열린 긴급 이사회……."

"그것도 잘 끝났어요. 그것 때문에 샴페인을 터뜨리자고 한 거고. 이런, 벌써 준비해두었네."

그제야 아이스 버킷에 담긴 샴페인을 발견했는지, 그가 낮게 웃었다. 제호는 율리를 껴안은 채 식탁으로 다가가 샴페인 병을 집어 들었다. 그리고 아기자기하게 꾸며진 식탁 위를 감탄한 눈으로 바라보았다.

"이걸 혼자 다 준비한 겁니까?"

"과일을 깎은 것 외엔 따로 준비할 건 별로 없었어요."

율리는 샴페인 뚜껑을 따는 제호를 가만히 바라보았다. 제호는 식탁 위에 준비해둔 두 개의 잔에 샴페인을 가득 따르고 그중 한 잔을 율리에게 내밀었다.

"먼저 건배부터 하죠."

"그전에 축배를 드는 이유를 알려줘야죠."

"축배를 드는 이유라……."

순간 그녀를 바라보는 제호의 눈빛이 반짝거렸다. 율리는 긴장한 모습을 숨기려 살며시 시선을 피했다. 하지만 미친 듯이 심장 박동이 빨라지는 것까지 막을 수는 없었다.

"KG그룹이 겉에서 보기엔 멀쩡해 보일지 몰라도 속은 썩어들어가고 있었어요. 어제 그 환부 일부를 제거했죠."

가짜 장부를 가지고서도 권 전무를 자리에서 물러나게 했다는 건가? 율리는 숨을 죽이며 제호의 말에 귀를 기울였다.

"이번 아카디아 몰 사업을 진행하면서 많은 비리와 횡령이 있었어요. 사실 대부분은 민우의 작품이지만, 작은아버지도 거기에 틈틈이 합세하셨죠. 어제 긴급 이사회에서 그게 모두 밝혀졌고, 작은아버지는 전무 자리에서 내려오게 됐어요."

아카디아 몰 사업이라고? 10년 전 그 일이 아니라?

율리의 눈이 커다래지자, 제호는 부드럽게 웃으며 그녀에게로 고개를 숙였다. 동시에 손에 쥐고 있는 잔을 그녀의 잔에 쨍, 부딪쳤다.

"작은아버지는 내가 10년 전 일을 파고든다고만 생각하셨는지, 다른 일에 관해선 아무런 대책도 세우지 않으셨거든요."

"그러면 그 장부는……?"

너무 놀란 나머지, 율리는 자신이 무슨 말을 하는지 알아차리지 못했다. 그의 표정이 미묘하게 변한 후에야 제 입으로 말했다는 걸 깨달았다. 하지만 이미 입 밖으로 흘러나온 후였다.

"물론 가짜죠. 진짜는 이미 10년 전에 불태워졌는데……."

제호는 부어오른 율리의 뺨을 손으로 감싸며 작게 속삭였다.

"그게 뭐라고, 그걸 끝까지 지키겠다고 버티었어요. 그냥 넘겨주지."

"……난…… 나는……."

충격이 너무 커서일까? 말이 제대로 나오지 않았다. 그는 그녀가 장부를 바꿔치기했다는 사실은 물론, 그 과정에서 권 전무에게 맞았다는 사실까지도 알고 있었다. 율리는 바르르 떨리는 입술을 혀로 축이며 그저 제호를 바라볼 수밖에 없었다.

"그렇게라도 내게 화풀이하면 좋았을 텐데, 도대체 왜 그랬어요? 난 상관없는데. 내가 어떤 이유로 당신에게 접근했는지 알게 되었으면서, 왜?"

"……다…… 모두 다, 알고 있었어요?"

제호는 천천히 고개를 끄덕이며 율리의 손에서 잔을 건네받아 식탁에 올려놓았다. 자신의 잔도 내려놓은 그는 그녀를 품속으로 끌어안았다.

"언제부터예요?"

"한밤중에 제주도로 날 찾아온, 그날부터."

이럴 수가! 그는 처음부터 모든 걸 알고 있었다. 또 한 번 속았다고 생각하니 이젠 화도 나지 않았다. 그저 허탈해서, 머릿속이 텅 비어버려서 눈앞이 아찔해질 뿐이었다.

"내가 한 짓에 비하면 장부를 바꿔치기하는 정도는 정말 아무것도 아닌데…… 결국 난 너를 또다시 다치게 한 건가."

머리 위로 쏟아지는 제호의 속삭임을 들으며 율리는 힘겹게 떨리는 몸을 진정했다. 그가 눈치채고 있었다는 것도 모르는 채, 혼자 복수를 꿈꾼 자신이 바보스러워 참을 수 없었다. 막판에 마음을 바꾸긴 했지만, 자신이 저지른 실수가 없어지는 것은 아니었다.

"늦긴 했지만, 이런 식으로 복수하는 건 옳지 않다는 걸 깨달았거든요."

"복수하는데 누가 그런 걸 따져요? 당한 만큼 갚아주면 되는 거지."

"물론 당한 만큼 갚아주고 싶었어요. 내가 상처 받은 만큼 상처를 주고 싶었다고요. 하지만 복수 하나 하려고 나 자신을 수준 이하로 끌어내리고 싶진 않았어요."

율리는 그의 품에서 벗어나며 붉게 충혈된 눈으로 그를 노려보았다.

"난 당신과 다르니까."

말없이 그녀를 내려다보던 제호는 부드럽게 웃으며 고개를 끄덕거렸다.

"그래, 맞는 말이에요. 당신은 나와 다르죠."

그는 씁쓸한 표정을 지으며 율리가 정성껏 준비한 식탁으로 시선을 돌렸다.

"그러면 이건 다 뭐죠? 최후의 만찬 같은 건가?"

"네. 끝날 땐 끝나더라도, 제대로 끝내야 하지 않겠어요?"

율리는 제호가 내려놓은 샴페인 잔을 들어 올렸다. 잔 하나는 그에게 건네고 아까 그가 했던 것처럼 그의 잔에 자신의 잔을 쨍, 부딪쳤다.

"아무래도 축배는 우리 둘을 위한 것 같네요."

"그런가?"

"네. 우리의 마지막을 위해서."

율리를 샴페인이 가득 찬 잔을 치켜올리고 단숨에 잔을 비웠다. 처음엔 율리를 빤히 바라보던 그도 결국엔 그녀를 따라 잔을 비웠다.

"……내가 제일 화나는 건……."

율리는 잠시 말을 멈추고 딸기 모양 초콜릿을 한입 깨물었다. 곧 입에서 쏟아질 쓴소리를 중화시키려면 달콤한 초콜릿이 필요했다. 그런다고 현실이 바뀌는 것은 아니겠지만. 느릿하게 초콜릿을 입에서 녹인 율리는 건조한 목소리로 말을 이었다.

"민우의 약혼녀가 내가 아닌 다른 여자였어도 당신은 똑같이 행동했을 거라는 거예요. 훗, 결국엔 어느 여자에게나 보였을 친절인데, 난 바보처럼 설레면서……."

단지 말하는 것만으로도 억장이 무너지고, 그에게 기댔던 나날들이 덧없이 눈앞에서 부서져 가는 것만 같았다.

"내가 지금 이런 말을 한다고, 믿어주진 않겠지만……."

당한 쪽은 오롯이 그녀인데, 마주 보는 제호의 표정도 서서히 일그러졌다.

"율리, 네가 아니었다면 난 그런 식으로 상대에게 다가가진 않았을 거야."

"지금 그 말을 나보고 믿으라고요?"

찰나였지만, 율리는 그의 말에 다시 속아 넘어갈 정도로 자신이 어리석기를 바랐다. 아직도 정신을 못 차린 자신에 기가 막힌 나머지 세차게 고개를 내저었다.

"아뇨. 이제 난 당신이 하는 말, 아무것도 믿을 수 없어요."

"알아. 날 믿지 못하는 게 당연해."

쓸쓸한 그의 눈빛이 그녀에게 닿았다.

정녕 이대로 끝인 걸까?

율리는 서로 한 잔씩 샴페인을 마신 것 외에는 손도 거의 대지 않은 식탁을 허망하게 바라보았다. 그녀 딴에는 원만하게 마지막을 장식하고 싶었는데, 모든 것이 틀어져버렸다.

어색한 침묵이 두 사람 사이에 내려앉았다.

"그래도……"

한참이 지나고 먼저 입을 연 쪽은 율리였다. 그녀는 한 손으로 앞머리를 쓸어 올리며 제호를 바라보았다.

"마지막 밤은 보내고 헤어져야죠. 원래부터 미래는 생각하지 않고, 편하게 만나기로 한 관계였잖아요."

그 말에 제호는 진심이냐는 듯 미간을 좁혔다. 당장 따귀를 때려도 시원치 않을 판에 그녀는 그를 바라보며 흐릿하게 미소 지었다.

"내일 아침에 떠날 거니까, 오늘은 여기서 자게 해줘요."

본의 아니게 틀어지긴 했지만, 그래도 이렇게 끝낼 순 없었다. 오늘이 지나면 완전히 그를 마음속에서도, 머릿속에서도 지워버리기로 했으니까. 한 치의 후회도 남기지 않으려면 모든 걸 말끔히 태워버려야 했다. 그게 욕망이든, 미움이든, 혹여 사랑이든……

속은 타들어가는 듯 아팠지만, 다행스럽게도 눈가는 붉어지지 않았다. 눈물도 나지 않았다. 다만 조그만 충격에도 팡, 터질 것 같아 걱정될 뿐이었다.

"난 마지막이라고 한 적 없는데……."

"그건 내가 결정해요. 내게 그 정도의 권한은 있다고 생각하는데, 아닌가요?"

율리의 말이 옳았다. 그녀를 놓아줄 생각은 전혀 없었지만, 절실히 원한다면 당분간은 물러서는 게 맞았다. 그래야 더는 그녀가 상처 받지 않을 테니까. 권민우 실장에게 내려진 해외 발령과 권우식 전무의 해임 모두, 율리의 희생을 발판으로 삼았다. 여기서 문제는 아직 본 게임은 시작도 하지 않았다는 것이다. 제호는 대답 대신 손을 들어 어제 권 전무에게 맞았던 뺨을 부드럽게 매만졌다.

"정말 오늘이 마지막 밤이라면 사정 봐주지 않을 건데, 괜찮겠어?"

"그건 내가 하고 싶은 말이네요. 마지막이니까 나도……."

나머지 말은 갑자기 입술을 겹쳐오는 제호 때문에 입에서 나올 수 없었다. 마치 삼켜버리듯 입술을 덮으며 그가 나직이 속삭였다.

"또 센 척한다. 나중에 후회할 거면서……."

그가 이를 세워 혀끝을 살며시 깨물자 '흐윽', 질척하게 맞물린 입술 사이로 더운 숨이 터져 나왔다.

"분명히 경고했어."

율리의 뺨을 어루만지던 손이 아래로 미끄러지며 잘록한 허리를 움켜쥐었다. 이어서 단단한 가슴이 압박하듯 율리를 뒤편에 있는 벽으로 밀어붙였다.

"오늘은 울고 매달려도 봐주지 않을 거야."

낮게 속삭인 그는 벽에 기댄 율리의 무릎 아래로 손을 넣어 한쪽 다리를 들어 올렸다. 조금은 거칠다 싶은 손길이 여린 속으로 파고들었다.

"흐윽."

아찔한 자극에 율리의 입에서 신음이 터져 나오자, 그는 고개를 숙여 그녀의 입술을 틀어막았다.

마지막이라고 생각해서일까? 입술이 닿는 부위마다, 손끝이 지나는 부위마다 극도의 쾌감이 느껴졌다. 아직 제대로 사랑을 나눈 것도 아닌데, 율리는 눈앞이 하얗게 타들어가는 것 같아 숨이 차올랐다.

"……여기서 이러지 말고 침실로 가요."

그러나 제호는 율리의 청을 거절하며 그녀를 안은 팔에 힘을 주었다.

"난 분명 사정 봐주지 않겠다고 했어."

"아훗."

머리카락이 곤두서는 것 같은 짜릿한 느낌에 율리는 저도 모르게 고개를 내서웠다. 이미 알고 있는 감각이있다. 하지만 오늘은 뭔가 덜랐다. 무서울 정도로 빠르고 강하게 온몸으로 퍼지며 한줄기 남아 있던 이성을 단숨에 집어삼켰다.

거친 움직임에 등과 엉덩이가 차가운 벽에 짓이겨졌지만 아프진 않았다. 오히려 묘한 불편함이 설명할 수 없는 자극으로 다가왔다.

"……흑, 제호 씨."

치솟는 쾌락에 힘이 빠진 율리의 몸이 스르르 주저앉았다. 그제야 동작을 멈춘 그가 율리의 턱을 그러쥐어 자신을 올려다보게 했다.

"서 있기 힘들어?"

율리가 고개를 끄덕이자, 제호는 그대로 그녀를 안아 올려 침실로 향했다. 율리를 침대 위에 내려놓은 그는 재빨리 셔츠를 벗어버리고 그녀의 위에 자리를 잡았다.

"지금이라도 내키지 않으면 말해. 그만둘 테니까."

마지막이라고 단정 지어서일까? 그는 평소와 다르게 다급했고, 조금은 아프게 느껴질 정도로 거칠었다.

하지만 그래서 더 좋았다. 그도 자신처럼 흔들리는 것 같아서. 이성을 잃어버린 것 같아서. 함께 아파하는 것 같아서.

율리는 입매를 휘며 괜찮다는 대답으로 그에게 입을 맞추었다.

"하, 율리, 너……."

탄식이 흘러나오는 동시에 그가 그녀를 으스러질 듯 꽉 끌어안았다. 그렇게 두 사람의 마지막 밤은 서서히 불타올랐다. 비릿한 욕구는 날카로운 손톱으로 할퀴는 것처럼 서로를 거칠게 채웠고, 몸이 뒤엉킨 것처럼 증오와 애욕도 함께 뒤섞였다.

"웃. ……아, 아, 제호 씨……!"

"후……!"

소리 내며 부딪치는 건 서로의 마음일까? 아니면 욕망으로 잠식된 비루한 몸뚱어리일까?

몇 번이나 끝까지 다다랐는지 모르겠다. 서로는 격렬하게 끝까지 닿았고, 찬란하게 부서졌다. 하지만 몸이 가까워지면 가까워질수록 마음은 멀어지는 것만 같았다.

그러면 그럴수록 서로를 안은 팔에 힘이 들어갔다. 두 사람 속으로 절망이 깊게 파고들면 들수록 아픔은 더욱더 단단해졌다.

"제호 씨…… 흐윽. 으윿."

결국, 율리의 입에서 작은 흐느낌이 새어 나왔다. 하지만 그는 멈추지 않았다.
"먼저 끝내버리면 안 되지. 난 시작도 안 했어."
경고했던 대로 자비란 없었다. 무너져 내리자, 억센 손길이 축 늘어진 그녀의 몸을 다시금 일으켜 세웠다.
"고작 이러려고?"
거친 숨소리가 귓가에 울렸다. 한계를 시험하려는 듯, 그는 자세를 바꾸고 다시 시작했다. 정신은 아득해졌고 머릿속에선 불꽃이 튀었다.
"흐윽."
'제발, 이젠 더 못 하겠어요.'라는 말이 나올까, 율리는 입술을 꽉 깨물었다. 약한 모습을 보이는 것도 싫었고, 그 말이 나오는 순간 아슬아슬하게 이어진 관계가 끝이란 것을 알기에 차마 할 수 없었다. 밀어내는 대신, 더욱더 세게 매달렸다. 눈앞이 흐릿해지고 손가락 하나 까딱할 수 없게 힘이 빠져도 제 손으로 먼저 놓을 순 없었다.
"하아, 율리야······."
서친 숨소리와 함께 그가 다징한 목소리로 그녀의 이름을 속삭였디.
"어긋난 시작이었지만, 너를 진정으로 사랑하게 됐다면 믿어줄래?"
어쩌면 그의 말이 사실일지도 모른다. 시작은 아니었어도 지금은 그녀를 사랑하게 되었는지도 모른다. 그러나 그게 다 무슨 소용일까? 그는 그녀를 속였고, 그녀 역시 그를 속였다. 그녀가 그를 믿을 수 없듯이 그도 이젠 그녀를 믿을 수 없을 것이다. 믿음이 없는 관계는 결코 지속될 수 없다.
"아뇨. 믿지 않아요."
"내가 어떻게 하면······."

더는 말을 잇지 못하게 율리는 몸을 일으켜 그에게 입을 맞췄다. 제호는 입술에 떼며 뭐라고 중얼거렸지만, 율리는 고개를 저으며 다시 입술을 밀어붙였다. 몇 번이나 같은 움직임이 반복되자 결국 포기했는지, 아니면 다시금 욕망에 불이 붙었는지 그의 손이 잘록한 허리를 움켜쥐었다. 또다시 서글픈 행위가 이어졌다.

 잠시 후, 감당할 수 없는 쾌감에서인지, 감정이 뒤섞이며 격해서인지, 붉어진 율리의 눈가에서 뚝 눈물이 흘러내렸다.

 제호는 고개를 숙여 뺨에 흐르는 눈물에 입술을 대었다.

 달았다. 눈물도 달았고, 그녀도 달았다. 미치도록 달아서 독을 마시는 기분이었다. 이대로 독에 물들어 다시는 눈을 뜨고 싶지 않을 정도로 지독하게 달콤했다.

 너무나 달콤해서 너무나 씁쓸한 그들의 마지막 밤이었다.

Chapter 21

언제든지 돌아와

"으음."

잠결에 몸을 뒤척이자, 토닥거리는 손길과 함께 등 뒤로 따뜻한 체온이 전해졌다. 율리는 잠에서 깨어나며 무거운 눈꺼풀을 들어 올렸다.

흐릿한 시야로 방 안으로 스며드는 새벽의 푸른 기운이 어렴풋이 보였다. 정확히 기억나진 않지만, 어느 순간 기절하듯 까무룩 잠이 든 것 같았다.

"좀 더 자. 아직 이르니까."

그때 잠긴 듯 가라앉은 목소리가 귓가에 흘러들었다. 율리는 눈을 감는 대신 짧게 한숨을 내쉬었다. 그의 품에 안겨 깨어나는 것은 지금이 마지막일 것이다. 그렇게 생각하니 다시 잠을 청할 수 없었다.

포근하고도 나른한 기분에 저절로 미소 짓는 행복을 조금 더 누리고 싶었다. 거짓 연기라고 해도 상관없었다. 심장이 저릿하게 좋았다.

율리는 어쩌면 자신이 꿀에 날개가 젖는 줄도 모르고 연신 꿀을 핥는 하루살이일지도 모르겠다고 생각했다. 결국엔 빠져나오지 못하고 꿀통 안에서 죽어갈 텐데, 그걸 알면서도 유혹을 뿌리칠 수 없었다.

해가 뜨고 날이 밝으면 그를 완전히 마음속에서 밀어낼 텐데, 잠시만, 아주 잠시만 헛된 꿈을 연장하면 안 될까?

그녀가 다시 잠들지 않았다는 것을 알아차렸는지, 제호는 반쯤 몸을 일으키더니 귓가에 나직이 속삭였다.

"아깐 미처 말을 못 했는데……. 손목시계, 정말 잘 어울렸어."

"……아."

잠시 머뭇거리던 율리는 담담하게 말을 이었다.

"오늘이 마지막이니까, 돌려주기 전에 손목시계 찬 모습을 한 번쯤은 보여줘야 할 것 같아서요."

제호는 고맙다는 말 대신 그녀를 자신 쪽으로 돌아눕게 했다. 마주 보는 시선이 서서히 짙어졌다.

"부탁 하나만 해도 될까?"

어루만지듯 율리의 머리카락을 쓸어 넘겨주며 그가 물었다.

"손목시계, 돌려주지 말고 그대로 간직해줄래? 하고 다니지 않아도 돼. 그냥 가지고만 있어줘."

"그건……."

거절의 말을 꺼내려던 율리는 잠시 머뭇거렸다.

단번에 거절하면 너무 매몰차 보이려나?

부담스럽긴 했지만 그에게 받은 첫 선물이자, 마지막 선물이었다. 잠시만 가지고 있다가 나중에 슬그머니 돌려주면 될 것이다.

"그럴게요."

"고마워."

그녀가 거절하지 않고 받아들이자, 제호는 살며시 웃으며 그녀의 입술에 자신의 입술을 포갰다. 입술에서 시작된 달콤한 감촉은 곧 다른 곳으로 옮겨갔다. 커다란 손이 가녀린 허리를 휘어 감자, 율리는 눈을 감으며 강인한 손길에 몸을 맡겼다.

진정 마지막인 사랑의 행위여서일까? 격렬했던 지난밤과 달리, 그는 쉬이 깨지는 유리 인형처럼 조심스레 그녀를 다루었다. 느릿하지만 힘차게, 부드럽지만 끝까지 강렬하게…….

"율리야."

극심한 쾌감과 환희에 빠져가는 그녀에게 그가 속삭이듯 말했다.

"어떤 이유에서든 돌아오고 싶으면 언제든지 돌아와."

희미해지는 의식 속으로 가라앉은 목소리가 흘러들었다.

"기다릴게. ……사랑해."

그는 정말로 이렇게 말했을까? 아니면 혼미해진 정신에 환청을 들은 걸까? 다시 눈을 떴을 때는 그녀 혼자만이 침대에 남아 있었다.

"……으음."

힘겹게 몸을 일으킨 율리는 반쯤 감은 눈으로 주위를 둘러보았다.

그의 흔적은 어디에서도 찾을 수 없었다. 평소처럼 아침 운동을 나간 게 아니라면, 그녀와 무딪지지 않으려 자리를 피해준 게 분명했다. 어색하게 얼굴을 마주하다 헤어지는 것보단 그편이 어쩌면 나을지도 모르겠다.

"아……."

바닥에 발을 내딛던 율리는 그대로 푹석 주저앉고 말았다. 너무 무리한 탓인지, 다리에 힘이 들어가지 않았다.

사정 봐주지 않을 거라더니, 어젯밤 그는 정말 그랬다. 새벽녘 마지막으로 맺었던 관계를 제외하면 그녀를 위한 배려는 없었다. 그렇다면 그는 여태껏 그녀에게 맞춰주었던 걸까?

"후우."

율리는 길게 숨을 내쉬며 천장을 향해 고개를 젖혔다.

완전히 잊기로 했으면서 눈뜨자마자 그 남자 생각이라니…… 정신 차리자, 채율리! 헤어지고 이제 겨우 첫째 날인데, 벌써 약해지면 안 되는 거잖아, 응?

억지로 자리에서 몸을 일으킨 율리는 욕실로 무거운 몸을 이끌었다. 마음 같아선 욕조 안에 들어가 뭉친 근육을 풀고 싶었지만, 그럴 만한 시간적 여유가 없었다. 그가 돌아오기 전에 한시라도 빨리 준비를 끝내야 했다.

샤워 부스로 들어가 뜨거운 물을 틀자, 욕실 안은 순식간에 하얀 수증기로 가득 메워졌다.

"흑."

동시에 어젯밤 내내 참았던 눈물이 터져 나왔다. 율리는 재빨리 세차게 쏟아지는 물줄기를 향해 고개를 젖혔다. 덕분에 얼굴을 적시는 것이 눈물인지 물줄기인지 구분할 수 없었다.

"……흐윽."

흐느낌이 잦아들 때까지, 율리는 한참 동안 샤워기 아래 서 있었다.

"X발! 이런 걸 먹으라고? 야, 내가 개돼지인 줄 알아?"

식탁 위에 놓인 정체불명의 음식을 노려보던 민우는 인상을 찡그리며 손을 내저었다. 그러나 한국말을 못 알아듣는 현지 안내인은 계속 먹으라는 시늉만 하고는 그대로 방을 나갔다.

"제길, 통역할 사람도 없고. 나보고 어쩌라는 거야?"

손짓과 발짓으론 의사소통이 원활하지 않았지만, 쉽게 통역인을 구할 수 없는 상황이었다. 위조 여권 덕분에 무사히 국경을 벗어난 것만 해도 다행이었다. 사실 도망자 신세에 안락함까지 찾을 순 없었다. 이 나라 저 나라를 거치며 국경을 건널 때마다 사정도 급격히 나빠졌다.

며칠 전 도착한 이곳은 술마저 자유로이 마실 수 없는 금주 시행 국가였다. 정말 미치고 환장할 노릇이었다.

"도저히 안 되겠어."

곰팡이로 뒤덮인 지저분한 벽을 노려보던 민우는 벌떡 자리에서 일어나, 위급할 때만 사용하라고 현지 안내인이 내어준 휴대폰으로 전화를 걸었다.

[민우야, 무슨 일이니? 너 괜찮아?]

전화가 연결되자마자, 깜짝 놀란 듯 나 여사의 떨리는 목소리가 흘러나왔다.

"괜찮을 리 있나요? 돼지우리도 이것보단 나아요. 언제까지 이런 거시 소굴에서 지내야 합니까, 네?"

그때 뒤쪽에서 시끄러운 소리가 들리더니 누군가가 나 여사의 손에서 휴대폰을 빼앗았다.

[네가 지금 그런 거 따질 때야? 숨넘어가는 일 아니면 연락하지 말고 가만히 있어.]

"아버지?"

갑작스레 들리는 권 전무의 목소리에 민우는 미간을 찌푸렸다. 급히 프랑스에서 도망치고 나서 처음으로 하는 아버지와의 통화였다. 하지만 권 전무의 목소리엔 걱정은커녕 한껏 짜증이 배어 있었다.

[내가 뭐라고 했어? 파리로 떠나기 전에 잘 덮고 가라고 했어, 안 했어? 그런데 이게 뭐냐? 어? 내가 지금 너 대신 오물을 뒤집어쓰게 생겼다고!]

[여보! 무슨 말이에요? 고생하고 있는 애한테 위로는 못 해줄망정!]

[위로? 무슨 위로? 내가 왜? 막말로, 내가 죽였어?]

[당신, 미쳤어요?]

나 여사의 비명과 함께 쾅, 뭔가 부서지는 소리가 들렸다. 동시에 뚝, 전화가 끊어졌다.

"어? 여보세요? 여보세요?"

재빨리 다시 전화를 걸었지만, 연결되지 않았다. 몇 번을 걸어도 신호음만 갈 뿐 받지 않았다.

"X발, 일이 어떻게 돌아가는 거야?"

민우는 소리를 지르며 소파 위로 휴대폰을 집어 던졌다. 지금껏 무슨 일을 저지르든 나 여사와 권 전무는 항상 모든 것을 뒤탈 없이 처리해주었다. 그런데 지금은 한국이 아니라는 이유로 대처가 미흡했다. 이럴 줄 알았으면 프랑스에 남아서 당당히 조사받을 걸 그랬다.

"솔직히 내가 죽인 것도 아니잖아."

흥분해서 몇 대 때렸을 뿐인데 여자는 거품을 물며 바닥에 쓰러졌다. 마약에 찌들어서 그런 반응을 보인 게 분명했다.

그렇다면 마약 과다 복용으로 뒈진 건데, 그게 왜 내 탓이지?

갑자기 들이닥친 남자를 때려눕힌 행동 역시 정당방위에 가까웠다. 바닥에 쓰러진 여자를 보고 남자는 미친 듯이 달려들었고, 민우는 할 수 없이 아무거나 손에 잡히는 것으로 남자의 머리를 강타했다.

그런데 왜 내가 다 뒤집어써야 하냐고!

민우는 억울하고도 또 억울해서 미칠 것만 같았다.
아, 이럴 때 율리가 옆에 있어준다면 얼마나 좋을까!
"율리야."
어두운 구렁텅이로 빠지면 빠질수록 민우는 율리가 보고 싶어 참을 수가 없었다.
"……율리야. 으윽, 율리야……."
바닥에 주저앉은 민우는 양손으로 머리를 감싸며 몸을 웅크렸다. 이렇게 계속 도망 다녀야 한다면 차라리 율리가 보는 앞에서 죽어버리는 게 나을 거라는 생각이 들었다.

회사로 출근하기에 앞서 율리는 본가로 채 의원을 찾아갔다. 더 늦기 전에 상황을 알려야 할 것 같아서였다. 이번에도 율리가 연락도 없이 아침 일찍 찾아오자, 안 여사는 걱정스러운 표정을 지었다. 뭔가 일이 이상하게 놀아간다는 것을 눈치챈 것 같았다.
"유리는요?"
집 안에 들어선 율리는 제일 먼저 동생을 찾았다.
"집에 없다. 어제 친구 집에서 자고 온다고 했거든."
"그래요."
어쩌면 유리가 집에 없는 게 다행일지도 모르겠다. 되도록 동생을 불안하게 하고 싶진 않았다.
"아버지께 긴히 드릴 말씀이 있어서 왔어요. 새엄마도 들으셔야 해요."

"나도?"

함께 서재로 간 율리는 채 의원에게 간단히 상황을 설명했다.

"뭐? 권 전무가 알았다고?"

안 여사는 충격을 받은 듯 쓰러지듯 소파에 주저앉았다.

"아직까진 크게 걱정할 필요는 없어요. 언론에 뿌리진 않을 거예요. 제 앞에서 친자 확인서 찢었고, 사본은 없다고 했으니까."

"그래, 권 전무야 괜히 날 건드려서 긁어 부스럼 만들려고 하진 않겠지."

안 여사와는 달리 채 의원은 담담한 표정이었다.

"하지만 정보를 판 상대가 누구인지는 알려주지 않았어요."

"그럴 거다. 건드리지 않겠지만, 도우려고도 하진 않을 거다."

"아버지라면 다른 곳에 정보를 팔기 전에 찾을 수 있을 거라고 했어요."

"후. 모래사장에서 바늘을 찾는 것도 아니고······."

채 의원은 난처하다는 얼굴로 한숨을 내쉬었다.

"아버지, 혹시 주위에 의심 가는 사람 없으세요?"

"의심 가는 사람이 한둘이 아니고, 너무 많아서 문제지. 주변에 있는 이들 모두가 적인데······."

그때까지 듣고만 있던 안 여사가 불안한 얼굴로 채 의원에게 물었다.

"그러면 우리 유리는 이제 어떻게 해요?"

"어떻게 하긴. 우선 하루라도 빨리 뉴질랜드로 보내도록 해."

"알았어요. 그렇게 준비할게요."

처음엔 충격으로 넋이 빠진 듯 보였지만, 딸을 지키기 위해선 정신 차려야 한다고 생각했는지 안 여사는 서둘러 서재를 걸어 나갔다. 안 여사가 나가자, 율리도 출근하기 위해 자리에서 일어섰다.

"저는 이만 가볼게요."

문으로 향하는 율리에게 채 의원이 지나가는 투로 물었다.

"그런데 너, 얼굴은 왜 그러냐?"

"네?"

"뺨이 부었잖아. 입술도 터졌고. 무슨 일이야?"

"……아, 그게…….'"

아버지에게서 그런 말을 듣게 될 줄은 몰랐던 탓에 율리는 잠시 당황하고 말았다. 권 전무에게 맞아서라고 한다면 뭐라고 할까? 본인이 딸의 따귀를 때리는 것은 괜찮고, 남이 딸의 따귀를 때리는 것은 안 된다고 화를 낼까?

"별거 아니에요. 욕실 벽에 부딪혀서……."

"쯧쯧, 조심하지 않고선."

"네."

이상하나. 아버지에게 이런 이야기를 듣는 게 낯설게만 느껴졌다. 그래서인지 선뜻 발을 뗄 수 없었다. 가만히 제자리에 서 있던 율리는 조심스레 입을 열었다.

"인사가 늦었네요. 저번에 제호 씨 아버님에 관해 알려주신 거, 감사해요. 덕분에 제호 씨를 조금은 이해할 수 있게 되었어요."

그 말에 채 의원의 눈동자가 여리게 흔들렸다.

"……혹시, 율리, 너……?"

"아버지는 이미 알고 계셨죠?"

무엇을 알고 있었냐고 물어볼 필요도, 대답할 필요도 없었다. 그게 무슨 뜻인지, 두 사람은 너무나 잘 알고 있었기에.

채 의원은 씁쓸한 얼굴로 가만히 고개를 끄덕였다.

"처음부터 아셨어요? 그래서 제호 씨는 절대로 안 된다고 하신 건가요?"

"그건 아니다. 그땐 의심은 했어도 확신을 가진 건 아니었어. 나도 알게 된 지 얼마 되지 않았다."

"알고 나서는 왜 제게 바로 말씀해주지 않으셨어요? 원망하는 건 아니에요. 단지 좀 궁금해서……."

정말로 궁금했다. 채 의원은 처음부터 두 사람이 사귀는 걸 탐탁지 않게 여겼으니까.

"남녀 간의 일인데, 당사자끼리 해결해야지. 난 제삼자일 뿐이니까."

"그랬군요."

"두 사람, 헤어진 게냐?"

"네, 아버지."

건조한 대답에 채 의원은 착잡한 시선으로 율리를 바라보았다. 뒤틀린 부녀 사이라고 해도 딸의 불행을 마음 편하게 대하진 못할 것이다. 그런 채 의원을 향해 율리는 담담하게 웃어 보였다.

"이젠 신경 쓰지 않으셔도 돼요. 불장난은 끝났어요."

그래, 그건 불장난이었을 뿐, 사랑은 아니었다. 서로가 서로를 믿지 못하고, 서로의 등에 칼을 꽂은 행위를 사랑이라고 할 순 없었다.

상대가 의도적으로 그녀에게 다가왔듯이 그녀 역시 의도적으로 상대를 배신했다. 그에게 실망한 것처럼 율리는 저 자신에게도 실망하고 말았다. 바꿔치기한 비밀 장부가 가짜였다고 한들 달라지는 건 없었다. 이런 상태로는 도저히 관계를 지속할 순 없었다.

그러니까 더 다치기 전에 불장난은 이쯤에서 그만두는 것이 현명했다. 그러나 머리만 그렇게 받아들일 뿐, 생기를 잃은 마음은 파삭, 파열음을 내며 부서졌다. 숨이 막힐 것처럼 답답한 가슴을 손바닥으로 누르며 율리는 현관문을 열고 밖으로 나갔다.

구름 한 점 없는 맑은 하늘에서 환한 햇살이 내리고 있었다. 오늘따라 눈이 시릴 만큼 파란 하늘이다. 하지만 율리에겐 구름 낀 회색 하늘만큼 우울하게 느껴졌다. 이제는 그가 옆에 없다는 이유로······.

"후."

율리는 건조한 웃음을 내뱉으며 대문을 향해 걸음을 재촉했다.

더디었지만, 그래도 시간은 느릿느릿 멈추지 않고 흘러갔다. 몇 주가 지나고, 국내 신문 경제란 구석에 KG그룹 권우식 전무의 기사가 실렸다. 후계자로 지목되던 권민우 실장의 갑작스러운 해외 발령에 이어 KG그룹 제2인자 격인 권진무가 해임되자, 후계 구도에 변경이 생기는 것이 아닌가? 하는 추측이 뒤따랐다. 당연히 모두의 관심은 권제호에게 쏠렸다.

"혹시 아카디아 몰 때문이 아니라, 경영권 승계 절차를 밟으려 KG그룹으로 출근하는 거 아닐까요?"

점심 식사 중, 동료 직원 한 명이 넌지시 말을 꺼냈다.

율리와 헤어진 바로 다음 날부터 제호는 바우하우스에 나타나지 않고 있었다. 공식적으론 쇼핑몰 건물 건축 과정에서 하자가 발생해, 권회장이 친히 제호에게 설계 도면에서부터 전반적인 재검토를 부탁해서라고 했다. 하지만 돌아가는 상황을 본다면 경영권 후계 문제로 제호를 그룹 내로 불러들인 것 같았다.

"그럴지도 모르죠. 처음부터 이상하긴 했어. 세계적인 건축가로 명성을 날리는 사람이, 왜 구멍가게 같은 우리 회사에 파트너로 오겠어요?"

"어, 몰랐어요? 공식적으론 파트너라고 해도, 사실은 실질적인 오너예요."

"정말요?"

"네. 소장님이 손해 보면서 회사 운영하기 힘들어하시니까, 거의 인수하는 식으로 투자했대요. 돈 걱정하지 말고 마음껏 작업하라고."

"와, 제호 씨, 진짜 멋지다!"

모두 신나서 대화에 열을 올렸지만, 율리는 무표정으로 식사에만 집중했다. 처음부터 제호가 자신을 피하려 바우하우스가 아닌 KG그룹으로 출근한다고 생각하지 않았다. 헤어지던 날, 그는 그녀에게 썩어 가는 KG그룹의 환부를 도려낼 거라고 말했었다. 비록 헤어진 사이여도 율리는 그가 부디 성공적으로 계획한 일을 끝내길 바랐다. 하지만 그뿐이었다. 깊게 관심을 두고 싶진 않았다.

"그런데 율리 씨, 괜찮아요?"

점심을 먹고 회사로 돌아오는 길에 선영이 아이스티를 건네며 넌지시 물어보았다.

"당연히 괜찮죠. 왜요?"

"뭐랄까, 다시 예전처럼 무표정이 된 것 같아서요."

"……아."

선영의 말이 맞았다. 율리는 예전의, 감정 없던 삭막한 시절의 그녀로 돌아가 있었다. 제호와 사귀는 동안에는 누군가의 싱거운 농담에 웃기도 하고, 화나는 일에는 눈살을 찡그리며 동조해주기도 했었다.

울긋불긋, 천연색으로 화려하게 물들었던 세상은 그와 헤어지면서 다시 흑백으로 돌아가버렸다. 단조로운 명암만이 존재하는 세상……. 그저 숨이 쉬어지니까 이어지고 있는 하루하루.

"얼마 전 동생이 뉴질랜드로 떠났어요. 한동안 떨어져 지내야 한다고 생각하니까 서운해서……. 그래서 나도 모르게 기운이 빠져서 그런가 봐요."

완전한 거짓말은 아니었다. 쫓기듯 출국한 동생을 생각하면 착잡하게 마음이 가라앉곤 했다. 아는 사람 하나 없는 타국에서 홀로 있을 동생이 걱정되는 것도 사실이었다.

외국이라고 해도 한인의 눈에서 완전히 자유로울 순 없었다. 그 때문에 유리는 항상 새로운 곳을 찾아야 했다. 정든다 싶으면 다른 곳으로 옮기는 일이 반복되다 보니, 동생 곁엔 아무도 없었다.

선영은 아무 말도 하지 않았다. 살며시 고개를 끄덕이고는 싱긋, 웃어줄 뿐이었다.

자리에 돌아온 율리는 잠든 컴퓨터를 깨우고 작업 중인 스케치 업 파일을 불러왔다. 그러나 자꾸만 잡생각이 떠올라 작업에 열중할 수 없었다. 결국 율리는 디지털 펜을 내려놓으며 빈 옆자리로 고개를 돌렸다.

이별하고 다음 날이 제일 힘들다고 하던데, 그녀는 다음 날보단 그 다음 날이, 그리고 또 그다음 날이 힘들었다. 이상하게도 날이 가면 갈수록 힘들었다. 지금도 제호의 빈자리를 보면 속이 타들어가는 것처럼 아팠다.

언제든지 돌아와

그래도…… 언젠간 잊겠지.

율리는 속으로 중얼거리며 다시 디지털 펜을 잡고 모니터로 고개를 돌렸다. 노력하다 보면 결국엔 극복하리라 믿는다. 사람은 망각의 동물이니까, 언젠가는 기억이 흐려지며 아픔도 잔잔해질 것이다.

그렇게 또다시 시간이 지나갔다. 주말을 앞둔 금요일, 율리는 갑작스레 클라이언트와 약속이 잡힌 김 소장을 대신해 K호텔에서 열리는 도시 건축 세미나에 참석하게 되었다.

세미나를 마치고 막 대연회장 홀을 빠져나오는데, 가방에 넣어 둔 휴대폰이 울렸다. 유럽에 있는 이모, 미연에게서 온 전화였다.

"네, 이모."

[내가 저번에 한국 들어갈 일 있다고 했지. 다음 주 화요일에 한국 들어가.]

"이번엔 얼마나 계실 건데요?"

[글쎄? 일 돌아가는 거 봐서. 곧바로 다음 날 돌아갈 수도 있고, 더 오래 있을 수도 있고…….]

이어서 미연은 시큰둥한 목소리로 물었다.

[네 아빠랑 안미숙은 요즘 어떻게 지내니? 언제 언론에 터질까, 속이 바짝바짝 탈 텐데.]

"이모도 아세요?"

[당연하지. 네 아빠가 전화해서 꼬치꼬치 묻더라. 흥, 정보를 흘린 사람이 나라고 생각했나 봐. 뭐, 그럴 만도 해. 내 손으로 유리를 받았으

니까. 언니 딸로 둔갑시킨 것도 나였고.]

산부인과 의사였던 미연은 그 일이 내내 마음에 걸렸던지, 결국 개인 병원 문을 닫고 유럽으로 떠났다. 지금 그녀는 다국적 제약 회사 의학부에 근무 중이다.

[그런데 율리야, 네 아빠가 지금 무슨 일을 벌이는 줄은 아니?]

"네? 무슨 일이요?"

[모르는구나. 하여간…… 쯧.]

"이모?"

[자세한 이야기는 만나서 하자. 곧 얼굴 볼 거잖니.]

그 말을 끝으로 미연은 전화를 끊었다. 율리는 제자리에 선 채, 잠시 생각에 잠겼다.

이모가 오는 이유는 출장이 아니라, 유리의 출생에 얽힌 일 때문일까?

뭔가 큰 소용돌이가 일 것 같은 불길한 예감이 들었지만, 지금 그녀가 할 수 있는 일은 없었다. 다시 걸음을 옮기려는데 누군가 앞을 가로막았다.

"채율리 씨, 맞죠?"

고개를 드니, 깔끔한 이미지의 훤칠한 남자가 그녀를 보며 환하게 웃고 있었다.

"누구시죠?"

"가까이서 보니까 훨씬 더 미인이시네요. 만나서 반갑습니다. 저는 박현조라고 합니다."

어디선가 들어본 익숙한 이름이었다.

"우리 아버지께서 말씀하셨죠? 저, 이번 달에 한국 들어온다고."

그제야 율리는 앞에 선 낯선 남자가 누군지 깨달았다. 소개시켜주겠다던 박창선 의원의 막내아들이었다. 연하라서 그런가? 싱글벙글 웃는 모습이 꽤 앳돼 보였다.
"율리 씨가 여기 있다는 말을 듣고 비행기에서 내리자마자 바로 달려오는 길이에요. 한시라도 빨리 만나고 싶어서요."
현조는 마치 오래전부터 아는 사이였던 것처럼 친근하게 나왔다.
"배고픈데, 함께 식사하시죠? 여기 씨푸드 레스토랑 괜찮다고 들었어요."
율리는 저돌적으로 나오는 현조에 곤혹스러웠다. 하지만 박창선 의원의 얼굴을 봐서 단호하게 밀어낼 수는 없었다.
"저는 배고프지 않은데요."
"그래도 밥은 먹어야 하잖아요. 제가 혼자 밥 먹는 거, 질려서 그래요. 미국에선 대부분 혼자 밥 먹거든요."
그러면 집에 가서 가족과 함께 먹으라고 하려는데, 그가 먼저 선수를 쳤다.
"예정보다 며칠 일찍 와서 지금 집에 가면 아무도 없어요. 모두 여행 갔거든요."
현조는 아랫입술을 내밀며 불쌍한 표정을 지었다.
"다른 날도 아니고 오늘은 금요일이잖아요, 불타는 금요일."
연하란 걸 알기 때문일까? 그런 표정이 부담스럽기보단 귀엽게 느껴졌다. 꼬리를 살랑살랑 흔드는 대형견 느낌이랄까?
율리는 자신의 썰렁한 오피스텔을 떠올렸다. 그녀도 혼자 밥을 먹어야 한다. 제호와 헤어지고 난 후, 지금껏 현경과 금요일 밤을 보냈다. 하지만 오늘 현경은 가족 모임이 있어 만날 수 없었다.

"그래요, 밥은 먹어야죠."

율리가 자신의 청을 받아들이자, 단번에 현조의 얼굴이 환해졌다.

언제 예약까지 해놓았는지, 레스토랑 안에 들어서자 매니저가 직접 나와 창가 테이블로 안내했다. 호텔 꼭대기 층에 위치해 화려한 야경이 한눈에 들어왔다.

"호칭은 어떻게 할까요? 누나라고 부를까요? 제가 네 살 어리거든요."

"그래요? 앳돼 보여서 더 어린 줄 알았어요."

칭찬으로 받아들였는지 현조는 눈꼬리를 휘며 웃었다.

"네 살 차이는 궁합도 안 보는 거 아세요?"

"그런가요? 전 그런 거 안 믿어서……."

율리는 무덤덤하게 대꾸하며 앞에 놓인 물컵을 집어 들었다. 자신을 물끄러미 쳐다보는 현조의 시선을 피하려 물을 마시는 척하는데, 순간 제호와도 네 살 차이라는 사실이 떠올랐다.

하, 바보 같아. 왜 여기서 갑자기…….

순간 불덩이를 삼킨 것처럼 목구멍으로 뜨거운 열기가 몰려들었다. 율리는 별거 아닌 것에도 흔들리는 자신을 탓하며 벌컥벌컥 물을 들이켰다.

"앗."

앞서 레스토랑으로 들어가던 우결이 우뚝 멈춰 섰다. 그러곤 당황한 얼굴로 뒤돌아 제호에게 돌아왔다.

"미안, 클레어가 여기 별로라고 했는데 깜빡했다. 우리 여기 말고 다른 데로 가자."

"여기까지 와서 웬 시간 낭비야? 그냥 들어가."

제호가 자신의 말을 무시하고 지나치자, 우결은 급히 뒤를 따라갔다. 하지만 한발 늦고 말았다. 우결이 그랬던 것처럼 제호도 우뚝 걸음을 멈춰 섰다. 제호의 시선은 창가에 앉은 율리에게 닿아 있었다. 잠시 시간이 멈춘 것처럼 제호는 제자리에 선 채 뚫어질 듯 율리를 바라보았다.

한 달 만인가?

헤어지고 나서 처음으로 보는 율리의 모습은 걱정했던 것보다 나아 보여서 안도의 한숨이 나왔다. 어쩌면 자신과 달리 그녀는 아주 잘 견디고 있을지도 모르겠다. 예전과 비교해서 조금 더 야위긴 했지만, 적어도 어두운 그림자는 없었다. 동행한 상대의 말이 재미있는지 율리는 남자를 마주 보며 부드럽게 미소 짓고 있었다.

다행이다. 너는 잘 지내고 있는 것 같아서.

율리를 바라보는 제호의 입가에 씁쓸한 미소가 떠올랐다.

나는 아닌데…….

한밤중에도 몇 번이나 율리의 오피스텔로 달려가곤 했다. 하지만 끝내 건물 안으로 들어가진 못하고 바깥만 서성이다 발을 돌렸다. 기다린다고 했으니까, 아무리 힘들어도 인내해야 한다. 돌아오고 나면 그땐 무슨 일이 있어도 놓아주지 않을 테니까. 그렇다 해도 다른 남자 앞에서 미소 짓는 그녀를 보고 있자니 속이 타들어갔다. 그래서인지 두 사람을 바라보는 시선이 날카로워졌다.

그때였다. 뭔가를 느꼈는지 율리가 입구 쪽으로 힐끗 고개를 돌렸다. 두 사람의 시선이 허공에서 부딪쳤다. 찰나였지만, 어색한 공기가 주위를 감쌌다. 먼저 반응을 보인 쪽은 율리였다. 율리는 굳은 표정을 짓는 대신, 살며시 입매를 올리며 까닥 고개를 끄덕였다. 제호 옆에 선 우결에게는 손을 흔들어주기까지 했다. 우결은 멋쩍게 웃으며 율리를 향해 꾸뻑 고개를 숙였다. 그리고 재빨리 제호의 팔을 잡아당겼다.

"야, 그만 나가자."

"왜 그냥 나가? 아는 척을 하는데 가서 인사는 해야지."

"뭐? 야, 권제호!"

제호는 말리는 우결의 손을 뿌리치고 창가 테이블로 걸어갔다. 제호가 자신에게 다가오자 그제야 율리의 눈빛이 크게 흔들렸다.

왜 다가오는 거야?

제호의 행동을 전혀 예상하지 못한 율리는 당혹스러운 듯 미간을 좁혔다.

"채율리 씨."

듣기 좋은 중저음의 목소리가 들리고 그와 함께 달콤하고 상큼한 시트러스 향이 다가왔다. 눈물이 핑 돌 정도로 너무나 그립고도 그립던 향이었다.

아! 터져 나오려는 탄식을 참기 위해 율리는 지그시 입술을 깨물었다. 동요하는 모습을 보여선 절대로 안 된다. 자존심이 허락하지 않았다. 그녀와 달리 그는 아무 문제없이 잘 지낸 듯 보였다. 주위가 환해 보일 정도로 그는 여전히 찬란하게 빛났고, 눈부시게 근사했다. 그녀만 잠 못 이루는 밤을 보내며 괴로워한 모양이었다.

"세미나는 잘 끝났습니까? 소장님 대신 참석했다고 들었는데."

그런 게 궁금할 리 전혀 없으면서…….

율리는 뻔뻔스럽게 세미나에 관해 묻는 제호를 가만히 노려보았다. 그녀는 가슴이 두근거려서 미치겠는데 아무렇지 않은 얼굴로 바라보는 그가 원망스러웠다. 그래서일까? 날 선 말이 튀어나왔다.

"세미나 참석도 못 할 정도로 바쁘신 분이 여긴 어쩐 일이세요?"

원래 세미나는 김 소장이 아니라 제호가 참석해야 하는 행사였다. 김 소장도 일이 생기는 바람에 할 수 없이 그녀가 참석했지만.

"바빠도 밥은 먹어야 하니까."

제호는 싱긋 웃어 보이곤 맞은편에 앉은 현조에게로 고개를 돌렸다. 누구냐 묻는 듯 고개를 갸웃거렸다.

"안녕하세요, 박현조라고 합니다. 권제호 선배님이시죠?"

율리가 소개하기도 전에 현조는 제호가 누군지 아는 듯 자리에서 일어나 공손히 손을 내밀었다.

"말 놓으셔도 됩니다. 제가 중고등학교 후배거든요. 이렇게 직접 뵙게 돼서 영광입니다, 선배님."

현조는 연예인을 만난 것처럼 신이 난 표정이었다. 제호가 손을 잡아주자, 감동한 표정으로 이를 드러내며 크게 웃었다.

현조와 소개를 끝낸 제호는 다시 율리에게 관심을 돌렸다.

"그동안 잘 지낸 것 같네요."

질문이 아닌, 잘 지낸 것 같다는 의견에 율리는 굳이 반대할 필요를 느끼지 못했다.

"네, 덕분에 아주 잘 지냈어요."

그녀는 제호의 얼굴을 빤히 쳐다보며 입꼬리를 올렸다. 미소라기보다는 상대를 도발하는 표정이었다.

"그래, 다행이네요."

그녀와 반대로 제호는 안심이라는 듯 부드러운 미소를 지으며 고개를 끄덕였다.

"그럼, 저는 이만."

가볍게 인사를 마친 그는 그대로 등을 돌려 왔던 곳으로 걸어갔다. 우연히 만난 지인에게 인사하고 헤어지듯 아주 자연스러운 태도였다.

율리는 멀어지는 제호의 뒷모습을 말없이 바라보았다.

나는 아직도 이렇게 흔들리는데, 당신은……

그의 등장으로 인해 잔잔하던 수면이 일순간에 요동치며 물회오리를 일으키는 것만 같았다. 차분한 목소리와 평온한 표정으로 일관한 그가 미웠지만, 그보다 더 미운 사람은 그녀 자신이었다. 단지 몇 마디 나누었다고 곧바로 혼란스러워하는 자신이 밉고 또 미웠다. 율리는 짧게 한숨을 내쉬며 수많은 불빛에 물든 창밖으로 고개를 돌렸다.

"후우."

테이블을 떠난 제호가 자신에게 걸어오자, 우결은 그제야 참았던 숨을 크게 내쉬었다. 어서 빨리 이곳을 나가야 했다. 우결이 레스토랑에서 서둘러 나가려는데, 제호는 예정대로 이곳에서 식사할 생각인 듯 테이블을 안내받았다. 할 수 없이 우결은 곤혹스러운 얼굴로 제호의 뒤를 따랐다. 그래도 불행 중 다행이라면 율리의 테이블에서 떨어진 자리였다. 우결은 느긋하게 메뉴판을 들여다보는 제호를 기가 막힌다는 눈으로 쳐다보았다.

"너, 음식이 목구멍으로 넘어갈 것 같아?"

"안 넘어가면?"

"하, 독한 놈."

모르는 사람이 본다면 정말 아무렇지도 않은 줄 알 거다. 하지만 우결은 아니었다. 율리와 헤어지고 여태껏 제호가 어떻게 지냈는지 줄곧 지켜보았으니까. 제대로 먹지도 못하고, 제때 잠도 못 자면서 미친 듯 일에만 매달렸다. 그렇게라도 하지 않으면 도저히 견딜 수 없는 것 같았다. 겉으론 내색하지 않았지만, 속에서 피가 철철 흘러내렸을 것이다. 그랬던 그가 율리 앞에서 아무렇지 않은 척 연기하고 있으니, 우결은 어이가 없었다.

녀석이 진짜로 미치기라도 했나?

이별의 후유증이 이리도 클 줄은 몰랐다. 그도 한때 클레어와 헤어지고 방황하긴 했었지만, 이 정도는 아니었던 걸로 기억한다. '이럴 줄 알았으면 의도적으로 접근한다고 했을 때 적극적으로 말렸어야 했나?'라는 후회가 들었다. 하지만 어쩌랴. 물은 이미 쏟아졌고, 엉망진창으로 망가지고 말았다.

에라, 모르겠다.

혼자 고민해봤자 별수 없을 거라고 결론 내린 우결은 제호를 따라 메뉴판으로 시선을 내렸다.

따리링—.

그때 테이블 위에 놓아둔 휴대폰이 울렸다. 별생각 없이 발신자를 확인하던 우결이 의외라는 듯 미간을 찌푸렸다.

"어? 진 선생님?"

우결은 서둘러 통화 버튼을 눌렀다.

"네, 선생님."

잠자코 귀를 기울이던 우결이 서서히 표정을 굳혔다.
"네? 그게 정말입니까?"
이상한 낌새를 느꼈는지 제호가 메뉴판에서 고개를 들고 우결을 쳐다보았다. 깜짝 놀란 듯 커다래진 우결의 눈이 그의 눈과 마주쳤다. 진 선생과 전화를 끊은 우결의 안색이 꽤 어두워졌다.
"……제호야, 놀라지 말고 들어."
우결이 심각한 얼굴로 입을 열었다.

"권제호 선배님과 한때 정혼했던 사이라고 들었어요."
그 말에 창밖을 내다보던 율리가 현조에게로 시선을 돌렸다. 그녀와 눈이 마주치자 현조는 환하게 웃으며 와인 병을 들었다.
"제가 아버지께 율리 씨에 관해 꼬치꼬치 캐물었거든요."
현조가 율리 앞에 놓인 잔에 와인을 따르려고 하자, 그녀는 가볍게 고개를 저었다.
"저는 됐어요. 차 가지고 와서."
"대리운전 부르면 되잖아요."
"아뇨. 오늘은 별로 마시고 싶지 않네요."
"그러면 할 수 없죠."
현조는 어깨를 으쓱거리며 그의 잔에 와인을 따랐다. 그리고 하던 이야기를 계속해서 이어갔다.
"솔직히 아버지는 제가 아니라 형에게 율리 씨를 소개해주려고 했어요. 그런데 제가 형 대신 해달라고 졸랐죠. '요즘엔 연하가 대세다. 형보단 나를 더 좋아할 거다.'라고 설득하면서……."

율리가 흥미로운 눈으로 자신을 빤히 바라보자, 현조는 확신에 찬 목소리로 말했다.

"제가 좀 괜찮은 녀석이거든요. 젊어서 피부도 매끈하고, 힘도 넘치고. 확인하고 싶으면 언제든지 환영합니다."

"풉."

노골적인 구애에 율리는 그만 웃음을 터뜨렸다. 아직 사회생활을 하지 않은 학생이라서 그런가? 실제보다 조금 더 어리게 느껴졌다. 해맑게 웃는 순수한 표정도 한몫했다.

"밥 한 끼 함께하면서 진도를 꽤 많이 나가려고 하네요."

"제가 시간이 별로 없거든요. 미국 돌아가기 전에 결말을 내야지, 장거리 연애라도 할 수 있죠."

가벼운 마음으로 식사 제안을 받아들였는데, 상대는 그 이상의 의미로 받아들였나 보다. 율리는 더 늦기 전에 오해를 바로잡을 필요성을 느꼈다.

"박 의원님께 들었겠지만, 제가 파혼한 지 얼마 되지 않아서요. 아직은 누구와 진지하게 사귈 마음이 없네요."

"상처가 깊었나 봐요?"

민우와의 파혼으로 상처 받은 것은 아니지만, 상처가 깊은 것은 맞았다.

"네. 상처가 꽤 깊어서 아직 회복하지 못했네요."

"그렇다면 위로가 필요하지 않으세요?"

무슨 말이냐는 듯 율리가 미간에 힘을 주자, 현조는 다시 해맑게 웃으며 말을 이었다.

"리바운드 관계도 좋으니까, 절 이용하세요. 옛사랑으로 상처 받은 건, 새로운 사랑으로 치유하라는 말도 있잖아요."

"서로에 대해 잘 알지도 못하면서……."

"그거야 차차 서로에 관해 알아가면 되죠. 이거 하난 장담할 수 있어요. 율리 씨는 곧 '박현조'라는 남자한테 빠질 거라는 것. 다시 말하지만, 저는 정말로 괜찮은 남자거든요. 낮이나 밤이나."

자신감이 넘친다고 해야 하나, 젊음의 혈기를 주체 못한다고 해야 하나. 이상한 건 그런 태도가 싫지만은 않단 점이었다. 어린 동생쯤으로 여겨져서인지 귀엽게 느껴지기도 했다. 하지만 거기까지였다. 그들의 테이블과 멀리 떨어졌어도 단지 이곳에 있다는 이유만으로 그녀의 신경을 곤두서게 하는 남자와는 차원이 달랐다. 만약 그가 이곳에 없었다면 그녀는 대충 식사를 마치고 서둘러 자리를 뜨려고 했을 것이다.

하지만 제호가 있었기에 보란 듯이 현조와의 식사를 이어나갔다. 제호보다 먼저 자리를 뜨고 싶진 않았다. 유치할지도 모르겠지만, 자신은 아주 잘 지내고 있다는 것을 확인시켜주고 싶었다. 그 이유로 평소라면 무덤덤하게 늘었을 이야기에도 상냥하게 웃으며 고개를 끄덕이며 반응해주었다. 현조의 이야기가 따분한 건 아니었지만, 그렇다고 재미있는 것도 아니었다.

이윽고 디저트가 나올 때쯤 제호와 우결은 먼저 식사를 마쳤는지 자리에서 일어났다. 두 사람이 레스토랑을 나가자, 율리도 이제 그만 현조를 상대해도 되겠다고 생각했다.

"시차 때문에 피곤할 텐데, 괜찮아요?"

"이것만 마시고 자러 가려고요. 방 잡았거든요."

"집에 안 가고요?"

"가봤자 집에 아무도 없는데요. 여기서 편하게 자고 가는 게 낫죠."
 함께 객실로 올라가자고 하는 건 아닐까 조금 걱정되려고 하는데, 현조가 자신의 휴대폰을 내밀었다.
 "번호 알려줘요. 다음번엔 함께 야구 보러 가요. 야구 좋아하세요?"
 "아뇨."
 "농구는?"
 "스포츠 경기 관람하는 건 별로 좋아하지 않아요."
 "……아."
 순간 현조의 얼굴에 실망의 빛이 떠올랐다. 율리는 '피식' 웃으며 그가 건넨 휴대폰에 그녀의 번호를 눌러주었다.
 "대신 직접 하는 건 좋아해요. 예를 들면 마라톤이라든가."
 "마라톤이요?"
 깜짝 놀란 얼굴로 현조가 되물었다.
 "네, 마라톤. 박 의원님도 가끔 마라톤 행사 참여하시는데, 나중에 기회 되면 함께해요."
 젊어서 힘이 넘친다는 걸 매번 강조하더니 마라톤이란 단어에 현조는 약간 겁먹은 표정을 지었다.
 레스토랑을 나온 두 사람은 다음을 기약하며 깔끔하게 헤어졌다. 날짜를 정하진 않았다. 함께 엘리베이터를 타고 내려가다, 현조는 객실이 있는 층에서 내렸고, 율리는 그대로 로비까지 내려갔다.
 늦은 시각이어서인지, 프런트 데스크와 새벽까지 운영되는 로비 라운지를 빼곤 오가는 이가 드물었다. 율리는 로비를 가로질러 지하 주차장으로 향하는 엘리베이터로 갈아탔다.
 지하 주차장도 로비와 마찬가지로 썰렁했다. 또각또각, 구두 굽 닿는 소리만이 텅 빈 주차장에 울려 퍼졌다.

차가 보이는 지점에 다다라서 율리는 가늘게 눈을 모았다. 누군가가 차 옆에 서 있었기 때문이다. 두려운 마음에 서서히 걸음을 늦추던 그녀는 상대가 누구인지를 깨닫고 다시금 빠르게 걸었다.

"차를 잘못 찾으셨네요."

팔짱을 끼고 차 운전석 쪽에 기대선 제호가 그녀를 향해 고개를 돌렸다. 어쩌면 이럴 거라고 예상하였는지도 모르겠다. 아까 테이블로 다가왔을 때보단 덜 놀란 편이었다.

율리는 담담한 얼굴로 제호 앞으로 걸어갔다.

"그건 내 차인데요."

그녀가 앞으로 다가오자 제호는 기댄 차에서 몸을 일으키고는 느릿하게 주위를 둘러보았다. 아무래도 현조를 찾는 모양이었다. 그녀가 혼자라는 것을 확인한 후에야 제호는 차 문을 열 수 있게 옆으로 비켜주었다. 그리고 혼잣말처럼 작게 중얼거렸다.

"매너가 영 아니네. 늦은 시각인데 지하 주차장까지 바래다주지도 않고."

"그럴 필요 전혀 없어요. 그건 과한 친절이에요."

차 문을 열던 율리가 힐끗 쳐다보며 말했다. 하지만 그는 그녀의 말을 한 귀로 흘린 듯 다음 말을 이었다.

"앞으로 웬만하면 지하엔 주차하지 마. 혼자선 위험하니까."

율리는 제호의 명령조가 마음에 들지 않았다. 마치 그녀를 걱정하는 것 같은 태도도 마찬가지였다.

"한두 살 먹은 어린애도 아니고, 내가 알아서 해요."

"한두 살 먹은 어린애가 아니니까 위험하다고 하는 거야."

연인처럼 행동하는 제호에게 부아가 치민 나머지, 율리는 필요 없는 말을 해버렸다.

"알았어요. 앞으론 현조 씨에게 바래다달라고 할게요. 됐나요?"

"둘이 사귀기라도 하는 것처럼 말하는데?"

"앞으로 그러려고요. 내가 좋다는데, 나쁠 건 없잖아요. 저돌적으로 밀어붙이는 모습이 귀엽기도 하고. 몰랐는데 연하가 내 취향인 것 같아요."

오늘 이후로 현조를 만날 일은 없을 테지만, 율리는 아무렇게나 입에서 나오는 대로 지껄였다. 조금이라도 그의 가슴에 생채기를 만들고 싶었다.

"그래?"

하지만 그는 태연한 얼굴로 '피식', 웃을 뿐이었다.

"술 마셨어? 아까 보니까 테이블에 와인 병이 있던데."

"아뇨. 운전해야 해서 안 마셨어요."

"그래도 운전은 내가 할게."

너무나 자연스럽게 율리의 손에서 차 키를 가져가며 그가 나직이 말했다.

"지금 뭐 하는 거예요?"

율리는 황당한 얼굴로 제호를 바라보았다.

"할 말이 있는데, 지금 여기서 할 말은 아니라서. 우선 우리 집으로 가자."

"내가 왜 그쪽 집으로 가요?"

"그러면 오피스텔로 갈까?"

"할 말 있으면 여기서 해요. 난 당신과 아무 데도 안 갈 테니까."

그녀가 떨리는 목소리로 거부하자, 제호는 피곤한 듯 낮게 한숨을 내쉬었다.

"후, 민우가······."

"민우가 왜요?"

하지만 그는 대답하지 못하고 가만히 그녀를 바라만 보았다. 도대체 어디부터 말해줘야 할지 감을 잡을 수 없었다.

율리는 아직 민우에게 무슨 일이 일어났는지 알지 못했다. 괜히 불안해할까 봐, 알리지 못했다. 어차피 당국 경찰에 체포돼 조사받게 되면 매스컴에 나올 테고, 그러면 그녀도 자연스럽게 알게 될 테니까.

그런데 예상외의 일이 발생했다. 민우의 도피는 생각보다 꽤 길어졌고, 급기야 아무도 모르게 사라지고 말았다. 갑작스레 진 선생이 우결에게 전화한 이유는 그 때문이었다. 어느 날, 쥐도 새도 모르게 감쪽같이 증발해버렸다. 그들의 시야에서뿐만 아니라, 권 전무의 시야에서도 흔적도 없이 사라져버렸다.

― 그쪽에서도 꽤 당황한 눈치였어요. 온다간다 말도 없이 사라졌으니까. 완전히 연락이 끊겼다고 합니다.

그보다 더 심각한 문제는 아무래도 몰래 한국으로 들어온 것 같다는 보고였다.

― 확실하진 않지만, 일본이나 중국을 통해서 배를 타고 들어온 것 같아요. 그래서 지금 알아보는 중입니다.

만약 민우가 밀입국한 게 사실이라면, 율리의 안전은 크게 위협을 받게 된다. 그런 심각한 이야기를 이런 곳에서 언급할 순 없었다.

"부탁할게, 제발."

'제발'이란 말에 율리는 눈을 가늘게 모았다. 정말로 심각한 듯 그의 표정이 꽤 굳어 있었다.

"잠깐이면 돼. 이야기할 시간 내어줘."

도대체 무슨 이야기를 하려고 이러는 걸까?

잠시 망설이던 율리는 결국 그의 청을 받아들이기로 했다. 이대로 가버리면 무슨 이야기인지 궁금해서 참을 수 없을 것 같았다.

"제호 씨 집으로 가요."

제호를 오피스텔로 오게 할 순 없었다. 그의 흔적을 얼마나 힘겹게 지워냈는데……. 얼마 전엔 그와 사용했던 침대와 소파마저도 바꾸었다. 자꾸만 그의 모습이 아른거려서 참을 수 없었기 때문이다. 제호의 집이라면 걸어서 나가버리면 그만이었다. 하지만 그녀의 보금자리는 달랐다.

"고마워."

율리를 조수석에 앉힌 제호는 운전대를 잡고 그의 집으로 향했다.

한 달 하고도 조금 더 지난 것 같은데, 그의 집은 그녀가 마지막으로 걸어 나갔던 때와 하나도 변한 것이 없었다. 마치 오늘 아침에 떠났다가 다시 돌아온 듯, 모든 것이 익숙했다. 그래서 더 마음이 쓰렸다. 여기 있는 모든 것은 그대로인데, 너무나 달라진 두 사람의 관계 때문에…….

조심스레 주위를 둘러보던 율리는 제호가 건네는 찻잔을 받으며 소파에 앉았다.

"그래서 할 이야기가 뭐예요? 되도록 빨리 끝내주세요."

동요하는 빛을 감추려 율리는 일부러 차갑게 말했다. 제호는 가볍게 고개를 끄덕이고는 그녀 맞은편에 자리를 잡았다.

"듣기 불편할지도 몰라. 하지만 이젠 너도 알아야 해서……. 상황이 좀 심각해졌거든."

"무슨 이야기인데 그래요?"

"민우가……."

선뜻 말하기 쉽지 않은지, 제호는 잠시 뜸을 들였다. 그러다 할 수 없다는 듯 천천히 말을 내뱉었다.

"사람을 죽였어."

순간 율리는 잘못 들은 거 아니냐는 표정으로 제호를 바라보았다. 그러나 곧 제호 얼굴에 내린 어두운 그림자를 보며 제대로 들었다는 것을 깨달았다.

"……말도 안 돼……."

그녀가 할 수 있는 말은 그게 전부였다.

제호의 말이 모두 끝날 때까지, 율리는 한마디도 할 수 없었다. 덜덜 떨리는 양손을 꼭 움켜쥐고 그가 하는 말에 온 신경을 집중했다. 무슨 범죄 영화에서나 나올 법한 내용이었다. 그러나 애석하게도 최악의 시나리오는 이제부터 시작이었다.

"……그런데 며칠 전부터 민우가 감쪽같이 사라졌어."

그런데 어느 순간 연기처럼 사라졌다는 거다. 어떻게 그럴 수 있지?

"혹시……."

율리는 괜한 걱정이라는 것을 알면서도 조심스레 말을 꺼냈다.

"제 처지를 비관해서 자살하거나, 그런 건 아니겠죠?"

"그건 확실히 아닐 거야."

그가 아는 한, 권민우는 절대로 제 처지를 비관해서 자살할 사람이 아니었다.

"놀라지 말고 잘 들어. 아무래도 민우는……."

제호는 잠시 말을 멈추고 율리의 얼굴을 뚫어지게 바라보다 다시 천천히 말을 이었다.

"지금 한국에 들어온 것 같아."

"……쫓기는 몸이라면서, 어떻게?"

그녀는 믿을 수 없다는 듯 미간을 찌푸렸다.

"밀입국하는 방법은 많아."

"그런데 왜 하필 한국이에요? 여기는 프랑스 다음으로 민우에게 위험한 곳일 텐데. 더 멀리 도망간다면 몰라도…… 아."

순간 율리는 뭔가를 깨달은 것처럼 말을 멈추고 숨을 죽였다. 자신의 예상이 맞는지 아닌지 확실하지 않다는 표정으로 얼굴로 제호를 바라보았다. 그리고 다시금 천천히 말을 이었다.

"……나 때문이에요? 날 보러 온 건가요?"

"아마도."

제호는 표정을 굳히며 짧게 대답했다.

사라지기 며칠 전부터 민우는 누군가를 큰 소리로 부르며 흐느꼈다고 했다. 민우가 머물던 도피처에서 진 선생이 발견한, 미친 듯 휘갈겨 쓴 노트에는 온통 율리의 이름뿐이었단다.

사랑해, 율리야. 내 구원의 여신. 널 보러 갈게.

그리고 마지막으로 벽에 칼로 새긴 낙서에는 이렇게 적혀 있었다. 하지만 거기까진 율리에게 알려주지 않을 것이다. 그녀를 더더욱 공포로 몰고 갈 테니까.

충격적인 사실을 들었음에도 율리는 잘 견디어내고 있었다. 골똘히 생각에 잠긴 듯 아무 말도 하지 않았지만, 크게 겁먹은 것 같진 않았다. 울음을 터뜨리는 약한 모습도 보이지 않았다. 이따금 벅찬 숨을 고르며 입술을 깨무는 게 전부였다.

무거운 침묵이 흐르고, 율리가 조심스레 입을 열었다.

"민우가 한국에 들어왔다는 정보가 아주 확실한 건 아니죠?"

"아직은 아니야. 하지만 그럴 가능성이 높아. 그러니까 이제부터 조심해야 하고."

"그러면 민우의 행방을 정확히 알게 될 때까지 난 뭘 해야 하죠?"

"당분간 회사엔 나가지 마."

제호는 이미 전화로 김 소장에게 당분간 율리에게 KG그룹 일을 맡기고 싶다고 말해두었다. 협력 기업체에서 근무하는 형식으로 KG그룹에 출근하게 될 거라는 말도 덧붙였다. 율리가 담당했던 프로젝트가 얼마 전 모두 끝났기에 김 소장은 흔쾌하게 받아들였다.

"그래요. 힐 수 없죠."

"그리고 오피스텔에 있지 말고 본가로 가 있어. 그편이 안전할 거야."

"언제까지요?"

본가에 가 있으라는 말에 율리는 살며시 인상을 찌푸렸다. 유리의 친자 확인서 유출로 가뜩이나 정신없는 채 의원과 부딪칠 것을 생각하니 마음이 부담스러웠다.

"그거야 민우를 찾을 때까지지."

"끝까지 민우의 행방을 찾지 못하면, 계속 집에 머물러야 한다는 소린가요?"

"사방에서 찾고 있으니까 그리 오래 걸리지 않을 거야."
"알았어요."
 율리는 어느새 차분한 모습으로 돌아가 있었다. 그래도 손끝이 떨리는 것까진 감출 수 없었는지, 손에 쥐어진 찻잔이 위태롭게 떨리고 있었다. 아무렇지도 않아 보이려 애쓰는 그녀의 모습이 제호를 아프게 했다. 두 사람 앞을 가로막은 두꺼운 벽을 보는 것만 같아서. 그녀는 예전처럼 있는 그대로의 감정을 그에게 내보이지 않을 것이다. 율리의 옆으로 다가간 제호는 넌지시 그녀의 손에서 찻잔을 빼앗아 커피 테이블 위에 올려놓았다.
"찻물이 뜨거워. 조심해."
"……아."
 그녀는 그제야 찻잔이 뜨겁다는 것을 인지한 표정이었다. 그만큼 정신이 없었던 걸까? 옆에서 지켜보니 그녀는 사시나무처럼 떨고 있었다. 떨고 있다는 걸 들킨 게 곤혹스러운 듯 율리의 미간이 살며시 일그러졌다.
 우는 모습을 들키고 싶지 않아, 그의 차 안에서 억지로 눈물을 삼키던 과거 모습이 겹쳐지기 시작했다. 참고 참았지만, 눈가에 눈물이 맺히자 율리는 어쩔 줄 모르고 고개 숙여 그의 시선을 피했었다. 그때처럼 제호는 아이를 달래듯 율리의 뒤통수를 쓰다듬으며 머리카락을 넘겨주었다. 다정한 손길에 그녀는 당황한 듯 입술을 깨물었다.
"혼자서 버티려고 하지 마. 아무렇지 않은 척, 괜찮은 척 연기할 필요 없어."
"……연기 아니에요."
 괜찮다고 하면서 목소리가 떨려오자, 율리는 급히 입을 다물었다.

억지로 목소리를 가다듬고 다시금 입을 열었다.

"난 정말 괜……찮……."

먼저 인내심이 바닥난 쪽은 제호였다. 도저히 참을 수 없어 제호는 팔을 뻗어 그녀를 세차게 품으로 끌어당겼다.

율리는 온몸을 감싸는 따뜻한 체온을 느끼며 두 눈을 감고 말았다. 그를 밀어내야 하는데 손발이 마비되었는지 꿈쩍도 할 수 없었다. 어쩌면 그가 테이블로 걸어왔을 때부터, 주위 시선 아랑곳하지 않고 뜨겁게 안기길 원했는지도 모르겠다. 제정신이 아니라는 것을 알면서도 그녀는 그를 뿌리칠 수 없었다. 잠시만 이렇게 있다고 큰일이 나는 건 아니라고 저 자신을 달래며…….

어쩜 하나도 변하지 않고 이리도 그대로일까. 코끝에 스며드는 달콤하고 상큼한 시트러스 향과 따뜻하고 포근한 품. 이렇게 그에게 안겨 있으면 민우가 아니라, 그 누가 와도 걱정할 필요가 없을 것 같았다.

하지만 율리는 차가운 현실을 깨달으며 작게 한숨을 내쉬었다. 그는 이젠 그녀의 남자가 아니었다. 이미 끝내기로 했으면서, 정리하기로 했으면서, 이런 하찮은 이유로 그에게 쉽게 넘어가는 자신이 원망스러웠다.

도대체 왜 나는 당신을 밀어내지 못하는 걸까?

율리는 제호의 품에서 벗어나며 고개를 들어 시선을 마주했다.

지금 그의 행동은 죄책감에서 나온 걸까? 아니면 동정심일까? 진심으로 나를 걱정해서일까?

헤어지고 한 달이란 시간이 지났는데도 벗어나기는커녕 더더욱 빠져드는 것 같아서 불안하면서도 저 자신에게 화가 났다.

"이러지 마. 나 혼자 아파하게 놔둬요. 그냥 나 혼자 떨게 놔두라고요."

율리는 손을 들어 제호의 한쪽 뺨을 감싸며 투정하듯 말했다.

"당신의 이런 행동이 날 얼마나 힘들게 하는지 알아요? 겨우 다 잊고 잘 지내고 있었는데……."

다음 말은 이어질 수 없었다. 그가 고개 숙여 깊숙이 입술을 포갰다. 이번에도 그녀는 그를 밀어낼 수 없었다. 조금 전 그가 끌어안았을 때와 마찬가지로 그녀는 너무나도 쉽게 허물어졌다. 오히려 그의 목에 팔을 두르며 다급하게 매달렸다.

작은 틈새로 물이 새던 둑이 결국 무너져 내리는 것처럼, 꾹꾹 눌러두었던 감정이 일순간 터져버렸다. 숨 쉴 틈도 내어주지 않았다. 다행스럽게도 너무 늦기 직전에 누가 먼저랄 것도 없이 동시에 뒤로 물러났다. 가쁜 숨을 몰아쉬며 허망한 눈으로 서로를 바라보았다. 이러면 안 된다는 것을 두 사람 모두 알고 있는 눈빛이었다.

"오늘 고마웠어요. 하지만 여기까지만 해요."

율리는 흐트러진 옷을 추스르며 소파에서 몸을 일으켰다.

"앞으로는 민우에 관한 일이나, 그 외 모든 거, 아버지에게 말씀해주세요."

"미안해."

그가 탁하게 가라앉은 목소리로 말했다.

"왜 당신만 미안해요? 나도 미안해요. 그러니까 우리 이제 서로에게 미안해할 짓, 그만해요."

율리는 세차게 고개를 저었다.

"당신을 보게 되면 난 또 이렇게 달려들 거고, 그러면 당신보다 나 자신에게 더 실망하고 역겨울 거예요. 그러니까 내가 날 역겨워하지 않게, 제발 날 피해주세요."

슬프게도 모두 진심이었다. 율리는 진심으로 제호에게 호소하고 있었다. 당장에라도 무너질 것처럼 위태로운 그녀에게 그는 아무 반박도 할 수 없었다. 지금 그녀는 민우의 일만으로도 과부하 상태일 것이다.

"시간이 많이 늦었어."

제호는 무감각한 목소리로 화제를 바꾸었다.

"내일 아침에 채 의원님 댁으로 바래다줄 테니까, 오늘은 여기서 자고 가."

그녀 혼자 돌아가게 하는 건 너무 위험했다. 율리도 그렇게 생각하는지 사양하는 대신 고개를 끄덕였다.

"게스트 룸 사용할게요."

소파에서 일어난 그녀는 게스트 룸으로 향했다. 한 번도 문을 잠근 적이 없었는데 이번에는 안에 들어가자마자 문을 잠갔다. 덜컥, 문 잠그는 소리가 마치 마음을 잠그는 소리로 들렸다. 한동안 굳게 닫힌 문을 바라보던 제호는 이윽고 등을 돌려 자신의 침실로 향했.

자동으로 조명이 꺼지며 쓸쓸한 어둠만이 서실을 가득 채웠다.

Chapter 22

왜 이렇게까지?

다음 날 아침, 약속대로 제호는 율리의 차를 운전해 채 의원 집으로 향했다. 어제 율리가 한 부탁 때문인지 그는 꼭 필요한 대화만 하고 불필요한 대화는 자제했다. 운전 중에도 전방만 주시할 뿐, 그녀에겐 눈길을 주지 않았다.

"어서 와라."

이미 제호에게 상황 설명을 들은 채 의원이 굳은 얼굴로 율리를 맞이했다. 안 여사는 며칠 전 유리를 만나러 뉴질랜드로 떠난지라 집엔 채 의원 혼자였다.

"이제부턴 내가 알아서 할 테니, 자넨 걱정하지 말게."

"네, 잘 부탁드립니다."

채 의원에게 깍듯이 인사한 제호는 잠시 율리를 바라보다가 아무 말도 하지 않고 현관을 나섰다.

"아침은?"

제호가 떠나고 채 의원이 물었다.

"아직이요."

"그렇다면 같이 먹자. 국만 데우면 되니까."

잠시 후, 부녀는 아침상을 앞에 두고 마주 앉았다.

"어제 박창선 의원의 막내아들과 만났다고 들었다. 이름이 '현조'라고 했던가?"

묵묵히 국을 뜨던 채 의원이 지나가는 투로 물었다.

"네. 같이 저녁 먹었어요."

"싫은데 박 의원 얼굴 봐서 억지로 만나줄 필요는 없다. 부담가지지 마라."

"억지로는 아니었어요."

"그렇다면 다행이고."

딸을 위한 배려일까? 채 의원은 민우의 일은 입에 올리지 않았다. 괜히 식욕만 떨어질 테니까.

"불편하지 않게 여자 경호원을 보내라고 했으니까, 당분간 함께 지내라. 외출할 땐 경호원을 두어 명 더 대동하고."

식사가 모두 끝나고서야, 채 의원이 앞으로의 계획을 말했다.

"네."

그럴 필요까진 없다고 사양하려던 율리는 마음을 바꾸었다. 그녀만을 위한 결정은 아닐 테니까. 그렇게라도 해야 주위 사람들이 마음을 놓을 수 있을 것이다. 번거롭지만 한동안 경호를 받기로 했다.

경호원이 도착하고 나서야 채 의원은 김 보좌관과 사무실로 향했다. 경호원은 선거 운동과 전당 대회 행사 등에서 이미 안면을 익힌 사이였다.

"저는 신경 쓰지 마시고 하던 일 하시면 됩니다. 외출 시에만 미리 알려주세요. 경호 인원을 보충해야 하니까요."

왜 이렇게까지?

경호원을 더 부르는 것도 민폐라, 율리는 되도록 외출을 삼갔다. 집에 갇힌 것 같아서 조금 답답하긴 했지만, 견딜 만했다.

[무슨 일 있어? 너, 혹시 감금된 거 아니지?]

며칠 후, 전화 통화 도중 현경이 심각한 목소리로 물었다. 과거에 채 의원에게 외출 금지를 받은 적이 종종 있었기에 걱정되는 모양이었다. 갑자기 오피스텔에서 본가로 들어간 것도 이상한데 주말에 집에만 있겠다고 하니 말이다.

"아니야, 감금은 무슨. 시간 괜찮으면 네가 우리 집으로 올래? 아버지 오늘 늦게 들어오셔."

[당연히 괜찮지! 지금 갈게.]

전화를 끊고 달려온 현경은 율리 대신 경호원이 문을 열어주자, 의아한 표정으로 집 안을 둘러보았다.

"뭐야? 아직 의원님 대선 후보가 되신 것도 아닌데 벌써부터 밀착 경호 들어간 거야?"

현경은 율리 때문이라고는 손톱만큼도 생각하지 못하는 것 같았다.

"아, 그게……."

율리는 현경을 이끌고 자신의 방으로 들어가며 곤혹스러운 얼굴로 대답을 머뭇거렸다. 어디까지 털어놓아야 할까? 제호와 헤어졌다고만 말했지, 왜 헤어졌는지조차 제대로 설명하지도 못했다. 다행히 현경은 율리를 위로하기에만 바빠서 이유는 크게 신경 쓰지 않았다. 그래도 자꾸만 현경에게 숨기는 것 같아서 마음이 무거웠다. 결국 율리는 현경에게만 민우에 관한 일을 살짝 털어놓기로 했다.

"헐, 미친놈!"

설명이 끝나자, 현경의 눈이 튀어나올 것처럼 커다래졌다.

"내 그럴 줄 알았어. 그 자식, 유치원 때부터 정상은 아니었어. 와, 이거 완전 미치광이 아냐?"

"쉬이, 너만 알아. 아직은 아무도 몰라."

얼마 전, 혼수상태였던 유일한 목격자가 깨어났다고 했다. 그러나 아직은 의사소통에 문제가 많아서 확실하게 증언할 순 없단다. 그래도 시간문제일 뿐이다. 곧 불미스러운 살인 사건 뉴스가 매스컴을 뒤덮을 것이다.

"제호 씨가 알려준 거야?"

"응."

율리가 굳은 표정으로 대답하자, 현경은 고개를 설레설레 흔들었다.

"제호 씨도 곤란하겠네. 아무리 그래도 제 사촌 동생인데 미친개처럼 날뛰니……."

"그런데 현경아."

"응?"

"너, 왜 나랑 제호 씨랑 헤어졌냐고 안 물어봐?"

"어?"

순간 당황한 듯 현경이 입을 벌렸다. 어떻게 대답해야 할지 고민하며 눈동자를 굴리던 그녀는 잠시 후 조심스럽게 입을 뗐다.

"……음, 그게 솔직히 너랑 제호 씨, 맺어지긴 힘들긴 하잖아. 민우 때문에도 그렇고……. 언젠간 헤어질 거라고 짐작은 하고 있었어."

"그걸 알면서도 왜 안 말렸어? 민우와 결혼하려고 했을 땐 너 엄청 말렸잖아."

"그건 다르지. 민우는 정략이었고, 제호 씨와는 이성으로서 끌린 거잖아. 두 사람 함께 있기만 해도 활활 타오르는데, 그걸 내가 어떻게 말려."

 현경이 보기에도 그랬었나?

 "그리고 안 하고 후회하는 것보단 상처 받더라도 하고 후회하는 게 나아. 안 그러면 나중에 궁금해서 미치거든. 내가 그렇잖아. 된장인지 땅콩버터인지 꼭 먹어보고 확인해야 하는 거."

 아픈 경험이었지만, 현경의 말이 맞았다.

 "우리 현경이, 참 멋지단 말이야."

 "그렇지? 이 언니가 좀 멋지긴 하지? 미안하다, 내가 오빠가 아니라 언니라서. 오빠였으면 다른 놈들이 너 울리기 전에 확 채갔을 텐데."

 현경은 가라앉은 분위기를 바꾸려는지 농담을 던졌다. 율리는 '큭' 웃으며 책상으로 걸어갔다.

 "참, 율리야. 너 박창선 의원 막내 만났다고 했었지?"

 "응."

 책상 서랍을 열며 율리가 대답했다.

 "어때? 엄청 귀엽지 않니? 걔 인기 많더라고."

 "그래?"

 그러고 보니, 그날 이후로 현조에게선 아무런 연락도 없었다. 미국으로 돌아가기 전까지 자주 만나자고 하더니……. 조금 의아하긴 했지만, 다시 만나지 않을 텐데 무슨 상관일까 싶었다.

 율리는 서랍에서 나무 상자를 꺼내 현경에게 건네주었다.

 "부탁 하나만 할게. 이거 제호 씨에게 가져다줄래?"

 상자를 알아본 현경이 미간을 찌푸렸다.

 "이거 제호 씨가 너한테 선물한 거잖아?"

 "응. 헤어질 때 이것만은 간직해달라고 해서 가져오긴 했는데…….

너무 부담스러워서. 어차피 하고 다니지도 못 할 텐데……."

"왜 못 하는데?"

현경은 무슨 소리냐는 얼굴로 나무 상자에서 시계를 꺼내더니 율리의 손목에 시계를 채웠다.

"남들 눈 때문에 그런 거라면 집에서 해. 네가 지금 이것마저 돌려주면 제호 씨가 뭐가 되겠니? 가뜩이나 민우 때문에 골치 아플 텐데."

아, 미처 거기까진 생각하지 못했다.

율리가 주춤거리자, 현경은 그녀의 손을 잡고 다시 한번 설득했다.

"제호 씨가 이거 고르느라고 얼마나 고민했는지 아니? 게다가 간직해달라고 부탁까지 했다면서. 그러니까 당분간은 가지고 있어."

현경의 말에도 일리가 있기에 율리는 민우의 일이 정리되고 난 후에 돌려주기로 생각을 바꿨다.

현경은 저녁까지 머물다가 돌아갔고 그날 밤, 늦게 귀가한 채 의원이 율리를 서재로 불렀다.

"내일, 네 이모 귀국하는 거 알고 있지?"

"네, 이모한테 연락받았어요."

"공항에는 내가 사람을 보낼 테니까, 너는 마중 나가지 마라. 만나고 싶으면 여기로 오라고 하고. 원한다면 내가 자리를 피해줄 테니까."

"네."

이모 미연이 이곳으로 오고 싶어 할진 모르겠으나, 경호원을 대동하면서까지 외출을 감행할 순 없었다. 용건을 마치고 서재를 나서려는데 채 의원이 율리를 불러 세웠다.

"참, 그리고 박 의원 막내 말이다."

율리가 뒤를 돌아보자, 채 의원은 피곤한 듯 안경을 벗고 미간을 눌렸다.

"지금 병원에 입원 중이란다. 누군가가 고의로 계단에서 밀었다는데, 하필 그때 호텔 CCTV가 고장이 나서……."

"많이 다쳤나요?"

깜짝 놀란 율리의 눈이 커다래졌다. 딱 한 번 얼굴 본 사이지만, 그래도 걱정되는 것은 어쩔 수 없었다.

"어깨와 다리뼈가 골절된 모양이야. 다행히 운동 신경이 뛰어나서 머리부터 떨어지지 않게 몸을 틀었다곤 하지만…… 그래도 큰 부상이지."

지금껏 연락하지 않은 이유가 그래서인가?

"한 번 만나서 밥 먹은 사이에 문병까지 갈 필요는 없고, 나중에 문자라도 넣어주렴."

"네."

율리는 짧게 대답하고 서재를 나섰다.

[드디어 찾았어. 중국인 여권으로 인천항을 통해서 들어왔더라.]

휴대폰이 연결된 스피커에서 흥분한 듯 높아진 우결의 목소리가 흘러나왔다.

"확실해?"

빨간불, 정지 신호에 차를 세우며 제호가 물었다.

[응. CCTV에 잡힌 거, 내 눈으로 확인했어. 민우가 맞아.]

"지금 거처는?"

[그건 아직. 하지만 곧 찾아낼 수 있을 거야. 며칠 내로 목격자 증언도 받을 수 있다고 하니까, 그러면 공식적으로 경찰 도움을 받아 녀석을 추적할 수 있어.]

그렇게 되면 매스컴에선 일제히 살인 사건을 다룰 것이다. 권 회장 선에서 덮을 수 있는 수준이 아니었다.

권 전무 역시 해임도 해임이지만, 사비로 회사의 손해를 메꿔야 하는 처지라서 전혀 손쓸 수 없을 것이다. 자금 조달을 위해 보유한 KG그룹 주식을 처분할 정도로 사정이 좋지 않았다.

권 전무가 아닌 다른 누군가가 민우를 돕고 있는 게 분명했다. 하지만 제호는 민우의 배후에 누가 있는지 큰 관심은 없었다. 하루라도 빨리 민우를 찾아내서 율리가 마음 놓을 수 있기를 바랄 뿐이었다.

[넌 지금 아카디아 몰 가는 길이지?]

"응. 도착해서 다시 전화할게."

전화를 끊은 동시에 신호등이 파란불로 바뀌자, 제호는 힘껏 액셀을 밟고 차를 출발시켰다.

"내가 정말 다시는 여기에 오고 싶지 않았는데……."

집 안에 들어서며 이모 미연은 지긋지긋하다는 듯 표정으로 고개를 내저었다. 그래도 오랜만에 조카를 보자, 어둡던 얼굴이 순식간에 환하게 밝아졌다.

"율리야, 와, 이게 얼마 만이니!"

미연은 활짝 팔을 벌리며 율리를 품에 꼭 끌어안았다.

"그나저나, 너 안 본 사이에 왜 이렇게 말랐니? 어디 아프기라도 했어?"

오랜만에 보는 이모 눈에도 수척해 보였나 보다.

그때, 서재 문이 열리며 채 의원이 김 보좌관과 함께 걸어 나왔다. 순간 미연의 얼굴에서 미소가 사라졌다. 그녀는 경멸의 빛을 감추지 않고 한때 형부였던 남자를 노려보았다.

"오랜만이네요, 채형식 의원님."

"그래, 오랜만이군. 난 이만 나갈 테니까, 율리와 편하게 회포나 풀도록 해."

채 의원이 급히 현관으로 향하자, 미연은 가슴 앞으로 팔짱을 끼며 비아냥거렸다.

"왜 그렇게 허겁지겁 도망가듯 자리를 피해요?"

"율리와 편하게 시간 보내라고 비켜주는 거야."

"의원님 있어도 하나도 안 불편하니까, 우선 중요한 이야기부터 하죠."

"무슨 이야기?"

"주위 사람부터 물리세요. 지극히 사적인 내용이니까."

미연은 유리의 출생에 관한 일에 관해 대화할 생각인 것 같았다.

"그러면 저희는 밖에서 대기하고 있겠습니다."

눈치를 챈 김 보좌관은 경호원과 함께 집 밖으로 나갔다. 그제야 미연은 만족스러운 미소를 지으며 거실의 소파에 앉았다.

"맞불 놓을 거라고 들었어요. 우리 언니와 정태혁 의원의 불륜 스캔들을 터뜨려서 그걸로 유리의 출생 비밀 스캔들을 덮게."

충격적인 미연의 말에 율리의 눈동자가 크게 흔들렸다.

억지로 민우와 결혼하면서까지 덮기로 했던 일을, 또다시 끄집어내려 한다고?

율리는 재빨리 채 의원 쪽으로 고개를 돌렸다.

"아버지, 이모 말이 사실이에요?"

채 의원은 대답하지 않은 채 굳은 표정으로 입을 다물었다.

"아버지, 사실이냐고요!"

율리의 반복된 물음에 그제야 채 의원은 손으로 이마를 짚으며 마지못해 대답했다.

"해결 방안 중 하나일 뿐이다. 아직 확정된 건 아니고……."

"무슨 해결 방안씩이나. 그냥 그걸로 해요."

미연은 말을 자르며 가방에서 플래시 드라이브를 꺼냈다.

"율리야, TV에 연결해서 틀어줄래? 채 의원님과 함께 봐야 할 것 같아서."

"이상한 영상으로 날 협박하는 거라면……."

"지레 겁먹지 말아요. 그런 거 아니니까."

미연은 이번에도 말을 자르며 율리에게 어서 틀라는 손짓을 보냈다.

"언니가 죽기 전에, 마지막으로 녹화한 영상이에요."

미연의 말에 율리와 채 의원 모두 놀란 표정을 지었다.

"언젠가 이런 일 생길 줄 알고 언니가 죽기 전에 찍어뒀어요. 아무일 없이 지나갔으면 아무도 이걸 볼 일은 없었겠죠."

돌아가신 어머니가 남긴 마지막 영상이라는 말에 율리는 떨리는 손으로 재생 버튼을 눌렀다. 지지직거리는 소음과 함께 검은 화면이 서서히 밝아졌다.

소연은 침대맡에 기댄 채, 카메라를 정면으로 주시하고 있었다.

"……엄마…….."

지금껏 건강했던 어머니의 모습을 사진으로 기억했던 율리는 죽음을 앞둔 창백한 어머니의 얼굴을 보자, 그때의 아픈 기억이 떠올라 눈시울을 붉혔다.

앉아 있기도 버거운지, 소연은 힘겹게 숨을 내쉬며 천천히 말을 꺼냈다.

[여보, 먼저 가서 미안해요. 나…… 끝까지 당신 옆에서 힘이 되어주고 싶었는데……. 그게 뜻대로 안 되네요.]

그때까지만 해도 꼿꼿이 서 있던 채 의원이 다리에 힘이 풀린 것처럼 털썩, 소파에 앉았다. 하지만 시선은 뚫어지듯 화면에 고정돼 있었다.

[끝까지 아무도 모르면 좋겠지만 당신이 높이 올라가면 올라갈수록 주위에선 당신의 약점을 찾으려 할 거고, 그러면 언젠가 유리에 관해서도 알게 될 거예요. 그땐 내가 옆에 없을 텐데……. 당신 혼자 어떻게 감당할까 걱정돼요.]

카메라를 바라보는 소연의 눈에 눈물이 그렁그렁 맺히기 시작했다.

[나에겐 누구보다도 사랑스러운 딸이지만…… 남들은 사생아라고 손가락질하겠죠.]

남편이 불륜을 저질러 데려온 자식이었지만 '낳은 정보단 기른 정'이라고, 소연은 진심으로 유리를 사랑하고 아꼈다. 단 한 번도 친딸인 율리와 다르게 대한 적이 없었다. 그건 채 의원도 알고, 안 여사도 알고, 미연도 아는 사실이었다.

[만약에 문제가 생겨서 당신이 곤란해지게 된다면, 우리 아버지가 당신과 나를 억지로 결혼시켰다고 말해요. 우린 그저 형식적인 부부였

다고. 내가 끝까지 곁을 내주지 않아 당신은 결혼 생활 내내 힘들었고, 그러던 중 내가 먼저 당신을 배반한 걸로 하세요. 솔직히 안 보좌관은 대학 다닐 때부터 당신을 좋아했잖아요. 그러니까 내가 두 사람 사이를 갈라놓은 거라고 하자고요.]

소연은 숨쉬기가 어려운지 잠시 말을 멈추곤 영상을 찍고 있는 미연에게로 시선을 돌렸다.

[미연아, 여기서 끊어. 그리고 다음은 내가 남편을 배신했다는…….]

[배신은 무슨? 언니가 무슨 형부를 배신해!]

화면에 모습은 나오지 않았지만, 미연의 화난 목소리가 들렸다. 그런 동생을 소연은 슬픈 눈으로 바라보았다.

[미연아…… 나 힘들어. 아무 말 하지 말고 도와주면 안 되겠니?]

오래전 일인데도 미연은 마치 어제 일처럼 생생하게 느껴졌는지 벌떡 자리에서 일어나 채 의원을 쏘아보았다.

"어떻게 할까요? 영상 계속해서 볼까요? 다음 영상은 언니가 사람들에게 자신이 불륜녀라고 거짓 고백하는 내용이에요."

채 의원이 대답하기도 전에 율리는 재빨리 정지 버튼을 눌렀다. 도저히 더는 보고 있을 수 없었다.

"……왜 이렇게까지……?"

채 의원은 혼란스러운 눈으로 미연과 TV 속의 소연을 번갈아 바라보았다. 정태혁만을 사랑한 아내가 왜 죽는 순간에 자신을 위해서 저토록 애쓰는지 이해할 수 없었다.

"세상에, 그걸 정말로 몰라서 물어보는 거예요?"

미연이 기가 막힌다는 얼굴로 물었다.

"사랑하니까 그런 거죠. 죽어서도 사랑하는 남편을 지키려고."

"무슨 말이야? 사랑이라니!"

'사랑하는 남편'이란 말에 채 의원이 인상을 찌푸렸다.

"왜 이래, 정말? 언니가 당신 사랑한 거, 정말 몰랐어요?"

"그럴 리 없어. 소연이 마음속엔 정태혁밖에 없었다고."

"하, 저 영상을 보고도 그따위 말을 하네."

미연은 화가 난 얼굴로 헛웃음을 내뱉었다.

"언니에게 정태혁은 그저 함께 투쟁하는 동지일 뿐이었어요. 단 한 번도 그를 남자로 생각한 적 없었다고."

그 말에 채 의원은 얼굴을 붉히며 벌떡 자리에서 일어섰다.

"거짓말하지 마! 두 사람이 연인이었다는 증거, 아직도 다 가지고 있어."

"무슨 증거요? 두 사람이 주고받은 편지? 메일?"

"그래. 못 믿겠다면 보여줄 수도 있어."

"와, 채형식 씨, 진짜 답 없는 사람이네. 한때 날고 긴다던 검사라는 양반 눈에 그게 연애편지로 보였어요? 학생 운동하는 동지끼리 교환하는 암호가 아니라?"

"뭐?"

"다른 사람 조사할 때는 연애편지라고 변명해도 아니라고, 이거 암호 아니냐고 닦달하던 분이 왜 이러실까?"

그 말에 충격받은 듯 채 의원의 얼굴이 하얗게 질려버렸다. 지금껏 그는 한 번도 암호라고 의심해본 적 없었다. 하지만 미연의 말을 듣는 순간, 덜컥 심장이 내려앉았다.

"학생 운동 안 해본 나도 한눈에 알겠던데. 채 의원님 눈에는 그게 사랑의 밀어로 보였나 봐요?"

하지만 그게 끝이 아니었다. 미연의 충격적인 폭로는 이제부터가 시작이었다.

"어느 날, 언니가 그러더라고요. 우연히 어떤 남자를 명동 성당 앞에서 만났는데, 첫눈에 반해버렸다고. 나중에 알고 보니까 그 남자 이름이 '채형식'이더래요. 이런, 당신 표정을 보니까 언니를 명동 성당 앞에서 처음 만난 것도 기억 못 하나 보네요."

"명동 성당?"

시국 데모가 한창이던 과거, 어느 날이었다. 그 당시 사법 연수생이던 채형식은 강압적인 진압으로 아수라장이 된 명동 성당 근처에서 피 흘리며 쓰러진 학생을 발견했다. 도저히 지나칠 수 없어서 손수건으로 간단히 지혈해주고 자리를 떠났었다.

"그 학생이…… 소연이었다고……?"

"네. 그리고 몇 년 후에 다시 만났는데 당신은 언니를 전혀 못 알아보더래요. 첫눈에 반한 남자가 냉혈 검사라는 사실에 언니가 많이 힘들어했어요. 사상이 정반대인 남자를 사랑할 수 있겠냐면서."

하지만 소연은 차갑고 무뚝뚝하기만 한 그를 마음에서 밀어낼 수 없었다. 아버지의 명이 아니라, 그녀가 원한 결혼이었다.

"소연인…… 한 번도, 단 한 번도 내게 사랑한다고 말하지 않았어."

"참, 그러는 당신은 우리 언니에게 사랑한다고 말한 적 있어요?"

"그건……."

"언니가 사랑한다고 말만 안 했지, 행동으로는 충분히 표현했잖아요. 그런데 당신은 차갑고 무뚝뚝하게만 대하고. 그런 남편에게 어떻게 사랑한다고 말하죠?"

"행동으로 표현했다고?"

"와, 미치겠네. 얼굴에 다 쓰여 있었는데 그걸 몰랐다니······."
 채 의원이 계속해서 제 말을 알아듣지 못하자, 미연은 속이 탄 듯 주먹으로 가슴을 두드렸다.
 "좋아, 예를 하나만 들게요. 언니가 당신이 좋아한다고 새우튀김 만들곤 했죠. 팔딱팔딱 뛰는 생새우 사다가 직접 손으로 껍질까지 까면서. 우리 언니, 처녀 시절엔 생긴 게 징그럽다고 껍질 깐 거 아니면 새우엔 손도 안 대던 사람이에요."
 "그건 정태혁에게 주려고······."
 "아니에요, 아버지."
 옆에서 듣기만 하던 율리가 재빨리 끼어들었다.
 "정태혁 의원님, 갑각류 알레르기가 있어서 새우 못 드세요."
 그래도 채 의원이 믿지 못한다는 표정으로 미간을 찌푸리자, 미연은 크게 한숨을 내쉬고는 가방에서 손수건을 꺼냈다.
 "그날 명동 성당 앞에서 당신이 언니에게 남기고 간 손수건이에요."
 오래되고 낡은 손수건에는 희미한 핏자국이 남아 있었다.
 "바보 같은 언니는 이걸 죽는 순간까지 간직하고 있더라고요. 손에 꼭 쥐고 있었나 봐요. 나중에 사후 강직 풀려서 손을 펴 보니까 이게 있더래요. 당신한테 줘봤자 버리라고 할까 봐, 지금까지 내가 간직했는데······. 이젠 나도 싫어. 징글징글하다고."
 채 의원 손에 손수건을 억지로 쥐어주며 미연은 계속 말을 이었다.
 "버리든 말든 알아서 해요. 동영상도 마찬가지예요. 죽은 아내를 불륜녀로 만들어서 사생아 스캔들을 덮든 말든, 당신 마음대로 하라고, 이 쓰레기야!"
 말을 마친 미연은 그대로 현관문을 열고 밖으로 나가버렸다. 채 의원은 굳게 입을 다문 채 미연이 남기고 간 손수건을 꽉 움켜쥐었다.

율리 역시 아무 말도 할 수 없었다.

돌아가신 어머니가 모든 것을 예상하고 준비해두었다는 사실도 놀라웠고, 정태혁 의원과는 아무 관계가 아니었다는 사실도, 그녀가 처음부터 진심으로 아버지를 사랑했다는 사실도 충격이었다. 잠시라도 채 의원의 말만 듣고 정태혁 의원과 연인 사이였다고 어머니를 의심한 자신이 원망스러웠다.

한동안 멍하니 서 있기만 하던 채 의원이 무너지듯 소파에 주저앉았다. 그리고 손수건을 움켜쥔 양손으로 입을 틀어막았다.

"아버지."

율리는 조심스레 부들부들 떨리는 채 의원의 어깨에 손을 대었다.

"……난 괜찮다."

"김 보좌관 들어오라고 할까요?"

"그래……라."

사건은 그다음에 일어났다. 율리가 김 보좌관을 부르러 현관문을 나서려는 순간, 뒤에서 '쿵' 둔탁한 소리가 들렸다. 뒤를 돌아보니, 채 의원이 창백한 얼굴로 거실 바닥에 쓰러져 있었다.

"아버지!"

한 번도 쓰러진 적 없던 아버지였기에 율리는 당황스러웠다. 비명 같은 소리에 밖에 있던 김 보좌관과 경호원이 안으로 뛰어 들어왔다. 채 의원의 상태를 확인한 김 보좌관은 서둘러 그를 등에 둘러멨다.

"아무래도 병원으로 모셔야 할 것 같습니다."

"저도 같이 가요."

율리는 겉옷도 챙기지 못하고 그대로 김 보좌관을 따라갔다.

"곧 깨어나실 겁니다."

다행히 의사는 평소보다 혈압이 높은 것만 제외하곤 큰 이상은 없다고 했다. 초조하게 검사 결과를 기다리던 율리는 그제야 안도할 수 있었다.

김 보좌관은 급한 일 처리를 위해 국회 사무실로 갔고, 율리는 병실에 남았다. 미동 없이 눈을 감고 있는 채 의원을 보며 율리는 이모 미연이 한 말을 떠올렸다.

― 언니가 사랑한다고 말만 안 했지, 행동으로는 충분히 표현했잖아요.

돌이켜보면 어머니 소연은 나름대로 자신의 사랑을 표현하곤 했었다. 사랑한다는 말은 아니었어도, 어린 율리의 눈에도 훤히 보일 정도였다. 하지만 채 의원은 아내의 사랑 표현을 알아채지 못했다. 그만큼 마음의 벽이 너무 두꺼웠던 걸까?

율리는 자신도 채 의원처럼 불신의 눈으로 제호를 바라본 건 아닐까, 하는 생각이 들었다. 채 의원이 아내 소연에게 정태혁에 관해 물어보지 않았듯, 그녀 역시 제호에게 다른 여자에 관해 물어본 적 없었다. 누구냐고 물어봤어야 했다. 누구인데 사랑한다고 속삭이느냐고. 의심을 키우기만 했지, 대화로 풀어나가려 노력한 적은 없었다. 어긋난 시작이었다고 해도 진심으로 노력했다면, 얼마든지 관계를 바로잡을 수도 있었다.

"……제호 씨……."

율리는 혼잣말로 중얼거리며 손목시계를 들여다보았다.

― 손목시계, 돌려주지 말고 그대로 간직해줄래? 하고 다니지 않아도 돼. 그냥 가지고만 있어줘.
어쩌면 간직해달라고 한 건 손목시계가 아닌 둘만의 추억이 아니었을까? 잊지 말고 기억하라는……. 사랑하니까…… 그토록 사랑하니까……. 그런데 자신은 그를 잊으려고만 했다.
아니, 아니야.
말없이 손목시계를 쓰다듬던 율리는 저 자신에게 크게 소리쳤다.
어떻게 그래? 어떻게 그를 잊을 수 있어?
한심할 정도로 어리석었다. 그를 잊을 수 있다고 자만하다니.
이젠 속마음을 그만 숨겨야 해.
지금이 바로 마음의 문을 열 때다.
부모님이 저지른 실수를 자신도 똑같이 되풀이할 순 없었다.
마음을 굳힌 율리는 벌떡 자리에서 일어났다. 피해달라고 부탁한 주제에 염치없었지만, 그래도 그는 분명 기다릴 것이라고 말했다. 아직 잘못을 되돌릴 기회는 있을 것이다.
제호에게 전화하려 휴대폰을 찾던 율리는 급하게 나오느라 집에 두고 왔다는 사실을 깨달았다. 언제 돌아올지 모르는 김 보좌관을 마냥 기다릴 순 없었고, 경호원에게 휴대폰을 빌리고 싶진 않았다.
그래도 대형 병원 안이니까, 어딘가에 공중전화가 있지 않을까?
그녀는 밖에서 대기하던 경호원에게 잠시 채 의원을 봐달라고 부탁하고 공중전화를 찾아 나섰다.
잠시 후, 복도 끝 구석에 설치된 공중전화를 발견할 수 있었다.
율리는 떨리는 손으로 제호의 번호를 눌렀다.
뚜― 뚜―.

평소와 다르게 신호음이 길게 이어졌다. 모르는 전화라서 받지 않는 걸까? 율리는 초조한 마음으로 전화가 연결되기를 기다렸다. 하지만 끝내 제호는 전화를 받지 않았고, 음성 사서함으로 넘어갔다. 음성 메시지를 남기려던 율리는 마음을 바꿔 다시 한번 더 통화를 시도했다.
 뚜― 뚜―.
 이번에도 신호음만이 늘어졌다.
 제발 전화 좀 받아요.
 율리는 울 것 같은 마음으로 수화기를 꼭 붙들었다.
 [여보세요?]
 음성 사서함으로 넘어가기 바로 직전, 수화기 너머로 나직한 목소리가 흘러나왔다. 순간 격앙된 감정에 목이 멘 율리는 아무 말도 하지 못하고 입술을 깨물었다.
 [여보세요?]
 겨우 감정을 억누르고 막 그를 부르려고 했다.
 "읍."
 그런데 갑자기 뒤에서 튀어나온 손이 그녀의 입을 틀어막았다. 놀란 율리는 몸을 비틀면서 반항했지만, 강하게 코끝으로 스며드는 약품 냄새에 온몸에서 힘이 쭉 빠져나갔다.
 잠시 후, 눈앞이 흔들리며 모든 것이 뿌옇게 변해버렸다.

 "누구 전화야?"
 제호가 끊어진 휴대폰 화면을 바라보자 옆에 있던 우결이 지나가는 투로 물었다. 제호는 고개를 저으며 휴대폰을 재킷 주머니에 집어넣었다.
"모르겠어. 아무 말도 안 하고 끊겨서. 모르는 번호인데……."
"잘못 걸린 전화인가 보네."
"응."
바보처럼 들릴지 모르겠지만, 아주 잠시 율리의 전화가 아닐까 기대했었다. 전혀 모르는 번호인데도 말이다. 율리보다는 민우가 아닐까, 의심해보는 게 정상일 텐데…….
꼬리가 길면 밟힌다고, 국내에서 민우를 돕고 있는 이를 찾아냈다. 놀랍게도 모아 개발 산업의 박 사장이었다. 검찰에 불법 정황 자료를 넘기는 바람에 사이가 틀어진 줄 알았더니 또 다른 모종의 합의가 있는 모양이었다. 박 사장이 민우를 돕고 있다면 조폭도 연관되었을 게 분명했다. 그렇다면 채 의원에게도 상황을 알려서 율리의 경호를 늘려야 했다.
채 의원에게 전화했지만 연결되지 않아, 제호는 김 보좌관에게 전화를 걸었다. 그리고 전혀 예상하지 못한 소식을 들었다.
"채 의원님이 쓰러지셨다고요?"
[네, 다행히 곧바로 병원으로 모셔서 크게 이상은 없으십니다. 그런데…….]
김 보좌관은 장소를 이동하는 듯 잠시 말을 끊더니 다시 말을 이었다.
[율리 씨도 의원님을 모시고 함께 병원에 왔는데, 몇 시간 전부터 보이지 않습니다. 현경 씨도 모른다고 하고. 오늘 귀국한 율리 씨 이모님에게도 연락해보았지만 모른다고 하시고. 그래서 혹시 함께 계신 게

아닌가 해서 연락할 참이었습니다.]

"뭐라고요?"

제호는 잠시 제 귀를 의심했다.

율리가 사라졌다고?

[아직 의원님께 말씀드리지 못했습니다. 막 깨어나셨거든요. 충격받고 다시 상태가 나빠질 수 있어서……]

"전화는 해봤습니까?"

[지금 율리 씨는 휴대폰을 가지고 있지 않습니다. 집에서 급히 나오느라 챙기지 못했어요.]

"경호원은? 율리 옆에 경호원이 있어야 하잖아요."

[율리 씨가 잠시만 의원님을 봐달라고 부탁했다고 합니다. 병원 안이니까 안전하다고 생각했겠죠.]

그럴 수도 있다. 혹시 평소처럼 머리를 식히려 거리를 걷고 있는 건 아닐까? 조심해야 한다고 경고하긴 했지만, 대낮이고 거리에 사람들이 많으니까 괜찮다고 생각했을지도 모르겠다. 문제는 그녀에게 휴대폰이 없어 연락이 닿지 않는다는 것이다.

"어느 병원입니까?"

김 보좌관에게서 채 의원이 입원한 병원을 알아낸 제호는 통화를 끊고 곧바로 달려갔다.

"실종 신고는 했습니까?"

제호의 질문에 김 보좌관은 고개를 내저었다.

"실종 신고를 하기엔 너무 이릅니다. 아직 서너 시간밖에 지나지 않아서요."

"율리가 지금 병원 안에 없는 건 확실합니까?"

"저희가 찾는다고 샅샅이 둘러봤지만, 없었습니다. 그래서 지금 막 CCTV를 돌려 볼 참이었습니다."

김 보좌관은 병원 측의 도움을 받아 CCTV에 찍힌 내부 영상을 확인했다. 그리고 병실을 나와서 복도를 서성거리는 율리의 모습을 찾아냈다. 그녀는 무언가를 찾는 것처럼 주위를 두리번거리고 있었다. 그리고 곧 찾던 것을 발견한 듯 빠르게 화면 밖으로 사라졌다.

"이게 끝입니다."

CCTV 영상을 보여주던 직원이 정지 버튼을 누르며 말했다.

"복도 끝까지는 CCTV가 비추지 않습니다. 별로 중요한 곳이 아니라서."

"저곳에는 뭐가 있죠?"

손끝으로 화면을 가리키며 제호가 물었다.

"공중전화와 비상계단으로 통하는 문이 있습니다."

공중전화라고? 휴대폰이 없다더니, 급히 전화할 곳이라도 있었나?

순간 제호의 머릿속에 뭔가가 떠올랐다.

"CCTV 마지막 장면, 다시 볼 수 있을까요?"

"네."

화면을 들여다보던 제호가 눈을 반짝거렸다. 화면 속에서 율리는 손으로 머리카락을 쓸어 올리며 주위를 두리번거리고 있었다. 잠시 후, 뭔가를 발견하고 급히 그쪽으로 몸을 틀었다.

"잠깐, 거기서 멈춰주세요."

제호는 휴대폰을 꺼내 모르는 번호로 전화가 걸려 왔던 시간을 확인해 보았다. CCTV에 찍힌 시간과 엇비슷했다. 고작 1분 차이 정도?

"혹시 공중전화 번호, 알 수 있습니까?"

"네, 잠시만 기다리십시오."

직원은 재빨리 내부 시스템에 연결해 전화번호를 확인했다. 예상했던 대로 제호에게 걸려 왔던 번호와 같은 번호였다. 그렇다면 율리는 공중전화로 그에게 전화한 게 분명했다. 하지만 전화를 받았을 땐 아무 소리도 들리지 않았다. 그러다 갑자기 툭, 끊어졌을 뿐이다.

제호는 심각한 표정을 지으며 생각에 잠겼다. 만약에 전화한 순간, 안 좋은 일이 생긴 거라면……. 공중전화 옆에 비상계단으로 통하는 문이 있다는 사실도 마음에 걸렸다.

"저 장면, 크게 확대할 수 있습니까?"

"네."

제호는 율리가 찍힌 영상을 뚫어지게 바라보았다.

"……으음."

두들겨 맞은 것처럼 온몸이 아프고, 안개 속에 갇힌 것처럼 머리가 무거웠다. 그와 함께 이가 덜덜 떨릴 정도로 추위가 몰려왔다. 율리는 양손으로 자신을 끌어안으며 둥글게 몸을 웅크렸다. 하지만 떨림이 멈추지 않았다.

"왜? 추워?"

그때 위에서 익숙한 목소리가 들리더니, 부스럭거리는 소리와 함께 무언가가 그녀의 몸을 감쌌다. 담요 같긴 한데, 뭔가 눅눅한 곰팡내가 났다. 참을 수 없는 퀴퀴한 냄새에 율리는 눈을 뜨지 않은 상태로 미간을 찌푸렸다. 그러자 위에서 들리던 익숙한 목소리가 바짝 가까이 귓가로 다가왔다.

"왜, 싫어? 그러면 내가 안아줄까?"

뭔가 기분 나쁘면서도 음산한 말투에 소름이 돋으며 감겼던 눈이 번쩍 떠졌다.

"……아."

동시에 깨질 듯한 두통이 머리를 강타했다. 율리는 두 손으로 머리를 감싸며 천천히 눈을 깜박거렸다. 흐릿했던 초점이 또렷해지면서 자신을 내려다보는 민우의 얼굴이 시야에 들어왔다.

"……민우?"

율리가 의식을 차리자 민우는 싱글벙글 웃으며 힘없이 침대에 누운 그녀를 일으켜 앉혔다.

"이제야 정신이 들어? 잠자는 숲속의 미녀처럼 깊게 잠들어서 차마 깨우지 못했어."

민우는 마치 율리가 잠에 들었다 깬 것처럼 말했다. 율리는 멍하니 눈꺼풀을 깜빡거렸다. 아직 제대로 머리가 돌아가지 않았다. 공중에 붕 뜬 것 같은 기분이 있다.

"우리 율리, 너무 예쁘다. 역시 나만의 신부야."

그제야 율리는 자신이 웨딩드레스를 입고 있다는 사실을 깨달았다.

난데없이 웨딩드레스라니? 분명 조금 전까지 병원에 있었는데…….

율리는 불안한 눈으로 주위를 둘러보았다.

한 번도 와본 적 없는 낯선 곳이었다. 침대를 제외하곤 가구 하나 없이 휑한 방엔 창문조차 없었다. 퀴퀴한 냄새는 담요에서만이 아니라 방 전체에서 풍기고 있었다. 습기 찬 벽을 여기저기 뒤덮은 검은 곰팡이가 눈에 띄었다. 지하실인가?

"……여긴 어디야?"

민우를 바라보는 율리의 눈동자가 위태롭게 흔들렸다. 누군가가 입을 틀어막았고, 약품 냄새를 맡으며 기절한 마지막 기억이 떠올랐다.

"……너, 날 납치한 거니?"

"무슨 소리야? 납치라니. 공손히 결혼식장으로 신부를 모셔온 건데……."

"결혼식장이라고?"

그러고 보니 민우 역시 그녀와 마찬가지로 신랑 예복을 입고 있었다.

"곧 이곳에서 우리의 결혼식을 치를 거야. 하객도 없고, 주례도 없지만, 우리 둘만 있으면 되지."

"결혼식이라고?"

"응, 영혼결혼식."

평범한 결혼식도 아니고, 영혼결혼식이라니.

"너와 나, 영원히 함께하는 거야."

율리의 눈이 충격으로 커다래지자, 민우는 흐뭇한 미소를 떠올렸다.

"처음엔 네 앞에서 죽어버릴 생각이었어. 그런데 네가 다른 남자와 있는 모습을 보게 되니까, 순간 눈이 돌아버리더라고. 상대가 제호 형이 아니었는데도 말이지. 제호 형만 아니라면 괜찮을 것 같았거든. 그런데 아니었어."

생각하는 것만으로도 불쾌한지 민우의 표정이 험악하게 변했다.

"어느 남자도 용납할 수 없어. 그러니까 나 혼자 죽어버리면 안 되겠더라고. 네 곁에 어떤 새끼가 다가올지 모르잖아. 내가 그 꼴을 어떻게 봐, 그렇지?"

율리가 아무 말도 하지 않자, 민우는 어깨를 으쓱하며 계속해서 말을 이었다.

"이제야 남편이 죽으면 아내도 함께 묻어버리는 순장이란 풍습이 이해돼. 내 눈에 흙이 들어갈 때까지가 아니라, 내 눈에 흙이 들어가도 다른 남자에겐 절대로 내 여잘 넘겨줄 수 없어."

앞에 있는 남자는 지금껏 그녀가 알던 민우가 아닌 전혀 다른 사람 같았다.

"감히 내 여자와 시시덕거리다니. 그 새끼, 확 죽여버렸어야 했는데……."

"누굴 말하는 거야?"

"누구긴 누구야? 너랑 밥 먹은 새끼지. 계단에서 데굴데굴, 잘만 굴러가더라."

율리는 채 의원에게 들었던 현조의 사고 소식을 떠올렸다.

현조 씨를 계단에서 밀어버린 사람이 민우였다니.

"민우, 너…… 미쳐도 단단히 미쳤구나."

그 말에 민우는 화를 내기는커녕 기쁘나는 듯 환하게 웃었다.

"응, 당연하지. 난 너한테 미쳤어. 널 처음 보는 순간부터 미쳤다고. 사랑해, 율리야."

그녀의 뺨을 감싸며 민우가 말했다. 마음 같아선 매몰차게 손을 뿌리치고 싶었지만, 그를 자극해선 안 되었다. 율리는 채 의원과 함께 유괴와 납치에 대비한 교육을 받아왔다. 가장 강조되는 행동 요령은 납치범에게 절대로 저항하지 말라는 것이다. 무엇보다 우호 관계를 유지하는 게 중요했다. 그녀가 거부하지 않고 가만히 있자, 민우는 만족스러운 표정을 지었다.

"편히 쉬고 있어. 곧 결혼식 시작할 테니까."

민우는 히죽히죽 웃더니 그대로 방을 나갔다. 이어서 밖에서 문을 잠그는 소리가 들렸다.

그가 멀리 갈 때까지 기다린 율리는 조심스레 침대에서 몸을 일으켜 방 안을 살피기 시작했다. 구조로 봐선 지하실이 분명했다. 쫓기는 신세이면서도 대담하게 그녀를 납치했다는 것은 누군가 민우를 돕고 있다는 뜻이었다. 그렇다면 누군가가 밖에서 지키고 있을지도 모른다.

아무리 생각해도 그녀 혼자 힘으로 탈출은 무리였다. 그보단 민우를 설득하는 편이 나을 것이다. 지금은 홧김에 함께 죽어버리자고 날뛰지만, 곧 현실을 깨닫게 될 테니까.

겁먹지 말자. 겁먹으면 안 돼.

율리는 천천히 심호흡하며 두 손을 움켜쥐었다. 하지만 걷잡을 수 없이 빨라진 심장 박동은 쉽게 진정되지 않았다.

얼마나 시간이 지났을까? 덜컹, 문이 열리며 민우가 들어왔다. 혼자만이 아니었다. 민우를 따라서 우락부락한 남자들이 얼굴에 덮개를 씌운 남자를 끌고 들어왔다. 끌려온 남자는 기절한 상태였다. 남자들은 기절한 남자를 의자에 앉히고 꼼짝 못 하게 손과 발을 묶은 뒤 방을 나갔다.

"아무리 그래도 한 명쯤은 하객이 있어야 할 것 같아서 모셔왔어."

민우는 얼굴을 가린 덮개에 손을 뻗으며 말했다.

잠시 후, 덮개가 벗겨지며 얼굴이 드러났다.

"헉!"
율리는 믿을 수 없다는 듯 숨을 들이켰다.
당신이 왜 여기에?
의자에 묶인 제호가 눈을 감은 채 고개를 숙이고 있었다.
"잠시만 기다려봐. 금방 깨워줄게."
민우는 신나게 콧노래를 흥얼거리며 손에 든 약품 병의 마개를 열었다.
"큭, 큭."
병을 제호의 얼굴 가까이에 가져가자, 기침을 토하며 제호가 깨어났다. 그는 괴로운 표정으로 기침하며 고개를 들었다. 납치 과정에서 폭력이 있었는지, 제호의 머리 한쪽에선 피가 흐르고 있었다. 제호에게 달려가고 싶은 걸 참기 위해 율리는 침대 모서리를 꽉 움켜쥐었다. 민우에게 제호를 걱정하는 모습을 보이면 안 되니까.
"정신 좀 들어? 공손히 모셔오라고 했는데 깍두기들이 지시를 잘 따랐는지 모르겠네. 거칠게 굴었다면 미안해. 쟤들이 머리가 좀 나쁜 편이라서."
"……민우, 너……."
기가 막힌다는 듯 민우를 노려보던 제호는 사촌 동생 뒤에 선 율리를 발견했다. 장소와 어울리지 않게 그녀는 웨딩드레스 차림이었다. 민우 역시 신랑 예복을 입고 있었다. 말없이 두 사람을 바라보던 제호는 무슨 일이 벌어질지 짐작한 듯 미간을 찌푸렸다.
"미안해, 기분 풀어. 그래도 가족이라고, 형을 우리 결혼식에 초대한 거니까."
"후, 결혼식 초대라……."

제호는 비웃는 듯 입매를 비틀었다. 그녀가 민우에게 납치되었을지도 모른다고 우려했지만, 이런 식의 우스꽝스러운 일이 진행될 거라곤 상상도 하지 못했다.

"응. 율리랑 나, 여기서 영혼결혼식을 할 거야."

흥에 겨운 민우는 비아냥거림을 알아차리지 못했다. 민우는 제호가 잘 볼 수 있도록 율리를 앞으로 끌어내고는 뒤에서부터 그녀를 끌어안았다.

"형이 우리 결혼식의 유일한 하객이야. 어때? 감동적이지 않아?"

"하."

제호는 대답 대신 코웃음을 내뱉었다. 하지만 민우는 신경 쓰지 않는 듯 어깨를 으쓱거렸다. 제호의 손발이 묶여 있어서인지 민우는 자신감이 충만한 상태였다.

"좋아. 계속해서 비웃어. 하지만 곧 나에게 사정사정하게 될 거야."

"왜? 날 죽이기라도 할 거야?"

"응. 죽일 거야."

민우는 당연하다는 얼굴로 고개를 끄덕였다. 제호를 죽일 거라는 대답에 율리는 흠칫 몸을 떨었다. 그러자 민우는 율리의 귓가에 입술을 가져가며 나긋하게 속삭였다.

"걱정하지 마, 율리야. 지금 죽이진 않을 거니까. 형은 죽기 전에 나한테 갚아야 할 빚이 있거든."

"내가 너에게 갚아야 할 게 있다니. 금시초문인데?"

"금시초문이라니, 거참 뻔뻔스럽네. 형이 내 여잘 건드렸잖아. 난 아까워서 손도 못 대고 있었다고. X발, 이런 걸 보고 '죽 쒀서 개 줬다' 하는 건가?"

민우는 당장에라도 죽일 것처럼 살벌한 눈빛으로 제호를 노려보았다. 하지만 제호는 눈 하나 깜짝하지 않았다.

"좋아, 이제부터 잘 감상해."

민우는 제호를 향해 씩 웃더니 율리의 귓불을 깨물었다. 그리고 그녀 허리에 놓였던 손으로 슬며시 위를 쓸어 올렸다. 끈적끈적하면서도 구역질 나는 손짓이었지만 율리는 뿌리치는 대신 입술을 깨물었다. 지금 민우의 이런 행동은 제호를 자극하려고 하는 짓이니까. 경솔하게 두 남자의 기 싸움에 휘말려선 안 되었다. 역겨워도 당장은 견뎌야만 했다.

당장 그만두라고 소리칠 줄 알았는데, 제호는 자신을 도발하려 애쓰는 민우를 무표정으로 바라만 보았다. 예상했던 반응이 나오지 않자 오히려 민우의 얼굴이 일그러졌다.

약이 오른 민우는 씩씩거리며 자신을 바라보게끔 율리를 돌려세웠다. 양손으로 율리의 얼굴을 감싼 민우가 키스하려고 하자, 율리는 재빨리 고개를 옆으로 돌렸다. 손길은 참는다 해도, 차마 키스는 할 수 없었다. 민우는 다시금 입을 맞추려 고개를 비틀었지만, 이번에도 율리는 고개를 돌려 피했다.

"잘 나가다가 왜 이래? 너 지금 비싸게 구는 거야?"

기분이 상한 민우가 율리의 뒷머리를 거칠게 움켜잡았다. 비명이 튀어나오려는 것을 율리는 혀끝을 깨물며 억지로 참았다.

"앙탈 그만 부려. 곧 죽을 거잖아. 어차피 죽으면 썩어 문드러질 육신인데, 죽기 전에 나랑 한 번 하자. 제호 형에겐 해주고, 나는 안 해주고. 공평하지 않잖아. 안 그래?"

민우의 입에서 나오는 말 한마디 한마디에 소름이 돋았다. 징그러운 벌레가 귓속에 파고드는 것 같았으니까. 더는 민우를 똑바로 볼 수 없어 율리는 눈을 감으며 간절한 목소리로 애원했다.
"이러지 마, 민우야. 제발."
'제발'이란 말에 민우의 목소리가 커졌다.
"제발 이러지 말라니, 뭘 이러지 마? 마음을 가질 수 없으면 몸이라도 가지겠다는 건데, 그게 그렇게 나쁜 짓이야?"
민우는 다시 입을 맞추려 했고, 율리는 몸을 비틀며 거세게 저항했다.
"가만히 있어. 안 그러면 너도 형처럼 손발을 묶어버릴 테니까. 아, 아니다. 네가 저항할 때마다 형을 때리면 되겠네."
말을 마친 민우는 성큼성큼 걸어가 주먹으로 제호의 가슴을 내리쳤다.
"그만해!"
다른 건 다 참아도 민우가 제호를 때리는 것까진 참을 수 없었다. 율리는 민우의 팔을 잡아 힘껏 자신 쪽으로 끌어당겨 제호에게서 떨어뜨렸다.
"민우야, 이러지 말고 제호 씨 보내줘. 나, 저 남자랑 아무 사이 아니야."
"어, 그래?"
뻔한 거짓말이라는 듯 민우는 시큰둥한 표정을 지었다. 하지만 율리는 설득하는 것을 멈추지 않았다.
"제호 씨, 처음부터 의도적으로 나한테 접근했어. 그런 남자를 내가 어떻게 사랑해, 안 그래?"
"그러면 뭐가 문제야? 네가 사랑하지도 않는 남자, 너를 좋아하지도 않는 남자. 그런 남자를 내가 때리든 말든, 죽이든 말든. 응?"

"민우야, 제발."

율리의 설득은 아무 소용이 없었다. 민우는 자신에게 매달리는 그녀를 뿌리치고는 다시 제호에게 돌아가 이번에는 뺨을 때렸다.

짝―!

커다란 마찰음과 함께 제호의 입술이 터지며 피가 흘러나왔다.

"율리랑 나, 우리 잘될 수 있었어. 결혼만 하게 되면 율리에게 정말 잘할 자신 있었다고. 그런데 네 새끼가 다 망쳐놨어."

"그만 좀 하지. 슬슬 지겨워지려고 하니까."

고개를 옆으로 기울이며 제호가 말했다.

"뭐?"

"항상 남 탓만 하는 거, 들어주는 것도 이젠 지긋지긋하다고."

제호의 싸늘한 시선이 민우의 얼굴에 닿았다. 그저 노려만 보는 것뿐인데 민우는 움찔하며 긴장하고 말았다. 그러다 상대는 단단히 묶여 있다는 사실을 깨닫고 다시 손을 쳐들었다.

"민우야, 내가 잘못했어."

민우를 말리기 위해 율리는 안기듯이 민우의 품으로 뛰어들었다.

"내가 잘못했으니까 그만해."

그제야 민우의 입가에 의기양양한 미소가 떠올랐다. 민우는 쳐들었던 손을 내리며 율리의 뺨을 부드럽게 감쌌다. 그리고 베어 물듯 거칠게 입술을 겹쳤다.

"읍."

입술이 닿는 순간 토할 것 같았지만, 율리는 민우를 밀어내지 않았다. 제호를 위해선 받아들여야 했다. 한참 동안 율리를 농락한 후에야 민우는 입술을 떼어내며 흐뭇하게 미소 지었다.
"이럴 거면서 왜 지금까지 그렇게 비싸게 군 거야, 응?"
"……미안해. 민우야, 미안해."
어느새 흘러내린 눈물이 율리의 뺨을 흠뻑 적셨다. 민우와 키스했다는 사실에 치가 떨렸고, 그 장면을 제호가 빤히 보고 있었다는 사실에 미칠 것만 같았다. 그래도 키스 덕분인지 한껏 격앙되었던 민우의 감정이 조금이나마 가라앉은 것 같았다.
"울지 마, 율리야. 예쁜 얼굴 망가지잖아."
민우는 상냥하게 웃으며 손등으로 눈물로 범벅된 율리의 뺨을 문질렀다. 그리고 달래듯 그녀의 이마에 키스했다.
"아직 제대로 시작도 안 했는데, 벌써부터 울어버리면 안 되지."
율리가 긴장한 듯 움찔거리자 민우는 야비한 미소를 지으며 제호에게로 고개를 돌렸다.
"잘 봐, 형. 형이 보는 앞에서 율리를 느긋하게 가질 거니까."
그 말에 제호의 눈가에 작은 경련이 일었다. 하지만 민우가 변화를 알아차리기 전에 사라졌다.
"근데 말이야, 형."
율리를 침대에 억지로 끌고 가며 민우가 말했다.
"난 내 것을 남이 가지는 꼴을 볼 수 없거든. 그럴 바엔 차라리 죽여버리고 말지. 형, 혹시 쿠키가 왜 갑자기 죽었는지 알아?"
'쿠키'는 원래는 민우가 키우던 강아지였다. 민우의 학대가 계속되자 옆에서 보다 못한 제호가 권 회장에게 허락받고 쿠키를 데려갔었다. 하지만 쿠키는 1년도 채 되지 못해 시름시름 앓다가 죽고 말았다.
"고용인에게 몇 푼 던져주면서 쿠키 사료에 살충제를 타게 시켰어.

티 나지 않게 아주 소량으로, 매일 매일 끼니마다. 크, 크."

과거를 떠올리는지 민우의 얼굴에 화색이 돌았다.

"뒈져버린 쿠키를 끌어안고 눈물 흘리던 형이 얼마나 예뻐 보이던지."

혼자 큭큭거리던 민우는 율리를 바라보며 사악하게 웃었다.

"음, 순서를 바꿔야겠어. 율리랑 동시에 죽으려고 했는데, 아무래도 안 되겠어. 형이 죽어가는 율리를 보면서 어떤 표정을 짓는지, 그 훌륭한 장면을 구경 못 하고 가면 너무 억울할 것 같아."

율리를 먼저 죽일 거라는 말에 제호의 참고 참았던 인내심이 폭발하고 말았다.

"미친놈."

제호는 경멸스러운 눈빛으로 민우를 노려보았다.

"넌 제정신이 아니야."

"당연하지. 내 걸 형한테 빼앗겼는데, 가장 소중한 걸 형이 가져갔는데, 제정신일 수가 없지."

생각만 해도 화가 나는지 민우는 다시 제호에게 다가가 주먹을 휘둘렀다.

"내가 얼마나 오랫동안 율리에게 공을 들였는데 그걸 가져가, 어?"

때리는 쪽이 민우고 맞는 쪽이 제호인데, 표정만 본다면 민우가 당하는 쪽 같았다.

몇 대 때리지도 못하고 민우는 지쳐버린 듯 헉헉거렸고, 제호는 호흡 하나 흐트러지지 않은 상태로 표정의 변화조차 없었다.

"제발 그만해!"

보다 못한 율리가 다시 민우에게 매달리며 그를 제호에게서 떼어놓앉다.

"도대체 뭐 하는 짓이야? 난 물건이 아니야. 난 제호 씨 것도 아니고, 네 것도 아니라고."

"어? 우리 율리, 화내니까 더 예쁘잖아? 나랑 할 때도 이렇게 막 화내면서 예쁠 거야?"

"손대기만 해."

율리도 더는 참을 수 없다는 듯 쏘아붙이자, 민우는 재킷 주머니에서 등산용 나이프를 꺼냈다. 흠칫 놀란 그녀가 뒤로 물러서자, 민우는 접힌 칼날을 꺼내 율리의 눈앞에서 흔들었다.

"반항하고 싶으면 반항해봐. 네가 그럴 때마다, 내가 이 칼로 저 새끼 찌를 거니까."

잔인한 경고에 율리의 얼굴이 새하얗게 창백해졌다.

때리는 것도 볼 수 없는데, 칼로 찌르겠다니…….

"상관없잖아. 제호 형, 사랑하지 않는다면서?"

민우는 놀리는 것처럼 중얼거리며 웨딩드레스의 어깨끈을 칼로 끊었다. 툭, 드레스 한쪽이 아래로 흘러내리며 율리의 가슴선이 아슬아슬하게 드러났다.

"그래, 네 수준이 그렇지."

제호를 괴롭히려고 한 짓이었는데, 그는 그런 민우가 우습다는 듯 입매를 비틀었다.

"뭐?"

"물론 아들에게 정신적인 문제가 있다는 걸 알고도 치료하지 않은 네 부모에게 일차적 책임이 있어."

"이 새끼! 네가 나보다 형이면 다야?"

급흥분한 민우는 칼을 휘두르며 제호에게 달려갔다.

"안 돼!"

율리는 비명을 지르며 민우에게 매달렸다. 하지만 얼마 못 가 민우의 거친 손에 바닥으로 내팽개쳐졌다. 민우는 다시 제호 앞으로 달려가 칼을 든 손을 높게 쳐들었다.

쿵쾅— 쾅— 쾅—.

그때 요란스러운 소리가 함께 갑작스레 문이 열렸다.

"경찰입니다!"

아까 제호를 묶은 남자 중에서 한 명이 안으로 뛰어들며 외쳤다.

"뭐? 경찰이 여길 어떻게 알고 와?"

민우는 놀란 듯 인상을 찌푸리다, 제호에게로 시선을 돌렸다.

"몸에 추적 장치 있는 거 아냐? 데려올 때 확인 안 했어? 야, 이 새끼 좀 살펴봐."

"그걸 지금 살펴봐서 뭐 하게요. 이미 밖에 경찰이 쫙 깔렸는데."

남자는 제 살길부터 찾으려는 듯 민우의 지시를 무시하고 몸을 돌려 밖으로 뛰어나갔다.

"야, 너 어디 가는 거야?"

민우는 황당하다는 얼굴로 도망가는 남자를 따라가며 소리쳤다.

"내 몸은 살펴볼 필요 없어."

그때였다. 바로 뒤에서 제호의 목소리가 들렸다.

"내 몸엔 추적 장치 따윈 없으니까."

놀란 민우가 휙 뒤를 돌아보자, 조금 전까지만 해도 의자에 묶여 있던 제호가 결박을 풀어버리고 느긋한 자세로 서 있었다. 전혀 예상하지 못한 상황에 민우는 흠칫 당황하며 한걸음 뒤로 물러났다.

"어…… 어떻게……?"

"애들 장난도 아니고, 이걸 묶는 거라고 묶었어?"

제호는 서늘하게 웃으며 자신을 묶었던 케이블 타이를 민우의 코앞에서 흔들었다.

"아 씨X, 뭐야?"

당황한 민우는 결사적으로 손에 쥔 칼을 휘둘렀다. 하지만 손발이 자유로운 제호를 상대하기에는 역부족이었다. 제호는 눈 깜짝할 사이에 민우의 손에서 칼을 빼앗아 저 멀리로 던져버렸다. 그다음은 무슨 일인지 깨달을 새도 없이 순식간에 끝나버렸다. 제호는 민우를 가볍게 제압해 바닥에 눕히고, 주머니에서 꺼낸 케이블 타이로 민우의 손목을 묶었다.

"자, 이번엔 네 차례야. 혼자 풀 수 있으면 어디 한번 풀어봐."

"악! 이 새끼, 죽여버릴 거야!"

민우는 제 분을 못 이겨 비명을 지르며 몸을 비틀었다. 그러나 손목이 뒤로 묶긴 상태라 쉽게 제호의 손에서 벗어날 수 없었다.

"마음 같아선 나도 한 대 때리고 싶지만, 형이라서 참는다."

"뭐, 형이라서 참는다고? 동생 여자 훔쳐가는 놈도 형이냐, 이 X새끼야?"

도발하려고 욕을 퍼부었지만, 제호의 표정엔 아무런 변화가 없었다.

"미안하다, 민우야."

"그래, 새끼야! 어디 훔칠 게 없어서 동생의 여자를 훔쳐? 네가 그러고도 사람이…… 윽."

그때 갑자기 제호의 손이 민우의 뒷머리를 움켜쥐는 바람에 민우는 눈살을 찌푸리며 말을 멈추었다.

"내가 사과하려는 건 그게 아니야."

제호는 민우에게 얼굴을 가까이 가져가며 속삭이듯 낮은 목소리로 말했다.

"널 가만히 놔두었던 걸 사과하는 거야. 네 부모가 널 방치했을 때, 나라도 뭔가 해야 했어. 넌 어릴 때부터 정상이 아니었으니까."

"뭐야? 내가 정상이 아니면 누가 정상인데? 개소리 집어치워!"

민우는 분노의 불꽃이 이글거리는 눈으로 제호를 노려보았다.

분명 조금 전까지만 해도 자신은 때리는 쪽이었고, 제호는 의자에 손발이 묶인 채 얻어맞는 쪽이었다. 그것을 증명이라도 하듯 제호의 찢어진 입술에선 아직도 피가 흘렀다.

하지만 제호는 이성을 잃지 않고 침착하기만 했다. 차가운 눈빛으로 한심하다는 듯 교만하게 민우를 바라만 볼 뿐이었다. 그래서 더욱더 화가 났다. 차라리 얻어맞는 게 덜 굴욕스러울 것 같았다.

제길! 왜 상황이 역전되었을까? 어째서?

민우는 도저히 지금 일어나는 상황을 맨정신으론 받아들일 수 없었다.

"으아아아, 악!"

제호를 노려보는 민우의 두 눈동자가 피에 물든 듯 붉게 변했다.

Chapter 23

하나도 빠짐없이

시간을 거슬러 올라가, 대형 병원 종합 상황실 안.
"저 장면, 크게 확대할 수 있습니까?"
마지막으로 찍힌 율리의 영상을 살펴보던 제호가 급히 손가락으로 화면을 가리켰다.
"네."
빠르게 대답한 직원은 마우스를 움직여 화면을 확대하고 다시 영상을 재생했다. 화면 속에서 율리는 주위를 둘러보며 손으로 흘러내린 머리카락을 쓸어 올렸다.
"잠깐, 거기서 정지해주세요."
율리가 머리 위로 손을 올리는 지점에서 영상이 멈춰졌다. 제호는 조금 더 가까이 화면에 다가가 정지된 영상을 유심히 바라보았다.
"저건……?"
잠시 후, 제호가 혼잣말을 중얼거렸다.
"단서라도 찾으셨습니까?"
옆에서 지켜보던 김 보좌관이 의아한 표정으로 묻자, 제호는 고개를 끄덕이며 율리의 손목에 있는 시계를 가리켰다.

"손목시계요."

"네? 손목시계라니요?"

"저 손목시계, 제가 선물한 겁니다. 스마트 워치는 아니지만, 위치 추적 기능이 있어요."

전통적인 명품 시계에는 위치 추적 기능이 대부분 없지만, 율리에게 선물한 시계는 스위스 명품 제조사와 미국의 신기술 기업이 협업하여 제작한 제품으로, GPS 위치 추적 기능도 탑재되어 있었다.

"위치 추적 기능이요?"

그 말에 김 보좌관의 안색이 환해졌다.

"그렇다면 제조사 서버에서 시계 위치 정보를 확인하면 되겠군요."

"그러려면 개인 정보 보호법 때문에 우선 영장부터 발부받아야 합니다. 그러려면 실종 신고부터 해야 하는데, 가능하겠습니까?"

제호의 말에 김 보좌관은 난처한 듯 인상을 찌푸렸다. 제호가 지적한 대로 아직 실종이라고 단정된 것도 아니니까.

"그렇다면 셜국 의원님께 말씀드려서 도움을 요정해야 할까요?"

그때였다.

"그럴 필요 없어요!"

뒤쪽에서부터 쩌렁쩌렁한 목소리가 들렸다. 뒤를 돌아보자, 김 보좌관에게 소식을 듣고 달려온 현경이 두 사람을 향해 뛰어오고 있었다. 현경의 뒤로 경호 팀장인 김 실장 모습도 보였다.

"헉, 헉, 내가……."

주차장에서부터 쉬지도 않고 뛰어왔는지 현경은 거칠게 숨을 쉬며 힘겹게 말을 이었다.

"헉, 헉…… 율리 휴대폰에 앱을 깔아서 손목시계와…… 연결해놓았어요. 제조사 서버까지 갈 필요 없어요."

물론 민우가 율리를 납치할 거라고 예상해서 한 일은 아니었다. 웬만한 직장인 연봉을 훌쩍 넘는 가격이라 잃어버릴까 걱정된다는 율리를 위해 현경은 휴대폰에 앱을 내려받아서 손목시계 GPS와 연결해주었다.

"율리 휴대폰, 집에 놓고 왔다고 했죠?"

"그런데 본인 외엔 휴대폰을 열 수 없잖습니까?"

이번에도 김 보좌관은 당혹스러운 듯 눈살을 찡그렸다. 이에 현경은 빠르게 설명했다.

"그건 걱정하지 마세요. 내가 누군가요? 나, 율리 절친이에요. 휴대폰과 집 비밀번호쯤 당연히 알죠."

"알겠습니다. 지금 당장 휴대폰을 가져오라고 지시하겠습니다."

김 보좌관은 채 의원 집에서 대기 중인 직원에게 전화를 걸었다. 직원은 거실 바닥에 떨어져 있는 율리의 휴대폰을 발견해서 바로 병원으로 가져왔다.

"여기 위치 정보가 떴어요."

시계와 연동된 위치 추적 앱을 실행한 현경이 제호와 김 보좌관에게 휴대폰을 내밀었다. 앱에 뜬 장소는 서울 근교였다.

"여기는……?"

정확한 주소를 확인한 제호의 표정이 일순간 굳어버렸다.

"왜요? 여기가 어딘데요?"

현경과 김 보좌관이 동시에 걱정스러운 얼굴로 물었다.

"대형 할인 마트 사업을 위해 KG그룹이 재작년부터 매입하고 있는

지역입니다. 하지만 민우가 파리 지사로 발령받으면서 잠정적으로 사업이 중단되었어요. 낙후된 상가 건물 대부분은 지금 비어 있는 상태입니다."

"병원에 있던 애가 왜 갑자기 그런 곳에 가요? 이건 백 프로 뭔가 잘못됐어요."

제호의 설명에 현경이 흥분한 목소리로 외쳤다.

"분명 민우 짓일 거예요. 뭐지? 납치라도 했나?"

현경의 예상에 제호와 김 보좌관은 표정을 굳혔다. 과거에도 민우는 사귀던 여자가 벗어나려고 하자 상대를 납치해서 감금한 적이 있었다. 그때마다 나 여사는 큰돈으로 피해자의 입을 틀어막곤 했었다.

"실종이든 납치든, 우선 경찰에 신고부터 하죠."

제호의 의견에 현경과 김 보좌관이 시선을 마주하며 고개를 끄덕였다. 김 보좌관은 현경과 함께 김 실장이 모는 차를 타고 경찰서에 가기로 했다. 모두 지하 주차장으로 내려가기 위해 엘리베이터로 향했다. 제호는 때마침 걸려 온 우결의 전화를 받느라 다음번 엘리베이터에 올랐다.

[제호야, 방금 진 선생님에게서 연락이 왔어.]

통화 버튼을 누르자, 다급한 우결의 목소리가 들렸다.

[당국 경찰이 목격자에게 증언을 받아냈대. 아마 몇 시간 내로 한국 측에 살인 용의자 검거 협조 공문이 갈 거야.]

"그래, 다행이네."

그렇다면 율리의 납치 건만이 아니라, 살인 용의자 검거란 목적으로도 경찰력을 동원할 수 있을 것이다. 어느 쪽이 먼저든 위험한 상황일지도 모르는 율리를 민우 손에서 한시라도 빨리 빼오는 게 중요했다.

엘리베이터에서 내려 차로 향하는 제호의 발걸음이 빨라졌다.

[그리고 진 선생님이 정보통을 통해서 빼낸 정보인데…….]

우결은 계속해서 말을 이었다.

[지금 박 사장이 민우를 돕는 이유가 좀 수상해. 민우 녀석, 완전 돌았나 봐. 자신이 보유한 주식을 모두 박 사장에게 넘기기로 했단다. 어차피 죽을 거라서 필요 없다고 했대.]

"어차피 죽을 거?"

[응. 마치 낼모레 자살할 사람처럼 말했다고 했어.]

제호는 믿을 수 없는 듯 인상을 찌푸렸다.

"권제호 씨?"

그때 갑자기 나타난 듬직한 체구의 남자들이 제호의 앞을 가로막았다. 한눈에 보기에도 일반인이 아닌, 꽤 험악해 보이는 인상이었다. 그중 한 명이 앞으로 나서며 말했다.

"저희와 함께 가셔야겠습니다."

제호는 본능적으로 민우가 보낸 자들이라는 걸 깨달았다. 율리를 납치했다면 그다음은 어쩌면 자신일지도 모른다는 예상을 하긴 했었다. 물론 맞붙어 싸운다면 충분히 그들의 손에서 벗어날 수 있었다. 하지만 제호는 순순히 그들에게 몸을 내주었다. 납치되어서 율리에게 갈 수 있다면 크게 나쁠 건 없다는 판단이 들었다.

남자들은 제호의 몸을 재빨리 뒤져 휴대폰과 지갑을 찾아낸 후, 바닥에 떨어뜨리고 발로 짓밟았다.

"됐어. 이게 다야."

무리 중 한 명이 뭐라고 말하는 동시에 누군가가 제호의 머리를 내리쳤다. 강한 통증과 더불어 눈에서 번쩍 불꽃이 튀었고, 제호는 곧 정신을 잃었다.

잠시 후 다시 눈을 떴을 땐, 율리가 눈앞에 있었다. 다행히 그녀는 무사해 보였다.

하, 다행이다.

제호는 저도 모르게 속으로 안도의 숨을 내쉬었다.

의식을 잃고 얼마나 시간이 지났는지 모르겠지만, 이미 현경과 김 보좌관에게서 신고를 받은 경찰은 수사에 착수했을 것이다.

제호는 율리의 손목으로 시선을 돌렸다. 손목에는 아직도 시계가 채워져 있었다. 민우는 손목시계에 위치 추적 장치가 있다는 사실을 전혀 눈치채지 못한 모양이었다. 광기 어린 민우의 눈빛을 보니, 이미 제대로 판단하기 어려운 상태로 보였다.

"미안해, 기분 풀어. 그래도 가족이라고, 형을 우리 결혼식에 초대한 거니까."

"후, 결혼식 초대라……."

제호는 입가에 비웃음을 머금으며 민우를 똑바로 바라보았다.

연결된 앱을 통해 실시간으로 위치 정보를 수집할 테니, 경찰은 이곳으로 향하고 있을 것이다. 어쩌면 이미 도착했을지도 모른다.

"응. 율리랑 나, 여기서 영혼결혼식을 할 거야."

민우는 승리감에 도취한 얼굴로 보란 듯이 제호 앞에서 율리를 끌어안았다.

"형이 우리 결혼식의 유일한 하객이야. 어때? 매우 감동적이지 않아?"

"하."

제호는 기가 막힌다는 표정으로 코웃음을 터뜨렸다.

마음 같아선 당장에라도 케이블 타이를 끊고 민우를 율리에게서 떼어놓고 싶었다. 율리에게 억지로 키스하는 민우를 쳐다보며 때려눕히고 싶은 충동을 참고 또 참아야만 했다.

지금은 때가 아니니까. 율리도 힘겹게 참고 있는데, 자신이 흥분해서 상황을 악화시킬 순 없었다. 만에 하나라도 잘못된다면 율리는 위험한 상황에 빠질 것이었다. 경찰이 올 때까지 시간을 끌어야 했다.

다행히 얼마 지나지 않아, 민우의 분노가 제호에게로 향했다. 민우의 주먹이 가슴을 내려치고 얼굴을 강타했지만, 하나도 아프지 않았다. 민우의 손짓을 이겨내는 율리를 바라보는 것보단 훨씬 덜 고통스러웠다. 경찰이 도착할 때까지, 계속해서 자신에게만 폭력을 행사하길 바랐다.

드디어 요란스러운 소리와 함께 굳게 닫힌 철문이 열렸다.

"경찰입니다!"

"뭐? 경찰이 여길 어떻게 알고 와?"

민우의 신경이 다른 곳에 몰린 틈을 타서, 제호는 케이블 타이로 묶인 손을 뒤로 올려 단숨에 아래로 힘껏 내리쳤다. 다행히 케이블 타이는 군용이 아닌 일반용이어서 한 번에 끊어졌다.

다리에 묶인 케이블 타이는 연결된 고리의 뒷구멍 부분을 눌러 풀었다. 푼 케이블 타이를 주머니에 넣은 제호는 바닥에 쓰러진 율리에게 다가갔다. 하지만 그녀는 고개를 저으며 민우가 나간 쪽을 손으로 가리켰다. 자신은 괜찮으니 어서 민우부터 잡으라는 몸짓이었다.

"알았어. 조금만 참아."

밖으로 나간 제호는 단숨에 민우를 제압하고 자신의 다리를 묶었던 케이블 타이로 민우의 손목을 묶었다. 그리고 잠시 후, 건물 안으로 진

입한 경찰이 다가왔다.

"괜찮으십니까?"

"네. 전 괜찮습니다."

경찰에게 민우를 넘긴 제호는 재빨리 율리에게로 돌아갔다. 그녀는 힘없이 벽에 등을 기댄 채 두 눈을 감고 앉아 있었다.

"율리야."

귓가를 스치는 나직한 목소리에 율리는 천천히 눈을 떴다. 두 사람의 시선이 허공에서 조용히 맞물렸다. 잠시 고요한 침묵이 두 사람 사이에 내려앉았다. 말은 필요 없었다. 눈빛만으로도 서로의 마음과 감정을 느낄 수 있었다.

'다행이야.'

'고마워요.'

누가 먼저랄 것 없이, 두 사람은 서로를 바라보며 살며시 미소 지었다.

"……아."

긴장이 풀리자, 율리는 그대로 정신을 잃었다. 하지만 검은 장막이 내려오는 순간에도 온몸을 감싸는 따뜻한 체온에 안도의 한숨이 절로 흘러나왔다.

다시 의식이 돌아왔을 때는 병실 침대에 누워 있었다. 현경이 걱정스러운 얼굴로 곁을 지키고 있었다.

"율리야, 정신 좀 들어?"

"……현경아……."

"이제 다 끝났으니까 안심해."

"……제호 씨는? 제호 씨는 어디 있어?"

제호가 걱정된 율리는 급히 몸을 일으켰다. 긴장이 풀려 기절한 자신과 달리, 제호는 머리에서 피를 흘리고 있었다. 게다가 의자에 묶인 채 민우에게 일방적으로 맞기까지 했다.

"제호 씨는 나중에 걱정하고, 지금은 너부터 안정을 취해야 해."

하지만 몸을 반쯤 일으키기도 전에 율리는 현경의 손에 억지로 침대에 눕혀졌다.

"지금 어디 있는데? 나처럼 입원 중이야?"

율리가 걱정스러운 얼굴로 묻자, 현경은 빠르게 고개를 저었다.

"아니야, 제호 씨는 간단하게 치료받고 바로 돌아갔어. 머리를 좀 다치긴 했는데 살갗만 찢어졌지, 뇌진탕까지는 아니래. 검사 결과, 아무 이상 없다고 나왔어. 그러니까 걱정하지 마."

"그렇다고 바로 돌아가?"

"담당의가 하루 정도 입원하라고 권유하긴 했는데, 바쁘다면서 거절했어."

"……아."

율리는 제호가 살갗이 찢어지는 상처를 입었다는 말에도 마음이 아팠지만, 바빠서 입원할 시간이 없다는 말에 더더욱 마음이 아팠다.

"민우가 사고 친 거 처리하느라 엄청 바쁠 거야. 지금 매스컴은 민우 기사로 도배됐어. 살인 용의도 모자라서 납치에, 감금에……."

현경은 기가 막힌다는 듯 미간을 찌푸리며 고개를 절레절레 저었다.

"지금 민우 때문에 KG그룹 주가가 곤두박질친 건 둘째 치고, 그룹 이미지도 말이 아니야. 이번 일로 권 회장님이 쓰러지시는 건 아닐까 걱정했는데, 다행히 잘 버티고 계신가 봐."

율리는 잠자코 현경의 설명에 귀를 기울였다. 민우가 자신을 납치한 사실을 떠올리면 참을 수 없이 화가 나는 게 당연했지만, 그 때문에 제호가 힘들게 됐다는 사실에는 입 안이 씁쓸했다. 순간, 묻고 싶었던 질문이 생각났다.

"그런데 현경아, 어떻게 그리도 빨리 구하러 온 거야?"

실종 신고를 했을 것은 짐작했지만 그렇게까지 빨리 자신이 있는 곳을 찾아낼 거라곤 상상하지도 못했다. 이러다 영영 구출되지 못하고 이대로 자살을 강요당하게 되는 건 아닌지 불안하기도 했었다.

"다행히 너 납치당했을 때, 이거 차고 있었잖아."

현경은 '피식' 웃으며 가방 안에서 손목시계를 꺼냈다. 실신한 상태로 병원에 도착한 율리를 환자복으로 갈아입히는 과정에서 풀어진 손목시계는 보호자인 현경에게 건네졌다.

"이건?"

"응, 제호 씨가 선물한 시계. 내가 그랬지? 꼭 하고 있으라고. 이 시계가 널 살린 거야."

"아, 맞다. 완전 까먹고 있었어. 여기에 위치 추적 장치가 있었지?"

"그래, 하나 더 다행인 건, 네 휴대폰이 집에 있었다는 거야. 휴대폰 가지고 같이 납치됐거나, 납치되는 과정에서 휴대폰이 망가졌으면 널 찾는 데 시간이 걸릴 뻔했어."

현경은 율리의 손목에 다시 시계를 채워주며 말을 이었다.

"제호 씨가 너보고 고맙다고 전해달래. 손목시계 하고 있었다고."

손목을 감싸는 시계의 감촉이 마치 제호가 그녀의 손목을 감싸는 것처럼 포근하게 느껴졌다. 율리는 제호의 손을 만지는 것처럼 손목시계를 부드럽게 쓰다듬었다.
"고맙긴…… 내가 더 고맙지."
그때, 노크 소리가 들리더니 김 보좌관이 들어왔다. 그는 율리가 깨어난 것을 확인하고는 마음이 놓인다는 듯 희미하게 미소 지었다. 가까이 다가온 그는 율리의 안색을 살피며 조심스레 입을 열었다.
"방금 의원님 퇴원 수속을 마쳤습니다. 집으로 가시기 전에 율리 씨를 보고 싶어 하시는데, 괜찮겠습니까?"
"네, 물론이죠."
율리가 고개를 끄덕이자, 현경은 버튼을 눌러 율리가 편히 앉을 수 있게 침대 상체를 세웠다. 그리곤 급히 전화할 일이 있다면서 김 보좌관과 함께 병실을 나섰다. 말을 그렇게 했지만, 부녀끼리 대화할 수 있게 자리를 피해주려는 배려였다.
얼마 후, 노크 소리가 들리고 채 의원이 어두운 표정으로 병실로 들어왔다.
"몸은 좀 어떠냐?"
"전 아무렇지도 않아요. 아버지는 어떠세요?"
"난 괜찮다. 오늘까지만 집에서 쉬고 내일부턴 일정 챙길 생각이다. 그리고……"
채 의원은 잠시 말을 멈추고 가만히 율리의 얼굴을 들여다보았다. 뭔가 할 말이 있는데 쉽게 입에서 나오지 않는 것 같았다. 그는 말을 잇는 대신 침대 옆 의자에 앉으며 이불 위에 놓인 율리의 손을 감싸 쥐었다. 깜짝 놀란 율리가 흠칫 몸을 떨었다. 소연의 장례식에서 펑펑 목놓아 우는 율리를 품에 안고 달래준 이후로는 한 번도 다정한 몸짓을 해준 적 없던 채 의원이었다. 율리가 놀란 눈으로 바라보자 채 의원의 얼굴에 씁쓸한 미소가 떠올랐다.

"네가 의식이 없는 동안, 권 전무가 찾아왔었다. 뻔뻔하게도 나와 거래하자고 하더구나."

"거래하자고요?"

"민우가 널 납치한 사실을 덮어달라고 하더구나. 납치가 아니라 네가 스스로 민우를 찾아간 거고, 그 사실을 안 제호가 나중에 달려와서 싸움이 난 거라고. 그렇게만 입을 맞춰주면 유리의 출생 비밀을 자신에게 알려준 이가 누구인지 말해주겠다고 하더구나."

말문이 막힌 율리는 아무 말도 하지 못하고 그저 채 의원을 바라만 보았다. 무릎을 꿇고 빌어도 모자랄 판에 거래를 하자니! 그런 부모 밑에서 민우란 괴물이 탄생한 것은 어쩌면 당연한 결과인지도 모르겠다.

"……그래서…… 뭐라고 하셨어요?"

거절해야 하는 게 마땅했지만, 하늘이 무너져도 말도 안 되는 제의를 거절해야 했지만 슬프게도 율리는 아버지를 믿을 수 없었다. 먼저 세상을 뜬 아내를 불륜녀로 만들어서까지 자신의 오점을 덮으려 했던 채 의원이었으니까.

"그렇게 하시기로 했어요?"

채 의원은 대답하는 대신 율리를 바라만 보았다.

아버지는 지금 권 전무의 제안을 두고 고민 중인 걸까? 이번에도 희생을 강요할 건가? 제 딸이 납치되어서 죽을 뻔했는데도?

순간 화가 치밀어 오른 율리는 세차게 채 의원에게 잡힌 손을 빼냈다.

"대답 대신 주먹 한 방 날렸다. 김 보좌관이 옆에서 말리지 않았다면 몇 대 더 때리는 건데⋯⋯."
"네?"
예상한 것과 정반대의 답이 돌아오자, 율리는 순간 멍해지고 말았다.
아버지가 권 전무를 때렸다고?
"이번 일뿐만 아니라, 지금까지 내가 권민우 실장에 관해 조사한 모든 자료를 경찰과 검찰에 넘길 거다. 너를 납치한 것 말고도 많은 죄를 저질렀으니까. 이번엔 권 전무도 권 회장님이 나선다고 해도 민우와 함께 빠져나갈 순 없을 거다."
"정말이요? 권 전무가 무슨 짓을 할지도 모르는데⋯⋯?"
채 의원은 율리와 시선을 마주하며 천천히 고개를 내저었다.
"무슨 짓을 하든, 유리의 출생 비밀을 제 입으로 떠벌리든 말든, 내 결정에는 변함이 없다."
"⋯⋯아버지."
다시금 율리의 손을 잡으며 채 의원이 말을 이었다.
"내 약속하마. 다시는 네 엄마를 건드리지 않겠다고. 내가 너에게⋯⋯ 그리고 네 엄마에게도 할 말이 없다. 면목 없어서 미안하다는 말도 하기 어렵지만⋯⋯."
자신을 바라보는 아버지의 눈빛이 너무 슬퍼서 율리는 아무 말도 할 수 없었다.
"하지만 사과는 해야지. ⋯⋯정말 미안하다. 네게 용서를 바라진 않는다. 물론, 네 엄마에게도⋯⋯ 하아."
채 의원은 감정이 격해진 나머지 말을 잇지 못하고 고개를 숙였다. 당당하기만 했던 아버지가 오늘따라 외롭고 약해 보이는 것은 단지 기분 탓인 걸까?

"아버지, 괜찮으시겠어요? 유리의 출생 비밀이 흘러나가면……"

"안다, 나에겐 치명적인 스캔들이 되겠지. 하지만 다 사실 아니냐."

그랬다. 모두 사실이었다. 아내를 의심해서 홧김에 불륜을 저지른 것도, 그로 인해 유리가 태어난 것도 모두 사실이었다.

"모두 내 잘못으로 일어난 일이니, 내가 책임져야겠지. 곧 당에 내 의사를 전달할 생각이다. 대선 후보 등록을 철회하고, 국회의원직도 사퇴할 생각이다."

"아버지……"

아까보다 더 충격적인 말에 율리는 저도 모르게 큰 소리를 내고 말았다. 채 의원은 이런 반응이 나올 줄 알았다는 듯 살며시 입매를 올렸다.

"내가 국회의원직에서 물러나면, 우리 가족의 뒤를 파고들 일도 없겠지. 누가 유리의 출생 비밀을 알고 있는지는 모르겠지만, 아마 쓸모없는 휴지 조각이 될 거다."

"진심이세요? 정치계에서 완전히 은퇴하시겠다는 건가요?"

채 의원은 가만히 고개를 끄덕였다.

"그래야 하지 않겠니? 사랑하는 이의 마음도 모르고 평생 상처 주고 아프게 한 주제에…… 그런 내가 국민의 아픔을 보듬는 정치인으로 살겠다니. 후, 한마디로 웃기는 말이지. 그걸 이제야 깨달았다."

손으로 율리의 손등을 도닥거리며 채 의원은 잠시 뜸을 들였다 다시 말을 이었다.

"……사실 정치할 사람은 내가 아니라 네 엄마여야 했다. 하지만 현실은 여의찮았고, 네 엄마는 날 통해서 그 꿈을 이루려고 했지. 만약 소연이가 국회의원이 되었다면 정말로 좋은 국회의원이 되었을 거야."

율리의 눈에 채 의원은 전혀 다른 사람이 된 것만 같았다. 어쩌면 이젠 기억 속에서 희미해져버린 예전 아버지의 모습일지도 모르겠다. 어머니가 살아 계셨을 때, 유리가 태어나기 전에 보여주었던 아버지의 모습. 표정은 무뚝뚝했지만, 언제나 자상한 손길로 쓰다듬어주며 가끔은 싱긋 웃어주던 아버지.

"……아버지……."

잊어버렸던 기억이 하나둘씩 떠오르며 율리의 눈에 눈물이 차오르기 시작했다.

"아버지……."

안쪽에서 들려오는 율리의 목소리에 제호는 병실 문을 노크하려던 동작을 멈췄다. 뭔가에 크게 놀란 듯 격앙된 목소리였다. 문 유리창으로 힐끗 안을 들여다보니 채 의원이 율리의 손을 잡고 대화를 나누고 있었다.

"내가 국회의원직에서 물러나면, 우리 가족의 뒤를 파고들 일도 없겠지……."

뭔가 심각한 주제인 것 같아서 제호는 병실로 들어가는 대신 대화가 끝나기를 기다렸다. 잠시 후, 채 의원이 율리의 어깨를 다정하게 도닥거리고는 천천히 의자에서 일어났다.

"몸조리 잘하고, 퇴원하면 보자꾸나."

말을 마친 채 의원은 그대로 등을 돌려 병실을 나섰다. 문을 열고 밖으로 나온 채 의원은 복도에 서 있는 제호를 발견하고 잠시 걸음을 멈추었다. 제호가 그를 향해 고개를 숙이자, 채 의원은 짧게 한숨을 내쉬고 천천히 제호 앞으로 향했다.

"경황이 없어서 고맙다는 인사도 제대로 못 했네. 율리를 구해줘서 정말 고맙네."

"아닙니다. 저야말로 죄송합니다. 민우를 제대로 단속 못 해서 일을 이 지경에 이르기까지 했습니다."

"그게 왜 자네 잘못인가?"

제호의 사과에 채 의원은 손을 내저었다.

"자식이 저렇게 날뛰는데 덮을 생각만 하는 부모도 있는데……."

채 의원이 권 전무를 거론하자, 제호는 지그시 입술을 깨물었다.

율리를 납치한 죄로 민우가 체포되었다는 소식을 들은 권 전무가 채 의원에게 달려갔다는 말을 전해 들었을 때, 분명 사과하러 간 것이라고 생각했다.

그런데 김 보좌관에서 전해 들은 내용에 숨이 턱, 막히고 말았다. 얼굴에 칠판을 깐다고 해도 이도록 무례해질 수 있을까? 민우가 서지든 일만큼이나 수치스러웠다. 그래서 급한 일을 처리하고 틈이 생기자 곧바로 율리에게 달려오는 길이었다.

"작은아버지가 찾아왔었다는 말을 들었습니다. 정말 죄송합니다. 어떤 협박을 했든 걱정하지 않으셔도 됩니다. 그건 제 선에서……."

"아닐세."

제호가 거듭 사과하자, 채 의원은 다시금 손을 내저었다.

"그건 이미 내가 처리했으니, 자넨 마음 쓰지 않아도 돼. 대신……."

채 의원은 잠시 말을 끊으며 양손으로 제호의 손을 잡았다. 의외라는 듯 제호가 미간을 좁혔다.
"부탁 하나만 하지."
채 의원은 잡은 손에 더욱 힘을 주며 제호의 눈을 빤히 들여다보았다. 그리고 천천히 다음 말을 이었다.
"우리 율리를, 부탁하네."
전혀 생각도 하지 못한 말이었기에 채 의원을 바라보는 제호의 눈빛이 크게 흔들렸다.
유권자에게 보일 이미지가 그 무엇보다 우선인 채 의원이었다. 제호와 율리가 사귀는 것을 탐탁하지 않게 여긴 것도 그래서였다.
특히 지금의 상황은 최악이었다. 민우의 납치 사건과 관련해 소셜 미디어를 통해 말도 안 되는 가짜 뉴스가 퍼지는 중이었다. 누가 뭐래도 율리는 엄연한 피해자였지만, 가짜 뉴스를 퍼뜨리는 자들에겐 대중의 시선을 끌 수 있는 흥미로운 소재에 불과했다.
'채형식 국회의원의 장녀 채율리는 겉으론 요조숙녀인 척하지만, 사실은 사촌 형제 사이를 왔다 갔다 하며 싸움을 부추긴 요부'라는 가짜 뉴스 영상이 나돌았다.
이를 접한 시민 대부분은 황당한 주장이라고 받아들였으나, 율리와 제호가 실제로 연인 사이가 된다면 순식간에 여론이 뒤집힐 게 뻔했다. 만약 그렇게 된다면 율리와 제호는 상관하지 않는다고 해도 채 의원에겐 큰 문제가 될 것이다.
"의원님의 이미지에 큰 타격이 갈 텐데, 괜찮으십니까?"
"물론 타격이 클 테지. 그건 나도 잘 아네."
채 의원의 입가에 씁쓸한 미소가 스쳤다.
"그런데 왜……?"

채 의원은 잠시 대답을 미룬 채 공허한 눈빛으로 제호를 바라보았다. 소중한 것을 잃어버려 허탈해하면서도, 반대로 중요한 뭔가를 되찾은 것 같은 이중적이면서도 복합적인 표정이었다.
"지금에서야 이런 말을 한다는 자체가 우습지만……."
잠시 침묵을 지키던 채 의원의 입에서 이윽고 대답이 흘러나왔다.
"어떤 이유에서라도 감정을 속이거나 억제해선 안 된다는 걸 깨달았어. 난 그걸 모르고 내 인생에서 가장 소중한 걸 놓쳤지. 하지만 율리와 자네는 아직 늦지 않았어. 온 세상이 반대한다고 해도, 가장 중요한 건 본인들의 감정이니까."
"……의원님."
"나중에 일이 다 해결되면 집으로 오게. 술이나 한잔하지."
채 의원은 제호의 어깨를 툭툭 내리치고는 느린 걸음으로 제호를 지나쳐 갔다. 평소와는 너무 다른 분위기였기에 제호는 제자리에 선 채로 멀어져가는 채 의원의 뒷모습을 말없이 바라보았다.

"의원님이 뭐라셔?"
채 의원이 떠나고 조금 있다 병실로 돌아온 현경이 궁금한 얼굴로 물었다.
"그게……."
잠시 머뭇거리던 율리는 담담한 목소리로 대답했다.
"권 전무님이 찾아와서 민우의 선처를 부탁하셨나 봐."
"응, 그랬구나."

현경은 짐작했었다는 듯 고개를 끄덕였다. 권 전무가 채 의원의 병실에 들어가는 장면을 목격하긴 했었다. 정확히 어떤 대화가 오고 갔는지는 모르지만, 병실을 에워싼 분위기가 심상치 않아 조금 긴장했었다. 간간이 고함도 흘러나왔던 것 같다.
"그런데 부탁이 아니라, 거의 협박 수준이었나 봐. 아버지의 약점을 물고 늘어지면서······."
그 약점이란 것이 유리의 출생 비밀이라고 밝힐 순 없어도 율리는 현경에겐 최대한 자세하게 설명해주고 싶었다.
"납치가 아니라, 나와 제호 씨가 제 발로 찾아간 거라고 하면 약점을 덮어준다고 하셨대."
"뭐? 와! 미친 거 아니야? 완전 부전자전이네! 그래서 의원님이 뭐라고 하셨어? 그 제안 받아들이신 거 아니지, 그렇지?"
지금까지의 채 의원의 행적을 본다면 현경의 물음이 괜한 걱정만은 아니었다. 율리는 어색하게 웃으며 조용히 고개를 가로저었다.
"아니, 단칼에 거절하셨어."
"후우, 다행이다."
현경은 과장된 몸짓으로 가슴을 쓸어내리며 안도의 숨을 내쉬었다. 그러다 잠시 후, 어리둥절한 표정으로 고개를 갸웃거렸다.
"흠, 그런데 분위기가 왜 그랬지?"
"무슨 분위기?"
"사실은 제호 씨가 병실 밖에 있었어. 의원님이랑 뭔가 중요한 이야기를 하는 것 같더라고. 의원님이 쓸쓸한 표정으로 제호 씨 어깨를 이렇게 툭툭 치더니 가셨고. 제호 씨는 문 앞에서 들어갈까 말까, 망설이던데."

그 말에 율리는 눈을 크게 뜨며 문 쪽으로 시선을 돌렸다.

"제호 씨, 지금 밖에 있어?"

"아니, 갑자기 전화가 와서 급하게 다시 갔어."

"아······."

율리의 얼굴에 실망한 기색이 떠오르자, 현경은 재빨리 말을 이었다.

"제호 씨, 지금 눈코 뜰 새 없이 바쁘잖아. 사태가 좀 안정된 다음에 오겠지."

"······그게 아니라······."

율리는 제호가 급한 전화를 받고 다시 돌아갔다는 것보단 문 앞에서 들어갈까 말까, 망설였다는 현경의 표현이 마음에 걸렸다.

― 그러니까 내가 날 역겨워하지 않게, 제발 날 피해주세요.

얼마 전 그에게 했던 간절한 부탁이 떠올라서였다.

어디 그뿐인가?

― 나, 저 남자랑 아무 사이 아니야.

― 제호 씨, 처음부터 의도적으로 나한테 접근했어. 그런 남자를 내가 어떻게 사랑해, 안 그래?

민우를 설득하려고 한 말이었지만, 듣는 쪽에선 상처가 될 수도 있는 말이었다. 하지만 그녀는 경찰이 오고 난 후에 기절해버려 제호와 오해를 풀 기회가 없었다. 제호는 아직도 율리가 자신을 피하고 싶어 한다고 생각할 것이다. 그래서 선뜻 들어오지 못하고 머뭇거렸겠지.

그때, 문이 열리며 의료진이 들어왔다. 담당의는 그녀의 상태를 확인한 후에 검사 결과를 알려주었다.

"다행히 아무 이상 없습니다. 원하시면 지금 당장 퇴원하셔도 되고,

아니면 하루 입원하면서 상태를 더 지켜봐도 되고요."

율리가 퇴원을 원하자, 현경은 퇴원 절차를 위해 의료진을 따라 병실을 나섰다.

홀로 남은 율리는 휴대폰으로 제호에게 전화를 걸었다. 만약 시간이 된다고 하면 퇴원하는 대로 그를 만나볼 생각이었다. 하지만 신호만 갈 뿐, 제호는 전화를 받지 않았다. 몇 번이나 다시 걸어보았지만, 마찬가지였다.

회의 중인가? 아니면 내 전화를 피하는 걸까?

율리는 어두운 얼굴로 휴대폰 화면을 바라보았다.

"절실히 날 보자고 한 용건이 뭐야?"

제호가 싸늘한 목소리로 묻자, 민우는 '피식', 입꼬리를 비틀며 의자 등받이에 상체를 기댔다. 민우의 얼굴에는 여기저기 자해의 흔적이 보였다. 뺨 한쪽은 시퍼렇게 멍이 들어 있었고, 터진 입술 끝엔 피딱지가 뭉쳐 있었다.

한 시간 전, 율리의 병실에 들어가려던 제호에게 한 통의 전화가 걸려 왔다. 민우 측 변호사에게서 온 전화였다. 변호사는 구치소에 구금된 민우가 제호를 만나게 해달라고 요구하며 자해하는 중이라고 말했다.

"통제 못 할 정도로 심한 거라면 진정제라도 놓으라고 하세요. 전 만날 생각 없습니다."

[잠시만, 묻고 싶은 게 있습니다.]

거절하고 전화를 끊으려는 제호에게 변호사가 급하게 물었다.

[제호 씨 아버님, 그러니까 권제웅 부회장님. 혹시 미국에서 교통사고 당하신 적 있습니까?]

제호가 대답하지 않고 가만히 있자, 변호사는 서둘러 말을 이었다.

[자신을 만나러 오면 교통사고에 관한 중요한 정보를 주겠다고 했습니다.]

"글쎄요, 내 생각엔 그리 중요한 정보일 것 같진 않군요."

[제호 씨 어머님도 관련된 사고라고 하면 알아들으실 거라고 하던데요.]

민우가 윤 여사까지 끌어들이자, 제호는 속으로 욕설을 내뱉었다. 아무래도 민우와의 일을 깨끗하게 정리한 후 율리를 봐야 할 것 같았다. 결국 제호는 병실 안으로 들어가지 못하고 걸음을 돌려야 했다.

그런데 만나게 해달라고 통 사정했던 민우는 막상 제호가 나타나자 아무 말도 하지 않고 히죽히죽 웃고만 있었다. 시간이 아까운 제호는 작게 한숨을 내쉬며 손목시계를 들여다보았다.

"앞으로 10분, 그 안에 용건을 말하지 않으면 난 일어날 거야. 그다음엔 자해가 아니라 자살한다고 해도 오지 않을 거다."

"하여간 급하긴…… 뒤에서 귀신이라도 쫓아와?"

민우의 비아냥거림에 제호는 힐끗 뒤를 돌아보고는 다시 앞으로 고개를 돌렸다.

"아니, 지금 귀신은 뒤가 아니라 앞에 있는 것 같은데?"

"뭐?"

그 말에 발끈한 듯 민우는 눈꼬리를 추켜올렸다. 그러다 곧 마음을 바꾸었는지 입꼬리를 부드럽게 말아 올렸다.

"형이 큰아버지 교통사고에 관해 파고들고 있는 거, 알아."
"그래? 내가 뭘 숨기면서 몰래 파고드는 유형은 아니라서……."
 잠시 침묵이 흐르며, 언제라도 팡 터질 것 같은 팽팽한 긴장감이 주위를 에워쌌다. 먼저 입을 연 쪽은 죽일 듯이 제호를 노려보던 민우였다.
"형 태도를 보니 큰아버지를 노린 사고가 아니라, 큰어머니를 노린 사고였다는 것도 알아낸 것 같네. 내 말이 맞지?"
 제호는 대답 대신 느긋하게 의자 등받이에 등을 기울이며 가슴 앞에 팔짱을 꼈다.
"그래서, 네가 가진 큰 정보라는 게 뭐지?"
"알려주면 납치당한 게 아니라 형이 제 발로 날 찾아온 거라고, 해줄 수 있어?"
"아니."
"X발!"
 제호가 단호히 거절하자, 민우는 흥분한 듯 얼굴을 붉히며 소리쳤다.
"살다 보면 가족끼리 의견 차이도 생기고, 그러다 보면 부딪칠 수도 있고 그런 거지. 치사하게 이런 사소한 일로 동생을 빵에 보내겠다고?"
"글쎄, 내가 기억하기론 난 네 형이 아닌 것 같은데…… '동생 여자 훔쳐가는 놈도 형이냐?'라고 하지 않았나? 그리고 사람을 납치하는 범죄를 사소한 일이라고 할 순 없지."
"아무도 다친 사람 없잖아. 그럼 된 거 아냐?"
 민우는 억울하다는 표정으로 목에 핏대를 올렸다.
"권민우, 넌 지금 무릎을 꿇고 사과해야 하는 처지야. 당당하게 거래하자고 소리칠 게 아니라."

"내가 어떤 정보를 가졌는지 안다면, 그렇게 튕기고만 있을 순 없을 텐데."

민우의 태도로 봐선 자신이 저지른 일이 얼마나 심각한 범죄인지 모르는 것 같았다. 제호는 작게 한숨을 내쉬며 손목시계를 들여다보았다. 10분이 되려면 조금 더 시간이 남아 있었다.

"네가 가진 정보, 나에게 건넬 필요 없어. 대충 짐작이 가니까. 거래를 원한다면 그런 것 말고 법정에 가져갈 수 있는 확실한 증거를 가져와."

"법정에 가져갈 수 있는 증거?"

혼잣말처럼 중얼거리던 민우는 제호가 한 말이 무슨 뜻이라는 걸 깨달았는지 표정을 일그러뜨렸다.

"돌았어? 고작 그런 일로 법정까지 끌고 갈 생각이야?"

"후, 네 반응을 보니까 결정적인 증거는 없는 모양이군."

역시 민우를 찾아오는 것은 시간 낭비였다. 손목시계로 시간을 확인한 제호는 천천히 자리에서 일어났다.

"프랑스 경찰에서 공문을 보냈다던데. 널 살인 용의자로 인도하라고."

이미 변호사에게서 전해 들은 바가 있는지 민우는 별 반응을 보이지 않았다. 피해자를 마약 중독자로 몰면서 빠져나갈 심산인 게 뻔했다. 피해자의 애인이며 유일한 목격자 역시 마약 공급책이므로 변론할 거리가 많다고 여겼겠지. 하지만 그건 어제까지의 상황이다. 민우에게 오던 중, 제호는 우결과의 전화 통화로 꽤 흥미로운 정보를 얻었다.

"나중에 알게 되겠지만, 미리 귀띔해줄까? 살해당한 피해자의 몸에

선 마약이 전혀 검출되지 않았어. 그리고 네가 혼수상태에 빠지게 한 남자. 마약 공급책으로 알려졌지만, 사실은 언더커버 경찰이라더군."

"……뭐?"

순간 충격을 받았는지 민우의 표정이 멍하게 변했다.

"걱정하지 마. 하나씩, 차근차근 벌을 받으면 되니까. 프랑스에서 먼저 형을 살든, 여기서 먼저 형을 살든."

"뭐야, 이 새끼야?"

민우는 이성을 잃고 제호를 향해 미친 듯이 달려들었다. 하지만 사이를 가로막은 투명 가림막 때문에 손가락 하나 건드릴 수 없었다.

"안심해. 하나도 빠짐없이 모든 죄목 다 챙길 수 있게 해줄 테니까."

제호는 차갑게 미소 지으며 자리를 떴다.

현경이 퇴원 절차를 마치고 병실에 돌아올 때까지도 제호는 전화를 받지 않았다. 결국, 율리는 제호와 대화하지 못한 채로 병원을 나섰다.

"어디로 갈래? 본가로 갈래? 아니면 우리 집으로 갈까?"

"현경아."

"응?"

"제호 씨 집으로 갈 수 있을까?"

"그래, 알았어."

현경은 별말 없이 묵묵히 차를 몰았다. 율리가 어떤 마음인지를 잘 알기에 몸부터 추스르고 나중에 만나라는 말을 할 수 없었다.

제호의 집에 도착하자 현경은 율리가 안에 들어가는 것을 확인한 후에 떠나겠다고 했다. 아직 율리의 지문 인식을 지우지 않았는지 율리가 패드에 손을 가져가자, 철컹 대문이 열렸다.

현관문을 열고 안으로 들어가자, 썰렁한 공기가 그녀를 맞이했다. 요 며칠 집을 비워둔 것 같았다. 민우의 일을 수습하러 바쁘다고 하더니, 집에도 못 들어오고 뛰어다니는 걸까? 어쩌면 그는 오늘 밤에도 귀가하지 않을지도 모른다. 하지만 율리는 무작정 기다리기로 했다.

한 시간쯤 지났을까? 덜컥, 현관문이 열리는 소리가 들렸다. 거실 소파에 앉아 있던 율리는 재빨리 일어나 현관으로 뛰어갔다. 막 안으로 들어서던 제호가 갑작스레 나타난 율리를 놀란 눈으로 바라보았다.

"율리?"

율리는 그대로 달려가 목에 매달리듯 제호를 끌어안았다.

"벌써 퇴원한 거야?"

제호는 율리가 떨어지지 않게 두 손으로 그녀의 엉덩이를 받치며 어리둥절한 표정을 지었다. 아직 병원에 있어야 할 그녀가 눈앞에 있는 게 믿겨지지 않았다. 율리는 제호를 끌어안은 손을 풀지 않고 고개를 끄덕였다.

"퇴원하자마자 달려왔어요."

"얼마나 기다렸어?"

"얼마 안 돼요. 한 시간쯤?"

제호는 율리를 안은 채 성큼성큼 거실로 걸어가 그녀를 소파 위에 살포시 내려놓았다. 하지만 율리는 제호의 목에 두른 손을 풀지 않았다. 결국, 제호는 율리를 제 다리 위에 올린 자세로 소파에 앉았.

율리는 그의 목덜미에 얼굴을 묻고 나직이 숨을 내쉬었다. 도저히 뒤로 미룰 수 없어서 달려왔지만, 막상 말을 꺼내려니 선뜻 용기가 나지 않았다. 제호는 그런 율리를 이해한다는 듯 부드럽게 어깨를 어루만지며 그녀의 관자놀이에 입을 맞추었다.

"……고마워요, 제호 씨."

율리가 천천히 입을 열었다.

"아니. 고마운 건 내 쪽이야."

제호는 손가락을 세워, 율리의 가는 손목과 그 위에서 반짝거리는 손목시계를 쓸어내렸다.

"이걸 하고 있지 않았다면, 제시간에 너를 찾지 못했을 거야."

"……후."

작게 한숨을 내쉰 율리는 상체를 일으켜 제호와 시선을 맞추었다. 그러다 희미하게 웃으며 제호의 앞머리를 쓸어 올렸다.

"나, 사실…… 창피해서 제호 씨 얼굴 똑바로 바라보기 어렵거든요. 그래도 꾹 참고 얼굴 보면서 이야기할게요."

율리는 살며시 얼굴을 붉히고는 아랫입술을 물었다. 잠시 머뭇거리던 그녀가 다시 말을 이었다.

"저번에 했던 부탁, 날 피해달라고 한 거, 취소할게요."

― 당신을 보게 되면 난 또 이렇게 달려들 거고, 그러면 당신보다 나 자신에게 더 실망하고 역겨울 거예요. 그러니까 내가 날 역겨워하지 않게, 제발 날 피해주세요.

그땐 그에게 진심으로 호소했다고 생각했었다. 하지만 돌이켜보니 힘들다는 하소연일 뿐이었다. 그도 그녀만큼이나 힘들었을 텐데…….

"그렇다면 이렇게 나에게 달려들어도 이젠 자신에게 실망하지 않을 거야? 역겨워하지도 않고?"

"……아……."

제호의 말에 율리는 살짝 미간을 찌푸렸다. 그러고 보니, 오늘도 먼저 달려든 쪽은 그녀였다. 지금도 떨어지지 않고 그에게 딱 달라붙은 상태였고…….

"실망하지 않아요. 역겨워하지도 않고."

율리가 세차게 고개를 흔들자, 제호는 손을 들어 율리의 뺨을 감쌌다.

"이야기할 게 있으면 내일 계속해도 돼. 지금은 몸이 완벽하게 회복된 게 아니니까. 납치할 때 사용했던 마취약 기운이 아직 몸에 남아 있을 거야."

아무리 납치당했다가 구조되었다고 해도 율리의 태도가 180도 변해 있자, 제호는 약 기운으로 감정이 혼란스러워서라고 여기는 것 같았다.

"아뇨, 검사 결과 아무 이상 없다고 했어요."

제호가 소파에서 일어서려 하자, 율리는 다급히 제호의 팔을 잡아당겼다.

"……율리야."

"납치당한 것 때문에 이러는 거 아니에요. 이미 그전에 이야기하려고 했었어요. 전화가 연결되는 순간, 납치됐던 거고."

납치당하던 상황을 설명하자, 제호는 그제야 말을 막지 않고 잠자코 그녀의 말에 귀를 기울였다.

"솔직히 말할게요. 나 아직도 제호 씨에게 화 안 풀렸어요. 민우 때문에 나에게 의도적으로 접근했던 거…… 쉽게 용서 안 할 거예요. 하지만……."

제호를 사랑하지만, 그와 미래를 함께하는 쪽으로 마음을 바꾸긴 했지만. 그렇다고 모든 것을 용서하고 넘어갈 생각은 아니었다. 탄탄한 관계를 원했다면 버겁다고 옆으로 밀어놓지 말고 처음부터 확실히 짚고 넘어가야 했다.

"하지만 그것 때문에 좋아하는 감정을 마냥 밀어낼 수만은 없다는 걸 뒤늦게 깨달았어요. 민우의 상대가 나였기 때문에 다가왔다는 말, 어긋난 시작이었지만 결국엔 날 진심으로 사랑하게 됐다는 말. 그 말, 믿을게요."

율리는 두 손으로 제호의 얼굴을 감싸며 울 것 같은 얼굴로 시선을 마주했다.

"나도 제호 씨에게 한 번도 속마음을 털어놓지 않았더라고요. 처음엔 상처 받기 두려워서 그런 거였는데……. 결국엔 그게 더욱더 상처를 크게 만들었어요."

"왜 그렇게 말해?"

제호 역시 슬픈 눈으로 그녀를 바라보았다. 그녀가 지금 어떤 심정으로 마음을 털어놓고 있는지 알고 있으니까. 모든 그의 탓이었는데도 율리는 그녀의 탓으로 돌리고 있었다. 그래서 더욱더 율리에게 미안했다. 의도적으로 접근했던 남자가 하는 말을 어떻게 믿을 수 있을까? 그녀가 그를 밀어내고 원망하는 건 당연했다. 그뿐인가? 율리는 그를 밀어내는 와중에도 좋아하는 감정을 숨기지 못했다.

"율리야."

속에서 일어나는 불길을 잠재우며 제호는 차분한 목소리로 말을 꺼냈다.

"넌 내게 말로는 속마음을 털어놓지 않았지만, 표정으로, 눈빛으로 내게 마음을 모두 전달하고 있었어."

"……제호 씨……."

"정말, 미안해. 너와의 관계를 내 이기적인 욕심으로 시작하게 되어서…… 만약에 바꿀 수만 있다면 우리의 처음을 바꾸고 싶어."

그 말에 율리는 입술을 깨물며 가만히 고개를 내저었다. 눈물이 터져 나오려는 걸 억지로 참느라, 목구멍이 따끔거렸다. 그러나 지금은 눈물을 흘릴 때가 아니었다. 눈물 따위가 중요한 순간을 가로막아선 안 됐다.

"잊었어요? 나에게 첫 시작은 테니스장이었어요."

그랬다. 율리는 제호를 처음 본 그 순간에 빠져버렸다. 제호처럼 아름다운 생명체를, 조각 같은 남자를 코앞에서 보는 건 태어나서 처음이었다. 꽃잎을 날리는 봄날의 살랑거리는 바람처럼 그가 그녀의 마음을 두드렸다.

"내가 제호 오빠 보겠다고 스커트 차림으로 담벼락을 타고 올라갔던 그날. 너무나 멋진 정혼자를 보고 첫눈에 반해버린 그날. 내겐 그날이 첫 시작이에요."

"……율리야……."

율리는 제호가 뭐라고 말하기 전에 서둘러 입술을 포갰다. 처음엔 톡톡 두드리듯 부드럽게 상대의 반응을 유도했다. 그러다 맞닿은 입술이 서서히 뜨거워지자, 좀 더 깊숙이 달콤한 숨결을 밀어 넣었다. 제호의 얼굴을 감싼 율리의 손에 힘이 들어가는 것처럼 그녀의 허리를 잡은 그의 손에도 힘이 들어갔다.

뜨거운 숨결이 하나로 녹아들며 서로의 몸이 서서히 소파 위로 기울어갔다. 어느새 율리의 등이 소파에 닿았고, 그가 그녀의 몸 위로 자리를 바꾸었다.

"……사랑해요, 제호 오빠."

한참이 지난 후, 입술을 떼어내며 율리가 작게 속삭였다.

"그때부터 지금까지 쭉 오빠만 사랑했어. 그러니까 처음부터 민우 때문에 접근한 걸 알았다고 해도, 아마 난 모르는 척 눈감았을 거야."

이미 한 번 들었던 첫사랑 고백인데도, 또다시 그의 가슴을 강하게 휘어잡았다. 다시 거칠게 입술을 빼앗고 싶은 충동을 내리누르며 제호는 손끝으로 율리의 부푼 입술을 가만히 쓸어내렸다.

"날 절대로 용서하지 마."

그녀가 용서한다고 해도 그 자신이 용서할 수 없었다. 아무리 그녀가 괜찮다고 해도 자신이 얼마나 그녀 마음에 상처를 주었는지 너무나도 잘 알고 있으니까.

"네게 잘못한 거, 평생 갚을게."

"……으……응, 그래요."

울컥했는지 율리는 조금은 울먹이는 목소리로 말했다.

"나 절대로 용서 안 할 거야. 그러니까 내 옆에서, 평생 내 옆에서…… 잘못한 거 모두 갚아요."

"그래, 그럴게. 사랑해, 율리야."

율리의 입술 위로 제 입술을 겹치며 제호가 나직이 속삭였다. 따뜻한 속삭임에 결국은 참고 참았던 눈물이 율리의 뺨을 타고 흘러내렸다. 입술을 맞물린 상태로 제호의 엄지손가락이 뺨을 적시는 눈물을 다정하게 닦아주었다.

어느 정도 마음의 벽이 허물어져서일까? 단지 키스뿐인데 눈앞이 흐릿해질 정도로 뜨거운 열기가 온몸을 휘감았다. 입술에서 시작한 접촉은 서서히 다른 곳으로도 이어졌다. 스웨터 안으로 파고드는 나른한 손길에 율리의 입에선 '끙끙' 신음이 흘러나왔다.

"할 이야기 더 있어?"

입술로 율리의 귓불을 지분거리며 제호가 유혹하듯 낮은 목소리로 물었다.

"……물론…… 더 있죠."

깊은 입맞춤으로 호흡이 거칠어진 탓에 돌아오는 그녀의 대답이 한 박자 늦었다. 제호는 '피식', 웃으며 흘러내린 율리의 머리카락을 쓸어 올려주었다.

"그러면 침실에 가서 마저 할까?"

율리는 고민하는 듯 미간을 좁혔다.

침실로 가면 더 이상 대화가 진행될 수 있을까?

하지만 거실에서도 담담한 대화가 계속해서 이뤄지긴 무리였다. 그 동안 너무나도 그리웠으니까.

"그래요. 침실로 가요."

이윽고 율리가 고개를 끄덕이자, 제호는 단번에 율리를 소파에서 번쩍 안아 올렸다. 그리고 빠른 걸음으로 침실에 들어섰다.

마음과 몸의 대화가 끊어지지 않고 계속되는 진실한 밤의 시작이었다.

Chapter 24

약속한 거 잊었어?

밤새도록 이어진 대화에 결국 진이 떨어졌는지, 아침이 되어서도 율리는 눈뜨지 못했다. 제호는 율리를 깨우는 대신 조심스레 침대에서 빠져나와 욕실로 향했다. 샤워를 마치고 외출 준비를 모두 끝낼 때까지도 율리는 잠자는 숲속의 미녀처럼 색색 고른 숨을 쉬었다.

침대 가장자리에 걸터앉은 제호는 잠든 율리를 말없이 지켜보았다. 어젯밤 두 사람은 지금까지 서로에게 숨겼던 모든 사연을 털어놓았다. 이미 알고 있었던 내용도 있었고, 새롭게 알게 된 내용도 있었다.

─ 어머니가 아버지를 정말로 사랑하고 있었더라고요. 아버지도 그러셨고. 그런데 두 분은 단 한 번도 사랑한다고 고백하지 않고 마음을 숨기셨대요. 너무 슬프지 않아요?

잠들기 직전에 율리가 혼잣말처럼 중얼거렸던 말이다.

─ 그래서 난 절대로 그러지 않으려고요. 나도 같은 실수 할 수 없으니까. 그러니······까 사랑한······다고요, 제호 오빠.

그렇게 말한 율리는 제호의 품으로 파고들더니, 그대로 잠 속으로 빠져들었다. 그동안 통 잠을 잘 수 없었던지 무거웠던 마음의 짐을 내려놓자, 한꺼번에 몰아서 자는 느낌이었다.

마음 같아선 그녀를 깨워 말간 눈동자를 보고 싶었지만, 차마 그녀의 수면을 방해할 순 없었다.

"사랑해, 채율리."

제호는 율리의 이마에 입을 맞추고 천천히 침대에서 일어나 침실을 빠져나갔다. 막 거실을 지나려는 찰나, 휴대폰이 울렸다. 발신자를 확인한 제호의 표정이 어두워졌다.

"네, 여보세요."

[차명 계좌의 규모를 알아냈습니다.]

상대편은 인사를 생략한 채, 본론을 말했다.

"규모가 어느 정도입니까? 우리에게 승산이 있을 정도입니까?"

[다행히도 우려한 정도는 아닙니다. 만약에 저쪽에서 먼저 싸움을 걸어온다고 해도 충분히 우리 선에서 해결할 수 있습니다.]

"글쎄요, 경영권이 걸린 싸움인데…… 아마도 꽤 추악한 싸움이 될 겁니다."

제호의 말에 상대는 뜸을 들였다가 나시금 말을 이었다.

[채 의원님께서 자료를 보내주셨습니다. 아마 그것까지 보탠다면 싸움이 일어나기 전에 끝낼 수도 있을 것 같습니다. 중요한 건, 권제호 씨가 결단을 내리셨나 하는 겁니다.]

제호는 대답을 미루며 율리가 잠들어 있는 침실로 고개를 돌렸다. 솔직히 말하자면 아직 결단을 내리지 못했다. 모든 것이 준비된 상태였다. 이젠 손에 쥔 칼로 끈질기게 이어졌던 인연의 끈을 내리치기만 하면 된다. 하지만 그 이후에 일어날 '나비 효과'에 관해선 확신이 서지 않았다. 이미 부모님이 10년 전에 끊으려고 시도했던 끈을 과연 자신이 제대로 끊을 수 있을까, 하는 우려도 있었다.

"우선은……."

이윽고 제호의 입이 열리며 건조한 목소리가 흘러나왔다.

"회장님부터 찾아뵙죠. 그분의 반응에 따라 모든 게 달라질 테니까요."

[알겠습니다. 그럼, 연락 기다리겠습니다.]

통화를 끝낸 제호는 생각에 잠긴 듯 손바닥으로 이마를 짚었다. 그러나 곧 허탈하게 웃으며 고개를 내저었다. 지금에 와서 고민해봤자 결론은 하나였다.

제호는 휴대폰을 재킷 주머니에 넣고 다시 한번 율리가 잠든 침실 쪽으로 눈길을 돌렸다. 그리고 빠른 걸음으로 집을 나섰다.

아늑한 실내와는 달리 바깥에선 세찬 바람이 불고 있었다. 마치 곧 마주쳐야 하는 잔인한 현실처럼…….

따뜻한 온기를 찾아 옆으로 몸을 굴리던 율리는 텅 빈 옆자리에 감은 눈을 떴다. 천천히 눈을 깜빡거리고 주위를 둘러보았지만, 제호의 모습은 보이지 않았다.

"……아."

침대에서 일어나던 율리는 온몸을 내리누르는 근육통에 미간을 찌푸렸다. 밤새도록 무리했으니, 당연한 결과였다. 그래도 마음만은 날아갈 듯 가벼웠다. 무겁게 억누르던 마음의 짐을 마침내 내려놓을 수 있었으니까. 제 감정을 숨긴 것만큼이나 선뜻 털어놓을 수 없는 가족의 치부 역시 율리에겐 손에 쥔 뜨거운 감자와도 같았다. 어젯밤에도 말해야 하나 망설이는데, 제호가 먼저 말을 꺼냈다.

— 작은아버지 일은 미안해. 지극히 사적인 일로 두 번이나 협박하게 해서.

'지극히 사적'이라고 표현했지만, 제호는 모두 알고 있는 얼굴로 그녀를 바라보았다.

— 협박한 내용이 뭔지 알고 있었어요?

율리의 물음에 제호는 고개를 끄덕이며 그녀를 품으로 끌어당겼다.

— 응. 내게 복수하려고 장부를 가져간 게 아니란 것도 알아. 동생을 위해서 희생한 거잖아.

한 번도 동생을 위해 희생한다고는 생각하지 않았다. 그저 가족의 치부를 바깥에 드러내선 안 된다고만 생각했다. 그러나 결국에 율리가 가장 걱정한 것은 유리였다. 이제는 예전처럼 동생을 사랑하지 않는다고 되뇌어도 사실 유리를 위하는 마음은 한결같았다. 유리가 상처 받는 모습을 보고 싶지 않았다. 가끔은 화도 나고, 아버지의 사랑을 빼앗아간 것 같아 얄밉기도 했지만, 그래도 동생이었다. 돌아기신 어머니가 지켜주라고 부탁한 아이. 세상에 하나밖에 없는 동생.

샤워를 마치고 방을 나온 율리는 에스프레소 머신으로 에스프레소를 내리며 오븐에 달린 시계로 눈길을 돌렸다. 시간은 어느덧 정오를 훌쩍 넘어 있었다. 생각했던 것보다 훨씬 늦잠을 잤다.

진한 커피 향이 배인 잔을 입으로 가져가며 제호에게 전화를 걸었다. 신호만 갈 뿐 받지 않았다. 하지만 어제처럼 초조하지는 않았다. 그저 '바빠서겠지.'라는 생각이 들었다.

"시간 나면 전화해줘요."

음성 메시지를 남기고 전화를 끊었는데, 휴대폰이 울렸다. 율리는 제호인 줄 알고 발신자도 확인하지 않고 통화 버튼을 눌렀다.

[율리야.]

전혀 예상하지 못한 안 여사의 목소리가 휴대폰 너머에서 흘러나왔다.

[소식 들었어. ……너, 괜찮은 거지?]

정말로 걱정했는지 안 여사의 목소리가 불안정하게 떨리고 있었다. 율리는 커피를 한 모금 마시고 천천히 대답했다.

"네. 다행히 무사해요."

[아니, 어쩌다가…… 미안하다. 나라도 옆에서 간호해줬어야 하는데…….]

"간호받을 정도는 아니었어요."

그때 뒤에서 유리의 목소리가 들렸다.

[언니, 괜찮대? 응?]

안 여사 못지않게 유리의 목소리도 크게 떨리고 있었다. 두 사람 모두 율리의 소식을 방금 알게 된 것 같았다.

"걱정해주셔서 감사해요. 유리에게도 걱정하지 말라고 전해주세요."

[……저, 그런데 율리야…….]

평소라면 안부를 확인하고 곧 전화를 끊었을 테지만, 오늘 안 여사는 할 말이 남았는지 율리를 부르며 머뭇거렸다.

[가뜩이나 혼란스러울 너일 텐데, 이런 말을 해도 될지 모르겠지만…… 너도 알아야 할 것 같아서.]

"네, 말씀하세요."

[의원님 대선 후보에서 물러나실 거란 말 들었니? 그리고 하던 일 마

무리 짓는 대로 국회의원직 사퇴하실 거란 것도.]
"네. 정치계에서 은퇴하신다고 했어요."
[후우.]
그러자 깊은 한숨과 함께 안 여사로부터 놀라운 말이 흘러나왔다.
[그래서 말인데…… 이젠 나와 유리는 의원님 곁에 있을 필요가 없을 것 같구나. 이혼해도 큰 흠이 되지 않을 테니까. 눈치 볼 유권자도 없고.]
"그게 무슨 말씀이세요?"
깜짝 놀란 율리의 목소리 톤이 높아졌다.
[나는 유리와 함께 뉴질랜드에 정착하려고 해. 의원님도 그걸 원하시고. 미안하다, 율리야. 네게 무거운 책임을 지게 하고 우리만 이렇게 떠나서…….]
"갑자기 왜요?"
율리가 알기론 채 의원과 안 여사, 두 부부 사이에는 아무런 문제가 없었다. 자상한 면 하나 없이 무뚝뚝하기만 한 남편이었지만, 안 여사는 언제나 채 의원을 따뜻하게 대했있다.
[이제야 털어놓지만…… 의원님과 난 유리를 위해서, 그리고 유권자에게 보일 단란한 가족 이미지를 위해 형식적으로 결혼한 거였어. 그런데 이젠 정치에서 은퇴하신다고 하니, 억지로 연기할 필요가 없지.]
"형…… 형식적인 결혼이었다고요?"
어느새 율리의 목소리가 가늘게 떨리고 있었다. 안 여사는 담담한 목소리로 지금껏 율리가 모르고 있던 이야기를 해주었다. 임신했다는 사실을 알게 된 안미숙은 처음엔 지우려고 했다고 말했다. 하지만 대학 시절부터 채형식을 짝사랑했기에 도저히 그럴 수 없었단다.

[혼자 낳아서 몰래 키우려고 했어. 그런데 그만 의원님께 들키고 말았어.]

형식은 사생아는 절대로 안 된다고 화를 냈다. 결국 미숙은 형식과 아이를 지우기로 합의했다.

[그런데 사모님이 알게 되신 거야.]

소식을 듣고 달려온 소연은 수술실로 향하던 미숙을 억지로 병원 밖으로 끌어냈다고 했다. 아기는 둘째 치고, 지금 수술하면 미숙 역시 위험하다는 이유에서였다.

[사모님이 그러셨어. 무사히 낳기만 하라고. 친딸로 키워줄 테니까, 제발 고귀한 생명을 죽이지 말라고.]

그 이후 소연은 미숙과 약속한 대로 마지막 순간까지 유리를 친딸로 키웠다. 그러다 죽기 직전, 병원으로 찾아온 미숙에게 율리와 유리를 부탁했다고 했다. 그리고 1년 후, 채 의원은 당시 보좌관이던 미숙을 아내로 맞아들였다. 안정적인 가족 이미지를 위한 형식적인 결혼이었다. 그러나 재혼이 너무 빠른 거 아니냐는 의견이 나오며 예상하지 못한 비난이 쏟아졌다. 할 수 없이 채 의원 측은 죽은 소연을 쏙 빼닮은 율리를 선거에 이용해야만 했다.

[내가 지금 이런 말 하면 믿기지 않겠지만…… 의원님이 실수한 건 딱 그날 하루뿐이었어. 그 이후론 아무 일도 없었어. 의원님에게 유일한 아내는 네 어머니, 그러니까 사모님이셨단다.]

착잡한 목소리로 대화를 마무리한 안 여사는 그대로 전화를 끊었다.

통화를 마치고 한참이 지나서도 율리는 가만히 앉은 채 꼼짝도 할 수 없었다. 돌아가신 어머니가 진심으로 아버지를 사랑했단 사실을 이

모를 통해 듣게 되었을 때만큼 커다란 충격이었다.

"하아."

한숨을 내쉰 율리는 기계적으로 잔을 입으로 가져가 이미 식어버린 커피를 한 모금 들이켰다. 시고 씁쓸한 커피가 입 안을 가득 채웠다.

"이 쓸모없는 놈! 네가 여태껏 한 게 뭐야?"

회장실 안에서 흘러나온 노기에 찬 목소리가 복도에 쩌렁쩌렁 울려 퍼졌다. 비서실에 있어야 할 비서들이 모두 복도에 나와, 방패처럼 회장실 앞을 가로막고 있었다. 모두 자리를 비우고 밖에 나가 있으라는 지시를 받은 것 같았다.

엘리베이터에서 내려선 제호가 회장실 복도 쪽으로 걸어오자, 그를 알아본 비서실장이 난처한 얼굴로 다가왔다.

"죄송합니다. 회장님이 아무도 들이지 말라고 하셨습니다."

"지금 작은아버지가 와 계신 건가요?"

제호는 이제 권우식을 권 전무라고 부르지 않았다. 권 전무가 '부회장' 호칭에 관해 비아냥거린 것처럼, 이미 자리에서 물러났으니까 그는 '작은아버지'일 뿐이었다.

"네. 지금 안에 계십니다."

제호는 비서실장의 어깨에 손을 올리며 부드럽게 웃어 보였다. 걱정하지 말고 제게 맡기라는 듯한, 자신감 가득한 미소였다.

"복도까지 소리가 흘러나오니까, 엘리베이터 앞에서부터 접근하지 못하도록 막으세요."

"네?"

"이제부터 회장님과 매우 중요한 대화를 나눌 겁니다. 그러니까 비서들 모두, 회장실 앞이 아닌 엘리베이터 앞으로 이동시키세요."

지시를 내린 제호는 그대로 회장실을 향해 걸어갔다. 하지만 비서들은 서로 눈치만 볼 뿐, 아무도 그의 앞을 막을 수 없었다. 오히려 한둘씩 엘리베이터를 향해 걸어갔다.

비서들이 모두 이동해 복도가 빈 것을 확인한 후에야, 제호는 노크를 생략하고 육중한 회장실 문을 열었다. 고함이 너무 커서 노크한다고 해도 어차피 들리지도 않을 테니까.

"그래, 입이 있으면 어디 변명이라도 해봐라, 어서!"

흥분한 듯 벌게 붉어진 권 회장과 그 앞에 무릎 꿇고 앉은 권 전무, 두 사람이 동시에 갑자기 열린 문으로 고개를 돌렸다. 안으로 들어선 이가 제호라는 것을 깨달은 권 전무의 표정이 흉악스럽게 일그러졌다. 조카인 제호 앞에서 무릎 꿇은 모습을 보이는 것 자체가 너무나 굴욕적이었으니까. 하지만 그렇다고 자리를 털고 일어날 순 없었다.

권 회장은 불쑥 나타난 제호에게 핀잔을 주는 대신, 다시 권 전무에게 시선을 돌리며 언성을 높였다.

"하여간, 감방에 가든 말든 난 모르는 일이다. 사고 칠까 봐 해외로 보내놨더니 기어코 기어들어와서 일을 저질러?"

"아버지, 민우는 아버지의 손자입니다."

권 회장의 태도가 너무 확고하자, 권 전무는 제호가 바라본다는 사실도 잊고 권 회장의 바짓가랑이를 잡고 매달렸다.

"아버지 아니면 우리 민우를 도울 수 없습니다. 제발 손 좀 써주세요. 우리 민우 예뻐하셨잖아요, 아버지."

"제 일 제대로 할 때나 예뻐하지. 능력도 없으면서 사고나 치는 놈은 필요 없다. 그런 놈은 손자도 아니야."
"아버지, 제발……."
"똑같은 말 두 번 하게 하지 마라. KG그룹의 도움은 기대하지 마."
권 전무의 애원에도 불구하고 아들을 내려다보는 권 회장의 눈빛은 싸늘하기만 했다. 권 전무는 처참한 얼굴로 고개를 숙였다. 사실은 민우가 어떻게 되든 상관없었다. 망나니 같은 아들, 어차피 버린 패였다. 그러나 민우의 악행이 계속 파헤쳐지다 보면 최종엔 권 전무 역시 말려들게 된다. 아들이 교도소에 가는 것은 괜찮지만, 자신이 가는 것은 절대로 안 되었다.
"연락도 없이 갑자기 어언 일이냐?"
그때 화가 누그러진 듯 다소 부드러워진 권 회장의 목소리가 위에서 들렸다. 권 전무가 고개를 들어 권 회장을 바라보자, 권 회장은 그에게 나가보라는 듯 손짓을 했다.
"……아버지, 정말 너무하십니다."
울 것 같은 얼굴로 권 회장을 바라보던 권 전무는 아버지에게 바늘 들어갈 틈도 보이지 않자, 할 수 없이 바닥에서 몸을 일으켰다. 그러나 몇 걸음 옮기기도 전에 제호가 그를 불러 세웠다.
"작은아버지도 가지 말고 들으세요. 어차피 가족 일이니까."
그러자 소파에 앉던 권 회장이 의아한 표정을 지었다.
"가족 일이라니? 너도 민우를 도와달라고 하는 건 아니겠지?"
"그럴 리가요."
제호는 살며시 입꼬리를 올리며 권 회장 맞은편 소파에 자리를 잡았다. 옆에서 눈치를 보던 권 전무는 슬그머니 권 회장 옆자리에 엉덩이를 대었다.

"회장님, 지금 제 아버지가 혼수상태라는 건 알고 계시죠?"

제호가 말을 꺼낸 순간, 경악스럽다는 듯 권 전무의 두 눈이 커다래졌다.

"가뜩이나 민우 일로 충격받으신 할아버지한테 너 지금 그게 무슨 말이냐! 쓰러지시게라도 할 참이야!"

제호를 향해 소리친 권 전무는 황급히 권 회장의 안색을 살폈다. 지금 이런 상황에서 권 회장이 쓰러지기라도 한다면 큰일이니까. 다행히 미간만 좁아졌을 뿐, 권 회장의 표정엔 큰 변화가 없었다.

"아니요, 회장님은 절대로 쓰러지시지 않을 겁니다."

고개를 옆으로 기울인 제호가 소파에 기대며 말을 이었다.

"계획이 틀어져서 아버지가 대신 교통사고를 당했고, 또한 혼수상태가 되었다는 소식을 듣고도 회장님은 멀쩡하셨어요. 그런데 이제 와서……. 제 말이 틀립니까?"

미간에 잡힌 주름만 짙어졌을 뿐, 권 회장은 아무 말도 하지 않았다.

제호와 권 회장, 서로의 시선이 허공에서 차갑게 얽혔다.

"아버지, 형이 혼수상태인 거, 알고 계셨어요?"

불안한 시선으로 두 사람을 번갈아 바라보던 권 전무가 넌지시 권 회장에게 물었다. 교통사고는 알았어도, 혼수상태라는 건 얼마 전 율리를 통해서 알게 되었기 때문이다. 오히려 아무것도 모르고 있을 거라 여겼던 권 회장이 모두 안단 사실에 권 전무는 입을 다물 수 없었다.

권 회장은 대답 대신 한심하다는 눈으로 권 전무를 노려보았다. 그러곤 다시 제호에게로 시선을 돌렸다.

"내가 안다고 달라질 것도 없는데⋯⋯ 굳이 말할 필요를 느끼지 못했다."

"그렇죠. 계획에 실패했는데, 그게 무슨 자랑이라고 공공연하게 말하겠습니까?"

권 회장은 입을 다문 채 제호를 바라만 보았다. 가면을 쓴 것처럼 무심한 표정엔 큰 변화가 없었지만, 소파 팔걸이에 놓인 손끝이 희미하게 떨리기 시작했다.

"원래 표적은 아버지가 아니었죠. 아무리 독하다고 해도 제 자식을 해할 수 있는 부모는 세상에 흔하지 않으니까요."

제호는 계속해서 말을 이었다.

"원래 표적은 어머니였어요. 그런데 일이 틀어져서 어머니 대신 아버지가 교통사고를 당하신 거고."

조사가 계속될수록 하나씩 밝혀지는 정황들은 모두 권 회장을 가리키고 있었다. 하지만 제호는 있는 그대로 받아들이고 싶지 않았다. 권 회장만큼은 제 편이길 바랐다. 처음부터 제게 노골적으로 이빨을 드러낸 권 전무나 민우와는 달랐으니까. 그러나 권 회장의 입에서 '천운'이란 말이 나왔을 때, 의심은 서서히 심증으로 굳어갔다.

― 그렇겠지. 네 어미는 아프리카 초원에 놓아도 혼자 살아남을 사람이니까. 천운도 좋고.

그게 무슨 의미인지는 윤 여사가 울먹이며 전화한 날, 어렴풋이 깨닫게 되었다.

― I was the one who caused the accident. (내가 사고의 원인이었어.)

윤 여사의 사고로 가장 큰 이득을 보는 이는 누구일까?

제호의 시선이 맞은편에 앉은 권 회장에게 닿았다.
"어제 구치소로 면회하러 갔는데, 민우가 그러더군요. 유리한 증언을 해주면 교통사고에 관한 정보를 주겠다고. 사실은 아버지가 아니라 어머니를 노렸던 사고라는 것까지 확인해주면서 말이죠."
음주 운전을 가장한, 교묘하게 계획된 범죄였다. 민우는 그 범죄에 자신도 모르게 연루되어 있었다는 사실을 얼마 전에야 깨달았다. 그날 민우는 원래 윤 여사와 만날 예정이었다. 그런데 갑자기 권 부회장이 연락도 없이 불쑥 찾아와 호텔 로비에서 차를 마시게 되었다.
"공교롭게도 그날 아버지는 본인 차가 아니라 어머니 차를 끌고 나가셨죠."
조그마한 흔들림에도 균형을 잃도록 윤 여사의 차에 이미 손을 써놓았을 가능성이 높았다.
"민우가 만나는 상대에게 약물이 탄 음료를 건네라고 지시를 내렸겠죠. 살짝 술에 취한 효과만 나는 약물이라서 크게 위험할 거라곤 생각하진 않았을 테고. 그런데 하필 술을 입에도 못 대는 아버지가 어머니 대신 마시게 되었고."
"그럴싸한 추리로구나. 하지만 그건 어디까지 심증일 뿐, 확실한 증거는 아니다."
"물론입니다. 하지만 회장님은 아시지 않습니까? 천륜을 저버리는 죄를 지었다는 걸. 양심의 가책까진 바라지도 않습니다."
"양심의 가책이라…… 그게 그리 중요한 거냐? 법정에선 아무런 쓸모도 없을 텐데."
제호는 순순히 동의하며 가볍게 고개를 끄덕였다.
"그렇다면 여론 재판이라도 해야겠네요. 인터넷 개인 방송의 소재로 아주 완벽할 겁니다. 살인 용의자인 후계자와, 제 자식과 며느리를 살해하려 한 회장님이라…….."

"지금 협박하는 게냐?"

불안한 듯 권 회장은 손바닥으로 소파 팔걸이를 탁탁, 내리쳤다.

"네, 협박하는 거 맞습니다. 이외에도 터뜨릴 사건은 아주 많습니다. 작은아버지와 민우가 워낙 부지런히 일을 저질러서요. 계속해서 악소문이 터지다 보면 결국 KG그룹의 주식은 땅으로 곤두박질칠 거고, 지금 자금 상태론 몇 년 버티지 못할 텐데……. 부도가 나서 법정 관리까지 받게 되면 어떻게 될까요?"

"야! 너 지금 제정신이야?"

권 회장이 교통사고의 배후였다는 말에는 가만히 입 다물고 있던 권 전무가 회사가 부도날 거란 말에는 흥분한 얼굴로 목에 핏대를 세웠다.

"가뜩이나 민우 때문에 힘든 마당에…… 네가 아주 회사를 말아먹으려고 작정했구나!"

"글쎄요, 제가 생각하기엔 회삿돈으로 비리와 횡령을 일삼으셨던 분 입에서 나올 말은 아닌데요."

"뭐야? 이 새끼가! 야, 권제호!"

폭발한 권 전무가 소파에서 일어서려고 하자, 그때까지 잠자코 있던 권 회장이 손을 들어 제지했다.

"그만해라."

"아버지!"

"그만하라고 했다!"

권 회장이 버럭 소리를 지르는 통에 권 전무는 얼굴을 붉히며 도로

의자에 앉을 수밖에 없었다. 권 회장의 심기를 거슬릴 순 없으니까.
 권 회장은 고민에 빠진 듯 손바닥으로 이마를 문질렀다. 하지만 날카로운 시선만큼은 제호의 얼굴에서 떠나지 않았다.
 "그래서, 네가 원하는 게 뭐냐?"
 이윽고 권 회장이 입을 열었다.
 "전문 경영인에게 회사를 맡기고, 그만 회장 자리에서 내려오시죠. 지금껏 저지른 비리와, 허가를 받기 위해 뇌물 먹였던 공직자 명단 또한 발표하시고요. 이건 모두 10년 전, 아버지가 회장님께 바랐던 일입니다."
 이미 제호의 손에는 채 의원에게서 넘겨받은 공직자의 명단이 있었다. 처음부터 권 부회장에게 정보를 준 이도 채 의원이었고, 권 회장을 조심하라고 경고했던 이도 그였다.
 "만약에 그렇게 하신다면 저도 모든 것을 묻겠습니다. 아버지와 어머니에게 교통사고의 배후가 회장님이었다는 사실을 절대로 말하지 않을 겁니다."
 "그러니까, 지금 나보고 가족과 회사 중에서 하나를 선택하라는 거냐?"
 "선택이 아니라, 가족이라도 지킬 수 있게 기회를 드리는 겁니다."
 "기회라…… 후, 아주 선심 쓰는 듯 말하는구나. 넌 내가 호락호락하게 당하고 있을 거라고 생각하는 거냐?"
 애써 화를 참는 듯, 권 회장의 목소리가 바르르 떨렸다. 제호는 언젠가 자신의 뒤를 이어 KG그룹을 끌고 나갈 후계자라고 여긴 손자였다. 그랬던 제호가 한순간에 적으로 탈바꿈해 자신을 몰아붙이고 있었다.
 "물론 아닙니다. 하지만 차명 계좌까지 낱낱이 밝혀질 거고, 아마도 매우 추악한 싸움이 되겠죠. 어쩌면 너덜너덜해진 그룹의 경영권 정도는 지킬 수 있을지도 모릅니다. 하지만 그래서 회장님이 얻을 게 뭘까요?"

"그렇다면 네가 얻는 건 뭐냐?"

그 말에 제호는 입가에 모호한 미소를 떠올렸다.

"더는 휘두르지 못하게, 망나니의 손에서 칼자루를 빼앗는 겁니다."

"뭐? 망나니?"

그 말에 마침내 권 회장의 가면이 벗겨졌다. 평정했던 얼굴이 순식간에 목까지 새빨갛게 달아올라, 무서울 정도로 험악하게 변했다.

"역시 그 어미에 그 아들이구나. 난 그래도 네가 우리 제웅이의 아들이라고 생각했는데, 아니다. 넌 그 잘난 척하는 윤지선의 새끼일 뿐이었어. 주제를 모르고 건방진 거 하곤!"

흥분해서 목청껏 소리 지르는 권 회장과 달리, 제호는 차분한 음성으로 되받아쳤다.

"보세요, 사실을 직시하는데도 회장님은 이성을 잃고 소리만 지르시잖아요. 회장님은 이젠 권력의 칼을 휘두르시면 안 됩니다. 이미 10년 전에 평정을 잃으셨어요. 아버지도 그걸 알아서 은퇴를 권하셨던 거고. 하지만 듣지 않으셨죠. 그런 회장님을 더는 지켜볼 수 없어 아버지는 떠나셨던 거고."

"필요 없다, 다 필요 없어! 나 싫다고 떠난 자식 따위, 다 필요 없어!"

계속해서 소리 지른 탓에 팍 쉬어버린 목소리가 권 회장의 입에서 흘러나왔다. 제호는 천천히 고개를 가로저으며 재킷 안에서 휴대폰을 꺼냈다.

"회장님은 필요 없다고 하시는데……. 어쩌나, 아버진 눈을 뜨자마자 회장님을 찾으시더군요. 후, 자식의 사랑은 결코 부모의 사랑을 넘을 수 없다고 하던데, 꼭 그런 것도 아닌가 봅니다."

"뭐? 제웅이가 깨어났어?"

깜짝 놀란 듯 권 회장이 미간을 찌푸렸다.

"네. 제가 민우에게 납치되었을 동안 깨어나셨어요. 눈 뜨고 얼마 안 지나서 회장님 안부부터 물으시더랍니다."

말을 마친 제호는 스피커 모드로 바꿔 전화를 걸기 시작했다.

뚜, 뚜, 신호음이 몇 번 가고 윤 여사의 목소리가 흘러나왔다.

[응, 제호야.]

"어머니, 지금 아버지 곁에 계시죠? 잠깐 통화할 수 있습니까? 회장님이 목소리를 듣고 싶어 하셔서요."

[어, 그래. 잠깐만······.]

자리를 이동하는지 부스럭거리는 소음이 들렸다.

[······여······ 여보······세요?]

그리고 잠시 후, 조금은 어눌한 말투의 목소리가 흘러나왔다. 그때까지만 해도 꼿꼿이 허리를 세우고 앉았던 권 회장이 무너질 듯 휴대폰으로 상체를 굽혔다.

"······제웅아? 제웅이냐?"

[······아······ 아······버지.]

'아버지'란 단어에 노기가 가득 찼던 권 회장의 두 눈이 순식간에 느슨해졌다.

"······너, 괜찮은 거냐? 응?"

목이 메여 말이 제대로 나오지 않는 듯 가라앉은 목소리로 권 회장이 물었다.

[······아······버지. ······전 괜찮아요. ······별거 아니니까, ······너무 걱정하지 마세요.]

이 와중에도 걱정하지 말라는 아들에 권 회장은 아무 말도 할 수 없었다. 제웅은 끊어질 듯 숨을 몰아쉬며 겨우 말을 이어 나갔다.

[심려 끼쳐 드려서······ 죄······송합니다.]

"힘들게 자꾸 말하지 마라. 알았다, 알았으니까······."

[아버님.]

그때 두 사람의 대화에 윤 여사가 끼어들었다.

[이이가 아직 깨어난 지 얼마 안 돼서요, 통화는 여기까지만 해야 할 것 같네요. 나중에 좀 더 나아지면 그때 전화드릴게요.]

"그래, 알았다. 목소리 들었으니까 됐다."

통화가 끊기고 한동안 무거운 침묵이 실내에 내려앉았다.

권 회장은 두 손으로 얼굴을 감싸며 고개를 숙였고, 제호는 그런 권 회장을 말없이 응시했다.

아들의 처참한 사고 소식을 듣고도 권 회장이 아무렇지 않았던 것은 모든 적 외면했기 때문이다. 경과가 어떤지 알려고 하지 않았고, 눈앞에 안 보이니 괜찮을 거라고 자기 최면을 걸었다. 그러다 아들의 목소리를 듣게 되니, 지금껏 힘겹게 지켰던 감정의 벽이 한꺼번에 무너져 버렸다.

"신중하게 결정하시길 바랍니다."

제호가 침묵을 깨고 말을 꺼냈다.

"어떤 선택을 할지에 따라서, 오늘 이 통화가 마지막이 될지도 모릅니다. 아버지가 회장님을 용서한다고 해도, 제가 가만히 있지 않을 거니까요."

권 회장이 천천히 고개를 들어 제호를 바라보았다. 그는 눈물을 흘리진 않았지만, 두 눈이 벌겋게 물들어 있었다.
"……네 어미를 크게 해칠 생각은 아니었어. 그저 겁만 주려고 했다."
권 회장에게 윤 여사는 언제나 눈엣가시 같은 존재였다. 그녀만 없었다면 말 잘 듣던 아들이 자신을 멀리 떠났을 리 없다고 생각했다.
"겁만 주려고 하셨다는 말, 믿겠습니다. 하지만 죽어버리면 금상첨화라고 생각하셨겠죠. 어머니를 잃은 아버지는 결국 회장님 품으로 돌아올 테고, 그러면 다시 회장님 뒤를 이어 KG그룹을 이끌 테니까."
"형이 KG그룹을 이끈다니? 그게 무슨 개소리야! KG는……."
그때까지 잠자코 있던 권 전무가 목에 핏대를 올리며 소리쳤다.
"작은아버지."
제호는 크게 소리치는 권 전무의 말을 차갑게 잘랐다.
"아무리 핏줄이라도, 설마 작은아버지나 민우에게 KG를 물려주실까요. 사모 펀드로 넘어가 조각조각 해체돼 다른 곳으로 팔릴 텐데 말이죠."
"너, 너, 너! 무슨 버르장머리 없는……."
권 전무는 부들부들 떠는 손으로 삿대질하며 제호를 향해 소리 질렀다. 하지만 결국엔 말문이 막혔는지 거칠게 숨을 들이마실 뿐, 말을 끝까지 잇지 못했다.
"작은아버지, 회장님이 왜 작은아버지의 비리를 눈감아주셨다고 생각하십니까? '피는 물보다 진해서'라거나 '팔은 안으로 굽어서'라는 고리타분한 논리는 집어치우시고, 한번 곰곰이 잘 생각해보세요."
제호의 질문에 권 전무의 표정이 혼돈으로 일그러졌다.

권 전무가 아무 말도 하지 못하고 바라만 보자, 제호는 입매를 비틀며 멈췄던 말을 다시 시작했다.

"언제라도 아버지가 돌아오시면……"

권 전무에서 권 회장에게로 눈길을 돌리며 제호가 말을 이었다.

"작은아버지와 민우를 자리에서 밀어내려고, 약점으로 잡고 계셨던 거죠. 경영권 승계 싸움이고 뭐고 할 것 없이, 지금까지 눈감아줬던 횡령 몇 개만 터뜨려도 바로 해결될 테니."

"뭐야? 이게 어디서 그런 개소리를……!"

지독히 자존심이 상한 권 전무는 죽일 듯 제호를 노려보았다. 그러다 동의를 구하듯 황급히 권 회장에게로 고개를 돌렸다.

"아니죠, 아버지? 지금 저 녀석이 허무맹랑한 소리 하는 거죠?"

간절히 애원하듯 바라보는 권 전무의 시선을 외면한 채 권 회장은 눈을 가늘게 뜨고 침묵을 지켰다.

"아버지, 제발 뭐라고 말 좀 해보세요!"

초조한 얼굴로 대답을 기다리던 권 전무의 얼굴이 서서히 배신감으로 일그러졌다.

"……놀랍구나."

이윽고 굳게 닫혔던 권 회장의 입이 열렸다.

"그런 것까지 꿰뚫어보다니…… 어떻게 안 거냐?"

"저나 회장님이나 비슷한 점이 많으니까요. 그래서 제가 회장님이라면 어땠을까, 하고 가정해봤습니다."

충격적인 내용임에도 제호와 권 회장의 표정은 일상 대화를 나누는 것처럼 평온했다. 옆에서 두 사람을 지켜보는 권 전무만 소름 끼친다는 듯 부르르 몸을 떨었다. 그의 눈에 제호와 권 회장은 바늘로 찔러도 피 한 방울 흘리지 않을 냉혈한으로 보였다.

"하지만 생각이 같다고 행동까지 같진 않습니다. 그런 생각은 어디까지나 머릿속에만 머물 뿐이죠. 행동으로 옮기면, 그건 범죄와 마찬가집니다."

제호는 휴대폰을 재킷 주머니에 넣고는 천천히 소파에서 일어났다.

"그러면 며칠 생각할 시간을 드리죠. 결단 내리시면 연락하세요."

깊숙이 허리를 숙여 인사한 그는 그대로 뒤돌아 회장실을 걸어 나갔다. 제호가 밖으로 나오자, 엘리베이터 앞에서 대기 중이던 비서실장이 빠른 걸음으로 다가왔다. 걱정스럽게 바라보는 비서실장을 향해 제호는 부드럽게 미소 지었다.

"다 끝났으니까 이젠 안에 들어가서도 됩니다. 지금 회장님께는 따뜻한 차 한 잔이 필요할 거예요. 평소에 드시는 자몽 차에 꿀 넣어서 준비해주세요."

가볍게 고개를 숙인 제호는 비서실장을 지나쳐 엘리베이터로 향했다. 서로 눈치만 보던 비서들은 비서실장의 손짓에 재빨리 회장실로 들어갔다. 그와 동시에 엘리베이터 문이 열렸다.

엘리베이터에 오른 제호는 천천히 복도 쪽으로 시선을 돌렸다. 비서들이 사라진 공간이 시야를 가득 채웠다. 마치 허탈한 제 속을 보는 것만 같아 제호는 주먹을 움켜쥐었다.

모든 것이 계획대로 되었음에도, 무거운 돌덩어리가 내리누르듯 숨이 막혔다. 권 회장을 향했던 잔인한 말 하나하나가 어느새 날카로운 화살이 되어 제호의 심장에 깊이 박혔다.

모르는 이들은 해외 건설 사업 문제로 권제웅 부회장이 자리에서 물러난 줄 알지만, 사실은 문제를 해결하는 과정에서 크게 부딪친 부자

간의 이념 차이 때문이었다.

"흐음."

10년 전, 아버지가 느꼈을 고통이 그대로 전해졌다. 제호는 손바닥으로 가슴을 누르며 엘리베이터 벽에 힘없이 몸을 기대었다.

"오셨군요."

현관문을 여는 김 보좌관의 얼굴이 평소보다 어두웠다. 율리는 안으로 들어서며 실내를 둘러보았다. 안 여사가 없는 집 안은 왠지 모르게 낯설고 썰렁하게 느껴졌다.

"아버지는요?"

"지금 서재에 계십니다."

안 여사와 전화를 끊고 얼마 지나지 않아 김 보좌관에게서 전화가 왔다. 퇴원하고 나서 지금까지 채 의원이 통 아무것도 먹지 않는다고 하면서, 만약 바쁘시 않으면 삼시 십에 들릴 수 있겠냐고 물었다. 안 여사로부터 이혼 이야기를 들었던 터라, 율리는 알았다고 말하고는 곧바로 집으로 향했다.

"'입맛이 없어서'라고는 하시는데……. 아무래도 걱정이 돼서요. 번거로우시겠지만, 와주십사 부탁드렸습니다."

"아니에요. 저야말로 알려주셔서 감사해요. 제가 한번 아버지와 이야기해볼게요."

율리는 서재 문을 노크하고 조심스레 문을 열었다. 책상에 앉아 독서 중이던 채 의원이 고개를 들었다. 율리라는 것을 확인한 채 의원은 다시금 읽던 책으로 시선을 내렸다. 가까이 다가간 율리는 책 표지를 보고는 살며시 미간을 찌푸렸다. 놀랍게도 정태혁 의원의 자서전이었다.

"……이제야 모든 게 제대로 보이는 것 같다."

채 의원이 손에 든 책을 내려놓으며 담담한 목소리로 말했다. 무엇이 제대로 보이느냐고 묻는 대신 율리는 잠자코 채 의원의 말에 기울였다. 안경을 벗은 채 의원은 미간을 주무르며 의자 등받이에 머리를 기댔다.

"내가 검사를 그만두고 정치판에 뛰어든 이유는 정태혁 때문이었어. 어떻게 해서든 그자를 뛰어넘고 싶었으니까. 아내의 시선이 그가 아닌 나에게 향한 줄도 모르고…… 참으로 어리석었지."

며칠 사이 채 의원은 급격히 늙어버린 것 같았다. 푸석푸석해진 피부와 초점을 잃은 듯 희미해진 눈빛 때문에 더 그렇게 보였다. 그만큼 많은 일이 있긴 했다.

율리는 위로의 말을 건네는 대신 채 의원의 어깨에 손을 올렸다. 천장을 바라보던 그의 시선이 자연스럽게 그녀에게로 옮겨졌다.

"넌 나처럼 늦게 깨닫지 마라. 잘못을 알고도 되돌릴 수 없으니까."

"……아버지 충고대로 했어요. 어제 제호 씨와 대화하면서 그동안 쌓인 오해를 풀었어요."

"그래? 그것참 잘했구나."

율리의 대답에 채 의원은 입가에 여린 미소를 떠올렸다.

"그런데 아버지, 새엄마와 정말로 갈라지실 생각이세요?"

"벌써 통화한 거냐?"

율리가 착잡한 얼굴로 고개를 끄덕이자, 채 의원은 다시 안경을 쓰고는 책으로 시선을 내렸다.

"미숙이도 이제 더는 희생하지 말고 제 인생을 찾아야지. 난 원하는 걸 영원히 줄 수 없으니까."

"왜 제게 말 안 하셨어요? ……두 분, 형식적인 결혼이었다는 거."

"그거야 네가 물어보지 않았으니까."

"네?"

그 말에 율리는 이해할 수 없다는 표정을 지었다. 두 사람의 불륜 사실을 알게 된 그녀가 어떻게 그럴 수 있냐고 따졌을 때, 그는 어른 일에 끼어들지 말라고 화를 냈을 뿐이었다.

"넌 '유리가 엄마 딸이 아니라 새엄마의 딸이냐?'고 물었고, '불륜이었었냐?'고만 물었다."

"물론 그랬죠. 하지만 형식적인 결혼이었다고 말해주셨다면……."

"그렇게 말했다고 달라질 게 있었을까? 어찌 됐든 내가 네 엄마를 배신했던 건 사실이다. 안 그러냐. ……질투에 눈이 멀어서, 결코 해서는 안 될 짓을 저질렀어."

과거를 떠올리는 채 의원의 얼굴이 서서히 어두워졌다.

"정말 미안하다. 너한테도 미안하고, 유리에게도 미안해. ……아이를 지울 수 없다고 울부짖는 미숙을 붙잡고 협박에 가까울 정도로 중절을 요구했었지. 유리가 태어나고 나서도 그 애에게 제대로 정을 주지 않아."

"아버지."

"유리도 그걸 느껴서, 더 나에게 애교를 부리며 다가온 거였고."

채 의원은 한 번도 유리에게 손찌검한 적이 없었다. 꿀밤조차 장난으로 때리지 않았다. 유리만 유독 예뻐해서 그런 줄 알았는데, 어쩌면 신경 쓰지 않아서 그랬을지도 모른다는 생각이 들었다.

"넌 몰랐을 테지만, 유리가 자신이 사생아란 걸 알고 많이 반항했었어. 한 번은 죽어버리겠다면서 집을 나가버린 적도 있었지."

"유리가 그랬다고요?"

뜻밖이라 율리의 목소리가 저절로 커졌다.

"응. 대학 가고 나서 얼마 안 돼서."

"몰랐어요. 전 친구들이랑 여행을 떠났다고만 생각했는데……."

"유리도 제 딴에는 염치가 있어서 너에겐 철저히 숨겼을 거다."

채 의원은 담담한 목소리로 율리가 지금까지 몰랐던 집안의 크고 작은 일을 설명했다.

"하여간 모두 내 탓이다. 행복한 가족이 될 수 있었는데…… 나로 인해 모두 망쳐버렸다."

"아버지."

허리를 숙여 채 의원과 눈높이를 맞춘 율리가 조심스럽게 말을 꺼냈다.

"저, 솔직하게 말할게요. 아무리 아버지가 미안하다고 계속 사과하셔도 이해한다고, 이젠 괜찮다는 그런 빈말은 못 하겠어요."

지난 10년 동안 차곡차곡 쌓인 아픔이 사과 몇 마디에 쉽게 사라질 순 없었다. 아내의 진심을 깨달은 채 의원이 얼마나 크게 충격받았는지 안다고 하더라도 말이다. 물에 씻기듯 모든 미움이 한순간에 사라졌다면, 그건 새빨간 거짓말일 것이다.

"하지만요……."

율리는 채 의원의 어깨를 두 손으로 감싸며 차분한 목소리로 말을 이어 나갔다.

"지금부터라도 조금씩 노력해봐요. 아버지도, 저도, 아직 우리에겐 바로잡을 시간이 있어요. 그러니까 그만 슬퍼하고 좌절하세요. 어머니도 아버지의 이런 태도를 바라진 않으실 거예요."

"……그래, 그렇겠지……."

"그렇다면 우선 식사부터 하세요. 이러다 또 쓰러지시겠어요. 건강하셔야 바로잡을 수 있잖아요. 이제부터라도 행복한 가족이 뭔지 보여주세요."

순간 율리를 바라보는 채 의원의 두 눈이 빨갛게 물들었다. 눈물을 흘리진 않았지만, 그 어느 때보다 격한 감정에 휩싸여 있다는 것이 느껴졌다. 조금은 어색한 몸짓으로 율리는 팔을 뻗어 채 의원을 끌어안았다.

"……그래, 율리야……."

착 가라앉은 채 의원의 목소리가 가늘게 떨렸다.

"그렇게 될 수 있도록 노력하마."

그리고 두 사람은 더 이상은 아무 말도 하지 않았다. 그대로 고른 숨소리만이 서재를 가득 채웠다.

얼마큼 시간이 지났을까? 격해졌던 감정이 가라앉은 후 서로 포옹을 푸는데 똑똑, 노크 소리가 들렸다.

"네, 들어오세요."

김 보좌관이라고 생각했는데, 문이 열리고 서재로 들어온 사람은 제호였다. 깜짝 놀란 율리에게 싱긋 웃어 보인 제호는 곧바로 채 의원에게 다가와 용건을 말했다.

"김 보좌관에게 전화했더니, 집에 계신다고 해서 찾아왔습니다. 아무래도 직접 얼굴 보면서 알려드려야 할 것 같아서요. 아버지가 깨어나셨습니다."

"제웅이가?"

그때까지만 해도 어둡기만 하던 채 의원의 얼굴이 조금 밝아졌다.

"네. 아직은 안정을 취해야 하나, 빠른 속도로 상태가 나아지고 계십니다."

"다행이군, 정말 다행이야."

"아까는 회장님과 짧게나마 통화도 하셨습니다."

"회장님과? ……그렇다면……?"

정확하게 묻진 않았지만, 제호는 무슨 질문인지 안다는 듯 천천히 고개를 끄덕였다.

"네, 방금 회장님 뵙고 오는 길입니다. 며칠 동안 생각할 시간을 드렸습니다. 결단을 내리시면 연락하시겠죠."

"회장님이 어떤 결단을 내리실지는 모르겠지만…… 도움이 필요하면 언제든지 연락하게."

"감사합니다."

만약 권 회장이 회장 사퇴를 수락하지 않고 전면전을 걸어온다면 채 의원이 가지고 있는 명단을 발표할 계획이었다. 뇌물을 받은 공직자 명단에는 같은 당 소속 의원의 이름도 있었다. 그 때문에 채 의원은 선뜻 명단을 내놓지 못하고 이쯤에서 그만두라며 권 부회장과 제호에게 경고했었다. 하지만 이젠 아니다. 국회의원직을 사퇴하기 전에, 지금껏 눈 감았던 불의를 제 손으로 정리해야만 한다. 그래야 죽은 아내에게 조금이라도 덜 부끄러울 테니까.

"중요한 이야기인가 본데, 전 나가서 식사 준비할게요."

제호와 채 의원의 표정이 심각하게 변하자, 율리는 슬그머니 서재를 빠져나가갔다. 그녀가 밖으로 나오자 복도에서 대기하던 김 보좌관이 걱정스러운 얼굴로 다가왔다.
"걱정하지 마세요. 식사하시겠대요."
그 말에 김 보좌관은 다행이라는 듯 안도의 숨을 내쉬었다. 그와 함께 주방으로 간 율리는 오늘 아침에 사온 거라는 전복죽을 전자레인지에 데웠다. 반찬을 그릇에 덜고 막 식탁에 놓는데, 대화를 끝낸 채 의원과 제호가 식당으로 들어섰다.
"내 걱정하지 말고 넌 제호와 이만 가보거라. 문 닫기 전에 도착하려면 서둘러야 할 거다."
문 닫기 전에 도착하다니, 어디를?
율리는 무슨 말이냐는 듯 채 의원과 제호를 번갈아 바라보았다. 그러자 제호는 입가에 미소를 띠며 말했다.
"이런, 나랑 저번에 약속한 거 잊었어?"
저번에 약속한 거?
의아한 표정을 짓는 율리의 눈이 가늘어졌다.
"납골당으로 어머님 뵈러가기로 했잖아."
"……아…….."
그제야 율리는 예전에 제호와 나눴던 대화를 떠올렸다. 하지만 그와 함께 어머니를 뵈러갈 일은 없을 거라고 여겼다. 그냥 해보는 말이라고 생각했었다.
"뭐 하고 있어? 어서 가지 않고."
채 의원의 재촉을 받으며 율리는 제호에게 손을 잡힌 채 급히 집을 나섰다.
제호의 차에 오른 율리의 눈에 뒷좌석에 놓인 꽃다발이 들어왔다.

납골당에 가져가려고 제호가 미리 준비한 듯했다.

"오늘 아침부터 납골당에 갈 생각하고 있었어요?"

율리는 또다시 놀란 눈으로 제호를 바라보았다.

"응."

"그런데 왜 아침에 말 안 하고 그냥 갔어요?"

"너무 곤히 자서 깨울 수가 없었어. 나중에 전화해서 물어보려고 했는데, 마침 의원님과 함께 있다고 해서."

그렇다면 아까 전화했을 땐 왜 안 받은 거지?

"일어나서 전화했었는데……. 시간 나면 전화해달라고 음성 메시지도 남기고. 확인 안 했어요?"

"그래? 음성 메시지 받은 거 없는데……."

금시초문이라는 얼굴로 제호가 말했다. 그러고 보니, 납치에서 구조되고 나서 그는 그녀의 전화를 통 받지 않았다. 그래서 처음엔 일부러 피하는 게 아닐까 오해도 했었다.

"잠깐만 휴대폰 좀 봐요."

그 말에 제호는 재킷 안에서 휴대폰을 꺼내 율리에게 건넸다.

"어?"

제호의 휴대폰을 바라보던 율리가 고개를 갸우뚱거리며 말했다.

"이건 예전 휴대폰이잖아요. 번호도 다른데……."

"아, 맞다."

그제야 제호는 깜빡했다는 표정을 지었다.

"저번에 납치당하면서 휴대폰이 완전 박살이 났거든. 연락 못 하게, 휴대폰을 뺏자마자 발로 밟아서 부숴버리더라고. 그래서 우선 급한 대로 예전 걸 들고 다녔어."

"난 그런 줄도 모르고…… 내 전화 피하는 줄 알았잖아요."
"내가 왜?"
말도 안 된다는 듯 미간을 찌푸리던 제호가 잠시 후, 뭔가 깨달았다는 듯 '피식' 웃었다.
"그래서 집으로 찾아와, 보자마자 달려와서 매달렸던 거야?"
매달렸다는 표현은 마음에 들지 않았지만, 아주 틀린 말은 아니었다.
"뭐…… 그런 점도 조금은 없지 않아 있었죠."
율리는 순순히 인정하며 입술을 내밀었다. 아니었다고 부인하기엔 좀 심하다 싶을 정도로 제호의 목을 끌어안고 떨어지지 않으려고 버둥거렸으니까.
"의도한 건 아니었지만, 초조하게 해서 미안해."
"아니, 초조했다기보다는……."
율리는 재빨리 사실을 정정하려고 했지만, 그가 입술을 겹쳐오는 바람에 말을 끝맺을 수 없었다. 짧지만 강렬하게 입술을 훔친 제호는 율리의 뺨을 부드럽게 쓰다듬었다.
"다음부턴 그런 일 없을 거야. 약속할게."
낮게 속삭인 그는 다시 고개를 숙여 입술을 포갰다. 이번엔 좀 더 오래, 그러면서도 더욱더 강렬하게…….
한참 후에야 입술을 떨어뜨린 제호는 싱긋 웃으며 운전석으로 돌아갔다.
"서둘러야지. 늦겠다."
버튼을 눌러 시동을 건 그는 차를 출발시켰다. 다행히 많이 차가 막히지 않아, 한 시간 조금 넘어서 납골당에 도착할 수 있었다.

"긴장되는걸……."

납골당 안으로 들어가며 제호가 낮게 중얼거렸다. 율리는 긴장을 풀라는 듯 밝게 웃으며 그의 팔에 팔짱을 꼈다.

"걱정하지 말아요. 우리 엄마, 분명히 제호 씨 마음에 들어 하실 거예요."

율리는 제호의 팔을 잡고 소연의 유골함이 놓인 곳으로 이끌었다. 금빛 테두리가 둘린 유골함 옆에는 온화하게 웃는 소연의 사진이 놓여 있었다. 그 옆으로는 한때나마 단란했던 가족사진이 보였다.

"엄마, 오늘 엄마한테 소개하고픈 사람을 데리고 왔어요. 제가 아주 많이 사랑하는 사람이에요."

"안녕하세요, 어머님. 너무 늦게 와서 죄송합니다."

제호는 실제 인물을 앞에 두고 인사하듯 꽃다발을 내려놓고 공손히 고개를 숙였다. 사진 속의 소연 역시 실제로 제호를 바라보는 것만 같았다.

"10년이나 긴 시간을 돌아서 왔습니다. 하지만 지나간 시간만큼 율리를 더욱더 아끼고 사랑하겠습니다."

"엄마, 그러니까 이젠 아무 걱정하지 말아요."

율리는 다정한 손길로 유골함을 쓰다듬었다. 손끝으로 느껴지는 매끄러운 도자기의 촉감에 가슴이 뭉클해졌다.

"여기에 와서 자주 엄마를 찾으며 눈물을 펑펑 쏟곤 했거든요. 그런데 이젠 아니에요."

유골함에서 제호에게로 고개를 돌리는 율리의 입가에 부드러운 미소가 맺혔다.

"이렇게 행복하게 미소 지을 수 있어요. 제호 씨 덕분에……. 고마워요."

 제호는 아무 말 없이 팔을 뻗어 율리의 어깨를 꼭 감싸주었다.

 어느덧 해가 뉘엿뉘엿 넘어가며 붉게 물든 노을이 유리창을 통해 안으로 흘러들었다. 두 사람의 마음만큼이나 따뜻하고 고운 빛이 실내를 가득 채우기 시작했다.

Chapter 25

사랑에 눈먼 죄

　나흘이 지난 후, 제호에게 권 회장으로부터 만나자는 연락이 왔다. 제호가 회장실 안으로 들어서자, 권 회장 옆에 있던 KG그룹의 법률 자문가인 최 변호사가 다가왔다. 그는 손에 든 파일을 제호에게 건네며 간략하게 설명했다.
　"회장님께서 보유하고 계신 KG그룹 주식 모두를 권제호 씨에게 증여하시길 원하십니다."
　최 변호사에게 받은 파일을 빠르게 훑어본 제호는 차가운 시선으로 권 회장을 바라보았다. 갑작스레 주식을 증여하겠다고 나오는 권 회장의 속내가 의심스러웠다.
　"회장님, 이 문제로 저를 보자고 하신 겁니까?"
　권 회장은 최 변호사에게 모든 처리를 맡긴 듯 한일자로 입을 다물고 아무 말도 하지 않았다.
　"회장님은……."
　"회장님과 단둘이 할 말이 있으니까, 잠시 자리를 비켜주시죠."
　최 변호사는 곤란하다는 표정을 지었다. 결국 권 회장이 괜찮으니

나가보라는 듯 손을 내젓고서야 회장실을 나갔다. 최 변호사가 자리를 비켜주자, 제호는 손에 든 파일을 책상에 내려놓았다.

"이런다고 제 마음이 변하지 않습니다."

"안다. 흔들리지 않을 거라는 거."

"그런데 왜 갑자기…… 작은아버지도 가만히 계시진 않을 텐데요?"

"우식인 염려하지 마라. 곧 이혼할 거라고 하니까, 지금 당장 재산을 불릴 필요는 없을 거다. 녀석에겐 나중에 서운하지 않을 정도로 넉넉히 물려줄 생각이다."

권 전무가 곧 이혼할 거란 말에 제호는 살짝 미간을 찌푸렸다. 하지만 어떻게 된 거냐고 묻지는 않았다. 권 전무와 나 여사는 언제 갈라서도 이상하지 않을 위태위태한 부부였다. 그나마 외동아들인 민우가 두 사람의 관계를 이어주고 있었다. 그랬던 민우마저 골칫거리가 되었으니, 애정 없는 결혼 생활을 유지할 필요가 없을 것이다.

"주식 증여와는 상관없이 네가 제안한 대로 회장 자리에서 물러날 생각이다. 전문 경영인 선정은 이사회에서 결정하는 걸로 하고, 그동안은 전략 기획실에서 경영을 맡을 거다. 대신 조건이 하나 있다."

잠시 뜸을 들인 권 회장이 천천히 말을 이었다.

"예전에 나와 약속한 대로, 네가 최대 주주가 돼서 이사회 의장을 맡아라."

자신을 향해 반역의 칼을 꺼낸 손자였지만, 권 회장에겐 제호가 유일한 희망이었다. 생판 모르는 남의 손에 회사를 넘기는 것보다는 아무리 괘씸해도 자신의 핏줄에게 넘겨야 한다는 게 고민 끝에 내린 결론이었다.

"그러면 뇌물을 수수한 공직자 명단은 어떻게 하실 겁니까?"

권 회장은 이미 많은 부분을 양보했음에도 끝까지 물고 늘어지는 제호를 말없이 노려보았다. 화가 나야 정상인데, 뻣뻣한 제호의 태도가 싫지 않았다. 제호라면 KG그룹의 미래를 걱정할 필요는 없을 테니까.

"우리 측에서 명단을 발표하면 그동안 사실을 알고도 숨겼던 채형식 의원 또한 큰 타격을 받을 거다. 스캔들이 터지면 대선 후보는 둘째 치고, 국회의원 선거도 어려울 텐데……."

"의원님은 상관하지 말고 끝까지 진행하라고 하셨습니다."

제호는 채 의원이 곧 국회의원직을 사퇴하고 정치계에서 은퇴할 예정이란 사실에 관해선 입을 다물었다.

"그래? 채 의원도 이젠 늙었나? 마음이 약해졌군. ……알겠다. 최 변호사와 상의해서 처리해라. 모든 걸 일임했으니까."

"네, 그럼……."

"제호야."

회장실을 나서려는 제호를 권 회장이 불렀다. 제호가 뒤를 돌아보자, 권 회장은 시선을 피하며 머뭇거리는 말투로 말했다.

"미국에 들어가서 네 아비 보게 되면…… 안부 좀 전해다오."

사고의 배후가 권 회장이란 사실을 알리지 않겠다는 약속을 받았음에도 양심상 권 회장 본인이 직접 연락할 순 없는 모양이었다.

"네, 그렇게 하겠습니다."

짧게 대답한 제호는 그대로 등을 돌려 회장실을 걸어 나갔다.

권 회장이 손을 썼는지, 권 전무가 민우 대신 짊어졌던 비리와 횡령

등이 모두 제자리를 찾았다. 아마 이 부분에 관해서 권 회장과 권 전무의 합의가 있었던 것 같다. 아무리 친아들이라지만, 이미 버린 패인 민우를 위해 권 전무는 더는 희생하지 않을 것이다.

전문가를 고용해 바닥으로 떨어진 그룹 이미지를 회복하려고 힘썼으나, 연일 터지는 비리와 횡령, 뇌물 수수 관련 뉴스 등으로 난항이 계속 이어졌다. 그러던 중, 권 회장이 일련의 모든 사건에 책임을 지며 자리에서 물러나고 전문 경영인을 고용할 것이란 계획을 알리자, 나빠지기만 하던 여론이 미미하게나마 서서히 나아지기 시작했다.

얼마 후, 권우식 전무와 나도희 여사의 이혼 기사가 짤막하게 인터넷 뉴스에 실렸지만, 크게 대중의 관심을 끌진 못했다. 그보단 채 의원의 갑작스러운 대선 후보 등록 철회와 국회의원직 사퇴 선언에 정치권과 여론이 들썩거렸다. 채 의원의 마음을 돌리려고 하루가 멀다 하고 당 고위 간부들이 집으로 찾아왔다. 하지만 그는 끝내 뜻을 꺾지 않았다. 모두 채 의원의 국회의원직 사퇴에 관심이 쏠린 덕분에 채 의원과 안 여사의 이혼도 아주 조용하게 진행되었다.

채 의원은 두문불출하며 대부분 시간을 서재에서 보냈다. 김 보좌관이 옆을 지켰지만, 율리도 이틀에 한 번꼴로 집을 방문했다. 그 이유로 민우의 재판이 본격적으로 열리기 전, 아버지를 보러 미국에 들어가는 제호를 따라갈 수 없었다.

율리는 차마 김 보좌관에게만 아버지를 맡길 수 없었다. 채 의원이 사퇴하면서 김 보좌관 역시 사임한 상태였다.

"앞으로 어떻게 하실 거예요?"

어느 날 율리가 걱정스러운 듯 묻자, 김 보좌관은 편안한 표정으로 대답했다.

"의원님 곁에 있으려고 보좌관이 된 거니, 이젠 의원님 곁에서 비서 일을 하면 되죠. 제 걱정은 하지 않으셔도 됩니다."

"다행이에요. 아버지 곁에 보좌관 같은 분이 계셔서."

덕분에 율리는 조금은 가벼워진 마음으로 현경을 만나러 집을 나설 수 있었다. 약속 장소에 도착해 먼저 온 현경에게 다가가는데, 휴대폰이 울렸다. 제호에게서 온 전화였다.

"네, 제호 씨."

제호는 원래 이 주일 정도만 지내다 돌아올 예정이었는데, 어느새 한 달이 지나가고 있었다. 권 부회장의 상태가 좋아져서 의료인이 상주하는 조건으로 집에서 치료할 수 있게 되었기 때문이다.

[별모레 못 들어갈 것 같아. 아무래도 부모님 곁에 좀 더 있어야겠어.]

제호는 다시 한번 귀국 날짜를 늦추었다.

"아버님 상태는 안정적인 거죠?"

[응. 아직은 휠체어를 타야 하시지만, 혼자 힘으로 침대에서 욕실까지 걸어가실 수 있어.]

"그렇다면 다행이네요."

그와의 재회가 뒤로 미뤄진 것은 섭섭했으나, 권 부회장의 상태가 나아지고 있다는 사실에 율리는 밝게 웃었다.

"난 괜찮으니까 아버님 옆에서 시간 많이 보내다 와요."

율리가 전화를 끊자, 잠자코 통화를 듣던 현경이 눈살을 찌푸렸다.

"말로는 괜찮다고 하면서 툭 건드리면 눈물 펑펑 쏟을 얼굴이네. 보고 싶으면 보러 가. 둘이 견우와 직녀라도 돼? 오작교 필요 없잖아. 그냥 비행기 타고 가라고."

"하지만 아버지가……."
"의원님은 내가 챙길게. 갔다 와. 간 김에 시부모님께 인사도 드리고. 너, 제호 씨 집 주소 알지?"
"응."
제호는 미국으로 떠나면서 율리에게 병원 주소와 집 주소 모두를 알려주고 간 상태였다.
"'쇠뿔도 단김에 빼랬다'고, 내일 당장 가."
"미국이 제주도니? 우선 제호 씨에게 전화해서……."
"야, 전화를 왜 해? 그냥 가. 깜짝 놀라게 해줘야지."
답답하다는 듯 고개를 저은 현경이 큰 목소리로 말했다.
"채율리, 서프라이즈도 몰라?"
"서프라이즈?"
현경의 아이디어도 나쁘진 않았다. 율리는 갑자기 나타난 자신을 보고 놀랄 제호를 상상하며 살며시 얼굴을 붉혔다.

샌프란시스코 국제공항에 안착하고 기내 휴대기기의 사용 금지가 해제되자, 율리는 재빨리 휴대폰을 켰다. 그동안 제호가 전화했으면 어쩌나 걱정했으나, 다행히 남겨진 음성 메시지나 문자는 없었다.
현경의 조언대로 제호에게 미국에 왔다는 사실을 알리지 않을 작정이었다. 렌터카를 빌린 율리는 곧바로 제호가 알려준 주소로 차를 몰았다. 공항에서 목적지인 애서턴(Atherton)까진 고속도로를 타고 한 시간도 채 걸리지 않았고, 내비게이션의 도움으로 쉽게 찾을 수 있었다.

차에서 내린 율리는 어리둥절한 눈으로 주위를 둘러보았다. 애서턴이 미국 내에서 부유한 동네 중 한 곳이라는 건 알았지만, 앞에 있는 저택은 사저가 아니라 휘황찬란한 오성급 호텔처럼 보였다.

정말 이 주소가 맞나?

제호를 깜짝 놀라게 하겠다는 마음에 호기롭게 차를 몰고 왔으나 막상 앞에 닥치자 덜컥 겁이 났다.

이 집이 아니면 어쩌지? 지금이라도 전화해볼까?

율리는 휴대폰을 만지작거리며 거대한 저택을 바라만 보았다. 그때 정원사로 보이는 남자가 담장을 돌아 밖으로 걸어 나왔다. 율리를 발견한 남자는 고개를 갸우뚱거리며 가까이 다가왔다.

"Excuse me, may I ask what you're doing here?"

"If I may ask, is Jay at home right now? I came looking for him."

"Oh, Jay. Yes. He's in the backyard right now."

남자는 활짝 웃으며 저택 뒤쪽을 가리켰다.

"Thank you very much. I'll go to the backyard to see him."

그녀의 말에 남자는 어서 가보라는 듯 고개를 끄덕이며 손짓했다. 적어도 일 에이커는 훌쩍 넘어 보이는 야외 부지에는 수영장과 테니스장 등이 갖춰져 있었다. 말이 뒷마당이지, 공원을 가로지르는 것처럼 한참을 걸어야 했다. 수영장 옆에 있는 풀 하우스를 막 돌아가려는데, 어디선가 익숙한 목소리가 들렸다.

"I love you. No matter what I always love you."

분명 제호의 목소리였다. 여자의 웃음소리가 뒤를 따랐다. 율리는 슬그머니 걸음을 멈추고 예전에 들었던 제호의 통화를 떠올렸다. 그

때와 비슷한 상황이었다. 하지만 율리는 오해하는 대신 살며시 웃으며 다시금 걸음을 옮겼다. 이젠 누가 뭐라고 해도 제호를 의심하지 않았다. 다만 달콤한 고백의 상대가 누구인지 궁금했다. 그때, 갑자기 풀 하우스 안에서 불쑥 제호가 튀어나왔다.

"꺅!"

깜짝 놀란 율리는 반사적으로 비명을 질렀다.

"율리?"

서로 부딪치기 직전, 제호가 재빨리 율리의 팔을 감쌌다.

"What's going on?"

날카로운 비명에 웃음소리의 주인공인 여인이 풀 하우스에서 걸어 나왔다. 어정쩡한 자세로 껴안은 율리와 제호를 발견한 여인은 어리둥절한 표정을 지었다. 하지만 곧 만면에 미소를 머금었다.

"이런, 누군가 했더니…… 율리였구나."

제호를 그대로 빼닮은 여인은 제호의 어머니인 윤지선 여사였다. 율리는 재빨리 제호의 품에서 빠져나오며 여인을 향해 깍듯이 허리를 숙였다.

"안녕하세요."

"정말 오랜만이구나."

윤 여사는 율리를 향해 반갑게 웃었다.

"마지막으로 봤을 땐 완전 꼬마 아가씨였는데……."

가깝게 다가온 윤 여사는 율리의 어깨를 다독거리듯 쓰다듬었다.

"우리, 예전에 이웃사촌이었단다. 너 어릴 때 엄마 손잡고 산책 나왔다가 제호랑 집 앞에서 놀곤 했었어."

"제가요?"

율리는 전혀 몰랐다는 얼굴로 윤 여사를 쳐다보았다.
"응. 하지만 세 살이면 너무 어렸을 때라 기억 못 할 수도 있겠구나."
율리에겐 완전 금시초문인 이야기였다. 제호도 처음 듣는다는 듯 미간을 찌푸렸다.
"그러다 우리가 본가로 합가하는 바람에 자주 볼 수 없게 됐지."
윤 여사는 설레설레 고개를 흔들며 말을 이었다.
"우리 이사할 때 완전 난리였어. 네가 제호 바지를 붙잡고 얼마나 서럽게 울던지……. 세 살짜리 꼬마가 뭘 안다고. 그래도 더는 못 볼 거란 걸 안 거였겠지."
"제가요?"
역시나 처음 듣는 소리였다. 율리는 당황스러운 얼굴로 윤 여사와 제호를 번갈아 바라보았다.
"응. 그랬단다."
윤 여사는 부드럽게 웃으며 율리의 팔에 팔짱을 끼었다. 그리고 자연스럽게 율리를 집 안으로 이끌었다.
"여보, 누구 왔는지 좀 보세요! 율리가 왔어요."
윤 여사의 말에 휠체어에 앉아서 창밖을 내다보던 권 부회장이 뒤를 돌아보았다.
"……율리?"
"안녕하세요, 아버님."
"이렇게 다시 보게 돼서…… 정말 기쁘구나."
투병 탓인지 권 부회장은 예전보다 여윈 모습이었지만, 상대를 기분 좋게 하는 포근한 미소는 변함이 없었다.
잠시 후, 윤 여사의 지시로 향긋한 홍차와 함께 각종 디저트와 샌드위치가 놓인 3단 트레이 등으로 구성된 애프터눈 티 세트가 거실에 차려졌다.

제호는 이미 부모님께 율리와 사귄다고 알린 것 같았다. 윤 여사와 권 부회장은 율리를 마치 예비 며느리처럼 챙겨주었다. 떠들썩한 환대에 율리는 오히려 몸 둘 바를 모를 지경이었다.

그때, 재활 훈련 시간을 알리는 알림이 울리고, 물리 치료사와 간호사가 거실 안으로 들어왔다.

"그럼 두 사람, 편히 이야기 나누고 있어."

윤 여사는 의료진들과 함께 권 부회장의 휠체어를 밀고 저택 뒤쪽에 마련된 재활실로 향했다. 둘만 남게 되자, 그제야 제호가 질문을 던졌다.

"어떻게 된 거야? 연락도 없이?"

원래는 '서프라이즈!'라고 외칠 계획이었다. 그러나 그가 빤히 쳐다보는 순간, 얼어붙고 말았다. 결국 율리는 현경이 했던 말을 그대로 되풀이했다.

"음…… 우리가 견우와 직녀도 아니고. 오작교가 놓일 때까지 기다릴 필요 없겠더라고요."

그녀답지 않은 어색한 농담에 제호가 눈을 가늘게 뜨자, 율리는 어쩔 수 없이 진심을 털어놓았다.

"보고 싶어서 왔어요. 제호 씨가 너무 보고 싶어 미칠 것만 같아서 왔다고요. 말도 없이 불쑥 찾아와서 미안해요. 무척 바쁠 텐데……."

어느새 율리의 목소리가 작아지고 있었다. 보고 싶다는 이유 하나로 훌쩍 태평양을 건너온 그녀 자신이 철없이 느껴졌다. 더는 제호를 마주 볼 수 없어 율리는 고개를 숙였다. 그러자 위에서 제호가 내쉬는 나직한 한숨 소리가 들렸다.

뭐지, 저 한숨은? 내가 한심하다는 건가?

조금 기분이 상했다.

사랑에 눈멀어서 그런 건데…… 사랑에 눈먼 게 죄는 아니잖아!

발끈한 율리가 다시 고개를 들어 올리는데, 갑자기 다가온 제호에게 그만 입술을 빼앗겼다. 그동안 떨어져 있던 시간을 보상받으려는 듯 그는 뜨겁고 격정적인 키스를 퍼부었다.

"……내가 더 미안해."

한참 후에야 율리를 놓아주며 그가 낮게 속삭였다.

"도저히 안 되겠다."

제호는 다시 입술을 포개며 율리의 왼손을 움켜쥐었다. 입술에 온 신경이 몰린 와중에도 손가락으로 밀려드는 차가운 감촉이 느껴졌다.

"한국 가서 하려고 했는데, 더는 기다릴 수 없어."

입술을 떼며 그가 그녀의 입술 위에서 낮게 속삭였다.

"……제호 씨?"

"사실은 반지 제작이 늦어져서 뒤로 미뤘던 거야. 드디어 오늘 아침에야 찾아가라는 연락이 왔어."

반지 제작? 그녀의 시선이 자연스럽게 왼손으로 내려갔다.

"아!"

생전 처음 본 반지가 그녀의 손가락 위에서 반짝거리고 있었다. 커다란 에메랄드 컷 다이아몬드가 세팅된 플래티넘 반지였다. 그녀가 직접 고른 것처럼 아주 마음에 드는 디자인이었다.

"결혼하자."

"저……"

율리는 믿을 수 없다는 눈으로 반지와 제호를 번갈아 바라보았다.

"프러포즈라는 거, 원래는 결혼해주겠냐고 물어보면서 반지를 내미는 거 아니에요? 이렇게 막 손가락에 끼워버리면서 '결혼하자!' 선언하는 게 아니라?"

"아니. 물어봤다가 거절하면 어쩌려고?"

그녀에겐 선택권이 없다는 듯 제호는 단호한 얼굴로 고개를 저었다. 율리는 말없이 손가락에 있는 반지로 시선을 돌렸다.

서로 마음을 확인하긴 했지만, 결혼에 관해선 아직 이야기한 적은 없었다. 물론 제호는 평생 그녀 옆에서 자신의 잘못을 갚겠다고 했다. 하지만 그게 결혼까지 이어질 거라곤 미처 생각하지 못했다.

그녀에게서 아무런 대답이 돌아오지 않자, 제호는 한 손으로 율리의 뺨을 조심스레 감쌌다.

"왜? 너무 이른 것 같아? 물론 민우의 재판이 남아 있긴 하지만, 그것 때문에 우리의 결혼을 뒤로 미루고 싶진 않았어."

"아뇨, 그게 아니라……."

사실 말이 없던 이유는 너무 감동받아서였다. 자신이 생각하지도 못한 결혼을 그가 먼저 생각해내서……. 여태껏 정략결혼 제안만 받았을 뿐, 진심으로 사랑하는 상대에게 청혼받은 것은 처음이니까.

프러포즈 받는 게 이런 기분이구나!

너무나 감격스러워서 심장이 아플 정도로 세차게 두근거렸다. 눈물이 앞을 가리려고 하자, 율리는 재빨리 고개를 흔들었다. 이렇게 기쁜 순간에 눈물 따위가 앞을 가려선 안 된다.

"이른 거 아니에요. 당장 내일이라도 결혼할 수 있어요."

그제야 제호는 굳은 표정을 풀며 살며시 입을 맞추었다.

"지금에서야 기억이 났는데……."

계속해서 율리의 입술에 잔잔하게 입을 맞추며 제호가 말을 꺼냈다.

"예전에 나만 보면 '까르르' 웃으면서 달려오던 옆집 꼬마가 있었어. 어머니 말씀대로 정말 이사하던 날, 내 바지를 움켜쥐고 펑펑 울었었는데, 그게 바로 너였다니……."

"전, 혀, 기억 안 나요."

율리는 '전혀'라는 부분을 한 음절씩 떼어 발음하며 강조했다. 정말이었다. 하나도 기억나지 않았다. 제호는 일곱 살이었다고 해도 그녀는 고작 세 살이었으니까.

"그러면 널 어떻게 내게서 떼어놓았는지도 기억 못 하겠네."

"사탕이라도 주면서 꾀었어요?"

"아니."

좀 더 정확히 그때 일이 기억났는지, 제호는 '피식' 웃으며 양손으로 율리의 뺨을 감쌌다.

"나중에 크면 나한테 시집가게 해주겠다고 달래서 겨우 떼어놓았어."

"말도 안 돼!"

"정 못 믿겠으면 우리 어머니께 물어봐. 의원님께도 물어보고."

"음……."

율리는 불만스러운 표정을 지으며 아랫입술을 내밀었다. 본인만 모르는 과거를 남들이 알고 있단 사실이 마음에 들지 않았다. 하지만 제호는 그런 율리의 모습이 사랑스러운 듯, 그녀를 품에 꽉 끌어안았다.

"명심해. 난 늦게라도 약속 지켰어."

"큭."

그 말에 율리는 웃음을 터뜨리며 고개를 끄덕였다.

그래, 맞다. '이런들 어떠하리, 저런들 어떠하리'였다.

권제호는 그녀가 세 살 때도, 스무 살 때도, 지금도 그녀의 남자다. 그리고 앞으로도 영원히 그녀의 남자일 것이다.

함께 한국으로 돌아간 두 사람은 바로 채 의원을 찾아가서 결혼 계획을 알렸다.

"잘됐구나, 정말 잘됐다."

한동안 볼 수 없었던 환한 미소가 채 의원의 얼굴에 떠올랐다.

"원래대로라면 상견례부터 해야 하지만, 아버지의 건강 문제로 그건 좀 어려울 것 같습니다. 우선 결혼식 준비부터 들어가고 싶은데, 괜찮겠습니까?"

"당연히 괜찮지. 이미 양가 서로 아는 사이에 상견례가 뭐 필요하겠나. 내가 미국으로 사네 부모님 뵈러 들어가도 되는 거고. 그래, 미국에서 상견례 하기로 하지."

결혼식 장소 역시 한국이 아닌 미국으로 정해졌다. 정략결혼이 깨진 지 1년이 채 넘지 않은 터라 한국에서 식을 올리는 것 자체에 우려가 있었고, 권 부회장이 아직 결혼식 참석을 위해 비행기를 탈 정도로 회복되지 않은 이유도 있었다.

바우하우스에 출근한 제호는 오랜만에 가진 회식 자리에서 율리와 결혼할 거란 사실을 알렸다. 모두 놀랄 거라고 예상했는데, 의외로 대부분 두 사람 사이를 알고 있었단다. 눈치 빠른 김 소장과 선영이 둘을 위해 밑밥을 깔아놓은 덕분이었다.

"두 분, 정말 축하해요."

"미국에서 결혼하니까, 우리가 결혼식에 참석할 순 없겠네요."

"그래도 마음만은 정말 진하게 축하해요."

선영을 포함한 모든 직원이 조금은 서운한 표정으로 말했다. 정략결혼이었던 민우와의 결혼은 크게 관심 없어서 결혼식에 참석하지 않았었다. 그러나 온갖 역경을 이겨내고 맺어진 제호와의 결혼은 결혼식에 참석해 진심으로 축하하고 싶은 것 같았다. 그때까지 잠자코 듣고만 있던 제호가 깜짝 놀랄 만한 제안을 했다.

"이렇게 하면 어떨까요?"

모두의 시선이 일제히 제호에게 집중됐다.

"한 달 후에 라스베이거스 컨벤션 센터에서 건축 및 인테리어 행사가 있습니다. 참석을 원하는 분은 알려주세요. 비행기 표를 포함한 호텔, 렌터카 등, 모든 경비를 지원하겠습니다. 그리고 그전에 결혼식에 참석하고 싶은 분들도 말씀해주세요. 그 경비 또한 제가 내겠습니다."

"정말입니까?"

"물론입니다."

직원 중 한 명이 믿을 수 없다는 표정으로 묻자, 제호는 빠르게 대답했다. 율리가 그 누구보다 직장 동료들을 결혼식에 초대하고 싶다는 걸 알았기에 경비는 전혀 문제가 되지 않았다.

"결혼식이 한 달 후라고? 알았어."

제호에게 결혼 소식을 들은 우결은 가장 바쁠 시기이지만, 결혼식에 참석하기 위해 2주간 병원 휴업을 결정했다. 그동안 재스민은 본가에서 맡아주기로 했다.

"한 달이면 촉박하긴 한데……. 그래도 우리 율리가 하는 결혼식인데 최고로 해야지. 나만 믿어!"

현경은 자신이 결혼하는 것처럼 흥분해 크게 외쳤다. 웨딩 플래너를 자처한 그녀는 이것저것 미처 신경 쓰지 못한 부분까지 챙기며 율리를 도왔다.

"우선 웨딩드레스부터 고르자."

"응. 이번엔 정말 예쁜 드레스 입고 싶어."

제법 진지한 표정으로 율리가 말했다. 예전엔 웨딩드레스 숍에서 추천하는 드레스를 입어보며 수동적으로 대했지만, 이제는 아니었다.

"그래, 예쁜 드레스로 입어야지. 어깨가 훤히 드러나고, 가슴도 많이 파이고."

"뭐?"

"왜? 너, 지금껏 의원님 때문에 얌전하고 고리타분한 디자인으로만 입었잖아. 이젠 안 그래도 되니까, 우리 야하게 가자."

"야하게?"

뜻밖의 제인에 율리는 고민스럽다는 듯 미간을 찌푸렸다. 하지만 곧 싱긋 웃으며 고개를 끄덕였다.

"그래, 그러자."

제호를 위해 조금은 파격적인 모습을 보여도 괜찮을 것이다.

민우와의 정략결혼을 앞두고 준비할 때와는 모든 것이 달랐다. 하늘로 날아갈 듯 행복했다. 이제야 율리는 왜 세상 모든 신부가 설레는 마음으로 결혼식을 준비하는지 알 것 같았다.

웨딩 플래너에게 모든 걸 맡긴 채 뒷짐만 지고 싶진 않았다. 결혼식장을 장식할 꽃부터 시작해서 웨딩 케이크와 만찬 메뉴, 하객을 위한 답례품 등등, 많은 것을 직접 결정하고 싶었다.

웨딩드레스 디자인이 결정되자, 현경은 며칠 후 답례품 후보 샘플을 가지고 율리를 찾아왔다.

"외국은 청혼받고 결혼식 할 때까지 1년도 걸린다잖아. 예비 신부의 집에 친구들이 모여서 하객에게 줄 청첩장이나 선물을 직접 준비하기도 하고."

현경의 말에 율리는 고개를 끄덕이며 답례품 후보 샘플을 이리저리 둘러보았다. 직접 만드는 수고까진 하지 못해도, 특별하고도 정성 어린 선물을 하객에게 하고 싶었다. 가장 행복한 날에 함께 축하해주는, 누구보다 고마운 지인이므로.

"그런데 너, 현조는 결혼식에 초대 안 할 거야? 이름이 없네?"

청첩장 돌릴 명단을 훑어보던 현경이 물었다.

"현조?"

"그래, 박현조. 너랑 밥 한 번 먹었다가 저승 갈 뻔했던 애 말이야."

현조를 계단에서 밀어뜨린 범인이 민우란 것을 알게 된 율리는 위로 차 몇 번 병원으로 현조를 찾아갔었다. 그러다 보니, 어느새 꽤 친한 사이가 되었다. 물론 남녀로서가 아닌, 잘 아는 누나와 동생으로서.

"현조, 스탠퍼드 다니잖아. 바로 근처인데……. 결혼식에 초대 안 하면 몹시 서운해할걸?"

두 사람의 결혼식은 북부 캘리포니아 바닷가에 있는 고풍스러운 맨션에서 야외 예식으로 진행될 예정이었다.

"그래, 네 말이 맞아. 제호 씨 중고등학교 후배이기도 하니까, 초대해야겠지?"

율리는 재빨리 펜으로 '박현조'의 이름을 적어 넣었다.

"신혼여행은 어디로 갈 거야? 결정했어?"
"글쎄? 아직 결정 안 했어. 사실 어디라도 상관없어. 제호 씨와 함께라면……."
"와, 우리 율리, 언제 이렇게 변했니? 뻔뻔스럽게 닭살 돋는 멘트를 아무렇지 않게 내뱉네?"

현경은 믿을 수 없다는 얼굴로 입을 벌렸다. 불과 얼마 전에만 해도 인생 무상하다는 듯 무표정이던 율리가 지금은 두 뺨을 발갛게 물들이며 생글생글 웃고 있었다.

율리는 부인하는 대신 '피식' 웃어 보이곤 명단으로 시선을 내렸다. 자신이 생각하기에도 놀라울 정도로 많은 부분에서 변했으니까. '사랑은 위대하다'라는 말이 정말 실감나게 다가왔다.

결혼식까지 시간이 별로 없어 거의 매일 강행군의 연속인데도, 지치기는커녕 행복하기만 했다. 오히려 오래 기다리지 않고 바로 식을 올린다는 사실에 안도의 숨이 나올 정도였다.

아, 시간이 좀 더 빨리 갔으면…….

율리는 휴대폰 딜력을 열어 결혼식까지 일마 남지 않은 날싸를 세어 보았다.

드디어 결혼식 당일 날이 밝았다.

하객 대부분은 이미 사나흘 전 미국에 도착해 시차에 적응한 상태였다. 이모 미연은 일주일 전에 유럽에서 왔고, 유리와 안 여사도 결혼식 참석을 위해 며칠 전 뉴질랜드에서 날아왔다.

"와! 언니, 너무 예쁘다!"

신부 대기실로 율리를 찾아온 유리가 호들갑스럽게 칭찬했다.

"초대해줘서 정말 고맙다."

유리 뒤에 서 있던 안 여사가 앞으로 나왔다.

"무슨 말씀이세요. 당연히 초대해야죠."

그 말에 안 여사는 율리의 손을 양손으로 감싸며 어색하게 웃어 보였다.

"그렇게 말해줘서 고맙다, 율리야."

"저도 고마워요. 끝까지 어머니 부탁 들어주셔서……."

소연은 마지막 순간에 미숙에게 율리와 유리를 맡겼고, 미숙은 약속을 지키려 노력했다. 그게 항상 좋은 결과를 끌어내진 못했어도 율리는 안 여사가 그녀 나름대로 최선을 다했다는 것만은 알았다. 엇나간 운명의 장난으로 서로에게 상처를 주긴 했지만 말이다.

"내가 좀 더 노력했어야 했는데……. 사모님이 우리 유리를 키워주신 것에 비하면 난 한참 모자랐지."

"아니에요. 어머니도 하늘에서 고마워하실 거예요."

율리도 안 여사의 손을 마주 잡으며 그녀와 시선을 마주했다.

"아버지 옆에 앉아서 지켜봐주세요."

안 여사는 율리의 부탁대로 신부 어머니 자격으로서 채 의원 옆에 앉았다.

모든 하객이 지켜보는 가운데 두 사람의 결혼식은 경건하고 차분하게 진행되었다. 이제 서로 부부가 되었다는 사실을 공표하는 동시에 신부와 신랑은 입을 맞추었고, 여기저기에서 환성이 터져 나왔다.

결혼식이 끝나고 잠시 휴식 시간을 가진 뒤 피로연으로 이어졌다.

율리와 제호는 하객이 앉은 테이블을 돌며 감사 인사를 전했다.
식사가 끝나갈 무렵, 생각지도 못한 이벤트가 시작되었다.
"뭐? 웨딩 가터 던지기?"
그런 이벤트가 있다는 걸 알지 못했던 율리는 어안이 벙벙한 표정으로 현경과 클레어를 바라보았다.
식이 끝나면 신부가 착용한 웨딩 가터(Wedding Garter)를 미혼 남성에게 던지는 행위가 서구권 결혼식 전통이란 건 율리도 알고 있었다. 하지만 그녀에게까지 전통을 따르라고 할 줄은 몰랐다.
율리는 당황스러운 얼굴로 제호를 바라보았다. 그사이 현경이 율리 앞에 의자를 내려놓았다.
"뭐해? 남자 하객들 기다리잖아."
"제호 씨?"
율리가 도와달라는 듯 쳐다보자, 제호는 부드럽게 양손으로 율리의 어깨를 감쌌다.
"긴장하지 마. 괜찮을 거야."
말을 마친 제호는 치맛자락을 들치고 웨딩드레스 안으로 들어갔다. 짓궂게 입으로 끌어내리면 어떡하나 걱정했지만, 다행스럽게도 제호는 두 손으로 재빨리 웨딩 가터를 벗겨 기다리고 있던 남자 하객을 향해 던졌다.
"I got it!"
웨딩 가터를 낚아채는 행운은 다리에 깁스했음에도 전투적인 자세로 달려든 현조에게 돌아갔다.
"자, 자, 이번엔 부케를 던져야지."
'부케 잡기'는 '웨딩 가터 잡기'보다 조금 더 진지했다. 많은 여성 하객들이 구두를 벗어 던지고 심각한 표정으로 율리의 손에 들린 부케를 주목했다. 현경과 클레어는 편히 뛸 수 있도록 치맛자락 끝을 단단히 잡아매었다.

"자, 지금 던져요!"

율리는 양손을 위로 올리며 여성 하객을 향해 힘껏 부케를 던졌다. 순식간에 부케를 잡으려 뛰어든 여성 하객들이 서로 뒤엉켰다.

"Yeah! It's mine!"

부케를 차지한 행운의 주인공은 슬램덩크 하듯 하늘 높이 뛰어오른 클레어였다. 간발의 차이로 부케를 놓친 현경은 세상 다 잃은 표정을 지었고, 부케를 획득한 클레어는 환호성을 내지르며 껑충껑충 자리에서 뛰어올랐다. 그 모습에 율리는 웃음을 터뜨렸고, 제호는 뒤에서부터 율리를 껴안으며 그녀 관자놀이에 지그시 입술을 눌렀다.

"계속 그렇게만 웃어."

"제호 씨."

율리가 그를 향해 뒤로 고개를 돌리자, 그가 고개를 숙여 입술을 맞췄다.

행복한 두 사람의 시간이 붉은 노을처럼 진하게 무르익고 있었다.

길 위에서 시간을 낭비하고 싶지 않아, 신혼여행지는 결혼식장에서 가까운 곳으로 정하였다. 세계적으로 유명한 포도주 양조장으로 둘러싸인 나파 밸리(Napa Valley)였다.

제호는 한때 양조장이었고, 지금은 초호화 리조트인 건물 중에서 한 채를 아예 통째로 빌렸다. 누구에게도 방해받고 싶지 않아서였다.
 리조트에 도착할 무렵엔 이미 해가 저물어 주위는 어두워진 상태였다.
 "······큭, 큭."
 활짝 열린 창문을 통해 율리의 웃음소리가 끊임없이 흘러나왔다.
 "······아, 제호 씨! 그만. 간지러워······. 큭, 큭."
 도무지 참을 수 없었는지 율리는 크게 몸을 비틀었다. 하지만 웨딩드레스 안으로 기어들어간 제호는 밖으로 나올 생각이 없는 것 같았다.
 웨딩드레스를 입은 그대로 리조트로 가자고 제호가 말했을 때, 율리는 크게 이상한 점을 느끼지 못했다. 차로 한 시간밖에 걸리지 않기에 도착해서 옷을 갈아입어도 상관없다고 생각했다.
 그러나 리조트에 도착하자, 다른 이유에서라는 것을 깨달았다.
 침실에 들어서자마자, 제호는 율리를 침대에 앉히고 주머니에서 웨딩 가터를 꺼냈다. 예전에 그가 그녀에게 선물했던 웨딩 가터와 같은 디자인이었다. 그는 자신을 의아한 눈으로 바라보는 율리의 치맛자락을 들치고 그녀 허벅지로 웨딩 가터를 밀어 올렸다.
 "제호 씨, 지금 뭐 하는 거예요?"
 "아깐 제대로 못 했으니까, 지금이라도 제대로 해야지."
 "뭘 제대로······ 악."
 질문을 던지던 율리는 촉촉한 입술이 살갗에 닿자마자 입을 다물었다. 아까는 그녀가 당황하는 것 같아서 손으로 재빨리 벗겨냈지만, 이젠 둘만 남았으니까 입으로 벗길 작정인 것 같았다.
 "그래서 웨딩드레스 입고 가란······ 큭, 큭. 아, 간지럽다고······ 아,

아."

제호가 웨딩 가터를 입에 물어 느릿느릿하게 끌어내리자 율리는 못 견디게 간지러워 웃음이 터져 나왔다.

"큭, 큭. 제호…… 씨……."

하지만 조금 시간이 지나자 진정으로 웨딩 가터를 벗겨내려는 건지, 아니면 그걸 핑계로 그녀를 골리려는 건지 헷갈리기 시작했다. 너무나도 느리게 웨딩 가터를 벗겨내고 있었기 때문이다. 따뜻하고 촉촉한 감촉이 계속해서 자극하자, 은근히 묘한 느낌이 몰려들기 시작했다. 저절로 신음이 흘러나오려 하자, 율리는 입술을 깨물며 두 눈을 질끈 감아 버렸다. 하지만 결국 여린 신음이 입술을 비집고 흘러나왔다.

"지금 또 유혹하는 거야?"

드디어 발끝까지 웨딩 가터를 끌어내린 제호가 약 올리듯 낮게 중얼거렸다.

유혹이라니! 먼저 야릇하게 나온 사람이 누구인데!

율리가 어이없다는 듯 눈을 흘기자, 제호는 입꼬리를 올리며 그녀의 입술에 살짝 입을 맞추었다.

"왜 그런 눈으로 쳐다봐? 처음 만났을 때부터 날 유혹했잖아."

"……난 그런 기억 없는데요?"

"무슨 소리야? 스커트 차림으로 담벼락에 기어 올라가면서까지 날 유혹했으면서. 스커트가 위로 말려 올라가서 하얀 허벅지가 훤히 드러났는데…… 그러고도 유혹이 아니라고?"

"아니, 담을 타다 보면 허벅지가 좀 드러날 수도 있는 거지……."

그녀가 불평하듯 투덜거리며 몸을 일으키려 하자, 제호는 재빨리 그녀를 침대로 밀어붙였다. 그리고 반항하지 못하게 그녀 위로 올라가 내리눌렀다.
"너였으니까."
율리의 입술 위로 고개를 내리며 그가 낮게 속삭였다.
"나에겐 너무나도 유혹적이었어. 그 누구도 아닌 너, 채율리였으니까."
"제호 씨……."
"사랑해."
"사랑해요."
누가 먼저랄 것 없이 서로의 입술이 닿았다.
사랑이 닿았다.
위대한 유혹의 숨결이 닿았다.
아주 오랫동안…….
짙고도 달콤한 신혼여행의 밤이 시작되고 있었다.
칠흑처럼 어둡던 밤이 새벽의 파란 기운에 휩싸이다가 주위를 붉게 물들이는 해를 맞이할 때까지, 사랑으로 충만한 두 사람의 시간이 뜨겁고 격렬하게 흘러가고 있었다.

Epilogue

에필로그

[내일 몇 시에 병원 간다고 했지?]
"10시요."
왠지 모르게 제호의 목소리가 가라앉은 것 같아 율리는 일부러 더 밝게 대답했다.
옆자리로 고개를 돌리자, 점심시간을 앞두고 작업에 몰두하는 건축사 진만의 모습이 보였다.
얼마 전까지만 해도 제호의 자리였으나, 협력 업체에 파견 근무를 갔던 진만이 정해진 기간보다 늦게 복귀한 후, 원래 주인에게로 돌아갔다.
지금 제호는 신도시 프로젝트 건으로 중동에 머무는 중이다. 전 세계의 이목이 쏠린 사상 최대 규모의 건설 계획이기에 세계적인 건축가인 'Jay K'가 초대된 것은 당연했다.
제호와 함께 중동으로 갔던 율리는 상상을 초월하는 살인 더위를 견디지 못하고 제호보다 먼저 한국으로 돌아왔다. 그게 바로 일주일 전의 일이었다. 일주일이면 시차에 적응했을 만도 한데 자꾸만 몸이 무겁고 피곤하자, 결국 율리는 병원에 가보기로 했다.

[심각한 건 아니지?]

지나가는 말로 병원에 간다고 했는데, 멀리 떨어져 있어서인지 제호는 걱정되는 모양이었다.

"별거 아니에요. 요 며칠 소화도 안 되고 쉽게 지쳐서 그래요."

[미안해, 내가 옆에 있어야 하는데……]

근심 어린 목소리로 그가 말했다.

[조금만 참아. 일 끝나는 대로 바로 갈게.]

"아니에요. 난 괜찮으니까, 맘 편하게 할 일 다 하고 와도 돼요."

그래도 제호는 걱정되는지 조금이라도 이상하면 바로 연락하라고 신신당부한 후에야 전화를 끊었다.

휴대폰을 내려놓던 율리는 책상에 놓인 달력의 숫자를 보고 빙그레 웃고 말았다.

언제 이렇게 시간이 지났지? 하루하루가 너무나 행복해서 그런 걸까? 어느덧 제호와 결혼한 지 1년이란 시간이 훌쩍 넘어가고 있었다.

그동안 정말로 크고 작은 일이 차례대로 일어났다.

국회의원직을 내려놓은 형식은 시민 단체와 협력하여 소외된 계층과 이민자를 위한 무료 법률 자문 센터를 설립했다. 또한 시간이 날 때마다 바우하우스 김 소장과 함께 사회적 약자나 저소득층을 위한 봉사 활동에 참여하기도 했다.

아내의 사망 이후로는 잘 웃지 않던 그가 지난 1년 새 미소 짓는 횟수가 부쩍 늘어난 것을 보면, 몸은 힘들어도 마음은 편해진 것 같았다.

김태훈 보좌관은 율리에게 말했던 대로 무료 법률 자문 센터의 행정 업무를 담당하며 계속해서 형식의 곁을 지켰다.
조금 뜻밖인 것은 현경의 반응이었다. 그녀는 채 의원을 진심으로 돕고 싶다며 일주일에 두 번씩 센터에 들러 이민자들을 위한 통역과 번역 등의 일을 맡아서 처리했다. 언어 습득에 타고난 재능을 지닌 현경은 영어는 물론 불어와 중국어, 일어, 베트남어 등 다양한 언어에 능통했다.
그래도 갑자기 봉사 활동에 적극적으로 참여하는 현경에 율리는 고개가 갸우뚱거려졌다. 주 회장의 명으로 청아그룹 주최 자선 파티에 참석할 때마다 쉴 새 없이 투덜거리던 현경이었기 때문이다.
필시 다른 속셈이 있는데, 하지만 그게 뭔지는 정확히 모르겠다. 감을 잡을 것도 같았지만 확실하진 않았다.
율리와 제호가 결혼하고 6개월쯤 지나서, 클레어와 우결은 같은 장소에서 결혼식을 올렸다. 그렇지만 두 사람이 살림을 합친 것은 아니었다. 우결은 한국에서 계속 성형외과를 운영했고, 클레어는 한국과 미국을 왔다 갔다 하며 신혼 생활을 즐겼다.
― 부부라고 꼭 같이 살아야 하는 법은 없잖아요.
율리가 던진 부케를 낚아챈 클레어가 활짝 웃으며 한 말이었다.
안 여사와 유리는 뉴질랜드에 자리를 잡고 평온한 나날을 보냈다. 유리와 안 여사와는 문자와 전화로 자주 서로의 안부를 살폈다.
그러는 동안 민우의 1심 재판이 끝났다. 법정은 납치, 강간, 폭행 등 중범죄에 대한 형량으로 민우에게 7년 징역형을 선고하였다.
변호사 측은 집행 유예를 받아내려 민우에게 정신 질환이 있다는 의사 진단서를 제출했다. 하지만 받아들여지지 않았다. 제정신이 아닌 상태에서 벌인 일이라고 하기에는 매우 계획적이고 치밀했기 때문이다. 1심이 끝나고 피고 측과 검사 측 모두 즉각 항소했다.

한국뿐만 아니라 프랑스 당국에서도 민우를 살인 용의자로 수배 중이어서, 양국 사이에 체결된 범죄인 인도 조약을 기반으로 인도 절차를 진행할 예정이었다.

한국에서 형이 끝나는 대로 프랑스로 이송되어 재판받을지, 형량이 끝나지 않은 상황에서 프랑스로 이송될지 논의 중이라고 했다.

민우는 변호사 측을 통해서 율리를 만날 수 있게 해달라고 여러 번 부탁했다. 하지만 그때마다 제호 선에서 단호하게 거절되었다.

"율리 씨."

자신을 부르는 목소리에 율리는 상념에서 깨어나 소리가 난 쪽으로 고개를 돌렸다. 언제 왔는지 선영이 책상 앞에 서 있었다.

"뭐해요? 점심 먹으러 가야죠."

"아, 네. 먹으러 가야죠."

율리는 컴퓨터를 끄며 자리에서 일어났다.

"무슨 메뉴가 좋을까요?"

선영의 옆에서 진만이 제법 진지한 얼굴로 물었다.

"오랜만에 튀김 덮밥 먹으러 갈래요? 아침에 출근할 때 보니까, 새 메뉴 나왔던데."

"오! 튀김 덮밥 좋아요. 난 장어튀김!"

선영의 제안에 진만은 재빨리 찬성하며 입맛을 다셨다. 하지만 율리는 튀김이라는 말을 듣는 순간 속이 메슥거려 반사적으로 입술을 깨물었다.

"왜요? 율리 씨는 다른 것 먹고 싶어요?"

"아뇨, 아뇨. 저도 좋아요."

선영이 걱정스러운 듯 묻자, 율리는 황급히 고개를 저었다. 자신 때문에 점심 장소를 바꾸고 싶진 않았다. '튀김 덮밥 말고 다른 메뉴도 있으니까, 덜 기름진 음식으로 주문하면 되겠지.'라고 생각했다.

그러나 막상 식당 안에 들어서자, 기름 냄새조차 맡을 수 없었다. 율리는 전화받는 척 연기하며 곧바로 식당을 빠져나왔다. 선영과 진만에게는 급히 수정할 부분이 생겨서 회사에 들어가 봐야 한다고 문자를 보냈다.

"체한 것 같진 않은데……."

율리는 혼잣말을 중얼거리며 손바닥으로 가슴을 쓸었다. 이상하게도 별로 배고프지 않은 대신, 갑자기 신맛의 음료가 끌렸다. 결국 율리는 회사로 돌아가는 길에 카페에 들러 레모네이드를 샀다.

"하."

시원한 레모네이드를 한입 쭉 들이마시자, 그제야 살 것 같았다.

그날 저녁도 율리는 새콤달콤한 오렌지 마멀레이드 머핀으로 저녁을 대신했다. 먹고 나니 온몸이 노곤해져 곧바로 잠자리에 들었다. 한국에 돌아오고 나서부터 계속된 현상이라 크게 신경 쓰진 않았다.

다음 날, 율리는 진료를 예약한 병원으로 향했다.

"……음."

율리를 진단한 의사는 차트를 들여다보며 의견을 말했다.

"제 생각엔 내과가 아니라 산부인과에 가셔야 할 것 같습니다."

"네?"

"아무래도 임신인 것 같아요. 산부인과에서 진료를 받아보시죠."

2층에 있는 산부인과로 옮긴 율리는 그곳에서 임신 4주라는 확답을 받았다. 의사는 영양 섭취 균형을 유지하는 것이 가장 중요하다며 영양제를 처방했다. 그리고 되도록 스트레스받지 말고 충분한 휴식을 취하라고 조언했다.

병원 문을 막 나서는데 어떻게 알았는지 제호에게서 전화가 걸려 왔다.

[병원에서 뭐래?]

혹시 큰 병에라도 걸렸을까 봐 걱정한 모양이었다.

"아무 이상 없대요. 되도록 스트레스받지 말고 충분하게 휴식을 취하래요. 영양제 처방도 받아왔고요."

율리는 의사가 한 말을 고대로 제호에게 전했다. 단, 임신 사실만 빼고. 임신이라고 말하면 제호는 당장이라도 돌아오려고 할 것이다. 어차피 2주가 지나면 돌아올 테니까 그때까지 알리지 않아도 상관없을 거라고 판단했다.

[그래?]

아무 이상이 없다고 말했는데 그의 목소리는 밝지 않았다. 그 이유는 다음 날 저녁에 밝혀졌다.

"제호 씨?"

율리는 깜짝 놀란 표정을 지으며 현관으로 다가갔다. 문이 열리고 제호가 집 안으로 성큼 들어오고 있었다. 그는 빠른 걸음으로 다가와 그대로 율리를 품에 끌어안았다.

"어떻게 된 거예요? 2주 후에 오는 거 아니었어요?"

"도저히 그때까지 기다릴 수 없었어."

"아니, 왜요?"

율리를 놓아준 제호는 양손으로 그녀의 얼굴을 감싸며 말했다.

"사실은 엊그제 꿈을 꿨거든."

"꿈이요?"

난데없이 웬 꿈이냐는 듯 그녀가 미간을 찌푸렸다.

"응. 하늘에서 내려온 아기 천사가 날 보고 방긋 웃더니 네 몸에 들어갔어. 태몽인 것 같아."

"제호 씨, 아무리 그래도 그렇지, 꿈 하나 꿨다고……."

율리는 기가 막힌다는 얼굴로 제호를 바라보았다.

"보통 꿈이 아니야. 어머니가 날 가지셨을 때, 아버지도 내가 꿨던 꿈과 거의 같은 꿈을 꾸셨거든."

권 부회장이 꾼 태몽은 하늘에서 날아온 아기 천사가 '까르르' 웃다가 윤 여사의 입 속으로 쏙 들어가는 내용이라고 했다.

"태몽이 틀림없어. 확실해."

사실 제호의 말이 맞았다. 태몽이 틀림없다. 지금 율리의 몸 안에는 4주 된 생명체가 자리를 잡고 있었다.

어쩌면 좋아! 이리될 줄도 모르고 임신 사실을 숨겼던 율리는 난처한 표정으로 아랫입술을 깨물었다. 그렇다고 깜빡 잊고 임신 사실을 말하지 않았다고 변명할 수는 없었다.

혼자 속으로 끙끙거리던 율리는 결국 비장의 무기를 꺼냈다.

할 수 없다. 필살기 애교를 부릴 수밖에!

눈꼬리를 휜 율리는 생글생글 웃으며 두 팔로 제호의 목을 감싸 안았다. 감질나게 살짝살짝 입을 맞추며 속삭이듯 그를 불렀다.

"제호 오빠."

제호가 파고들려고 하자, 율리는 슬그머니 물러서며 애를 태웠다.

"……율리야."

"오빠, 우리 여기서 이러지 말고 침실로 가요."

율리는 '오빠'라고 불러주면 그가 어쩔 줄 모르고 좋아한다는 사실을 알고 있었다.

우선 애교로 제호를 살살 녹여놓고, 나중에 슬쩍 임신 사실을 털어놓을 계획이었다.

하지만 침실에 도착하자마자 그녀의 계획은 허무하게 무너졌다. 애교로 녹여버리기 전에 그가 먼저 침대를 부숴버릴 정도로 활활 불타올랐기 때문이다. 고작 일주일 넘게 떨어져 있었다고 통제할 수 없을 정도로 몸이 달아오른 것 같았다.

"안 돼요! 의사 선생님이 아직 4주라고 격렬한 성관…… 아!"

"의사 선생님? 아직 4주?"

그녀에게서 몸을 일으키며 제호가 미간을 찌푸렸다. 율리는 거칠게 덤벼드는 제호에게 당황한 나머지, 그대로 임신 사실을 털어놓았다는 사실을 깨달았다.

아, 망했다.

"오빠."

율리는 재빨리 눈소리를 휘며 제호의 뺨을 손으로 감쌌다. 하지만 그의 표정은 이미 딱딱하게 굳어버린 후였다.

"어째서 내게 임신 사실을 숨긴 거야?"

"……그게, 음…… 곧바로 돌아온다고 할까 봐……. 오빠, 화났어요?"

물론 그는 화나지 않았다. 화가 날 리 없었다. 자신을 위해서 꾹꾹 참고 임신 사실을 말하지 않은 율리의 속마음을 알기에.

그래도 그녀가 쩔쩔매는 모습이 귀여워 잠시만이라도 화난 척 입을 굳게 다물었다.

제호는 차가운 얼굴로 그녀를 품에서 떼어놓고 침대맡에 등을 기대었다. 조심스레 눈치를 살피던 율리는 손끝으로 제호의 가슴을 툭툭 건드렸다.

"미안해요. 혹시라도 오빠 일에 지장 받을까 봐……."

"그래도 그렇지, 임신한 걸 숨겨?"

"오빠, 정말 화 많이 났구나."

율리는 제호의 허벅지 위로 올라가 앉으며 그의 목에 양팔을 두르고 이마를 맞대었다.

"내가 어떻게 하면 화 풀 거예요?"

살며시 고개를 비틀어 입을 맞춘 그녀가 유혹하듯 속삭였다.

"뭐든 할 거야?"

물론 뭐든 할 건 아니었지만, 율리는 우선 고개부터 끄덕여 보였다. 그러자 제호는 두 손으로 율리의 가녀린 허리를 감아 제 쪽으로 바짝 끌어당겼다.

"난 가만히 있을 테니까, 알아서 해봐. 의사 선생님이 주의한 대로."

그 말에 율리는 생긋 웃으며 제호와 눈을 맞췄다.

"그런 거라면 걱정하지 말아요. 아주 안전하게 할 테니까."

슬며시 몸을 낮춘 그녀는 입술을 벌려 그의 목덜미를 깨물었다.

"여기부터 시작하면 되겠죠?"

1년 전의 채율리와, 뜨거운 신혼을 보낸 1년 후의 채율리는 완전 다른 사람이 되어 있었다.

무리하지 않고 끝까지 가지 않으면서도 제호의 입에서 신음이 흘러나오게 할 방법은 아주 많았다. 느긋하면서도, 그 어느 때보다 뜨겁게.

그날 밤, 율리는 제호의 품에 안겨 같은 태몽을 꾸었다. 한 가지 다른 것이 있다면 아기 천사는 율리를 보고 웃는 대신 윙크를 보냈다는 점이다. 마치 '엄마, 앞으로 잘 부탁해요.'라고 인사하는 것처럼…….

그녀의 사랑스러운 아기.

그의 사랑스러운 천사.

두 사람의 사랑스러운 아기 천사가 살포시 꿈속으로 날아들었다.

외전 01

성깔도 있단 말이지!

"율리 씨, 점심 뭐 먹을까요?"
컴퓨터 슬립 모드를 누르며 진만이 물었다. 임신 소식을 들은 후부터 직장 동료들은 제일 먼저 율리에게 메뉴 선택권을 주었다.
"튀김 요리만 아니면 아무거나 상관없어요."
"그러면 제육 덮밥 먹으러 갈까요?"
"네. 선영 씨도 좋다고 하면, 그거 먹으러 가요."
외근 나가 있는 선영에게 진만이 전화로 물어보는 사이, 율리는 지갑을 챙기고 자리에서 일어났다.
제호는 엊그제부터 김 소장과 함께 제주도 출장 중이었다. 내일 토요일에 돌아온다.
그는 처음엔 출장 가기를 꺼렸다. 하지만 임신 5주 차여도 아직 입덧이 시작되지 않았기에 율리는 걱정하지 말라고 제호를 설득했다. 기름 냄새가 심한 음식만 빼면 아무런 문제가 없었다. 이모 미연은 율리가 엄마를 닮아서 그런 거라고 했다. 소연은 율리를 가졌을 때 입덧을 전혀 하지 않았단다.

─ 그래도 먹고 싶은 건 많아서 한밤중에 을지로 평양냉면을 먹고 싶다질 않나, 인천에서 유명한 닭볶음탕이 먹고 싶다질 않나, 요구 사항이 많았어.

며칠 전, 전화 통화하며 미연이 해준 말이었다. 옛일이 떠올랐는지 미연은 착잡한 목소리로 말을 이었다.

─ 네 아버지가 무뚝뚝하긴 해도 언니가 먹고 싶다면 군말 없이 다 구해오긴 했어. 아마 나름대로 사랑한다는 표현이었겠지. 그걸 직접 말로 듣지 못하고 죽은 언니가 안됐을 뿐이지.

형식이 진심으로 사랑한 사람은 소연뿐이었다는 것을 알게 된 미연은 형식을 향한 미움이 조금은 가라앉았는지, 예전처럼 찬바람이 쌩 불 정도로 쌀쌀맞게 대하진 않았다.

자신의 배 속에서 생명이 자라서일까? 율리는 요즘 들어 부쩍 돌아가신 어머니를 떠올리는 날이 많아졌다.

엄마도 날 가졌을 때, 이런 기분이었을까? 사랑하는 사람의 아기를 가졌다는 사실이 이렇게나 큰 행복인지 몰랐다. 어머니가 살아 계셨다면 함께 기쁨을 나누었을 텐데…….

"선영 씨도 오케이 했어요. 근처라고, 먼저 가서 자리 잡아놓고 있겠대요."

그때 옆에서 들려온 진만의 목소리에 율리는 상념에서 깨어났다.

"선영 씨 기다리겠다. 우리 어서 가요."

막 건물을 나서는데 갑자기 누군가가 율리의 앞을 막아섰다. 누군지 얼굴을 확인하려는 순간, '짝!' 마찰음이 들리며 율리의 고개가 옆으로 돌아갔다. 율리는 어이없다는 표정으로 화끈거리는 뺨을 손으로 감싸며 자신을 때린 이를 쳐다보았다.

"이 나쁜 년!"

일그러진 얼굴로 씩씩거리며 나도희 여사가 율리를 노려보고 있었다. 이미 나 여사는 율리가 중동에 있을 당시, 회사로 찾아와 난동을 부린 전력이 있었다. 변호사 비용으로 천문학적 액수를 썼음에도 민우의 집행 유예를 받아내지 못하자, 그녀는 모든 것을 율리 탓으로 돌리며 악담을 퍼부었다.

"네년 때문에 우리 아들 인생이 망가졌어! 이제 어떻게 할 거야?"

나 여사가 다시 율리에게 달려들려고 하자, 재빨리 진만이 두 팔을 벌려 앞을 가로막았다. 하지만 율리는 괜찮다는 듯 진만의 어깨를 툭 두드리고는 나 여사 앞으로 나섰다.

"왜 저 때문이라고 하세요? 인생 망가지게 한 건 민우 본인인데."

"뭐? 우리 민우가 뭘 잘못했는데?"

"재판에 꼬박꼬박 참석하시고도, 민우가 뭘 잘못했는지 모르신다고요?"

"그게 뭐 그리 큰 잘못이야? 남녀가 사귀다 보면 싸울 수도 있는 거지. 그리고 그년들, 다 꽃뱀이야. 민우가 재벌이라서 달려든 천박한 것들이라고!"

"제발 정신 차리세요."

궤변을 늘어놓는 나 여사를 율리는 안쓰러운 눈으로 바라보았다.

"민우를 괴물로 만든 건 바로 아주머니였네요. 민우가 뭘 보고 자랐겠어요?"

"악!"

율리가 정곡을 찌르자 나 여사는 비명을 지르며 손을 번쩍 치켜들었다. 하지만 이번엔 율리에게 손을 붙잡혔다.

"한 대만 더 때려봐요. 폭행죄로 고소할 거니까."

나 여사가 움찔하자, 율리는 손을 놓아주며 차갑게 쏘아붙였다.

"제게 화낼 게 아니라 사과하셔야죠. 민우는 절 납치하고, 죽이려고까지 했어요."

"그거야 네년이 바람을 피웠으니까……."

"바람이라뇨? 전 그때 분명히 민우와 헤어진 상태였는데. 저와 약혼 중에도 다른 여자와 자고 다녔던 건 오히려 민우였습니다."

"닥치지 못해!"

율리의 입에서 진실이 쏟아지자, 나 여사는 목까지 빨개진 모습으로 소리를 질렀다. 진실을 받아들이지 못하는 나 여사를 보며 율리는 고개를 내저었다. 더 이야기해봤자 시간 낭비일 게 뻔했다.

"정상적인 사람이라면 분노할 게 아니라, 창피를 느껴야 하는데……. 괜히 저한테 화풀이하지 말고, 어디 가서 상담이라도 받아보세요."

말을 마친 율리는 그대로 나 여사를 지나쳤다.

"야! 너 거기 안 서?"

나 여사는 율리를 쫓아가려 했지만, 곧바로 진만에게 팔을 잡혔다.

"그만하세요. 저번처럼 경찰 부를까요?"

지난번 난동에 현행범으로 체포됐던 나 여사는 훈방 조치를 받고 풀려났다. 하지만 또다시 난동을 부리면 훈방으로 끝나지 않을 거라는 경고를 받았다.

쫓아가서 율리의 머리끄덩이를 쥐고 흔들고 싶었지만, 오늘은 이쯤에서 물러나는 게 신상에 좋을 것 같다.

권 전무와 이혼하니, 세상의 모든 것이 달라져 있었다. 재산 분할로 챙긴 재산은 꽤 되었지만, 돈만 있다고 권력을 휘두를 수 있는 건 아니었다. KG그룹의 비호를 받지 못하자 그 많은 돈도 전혀 도움이 되지 못했다. 이미 부모님이 돌아가셨기에 형제들만 남은 친정 역시 든든한 배경이 되지 못했다. 언론 재벌인 친정은 민우의 일을 창피해하며 가족의 연을 끊으려 했다.

"알았으니까 이거 놔!"

나 여사는 진만에게 잡힌 팔을 잡아 빼고는 멀어져가는 율리의 뒷모습을 노려보았다.

홍, 그래도 건방진 년, 한 대라도 때린 게 어디야.

나 여사는 애써 자신을 위로하며 반대편으로 등을 돌렸다.

다음 날, 율리는 공항으로 제호를 픽업하러 가기 전, 현경과 밖에서 만나 차를 마셨다. 망고 케이크를 앞에 놓고 차를 마시며 율리는 현경에게 어제 나 여사가 찾아온 일을 말해주었다.

"와! 미친 거 아냐? 그 아줌마, 정말 상담 좀 받아야겠네."

자초지종을 들은 현경은 기가 막힌다는 듯 입을 벌렸다.

"그러니까. 아무리 제 자식이라도 그렇지, 민우가 어떤 짓을 저지르고 다녔는지 알면서 어떻게 그리 말해?"

아직도 화가 나는 듯 율리는 미간을 찡그렸다.

"피해자 중에는 평생 불임 된 사람도 있는데······."

율리는 증인으로 나섰던 신다희를 떠올렸다. 전혀 기대하지 않았는데 그녀는 해외 체류 중임에도 증언을 위해 귀국을 단행했다. 증인석에 앉은 신다희는 처음부터 끝까지 담담한 얼굴로 모든 일을 증언했다. 민우에게 폭행당해 불임이 되었다는 의사 진단서와 폭행 증거로 남겨둔 사진도 함께 제출했다.

재판이 끝난 후, 신다희는 율리를 찾아와 사과의 말을 건넸다.

"미안해요. 정체불명의 문자와 동영상들, 다 내가 보낸 거예요."

"그럴 거라고 예상했어요. 그런데 왜 그런 거예요?"

율리의 물음에 다희는 씁쓸하게 웃어 보였다.

"……모르겠어요. 그땐 그냥 막 화가 났어요. 난 이렇게 망가졌는데 그쪽은 너무 행복해 보여서 질투 나기도 했고……. 조금이라도 흔들고 싶었어요. ……그런데 후련하기는커녕 마음이 더 무거워지더라고요."

극한 상황에 처하면 어떤 이는 이성을 잃고 극도로 사악해지기도 한다. 신다희도 그런 경우였을까?

"솔직히 괜찮다고는 말 못 하겠어요. 진실이라도 그런 식으로 알게 되고 싶진 않으니까요. 그러나 다희 씨가 얼마나 힘든 일을 겪었는지 아니까, 이해하도록 노력해볼게요."

잠시 뜸을 들인 율리는 계속해서 말을 이었다.

"……그건 그거고. 쉽지 않았을 텐데 증언해줘서 고마워요."

"아뇨, 제가 더 고맙죠. 확실히 복수할 기회를 주었으니까요."

그날 다희는 율리에게 동영상 원본을 건넸다. 덕분에 율리는 두려울 건 없다는 제호의 말 뒤로 끊어졌던 영상을 끝까지 확인할 수 있었다.

— 두려울 건 없어요.

— 어째서죠?

— 어떤 상황이 오든 다 받아들일 거니까. 그런 각오로 시작한 일입니다.

동영상에 드러난 제호의 눈빛이 너무나도 처연해서 율리는 그만 울컥하고 말았다. 제호 역시 진실을 숨기며 몹시 힘들어했다는 것을 알 수 있었기에 마음이 아팠다.

"율리야, 내 말 듣고 있어?"

현경의 목소리에 율리는 회상에서 벗어나 현경에게로 고개를 돌렸다.

"어, 미안. 방금 뭐라고 했어?"

"넌 그 아줌마 한 대도 안 때렸지?"

"응. 나도 때리고 싶었는데 꾹 참았어. 쌍방 폭행이 되니까."

"그래, 잘 참았어. 장하다, 우리 율리."

현경은 기특하다는 듯 율리의 어깨를 토닥거리고는 스피커 모드로 전화를 걸기 시작했다. 신호음이 울리고 곧 전화가 연결되었다.

[네, 현경 씨.]

휴대폰 스피커에서 김 보좌관의 목소리가 흘러나왔다.

"태훈 씨, 부탁 하나만 할게요. 바우하우스 근처에 설치된 CCTV 영상 구할 수 있을까요? 어제 정오부터 1시 사이에요."

[그거야 어렵지 않죠.]

"고마워요. 내가 센터로 가서 자세히 설명할게요."

율리는 전화를 끊는 현경은 당혹스러운 듯 미간을 찌푸렸다.

"그런데 현경아, 난 고소 안 할 거라고 이미 말했거든."

"야, 누가 너보고 고소하래? 이런 건 인터넷에 올려야지. '피해자를 찾아와 폭력을 행사하는 가해자', 이렇게 말이야. 어때, 괜찮지?"

그제야 율리는 싱긋 웃으며 고개를 끄덕였다. 현경을 말릴 수도 있었지만, 그러지 않기로 했다. 나 여사의 이번 폭행으로 여론이 들끓게 되면 2심을 앞둔 민우에겐 꽤 불리하게 작용할 것이다. 또한 이미 서먹해진 언론 재벌 친정과는 더욱더 멀어질 게 뻔했다. 한마디로 '자승자박'인 셈이다.

"어머, 벌써 시간이 이렇게 됐네. 난 이만 공항으로 가봐야 해."

"응, 어서 가봐. 제호 씨에게 안부 전해주고."

손목시계로 시간을 확인한 율리는 서둘러 자리에서 일어났다.

"흐응."

현경은 카페를 빠져나가는 율리를 바라보며 기분 좋은 듯 콧노래를 흥얼거렸다. 그리고 잠시 후, 그녀도 가방을 챙겨 자리에서 일어났다. 카페를 나온 현경은 법률 자문 센터로 차를 몰았다. 토요일은 그녀가 봉사하는 날이 아니었지만, 조금 전의 통화로 태훈을 만날 건수가 생겼다.

"하아."

그를 곧 볼 수 있다는 생각만으로도 가슴이 두근거렸다. 오래전부터 채 의원 곁에 있는 태훈을 봐왔지만, 대화를 나눈 것은 율리의 납치 사건이 있고 나서다. 나이 차가 꽤 있는 태훈은 현경 또래의 남자들과는 다르게 매우 정중하고 사려가 깊었다. 그러다 보니 서서히 이성으로서 호감이 생기기 시작했다. 그리고 호감은 미국에 간 율리를 대신해 매일 채 의원 댁을 들락날락하면서 사랑으로 발전했다.

뭐랄까? 정중하고 사려 깊은 사람인 줄만 알았는데 성깔도 있단 말이지! 달콤하면서도 매콤하고, 시원하다가도 톡 쏘는 맛이랄까? 그래, 이거지. 자고로 성숙한 남자에겐 이런 진득한 맛이 있어야 하는 거다!

태훈은 현경이 그토록 찾아 헤매던 이상형의 남자였다.

바로 코앞에 두고도 이제야 알아본 게 조금 억울하긴 했지만, 지금이라도 발견한 게 어디냐, 안도할 수 있었다.

"큭."

호감이 사랑으로 변했던 날을 떠올리던 현경은 자신도 모르게 웃음을 터뜨렸다. 황당하다는 표정으로 그녀를 쳐다보던 태훈이 아직도 눈에 선했다.

견우와 직녀, 오작교를 끌어들이면서까지 율리를 미국으로 등 떠민 현경은 율리를 공항에 내려주고 곧바로 채 의원의 집으로 향했다.

율리가 없는 동안 대신 채 의원을 챙겨주겠다는 약속도 지킬 겸, 태훈도 볼 겸, 뽕도 따고 님도 보기 위해서였다.

"갑자기 무슨 일입니까?"

연락도 없이 불쑥 찾아온 현경을 태훈은 곤란하다는 눈으로 쳐다보았다. 그와 반대로 현경은 황홀한 눈으로 태훈을 바라보았다.

오늘 그는 여태껏 보아온 완벽한 차림과는 거리가 있었다. 맨 위 와이셔츠 단추 두 개와 넥타이는 느슨하게 풀린 상태였고, 걷어 올린 소매 아래론 매끈한 근육질의 팔뚝이 모습을 드러내고 있었다. 그중에서도 현경의 시선을 잡아끈 것은 바로 짙은 청색의 앞치마였다. 요리 중이었는지, 그는 앞치마를 두르고 있었다.

하얀 와이셔츠와 청색 앞치마의 조화가 이리도 아찔할 줄이야!

현경은 넋을 잃은 채 그저 멍하니 태훈을 바라볼 수밖에 없었다.

와! 앞치마를 두른 남자가 이렇게 섹시해도 되는 거야?

"주현경 씨?"

그녀가 아무 말도 하지 않자, 태훈이 의아한 표정으로 현경을 불렀다. 그제야 퍼뜩 정신을 차린 현경은 표정을 다잡으며 생긋 웃었다.

"의원님 돌봐드리려고 왔어요. 율리가 미국 가면서 저에게 부탁했거든요."

"그런 거라면 걱정하지 않으셔도 됩니다. 의원님은 저 혼자서도 충분······."

"점심 차리던 중이었나 봐요?"

그냥 가라고 할까 봐 현경은 태훈의 말을 싹둑 자르고 냉큼 주방 안으로 들어섰다. 폭파 수준의 주방 모습을 예상했는데, 의외로 아주 깔끔히 정리돼 있었다. 조리대에 놓인 것은 파, 고추를 송송 썬 칼과 도마가 전부였다.

와, 이 남자는 요리하면서 설거지도 동시에 하나 보네.

식기 건조대에는 막 설거지를 끝낸 주방 용기가 가지런히 있었고, 가스레인지에선 해물찌개가 보글보글 끓고 있었다.

"이거 보좌관님이 직접 한 거예요? 아니면······."

"네, 제가 한 겁니다. 마트에 들렀는데 꽃게가 싱싱해 보이길래. 의원님이 해산물을 좋아하시거든요."

"우와! 국물 맛 끝내줘요."

맛보기 숟가락으로 국물을 떠먹어본 현경은 진심 어린 감탄사를 내뱉었다.

"보좌관님, 요리 좋아하시나 봐요?"

"좋아한다기보다는, 매일 밖에서 사 먹을 순 없으니까요."

그 말에 현경은 가만히 고개를 끄덕였다.

이미 김 실장을 통해 그에 관한 모든 정보를 손에 넣은 상태였다. 부모님과 형 내외를 포함한 가족은 태훈만 남겨두고 5년 전 캐나다로 이주했다. 그 이후로 그는 부모님의 아파트에서 혼자 산다고 했다. 가족은 함께 가자고 설득했지만, 그는 채 의원 곁을 떠날 수 없다며 거절했단다.

태훈은 보좌관으로만 머물기엔 아까운 인물이었다. 한국 최고 명문 법대를 수석으로 합격해서 대학교 3학년 때 사법 고시 1차 시험에 합격했고, 2차 시험도 가뿐히 통과해 졸업과 동시에 사법 연수생이 되었다. 하지만 무슨 이유에서인지 그는 연수 기간 도중 중도 하차를 결정했다. 1년 동안의 방황을 끝낸 태훈은 채 의원 밑으로 들어가 정책 조정에 관련된 일을 맡았다. 그리고 지금까지 쭉 채 의원 곁에 머물렀다.

 신입생 시절부터 군대 가기 전까지 과 커플이었던 여자 친구를 빼곤 호감을 느낀 상대가 있었는진 모르겠지만, 정식으로 사귄 이성은 없다고 한다.

ㅡ 설마, 아니죠?

 현경의 부탁으로 태훈을 조사한 김 실장은 현경에게 정보를 넘겨주며 불안한 표정을 지었었다. 오랜 세월 현경을 옆에서 지켜본 김 실장은 뭔가 감을 잡은 모양이었다.

ㅡ 그렇게 티 났어요?

 현경이 눈을 동그랗게 뜨자, 김 실장은 낭패라는 듯 눈살을 찌푸렸었다.

ㅡ 그러다 회장님이 아시면 어쩌려고 그러십니까?

ㅡ 그러니까 아저씨, 이건 우리 둘만의 비밀이에요.

ㅡ 후.

 현경의 능청스러운 태도에 김 실장은 땅이 꺼지도록 크게 한숨을 내쉬었다. 그러나 의리남답게 아무에게도 말하지 않고 입을 다물었다. 사실 김 실장이 주 회장에게 보고한다고 해도 현경은 크게 개의치 않았다. 보기보다 낭만주의자인 주 회장은 그녀가 고른 남자라면 결국엔 허락할 거라고 믿었다.

"현경 씨, 점심 먹었어요? 안 먹었으면 의원님과 함께 드시죠."

태훈의 목소리가 현경을 회상에서 깨어나게 했다.

"보좌관님은요?"

"전 요리하면서 대충 먹었습니다."

그와 함께 식사하는 게 아니라면 별로 먹고 싶다는 생각은 들지 않았다.

"저도 공항에서 율리랑 대충 먹었어요."

그 말을 끝으로 현경은 서재로 향했다. 현경은 채 의원에게 율리의 부탁이라며 한동안 이곳에 머물면서 말동무가 되어드리겠다고 했다. 율리가 이미 말을 해두었는지 채 의원은 고맙다며 흔쾌히 아래층 손님방을 내주었다. 그 방은 김 보좌관이 사용하는 또 다른 손님방과 욕실을 사이에 두고 연결돼 있었다.

일주일 넘게 채 의원 집에 머물며 현경은 태훈의 새로운 면을 발견했다. 정중하고 사려 깊은 모습은 채 의원이 앞에 있을 때고, 이 남자, 은근히 성깔이 있었다. 한집에서 지내다 보니 사사로운 것에서 현경과 크고 작은 의견 충돌이 있었는데, 그럴 때마다 말끔하는 태훈의 반응이 현경에겐 못 견디게 자극적으로 다가왔다.

한 번은 현경이 노크를 깜빡하고 욕실 문을 덜컥 열었다. 태훈도 문 잠그는 걸 깜빡했던 모양이다. 샤워하려던 중이었는지 셔츠를 벗고 막 바지를 벗으려던 참이었다.

"앗, 미안해요."

말로는 사과하면서도 현경은 나갈 생각을 없이 황홀한 눈으로 태훈을 바라보았다.

"주현경 씨."

현경이 가만히 서 있자, 태훈은 으르렁거리듯 낮은 목소리로 그녀를 불렀다.

와, 어쩜!

조각상처럼 균형 잡힌 몸만 보고 넋을 잃은 게 아니었다. 큰 소리를 내지 않으려 지그시 어금니를 물며 내뱉는 태훈의 말투에 반해버렸다. 나직하게 깔린 목소리에 심장이 뜨끔했다. 서늘한데, 너무나 서늘해서 뜨거운 느낌이었다. '얼어붙을 것처럼 차갑게 투명한 다이아몬드를 손에 쥐면 오히려 불에 타듯 뜨겁다'던 유명 소설의 묘사처럼 말이다.

"네, 네. 나갈게요."

휙, 등을 돌리며 욕실 문을 닫은 현경은 꿀꺽 마른침을 삼켰다.

이 남자, 침대 위에선 얼마나 뜨거울까!

상상만으로도 온몸이 후끈 달아올랐다. 이제 곧 20대를 끝내고 30대로 넘어가면서 성호르몬 활동이 활발해져서만은 아니었다. 이건 모두 욕망을 활활 불태울 제대로 된 상대를 만났기 때문이다.

따분하기만 했던 현경의 하루하루가 흑백에서 총천연색으로 변했다. 그날 이후로 호감은 사랑으로 급발진했고, 이 남잘 어떻게 공략할까, 틈틈이 비집고 들어갈 틈을 찾았다. 하지만 쉽지 않았다.

무슨 남자가 바늘구멍만큼도 빈틈이 없는 거야?

그렇다고 쉽게 포기하고 물러날 그녀가 아니었다.

무료 법률 자문 센터의 번역, 통역 봉사까지 맡으며 태훈에게 접근했다. 이러다 곧 관둘 거라고 여기던 현경이 계속 성실하게 봉사하자, 그녀를 대하는 태훈의 태도가 조금은 부드러워졌다. 이젠 적어도 철없는 재벌 3세 취급은 안 하는 것 같았다.

"어? 토요일인데도 나오셨네요?"

센터 안으로 들어가자, 막 상담을 끝낸 최 변호사가 상담실에서 걸어 나오며 현경을 반겼다.

"네, 일이 좀 있어서……."

짧게 인사한 현경은 서둘러 복도 맨 끝으로 걸어갔다. 그곳엔 행정 업무를 맡은 태훈의 개인 사무실이 있었다. 노크하고 안으로 들어서자, 태훈이 모니터에서 문 쪽으로 시선을 돌렸다.

"부탁한 CCTV 영상, 지금 막 받았습니다."

"독촉하려고 온 거 아니에요. 혹시나 도울 건 없나 해서 온 거죠."

태훈 옆으로 의자를 끌고 가 앉으며 현경이 말했다. 컴퓨터로 내려받은 영상을 재생하던 태훈은 잠시 후 놀란 듯 미간을 찌푸렸다.

"이거 뭡니까? 저 여자, 나 여사 맞죠? 맞은 사람은 율리 씨고."

"네."

현경은 짤막하게 어제 있었던 일을 설명했다.

"그래서, 이걸 인터넷에 올려서 여론 재판이라도 할 작정입니까?"

"당연하죠."

현경은 환하게 웃으며 태훈의 팔에 슬며시 몸을 기울였다. 노골적으로 가깝게 다가갔는데도 그는 표정 하나 바꾸지 않고 묵묵히 모니터만 주시했다.

이 남자는 눈치가 없는 걸까, 아니면 모른 척 무시하는 걸까?

필요할 때 외에는 현경에게 눈길 한 번 주지 않았다. 그 상사에 그 부하라고. 채형식 의원이 무뚝뚝한 거나 김태훈 보좌관이 무뚝뚝한 거나, 서로 오십보백보였다. 그래도 그런 그가 현경은 못 견디게 멋있었다. 몰랐는데 돌부처처럼 무뚝뚝한 남자가 은근히 관능적이었다.

"……태훈 씨."

코맹맹이 목소리로 불러도 그는 건조한 눈으로 바라볼 뿐이었다. 하지만 그 건조한 눈 안에서 보일 듯 말 듯 균열이 일고 있다는 걸 현경은 알 수 있었다. 조금 더 힘을 가하면 퍽, 깨져버릴 틈새가 드디어 생겨나고 있었다.

"나랑 연애해요."

현경은 빙빙 말을 돌리는 대신 그대로 밀어붙였다.

석 달 전, 회식 자리에서 사귀자고 말해버린 현경은 그 이후로 기회만 되면 연애하자고 졸랐다. 그때마다 태훈은 무슨 소리냐는 듯 미간을 찌푸렸다.

재벌녀라는 배경도 배경이고, 여덟 살이란 나이 차이 역시 부담인 것 같았다.

그러나 열 번 찍어서 안 넘어가는 남자 없다고 현경이 계속해서 밀어붙이자, 한 달 전부터 제법 흔들리는 모습을 보였다. 지금도 현경에게서 눈을 돌리지 못하고 고민하는 듯한 표정을 지었다. 균열이 조금 더 커진 것을 알아챈 현경은 더욱더 가까이 태훈 옆으로 다가갔다.

이윽고 그가 대답했다.

"좋아요. 연애만 하는 거라면……."

긍정적인 대답에 현경은 활짝 웃으며 태훈의 얼굴을 양손으로 감쌌다.

"네, 다른 건 안 바랄게요. 우리 연애만 해요, 연애!"

혹시나 태훈이 다른 말을 꺼낼까, 현경은 서둘러 입을 맞췄다. 우선은 연애만 할 생각이었다. 진득하고 느긋하게, 무섭게 불타오르는 연애만. 애가 탄 그가 제발 결혼해달라고 매달릴 때까지, 아주 오랫동안.

현경은 3년 안에 태훈이 그녀에게 무릎 꿇고 프러포즈하게 할 자신 있었다. 물론 3년에 안 된다고 포기할 건 아니지만.

하여간 첫술에 배부르랴. 우선은 연애부터…….

세차게 파고드는 태훈의 입술은 상상했던 것보다 훨씬 더 달콤하고 뜨거웠다. 저절로 행복에 겨운 신음이 현경의 입에서 흘러나왔다.

외전 02

꼭 같이 살 필요는 없잖아

"와! 여기서 만나다니!"

공항 주차장으로 향하는 율리와 제호에게 클레어가 웃으며 뛰어왔다. 그녀 뒤로 슈트 케이스를 끌고 오는 우결의 모습이 보였다.

"제주도에서 돌아오는 길이냐? 우린 제주도로 가는 길인데……. 시간 있으면 커피 한잔하고 갈래?"

우결의 제안에 모두 근처에 있는 카페로 들어갔다. 그동안 서로 바쁜 탓에 전화 통화만 했지, 얼굴을 보는 것은 꽤 오랜만이었다. 특히 엊그제 미국에서 온 클레어는 결혼식 이후 처음이었다.

"신혼 생활 어때요?"

"미치도록 좋아요. 우결 오빠도 좋고, 재스민도 좋고."

율리의 물음에 클레어는 세상을 다 가진 사람처럼 환하게 웃었다. 그러곤 율리의 손을 덥석 잡았다.

"이건 모두 율리 씨 덕분이에요."

"제 덕분이요?"

"네. 율리 씨가 던진 부케를 잡게 되면 우결 오빠에게 프러포즈할 거라고 마음먹었거든요."

클레아의 말에 제호의 시선이 빠르게 우결을 향했다. 우결은 '내 말이 맞지?'라는 듯 제호를 보며 '피식', 입꼬리를 올렸다.

우결의 머릿속으로 율리와 제호가 결혼했던 날의 일이 자연스럽게 떠올랐다.

"헉."

농구 선수처럼 뛰어오른 클레어가 야무지게 부케를 낚아채는 순간, 우결이 탄성을 내질렀다.

큰일 났다!

우결이 어쩔 줄 모르고 안절부절못하자, 막 키스를 끝낸 율리와 제호가 창백해진 우결을 발견하고 의아하다는 표정을 지었다.

"한우결, 왜 그래?"

결국 제호는 율리를 품에서 놓아주고 걱정스럽다는 얼굴로 우결에게 다가갔다.

"클레어가 부케 잡았어!"

"왜? 웨딩 가터 못 잡았다고 클레어가 뭐라고 할까 봐?"

"그건 못 잡은 게 아니라 양보한 거지. 다리에 깁스하고 있는 애를 어떻게 밀치고 차지하냐! 나 이래봬도 가슴이 따뜻한 남자야."

손바닥으로 가슴을 문지르던 우결은 지금 이럴 때가 아니라는 듯 세차게 고개를 흔들었다.

"어떡하지? 아무래도 클레어가 나에게 프러포즈하려는 것 같아."

"프러포즈?"

"응."

연인으로 지낸 세월이 얼마인가? 우결은 클레어의 심리에 관해 제

손바닥 보듯 잘 알았다. 저렇게 온몸을 던져서 부케를 받아냈을 때는 뭔가 단단히 각오했다는 뜻이었다. 가령 프러포즈라던가······.

"확실해? 부케 잡으면 너에게 프러포즈할 거라고 다짐했다는 게?"

우결은 급히 고개를 끄덕이며 하객에게 둘러싸여 축하받는 클레어를 주시했다.

"뭘 고민해? 클레어가 프러포즈하면 받아주고 결혼해. 결혼했다고 꼭 같이 살 필요는 없잖아."

제호는 우결이 서로 거주하는 나라가 달라서 클레어와의 결혼을 망설인다고 생각했다. 하지만 그게 아니었다. 우결에겐 좀 더 심각한 이유가 있었다. 우결의 얼굴에 어두운 그림자가 내려앉았다.

그에겐 절친인 제호에게도 절대로 털어놓을 수 없는 비밀이 있었다. 그것은 바로······.

"클레어가 널 쳐다봤어. 지금 이리로 오려고 하는 것 같은데?"

제호의 말에 우결은 화들짝 놀라며 클레어와 반대편으로 등을 돌렸다. 클레어는 지금 부케와 함께 프러포즈하려는 게 분명했다. 하지만 우결은 아직 결혼할 처지가 아니었다. 세상 그 누구보다 클레어를 사랑하지만 말이다.

제길, 어떡하지?

프러포즈를 거절한다면 그땐 영원히 클레어와 끝장나는 것과 다름없었다. 그렇다고 결혼할 순 없는 일이고, 클레어와 헤어질 수도 없고. 우결은 잠시 자리를 피해야겠다고 생각했다.

"제호야, 클레어 잡고 제발 시간 좀 끌어줘."

제호에게 뒷수습을 부탁한 우결은 재빨리 자리를 벗어났다. 고풍스러운 저택의 모퉁이를 돌아서 수풀이 우거진 곳으로 뛰었다. 어디 적당히 숨을 곳이 없나 주위를 두리번거리는데, 저 멀리 담장 끝에 쭈그리고 앉은 남자가 우결의 눈에 들어왔다. 남자는 무료한 표정으로 막대 사탕을 빨고 있었다.

"현 선생님?"

한때 진 과장이라고 불렸고, 제호에게는 진 선생님이라고 알려진 남자였다. 하지만 사실 진은 성이 아니라 이름이고, 남자의 본명은 현진이다.

"현 선생님, 저도 하나만 주세요."

혀로 막대 사탕을 할짝거리는 진에게 우결이 말했다. 힐끗 위를 쳐다본 진은 담배를 꺼내듯 재킷 안에서 막대 사탕을 꺼내 우결에게 건넸다. 포장지를 벗기자, 빨간 체리 맛 막대 사탕이 모습을 드러냈다. 우결은 막대 사탕을 입에 물고 진 옆에 쭈그리고 앉았다. 두 사람은 잠시 아무 말 없이 막대 사탕을 빨았다. 먼저 말을 꺼낸 건 우결이었다.

"그러고 보면 현 선생님, 막대 사탕 엄청 좋아하시네요."

"담배 대신으로 찾는 거죠. 금연한 지 한 5년쯤 됐나? 키스하는데 여자 친구가 재떨이 냄새난다고 하도 불평해서 큰맘 먹고 끊었어요."

처음으로 진의 입에서 나온 여자 친구 이야기에 우결은 흥미로운 듯 눈동자를 굴렸다.

"그래서 그 여친은 지금 사모님이 되셨나요?"

"아뇨."

진은 빠르게 고개를 내저었다.

"저 아직 싱글입니다."

"아, 네."

"허구한 날 동에 번쩍, 서에 번쩍하는데, 그걸 이해해줄 여자가 어디 있겠어요? 게다가 살짝살짝 얼굴도 바뀌는데……. 전 여친은 내가 성형 중독인 줄 알 겁니다."

크게 한숨을 내쉰 진은 다시 막대 사탕을 빨았다. 제호는 진이 전직 국정원 요원이라고 알고 있지만, 사실 그는 그냥 국정원이 아니었다. 국정원을 가장한, 다국적 기밀 업무를 수행하는 조금 더 특별한 요원이었다. 얼마 전 은퇴하고 지금은 그때그때 국가나 기업, 개인의 일을 맡아서 해결하고 있다. 진 과장이란 신분으로 위조해서 민우 밑으로 들어간 것도 우결의 부탁으로 첩보와 함께 교란 업무를 맡아서였다.

"저도 사실 그래서 결혼이 꺼려져서요. 후, 어떻게 해야 할지……."

진에게서 동질감을 느낀 우결은 자신의 고민을 털어놓았다. 진은 막대 사탕을 빨며 잠자코 우결의 하소연에 귀를 기울였다.

"톰 형 나오는 CIA 영화 보셨죠? 톰 형 때문에 약혼녀가 악당에게 납치되고 그러는 거."

클레어와 결혼하고 싶지만, 혹시라도 그녀가 겪을 위험이 걱정돼 결혼할 수 없다고 끝을 맺었다. 가만히 듣기만 하던 진이 우결에게로 고개를 돌렸다.

"그런데 톰 형은 CIA 요원이었죠. 성형 의사가 아니라."

"그래도 위험한 건 마찬가지죠. 영화에서 보면 옆에서 돕던 일반인이 더 쉽게 죽잖아요."

그 말에 진은 고개를 끄덕이고는 남아 있던 막대 사탕을 아작아작 씹어 모두 삼켜버렸다.

"이 얘긴 피로연 다 끝나면 해주려고 했는데…… 지금 해야겠네요."

진은 자리에서 일어나더니 악수를 청하듯 우결에게 손을 내밀었다.

"한우결 선생님, 이제 선생님의 임무는 모두 끝났습니다."

"네?"

우결이 놀란 얼굴로 진을 따라 자리에서 일어섰다.

"원래는 2년마다 새로운 의사로 바꿔야 하는데, 한 선생님 실력이 너무나 뛰어나서 2년이나 더 연장했네요."

"저 그럼 잘린 건가요?"

"잘리다니요? 명예롭게 퇴역하는 겁니다. 그동안 정말 수고 많으셨습니다. 위험에 처할 뻔했던 많은 요원이 한 선생님의 뛰어난 성형 의술로 무사히 임무를 마칠 수 있었습니다."

그 말에 감동한 우결은 눈물을 글썽이며 진이 내민 손을 양손으로 덥석 잡았다.

대학 은사의 소개로 정보국과 연결된 우결은 어쩌다 보니 특수 요원의 성형 수술을 맡게 되었다. 완벽하게 분장한다고 해도 조금은 성형이 필요했으니까. 우결은 주로 간단한 수술로도 인상이 확 달라질 수 있는 콧방울, 미간, 눈꺼풀과 귀 부분의 성형을 담당했다.

"그러니까 아무 걱정 말고 프러포즈 받으세요."

그때였다.

"오빠!"

우결을 발견한 클레어가 부케를 흔들며 큰 소리로 불렀다. 우결이 클레어를 바라보며 망설이자, 진은 우결에게 잡힌 손을 빼내서 그의 어깨를 세게 밀었다.

"뭐해요? 빨리 가보지 않고."

그제야 우결은 고개를 끄덕이고 클레어를 향해 달려갔다.

우결이 자신을 향해 뛰어오자, 클레어는 활짝 웃으며 부케를 흔들었다.

"우결 오빠, 나랑 결혼……."

"그래, 하자!"

우결은 클레어가 프러포즈를 마저 끝내지 못했다는 것도 알아차리지 못한 채 먼저 대답했다. 클레어만큼 흥분한 우결은 붉어진 얼굴로 크게 소리쳤다.

"결혼한다고 꼭 같이 살 필요는 없잖아! 난 계속 한국에서 살고, 넌 계속 미국에서 살아. 그래도 우리 결혼하자!"

"내 말이 그 말이야."

"I love you."

"I love you so much!"

누가 먼저랄 것도 없이 클레어와 우결이 입술을 포갰다. 그런 두 사람을 멀리서 흐뭇한 눈으로 바라보던 진은 새 막대 사탕을 꺼내며 낮게 중얼거렸다.

"사실은 2년이 아니라 5년인데……."

앞으로 1년 더 남아 있긴 했다. 그러나 뭐가 문제일까 싶다. 대한민국에는 애국심 투철한 성형 의사가 아주 많으니까 말이다. 진은 '피식' 웃으며 포장지를 벗겨낸 막대 사탕을 입에 물었다.

외전 03

사랑한다고 고백해

[안 되겠다. 아무래도 내가 들어가야겠어.]
 어느덧, 눈에 확 뜨일 정도로 율리의 배가 나오기 시작하자, 이모 미연에게서 걸려 오는 전화가 부쩍 많아졌다. 그러더니 결국에 미연은 귀국을 결정했다.
 "괜찮아요, 이모. 저 혼자서도……."
 [너 안 괜찮아. 옆에서 돌봐줄 친정엄마도 없는데, 나라도 가야지. 나, 전직 산부인과 의사였어. 내가 좀 더 빨리 의사 됐으면 너도 내 손으로 받을 수 있었는데 괜히 다른 애만 내 손으로 받고…….]
 유리를 직접 받아냈던 미연이 혼잣말처럼 투덜거렸다.
 [그때 내가 언니 산후조리 하는 거 쭉 지켜봤으면 네 동생을 볼 수도 있었을 텐데 말이다.]
 미연의 입에서 지금껏 모르고 지냈던 사실이 흘러나왔다.
 [너 낳고 나서, 선거 운동 돕는다고 산후조리 대충하고 나다니다가 율리, 네가 유일한 언니 자식이 됐잖니. 안미숙이 유리 지운다고 할 때 안 된다고 말린 이유 중 하나도 자신이 이제 아이를 못 낳게 됐으니까,

그래서 더 그런 것도 있었어.]

"엄마가요?"

놀란 율리가 큰 소리로 물었다.

[그래, 네 아버지도 알아. 지금 생각해보니까, 네 아버지는 그래서 더 안미숙에게 아이를 지우라고 했던 것 같아. 이제 더는 아이를 가지지 못하는 언니를 위해서. 하여간 두 사람, 진짜 징글징글하다. 그렇게 서로 아꼈으면서 왜 말을 안 해서는…… 어휴, 답답해.]

속상하다는 듯 한숨을 내쉰 미연은 곧 율리를 돌보러 귀국하겠다고 말하며 전화를 끊었다.

엄마가 더는 임신할 수 없었다고?

율리는 부푼 배를 만지며 속으로 중얼거렸다. 어머니가 겪었던 고통이 느껴지는 것 같아 코끝이 찡해졌다.

미연과 통화하고 며칠이 지난 후, 율리는 슬슬 아기용품을 장만할 때가 된 것 같아 쇼핑에 나섰다. 그러다 우연히 여의도 쇼핑몰에서 정태혁 의원과 마주치게 되었다.

"오랜만이네요, 율리 씨."

멀리서도 율리를 한눈에 알아본 정 의원은 반갑게 웃으며 앞으로 다가왔다.

"그동안 잘 지냈습니까?"

"네. 의원님도 잘 지내셨어요?"

정 의원은 얼마 전 당내 선거를 통해 대선 후보로 당선되고 요즘 무척이나 바쁜 나날을 보내고 있었다. 하지만 이렇게 만난 율리를 그냥 보내기 아쉬운 모양이었다. 그는 보좌관에게 일정을 확인하더니 율리를 향해 조심스레 물었다.

"시간 괜찮다면 나와 차 한잔해도 될까요?"

며칠 전, 이모에게 들은 말이 아니었다면 율리는 그의 제안을 정중히 사양했을 것이다. 하지만 이모에게 어머니가 더는 임신할 수 없게 되었다는 말을 듣고 나니 어머니와 아버지가 결정적으로 어긋나게 됐던 날의 일, 그러니까 아버지의 생일날 어머니가 정 의원과 만난 일에 관해 알고 싶어졌다.

"네, 그럼요."

두 사람은 근처 카페로 자리를 옮겼다. 정 의원이 자주 들르는 곳으로, 그를 위한 별실이 따로 마련되어 있었다. 보좌관과 경호원은 밖에서 일반인이 접근하지 못하도록 주위를 살폈다.

율리와 정 의원은 차를 앞에 두고 일상적인 대화를 나누었다. 그러다 말을 꺼낼 기회를 엿보던 율리가 살며시 운을 띄웠다.

"한 가지 여쭙고 싶은 게 있어요. 제 어머니 결혼 후에도 만나신 적 있으신가요?"

"물론입니다. 국회의원 선거 활동 중이나 모임 등에서 오다가다 부딪치게 되니까."

"그런 것 말고, 단둘이 만나신 적은 없나요?"

"아……."

그 말에 정 의원은 어색한 미소를 지으며 찻잔을 입으로 가져갔다. 천천히 차를 한 모금 마신 정 의원은 율리의 질문에 대답하는 대신 다른 화제를 꺼냈다.

"그러고 보니, 내가 이 이야기를 여태껏 채 의원님께 하지 못했군요. 난 당연히 서로 털어놓은 줄 알았는데……."

"서로 털어놓다니요?"

"율리 씨 어머니와 아버지, 두 사람 말입니다. 난 두 사람이 서로 마음을 털어놓고 아주 행복하게 사는 줄 알았어요. 우연히 나와 부딪친 날, 내 조언을 따르겠다고 했거든요. 바로 유리를 가진 것도 그래서라고 생각했고……."

"죄송하지만, 무슨 말씀을 하시는지 모르겠습니다."

"후, 그럴 겁니다."

율리의 표정이 혼란스럽게 변하자, 정 의원은 작게 한숨을 내쉬고는 밖에서 대기 중이던 보좌관을 불러들였다. 그리고 수행원 모두 별실에서 멀찍이 떨어져 대기할 것을 지시했다.

주위에 아무도 없다는 걸 확인한 후에야 정 의원은 다시 말을 꺼냈다.

"유리 출생 건으로 채 의원님을 협박한 사람, 한때 제 보좌관이던 사람입니다. 어떻게 구했는지 제게 친자 확인서를 가지고 왔더군요."

"정 의원님 측 사람이었다고요?"

율리가 되묻자, 정 의원은 착잡한 얼굴로 고개를 끄덕였다.

"정말 미안합니다. 비겁한 경쟁은 필요 없다고 바로 해고했는데, 나중에 그걸 들고 권 전무를 찾아가서 돈을 받아냈더군요. 하지만 걱정하지 말아요. 나중에 알고 단단히 혼을 내놓았습니다. 다신 그런 일 없을 겁니다."

"그게 아니더라도 괜찮을 거예요."

정 의원이 의아한 표정을 지어 보이자, 율리는 계속해서 말을 이었다.

"이젠 아버지가 국회의원직을 내려놓으셔서, 크게 돈 되는 정보가 아닐 테니까요."

"아, 그런가요?"

정 의원이 씁쓸한 표정으로 고개를 끄덕였다.

"오늘 내가 율리 씨를 만난 것처럼, 그날도 우연히 소연이와 서점에서 부딪쳤습니다. 채 의원에게 줄 생일 선물을 사러 왔다고 하더군요. 원서를 구했다고 하면서……."

과거를 회상하는 듯 정 의원이 가만히 눈을 감았다.

먼 과거로 돌아가서, 소연과 정 의원이 서점에서 부딪힌 그날.

"장인어른, 여긴 무슨 일이십니까?"

연락도 없이 장인어른인 한 검사가 사무실로 들어오자, 형식은 깜짝 놀란 얼굴로 책상에서 일어섰다. 한 검사는 무표정으로 주위를 훑어보더니 곧장 형식에게 다가갔다.

"오늘 자네 생일이지? 소연이가 아침에 미역국 끓여주던가?"

"아뇨. 제가 일이 있어서 새벽에 나오느라……. 대신 소연이 함께 저녁 먹자고, 일찍 들어오라고 신신당부했습니다."

"하, 남편 생일에 미역국도 안 끓여주는 아내라니. 자네가 이렇게 느슨하니까, 그 애가 아직도 미련을 못 버리고 있는 거네."

한 검사는 손에 들고 있던 서류 봉투를 책상에 툭 던졌다.

"뭡니까, 이게?"

"난 모르겠으니, 자네가 보고 판단하게."

말을 끝낸 한 검사는 그대로 사무실을 빠져나갔다. 홀로 남은 형식은 천천히 서류 봉투를 열어 보았다. 그리고 곧 표정이 딱딱하게 변했다. 봉투 안에는 여러 장의 사진이 들어 있었다. 아내 소연과 정태혁이 찻잔을 사이에 놓고 행복하게 웃는 사진. 얼마나 행복해서인지 소연의 눈가엔 눈물이 맺혀 있었다. 형식은 뚫어져라 사진을 들여다보다, 힘없이 자리에 앉았다. 송곳에 찔린 것처럼 가슴이 쿡쿡 쑤시기 시작했다.

"흐음……."

어금니를 꽉 깨물었지만, 아픈 비명이 입술을 비집고 새어 나왔다.

"결국 이럴 거면서……."

모두 다 헛된 희망이었나?

언제부터인지 몰라도, 형식은 소연의 눈빛이 서서히 자신에게로 향한다고 느꼈다. 원치 않는 결혼이었으나 살을 맞대고 한집에 살다 보니 어느새 남편에 대한 애정이 생겨났다고 믿었다. 율리가 태어나고 활짝 웃는 소연을 보며, 이제야 행복을 느끼기 시작한다고 여겼다. 그런데 사실은 아니었나 보다.

"훗."

옛 연인을 향해 웃는 아내 사진을 응시하던 형식의 입가에 비릿한 미소가 번졌다. 사진 속에서 소연은 편안하고 행복해 보였다. 결혼하고 나서 한 번이라도 저렇게 편안한 모습을 보인 적이 있던가? 애석하게도 선뜻 떠오르는 기억이 없었다.

그래, 다 부질없는 짓이다. 사랑하는 연인을 구하려 아버지가 정해준 남자와 억지로 결혼까지 했는데……. 그런 소연이 옛 연인을 잊고 지금의 남편에게 마음을 내줬을 리가 없었다.

어쩌면 속으로는 그를 가증스럽다고 여기고 있을지도 모른다. 출세를 위해 사랑하지도 않는 여자와 결혼했다고 생각하겠지.

그녀를 본 순간 첫눈에 반했다는 사실은 전혀 모른 채…….

형식의 입에서 자조적인 웃음이 흘러나왔다. 그와 동시에 전화가 울렸다. 통화 버튼을 누르자, 대학 동창인 민 변호사의 목소리가 흘러나왔다.

[오늘 밤에 대학 동창 모임 있는 거 알지?]

"……그랬나?"

형식이 시큰둥하게 대답하자, 민 변호사는 말을 길게 늘어뜨리며 설득했다.

[모두 오랜만에 모이는 거야. 너만 바쁜 거 아니라고. 그러니까 잠깐이라도 나와서 얼굴 비추고 가.]

"……시간 봐서."

[모호하게 대답하지 말고. 무조건 나와.]

민 변호사는 올 때까지 기다릴 거라고 말하고 전화를 끊었다. 형식은 잠시 휴대폰을 바라보다가 전원을 끄고 저 멀리 밀어놓았다. 그리고 두 눈을 감으며 의자 등받이에 몸을 기댔다.

잠시만이라도 휴식이 필요했다. 아무것도 하고 싶지 않았다. 아무것도 생각하고 싶지 않았다. 그 아무것도.

몇 시간 전, 서울 시내의 대형 서점.

"한소연."

자신을 부르는 익숙한 목소리에 소연이 뒤를 돌아보았다. 이내 반가운 얼굴을 확인한 그녀의 얼굴에 환한 미소가 떠올랐다.

"정 선배?"

"여긴 무슨 일이야?"

태혁도 밝게 웃으며 그녀에게 다가왔다.

"부탁한 원서가 들어왔다고 해서 찾으러 왔어요."

소연은 쇼핑백에서 두툼한 책을 꺼내 보였다. 힐끗, 책 표지를 확인한 태혁이 '피식' 웃으며 물었다.

"남편 줄 거?"

"네, 오늘이 남편 생일이에요. 생일 선물로 주려고 주문한 건데 늦으면 어쩌나 걱정했거든요."

"커피 마실 시간 돼? 오랜만에 만났는데."

소연은 손목시계로 시간을 확인하고는 고개를 끄덕였다.

"네."

근처 커피숍에 들어간 두 사람은 음료와 디저트를 주문하고 마주 앉았다.

"사실 오래전부터 선배에게 연락하려고 했는데, 계속 미루고 못 했어요. 미안해요."

"바빠서 연락 못 한 건데, 뭐가 미안해."

"아뇨. 바빠서가 아니라……."

소연은 어색한 미소를 지으며 두 손으로 머그잔을 만지작거렸다. 그리고 잠시 후, 조심스레 입을 열었다.

"사실은 면목이 없었거든요. 다들 힘들어할 때 저 혼자만 쏙 빠져나가서. 그리고 바로 결혼했잖아요. 괜히 배신한 것 같아서……."

"무슨 소리야? 날 빼내주려고 마음에도 없는 결혼한 거 다 아는데. 나야말로 너에게 미안해서……."

"아니에요, 선배. 그런 거 아니에요!"

소연은 세게 고개를 내저으며 태혁의 말을 도중에 끊었다.
"저, 형식 씨, 사랑해요. 정말 사랑해서 결혼한 거예요."
"뭐?"
"형식 씨는 기억 못 하지만, 예전에 그를 만난 적 있어요. 그때부터 좋아했고요."
소연은 짤막하게 명동 성당 앞에서 형식에게 도움받았던 일을 설명했다.
"남편도 알아?"
"아뇨. 내가 좋아한다는 것도 모르는걸요."
소연은 씁쓸한 표정으로 고개를 저었다.
"양심에 걸려서 도저히 말 못 하겠더라고요. 모두 힘들게 투쟁 중인데 나만 행복하면 안 될 것 같아서……. 배신한 것도 미안한데……."
"무슨 소리야? 이념은 이념이고, 개개인의 행복은 다른 거지."
소연의 말이 뜻밖이라는 듯 태혁은 미간을 찌푸렸다.
"사랑해서 결혼한 게 뭐가 배신이야? 이념이 다른 사람과 결혼했다고 아무도 널 탓할 순 없어."
"……선배."
"오늘 남편 생일이라고 했지? 그러면 생일 선물로 원서나 건네지 말고, 사랑한다고 고백해. 그 어느 것보다 값진 생일 선물이 될 테니까."
태혁의 말에 소연은 두 뺨을 붉게 물들이며 행복한 표정으로 웃었다. 그녀의 눈가가 촉촉하게 젖어들어갔다.
"고마워요, 선배. 그럴게요."
누군가 멀리서 두 사람을 지켜봤다는 사실을 모른 채, 소연은 두근거리는 가슴을 안고 태혁과 헤어졌다.

─ 사랑한다고 고백해. 그 어느 것보다 값진 생일 선물이 될 테니까.

정말 그럴까? 잠깐 스치듯 만났지만, 첫눈에 반해버렸던 남자였다. 그를 다시 만나게 되었을 때 소연은 운명이라고 생각했다. 그랬기에 그녀의 아버지가 형식과 결혼하라고 했을 때 거부하지 않고 받아들였다.

하지만 남편은 아니었을 것이다. 그녀가 마음에 들어서가 아니라, 그녀 아버지의 권력이 필요했을 것이다. 그래도 시간이 지나며 그녀를 조금씩 아내로 인정하는 것 같았다.

신혼 때는 너무 무뚝뚝해서 형식에게 제대로 말도 붙이기 어려웠다. 하지만 날이 지날수록 그녀를 대하는 태도가 부드러워졌다. 율리가 태어나고부터는 변화가 더욱더 두드러졌다.

불평 한마디 없이 율리의 기저귀를 갈아주고, 밤늦게 귀가해서도 소연 대신 칭얼거리는 율리는 품에 안아 재워주는 등, 딸아이를 향한 형식의 애정은 남달랐다.

소연은 형식이 율리를 너무나 사랑해서 아이를 낳아준 그녀에게까지 호감을 느끼게 되었다고 생각했다. 아니면 함께 살다 보니 어느새 정이 들었든지. 차갑기만 했던 남편의 눈빛이 따뜻해질수록 소연이 행복하게 웃는 날이 많아졌다.

오늘 아침에도 형식은 미역국을 끓이려고 일어나는 소연을 침대로 밀어붙이며 나직이 속삭였다.

"더 자. 아직 일러."

"그래도 생일인데……."

"미역국 대신, 이거면 됐어."

형식은 다정히 입을 맞추고는 흘러내린 소연의 앞머리를 부드럽게 넘겨주었다.

"그러면 오늘은 무슨 일이 있어도 정시에 퇴근해서 같이 저녁 먹어요. 약속이에요."

"노력해볼게."

"노력하지 말고 꼭 와요. 생일상 차리고 기다릴 테니까. 알았죠?"

그는 약속하진 않았지만, 생일상을 차리지 말라고는 하진 않았다. 그 뜻은 정시에 퇴근해서 집에 오겠다는 뜻이었다.

카페를 나온 소연은 수산 시장에 들러 살아 있는 생생한 대하와 전복, 꽃게 등을 사서 집으로 왔다.

"아."

보는 것만으로도 팔딱팔딱 뛰는 새우가 소름 끼치게 징그러웠지만, 소연은 사랑하는 남편을 위해서 꾹 참고 일일이 새우를 손질했다.

도우미 아주머니가 율리를 돌보며 옆에서 도와준 덕분에 수월하게 생일상을 차릴 수 있었다.

소연은 갓 튀긴 새우튀김을 식탁에 올려놓으며 벽에 걸린 시계를 쳐다보았다.

"오늘도 늦으시는 건 아니겠죠?"

퇴근하는 도우미 아주머니가 걱정스러운 얼굴로 물었다. 소연은 괜찮다는 듯 생긋 웃었다.

"곧 오겠죠. 오늘 고마웠어요. 음식 좀 가져가세요."

도우미 아주머니가 퇴근하고 한참이 지나도 형식은 귀가하지 않았다. 전화해보았지만, 신호음만 가고 받지 않았다. 갑자기 급한 일이 생겼을지도 모르니까 더 기다려보기로 했다. 어느새 바삭바삭하던 새우튀김이 눅눅해졌지만, 형식이 오면 그때 살짝 한 번 더 튀기면 될 것이다.

시간이 지나고, 또다시 전화를 걸었다. 이번엔 휴대폰을 꺼놓았는지 바로 음성 사서함으로 넘어갔다.

"많이 늦어요? 음성 메시지 확인하면 전화해줘요."

음성 메시지를 남긴 소연은 율리에게 저녁을 먹이고 욕실로 데려가 씻겼다. 칭얼거리는 율리를 재우고 나오니 시간은 벌써 9시를 넘어가고 있었다.

소연은 거실 소파에 앉아 TV를 틀고 형식을 기다렸다. 그러다 깜빡 잠이 들었나 보다. 한기를 느끼고 눈을 뜨니, TV가 꺼진 고요한 실내가 그녀를 둘러싸고 있었다. 혹시 잠든 사이 형식이 돌아와서 TV를 껐나? 라는 생각에 황급히 집 안을 둘러보았다. 하지만 어디에도 남편의 흔적은 없었다. 아마 잠들면서 그녀도 모르게 리모컨 전원 버튼을 눌렀나 보다.

소연은 벽에 걸린 시계로 시선을 돌렸다. 시간은 이미 새벽 5시가 넘어가고 있었다. 한 번도 연락 없이 외박한 적 없는데……. 휴대폰을 확인했지만, 그에게선 전화도 문자도 오지 않은 상태였다.

혹시 안 좋은 일이 생긴 건 아니겠지?

불안한 마음에 형식에게 전화하려는데 덜컥, 현관문이 열리며 형식이 집 안으로 들어왔다. 소연은 안도의 숨을 내쉬며 빠른 걸음으로 남편에게 걸어갔다. 가까이 다가가자, 형식에게서 진한 술 냄새가 풍겼다.

"어떻게 된 거예요?"

"대학 동창 모임이 있었어."

소연을 보지 않은 채, 형식이 무뚝뚝하게 말했다.

"그러면 그렇다고 전화라도 해주지……."

"왜? 당신도 어제 오후 대학 동창 만났잖아. 나한테 동창 만난다고 전화했었어?"

"……네?"

"하, 피곤해. 술 냄새가 날 테니까, 난 서재에서 잠시 눈 붙이다 나갈게."

말을 마친 형식은 그대로 소연을 지나쳐 서재로 들어갔다.

소연은 아무 말도 할 수 없었다. 남편의 눈빛이 너무나도 싸늘해서 온몸에 소름이 돋을 지경이었다.

서재 문이 닫히고 이어서 찰칵, 문 잠그는 소리가 들렸다.

잠시 멍하니 제자리에 서 있던 소연은 천천히 등을 돌려 식탁으로 걸어갔다. 눅눅해진 새우튀김이 제일 먼저 눈에 들어왔다. 소연은 보관 용기를 꺼내 새우튀김을 안에 담기 시작했다. 다른 음식도 보관 용기에 담아 냉장고에 넣었다. 식탁 정리를 끝낸 소연은 서재 쪽으로 고개를 돌렸다. 굳게 잠긴 문이 그녀의 시야를 채웠다.

조금은 마음의 문을 열었다고 생각했는데…… 그게 아니었구나.

서글픈 미소를 떠올린 소연은 거실의 불을 끄고 율리가 잠든 방으로 들어갔다.

짙은 어둠이 서늘한 거실에 내려앉았다.

"난 친자 확인서를 보기 전까지만 해도 율리가 소연이 친딸인 줄 알았어요. 그만큼 소연인 유리를 제 자식처럼 사랑으로 키웠죠."
 과거, 서점에서 소연과 만난 이야기를 모두 마친 정 의원은 씁쓸한 표정으로 말을 이었다.
 "마지막 인사하러 병원으로 찾아갔을 때, 소연인 그 순간에도 내게 채 의원을 부탁하더군요. 제발 살살 대해달라고……."
 율리는 슬픈 미소를 떠올리며 가만히 고개를 끄덕였다.
 소연이 죽기 직전 형식을 위해 남긴 동영상을 보았으니까. 그녀가 어떤 마음으로 그 영상을 찍었는지 잘 아니까.
 죽는 순간에도 소연은 남편의 허물을 혼자 떠안고 가려고 했다.
 그만큼 그녀는…….
 "어머니가 아버지를 참 많이 사랑하셨어요."
 정 의원을 바라보며 율리가 말했다.
 "……아버지도 참 많이 어머니를 사랑하셨고. 또 많이 사랑한 만큼 미워하셨고……."
 안타깝게 엇갈린 부모님의 사연이 너무나 가슴 아파서 율리의 눈가가 촉촉이 젖어들어갔다.

 정 의원과 헤어진 율리는 유아용품 쇼핑백을 양손에 들고 KG그룹 본사로 향했다. 오늘은 정기 이사회가 있는 날로, 이사회가 있는 날이면 이사회 의장인 제호는 당일 KG그룹으로 출근하여 회의를 준비하곤 했다.
 "연락도 없이?"

이사회를 마친 후, 집무실로 돌아온 제호는 자신을 기다리고 있는 율리를 보고 놀란 표정을 지었다.
"지금쯤이면 이사회 끝났을 것 같아서요. 오늘 유아용품 쇼핑한 것도 보여주고 싶었고."
"그래, 잘 왔어. 집에 같이 가자."
"일 다 끝난 거예요?"
"응."
"그러면 나 부탁 하나만 해도 돼요?"
제호에게 다가가 그의 허리를 끌어안으며 율리가 물었다.
"오늘은 아버지와 함께 저녁 먹어요. 요새 통 못 찾아뵌 것 같아서."
"그게 무슨 부탁이야? 당연한 거지."
부드럽게 웃으며 제호가 말했다.
"사랑해요, 제호 씨."
'고맙다'는 말 대신 '사랑한다'고 말하며 율리는 제호의 입술에 가볍게 입을 맞췄다. 사랑한다는 표현을 아끼고 싶지 않았다.
제호도 고개 숙여 입술을 포개며 나직이 속삭였다.
"나도 사랑해."
서로를 바라보는 눈빛이 충만한 사랑으로 반짝거렸다.
오후의 느긋한 햇살이 두 사람을 비추며 포근하게 늘어졌다.

〈끝〉

Writer's note

작가 후기

안녕하세요, 여러분.

『결혼은 계획이다』 이후, 공백이 좀 길었네요. 『위대한 유혹』 작업을 끝내기까지 1년이 넘는 시간이 걸렸답니다. 지금껏 써왔던 작품들과 비교해서 조금은 색다른 내용이기에 진행할 때 애로 사항이 없지 않아 있었습니다.

원래 '권제호'란 인물은 조금 더 나쁜 남자였어요. 정말 피도 눈물도 없는 차가운 남자로 묘사하려고 했습니다. 그런데 쓰다 보니까 제호를 감싸고 있던 검은 막이 한 꺼풀 두 꺼풀 벗겨지더라고요. 그러면 안 되는데…….

퍼뜩 정신을 차리고 수습하려고 했으나, 이미 율리에게 흠뻑 빠진 제호는 복수고 뭐고 그녀를 챙기느라 바빴습니다. 사랑은 모든 것을 극복한다더니, 정말 그런가 봅니다. 하지만 다음번 작품은 흔들리지 않고 끝까지 진실로 나쁜 남자를 그려보려 합니다. 기대해주세요!

『위대한 유혹』을 연재하는 동안, 여러분이 남겨주신 따뜻한 격려의 댓글 하나하나가 제게 큰 힘이 되었습니다. 정말 감사합니다. 언제나 세세하고 정성스러운 비평과 큰 도움을 주시는 테라스북과 네이버 담당자님께도 진심으로 감사드립니다.

제 작품을 누구보다 좋아해주시는 어머니와 가족, 오늘도 여전히 제 뒷바라지하느라 바쁜 남편, 구름과 무지개 위를 넘나다닐 천사 푸들 유끼 옹과 포메라니안 미미 뇨사, 나날이 더 예뻐지고 애교가 느는 귀여운 명품 치와와 윌리 군, 언제나 큰 힘이 되는 슈바츠 밤부스 (Schwarzer Bambus) 가족과 '첫눈 속을 걷다' 네이버 카페 여러분 모두, 정말 고맙습니다.

저는 또 다른 작품을 들고 돌아오겠습니다.

여러분, 언제나 사랑합니다!

Lunar 이지연

위대한 유혹 2

초판 1쇄 인쇄 2024년 8월 9일
초판 1쇄 발행 2024년 8월 16일

지은이 이지연 | 펴낸이 강성욱 | 책임 기획 전주예 | 기획 편집 김민지 김지수 손효은
일러스트 DELTA | 디자인 손효은 정송원 | 교정 손효은
펴낸곳 테라스북 | 등록 제 2022-000073호
주소 (04799) 서울특별시 성동구 아차산로 17길 26, 301호 (성수동2가, 규장각빌딩)
전화 070-4794-5826 | 팩스 0505-911-5826
블로그 https://blog.naver.com/terracebook | 전자우편 terracebook@naver.com
ISBN 979-11-6728-628-4 (04810)
ISBN 979-11-6728-626-0 (SET)

ⓒ이지연 2024 Printed in Korea

테라스북은 주식회사 스토리펀치의 임프린트 브랜드입니다.

잘못된 책은 구입하신 곳에서 바꾸어 드립니다.
이 책의 전부 또는 일부 내용을 재사용하려면 사전에 저작권자와 주식회사 스토리펀치의 동의를 받아야 합니다.

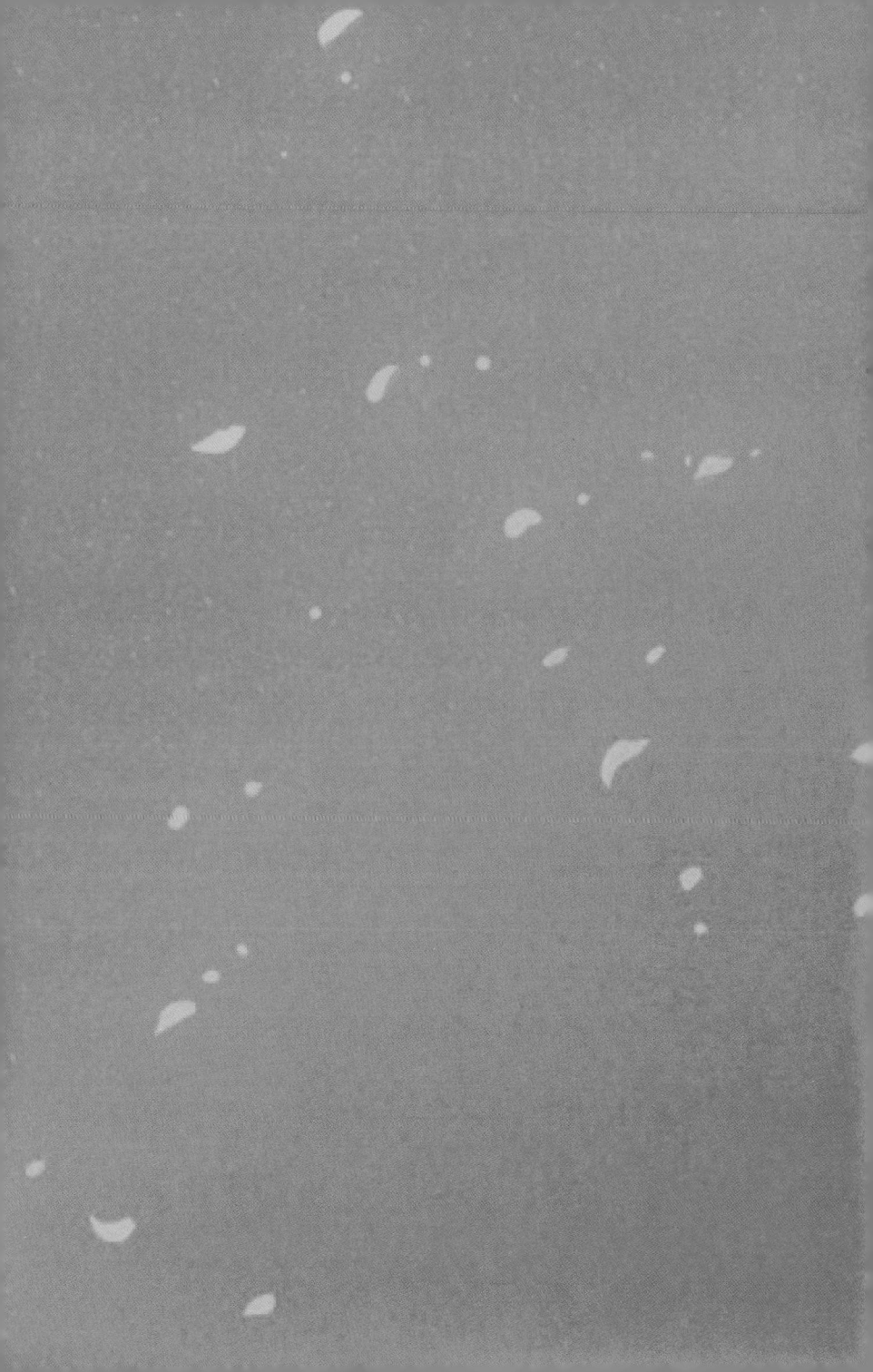

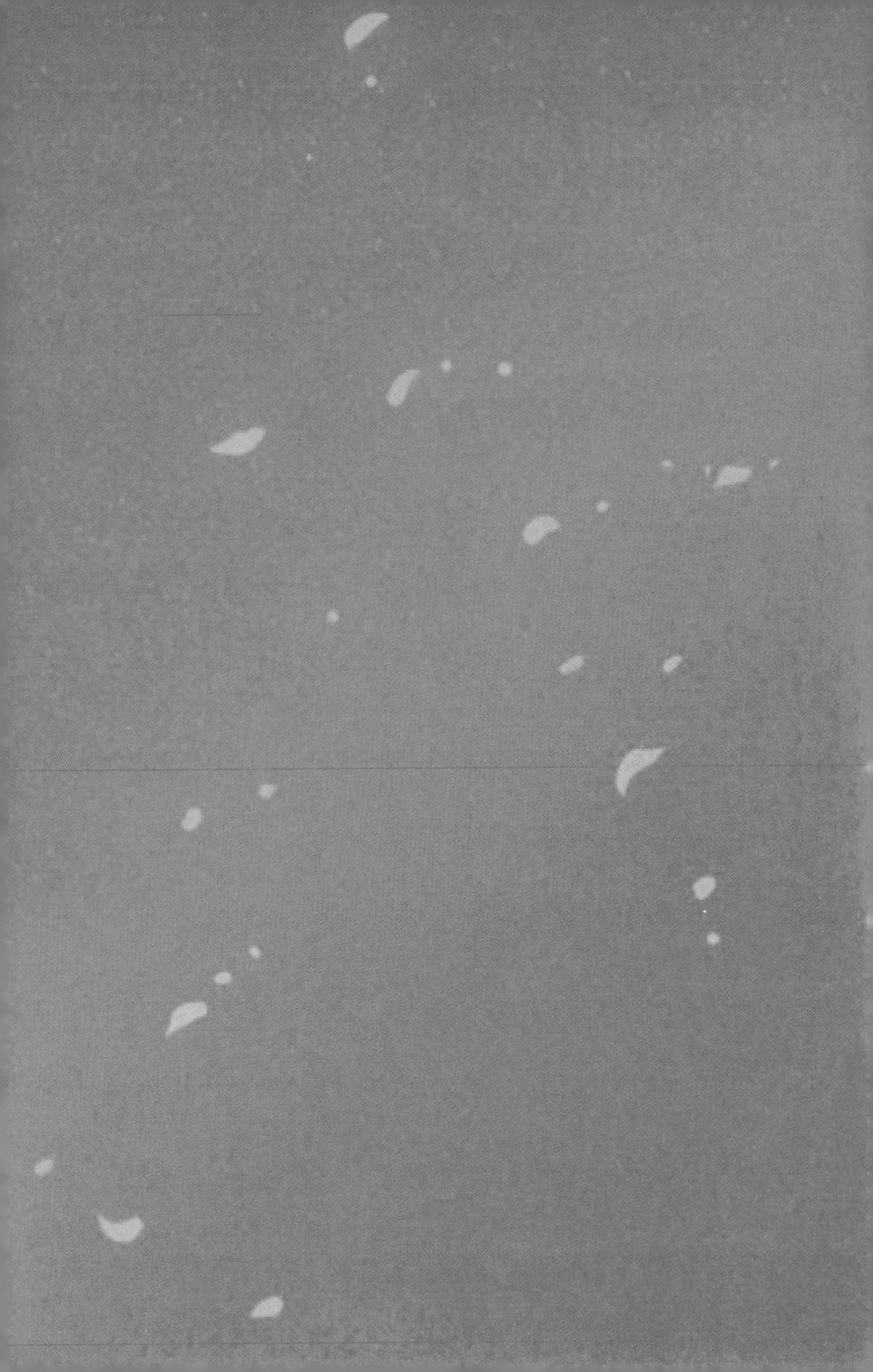

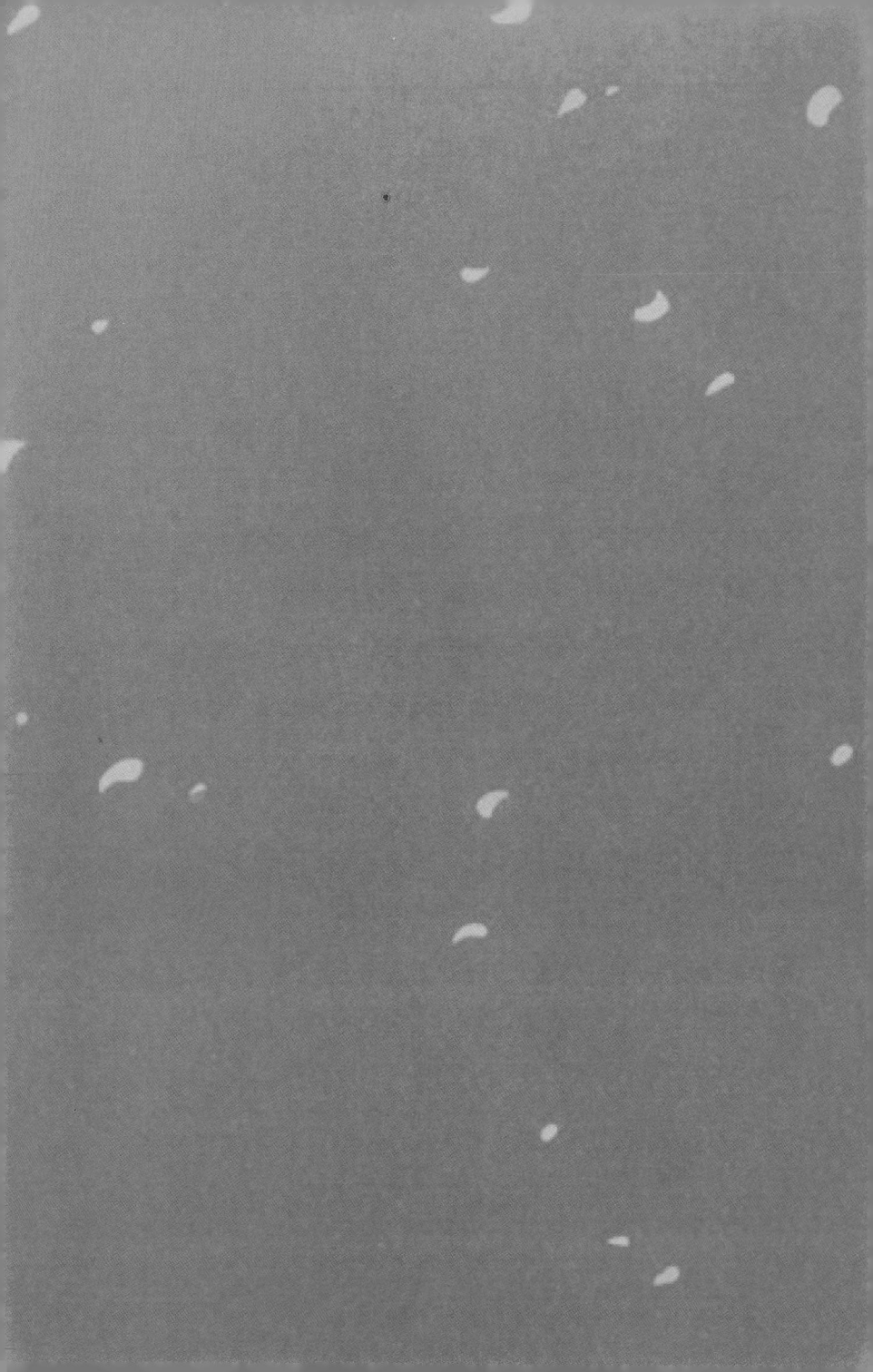